307-328
381-39a
453-463
476-500
532
618-619

The common theme in the novela is that all the loose sub-plots are resolved by a return to the pastoril lifestyle. Discrepancies w/ the typical pastoril lifestyle include:

- Presence of priests (religion)
- Elicio says he has prayed to god.
- violence, Lisandro kills Carderio in the opening scene.
- Rich folk ~~become~~ become pastores.

La Galatea

* Elicio, en vez de quedarse callado, declara su amor por Galatea y la pide en matrimonio. — Rompe la convención literaria pastoril.

Letras Hispánicas

Miguel de Cervantes

La Galatea

Edición de Francisco López Estrada
y M.ª Teresa López García-Berdoy

Segunda edición

CÁTEDRA

LETRAS HISPÁNICAS

Reservados todos los derechos. El contenido de esta obra está protegido por la Ley, que establece penas de prisión y/o multas, además de las correspondientes indemnizaciones por daños y perjuicios, para quienes reprodujeren, plagiaren, distribuyeren o comunicaren públicamente, en todo o en parte, una obra literaria, artística o científica, o su transformación, interpretación o ejecución artística fijada en cualquier tipo de soporte o comunicada a través de cualquier medio, sin la preceptiva autorización.

© Ediciones Cátedra, S. A., 1999
Juan Ignacio Luca de Tena, 15. 28027 Madrid
Depósito legal: M. 9.591-1999
ISBN: 84-376-1315-9
Printed in Spain
Impreso en Gráficas Rógar, S. A.
Navalcarnero (Madrid)

Prólogo

En esta edición han colaborado Francisco López Estrada, profesor emérito de Literatura Española de la Universidad Complutense de Madrid, y María Teresa López García-Berdoy, profesora de Lengua y Literatura Españolas del Instituto de Bachillerato de Liria (Valencia).

A cargo del primero corrió la preparación del texto y del prólogo en cuanto a la reunión y tratamiento de los materiales literarios de *La Galatea*; a cargo de la segunda estuvo la orientación pedagógica de la edición. No se quiso hacer una edición crítica, si bien los editores han tenido en cuenta las correcciones posibles del texto que sirvieran para la mejor lectura de la obra. El texto se ofrece modernizado, pero se procura conservar en lo posible el aire de la época. En las notas aparecen las aclaraciones necesarias para que un lector de nuestros días comprenda mejor el texto cervantino, basadas siempre que ha sido posible en los vocabularios y estudios de la época. También se explican los términos mitológicos y de orden cultural del texto, y se precisa, si esto cabe, su origen, en especial en el caso de los italianismos. Otras notas se refieren a cuestiones de orden histórico, literario y estético. En la métrica se especifican las clases de versos y de estrofas, y los elementos rítmicos. Asimismo se han indicado las posibles «fuentes» del texto cervantino y explicado su uso.

El estudio preliminar es una introducción al conocimiento de los principios literarios en que se basa *La Galatea*. Después de una breve mención biográfica de los años que rodean la publicación de la obra (1585), se trata del género de los libros de pastores al que pertenece, y se analiza cómo Cervantes se vale de estos principios para crear una nueva obra, y en qué consiste su posible novedad. Se estudia, por lo tanto, la composición de la obra y sus peculiaridades. Después se resume lo que representó en la producción literaria de Cervantes este libro de pastores y la persistencia del tema pastoril en algunas de sus otras obras, en el especial en el *Quijote*. Finalmente se trata de la suerte posterior del libro hasta nuestros días, con una bibliografía limitada de la obra. Se completa la edición con listas de versos, tramas y autores del «Canto de Calíope» y con apéndices complementarios.

Nuestra intención ha sido poner en las manos de los lectores una edición, accesible a todos, del primer libro de Cervantes, el que menos se ha estudiado de los que escribió; y esto se ha debido al desprestigio en que fue cayendo el género pastoril al que pertenece. La crítica ha tenido que remontar esta dificultad valorando justamente la intención de las obras pastoriles; sólo desde hace medio siglo comenzó la labor de reivindicación para situar en su circunstancia histórica la intención y el valor del género. Para entender la compleja personalidad del escritor Cervantes, hay que conocer su primera obra, *La Galatea*, de la que sólo escribió la Primera Parte, y saber que Cervantes en su mismo lecho de muerte aún se acordaba del propósito de acabarla. Junto al *Quijote*, las *Novelas Ejemplares* y las comedias y entremeses, debemos situar *La Galatea* y el *Persiles*, alfa y omega de una creación literaria de primer orden que hay que conocer en su conjunto, porque todas estas obras forman el patrimonio del esfuerzo poético de Cervantes.

F. L. E.
M.T. L. G-B.

Introducción

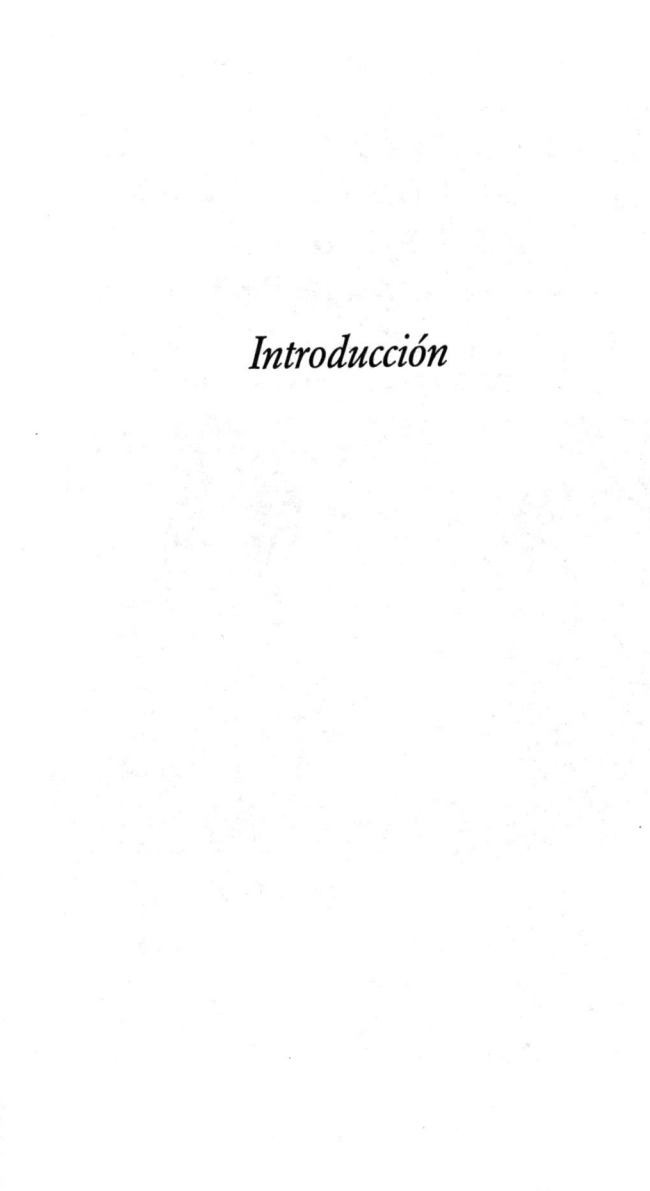

Edición de Lisboa, 1590, de *La Galatea*. Presenta el texto censurado.

1. Cervantes en 1585

El comienzo de este prólogo reúne las noticias biográficas sobre Miguel de Cervantes sólo en lo relativo a los años en que el escritor pudo preparar el manuscrito de *La Galatea*, hacer las gestiones pertinentes para su publicación e imprimir la obra. Con esta intención hemos elegido para comenzar el prólogo la fecha del 27 de octubre de 1580, en la que Cervantes avista las costas españolas, libre por fin del cautiverio que había comenzado el 26 de septiembre de 1575, cuando la galera *El Sol*, que venía de Nápoles, fue abordada por el renegado albanés Arnaut Mamí. La partida del rescate describe a Cervantes como «mediano de cuerpo, bien barbado, estropeado del brazo y mano izquierda» (J. Fitzmaurice-Kelly, 1944, 75, n. 181)*. Había llegado para él la hora de pedir las *mercedes* en recompensa de sus servicios en Italia y por la invalidez que procedía de la batalla de Lepanto; pero la ocasión venía tarde y eran muchos los que, por entonces, como él, pretendían algún favor. En 1580 Cervantes tiene treinta y tres años, edad difícil para quien no cuenta con medios para vivir como el hidalgo que dice ser; tiene que devolver el oneroso rescate de la liberación, y poco puede hacer su familia para ayudarle, pues los padres eran viejos y acosados por deudas. Su

---

* En el curso de la introducción y en las notas de este libro, indicamos las referencias a los libros, artículos y ediciones de las obras citadas situando estos datos entre paréntesis en el mismo curso de la redacción; allí mencionamos el autor y la fecha de publicación de la cita, cuyos datos completos se hallan en la Bibliografía de nuestro estudio.

hermano Rodrigo estaba lejos, sirviendo al Rey, y dos de sus hermanas, Magdalena y Andrea, andaban en tratos de difícil calificación. Luisa, otra hermana un año mayor que él, había elegido el retiro religioso, y desde 1565 seguía vida ejemplar en el convento de las Carmelitas de Alcalá de Henares, ciudad de origen del escritor, nacido allí en 1547.

Dispuesto a moverse detrás de su objetivo, Cervantes sigue a la Corte por Portugal, en donde se hallaba Felipe II para que las Cortes portuguesas jurasen sus derechos a la corona del reino vecino, después de que don Sebastián muriera en Alcazarquivir en su loca aventura de 1578. ¿Tuvo en este tiempo algún amor que se reflejaría en *La Galatea*? (A. Lizon, 1947). C. B. Johnson (1986, 96) propone que *La Galatea* haya sido concebida e incluso que se comenzase en Lisboa. Además, Portugal se asoma a la obra por la mención del río Lima, de cuya ribera es el pastor que habría de casar con Galatea por indicación del padre de ella. Cervantes solicita en Tomar algún servicio en el que emplearse, y logra que en 1581 se le envíe a Orán para «ciertas cosas» que ignoramos. A su regreso de África vuelve a Lisboa y a Madrid (1582) y, desengañado por no lograr que se le atienda en la administración, pone entonces el énfasis de su actividad en seguir el camino de las letras para así destacar de algún modo en la Corte de Madrid. Es posible que Cervantes supiera que por ahí no iba a lograr su propósito de mantenerse, pero sí podría hacerse con un nombre y unas amistades en las que apoyar sus peticiones. Al fin y al cabo, letras y armas eran una vecindad honorable y común en los que se encontraban como él. Por entonces prueba fortuna en el teatro, que en aquella época iniciaba un resurgimiento con el aumento de compañías y una afición del público cada vez más creciente por las comedias; además la vida teatral tenía sus encantos, que atraerían a Cervantes. En estos años escribiría alguna de las comedias a que se refiere en el «Prólogo al lector» de sus *Comedias y entremeses,* que corrieron su «carrera sin silbos, gritas ni barahúndas», hasta que dio con Lope de Vega, «monstruo de naturaleza», que se alzó con la monarquía cómica y dejó fuera de ella a los que no escribían las comedias a su aire.

Entretanto Cervantes se relaciona con los escritores de su tiempo y fueron, entre otros, sus amigos Luis Gálvez de Montalvo, Pedro Laínez, Francisco de Figueroa y otros más; en el catálogo de escritores que implica el «Canto de Calíope» dentro de *La Galatea,* hay la mención de muchos, a los que Cervantes en estos años pudo conocer y tratar en más o en menos. En algunos de los libros publicados por entonces, figura la pieza laudatoria de Cervantes al uso de la moda y como testimonio de una convivencia en la que se esforzaría en mostrarse abierto y receptivo en el consabido juego de los mutuos elogios. ¿Pudo ser la aparición de *El Pastor de Fílida,* de Gálvez de Montalvo, en Madrid, en el año de 1582, un estímulo que lo inclinó a terminar su libro de pastores? Así lo cree Fitzmaurice-Kelly (1903, XXVI), y es plausible la indicación en el sentido de que es el libro que, desde el punto de vista del género, le queda más cerca, aunque se trate de obras muy diferentes entre sí dentro de la comunidad genérica a que pertenecen (F. López Estrada, 1948, 72-74).

Y en estos años Cervantes no deja de moverse para lograr lo que pretende, y entonces América entra en juego. En una carta dirigida a don Antonio de Eraso, del Consejo de Indias, el 17 de febrero de 1582, se duele de que ni su solicitud ni la diligencia de Eraso han logrado situarle en Indias; aún le queda la esperanza de la carabela de aviso por si trae la noticia de alguna provisión. No sería así, pero Cervantes en *La Galatea* misma menciona también a los ingenios que son de América o están allí (¿acaso intervino en esto Juan de Mestanza, elogiado en el «Canto de Calíope» [77]? [S. Montoto, 1947-1948]). Y además, esta carta trae otra noticia de gran interés, pues Cervantes escribe a don Antonio: «En esta intención [mientras espera el trámite del papeleo burocrático] me entretengo en criar a *Galatea,* que es el libro que dije a vuesa merced que estaba componiendo. En estando algo crecida, irá a besar a vuestra merced las manos y a recibir la corrección y enmienda que yo no le habré sabido dar» (A. González de Amezúa, 1954; también en L. Astrana Marín, 1948..., VI, I, 505-521). Este testimonio sirve para rechazar la condición de inmadura y desordenada atribuida a *La Galatea* por L. Astrana Marín, por otra parte buen conocedor de los datos de la vida y época de Cervantes. *La Galatea,* según él, fue escrita sobre una mayoría de materiales esbozados en la edad juvenil: «cuatro o cinco meses de labor» (*ídem,* I, 235). Con más precisión establece G. L. Staag (1994) el proceso de la elaboración de *La Galatea.* Según él, los tres primeros libros fueron elaborados antes de su salida para Italia. A su vuelta del cautiverio, compuso los cuarto y quinto y, al mismo tiempo, hizo una revisión de la parte escrita primeramente para reforzar su unidad y ponerla al día.

Más de ese tiempo que dice Astrana fue el que requirió la que sí fue su primera obra, en la que sí es posible que entremetiera alguna que otra obra escrita antes, pero lo haría guiado por una concepción literaria compleja que procedía de un largo conocimiento de las letras, tanto en España como en Italia, y aun puede que en lo que pudo haber hablado (o acaso escrito) en Argel sobre estos asuntos. *La Galatea* es la primera obra de Cervantes (y no primeriza), y esto era propio de los libros de pastores, con frecuencia la primera salida de los escritores a la literatura activa. El juicio de Astrana Marín resulta excesivo e infundado, pero hay otros críticos que también manifiestan al menos alguna reserva ante esta obra (R. M. Johnston, 1988, 29-30, nota 1). Nuestra intención es presentarla como ilustración de un proceso de creación poética, elaborado con una intención precisa, obra lograda según el criterio del autor.

Compuesta la obra, leída y puede que corregida a instancias de los amigos, Cervantes inicia los trámites para su publicación, y su amigo Lucas Gracián Dantisco, a primeros de febrero de 1584, censura con su aprobación el libro en Madrid. Después, los trámites de la obra van rodando según puede verse en los preliminares que publicamos. Se encarga de imprimir la obra Juan Gracián, cuyo taller era uno de los más acreditados de Alcalá (J. Martín Abad, 1991, I, 118-124), y se hizo a costa de Juan de Robles (*ídem,* I, 144-145), al que Cervantes el 14 de julio de 1584 había cedido el privilegio de impresión por el precio de 1.336 reales (C. Pérez Pastor, II, 1902, 87-89), de los que 250 pagaría aplazados (*ídem*, 90-93). El libro apareció como una obra bien impresa en su primera salida, mejor que en alguna de las otras que siguieron. Cuando Cervantes tuvo en sus manos un primer ejemplar, pudo quedar contento del aspecto material del libro que había escrito.

Conviene ahora que digamos algo de las circunstancias personales que rodean la aparición de *La Galatea*. Y para tratar de esto, los biógrafos de Cervantes tropiezan con dificultades para su documentación. Cervantes fue un escritor del que nos quedan pocas noticias, si lo comparamos con Lope, que derrocha papeles familiares y públicos por tantas partes y con tantos motivos. En este caso, ni aun la hinchada biografía de Astrana Marín logra decir algo de su intimidad; por otro lado, poco ayuda la incomprensión de este erudito hacia los libros de pastores. Sin embargo, en el ajetreo de la vida de Cervantes se reúnen por este tiempo dos hechos que serían fundamentales en sus relaciones amorosas y que casi se sobreponen en un breve espacio de tiempo. Uno de ellos es el de sus amores con Ana de Villafranca o Ana Franca de Rojas, mujer de Alonso Rodríguez, analfabeta según los documentos que se le atribuyen. Esto pudo ocurrir a principios de 1584, y de la relación, que duraría poco tiempo, resultó la que se cree que es hija natural de Cervantes, Isabel, que luego recogería en su casa. Y el otro hecho es la relación que le condujo al matrimonio con una joven de Esquivias. Cervantes fue a este pueblo manchego para tratar de la edición de las obras del que había sido su amigo Pedro Laínez, con la viuda de éste, Juana Gaitán, de ascendencia morisca. La viuda se consoló pronto, y enseguida casó con un galán marido. En el curso de estos tratos, Cervantes conoció a una joven del lugar, nacida en 1565, Catalina de Salazar, y pronto, el 12 de diciembre de 1584, allí mismo en Esquivias ambos contrajeron matrimonio, él, con treinta y ocho años de edad, y ella, con diecinueve.

Cervantes había encontrado, después de tantos años de ir de una a otra parte, un hogar en el que radicarse; su nueva familia contaba con alguna hacienda, pues se conserva la carta de dote de Catalina: tierras con olivares y viñedos, un huerto, un corral con aves y otros bienes. Puede que hubiese habido por ambas partes una seducción, resultado de las apariencias: él era para ella y su familia (se dice que con algún antecedente converso) el hidalgo que ha sido soldado en Italia, cautivo en Argel, poeta ya conocido en la Corte. Para Cervantes Catalina pudo ser la imagen de la vida familiar: una joven hacendada y hacendosa, en cuya casa podría encontrar el sosiego.

Pero Cervantes no echó raíces en esta ocasión; le sigue atrayendo la libertad de los caminos más que el reposo del hogar. Después de la boda, va a Sevilla; vuelve por Esquivias y se asoma a Madrid, en donde ya puede comprarse *La Galatea*. Atento a las noticias de la política, esta vez tiene más suerte en su solicitud para servir a la administración y logra, en 1587, obtener uno de los cargos de comisario para preparar el aprovisionamiento de una expedición que se prepara. Comienza entonces un nuevo periodo de la vida de Cervantes, que se desarrolla por Andalucía con su centro en Sevilla. Y aquí dejamos este espacio de su biografía, con *La Galatea* en su centro, un acercamiento breve a la aldea, una familia desamparada de su presencia y un porvenir andariego. En vísperas de salir *La Galatea* al mercado de las tiendas de libros y cerrado ya su texto, Cervantes había expuesto en esta obra los casos del amor espiritual, en contradicción con las experiencias del amor de la carne en sus dos manifestaciones: un amor fortuito y el amor matrimonial. No parece, sin embargo, que en el libro haya representación (al menos, en primer grado) de lo que fueron las incidencias amorosas de su propia vida.

El siguiente libro que publicó fue la primera parte del *Quijote* (en 1605), o sea, veinte años después. Esto representa un largo paréntesis de maduración literaria. *La Galatea* queda, por tanto, lejos del *Quijote*. Algunos creen que separa un abismo ambos libros. Otros creemos que *La Galatea* y el *Quijote* (y otros libros cervantinos) se relacionan de manera que, en las coordenadas espirituales de la época, el uno le predispuso para que escribiera el otro y para el resto de la creación literaria del autor.

2. Los precedentes genéricos de «La Galatea»

Durante su estancia en Italia, Cervantes pudo conocer (si es que no tenía ya noticias antes) la fama de la *Arcadia* y leer la obra que representa el triunfo de la primera formulación europea de la tradición pastoril, asegurado por la gran difusión de la obra. No es de extrañar, pues, que en *La Galatea* aparezcan algunas relaciones con esta obra de Sannazaro, que M. Z. Wellington (1959) ha expuesto sistemáticamente, como registramos en las notas. Sin embargo, la obra del italiano no resulta decisiva para la redacción de *La Galatea*. Aunque la *Arcadia* fue traducida en 1547 (1966), parece que Cervantes recordaría alguna lectura de la obra en italiano y hubo de asociarla con su propósito.

Por otra parte, contamos con la *Arcadia* filtrada a través de Garcilaso y de otros libros de pastores, como el de G. Gil Polo (F. G. Fucilla, 1953, 63-70) y el de L. Gálvez de Montalvo (*ídem*, 71-76), a través de los cuales pudo haber percibido algunos rasgos de la obra del italiano. La pastoril italiana es un presupuesto general de estos libros, y siempre representa un apoyo para la nueva literatura, por cuanto se trata de obras prestigiosas escritas en una lengua vernácula (F. López Estrada, 1974); y más en el caso de un escritor que vivió en Italia el tiempo suficiente como para conocer su literatura y disfrutar con ella.

Cuando Cervantes escribe *La Galatea*, sabe que su obra se sitúa en un cauce genérico ya asegurado en España. En cabeza del mismo se encuentra la *Diana*, escrita por el escritor lusitano Jorge de Montemayor (1993); esta obra, desde fines de 1560 había obtenido en 1585 (cuando Cervantes publica su libro) al menos veinticuatro ediciones en España, Italia y Países Bajos y otras varias en edición francesa. Le había seguido la segunda parte de la *Diana* de Alonso Pérez (diez ediciones) y la *Diana enamorada* de Gaspar Gil Polo (siete ediciones), seguida de *Los diez libros de fortuna de amor* de Antonio de Lofrasso (una edición). Y a estas obras debe añadirse *El pastor de Fílida* de Luis Gálvez de Montalvo, autor unido por lazos de amistad (como dijimos) con

Cervantes, como prueba el que Montalvo escribiera uno de los sonetos elogiosos de los preliminares de *La Galatea*, de índole más personal que literaria (págs. 159-160), y también que fuera uno de los poetas elogiados en el «Canto de Calíope» (F. López Estrada, 1948, 64-77).

Esto quiere decir que Cervantes eligió un orden de creación literaria que los lectores conocían y a los que él esperaba complacer con su obra, si es que acertaba en la composición dentro de la idea genérica que él se había impuesto. Que Cervantes conocía estos libros, lo sabemos porque se refiere a ellos en otras de sus obras, sobre todo en el escrutinio de la librería de don Quijote (*Quijote*, I, 6). Y aún su audacia llega a mencionar a *La Galatea* con un juicio que hay que conocer y contrastar: «Su libro [el de Cervantes; pues escribe de sí mismo como de ajena persona] tiene algo de buena invención, propone algo y no concluye nada. Es de esperar la segunda parte que promete; quizá con la enmienda alcanzará del todo la misericordia que ahora se le niega» (I, 6).

Esto indica, por tanto, que Cervantes pudo haber leído los libros de pastores que le habían antecedido y que representaban para él un patrón genérico, dentro del cual se había de urdir el suyo (J. R. Stamm, 1981; una comparación con las *Dianas* de Montemayor y Gil Polo en Trambaioli, 1993, 68-73). Del conjunto de los libros de pastores, expresa, en el mencionado capítulo del *Quijote*, un juicio que está sujeto a interpretación. Entiende que son libros «de poesía» (en singular), e incluso se refiere a su tamaño («pequeños libros»). El cura dice que no merecen ser quemados, porque no hacen daño como los de caballerías; los de pastores «son libros de entendimiento, sin perjuicio de tercero». Algunos editores, encabezados por Pellicer, corrigen *entendimiento* por *entretenimiento*. El entendimiento es, según S. de Covarrubias «una de las potencias del ánima» y, por tanto, sólo propio de los hombres, pero también puede aplicarse a los libros, que son resultado del mismo, así como *entendido* es «el hombre discreto»; por tanto, estos libros habrían de escribirse con las mejores intenciones espirituales y con el mejor ejercicio de la habilidad literaria.

Desde luego que eran libros de entretenimiento (como los de caballerías); y si escribió *entendimiento* «habrá que pensar que diferenciaba más aún la novela pastoril de la de caballerías», como escribe E. G. Riley (1966, 145).

Y lo que añade sobre que son sin «perjuicio de tercero» conviene con la condición del personaje que lo dice, el cura, que está realizando una (para Cervantes, risueña) inquisición de la librería y emplea aquí un lenguaje de tintes legales. Lo que dice Lucas Gracián, amigo de Cervantes, en la aprobación reitera esta condición general de la obra: es un «tratado apacible y de mucho ingenio, sin perjuicio de nadie, así la prosa como el verso» (pág. 148).

Por otra parte, la composición de estos libros correspondía a escritores con los que Cervantes forma grupo: se preciaban de hidalgos, sirvieron en Cortes o en casas de la nobleza civil o religiosa, y fueron soldados, si vino el caso. Así había ocurrido con Montemayor, Lofrasso y Gálvez de Montalvo, porque A. Pérez y G. Gil escribieron a la sombra de la primera *Diana*. Ellos, como Cervantes, sabían que sus obras no pertenecían a un género *noble* y del que pudieran esperar fama entre los jueces de la literatura. Y si en cierto modo los libros de pastores se salvaban, era por su relación, en cierto grado, con la pastoril antigua (J. Fernández Montesinos, 1953, 500; F. López Estrada, 1990). La posible relación de estos libros con los poemas en prosa, uno de los motivos del canónigo del *Quijote* (I, 47), está en el fondo de la cuestión; y el impulso «novelístico» que se percibe en *La Galatea*, uno de los motivos de su novedad.

Gracias a que estos libros convenían con las apetencias del público de la época, su edición se convirtió en un negocio editorial; más allá de los grupos reducidos de la corte y la nobleza, el público que los compraba estaba compuesto por gentes de la clase hidalga de la monarquía y de los que, por profesión u oficio, sabían leer y escribir; y a ellos hay que añadir las mujeres, que pronto sintieron afición por esta clase de libros, pues en ellos aprendían a comportarse con sus galanes y a dar sentido a sus experiencias amorosas. Cervantes, en el prólogo dirigido intencionadamente a los «curiosos lectores», escribe, refiriéndose a la ocasión en que había publicado el libro, que «más que para mi gusto solo le compuso mi entendimiento» (pág. 158). Es decir, que Cervantes es autor que no escribe para sí mismo como ejercicio literario, ni para un grupo escogido y determinado, sino que el libro de su entendimiento pretende acertar en el gusto de los lectores que preferían obras de esta naturaleza. Cervantes quería que estos lectores fueran muchos porque con ellos se aseguraría la fama literaria que él iba buscando para éste su primer libro que salía impreso a las calles. Por minoritaria que pueda parecernos hoy una obra de esta clase, Cervantes la escribió para este público relativamente amplio que hemos indicado y al que se dirigía la obra; ellos eran los «curiosos lectores» a los que se dirigía en los preliminares.

Y finalmente hay que contar con que la interpretación pastoril de la vida era un factor que actuaba en la moda social de la época. Además de la lección para «usos amorosos» que implicaba esta literatura, la moda pastoril era, como la caballeresca, una de las apariencias de la vida social, sobre todo en las fiestas, en las que las damas y los caballeros se disfrazaban de pastores o asistían a representaciones pastoriles, como las églogas (algunos datos en D. Finello, 1988), que podían llegar incluso a servir como homenaje de bienvenida a los reyes (F. López Estrada, 1984/2).

Llevar, por tanto, una interpretación de la obra hasta su significación como cifra de la vida de la época queda justificado por esta presencia de la moda pastoril. De ahí la difusión de los libros de pastores y el que Cervantes, que se consideraba un hidalgo, uno más entre otros muchos, escogiese una obra de esta clase para salir a la vida pública literaria. Esto era algo previsible y común, de acuerdo con los usos y costumbres de la época.

3. «LA GALATEA» COMO LIBRO DE PASTORES

El libro de pastores es, en principio, eso, un «libro» o sea una obra extensa en su conjunto. Y en su extensión cabe un complejo contenido en prosa y verso, como se señaló intencionadamente en los preliminares de la aprobación. Esto rompía con una tradición de la Poética más rigurosa, que prefería acoger verso y prosa como formas distintas de los géneros. Y así Fernando de Herrera, de manera incidental en el comentario del soneto XXII, escribe que «...los que escribían junto verso y prosa, que eran dos veces sin juicio porque es mezcla mal considerada y ajena de la prudencia y decoro poético, y grandemente huida y abominada de todos» (Garcilaso de la Vega, 1966, 346). Herrera se refería a cualesquiera clase de mezclas (versos de lenguas distintas, verso y prosa, etc.) y aquí puede aplicarse a nuestro caso; Cervantes se alinea entre los que escriben libros de pastores que realizan esta mezcla mal considerada, signo de una exploración de la modernidad literaria frente al juicio de una tradición poética conservadora. La cuestión había sido debatida en Italia (véase F. López Estrada, 1974, 424-477), y él pudo estar al tanto de los diversos criterios aducibles en el asunto y moverse por entre ellos.

La Galatea es un mixto de prosa y verso convenientemente armonizados para constituir un conjunto poético de larga extensión; posee un curso dominante, que es de orden narrativo en prosa, dentro del cual se sitúa el verso, siempre de una manera justificada. A. Pérez Velasco (1993) estudia la bien trabada red que existe entre la poesía y la prosa en el desarrollo de *La Galatea;* una y otra se reúnen enlazándose de diversas maneras, interrumpiéndose a veces, y otras complementándose. Coopera a esta relación el que los pastores tienen siempre a otros cerca, testigos que los observan y oyen lo que dicen creyéndose ellos hallarse en soledad. Esto da a la obra un cierto corte teatral, y tal ocurre también a través de los diálogos en cuyo curso van urdiéndose los relatos y en ellos se sitúan los poemas; e incluso hay en la obra una égloga representada. No es una suma de poesías y prosas, sino que la obra posee en su diversidad una unidad patente.

El curso prosístico en el que se enmarcan sucesivamente las poesías es una narración de orden impersonal, abundante en diálogos e interrumpida en los lugares convenientes por extensos relatos en primera persona gramatical a cargo de algún personaje, que así se inserta (él y los de su caso) en la trama general. Las poesías aparecen siempre en el curso de la narración con uno u otro motivo. De ahí que los libros de pastores hayan sido considerados por algunos como una novela a la que se añadieron un cúmulo de poesías; y también, al revés, por otros, como un libro de poesías, sostenidas por una prosa que las reúne hábilmente.

El citado A. Pérez Velasco (1993) estudia esta relación entre verso y prosa, y la ordena en tres grupos: a) poemas introductorios de la prosa; b) otros que la resumen o glosan; y c) otros que se refieren al curso argumental. Así versos y prosas forman una red bien trabada.

Es muy difícil seguir el proceso de una redacción tan compleja. El encaje de una tal suma de elementos está guiado por un instinto creador que anuncia ya lo que luego sería, en otro dominio, el *Quijote*. Por eso nos parecen gratuitas las suposiciones de Astrana Marín de que ya tuviese escritas las «novelas» en prosa que están entremetidas en el curso del libro de pastores (1958, VI, vol. 1.º, 518). Más fácil era en este sentido (y los autores lo sabían) incluir en los lugares convenientes las poesías escritas acaso con otra intención, como ocurre con algunas de esta obra.

La Galatea pertenece, pues, a esta historia de los libros de pastores (J. B. Avalle-Arce, 1975, 227-263). Estos libros constituyen un género determinado del relato de ficción, con una estructura propia y determinada; todos ellos forman parte, en más o en menos, de la gran tradición de la novela europea. Cervantes, como señala M. Romanos (1994), es el autor genial que desde el principio establece un mundo novelesco, en este caso de *La Galatea*, más complejo que la linealidad de la *Diana* de Jorge de Montemayor (1993), cabeza y esquema del libro de pastores. *La Galatea*, prepara el sumo acierto novelístico del *Quijote*, al tiempo que aprovecha y aumenta las posibilidades novelescas de la materia pastoril precedente. En párrafos anteriores indicamos los precedentes que tuvo dentro del género. La obra no acaba con la edición de 1585, porque lo común en el género era dejar abierta la prolongación de la misma en otros tomos, tal como ocurrió con la *Diana* de Montemayor. Y esa era la voluntad de Cervantes, que, como diremos, siempre esperó concluir la obra. Las continuaciones del siglo XVIII fueron un episodio ajeno a *La Galatea* que aquí examinamos y a las que nos referiremos con brevedad más adelante, situándolas en otro contexto literario.

4. «LA GALATEA» COMO «ÉGLOGA»

Cervantes se acomoda, pues, a las condiciones generales de estos libros de pastores. Y así dedica su obra a un gran señor, eclesiástico esta vez, Ascanio Colonna (1559?-1608), abad de Santa Sofía (título honorífico) y residente entonces en Alcalá de Henares, donde se publica *La Galatea*. (Noticias de su biografía en L. Astrana Marín, I, 1951, 446-449, notas). Esto implica que Cervantes, dejando de lado los años de cautiverio, enlaza otra vez con sus tiempos de Italia; y en el prólogo se refiere a cuando era en Roma camarero del cardenal Julio Acquaviva y Aragón (¿entre 1569 y 1570?), probablemente por poco tiempo, en breve intermedio a su condición de soldado. Y también recuerda los años que sirvió contra el turco con Mario Antonio Colonna, padre de este Ascanio al que dedica el libro. Marco Antonio había muerto en 1584, cuando Cervantes había acabado de escribir *La Galatea*. Todo esto hacía que la «real casa Colona» fuese un buen amparo para un autor novel, relacionado con Italia (págs. 151-153).

La dedicatoria encuadra la obra en relación con la época italiana de Cervantes, tanto por lo que esta supuso como aventura personal, como por la experiencia propia de su movida vida, recogida en el trato con esta nobleza. Esto implica que hubo de leer lo que convenía con el trato con esta nobleza y conocer las costumbres propias de la cortesía en estas relaciones. Un verso del *Viaje del Parnaso* recoge una cifra de esta experiencia: «De Italia las riberas he barrido» (I, 319). Las riberas de los ríos son lugares propicios para reunir a los poetas; *barrer* parece verbo poco elegante, pero Covarrubias trae una acepción conveniente: «barrer todo lo que hay es llevárselo sin cuenta ni razón» *(Tesoro)*.

Arramblar espiritualmente con todo lo que hay, para luego filtrarlo en ocasión propicia. *La Galatea* recoge, pues, la aventura en el límite humano, y la experiencia en lo que implica una formación literaria que busque también el apoyo de la vida. Mucho de lo que diremos en este prólogo prueba esta función primordial que ejerció en la obra de Cervantes esta permanencia en Italia: los matices italianizantes de la lengua, compatibles con su casticismo, y los materiales literarios de igual procedencia se reúnen en un libre entendimiento del hecho literario, a veces más vital que libresco. Apoyamos lo que escribió A. Castro: «La estancia en Italia fue el más trascendental hecho en la carrera espiritual de Cervantes» (1972, 359).

A tal señor, tal honor. Para que lo acogiera Ascanio Colonna, Cervantes se ocupa de escribir *églogas*, como dice al principio del prólogo a los lectores; y el término *égloga* está acomodado a su intención de levantar lo que es, en su conjunto, como hemos indicado, un libro de pastores (dejando de lado su etimología griega de 'selección'; sobre su teoría, véase A. Egido, 1985). El ámbito de la égloga en la poesía fue asunto tratado por D. R. Schnabel (1996), y es en un fondo literario como poesía en el que hay que situar el mixto de prosa-verso de Cervantes en su calidad eglógica. Égloga se aplicaba, como indica Covarrubias, al «razonamiento entre pastores, dispuesto en algún poema, como las églogas de Virgilio» *(Tesoro)*. Y así fue usado por Garcilaso para su poesía pastoril (como lo reconoce el propio Cervantes en el *Quijote*, II, 58, o en el *Persiles*, III, 8). Virgilio estaba en cabeza de la literatura pastoril, y su difusión fue amplia en el siglo XVI (como demostró A. Blecua, 1983), fácilmente accesible a través de los comentarios escolares; y no se olvide que Cervantes fue «amado discípulo» de Juan López de Hoyos (¿acaso preceptor en su Colegio?) por poco tiempo en 1568. Garcilaso representaba la versión española de este fondo pastoril, difundida como moda poética a través de sus poesías, sobre todo las Églogas. Cervantes fue (como prueba J. M. Blecua, 1970, 151-160) un buen lector de Garcilaso, y su huella en *La Galatea* es patente. C. B. Johnson se refiere a una égloga de Calidonio y Laurina, que se encuentra al fin del *Arte Poética* de Sánchez de Lima (ed. 1944), pieza poliestrófica y breve (poco más de cuatro páginas), que pudo haber conocido (1986, 96-105). Había, pues, muchas églogas a la manera pastoril nueva, distintas de la bucólica antigua, aunque esta siguiera siendo una mina de motivos e influjos. La Égloga (D. Lessig, 1962) era un orden poético que, siendo lírico en la condición expresiva de su contenido, se manifestaba de una manera teatral y podía convenir con una representación pública de los textos. En el curso de *La Galatea* cuatro pastores tienen ocasión de «recitar una Égloga» en público (págs. 346-368); y lo hicieron sobre «un tablado», sentados los otros pastores y pastoras como espectadores. La extensa pieza (677 versos) está constituida por una gran variedad de estrofas, conjuntadas de forma que cada uno de los pastores-actores representaba el que era su propio caso personal; es decir, dramatizaban su propia condición de personajes dentro del libro. Esto lo había hecho Gálvez de Montalvo en *El pastor de Fílida*, en donde, para entretener los pastores una tarde «les pareció [que la mejor manera de hacerlo era] representarle [a Fílida] la Égloga de Delio y Liria y Fanio, pastores de aquellas riberas que con sus casos habían dado mil veces materia a los poetas» (1931, 529). Sólo que en *El pastor de Fílida* son otros pastores los que representan la Égloga, y en *La Galatea* son los propios personajes los que se convierten en actores de sus casos. Conviene también notar que A. Egido (1994/1, 52-54) encuentra en *La Galatea* una teatralidad sustancial que ambienta gran parte de las acciones de la obra y que tiene en esta Égloga su más alto nivel, de tal manera que estas exposiciones forman un «debate académico completo», cuando después son comentadas por los mismos espectadores.

La Égloga representada en este episodio es una de las comunes de la época, de las que tienen sus modelos en las de Garcilaso, líricas y representables a la vez, a la sombra lejana de Virgilio. Por tanto, lo que Cervantes declara en el prólogo de «escribir églogas» conviene con esta parte de *La Galatea*. Y al mismo tiempo la expresión adopta, por voluntad del autor, el sentido general de escribir un libro de pastores, reuniéndose así ambas significaciones en torno del prestigio de la palabra *égloga,* según la intención de Cervantes. Para S. Honda (1995), la *égloga* conviene con la poesía en la que los pastores plantean la condición de sus amores, y los otros personajes, en la parte en prosa, son los que establecen la invención argumental a través de los episodios novelescos.

5. LA POESÍA EN «LA GALATEA»

Los libros de pastores, como se indicó, en su constitución artística implican el aprovechamiento de la poesía como medio de la elaboración artística de su contenido. Y así ocurre en *La Galatea,* cuyas poesías en el curso de la narración en prosa plantean los límites de la conciencia, sobre todo en el caso del amor. Cada poesía amorosa es una exposición del alma del personaje que revierte en el curso de los hechos narrados. Sin ella, si usase sólo la prosa, no sería posible alcanzar lo que se propone al autor (M. G. Randel, 1982).

Como primer aserto, diremos que la poesía de *La Galatea* es muy diversa. Esta diversidad requiere que Cervantes haya tenido que valerse de una gran variedad métrica, cuya designación figura en el índice de los versos que está al final de esta edición. Como corresponde a su intención, predominan los versos italianizantes (1 sextina; 3 canciones; 4 estancias; 8 octavas; 1 en liras; 1 sexteto-lira; 4 tercetos; 20 sonetos (estudiados éstos por A. Sánchez, 1985). En algunos casos usa el *leixapren,* plurimembres y correlativos. Las estrofas de base octosílaba son de orden cancioneril (8 coplas castellanas; 11 coplas reales; 1 mixta, seis + cinco; 3 glosas en coplas reales; 1 villancico). La Égloga es plurimétrica. Hay que añadir los enigmas (5 coplas castellanas; 2 coplas; 1 redondilla). En cuatro ocasiones se vale de motes. Notamos el uso de un solo villancico, pero de creación y contenido cultos. Y en contraste, la participación de la sextina, que representaba la forma culminante de la corriente elevada del verso pastoril, empleada por Sannazaro, Montemayor y Gil Polo (A. Prieto, 1970). Y como alarde de virtuosismo medieval, el uso de la copla de arte mayor, curioso arcaísmo métrico.

El cancionero que implica la reunión de las poesías de *La Galatea* se inclina, por tanto, de la parte de la poesía italianizante, con un cultivo razonable de la poesía cancioneril aún en uso, y la ausencia de poesía tradicional (salvo el caso del villancico culto). El uso de las coplas de arte mayor (en el canto de Orompo que comienza la Égloga) pone una nota de arcaísmo intencional, pues es uno de los pocos que las usan (O. H. Green, 1966/2, 213-219); Gil Polo se vale de ellas para una adivinanza (*Diana enamorada*, 1988, 286-287). Esta nota arcaica contrasta con el uso mencionado de los plurimembres y correlativos, formas propicias de la poesía manierista, como moda que pretende sobrepasar por esta vía el equilibrio garcilasista (F. López Estrada, 1948, 149-151).

Las poesías son de contenido amoroso, salvo los enigmas, el «Canto de Calíope» o la canción en contra de la Corte de Lauso. Y en general se atiene a lo que dijo Fray Luis de León en su libro *De los nombres de Cristo* por boca de Sabino: «... mucho es de maravillar con qué juicio los poetas, siempre que quisieron decir algunos accidentes de amor, los pusieron en los pastores y usaron más que de otros de sus personas para representar aquesta pasión en ellas...». Marcelo lo confirma: «Verdad es [...] que usan los poetas de lo pastoril para decir del amor [...]. Porque puede ser que en las ciudades se sepa mejor hablar, pero la fineza del amor es del campo y de la soledad» (1977, 222-223). Esto llegó a ser una convención común, y por eso los libros pastoriles eran los amorosos por excelencia. Cada uno de ellos era como un cancionero, en el que las poesías eran aspectos diversos de la instrospección amorosa en que cada personaje cifraba un determinado estado de ánimo, correspondiente a una situación argumental (véase la variedad de motivos en F. López Estrada, 1948, 27-32, y la diversidad de sus funciones en M. Trambaioli, 1993, 53-67).

Hay que decir también que el «Canto de Calíope» es una épica de los elogios de los contemporáneos, precedida de una breve «historia» de la poesía del Renacimiento (pág. 561).

No falta tampoco en *La Galatea* el uso de la poesía como medio de entretenimiento en la formulación de los enigmas o juegos del ingenio (R. Schevill, 1911). Se usan en las comedias con personajes pastoriles (D. Finello, 1994, 160-161), y es Gil Polo quien los introdujo en los libros de pastores (*Diana enamorada*, 1988, 279-287), y después de Cervantes se usaron en otros libros pastoriles. Son entretenimientos corteses, extendidos entre la clase hidalga, y ocasión para probar el ingenio de los personajes (y de los lectores); hay ocho (págs. 606-612).

La Galatea implica, pues, un cancionero. Cada pieza vale tanto dentro como fuera de la obra. ¿Se trajo de Argel algo compuesto? (M. C. Ruta, 1980, 173). Ocurre también que una de ellas: «Blanca a quien rendida está la nieve» figura como parte de un *Cancionero de poesías varias*, ms. 1583, B. R. M. (*Tabla*, 1994, 257, n. 256). La colección de *Poesías completas* de Cervantes, reunida por V. Gaos (1981), incluye todas las de *La Galatea*, y J. M. Blecua considera las poesías de este libro con las demás (1970/2). A pesar de esta posible consideración independiente de las poesías, A. Sánchez (1985, 36) llega a la conclusión de que «se insertan con naturalidad en la trama». Precisamente esta conjunción entre poesía y prosa es una de las notas distintivas de los libros de pastores; y los críticos han señalado que Cervantes dio sentido a la relación entre ambas. Para A. Egido, la poesía sintetiza ideas e imágenes que la prosa dinamiza y vivifica (1985, 78). Véase también M. Romanos (1995).

Quedó indicada la predilección de Cervantes por Garcilaso. Lo cita poco antes del «Canto de Calíope» en boca de la Musa, y se vale de sus versos para levantar su poesía, como se verá en las notas. Este apoyo está justificado por lo mismo que dice Cervantes en la *Adjunta del Parnaso* (*Poesías*, I, 190) en los «Privilegios...»: «Ítem se advierte que no ha de ser tenido por ladrón el poeta que hurtare algún verso ajeno y le encajase entre los suyos, como no sea todo el concepto o toda la copla entera, que en tal caso tan ladrón es como Caco.» Él mismo «encaja» varios versos de Garcilaso, y uno de ellos, «Oh, más dura que mármol a mis quejas» (que todos reconocían como de Garcilaso), le vale para verso reiterativo en el canto de Lenio: «¿Quién te impele, crüel? ¿Quién te desvía?...»

De Fray Luis de León dice en el «Canto de Calíope» (84) que es «a quien yo reverencio, adoro y sigo». Lo dice la Musa, pero también participa en ello el propio Cervantes.

A Herrera en el mencionado «Canto de Calíope» le aplica el adjetivo de *divino* y exalta «sus obras y fama verdadera». Don Diego Hurtado de Mendoza es objeto de un panegírico en las exequias de Meliso, como se tratará más adelante. De la admiración de Cervantes por todos ellos se encuentran testimonios en el curso de *La Galatea*.

Por otra parte, hay que contar con el caso de los pastores tras los que se oculta la personalidad histórica de alguien, que casi siempre es un escritor; a ellos nos referiremos en el lugar conveniente.

Puede que la calidad de la poesía de Cervantes se haya visto apreciada en menos por sus grandes aciertos novelísticos y por sus propios juicios sobre su actividad poética. Con todo, puede considerarse como un poeta digno, que se vale del verso con la habilidad conveniente para cada caso, y, como dice J. M. Blecua (1970/2, 177), cabe señalar en él «algunos momentos que creo muy felices». Y eso que en *La Galatea* no hay ocasión para que recoja los aspectos de la poesía tradicional, tal como se manifiesta en su teatro, en donde el acierto crece, acaso por la naturaleza del material. Véase un planteamiento general en I. Colón (1996).

Para terminar este epígrafe nos referiremos a la función de la música en *La Galatea*. Como corresponde a los libros pastoriles, los pastores suelen acompañarse de diversos instrumentos en los cantos de sus poesías. Al sentido rítmico implícito en la métrica del verso, hay que añadir el refuerzo del ritmo musical evocado a través de las menciones de los instrumentos que se comentan en las notas (véase Ch. Haywood, 1948, 118-151; y A. Salazar, 1961, 127-275). También P. Berrio (1995, 231-242) se refiere a la armonía de los cantos, bailes y músicas que son los tópicos del género pastoril; explica los instrumentos citados en la obra y señala que su mención y funciones son las propias de estos libros y también que se guarda la conveniente relación entre los instrumentos y la condición de los personajes que los usan, pastores o cortesanos. A esta musicalidad constitucional, se unen los cantos de las aves, repetidamente mencionados. Así la armonía que transciende de la obra procede tanto de la naturaleza como de los hombres. Y esta armonía veremos que informa el sentido de la composición de la obra en un sentido platónico: estos libros realzan la belleza del mundo en lo posible y la evocan por todos estos medios a los lectores a través de su percepción armoniosa.

6. EL CURSO DE LA PROSA EN «LA GALATEA»:
   A) LA TRAMA PASTORIL (I)

Como venimos diciendo, el curso de *La Galatea* está sostenido por una narración en prosa que recoge la poesía referida (*Diana,* de Montemayor, 1993, 32-36). La narración es de orden objetivo, un *cuento* (de 'contar'), que se pone de manifiesto leyendo la obra en voz alta para así percibir el sentido rítmico de la prosa. El *cuento* implica tanto el relato del narrador como el diálogo que se pone en boca de los pastores en las conversaciones que los enlazan. En estos diálogos la prosa obtiene altos grados retóricos, pues participan de las condiciones expresivas del diálogo genérico, una rémora para la novelización subyacente (F. López Estrada, 1988). Lo mismo que las poesías del libro son muchas veces exposición de la interioridad del personaje, los diálogos son ocasión para que estos personajes se comuniquen los unos a los otros sus estados de ánimo y puntos de vista, sobre todo las mujeres (E. Rivers, 1985).

En un punto más alto se encuentran los debates, de los que nos ocuparemos en cuanto a su función en la obra. Añadamos también las ocasiones en que el autor —esto es, Cervantes— se asoma al relato con indicaciones para los lectores, que en esta obra no resultan trascendentes.

El curso de la obra se estructura sobre la narración dominante y básica de los amores de Galatea (que por eso da título al libro); esta es la trama principal, presente desde el comienzo al fin (incompleto) de la obra. A esta trama la denominaremos trama I. Siguiendo el modelo establecido por la *Diana* (que tiene, según el mismo Cervantes «la honra de ser primero en semejantes libros», *Quijote*, I, 6), el cuento de los amores de Galatea actúa como canal conductor al que afluyen las otras tramas, de origen y forma más inclinadas a lo «novelesco», que mencionaremos; y también se unen las partes de tratado filosófico y la variedad de cuestiones que van sumándose en el curso de la obra.

En cierto modo, en el fondo de esta trama I se encuentra el ejemplo de Heliodoro, cuya *Historia etiópica* sirve como guía para un orden semejante de complejidad argumental. *La Galatea* (como otros libros de pastores) se inicia en el medio de la vida de los personajes y también la suspensión (o manera de hacerse con la curiosidad e interés del lector) forma parte del sistema narrativo. En el curso de la obra, los pastores son testigos asombrados de los sucesos que oyen que les han ocurrido a los personajes que afluyen a su mundo. Estas «historias marañadas» (como dice Vargas Manrique en el soneto de la introducción) son manifestaciones de esta lejana resonancia del arte de contar propio de Heliodoro, que Cervantes recoge como uno más de los cultivadores de la narración ficticia. El desarrollo de esta disposición ha sido establecido por L. A. Murillo (1988), el cual pone el énfasis en sus condiciones novelísticas, que, según él, se detienen en ocasiones por razón del convencionalismo pastoril; Cervantes utiliza la técnica de la «interpolación» (*ídem*, 306), clara anticipación del *Quijote*.

La trama principal es de orden sustancialmente pastoril y corresponde a los amores de Elicio, pastor «fino», y Erastro, pastor rústico, ambos de las riberas del Tajo, por Galatea. Esta, que al principio permanece distante y, en cierto modo, indiferente a estos amores y los recibe como homenaje de cortesía, se inquieta y desazona cuando sus padres quieren casarla con un pastor lejano y desconocido, y corre el riesgo de convertirse, como la Diana de Montemayor, en una *malmaridada*. Con razón señala J. A. Tamayo (1948, 395) que la historia de estos amores apenas se inicia en esta larga obra. Desconocemos qué ocurriría con el caso, que se habría de resolver en la segunda parte de la obra.

La Galatea (personaje) sirve como conductor de *La Galatea* (libro); la coincidencia es decisiva y responde a la pauta de la *Diana*. Con esto también se afirma la condición femenina del libro, en el sentido de que muchos de sus lectores serán mujeres.

Estos personajes se mueven en el espacio pastoril, compuesto por un campo primaveral *(locus amoenus)*, asegurado por la tradición, surcado de caminos por los que los pastores van de una a otra parte. A. Egido (1994/1, 65-68) señala la abundancia de bifurcaciones que hay en la obra en relación con el «laberinto de amor» en que vive el personaje.

Junto a los pastores reunidos en torno a Galatea (Elicio y Erastro, diferentes entre sí pero coincidentes en su amor, como Sireno y Siralvo en la *Diana*), hay otros que con ellos sostienen la condición pastoril de la obra. Son sobre todo pastores enamorados y otros, «desamorados» (o sea, libres de la pasión de amor). Como rasgo decisorio de todos ellos, está la curiosidad por saber lo que les ocurre a los otros. Y así procuran oír las lamentaciones de los demás, y, si es necesario, se espían los unos a los otros por detrás de árboles y matas, y se aproximan, escondidos, para poder oír lo que dicen los quejosos. Se comportan, como refiere C. Bandera (1975, 124), como *mirones,* bien intencionados si se quiere. Gracias a esto, los lectores conocen los entresijos de los sucesos, y todos, personajes y lectores, están al tanto de todo.

Otros pastores, en el mismo plano, realizan una función monocorde, y se manifiestan en un solo sentido de la variedad amorosa: son el *triste* Orompo, el *ausente* Crisio, el *desesperado* Marsilio y el *celoso* Orfenio. Estos son los mismos que actúan en la Égloga inserta en *La Galatea* y entonces, como ya se dijo, son personajes por partida doble: como tales, quejándose de su dolor, y como actores de la égloga.

Otros pastores sirven para introducir en *La Galatea* los apoyos ideológicos que aseguran la exposición de la filosofía del amor, como también había establecido Montemayor en su *Diana*. Serán objeto de particular estudio por su peculiar función. Otros tienen unos fines específicos, como Telesio, que actúa como un venerable pastor religioso, cuya función y atributos, convenientemente transformados a la tradición pastoril, permiten la exposición del elogio fúnebre de Meliso.

Al frente de la edición de la obra, hemos situado la nómina de los personajes de la obra, que son setenta y nueve; muchos de ellos sólo asoman por referencias o por parentesco con los otros, pero hay otros muchos que se agrupan en núcleos narrativos diferentes de esta trama I y que tratamos a continuación.

7. El curso de la prosa de «La Galatea»:
   b) las otras tramas novelescas (II a VII)

Junto a la trama I se sitúan otras seis en las que grupos coordinados de personajes corren su propia suerte argumental, que de algún modo viene a desembocar en la acción pastoril de la trama I, que se desarrolla en las orillas del río Tajo. Allí estos grupos se entremezclan con los de la trama pastoril principal, sostén de *La Galatea,* cualquiera que sea su origen o condición: pastores, aldeanos o caballeros.

Se caracterizan estas tramas porque el lector conoce su origen y desarrollo mediante un extenso relato personal que hace alguno de los personajes implicados, que da a conocer a los otros presentes los antecedentes del caso. Un procedimiento de esta especie se encuentra en la *Arcadia* de Sannazaro: la prosa VII es la narración que el propio autor (como Sincero) hace de sus amores a los pastores que lo oyen. Sannazaro entonces es a un tiempo autor y personaje, y cuenta lo que le sucedió con una «picciola fanciulla» de la que está enamorado. Los libros de pastores completan este sencillo juego inicial e introducen en la trama pastoril no un caso simple y rectilíneo como el de Sincero, sino una trama, cuyos personajes entran así en el cauce pastoril y salen de él cuando el caso se ha resuelto. Y esto lo hacen a través de esfuerzos, intentando sobrepasar las trabas que se les presentan, de tal manera que el curso de la obra tiene apariencias de desintegración (R. El Saffar, 1981).

Para enredar la trama, los pastores se valen del procedimiento que antes mencionamos: espiarse los unos a los otros, y así ir conociendo fragmentos de la trama (J. T. Cull, 1981, 75). C. Sabor de Cortázar ha planteado el estudio de esta organización del argumento (1971, 227-239), y distingue sólo cuatro «historias» intercaladas, y ha notado sobre todo la sucesión de las mismas, en que lo pastoril y lo no pastoril se alternan en el curso de la obra. Ante el predominio de las historias «intercaladas», llega a proponer que los episodios pastoriles tengan «la función de simples interludios que destacan aún más, por oposición de ritmos, el movimiento e intensidad de lo factual» (*ídem*, 234); de esta suerte escribe que *La Galatea* fue el «primer *laboratorio* del arte de narrar cervantino» (*ídem*, 238-239).

En algunos de los casos la crítica ha señalado el posible origen de cada trama. Se trata de argumentos casi siempre conocidos a través de otras versiones, de origen sobre todo italiano. La condición «novelística» de los mismos hace que los personajes sean muy activos en relación con la condición pasiva propia de los pastores. C. Sabor de Cortázar los encuentra más ricamente caracterizados que los pastores propiamente dichos (1971, 234). La agilidad y movimiento de ellos está acorde con los de los libros de aventuras (recordemos que Cervantes es autor del *Persiles*); también se manifiestan en estas tramas episodios de los que se transciende su experiencia en Italia y Argel, con la mención del mismo Arnaut Mami que lo capturó (pág. 493). Estos personajes de las tramas «novelescas», una vez situados en el plano pastoril, se comportan, si es necesario, como tales pastores, pues también se valen de las poesías para expresión de sus sentimientos y usan el mismo lenguaje. Los pastores los acogen con complacencia y siguen los lances de las incidencias de cada caso. En determinado punto del argumento intervienen unos caballeros que pueden considerarse como cortesanos; y ellos serán, como diremos, los que alaben la condición pastoril. Algunas de las indicaciones del *Cortesano* de Castiglione coinciden con las exigencias del amor pastoril: su condición de secreto y desinteresado, sus síntomas como mal de amor, sus fines, el gusto de la mujer por el elogio, la maldad de los celos, etcétera (F. López Estrada, 1948, 115). Por eso se entienden tan bien cortesanos y pastores, aunque se encuentren enfrentados en otras cuestiones.

Pastores y pastoras son los personajes dominantes en la obra. P. F. Cañadas (1986, 59) cree que ellas se muestran incluso menos «lacrimosas y desesperadas» que ellos, «más *vivas,* más complicadas, más humanas». Y la cualidad que mejor exhiben, tanto en sus palabras como en las acciones, es la *discreción,* término estudiado por M. J. Bates (1945).

Daremos a continuación un breve resumen de estas tramas según las hemos numerado.

a) trama II: la novela del odio familiar

El origen de esta trama procede del argumento novelístico que refiere el enfrentamiento entre familias contrarias; Lisandro y Leonida son miembros de una de esas familias opuestas por el odio familiar y político, y los dos se enamoran. Esto crea una situación que les obliga a salir de su lugar y acaban por llegar al campo pastoril de Galatea.

Esta trama pertenece a un argumento que fue desarrollado como novela por Mateo Bandello (1585-1561), y también por Luigi da Porto (1485-1529). Conocemos diversos aprovechamientos de este argumento, el más célebre de los cuales fue *Romeo y Julieta* de Shakespeare. También se halla en las *Histoires tragiques* de P. Boaistuau, señor de Launay (1520-1566) y F. de Belleforest (1530-1582). Lope de Vega la usó para su comedia *La difunta pleiteada* (hacia 1593-1595), dándole un final feliz. En la *Diana* de Alonso Pérez hay una trama en la que también se mezcla amor y política (F. López Estrada, 1948, 106-108). Se trata, por tanto, de un argumento muy conocido, del que Cervantes se vale para situar una nota de orden trágico en *La Galatea,* aunque para ello rompa las normas comunes en la composición de estos libros.

El enlace con la trama general es sencillo: Lisandro cuenta el suceso entero cuando los hechos han sucedido. Ocurrida la tragedia, no hay ya solución y el solo remedio que se le ocurre a Elicio es consolarlo con un a modo de proverbio. La trama (págs. 173-204) queda, por tanto, cerrada, pero ya cumplió con la función que le confió Cervantes: inclinar la obra hacia la *tragedia*, término que aparece en varias ocasiones en el resto de la obra.

b) trama III: la novela de los amigos

Timbrio y Silerio son grandes amigos, ambos enamorados de Nísida; los dos sacrifican sus propias preferencias por el otro, y al fin logran resolver el caso con la intervención de una hermana de Nísida, Blanca, que pasa a ser el amor de Silerio, mientras Nísida se reúne con Timbrio.

Este argumento procede de la novela octava de la décima jornada del *Decameron* de Boccaccio. El italiano sitúa el argumento en la Grecia de la antigüedad. Los protagonistas son Tito y Gisippo, y la joven es Sofronia y su hermana, Fulvia. Cervantes sitúa los hechos en Jerez y Nápoles, en su época. Los protagonistas son caballeros audaces y valerosos, y se pone de manifiesto el uso de las armas; hay abordajes y cautivos, tan propios de la reciente experiencia vivida por Cervantes. La narración objetiva del caso novelesco de Boccaccio se cambia por el relato sucesivo de Timbrio y Silerio, que cuentan de forma personal sus casos, resueltos por fin en el medio pastoril de una manera feliz (F. López Estrada, 1948, 108-109).

c) trama IV: la novela de los gemelos

Teolinda y Leonarda por un lado, y Artidoro y Galercio por otro son hermanos gemelos, y su gran parecido da lugar a muchos enredos. Es, por tanto, una manifestación más de un tema predilecto de los escritores del Renacimiento europeo. En el fondo está la comedia *Menechmos;* cerca, hay varias versiones: la *Comedia de los engañados* de Lope de Rueda (1556), a quien Cervantes testimonia su admiración en el conocido prólogo de las *Ocho comedias...* (1615). En 1559 había aparecido *La comedia de los Mnemos* de Juan de Timoneda, más cercana al original plautino, precedida de un «Yntroito y argumento de los tres pastores y el dios Cupido», de condición teatral, también con cuestiones de filosofía amorosa. A. Pérez trató en su *Diana* del mismo argumento, intensificando aún más el enredo. Cervantes expone una versión que sitúa en las riberas del Henares, y cuyos personajes son labradores de una aldea que luego se mezclan con los pastores del Tajo, y sucesivamente van contando la parte que les toca a cada uno.

El artificio de cruzar dos parejas de gemelos no es un recurso de orden mágico o sobrenatural, como el del agua mágica de la sabia Felicia en la *Diana*. El que pueda haber estas dos parejas es una ilustración del poder creador de la Naturaleza. La condición humana en este caso se aplica a seguir cada uno al enamorado que le corresponde, y a identificarlo como tal con los riesgos del error, y así crece la sugestión novelística del caso, que acababa mal (págs. 532 y 618).

Y prueba del enredo es que uno de los gemelos, Galercio, se enamora de Gelasia, que hemos situado en la trama VI. Esto es señal de que la flexibilidad argumental ha crecido y podrá hacerse luego el entramado ingenioso con que está urdido el *Quijote*. El personaje va liberándose de determinismos para moverse desembarazadamente en el conjunto de la trama de la obra.

d) trama V: la novela del rapto

Rosaura y Grisaldo son gente de aldea; ella es hija del señor de otra aldea cercana, y él es hijo de un rico señor de las proximidades. Están, pues, en una posición ambigua: siendo aldeanos, lo son del más alto grado social y participan de las condiciones de los caballeros, dentro de una peculiar nobleza rural. Los dos se aman, pero por menudas cuestiones se apartan el uno del otro, y ella acoge la propuesta de su padre de que se case con Artandro, un aragonés, y él deja que su padre le proponga a Leopersia en matrimonio. Grisaldo es un indeciso e inexperto, y ella, conocedora de los casos de amor, toma la iniciativa para volver el amor de los dos a su primer cauce, e incluso amenaza con matarse si no logra su propósito (es otro asomo de la muerte en *La Galatea*). Cuando parece que Grisaldo y Rosaura logran reanudar sus amores por mutuo acuerdo, se presenta Artandro, que rapta a Rosaura y se la lleva a Aragón. Los pastores avisan a Grisaldo de esta violencia, en cuya culpa él participa por haberse alejado de Rosaura en una ocasión tan importante para la dos. El raptor desafía a Grisaldo diciendo «que ya sabe que Aragón es mi patria y el lugar donde vivo» (pág. 514). Con esto entra en juego un nuevo factor: se trata de gentes de reinos diferentes de la monarquía, y el caso se había de dirimir según leyes distintas. Cervantes con esto aumenta otro grado la «novelización» del caso hacia una motivación real de la obra, como es la legalidad del caso; en cierto modo, enuncia la vía de la geografía política y social del *Quijote*. No conocemos el fin del suceso, pues pertenece a las tramas que Cervantes continúa en la segunda parte no publicada.

e) trama VI: la libertad de amar

Esta y la siguiente son tramas que están aún más entremezcladas con la I. Se trata de los personajes pastoriles que proclaman la libertad de amar. Esto afirma que la posición de indiferencia en cuanto al amor o contraria también puede defenderse con razones y con una actitud ante la vida. El caso más claro es el de Gelasia, que aparece entre los pastores vestida como cazadora ninfa, con aljaba y arco. Gelasia se había propuesto seguir «el ejercicio de la casta Diana» (pág. 459). El suyo es un caso semejante al de Marcela en el *Quijote* (I, 16). El personaje representa la desamorada radical, tanto de la Antigüedad (sobre todo, Apolo y Dafne) como de la literatura italiana (Silvia, en la *Aminta* de Tasso, y la Angélica del *Orlando furioso*); véanse S. E. Trachman, 1932, y F. López Estrada, 1948, 21-22. J. D. Vila (1995, 243-258) compara los casos míticos de Pigmalión, Anaxárate y la canción a la Flor de Gnido de Garcilaso, en cuanto a la defensa de la libertad pastoral, sobre todo de índole amorosa. Gelasia es la mejor prueba de la teoría contra el amor que expone Lenio; por eso Lenio y Gelasia pretenden establecer una amistad alejada del amor. Sin embargo, esta relación no sería posible porque poco después el mismo Lenio presenta los síntomas del mal de amor hacia Gelasia. El caso queda también pendiente para la segunda parte.

f) trama VII: el amor entre viejos y pastorcillas

La última de las tramas corresponde a la anomalía del amor entre personajes de desigual edad; propiamente es un recurso cómico, pero aquí no llega a plantearse de esta manera. En sí mismo, el viejo es figura venerable que atesoró experiencia. Así ocurre con el sacerdote Telesio, el venerable Aurelio y Eleuco. Sin embargo, el viejo Arsindo se enamora de Maurisa «una hermosa pastorcilla, de hasta quince años de edad» (pág. 457), que, a su vez, es hermana de Galercio (pág. 529). Como dice Lauso, es un «milagro» de amor (pág. 531), y por eso no es risible. Tampoco sabemos en que pararía este caso, pues es otro de los pendientes.

8. La composición de «La Galatea»

Los preliminares de una edición son los primeros documentos sobre la misma, y pueden valer para una inicial orientación de la crítica de la obra. Es un material de expresión consabida y tópica, pero a veces se encuentra algún dato que vale la pena comentar; y eso que el de *La Galatea* es poco exprimible en este sentido. Ascanio Colona, aparte de patrocinar la obra (J. Canavaggio, 1987, 97), no tuvo más que ver con la vida de Cervantes, que sepamos. El prólogo a los «curiosos lectores» (págs. 155-158) contiene más datos aprovechables, aunque sea la primera vez que se vea metido en estos menesteres. A. Porqueras ha fijado estos datos observando «la misma seguridad y personal individualismo» de los otros prólogos cervantinos (1981, 77): pretende lograr la «captatio benevolentiae» de los lectores y justificar la obra. Pudo haber tenido en cuenta los prólogos de la *Diana enamorada* de G. Gil Polo y de la *Silva de varia lección* de P. Mexía. El prólogo manifiesta hasta cierto punto la preocupación de Cervantes por la teoría literaria, que C. B. Johnson (1986, 92-93) relaciona con el *Arte poética* de M. Sánchez de Lima, impresa en Alcalá, 1580 (1944). También hallan motivos de interés en este prólogo E. Rhodes y D. Finello (1944, 43-44). Por de pronto, Cervantes se dirige a los *curiosos* lectores; *curioso*, según Covarrubias, es «el que trata alguna cosa con particular cuidado y diligencia [...]; porque el curioso anda siempre preguntando» *(Tesoro)*. Cervantes prefiere, pues, un lector preguntón en el sentido de que espere lo inesperado, aunque se trate de un asunto como el pastoril, en el que poco se puede innovar. Con razón se pregunta E. Rhodes (1986) por qué Cervantes prefiere llamar a su libro *égloga*, en una vía neoaristotélica, y esto lo acerca a lo que A. López Pinciano escribe sobre la égloga en su *Philosophía antigua poética* (1596, libro por tanto posterior a *La Galatea*). Este autor califica la égloga como una de las seis especies menores de poesía, válida para matizar el esfuerzo de las «letras mayores» (III, 230). Ya dijimos que Cervantes se valió de este término para prestigiar su obra ante Ascanio Colonna. Él quiere que su obra crezca en la consideración general, aunque la poesía *ande desfavorecida*. Declara su *inclinación natural* por la poesía hallándose en los límites de la *juventud*. Hay que destacar también que lo publica dando «muestras de atrevido», y, en efecto, hay una intención de separar su libro de pastores de los demás. Estamos, sin embargo, lejos del juego que en el prólogo del primer *Quijote* entabla con el lector; en *La Galatea* sólo hay solicitud de benevolencia y, a lo más, hace como si guiñara un ojo al lector.

Más decisivo es, en cuanto a la composición de *La Ga-*

latea, lo que escribe Lucas Gracián, un buen amigo suyo, en la Aprobación (pág. 148): Gracián entiende que es un *libro de prosa y verso* (cierto, como libro de pastores); es *tratado apacible* (¿lo dice por la parte de filosofía?); *de mucho ingenio* (¡cuántas veces se atribuirá el mismo Cervantes esta cualidad del ingenio!); *de muy casto estilo* (ajeno de extremosidades cultas y populares); y *galana invención* (aplicado a la pericia con que monta la trama). Aunque estas menciones puedan ser generalidades aplicables a otros libros, sin embargo con ellas se precisan las coordenadas de la composición de *La Galatea*.

Cervantes en su primera obra tiene clara su idea sobre la composición. En *El Coloquio de los perros* se dice: «... los cuentos unos encierran y tienen gracia por ellos mismos; otros, en el modo de contarlos...». *La Galatea* es de los segundos: los que «es menester vestirlos de palabras» (190, II, 304). El libro pastoril está vestido con las palabras convenientes, según requiere el contenido, que resaltan cuando se leen en voz alta. La norma viene de lejos, de Cicerón (*De oratore*, II, 1) y la enuncian los italianos (G. Bargagli, que en su *Dialogo d'Ginochi*, 1572, pide condiciones histriónicas al que cuenta o lee las *novelle*). También los españoles, como B. de Balbuena en el prólogo de su *Bernardo*, que encuentra dos especies de narraciones: una «natural e histórica» y otra «artificial y poética»; esta segunda vía es la de *La Galatea* (E. C. Riley, 1966, 243).

Prosa y verso están regidos en *La Galatea* por un criterio de orden artístico que en cierto modo les es común; Cervantes dejó que en su obra se interpenetraran. Sabía que el estilo pastoril, como indica E. C. Riley, es el mixto o mediano: «En teoría era un estilo sencillo más que magnífico, pero era elegante y adornado, no rudo, y correspondía al estilo de la poesía lírica» (1966, 220). Esta es la línea maestra del género que Cervantes adopta, y que encontraremos en los diversos elementos de la composición a que nos hemos de referir.

El lector ha de contar con que nuestra edición está modernizada. Para una más estricta interpretación de los datos, puede acudir a E. Eisenberg (1990) y a lo que se dice en el estudio de F. López Estrada (1948, 121-153); el contraste con modalidades rústicas se examina en D. Finello (1994, 86-100).

El efecto de unir prosa y verso en una unidad literaria procedía del ejemplo de la *Arcadia* de Sannazaro y lo habían seguido los libros de pastores, encabezados por la *Diana* de Montemayor. Lo que Cervantes aporta en esta intención es una mayor tensión de los elementos en juego, favoreciendo la «novelización» del conjunto, dentro de las normas del género. Una propuesta sobre el concierto de estos elementos, en M. Romanos (1995, 174-178).

a) El léxico

La Galatea es obra compuesta con un léxico que pretende servir al sentido elevado de su contenido, pero reconociendo de algún modo el medio aldeano en el que se desenvuelve la acción. Si aplicamos el término de *cultismos* a algunas palabras de su léxico, no es por notar una condición erudita de orden humanístico, procedente del conocimiento y uso del latín. Crecen en algunas partes (en el «Canto de Calíope», por ejemplo) por su naturaleza erudita y por dar variedad a lo que es monótono por naturaleza (F. López Estrada, 1948, 121-131). En un catálogo incompleto del material léxico pueden establecerse los siguientes grupos de palabras:

Hay términos cultos ligados a la cultura latina, pero que son aplicables a las circunstancias de la obra: *artificio, aula, catálogo, coturnos, espectáculo, homicida, laberinto, piélago, república, tálamo, tósigo,* etc.; y también los adjetivos: *afeitadas, alabastrino, fructífero, inmatura, legítima, liviano, odorífero, sofísticas, vital, vacua,* etc.

A veces son palabras de contenido moral o de orden religioso: *benignidad, bienaventurada, cáliz, circunstantes, ignominiosa, integridad, libidinoso, mansedumbre, obsequias, santimonia, sempiterna, vituperar,* etc.

Otras son palabras de orden general, convenientes al uso narrativo: *acepta, crédulos, fabricar, ímpetu, industria, infalible-*

mente, inimicicia, intercesora, interrota, parentales, presagio, refrigerio, reprehender.

En un punto extremo de esta tendencia culta, se encuentran algunas palabras latinas que penetran en el relato; son de orden elemental, como *in eterno, vale, amen;* y también el uso de representaciones tópicas, muy comunes: Cupido por amor, Febo por el sol, Aurora por el amanecer, Diana por la luna, Morfeo por el sueño, Parca por la muerte, etc.

En el centro de esta variedad se halla el léxico propiamente pastoril, asegurado por la tradición lírica pastoril y por los anteriores libros de pastores; es ya un vocabulario límite y asegurado. El riesgo de romper esta cristalería semántica es siempre posible, pero Cervantes lo haría en otros géneros, como el dramático (F. López Estrada, 1948, 126-128); en *La Galatea* Cervantes la sostiene con firmeza.

Y esto ocurre contando con que en *La Galatea* se observa a veces una cierta pendulación hacia la lengua pastoril rústica que denota una realidad «aldeana», que en esta obra se confunde con la pastoril. Así *agarrochado, baraja, ocino, sigures, casería* (*ídem*, 1948, 128-129). Y aún más allá aparece un aspecto hasta cierto punto folklórico, como es la rica descripción de los trajes aldeanos en las bodas de Daranio y Silveria (págs. 338-339). No obstante, esto no debe entenderse como testimonio de un posible realismo (A. Egido, 1948, 80-81), aunque Suárez de Figueroa haya llamado *libro serrano* a *La Galatea* (*El pasajero*, Barcelona, PPU, 1988, 203).

El uso del diminutivo en *La Galatea* ha sido tratado por E. Náñez (1954); este recurso equilibra el formulismo de los epítetos y otros recursos del lenguaje pastoril y añade una nota de amable subjetivismo.

La variedad de *La Galatea* permite el uso de lenguajes específicos que Cervantes pudo conocer. Así ocurre con el marítimo en las aventuras de Timbrio y Silerio (F. López Estrada, 1948, 130-131) y en el del encuentro con los turcos, experiencia vivida por Cervantes y que aparece aquí aun tratándose de un libro de pastores.

El léxico de la locura fue estudiado por F. Vigier (1981), sin que aquí llegue a la importancia que habría de tener en el *Quijote*.

En este grupo hay que contar las palabras italianas más o menos incorporadas al español, como *belleza, fortuna, jornada, discurso, centinelas,* etc. Otros casos son de difícil apreciación, pues las palabras tienen raíces comunes, y podrían proceder de la vida de Cervantes en Italia; en las notas hemos destacado estos términos que están en las dos lenguas y que son relativamente abundantes. Esto apunta en otras obras de Cervantes, como en el *Quijote* (II, 62), cuando el hidalgo visita la casa de don Antonio Moreno; y en el *Viaje del Parnaso* hay un breve diálogo en italiano (VIII, 388-393).

Hay que considerar que en la parte que se apoya en los tratados de amor, el tono retórico se eleva por la condición del contenido; no obstante, aun en estas partes, la expresión de Cervantes procura ser clara y convincente, dentro de las normas sintácticas que les son propias, sin que sean muchas las dificultades que puedan proceder del léxico.

En conjunto, puede decirse que el léxico de *La Galatea* guarda el *decoro* conveniente (M. Chevalier, 1993) al género al que pertenece. Este decoro es esencial en la teoría de los estilos y está vinculado a un uso determinado de los recursos retóricos; es efecto de la propiedad y de la verosimilitud (E. C. Riley, 1966, 221-226). Si hay resquicios disonantes, estos no son estridentes y están justificados, unas veces hacia la rusticidad y otras, hacia la filosofía. Los italianismos cooperan en este propósito. La novedad del libro procederá más de las situaciones que del léxico. En las notas nos hemos valido en abundancia del *Tesoro de la lengua* de Covarrubias (1611), excelente fuente de información léxica; escritor y lexicógrafo se dirigían a un mismo público, receptor de sus obras con intenciones diversas.

b) *Formación oracional*

En cuanto al curso de las palabras en la oración, en *La Galatea* domina el signo de la ampliación; así encontramos dos o tres sustantivos que se apoyan mutuamente: «lástima y compasión», «recato, secreto y honestidad».

Hay un abundante uso de los adjetivos, sobre todo de epítetos de orden pastoril, como ha estudiado E. Náñez (1957), con predominio de la función predicativa sobre la explicativa; se emplean «con un deseo de expresividad estética, de exorno basado en la cualidad» (*ídem*, 167).

Las aposiciones subrayan con frecuencia las notas comunes: «...mastines, fieles guardadores de las simples ovejuelas» (pág. 172). También se prodigan los encadenamientos léxicos de tipo retórico, propios de la versificación, usados también en la prosa.

Esta tendencia amplificatoria ocurre mediante un desarrollo oracional en el que los miembros crecen por los más diversos procedimientos en prosa, propios de una retórica extensa, de raíces ciceronianas, a la sombra de la *Arcadia* de Sannazaro. Son frecuentes la duplicación y aun triplicación de oraciones dentro del mismo párrafo; y esto da lugar a grupos oracionales de gran extensión, más propios para ser percibidos por la audición que para la lectura visual. La lectura del libro en voz alta haría percibir mejor la tensión armónica que gobierna el conjunto.

Dentro de la ampliación, se articulan los procedimientos retóricos convenientes. Destaca entre ellos la antítesis, muy propia de la lírica europea, sobre todo Petrarca. Una estrofa de la canción «Blanda, suave...» trae (pág. 178):

> Yo ardo y no me abraso, vivo y muero;
> estoy lejos y cerca de mí mismo...

Y esto ocurre lo mismo en las piezas cancioneriles que en la prosa. Las palabras iniciales de la prosa del libro son: «Esto cantaba Elicio, pastor de las riberas del Tajo, con quien naturaleza se mostró *tan liberal,* cuanto la Fortuna y el Amor *escasos*» (F. López Estrada, 1948, 136-142).

El hipérbaton es otro uso del cultismo sintáctico de *La Galatea* que conviene sobre todo con la artificiosidad con que se compone la obra, manifestada sobre todo en la poesía, como estudia con amplia bibliografía M. García-Pagé (1995).

Se sabe que Cervantes prefirió la brevedad del estilo a su condición prolija (E. C. Riley, 1966, 197-198). Hasta aquí hemos visto que *La Galatea* se inclina en un sentido contrario; sin embargo, algunos personajes participan de la brevedad desde dentro de la obra. Teolinda, cuando cuenta los juegos de los pastores en la aldea, dice: «Pero ni en estos que he contado, ni en otros muchos que callo por no ser prolija...» (pág. 223). La brevedad narrativa evita la prolijidad y, por tanto, Cervantes está sobre aviso. La inexpresabilidad es un límite: «... Galatea, cuya hermosura era tanta que sería mejor dejarla en su punto, pues faltan palabras para encarecerla» (pág. 204). Incluso se vale del *no sé qué*, embutido en el verso.

Otro aspecto es el uso de proverbios y refranes; de ahí la sentenciosidad de algunas partes, que hemos documentado con el *Vocabulario de refranes* de Correas (su relación, en F. López Estrada, 1948, 147-149); e incluso se encuentra la mención a una leyenda folklórica del Renacimiento, la de Juan de Espera en Dios.

Otro uso frecuente es la tendencia a desplazar el verbo al final de la oración. Esto era un signo de elegancia en la elocuencia, que en último término procedía del latín y había sido usado con abundancia en la *Arcadia* de Sannazaro. Era un signo de voluntad de estilo, compatible con la claridad expresiva y da a la frase un marcado carácter de discurso oratorio.

El estudio de H. Hatzfeld (1949) es aplicable en muchos de sus epígrafes a *La Galatea*, aunque su intención sea referirse al *Quijote*. La armonía de la prosa de Cervantes tiene un sello de Boccaccio, que a su vez recoge la resonancia del «número» ciceroniano. Estos hitos son claros, pero hay que recordar lo que dijo E. Alarcos García: «En la prosa —narrativa, dialogada o doctrinal— anterior a Cervantes se encuentran ejemplos de casi todos —si no todos— esos recursos retóricos» (1950, II, 232). Cervantes, a través de sus lecturas españolas, pudo ir formando este criterio y estableciendo las coincidencias señaladas.

La propensión a la oralidad del texto está dentro del criterio del autor, y reúne prosa y verso; se testimonia en los diálogos de los personajes y en que estos entonen con frecuencia poesías que los demás oyen. En esto se implica a los oyentes, y se refuerza además con la mención de que las poesías se cantan acompañadas de instrumentos, aunque no se oigan, cuya evocación refuerza el sentido rítmico de la exposición. En último término, la unidad de estos elementos concurre en una «ambientación teatral», que pone de relieve A. Egido (1994/1, 52).

En el prólogo al curioso lector, Cervantes había manifestado que el escritor debe «enseñorearse de la elocuencia que en ella [la lengua] cabe para empresas más altas y de mayor importancia»; frente a la *brevedad* propia del lenguaje antiguo, la amplitud era una novedad, resultado del estudio (o sea, intención estilística). Cervantes en esta obra usa una variedad de procedimientos, y lo hace de manera conveniente en cada caso: contando con el lento ritmo constitucional del orden pastoril, sabe darle celeridad en ocasiones, y entonces logra un ritmo expositivo que apunta hacia el orden novelesco que él afirmaría con mano maestra en el *Quijote* y en las *Novelas ejemplares*.

En esta matización de orientaciones, hay que contar también con el efecto que resulta de la persona gramatical que sostiene el curso del relato. En *La Galatea* se reúnen el relato primario (en el que el narrador expone de forma objetiva e imparcial los hechos), y el relato secundario (en el que el que cuenta los hechos es un personaje y, por tanto, está inmerso en ellos). Esta cuestión, básica en el *Quijote* (E. C. Riley, 1966, 324), aquí está aún delimitada en sus funciones, salvo en algunos breves comentarios en los que el autor se dirige a los oyentes en primera persona (véase E. Moner, 1989, 92-93). Son elementales (pág. 477), pero anuncian el gran juego que luego realizaría con los Anales de la Mancha, Cide Hamete, etc. Con todo, es indudable que la oralidad propia de los discursos y de los diálogos (aunque sean elevados en su tono) está implícita en la composición de la obra.

El enlace entre la trama I y las restantes es el alarde que más pone a prueba la invención de Cervantes en *La Galatea*. Esto se encontraba ya en la *Diana* de Montemayor, y aquí el autor lo hace diestramente, de manera que la trama primaria recibe los afluentes de las otras, y las absorbe sucesivamente, sin que se rompa la imaginería de la obra, que es común a la una y a las otras. Este ejercicio es el que hemos dicho que luego prepara la composición del *Quijote*. Además, aunque fuertemente comprometido con las fórmulas pastoriles, Cervantes sabe encontrar el contrapunto de la observación de una naturaleza que también tiene plantas hirientes *(abrojos, puntosas cambroneras, espinas)* y en la que la muerte acontece como resultado de la violencia humana (B. M. Damiani, 1983).

c) División interna de «La Galatea»

Todo este conjunto (que es la primera parte de la obra) se organiza en seis libros. La pauta del contenido de cada uno es el día pastoril, como examinaremos en el estudio de la temporalidad de la obra; esto ocurre en los cinco primeros, mientras que el sexto junta cuatro. En cada libro se reúnen las tramas secundarias con la principal, pastoril, sin que haya una distribución equilibrada. En el último libro se precipita el ritmo expositivo con la preparación de lo que nunca sabremos: la continuación de la obra. La relación entre esta división por libros y el curso del argumento se encuentra cuidadosamente estudiada por L. A. Murillo (1988, en especial en el cuadro de 308).

Si se establece una consideración general del movimiento de la acción de *La Galatea*, encontramos que los pastores (y los que con ellos se juntan), acaban por confluir en dos episodios que actúan como núcleo de reunión. Uno de ellos es el de las bodas de Daranio y Silveria, y el otro es el de las exequias de Meliso. Están situados en lugares equidistantes del libro: el primero, en el libro III; y el segundo, en el V. Ambos episodios cumplen su función y resultan compatibles con la maraña de las historias entretejidas; ambos son ocasión sobre todo para que se reúnan pastores y personajes de otras clases. A. Egido (1994/1, 59) nota que las bodas culminan en la cifra poética de los epitalamios, y las exequias de Meliso en la elegía laudatoria.

Cada uno de estos episodios tiene su peculiaridad. Las bodas de Silveria y Daranio plantean un caso de amores en el que Mireno está implicado. Silveria y Mireno se aman, pero la autoridad de los padres de ella hizo que Silveria casara con el rico Daranio. Esto pudiera haber causado conmoción en la vida pastoril, pero no es así: todos los pastores acuden a las bodas, se celebran con gran aparato de fiestas y al final los dos epitalamios culminan el regocijo general (T. Deveny, 1986, 83). ¿Por qué se alarma tanto Elicio cuando corre el riesgo de que le ocurra lo mismo que a Mireno?

Y el caso de las exequias de Meliso, hemos de ver que trae consigo que aparezca Calíope en forma sobrenatural, cuando en el libro se ha cuidado que los personajes se muevan por motivos psicológicos, y el propio Cervantes se cuidaría de notar luego su desagrado por el agua mágica de Felicia en la *Diana* (*Quijote*, I, 6).

Considerando el conjunto de la obra (y contando con que está incompleta), se ha querido interpretar el sentido de su unidad. E. Rhodes (1989) considera las diferencias del libro de Cervantes con los precedentes de pastores; en los anteriores, la función de la contemplación pastoril y la de la acción se distribuye en diferentes porcentajes. En el de Cervantes domina la acción propia de las tramas que acompañan a la central (I), que se sobreponen y la frenan. Esto condiciona la estructura de la obra, en la que existe, aunque haya de interpretarse convenientemente, unidad y armonía (R. M. Johnson, 1988, 31).

Todo esto implica que en *La Galatea* se reúna un cierto número de opuestos en actividad (naturaleza y arte; pastores y caballeros; personajes históricos e imaginarios; razón y experiencia; armas y letras, etc.). De esta variedad de opuestos en tensión resulta una estructura abierta de diversas funciones que se van armonizando, implicándose las unas con las otras, anuncio de lo que habría de ser la novela moderna.

d) *Posibles fundamentos teóricos*

La crítica ha buscado qué aspecto de la obra puede considerarse decisivo en su composición. Abrió una vía el estudio de J. Lowe (1966), en que se relaciona la *cuestión de amor* con *La Galatea*, sobre todo en la primera mitad de la obra. Hay que considerar que Cervantes hace que en el curso de las bodas de Daranio y Silveria se represente la Égloga que, desde esta perspectiva, se considera el centro de esta parte de la obra. En efecto, en ella, según K. Ph. Allen (1977), se reúnen los elementos básicos de *muerte, desdén, ausencia* y *celos*. También en la segunda mitad se pueden identificar estos motivos en las diversas tramas.

Cabe preguntarse si pudo influir en Cervantes alguna obra de teoría literaria que le guiase en su propósito (F. López Estrada, 1974, en relación con el conjunto de la pastoril; H. Hatzfeld, 1949; E. C. Riley, 1966). Las lecturas de Cervantes en Italia parece que fueron ocasionales y sin un orden determinado, además de que algunos de estos principios aparecen en otros libros. Se menciona uno de ellos, los *Discorsi di M. Giovambattista Giraldi Cinthio [...] intorno al comporre de i Romanzi...*, Venecia, 1553, en cuanto a que dice, entre otras numerosas observaciones, que los escritores en su imitación deben superar al modelo; esto es propiamente lo que hace posible la constitución de géneros tales como éste. K. Ph. Allen (1977, 141-150, y también 1976-1977, 56-64, en que reitera sus apreciaciones) estudia detenidamente el caso de una sextina de *La Galatea* «En áspera, cerrada, escura noche...», en relación con una rima de Petrarca y otra de Bembo, como referimos. La defensa de Cintio del *romanzo* conviene con *La Galatea* (y con otras muchas obras). No importa que no haya inmediatos ejemplos antiguos, pues es creación de los tiempos modernos. Así ocurre que la acción comience en medio del cuento, que sean muchos los personajes y las tramas, y que la variedad domine en los episodios, pero se mantiene una unidad, cifrada en el personaje femenino y el título de la obra. La verosimilitud es la que conviene al género. Para K. Ph. Allen (1977, 157) muchos de estos aspectos de la constitución de *La Galatea* se muestran conformes con los principios expuestos por Giraldi Cintio, y, a través de ellos, con las teorías aristotélicas de la época. Todo esto, sin embargo, pudiera haber ocurrido también por afinidad de informa-ción, como resultado de lecturas y, en especial, del conocimiento de los otros libros de pastores.

Por otra parte, determinados aspectos de la retórica han sido objeto de consideración. A. Michalaski estudió el retrato retórico en Cervantes (1981); y también se ha tratado de los retratos femeninos de Galatea (A. Close, 1985) y de Nísida, que resultan atenidos al patrón del tipo pastoril y del novelesco, respectivamente (S. Trelles, 1986). En la extensión de *La Galatea* pueden recomponerse ambos, ajustados a patrones medievales, sobre los que se aplica el ideario neoplatónico.

9. ANTIGÜEDAD GENTIL Y RECURSOS MITOLÓGICOS

La mitología es un recurso común de la literatura pastoril desde sus orígenes, y los libros de pastores participan en más o en menos del mismo; y esto ocurre con *La Galatea*. Y así en su curso entran en juego las más comunes personificaciones de los fenómenos de la naturaleza, de las que se va prescindiendo a medida que el libro avanza. Así ocurre con el amanecer o la aurora, que se mantiene en el convencionalismo del efecto decorativo (E. C. Riley, 1956), del que luego se burlaría en el *Quijote* (G. Stagg, 1953), produciendo una «ironización de la convención pastoril» (A. Close, 1985, 99). Desde el libro IV atenúa este lujo expresivo, y lo mismo ocurre con las evocaciones de la noche, el sol, la luna y el sueño. Minerva es representación de la ciencia; Marte, de la guerra; Himeneo, del matrimonio. El calor y el frío se mencionan a través de referencias a Libia y Scitia; Tile y Bactro (G. Stagg, 1954) son una y otra parte del mundo.

Las referencias a los autores antiguos son escasas e intrascendentes. Una exploración de los escritores antiguos en *La Galatea* dio pocos frutos (F. López Estrada, 1948, 51-55). Las referencias a los griegos son sumamente tópicas: Homero (pág. 561). Virgilio es el gran poeta; con él Enio, Catulo, Horacio y Propercio se mencionan en la aparición de Calíope (pág. 561). Mejor se aprecia la resonancia de Ovidio, que Cervantes por afinidad literaria prefiere a otros autores. La cantera amatoria de Ovidio, convenientemente interpretada, aporta materiales a Cervantes, que, por otra parte, pudo haber recogido de una tradición operante; además, hay ocasión en que Cervantes sigue a otros autores de clara ascendencia ovidiana.

Así pudieran interpretarse como huellas o reminiscencias ovidianas: el gusto de la mujer por el elogio; la necesaria discreción en el amor; el uso de las cartas; el amor y la pobreza; los síntomas del mal de amor. Y hay otras referencias a personajes de las *Metamorfosis* y de las *Heroidas,* accesibles por otras vías. Los libros de pastores arrastran por sí mismos estas cuestiones y justifican su presencia en *La Galatea;* pero conviene recordar que Cervantes se llamó a sí mismo «nuestro español Ovidio» (eso sí, en un soneto burlesco de los preliminares del *Quijote,* I, el de Gandalín a Sancho).

En consonancia con lo indicado para los cultismos, la mención de las figuras mitológicas se intensifica en determinados lugares: en la disputa sobre el amor (con el apoyo de otros autores), en el «Canto de Calíope» (por la monotonía del asunto), en la descripción de la vega de Toledo (para elevar el tono de la narración en consonancia con el lugar). Y también, en el curso de las poesías, más abiertas a estas menciones. En el resto de la obra son más bien escasas y de ninguna manera definitorias de un estilo (F. López Estrada, 1948, 143-144). Orfeo y la materia órfica es un mito que aparece un tanto diluido en *La Galatea,* en contraste con la importancia de Calíope, su madre (P. Berrio, 1995, 232-235).

El caso de la mención de Fortuna se examinará en relación con la religiosidad de la obra. Sólo diremos que se vale de Fortuna como premonitoria en los sueños, representación del subsconciente, más en relación con un oscuro proceso psicológico que en una función de la deidad Fortuna (págs. 199-200).

En las notas se hallarán las aclaraciones convenientes. En resumen, puede decirse que Cervantes no utilizó el recurso mitológico y el apoyo de la Antigüedad más que en un grado menor, y sus referencias son elementales, salvo cuando se apoya en el texto de otro escritor. No hay alardes humanísticos; con razón señaló A. Castro que «el autor renunció a este fácil camino, que para algunos habría significado mucha doctrina» (1972, 20, nota 123).

10. La tradición provenzal en «La Galatea»

En la variedad de motivos de *La Galatea* también pueden identificarse algunos de la tradición cortés. No cabe pensar en que Cervantes los conociera en sus orígenes, pero sí se valió de ellos a través de su persistencia en las literaturas europeas que pudo conocer. Como indica O. H. Green (1969, I, 230), la mayor parte de ellos se encuentran en el libro I de la obra, y aparecen en los personajes de la trama I. Las declaraciones iniciales de Elicio recuerdan el «amour lointain» en el cauto alejamiento en que sitúa a Galatea; el amor es sólo servicio y no pide gracia; hay que guardar el secreto, cuidando de que no dañe la honra; es fuente de virtudes. Sin embargo, Elicio, cuando corre el peligro de que Galatea case con un pastor lusitano, deja de lado la pasividad y el secreto, y entra en acción para defender a la que quiere en matrimonio; y ella, en cierto modo, coopera en la empresa. Los rasgos mencionados pertenecen a la tradición general de Occidente y pudo haberlos recogido de muy diversos lugares.

11. «La Galatea» y la lengua y cultura italianas

En *La Galatea* hay una notable afluencia de elementos que proceden de la cultura italiana, sobre todo en los dos aspectos que nos importan: la lengua y la literatura. Esto es común a la literatura española de la época, y propio de los libros de pastores. Ya hemos indicado cómo la estancia de Cervantes en Italia de 1569 a 1575 acrecentó este acercamiento a la cultura del país; señalamos su relación con la lengua italiana (que resaltamos en las notas) y cómo esto servía para elevar el tono de la obra (F. López Estrada, 1948, 81-108; y 1952). Hay leves contactos con Dante (pág. 192). Petrarca es inevitable y necesario; J. G. Fucilla (1960) encontró relaciones con este poeta italiano en el soneto de Elicio «¡Ay, que al alto designio que se cría...» y en una octava del mismo Elicio en el canto alterno «Blando, suave, reposadamente...». Otros testimonios de la corriente petrarquista proceden de un soneto de G. B. Amalteo, reflejado en el mismo canto, y de otro de D. Veniero, que pudo inspirar el de Galatea: «Afuera el fuego, el lazo, el hielo y flecha», como se indica en las notas. Como estos dos escritores están contenidos en el libro *I Fiori delle Rime de'Poeti Illustri* (Venecia, 1569), Fucilla supone que Cervantes pudo tener delante un ejemplar de este libro cuando redactaba *La Galatea*. Sannazaro, tantas veces citado, era el maestro para cualquier escritor pastoril (R. Reyes Cano, 1973, 26-28). Y ambos, Petrarca y Sannazaro estaban en Garcilaso, tan apreciado por Cervantes (J. M. Blecua, 1970 y E. L. Rivers, 1981). Sin embargo, la relación entre la *Arcadia* y *La Galatea* debe plantearse con prudencia; F. Ynduráin (1947, 106) estima que, aunque ambos libros pertenezcan a una comunidad genérica, tienen diferencias esenciales de forma y propósito.

Calíope cita a Ariosto en la preparación de su «Canto» (M. Chevalier, 1966, 439-441). *L'Aminta* de Torquato Tasso, égloga contemporánea de la estancia de Cervantes en Italia, es una obra muy distinta de *La Galatea*. Ya nos referimos a dos fuentes de *La Galatea* que sí tienen relación con ella: las novelas de Boccaccio (en la historia de los dos amigos) y Bandello o Luigi da Porto (en la de la discordia). Sobre esto, hay que recordar que Tirso de Molina, poco después de la muerte de Cervantes, escribió: «Paréceme [...] que después que murió nuestro español Boccaccio, quiero decir Miguel de Cervantes» (prólogo de *Los Cigarrales de Toledo*, 1621).

Dentro de poco nos hemos de referir a los tratados de amor, y esto ha de traer a cuento las obras de León Hebreo, Bembo, Castiglione, Equicola y otros más que puedan descubrirse en esta parte de la obra.

A estas relaciones con la literatura italiana, pueden añadirse las que se refieren al arte italiano de la pintura. Cervantes cuenta en *La Galatea* lo que ocurre y va presentándose ante los ojos de los personajes, y esto justifica el estado psicológico del que dan muestras (J. Cammarata y B. Damiani, 1986); siguiendo el criterio del Renacimiento italiano del poeta como pintor, las palabras producen estímulos sensoriales de orden pictórico. En la edición de *La Galatea* de Antonio de Sancha (1784), la obra se ilustra con los grabados que mejor representan esta fuerza pictórica de los episodios y se eligen con este criterio (F. López Estrada, 1995).

Basten estas indicaciones para afirmar que Cervantes percibió vivamente el influjo de la cultura de Italia, sobre todo en sus aspectos literarios, excelente motivo para la redacción de su libro de pastores.

12. La religiosidad en «La Galatea»

La religiosidad se manifiesta en *La Galatea*, por una parte, «traduciendo» al sistema pastoril, cuando conviene, cuanto a ella se refiera; y, por otra, estableciendo una serie de menciones terminales que definen la obra como claramente cristiana (F. López Estrada, 1948, 45-46).

Esta «traducción» afecta, sobre todo, a las ceremonias más aparatosas. El caso más claro es el de las exequias del pastor Meliso (B. M. Damiani, 1986-1987): el *anciano y venerable* Telesio es un *antiguo sacerdote* que pide que todos entonen *santos himnos y devotas oraciones* para rogar al *Cielo* que reciba su *bendita alma*. El patrón de fondo, como se indica en las notas, es la *Arcadia* de Sannazaro, y Cervantes evita las palabras específicas que pudieran relacionar el acto con el ritual católico de una misa de aniversario, y escoge las de un dominio religioso universal, válidas a un tiempo para el fondo arcádico y para la realidad católica del homenajeado. Por eso Telesio quema *sacro y oloroso incienso,* reza alguna *breve y devota oración,* a la que los presentes contestan *amen* tres veces. En el elogio de Meliso destaca su *incul-*

pada vida y su solicitud en *guardar y cumplir la santa religión que profesado había*. No hay referencias a un cementerio, sino a su sepultura en un valle que es como un jardín italiano, que transparenta la disposición de una iglesia. Los pastores, acabadas las ceremonias, tocan una triste y agradable música que conviene al lugar; entonces, precedido de un *maravilloso y sosegado silencio*, se entona el elogio de Meliso (págs. 543-558).

J. B. Avalle Arce (*La Galatea*, 1987, 43) indica que el mismo concepto de religión queda afectado por un movimiento pendular; domina una ambivalencia que hace que el Cristianismo se infiltre en las ceremonias sin desvirtuar su prestigio gentil. No quiso describir las apariencias de un paganismo brillante, sino matizarlas y disimularlas con estos toques cristianos. Y con esto hacía a la obra idónea para el público de su tiempo, y, al mismo tiempo, la resguarda de posibles censuras eclesiásticas, como las que afectaron a la edición de Lisboa, 1590, París, 1611 y las que siguen a éstas (F. López Estrada, 1948). Y todo esto ha sido notado por los que han examinado la aparición de Calíope sobre la tumba de Meliso; M. Levi comenta que «... los seres mitológicos son representados con los atributos reservados a las visiones celestes» (1972, 305). Cabe relacionar esta aparición con la técnica pictórica que usan los artistas de la época para la resurrección de Cristo, aunque Calíope aparezca como una de las ninfas de Botticelli. La ambivalencia es el efecto resultante de esta aparición ante los pastores.

Por otra parte, hay que observar la aparatosidad de la aparición de Calíope y su interpretación. Telesio, adornado de las *sacras vestiduras* se acerca al prodigio con intención de, con *algunos lícitos y acomodados exorcismos, procurar deshacer o entender de do procedía la extraña visión*. Hay, pues, una voluntad de entendimiento del fenómeno, y la Musa cumple con su deber informativo recitando una suma de octavas, cuyo contenido comentaremos. Nada en ellas desdice de los imperativos de la religiosidad; son de orden informativo y se dicen «a la mayor gloria de la poesía española». Con todo, vimos que Telesio (a cuyo nombre nos referiremos en el estudio de la posible identificación de los personajes) se había prevenido con los convenientes exorcismos, de tal manera que la magia mitológica se convirtiera en alarde de erudición. Cervantes operaba con escrúpulo con estos elementos dispares e interpretaba la tradición pastoril a través de una concepción de la poesía que quería integrar en la experiencia de su vida (F. Márquez Villanueva, 1995).

Si esto ocurre con el aparato ceremonial, también se registra en el aspecto de la religiosidad interior. A. Castro, después de señalar la diferencia entre el pícaro y el pastor, añade la que encuentra entre la mística y la novela completándola así: «Cierto que mística y novela coinciden en una arista: en la soledad consigo mismo del individuo, durante la cual se siente ser él y no más que él» (1957, 219). Cervantes, en efecto, señala una vía que, aunque no la siga hasta su término, avanza, sin embargo, hacia una espiritualidad de altos vuelos. Esto le ocurre a un personaje determinado, Silerio, que se introduce en el campo pastoril como *ermitaño* que vive en una *ermita* (pág. 268), términos inequívocamente cristianos, pues coincide con lo que dice Covarrubias, que ermita es «un pequeño receptáculo con un apartado a modo de oratorio y capillita para orar y un estrecho rincón para recogerse en ella, al cual llamamos ermitaño» *(Tesoro,* s. v. *ermita)*. La conducta y poesía de Silerio hasta que encuentra a Timbrio es un ejemplo de la devoción a que conduce el desengaño humano y tiene su expresión en esta apariencia de religiosidad (F. López Estrada, 1948, 46; A. Egido, 1994/3, 333-338) que desaparece en cuanto encuentra a la mujer amada.

Otro aspecto de la religiosidad es la preferencia que siente por Fray Luis de León; así en las poesías «Por buenaventurada...» y «El vano imaginar de nuestra mente». Cervantes entendió el mensaje social que implicaba la literatura pastoril de Fray Luis, como indica J. Pérez (1991; y 1994, 9-16). De ahí que Calíope dijera de él: «a quien yo reverencio, adoro y sigo» (pág. 583), y cabe tenerlo por opinión de Cervantes.

En la línea de Fray Luis está el agustinismo que los críticos han notado en *La Galatea:* así en el discurso de Tirso sobre el amor, con el platonismo mediatizado por la versión cristiana de San Agustín; también en la inquietud de los corazones que no paran hasta descansar en Dios, como es el caso de Meliso, «en cuya visión [la de Dios] se goza y mira / la suma gloria más perfecta y buena» (vv. 122-123).

Otro concepto que confluye en la literatura pastoril es el de *Fortuna* asociada a *hado, caso, suerte, signo, fuerza de las estrellas, fatal destino*. Curiosamente éstas fueron las palabras que más llamaron la atención del religioso que censuró y revisó la edición de Lisboa, 1590 (¿Frey Bertholameu Ferreira?), texto reproducido por la de París, 1611 (F. López Estrada, 1948/2) y las suprimió. No creemos que en Cervantes hubiese otra intención que la que declara Gaspar de Baeza: «Hado y Fortuna son palabras que se usaron sin que el que las dice deje de entender que no hay Fortuna ni hado, sino que todo se gobierna por la infinita misericordia y voluntad de Dios, nuestro Señor» (en la traducción de los *Elogios o vidas breves* de Paulo Jovio, Granada, 1585, fol. 2). A esta opinión hay que añadir los libros «científicos» de la época, que procuran armonizar Fortuna y las demás palabras con la Providencia (F. López Estrada, 1947). Tales menciones aparecen en cualquier obra literaria (F. López Estrada, 1948).

El discurso de Lenio contra el amor tiene una clara vertiente de prevención frente a la mujer y la pasión que desata; por eso abundan allí la resonancia de versículos de la Biblia referentes a esta cuestión (*ídem*, 146).

También hay que referirse a la cuestión específica del matrimonio que se hace en *La Galatea*. Como observa M. Ricciardelli (1966, 16), en Sannazaro se habla de «unión natural con la mujer amada; nunca se menciona el matrimonio». Lisandro, personaje de la trama II, quería unirse «por legítimo matrimonio» (pág. 191) con Leonida. Por eso cuando Cervantes realiza a través de Tirsi la defensa del amor apoyándose en el amor conyugal de León Hebreo, establece una justificación filosófica del matrimonio, pues reconociendo que la belleza humana es un deseo incontenible, «a lo menos quiso templarle y corregirle ordenando el santo yugo del matrimonio debajo del cual al varón o a la hembra los más de los gustos y contentos naturales les son lícitos y debidos» (pág. 440). Y esta presencia del matrimonio en el curso argumental continúa en sus otros libros (J. Casalduero, 1983).

Por la religiosidad de la obra, J. Casalduero apunta que pertenece al arte barroco en una teoría de los estilos. Según este crítico, «su concepto de la vida y del mundo es entusiasta, heroicamente católico —heroico y apasionado cual el de Santa Teresa, Fray Luis de León, Herrera— y tridentino» (1973, 36); y su propósito es «perseguir la trayectoria del hombre en función de la pasión y del sentimiento en una situación dada (*ídem*, 36). Las bodas en el libro están «dentro de la dimensión abarcadora católica —doctrina y sentimiento— sacramental» (*ídem*, 37); así en las de Daranio y Silveria, aun a costa del dolor de Daranio. No sabemos si Silveria llegaría a ser una *malmaridada* como en la *Diana*, pero esto no cuenta a los efectos expositivos. Leonida quiere unirse en matrimonio con Lisandro para lograr la paz familiar. Ignoramos lo que pasaría con Grisaldo, Artandro y Rosaura.

Y no olvidemos que, cuando aparece *La Galatea*, Cervantes contrae matrimonio con doña Catalina y poco antes había tenido la tormentosa relación física con Ana Franca.

13. Onomástica, toponimia
    y temporalidad de «La Galatea»

a) Onomástica

Cervantes puso nombre a sus personajes siguiendo un amplio criterio. Algunos de ellos son personas históricas disfrazadas con nombre y condición de pastor; unos pocos pueden llegar a identificarse, como Tirsi, Damón, Larsileo, Astraliano, Meliso y Lenio (?), que son los que escoge G. Stagg para su estudio (1972). Otro, como Arnaut Mami, aparece con su propio nombre y condición de corsario.

Frente a estos están los que pertenecen a la trama pastoril principal y a las otras que proceden de novelas o son invención. No hay intención de distinguir unos de otros por el nombre. Todos en más o menos se igualan según las normas enunciadas por H. Iventosch (1975) para los libros de pastores. Esto significa que Cervantes quiso que entrasen en la obra dentro de un mismo rasero, y en esto la condición pastoril se impone a la novelesca.

Algunos de los nombres pudieran proceder de cerca o de lejos de la *Arcadia* del maestro Sannazaro: Carino, Eugenio, Meliso (cercano a Meliseo), Ergasto (cercano a Erastro), Silena (en relación con Silenio), Silvia (de Silvio, el más común). Otros son comunes a la literatura pastoril: Galatea, Amarili, Fili, Silvia, Silvano, Silveria, Tirsi, Damón y Belisa. Otros (sólo accesorios) son de orden popular: Bras, Mingo, Leandra, Matunto. Otros, en cierto modo peculiares, son los que protagonizan la égloga: Orfenio, Orompo, Crisio y Marsilio. Los hay que se usan en la realidad, con cierto prestigio antiguo o literario: Aurelio, Elicio, Laurencio, Marcelio, Rosaura, Blanca. Algunos nombres acaso fueron inventados por Cervantes para que a través de ellos se señalara algún carácter del personaje: hizo un gran esfuerzo por interpretarlos K. Ph. Allen en relación con Gelasia, Elicio, Erastro, Timbrio y Silerio, Leopersia, Rosaura, Grisaldo, Artandro, Lidia, Leocadia, Galercio, Crisalvo, Carino y Leonida. Otros nombres son de relleno, para cubrir las referencias de los actuantes menores.

En cabeza de la edición figura la nómina de los personajes, para que el lector pueda orientarse por entre su gran número y las relaciones que los unen.

b) *Toponimia*

Cervantes en *La Galatea* sigue la fusión entre la topotesia (en relación con un lugar ficticio como es el espacio pastoril) y la topografía (en relación con un lugar real), establecido en los precedentes libros de pastores (A. Egido, 1994/2). De entre la variedad de lugares de la geografía real española, estos libros eligen unos espacios determinados, en donde se concentra la acción de los personajes. El *locus amoenus* donde ocurren los amores, se radica en un lugar con un nombre concreto, accesible a los lectores y oyentes. Pero esta realidad geográfica, sobre todo en las situaciones culminantes, aparece embellecida no sólo por el impulso platónico del *locus amoenus,* sino también por el esfuerzo del hombre, cuya laboriosidad agrícola ha creado las condiciones «artísticas» del lugar. De ahí las referencias a la unión de *naturaleza* y *arte* que describen las riberas del río Tajo según Elicio (libro VI, págs. 542-543), en donde «la naturaleza, encorporada con el arte, es hecha artífice y connatural del arte, y de entrambas a dos se ha hecho una tercia naturaleza, a la cual no sabré dar nombre». Según E. Rhodes (1988, 20), este pasaje sirve como paradigma a través del cual ha de ser interpretada la obra.

El lugar en que ocurren los hechos pastoriles son las riberas de los ríos. La tradición antigua desemboca en la *Arcadia* de Sannazaro, que en la prosa XII recoge una relación de ríos lejanos: Tanais, Danubio, Meandro, Peneo, Caístro, Acheloo y Eurota (tomamos los nombres de la versión española de 1547, fol. g, VIII vuelto), y otra de cercanos: Tibre, Liri, Vulturno y Sebeto. Cervantes, siguiendo a Montemayor, escoge un río español, el Tajo, y establece un aprecio poético de su geografía en el grado que se mencionó. Timbrio elogia el río en contraste con el Betis, el Ebro, el Pisuerga de los cercanos, y el Tíber, Po y el inevitable Sebeto. En el elogio del río, que es un breve discurso o *laus* retórica, lo compara con los ríos Janto, Anfriso y Alfeo, de prestigio griego, alabando la *industria* de sus moradores, sobre todo en las huertas y jardines: el logro de la *tercia naturaleza* es su resultado, en la que interviene incluso la mención de los artefactos de altas ruedas que elevan el agua (F. López Estrada, 1948, 16-19).

El relato de Lisandro y Leonida se inicia con la mención del río Betis. Lo que cuenta Teolinda ocurre en las riberas del Henares. Y el caso de las aventuras de los amigos Timbrio y Silerio, el libro se proyecta en la geografía mediterránea, con numerosas referencias a lugares que pudo haber conocido Cervantes: Sevilla, Jerez, Cádiz, Toledo, Nápoles, Milán, Gaeta, Roma, las pequeñas ciudades del sur de

Italia, Goleta y Gaeta, y Nápoles, Rosas, Barcelona y Perpiñán. También Portugal se menciona indirectamente por el pastor del «blando Lima» que había de casar con Galatea, río del norte de Portugal, entonces gobernado por Felipe II. C. B. Johnson (1986, 96-97) estima que la mención de este río portugués puede relacionar este pastor que no llega a las páginas de la primera parte de *La Galatea* con el escritor lusitano Miguel Sánchez, natural de Viana de Lima, al que antes nos referimos.

Cuando ordena el gran número de poetas del «Canto de Calíope», el criterio es también el de las riberas de los ríos Tajo, Betis, Duero, Pisuerga, Ebro y Turia, con mención de los lugares americanos de Arequipa, Limar y Guanuco.

Conviene notar que Cervantes no sólo usa topónimos mayores reconocibles, sino que también se inventa los menores, nombres que son al menos «creíbles», como el arroyo de las Palmas, el soto del Concejo y la fuente de las Pizarras (A. Castro, 1957, 292-293).

Considerando el conjunto de la obra, *La Galatea* es un libro radicado en un ámbito narrativo propio de los lectores y oyentes de la monarquía de Felipe II; los topónimos no se ocultan, sino que se interpretan a la manera pastoril. Esto es un anuncio del despliegue de topónimos que está en la misma esencia del *Quijote* (D. Finello, 1989; *ídem*, 1994, 69-81).

Esta radicación geográfica no impide que se plantee el enfrentamiento entre corte y aldea; esto ocurre en el libro IV por el encuentro de un grupo de caballeros y de pastores (J. T. Cull, 1987). En *La Galatea* hay una leve formulación del mismo, que se reitera en la poesía que entona Damón, pero cuyo texto es de Lauso (¿Cervantes?).

El nombre de *España* aparece en el libro mencionando en términos generales el ámbito peninsular, sobre todo considerado desde fuera (Timbrio se embarca en Gaeta «para España»; Silerio también dice «me vine luego a España». Lauso (¿Cervantes?) dice que ha andado «por muchas partes de España». Esta impresión de grandeza y patria común conduce a que Lenio (en su elogio del amor) diga que don Rodrigo «entregó *nuestras Españas* a la bárbara furia agarena» (pág. 430).

Aun considerando que sobre la poesía pastoril pesa la abstracción arcádica, *La Galatea*, como los otros libros pastoriles españoles, manifiestan esta radicación en el espacio político en que viven el escritor y sus lectores.

c) Temporalidad de «La Galatea»

El curso del relato de la obra transcurre en la parte pastoril sobre la percepción del día poético, anunciado al amanecer a veces con imágenes mitológicas, hasta la caída de la tarde, con el intermedio de la siesta, favorable para que los pastores o los llegados al campo expongan sus casos, o con el fleco de la noche, propicia también para la relación de sucesos. La noche prolonga así el marco de la actividad pastoril con las conversaciones y los festejos. Y con la noche, la luna; A. Egido (1994/1, 79) llega a decir: «la blanca luna ilumina media *Galatea*». Durante la noche ocurre la aparición de Calíope, acondicionándose así su confuso carácter mítico con la verosimilitud pastoril. El curso temporal de la obra ha sido establecido por L. A. Murillo (1988).

En conexión con este tiempo del curso pastoril de la obra, se encuentra el tiempo de los relatos de las tramas externas, que no tiene como el anterior límites específicos, sino que se acomoda al imperativo de la acción. El ritmo literario pastoril absorbe el otro, de índole novelesca; y esta coexistencia hace de *La Galatea* un libro ágil, matizado por estas referencias temporales.

Este es el tiempo inserto en la acción pastoril y en la acción aventurera del libro. Pero además hay que considerar el tiempo percibido a través de la apreciación de los personajes; este otro aspecto es muy vivo en *La Galatea* y se testimonia sobre todo en la poesía de la obra, expuesto a veces con notable agudeza en cuanto a su relatividad: «Aunque durase este día / mil siglos […] / a mí, que tanto bien veo / un punto parecería», dice Erastro en el canto «Vea yo los ojos bellos» (vv. 25-28). Y Damón dice en el elogio funeral a Meliso: «Es nuestra vida un sueño, un pasatiempo / un vano encanto que desaparece / cuando más firme pareció en su tiempo» (vv. 41-43). Si bien pueden ser considerados pensamientos tópicos de la ascética, A. Egido (1994/1, 76-77), abunda en esta apreciación del tiempo «subjetivo». Sobre todo, el fluir del tiempo afecta a los procesos del amor. Según J. Casalduero (1973, 43), el tiempo es el que cambia la condición humana y hace los efectos del agua mágica de Felicia en la *Diana*. Esta viva percepción del tiempo en sus manifestaciones objetivas y subjetivas es un ejercicio para lograr la novela moderna, y Cervantes la aprovecharía luego en el *Quijote*.

14. LA FILOSOFÍA DE AMOR EN «LA GALATEA»

Siguiendo el patrón de la *Diana*, Cervantes también sitúa en su libro de pastores una exposición sobre diversos aspectos de la filosofía del amor que, desarrollada de una manera escalonada, culmina (págs. 416-451) con la gran disputa entre Lenio y Tirsi, uno hablando en contra del amor y el otro, en su defensa. Filosofía debe entenderse en un sentido amplio, y así el filósofo es un «amator sapientiae», como dice Covarrubias en la traducción latina del término griego *(Tesoro)*. El lector de *La Galatea* aprecia enseguida la complejidad de la significación de *amor;* H. Iventosch escribe: «... en el Renacimiento pastoral, el autor disponía de toda la gama de los "amores" cristiano, cortés (naturalmente abundante al modo petrarquista tanto en Italia como en España) platónico (presente en ambos países y, no obstante, en España acaso exagerado), y no hay una falta de consonancia especial entre el amor humanista (o pastoril) y el ideal cristiano representado por la *caritas* en su sentido original» (1975, 28). Sobre todo el platonismo destaca como un orden filosófico que se testimonia en *La Galatea*. G. Rosucci (1995, 213-222) ha estudiado este platonismo original y las vías del neoplatonismo en sus varias interpretaciones del Renacimiento; destaca la presencia de un erotismo latente, propicio para el sentido novelesco, pero sin rebasar los límites de la corrección de su época y lugar. No hay que buscar, por tanto, un sistema filosófico determinado, sino un conjunto ecléctico de ideas aristotélicas y platónicas, y de otros autores que convienen con la intención de Cervantes (F. Garrote Pérez, 1979). Esto ocurre hasta cuando aparecen expresiones como la de que «la Naturaleza es mayordoma de Dios», muy comentada por situar a Cervantes en la debatida cuestión de la inmanencia o la transcendencia de Dios (A. Castro, 1972, 159-173; F. Rico, 1970, 105); H. Iventosch, 1975, 61-62). Cervantes concede alguna autonomía a la Naturaleza, pero dependiendo de Dios. Fueron muchos los que trataron de esto, y entre ellos estaba Bernardino Telesio (1508-1588); Cervantes acaso recordase a este escritor al elegir este nombre de Telesio para el sabio sacerdote que reza las exequias de Meliso.

Cervantes se sitúa en un eclecticismo en el que reúne una filosofía de segunda mano, la que más o menos concierta con el ambiente de la época, pues un libro de pastores sólo permite un grado «menor» de filosofía. H. Iventosch (1975, 78) indica que la indulgencia de Cervantes hacia los libros de pastores en el escrutinio del *Quijote* (I, 6) se debe «al hecho de que la pastoral es racional y la novela caballeresca, irracional». La *filosofía*, por tanto, es la designación de un índice de racionalismo que se intensifica en estos espacios de la obra (F. López Estrada, 1996, 192-199).

Comienza esta «escala» filosófica en el soneto de Lenio «Un vano, un descuidado pensamiento...» en contra del amor, al que contesta la glosa de Elicio «Merece quien en el suelo...» (Libro I), pero la cuestión se aplaza. Teolinda, en el libro II, entona un anómalo villancico «En los estados de amor...», extremada síntesis de una teoría del amor. En el libro III (págs. 339-341), Elicio y Erastro elogian la belleza de Galatea, y se preguntan que de dónde les venía el amor por ella. Para Erastro, del deseo de hermosura, y para Elicio, más allá de este deseo (inherente a la hermosura), por la sola bondad de amar lo bueno que en ella exista. Pero la cuestión no se prosigue. En el libro IV se encuentra el gran planteamiento con la discusión entre Lenio y Tirsi; como se observa en las notas, esta es la parte menos *original* de la obra, pero indispensable en un libro de pastores. Su fundamento está en los tratados de amor, un género que en la primera mitad del siglo XVI se extendió por Europa. En los años que estuvo en Italia (e incluso en Argel), Cervantes pudo leerlos; eran libros de moda propios de un soldado aficionado a la literatura y que quisiera absorber esta imaginería intelectual, aplicable a la creación de diversos géneros literarios. Cervantes, recordando y renovando estas lecturas, echa mano de fragmentos de obras sobre la teoría amorosa, y las concierta en su libro. Los autores (y Cervantes en este caso) no ponían de manifiesto la procedencia de estos materiales; la redacción forma con los trozos un conjunto homogéneo. Los que hablan son dos pastores cuya condición se conoce: uno es Lenio, el *desamorado,* y el otro Tirsi, el *enamorado.* La discusión ocurre ante un auditorio, como acontece en estos casos. Un libro que concuerda con esta presentación es el de *Los Asolanos* de Pietro Bembo, que Cervantes pudo conocer en italiano (hay ediciones, entre otras, de 1505, 1530 y 1552-1553) o en español (1551). G. Stagg (1959) compara las cuatro y propone que Cervantes usó la segunda o tercera de las citadas italianas. En la obra de Bembo, la discusión ocurre en un jardín (1990, 71-73), y en *La Galatea,* en la fuente de las Pizarras, lugar propicio para la reunión de los pastores. En *Los Asolanos* son tres los expositores: Perotino (enemigo del amor), Gismundo (defensor) y Lavinelo (síntesis y orientación a lo divino). En *La Galatea* son sólo dos, y con esto se gana claridad para los lectores sencillos. *Los Asolanos* es un libro que conviene con los de pastores por reunir prosa y verso, sólo que sus protagonistas son cortesanos de una reina de Chipre; uno de sus entretenimientos son los «sollazzevoli ragionamenti dolci e onesti» (1990, 60) que se cuentan en la obra. En *La Galatea* se trata de una pieza retórica determinada, la *disputa* sobre un asunto, en alegatos paralelos: exordio, argumento con exposición y pruebas, y conclusión, que viene dada por una poesía. Frente al curso abierto de los tratados, Cervantes se vale de una disciplinada organización de ambas posiciones, positiva y negativa, ante las cuales luego los oyentes pueden preferir o la una o la otra. En cierto modo la solución la da el mismo Lenio, cuando más adelante se pasa al bando de los defensores del amor. Esta disputa confirma lo que se avisó en el prólogo, y uno de los presentes, al oír ambos alegatos, dice que «más parecen de ingenios entre libros y aulas criados, que no de aquellos que entre pajizas cabañas son crecidos» (pág. 452). Se traslada al campo pastoril lo que es un discurso oral propio de las Academias de los Siglos de Oro (E. Lacadena, 1988). Como dice J. Casalduero «es una Academia viva. No se exponen ideas, se ponen de manifiesto el dolor, la alegría, la esperanza» (1973, 43). Esto de que no se exponen ideas, hay que entenderlo de una manera flexible, pues sí hay un entramado ideológico, pero en cuanto estas ideas se ponen de manifiesto en el individuo. Y esto lo prueba el que, después de la discusión, los asistentes atendiesen más a su efecto personal que a la contextura ideológica del conjunto. Ya indicamos que esta gran disputa está precedida por otras de menor entidad (menos «académicas»), y los personajes se las aplican a sí mismos. Es decir, que se trata de un aspecto de la «novelización» de la filosofía (J. B. Trend, 1951, 508), ya en la vía del *Quijote*.

Otro de los tratados de que se valió Cervantes fue el *Libro d' natura d'amore* de Mario Equicola (1470-1525), editado primero en latín en 1495 y luego en versión italiana en 1525. Es un tratado que reúne filosofía con retórica, y abunda en citas de antiguos y modernos; un manual propio para gentes que en las conversaciones de Corte quieren aparentar un cierto grado de cultura y que así respalden sus poesías amorosas.

Un tercer tratado es el de los *Diálogos de amor*, de León Hebreo (h. 1465-antes de 1575), médico de amplios conocimientos humanísticos, perteneciente a la poderosa familia judía de los Abarbanel de Lisboa; ejerció en España (¿Toledo y Sevilla?), de donde salió en 1492 para Italia. León Hebreo fue un escritor profundamente receptivo y que vivió en Portugal, España e Italia en una época de intensa ebullición intelectual, sobre todo de índole humanística; ejerció con éxito la Medicina (y esto hubo de darle una gran experiencia de la condición humana) y fue recogiendo el conocimiento de los antiguos (Platón, Aristóteles, Empédocles, Plotino, etc.), los judíos (Maimónides,

Averroes, etc.) y los cristianos (Ficino, Pico, etc.), buscando un acuerdo entre ellos que los pusiese al alcance de los hombres y mujeres cultivados de su tiempo. Ésta es la intención de los *Dialoghi d'amore* (compuestos ente 1495 y 1502 aproximadamente), publicados en 1535 (después de los libros de Bembo y Equicola y otros semejantes), 1541, 1545, 1549, 1552, 1558, 1565, 1573 antes de *La Galatea*, y esto implica un éxito editorial; hay que añadir una rara versión castellana de 1568, y no creemos que Cervantes viera la de Hernando de Montesa, de 1584. Cervantes se valió de este libro tan difundido por la Cristiandad, al que se refirió en el prólogo del *Quijote* en tono afable. Es un manual accesible a los que saben un poco de italiano («dos onzas» bastan, según Cervantes). En este caso nuestro autor recuerda lo que había leído, como conviene F. Rico (1970, 142). De entre los tratados mencionados, es el más difícil de comprender por la abundancia de referencias a la cosmogonía amorosa, cuestión que está lejos de los pastores: es un diálogo intelectual entre Filón y Sofía, y no una reunión social, como la de *Los Asolanos,* más parecida al auditorio pastoril-caballeresco de *La Galatea*. De todas maneras, vale para el arranque del alegato de Tirsi; en el estudio de A. Soria Olmedo (1984, 93-96) se pone de relieve la función de los *Dialoghi* (y otros tratados semejantes) en el intento de acercar los elementos doctrinales y los novelescos.

Esta es la procedencia del material identificado que Cervantes usó para su filosofía del amor. Puede que se encuentren otras fuentes, pero eso creemos que poco cambiaría esta consideración. El tono platónico está en la evocación del *locus amoenus,* implícito en la naturaleza de *La Galatea,* sea esta imaginada o evoque una realidad geográfica. Lo mismo ocurre con los personajes: así las pastoras, descritas según arquetipos de belleza y amor (D. Darst, 1969). El tono aristotélico vendría del tirón de la realidad que rompe arquetipos, y que sólo apunta en la obra (E. Moreno Báez, 1973). A. Tovar (1947, 31) señala que en la obra no está ausente «el espíritu razonador de la escolástica», como también T. Herráiz (1972). Cervantes no escribe como filósofo, sino como escritor que inventa un armazón ideológico para sus personajes.

El hecho de que se apoye en estos tratados es propio de estos libros. El material de esta naturaleza era, en cierto modo, común a los curiosos, fuesen escritores o lectores, y con razón cita G. Stagg lo que dice Girolamo Vida sobre casos semejantes, que «a veces no hay que avergonzarse por hablar por otra boca» (1959, 269). Cervantes hace en esto lo que otros muchos, y esta disputa de Lenio y Tirsi es una miniatura de tratado de amor, acomodado con armonía al conjunto de *La Galatea*, y cumple con decoro esta función.

15. La contemporaneidad en «La Galatea»

a) Identificación de los personajes

Si el lugar de los hechos imaginados de *La Galatea* se sitúa en España y en el ámbito europeo y mediterráneo, las acciones de la misma pueden tenerse por contemporáneas de los lectores primeros de la obra, dentro del enfoque pastoril de su planteamiento. Y lo mismo cabe decir de los personajes, pues el mismo Cervantes escribió en el prólogo que «muchos de los disfrazados pastores de ella *[La Galatea]* lo eran sólo en el hábito» (pág.158). En la *Diana* se había escrito que las historias de los casos lo eran de algunos que «verdaderamente han sucedido», y sus personajes «van disfrazados debajo de nombres y estilo pastoril» (1993, 72).

Queda, por tanto, abierta la interpretación de la obra como *mascarada*, como refiere G. Stagg (1972). Conviene, sin embargo, contar con que esto vale también a Cervantes para justificar la elevación de algunas partes de la obra. No obstante, como nota G. Stagg (*ídem*, 255), los primeros lectores de la obra puede que sintiesen la tentación de identificar a los personajes, de levantarles la máscara pastoril para reconocerlos. Y también ocurre que intentar esta identificación resulta un buen estímulo para la erudición histórica.

No parece que Cervantes (como había ocurrido con Montemayor y Gálvez de Montalvo) haya tenido ocasión de conocer la intimidad anecdótica de las Cortes; así que esta identificación se ha de mover en círculos más modestos. El más alto de los citados (aparte de Astraliano) es Meliso, tenido con motivos suficientes por don Diego Hurtado de Mendoza (H. Iventosch, 1975, 41-42), aunque este no sea su común nombre pastoril; puede que Cervantes atribuyese a don Diego el nombre de Meliso por confusión por entre los que aparecen en manuscritos, o que el señor lo hubiese usado ocasionalmente, o que lo inventase Cervantes aprovechando la sílaba inicial *M*eliso y *M*endoza. En una referencia secundaria asoma un Astraliano, don Juan de Austria (pág. 472). Tirsi es Francisco de Figueroa, y lo prueban las poesías suyas que se citan. Más allá de estos casos se requiere el auxilio de la interpretación. Algunas propuestas están recogidas en F. López Estrada (1948, 157-167), y se hallan sistematizados en la propuesta de G. Stagg (1972, 260-262), que sólo aprecia seis identificables: Tirsi, Damón, Lenio, Larsileo, Astraliano y Meliso (*ídem*, 264).

En Damón se quiere reconocer a Pedro Laínez, pero fue un apodo pastoril, al menos de Francisco de la Torre, Baltasar del Alcázar, Hernando de Acuña, entre otros. Para Larsileo se ha propuesto a Mateo Vázquez, pues hay alguna semejanza entre algunos versos de la canción «El vano imaginar de nuestra mente...» y la Epístola atribuida a Cervantes y dirigida a Mateo Vázquez, pero esta canción la entona Damón. Pudiera ser que Orompo, Orfenio, Crisio y Marsilio fuesen personas conocidas, cuyos casos propios se destacasen iluminando sólo un aspecto de su dolor personal. Los otros pastores que no se relacionan con las tramas novelísticas pudieran ser gente del círculo de las amistades de Cervantes.

Galatea y Elicio (y de refilón Erastro) no pueden identificarse. Ya hemos dicho que Galatea es un nombre muy común de pastora, y desde Virgilio inunda la literatura europea. Además, no conocemos la solución del caso y parece encontrarse entre los de invención, pero una posible referencia al Rey deja el caso en la duda. Y en esto hubo disparidad entre Cervantes y Lope; es muy conocido lo que dice Lope en su *Dorotea*, que la Galatea, como la Diana de Montemayor y la Fílida de Montalvo, fueron personas que existieron (Acto II, esc. II), pero la retahíla de personajes femeninos de la cita es poco de fiar, y todo viene a cuento de que Amor quiere «entendimientos sutiles», y «no es para sujetos bajos». Y esto se arguye en relación con Dorotea, a la que quería emparentar con esta relación de personajes pastoriles, aunque el propósito fuera (autor y personaje) yacer con ella. Cervantes planteó a su vez la cuestión en el *Quijote,* y allí hablando su hidalgo con Sancho, le dice: «¿Piensas tú que las Amarilis, las Filis, las Dianas, las Galateas, las [Fí]lidas [...] fueron verdaderamente mujeres de carne y hueso, y de aquellos que las celebran y celebraron?» (I, 25). Y desde su punto de vista la respuesta a la pregunta que se hizo también a sí mismo es negativa: «No, por cierto, sino que las más se las fingen por dar sujeto a sus versos, y porque los tengan por enamorados y por hombres que tengan valor para serlo» *(ídem).* La figura central del libro ha de considerarse con esta imprecisión pretendida por el propio autor, aunque hubiese podido haber tenido alguna relación cercana o lejana con alguien que Cervantes pudiera haber conocido.

b) *Las exequias de Meliso y el «Canto de Calíope»*

Curiosamente, los dos episodios que más ligan *La Galatea* con el tiempo contemporáneo de Cervantes son los que se presentan con un atuendo irreal: se trata de las exequias de Meliso y el «Canto de Calíope», que, aunque muy diferentes en su desarrollo, forman, sin embargo, una unidad consistente en la irrupción de sucesos contemporáneos al autor y lectores (pág. 545-589).

Cuando nos referimos a la religiosidad de *La Galatea,* hubo ocasión de comentar de qué manera vistió a lo pastoril las exequias de Meliso, medio por el cual pudo establecer el gran elogio de don Diego Hurtado de Mendoza, muerto unos años antes en 1575. Comienza el episodio con la intervención de Telesio. Cuando Cervantes hubo de poner nombre a este anciano, que se comporta como un sacerdote, puede que acudiera a sus recuerdos de Italia, y se le cruzara el nombre de este, que tenía un cierto prestigio humanístico. R. Schevill y A. Bonilla (*Galatea*, prólogo, 1914, I, XXXIII) propusieron a Antonio Telesio (1482-1534); y A. Castro (1972, 163-164) a Bernardino Telesio (1509-1588), con quien encuentra algunas analogías ideológicas en cuanto a la concepción de la Naturaleza, autor que Cervantes pudo conocer en Italia. Su fama persistía en España, pues Quevedo escribiría: «¿Turbó las Academias de España Bernardino Telesio o halló cátedras como en Italia?» (*España defendida*, BAE, LXIX, 166). Por medio de Telesio se llega en *La Galatea* a la evocación de Meliso, sobre el que se establece el elogio fúnebre de don Diego F. Márquez Villanueva (1995) destaca que este elogio no era común en la época; se trataba de un escritor con una activa función política en un tiempo de transición entre dos épocas, del que poco se decía en la década en que se publica *La Galatea*. Por su parte, M. R. Lida (1956, 428) también llamó la atención sobre este sepulcro, cuya riqueza y situación aportan una nota singular en la obra. La armonía del lugar subyuga por sus proporciones (A. Egido, 1994/1, 60-62): el valle de los Cipreses enmarca el sepulcro, y es un lugar «extraño y maravilloso». Y es allí adonde acude la musa Calíope para elogiar a los poetas vivos en tiempos de Cervantes.

Para llegar al «Canto de Calíope», hay una transición o pórtico: antes de comenzar el elogio, Calíope pronuncia en prosa una lección sobre la «alegre ciencia de la poesía», y la justifica a través de una historia que llega hasta la inminencia del presente en que viven Cervantes y sus lectores. La trayectoria viene de lejos: Homero, Virgilio, Enio, Catulo, Horacio, Petrarca, Dante, Ariosto, Garcilaso, Castillejo, Torres Naharro, Aldana y Acuña (pág. 561). Asegurada esta base histórica, Calíope irrumpe con su «Canto», la pieza más artificiosa de la obra, pero en la que la contemporaneidad aparece más al vivo. Por eso la intromisión de Calíope resulta «revolucionaria», al situarse, a través de la aparatosidad mitológica, en lo que algunos consideran como el centro de esta segunda parte de esta primera *Galatea* (L. D. Johnson, 1976). En este afán de comprometerse con el tiempo en que vivía y con los que vivían en su tiempo,

Cervantes urde este «Canto», en el que hay un enfrentamiento *muerte-vida,* pues las exequias del poeta muerto se reúnen con el elogio de los vivos (B. M. Damiani, 1986-1987, 46). Si bien la condición del «Canto» no permite más que juicios positivos, la misma relación de los nombres nos deja establecer el marco de las generaciones que conviven con Cervantes, y es un testimonio de la sociabilidad del escritor que publica su primera obra, y con ello manifiesta su voluntad de unirse a ellos. Obsérvese que los mencionados en el «Canto» no son todos ellos escritores *literarios;* hay juristas, médicos, teólogos, gente de armas y de otra especie que habían escrito libros profesionales o sólo alguna poesía de compromiso (¿y quién no la había escrito entonces?).

Para F. Fernández-Cañadas (1983, 178-186), el propósito de Cervantes al incorporar el «Canto» a este libro «podría ser interpretado como una manifestación de escuela, el sentido de pertenecer a un especial grupo intelectual» (traducimos, *ídem,* 180). Con *La Galatea* espera ganar prestigio que le valga para apoyar las mercedes que pide al señor o al Rey. Es notable la amplitud geográfica de la procedencia de las gentes que menciona; si Gil Polo en su «Canto de Turia» se había referido sólo a ingenios valencianos en su *Diana enamorada* (1988, 212-227), Cervantes lo hace a los del conjunto de la Monarquía, tanto de los peninsulares como de los insulares y americanos; no olvidemos el propósito que ronda a Cervantes de lograr algún cargo en las Indias. Frente a los «islotes geográficos», que son grupos de gentes que se reúnen en grupos (academias y tertulias) aislados (A. Rodríguez Moñino, 1968, 56), Cervantes adopta, como indica M. Bataillon (1973, 217), una postura unificadora nacional, incluso exacerbada, pues Telesio se refiere al «número de los divinos que en nuestra España hoy viven» y al poco aprecio en que los tienen las naciones extranjeras, siendo así que cualquiera de ellos «al más agudo extranjero se aventaja» (pág. 590).

Cervantes proseguirá por esta vía en el escrutinio de la librería del hidalgo (I, 6). Y más adelante, de manera más aguda y batalladora, el *Viaje del Parnaso* será otra ocasión para el examen de los escritores de la época. La curiosidad por los demás ingenios permanece viva en Cervantes a través de estas diversas manifestaciones.

c) *Los casos especiales de Lauso y Lenio*

De todos los casos examinados en cuanto a su identidad, el que resulta más difícil de interpretar es el de Lauso. El nombre tiene difícil explicación. *Laus* (hoy Laino) es una ciudad y un río de la Lucania; hubo quien, llamándose *Lausus*, fue figura secundaria en la historia antigua; *laus* en latín es 'alabanza, elogio, mérito, gloria'. Las propuestas de identificación (F. López Estrada, 1948, 161-162) no han sido satisfactorias. La que parece conjetura más probable es la que lo identifica con el propio Cervantes (Schevill y Bonilla, *La Galatea*, 1914, I, XXXI). A esto se inclinó E. Egea Abelenda por las coincidencias con la canción de Lauso (entonada por Damón) «El vano imaginar de nuestra mente» y la Epístola de Mateo Vázquez (1921, 544-545). Lo mismo opina N. Alonso Cortés (1916, 141) y J. B. Avalle-Arce, que señala: «entiéndase que un Cervantes poetizado, como es el caso de los demás personajes» (*La Galatea*, 1987, 47). G. Stagg lo seleccionó entre los personajes que pueden ser personas históricas (1972, 260-261). F. López Estrada cree lo mismo y entiende que los datos que figuran en la obra convienen con Cervantes: que «había andado por muchas partes de España, y aun de toda la Asia y Europa» (pág. 402). Asia es una indicación chocante, pero puede entenderse en el sentido de 'otro mundo, frente a Europa'. Las referencias a Silena complican el asunto; en el *Viaje del Parnaso* (1614) hay un espacio autobiográfico en que se menciona a esta Silena: «También al par de Filis [¿la Elena Osorio de Lope?] mi Silena [aunque el impreso trae *Mifilena*] resonó por las selvas...» (1973, IV, vv. 53-54). En el romance de «La morada de los celos» el pastor Lauso se queja de Silena (*Poesías*, 1981, II, 369-372). La poesía mencionada de «El vago imaginar de nuestra mente» es una pieza anticortesana, extraíble de la obra sin que se rompa el hilo argumental, y pudiera haber sido escrita independiente del libro de pastores.

Otra poesía que entona Lauso «¿Quién mi libre pensamiento?» ha sido juzgada como una de las mejores de la obra: el personaje se introduce en una red de interrogaciones que le conducen a mostrar una inquietud por su personalidad, que, siendo amorosa, acaba por resultar metafísica:

> ¿...dónde estoy?
> ¿dónde vengo o adónde voy?
> A dicha, ¿sé yo de mí?

(vv. 16-19)

Silena sigue siendo el objeto del amor de Lauso. Damón, «el verdadero amigo» de Lauso, le pregunta por Silena y «esto no pudo saber de Lauso» (pág. 472), pero le cuenta el episodio de una reconciliación que da lugar al soneto «Rica y dichosa prenda que adornaste». Y a ruegos de Damón le dice los versos que comienzan «En tan notoria simpleza». Más adelante vuelve a cantar «Alzo la vista a la más noble parte», exaltación poética de los ojos de Silena, pieza también ajena a la obra porque Silena no aparece en ella. Luego, Lauso se ausenta de las riberas del Tajo a «un negocio», y a la vuelta Damón le pregunta a dónde fue la noche anterior, y Lauso le dice que un desdén de Silena, «acompañado de un melindroso donaire» (pág. 523), le volvió a su ser primero y logró la libertad de amor; y entonces canta con los pastores «Con las rodillas en el suelo hincadas». Por tanto, el desdén derribó la locura de amor y libró al pastor (pág. 602). M. A. Belmar Marchante (1995, 223-230) ha añadido otros matices a esta peculiar situación de Lauso y su posible representación de una experiencia vivida por el propio Cervantes.

Por lo que hemos resumido, se echa de ver que el caso amoroso de Lauso no está integrado en la trama principal de la obra. Los hechos de los amores de Lauso y Silena ocurrieron fuera de ella, y las poesías referidas resultan así marginales. Si se considera plausible la identificación de Lauso con Cervantes, se trataría del reflejo de alguna aventura amorosa, cuyas cronología y circunstancias son muy difíciles de establecer. No parece que sea la de Ana Franca, por la condición social de ella, que no conviene con el aparato pastoril. Aunque Damón no sepa quién es Silena (pág. 528), no duda de su «singular belleza» (posible) y de su «incomparable honestidad» (menos posible según los documentos). Por tanto, si existió algún acercamiento entre Lauso y el propio Cervantes, este fue lejano y parcial, sólo el juego de un escritor que entra y sale de su propia obra. A la amante y a la esposa conocidas, se une la sombra de esta Silena. Al menos existe, como Dulcinea, en la realidad imaginada de un personaje y, aunque no llega a asomarse al libro, sirve como motivo para la conducta de Lauso y para sus versos.

Queda otra leve nota por consignar: poco antes de la poesía «¿Quién mi libre pensamiento?», el narrador escribe: «... luego en el son no muy concertado de la voz y en lo que cantaba, fue [Lauso] de los más que allí venían conocido» (pág. 469). Este reconocimiento sobre un hecho negativo creemos que sólo puede aplicarse al propio autor (G. Stagg, 1972, 265).

Lauso es así el personaje más complejo de la nómina de los pastores, está dentro y fuera de la obra, y recoge en ella un cancionero que pudiera haber existido independientemente de *La Galatea*. ¿Sombra poética del autor?

Lenio es otro pastor que ha atraído la atención (M. Trambaioli, 1994, 45-51). Ofrece dos aspectos distintos en su personalidad durante el curso de la obra. El más original es el de Lenio como pastor desamorado en los primeros libros de *La Galatea;* y hacia el fin acaba enamorado de Gelasia, la pastora que defiende la libertad del amor. Lenio, en su primer aspecto, porfía y burla siempre de amor y sus designios, y así lo manifiesta en prosa y en verso a los demás pastores: se presenta como «el paladín del desamor». Su función pretende desmitificar la función dominante del amor entre los pastores, y por eso se vale de expresiones que él mismo reconocería como «burlescas», y que confiesa que eran porfías sobre burlerías (véase la poesía «Dulce amor, ya me arrepiento...» (pág. 535 de esta edición). Y, sin embargo, al fin de la Primera parte de la obra (sin que se sepa cómo acabaría el caso) también queda enamorado de Gelasia, enriqueciendo así la variedad de los personajes.

16. Novedad de «La Galatea»

a) Hacia una interpretación cabal de la obra

De los rasgos reunidos en los epígrafes, se deduce que los lectores identificarían *La Galatea* con un libro de pastores. Los críticos se han preguntado qué es lo que aporta al género como novedad, contando con la reiteración específica de esta clase de obras. Hay que considerar en estos casos la combinación y la interpretación de un fondo común, y la preferencia por determinados motivos en contraste con la indiferencia por otros o su ausencia. También los vaivenes de la orientación de la crítica literaria han inclinado la valoración de la obra hacia una u otra parte, según la valoración de sus componentes.

R. Osuna (1963) ha examinado la erudición y la crítica del siglo XX en lo que toca a *La Galatea*. Desde la incomprensión que manifestó sobre la obra (y el género) H. A. Rennert (1912) en su historia de los libros de pastores hasta la madurez crítica de J. B. Avalle-Arce (1975), se aprecia un proceso de revisión de los valores de la obra, que se manifiesta en que este crítico titule «Cervantes», sin más, el capítulo correspondiente a *La Galatea* en su historia *La novela pastoril española* (1975). Esta progresión ha llegado al punto de que, con ocasión del centenario de la publicación de *La Galatea*, la obra ha sido objeto de libros monográficos sobre ella (Cervantes, 1985 y 1986).

b) «La Galatea» y el reconocimiento de la variedad humana

La literatura pastoril es una vía firme para la introspección de los personajes, necesaria para el crecimiento de la eficacia novelesca; A. Castro destaca que es en el relato pastoril «donde, por primera vez, se muestra el personaje literario como una singularidad estrictamente humana, como una expresión de un "dentro de sí"» (1957, 213). Puede que el «por primera vez» peque de exageración, pero la observación es aplicable a *La Galatea*, donde esta interioridad muestra a veces zigzagueos tan rotundos, como le ocurre al personaje principal: como observa J. T. Cull (1986, 64-65), habiendo sido Elicio un teorizador del amor y un disciplinado enamorado (desde lejos) de Galatea, cuando ella corre peligro de que case con otro, en la parte final del libro impreso, propone una acción común con sus amigos para impedirlo, por la violencia si fuere menester. Notemos también que la propia Galatea, tan cuidadosa de su honra, en el caso de Artandro que rapta a Rosaura, dice que por ser un caso de amor «conmigo en parte queda desculpado» (págs. 515-516). Extraño comentario en una obra en la que se consagran tantas páginas a la teoría del amor.

Esto dice la mujer más importante de la obra, y, por parte de los pastores que oyen con atención la discusión sobre el amor (montada, en la parte de Tirsi, sobre la imaginería poética de la mujer como escalón hacia Dios) se señala que esto ha de ser compatible con que la mujer es ligera, voluble y mudable. Incluso un personaje del prestigio de Damón se permite decir: «El Cielo [...] al fin, fin la hizo mujer, en cuyo frágil sujeto no se halla todas veces el conocimiento que se debe y el que ha menester el que por ellas lo que menos aventura es la vida» (págs. 257-258). Este juicio vale como indicio de otros. El resultado es que, el admitir el haz y el envés de la condición femenina, el curso de la obra se enriquece en contrastes de apreciación que crecen su condición «novelística». Si enamorarse es «aventurar la vida», el riesgo crece hasta el peligro de muerte. *La Galatea* muestra, pues, una variedad de tipos femeninos en función de la relación que la mujer establece con el hombre. B. Souviron López (1997, 131-134) lo pone de manifiesto en el examen de la mujer en cuanto a su función arcádica en el género pastoril español. La mujer rechaza al hombre, sobre todo para asegurar la dignidad de la honra; hay alguna pastora que defiende la libertad total (Gelasia), pero la misma Galatea cede cuando el matrimonio legitima los gustos naturales. De esta manera los personajes femeninos ayudan a promover esta variedad en el transcurso del libro, y los que asumen los rasgos comunes de la topística pastoril alternan con estos otros en los que el amor conduce a casos que pueden acabar en muerte.

Por otra parte, E. Rhodes, extendiendo el comentario de la poética de *La Galatea,* llega a encontrar una posición irónica hacia el convencionalismo pastoril, semejante a lo que existe en el *Quijote* con respecto a los libros de caballerías (1986, 144). No de una manera radical, porque Cervantes mantiene los valores poéticos de la literatura pastoril, pero sí puede decirse que el lector avisado de entonces y el de ahora nota a veces cierta incomodidad en la postura de algunos de los protagonistas. En la pastoril cervantina interviene también un cierto grado de locura, que es otro riesgo para el alma, aquí propia del curso del amor en cuanto sobrepasa los límites de la razón (F. Vigier, 1981).

Frente a un convencionalismo libresco, hay que decir que W. Krauss (1967, 366 y 1971, 675-679) ha señalado la relación de la literatura pastoril con la realidad social de la Mesta, que tan importante función tuvo en la economía de la sociedad de la época; Cervantes recoge en su obra algunos términos de su organización, como *cañada, mayoral,* etc. Y, en contraste, *La Galatea* es un libro en el que también hay menciones del mar y la navegación, en la trama de Timbrio y Silerio (M. Socorro, 1952).

Hay otro aspecto que también conviene con esta función sustantiva de la variedad en la obra. Ya se trató de la función de Fortuna, hado y demás términos en la obra; R. Ricciardelli (1966, 22) relaciona la acción de Fortuna sobre los hombres como una de las causas que propician esta variedad. Con razón dice Damón:

> No permanece siempre en un estado
> el bien ni el mal, que el uno y al otro vase...
> La noche al día, y el calor el frío,
> la flor al fruto van en seguimiento.
> La sujeción se cambia en señorío,
> en placer el pesar, la gloria en viento...

(Soneto: «Si el áspero furor del mar airado»)

Esta sucesión de estados pudiera explicar la variedad de la obra; se atribuye a la Naturaleza, pero esta es mayordoma de Dios. Por este motivo para los lectores contemporáneos de Cervantes, *La Galatea* sería una obra entretenida, abundante en sorpresas, anuncio de una «novelización», que habría de proseguir en otros libros.

Esta variedad puede conducir a efectos sorprendentes para los lectores: que Silerio, siendo un caballero, se disfrace de truhán y actúe como tal, y que como tal haga un elogio del Príncipe (págs. 285-286). Esta disparidad hizo que A. Castro pensase que en el episodio pudiera haber alguna animosidad contra Felipe II (1948, 324).

Desviándose de los cauces previsibles, la obra gana en tensión argumental. Si los pastores «filósofos» exponen los principios de la teoría amorosa, los demás pastores viven como se lo permiten sus vivencias propias. Escribe F. Rico: «Con querencia de novelista, Cervantes rehúsa acomodar la complejidad de la vida a ninguna armazón teórica» (1970, 143). Y no le importa que para esto triunfe una cierta paradoja constitucional: las bodas de Silveria y Daranio, tan importantes en el desarrollo de la obra, se logran a costa del amor de Mireno. Comenta J. Casalduero: «La claridad mental y física es reemplazada por la complejidad. De aquí la lucha entre luces y sombras, y la encrucijada de perspectivas» (1973, 33). Y esto nos conduce a un determinado planteamiento de *La Galatea;* y es su consideración como obra «barroca»; comenta M. Trambaioli que a Cervantes le gusta «complicar la arquitectura de la obra» (1993, 72).

c) *Manierismo en «La Galatea»*

Estableceremos, en primer lugar, la perspectiva estética que corresponde al arte manierista. Y en este sentido conviene recordar que alguno de los procedimientos artísticos del libro apuntan a Fray Antonio de Guevara; M. R. Lida percibió que Cervantes «remeda sin bríos la gozosa retórica guevariana» (1945, 384); y en esa dirección *La Galatea* resulta bien orientada, pues Guevara es un escritor representativo de esta corriente manierista (R. Froldi, 1988); y además el género de los libros de pastores asegura estas tendencias estilísticas (E. Moreno Báez, 1973, 237-238). Y corroborando esta interpretación, D. Issacharoff (1981) ha verificado una comparación de varios episodios de la obra (el asesinato de Carino, el beso de muerte de Leonida, la grabación de las poesías en los árboles, la aparición de Calíope) con pinturas manieristas, y dice que esos episodios le parecen «tapices literarios cuyo tejido puede ser hilado con la extraordinaria profusión de imágenes manieristas» (*ídem*, 336).

d) Barroquismo en «La Galatea»

Haciendo que intervenga el factor cultural del barroco, esta diversidad humana enriquece los puntos de vista sobre la obra. Aun siendo el primero de sus libros, *La Galatea* participa del deseo de despertar la *admiración* en los lectores, y esto es un factor esencial en el arte barroco. E. C. Riley escribe: «Para Cervantes, lo mismo que para Tasso, uno de los mayores problemas de la literatura consistía en encontrar la manera de reconciliar lo maravilloso y admirable con la verosimilitud» (1966, 149). En *La Galatea* «lo maravilloso» se aparta (salvo en el caso de Calíope), y lo admirable se busca en la sorpresa de las acciones humanas, aun manteniendo la verosimilitud.

En su estudio de los nombres pastoriles, H. Iventosch (1975, 49-51) comenta que *Carino*, un nombre que implica 'gracia, encanto', personaje benéfico en la *Arcadia* de Sannazaro, se utilice en *La Galatea* para designar a un malvado; para Iventosch esto es indicio de una consideración barroca que se revuelve contra el ideal bucólico, aun dentro de una obra que lo pone de manifiesto.

e) Alma y cuerpo

Dijimos que la teoría del amor expuesta en *La Galatea* se ilustra a través de los personajes. Esto ocurre con Elicio y Erastro con respecto de Galatea, tanto en las conversaciones que sostienen entre sí, como en las poesías que entonan (F. López Estrada, 1994-1995). Orientando hacia una consideración del contenido espiritual del libro, L. E. Cox (1974), piensa que este es tan sustancial, que entiende que la obra es una alegoría con una base de platonismo estético sustancial; y mejor que un fin «novelístico», cree que los personajes de la obra buscan una *metarrealidad* compuesta por la poesía (sus aspiraciones espirituales) y la historia (su realidad común).

Frente a estas interpretaciones, cuenta también el que en la obra hay testimonios de que los efectos del amor alcanzan al cuerpo, y entonces se produce la «enfermedad del amor», que puede llegar a poner en peligro la vida de los personajes. O. H. Green (1966/1, 49-51) menciona a este propósito un párrafo de Alonso de Madrigal que se apoya en Hipócrates: «... Dice Hipocrás: el amor es codicia que se hace en el corazón, por causa de la cual intervienen algunos accidentes de que por ventura muere el enamorado». Esta muerte por amor, diagnosticada por el médico, es un riesgo general en el mundo de los pastores, pero Cervantes va más allá de este peligro cardiaco común, y plantea algunos casos en los que la muerte ocurre de una manera efectiva, no sólo de palabra, por violencia física, asesinato o suicidio, o al menos su inminencia, como hemos de referir dentro de poco.

f) Una nota de oculto erotismo

La naturaleza del contenido de los libros de pastores evita y desconoce las manifestaciones del amor carnal, que no es la única manera de romper la imaginería platónica de estas obras. A veces aparecen ecos de la teoría del amor cortés medieval. En el caso de las bodas de Daranio y Silveria, sabemos que Mireno quedó a un lado por el matrimonio de los dos primeros. Para consolar al pastor desdeñado, Elicio le hace una propuesta: «Si tú [Mireno] la quisiste limpia y honestamente doncella, también la puedes querer agora casada, correspondiendo ella ahora como entonces a tus buenos deseos.» (pág. 331). Esto mismo es posible en el mundo pastoril, pues en la *Diana*, Sireno y Silvano siguen enamorados de la Diana casada. En *La Galatea* esto no se logra, porque Mireno dice que no hará «cosa de que [ella] pueda ser notada». No hay juego posible, aun asegurando la honestidad del caso implícito, y Mireno se contenta con ser un «doliente de amor».

Sin embargo, Cervantes con gran habilidad abrirá paso para que en *La Galatea* penetre al menos una leve y lejana (sobrentendida) mención del amor carnal. Y lo hace valiéndose de un personaje marginal, el pastor que se puede identificar sin dudas con su amigo Francisco de Figueroa. Aun contando con que las obras de Figueroa no se publicaron hasta 1625, los que estaban al tanto de los papeles de la lírica amorosa podían completar lo que Elicio y Erastro dicen sobre Tirsi refiriéndose a los amores que le dieron primero penas y luego «llegaron a nuestras cabañas las nuevas de tu contento, solemnizadas de aquellos versos tan nombrados tuyos, que si mal no me acuerdo comenzaban "Sale el aurora, y de su fértil manto" (pág. 264). Elicio y Erastro (y Cervantes, en consecuencia) conocían el resto de las poesías apuntadas, las que el autor escoge para que sirvan de testimonio del proceso amoroso de Tirsi, y que hemos reunido en el Apéndice II. El primero de los sonetos apuntados («Ay, de cuán ricas esperanzas vengo») es manifestación del desdén de la amada que hiere a Figueroa, que sólo pide una mirada conmiserativa (en coincidencia con otro soneto de Bembo). El otro soneto («La amarillez y la flaqueza mía») es una manifestación de la referida enfermedad de amor: Filis es el tormento, el dolor que le conducen a la muerte por amor. Y la tercera poesía, que es la que más nos importa, representa el triunfo del amor en un marco pastoril. La anécdota que implica la canción ocurre en las orillas del río Tíber; por tanto, se refiere a los amores del poeta en Italia. Erastro sólo cita el comienzo: «Sale la aurora de su fértil manto.» La pastorcilla lo espera sentada en las orillas del río romano: «arde de amor la tierra, el río, el cielo» (v. 19). Ella espera impaciente y él se alegra con su inquietud, y cuando él aparece:

> ... a mí se llega y queda
> de mi cuello colgada,
> y así está un poco embebecida, y luego
> con amoroso fuego,
> blandamente me toca
> y bebe las palabras de mi boca.

(vv. 52-56)

Y ella lo recibe con palabras de júbilo amoroso:

> Así dice ella, y nunca en tantos nudos
> fue de hiedra o de vid olmo enlazado,
> cuando fui de sus brazos apretado,
> hasta el codo desnudos,
> y entrando en el jardín de los amores,
> cogí las tiernas flores
> con el fruto dichoso.

(vv. 65-71)

La poesía vino a cuento porque «de lance en lance, a razonar de casos de amor se había reducido». Y con esta sucesión de poesías «se conoce la diferencia que hay de tiempos a tiempos, y cómo con ellos suele mudar amor los estados» (pág. 264). El caso de Tirsi es una ilustración de esta variedad del amor que dio al fin con la unión carnal.

Con discreción Cervantes, a costa de la aventura italiana de Figueroa, ha introducido la serpiente en el pretendido paraíso. La vertiente erótica queda así apuntada y la podían entender los buenos conocedores de la poesía de la época: los que leyeron las poesías manuscritas de Figueroa sabrían hasta qué punto llegaron las relaciones de Figueroa con la pastorcilla romana. Para los que no las conocían y habían leído *La Galatea* como entretenimiento y no sabían del asunto, aquel era otro caso apuntado sólo de la variedad de las relaciones humanas. Cervantes guarda los preceptos de suma honestidad de los libros de pastores, pero se permite un guiño de complicidad con los pocos que estuviesen al tanto del asunto.

g) La amistad benéfica

M. Ricciardelli (1966, 13-14) destacó que en *La Galatea* junto al amor cuenta también la amistad como relación benéfica y virtuosa. Es el caso de Elicio y Erastro, que, amando los dos a Galatea, esto no les impide ser buenos amigos, como Sireno y Silvano en la *Diana*. Sólo que aquí son de condición diferente: uno es un pastor «fino» y el otro, «rústico ganadero»; esto apunta hacia la otra pareja don Quijote-Sancho, señor y escudero, pero en verdad amigos en la transcendencia. Y en *La Galatea*, el caso de Timbrio y Silerio es el de un reconocimiento sin límites del poder de la amistad. Tirsi y Damón aparecen como grandes amigos. Florisa es «amiga verdadera» de Galatea. La amistad va ligando así parejas como el amor.

h) Humanidad contra humanismo

Cervantes vimos que evita el aparato mágico; no hay cambios bruscos del curso de los amores causados por el agua encantada, y en esto hace como en otras de sus obras, como en *La casa de los celos,* donde tampoco usa medios artificiales para torcer la voluntad (M. H. Marks, 1986, 136). El contrapeso es la tensión espiritual de los pastores, que, sin recurrir a otras fuerzas, quieren llegar al límite de las humanas.

Por este motivo deja también de lado las criaturas que no son de estricta condición humana (faunos, salvajes, ninfas que no sean Calíope, que es más bien una fuente intelectual de noticias, etc.). El aparato mitológico le sirve sólo de adorno y se concentra en determinados lugares de la obra. Lo notó Ch. V. Aubrun, que puso de relieve lo que incluso le parece inquina de Cervantes contra los humanistas de su tiempo (al menos, a los de determinadas especies): «El genio de Cervantes no reside en sus conocimientos de autoridades clásicas, sino en su modo inaudito de disponer las palabras...» (1979, 97). F. Ynduráin (1947, 106) subraya, como elemento diferenciador entre la *Arcadia* de

Sannazaro y *La Galatea*, que no hay en esta el «mosaico de bellas frases antiguas que en aquella». La mitología de la obra es la común de la época (y a veces es prestada a través del tratadista de amor); implica las referencias usadas en la poesía y en el teatro. La relación con el fondo pastoril antiguo ha sido señalada por A. Tovar (1947).

De esta manera, inclinado el libro hacia un ámbito de estricta humanidad, esto es una de sus características por entre el grupo de libros de pastores: el énfasis en la acción del hombre —incluso cabría decir que del contemporáneo— y la lejanía de los dioses y de los adornos librescos de esta procedencia dan a la obra un aire de verosimilitud, anunciador del *Quijote*.

i) Corte y aldea

Dijimos que *La Galatea*, como otros libros de su clase, da cabida a otros personajes que no son pastores, procedentes de la libre versión de determinadas «novelas» e incorporados al curso pastoril. Esta adaptación cumple algunos requisitos: el origen de estos otros personajes se sitúa en las riberas de un río; su procedencia social está sólo apuntada, pero puede matizarse (K. Ph. Allen, 1977); los nombres que les adscribe son en más o en menos pastoriles; una vez han entrado en la obra, se conducen de manera parecida a los pastores, y es en lo que hicieron fuera de él (y lo cuentan), en donde sus acciones adquieren un movimiento inusitado, de sentido aventurero.

La cuestión del enfrentamiento entre corte y aldea, tan propio de estos libros, se sitúa en un episodio en el que se plantea un razonamiento en cierto modo semejante a la disputa sobre el amor, pero de menor grado y extensión; en el fondo se halla en el tan conocido libro *Menosprecio de corte y alabanza de aldea* (1539...) de Fray Antonio de Guevara, que difunde el asunto en lengua vulgar. Dentro de esta corriente, *La Galatea* queda cerca de uno de los *Colloquios* de Antonio de Torquemada (1553), el tercero, en el que dos caballeros, Leandro y Florián, encuentran al pastor

Amintas y con él tratan de «las excelencias y perfición de la vida pastoril» (1931, 615). Al fin de esta obra, hay otro *Colloquio pastoril,* en el que uno de los personajes se llama Grisaldo, como otro de *La Galatea.* Cervantes, sin embargo, plantea la cuestión de una manera diferente, y en su libro cambia el orden de la exposición, y es el caballero el que elogia la vida pastoril, y no el pastor. En Torquemada, uno de los caballeros dice hacia el fin: «... en fin, determinado estoy de dormir en buena cama [...] y comer buenos manjares y beber buenos vinos y andar muy bien vestido y procurar buenas conversaciones [...], sin cuidar de las filosofías de Amintas ni de sus contemplaciones...» (1931, 628). Y esto es lo contrario de lo que dice el caballero de *La Galatea,* que elogia el atuendo y comida pastoriles y su efecto en la salud. El elogio queda, sin embargo, convenientemente matizado, pues Elicio avisa al caballero de que también la vida pastoril tiene sus «resbaladeros y trabajos»; Darinto expone una solución media diciendo de que en la pastoril «hay menos [guerra] que en la ciudadana por estar más libre de ocasiones que alteren y desasosieguen el espíritu» (pág. 406), y de esta manera la guerra de la vida (Job y Heráclito) es menor.

De todas maneras, *La Galatea* mantiene la tradición de la *Diana* de Montemayor y se vale para los pastores de un diálogo que conviene con la cortesía propugnada en los libros que aconsejan sobre el trato cortesano (R. Senabre, 1987); y esto va de acuerdo con el orden del estilo narrativo que los autores usan dentro del uso de la norma genérica de estos libros. Cervantes se atiene a ella y también, como Montemayor, sitúa a caballeros o personas relacionadas con la Corte o de sociedad cortés entre los pastores.

j) *Violencia y muerte en «La Galatea»*

Las normas comunes de la literatura pastoril señalan que en ella no conviene la violencia, y mucho menos, la sangrienta, ni la muerte. Dijo F. de Herrera que los amores de estos pastores deben ser: «... simples, y sin daño, no funestos con rabia de celos, no manchados con adulterios; competencias de rivales, pero sin muerte y sangre» (1966, 456, comentario del comienzo de la Égloga I de Garcilaso). Esto que vale en términos generales y para apostillar el inicio de las Églogas de Garcilaso, hay que situarlo en el conjunto de la literatura pastoril de la época y cabe matizarlo y aun contradecirlo, si así conviene a un autor. Si la literatura pastoril es esencialmente amorosa, y amor es principio de vida, la muerte resulta ser su contrario. Uno de los emblemas de Alciato (desde 1531) se titula «De morte et amore», y en él la Muerte y el Amor cambian sus armas, de manera que la primera enamora, y el segundo mata; este emblema obtuvo gran difusión (F. G. Fucilla, 1953), indicio de que estos contrarios tenían fácil acercamiento. En efecto, en la *Arcadia* hay varios episodios en los que la muerte está presente (tumba de Massilia, prosa X; exequias de Ergasto [prosa XI] y la égloga XII por la muerte de Filida). En Garcilaso se menciona (Égloga III, 229-232) a una ninfa que «estaba entre las hierbas degollada» (*igualada*, según otros manuscritos), representación de Isabel Freyre, versos diversamente interpretados (O. T. Impey, 1987). En la *Diana* de Montemayor muere Celia, enamorada del falso paje Valerio.

Aun contando con estos precedentes, los críticos coinciden en notar que la presencia intensa y variada de la muerte distingue esta obra de los demás libros de pastores; así lo estudian B. M. Damiani y B. Mujica (1990, 68-92) en relación con el deseo de muerte, el suicidio, la violencia y el asesinato, a los que vamos a referirnos brevemente.

J. R. Stamm (1981) destaca esta violencia, tanto local, como entre personajes de distintos reinos de España, y el «tremendismo»; y en contrapartida, la ausencia de la comicidad en la obra, que sólo apunta en Erastro. No hay arbitrariedad al introducir la violencia en *La Galatea;* como escribe C. Bandera, «la violencia aparece en la misma medida en que ese bucolismo tradicional se desgasta, y es ya incapaz de ocultar su propia ficción» (1975, 23); y esto es camino de originalidad: «En *La Galatea* las pasiones de los personajes son mucho más fuertes que en ninguna otra novela pastoril» *(ídem).*

Los testimonios de esta violencia son varios. Así, en el comienzo mismo de la obra, los pastores Elicio y Erastro ven cómo Lisandro mata a Carino; poco después, Lisandro les cuenta que Leonida había sido asesinada por Crisalvo, y luego mueren Libeo y Crisalvo. S. Shepherd (1986, 167) se plantea si acaso estas muertes ocurren por querer lograr el matrimonio fuera de las normas familiares. En el libro IV (pág. 389), Rosaura intenta matarse con una daga porque Grisaldo no le corresponde; la misma Rosaura luego es raptada por Lisandro, caballero aragonés. En la Égloga que se representa en las bodas de Daranio y Silveria, el primer personaje que habla es Orompo, con el dolor de la muerte de la amada, y sus palabras iniciales son: «Salid de lo hondo del pecho cuitado / *palabras sangrientas* con muerte mezcladas...». B. Mujica (1986, 171-209) destaca estas palabras que anuncian que *La Galatea* es una Arcadia manchada de sangre; sin embargo, Cervantes no acude a recursos de violencia sobrenatural ni debida a seres de condición sobre o infrahumana (P. Ilie, 1971).

B. M. Damiani (1986) propone que en *La Galatea* se expone una retórica de la muerte, y reúne las diferencias léxicas concurrentes: tragedia (término que resaltó M. Ricciardelli, 1966, 15), crueldad, discordia, etc. Todo esto vale para una moralización implícita que aparece en los mismos discursos de los protagonistas.

Con todo, hay que notar, como destaca A. Farinelli (1948, 13), que Cervantes lo hace «evitando cuidadosamente las notas recargadas, el tono demasiado duro de los contrastes...». La tragedia se atempera en el ámbito pastoril, pero esto no impide que su función en la obra sea destacada y caracterice la obra entre las demás.

17. EL TEMA PASTORIL EN CERVANTES DESPUÉS DE «LA GALATEA»

a) En el «Quijote»

Cervantes fue el primer crítico de *La Galatea*, aprovechando la ocasión del escrutinio de los libros del hidalgo manchego. Por de pronto, jugando con la paronomasia, escribió que era «más versado en desdichas que en versos» (I, 6); y del libro dijo que «tiene algo de buena invención»; esto era notable porque la invención se aplicaba a un género difícilmente renovable. Y sigue: «propone algo y no concluye nada»; en efecto, el libro queda inconcluso, en espera de la segunda parte. Estas manifestaciones, según M. Ricciardelli (1966, 27), exponen una aspiración de la vida de Cervantes: el mundo arcádico de los sueños no puede convertirse en realidad, pues se desharía. Y también hay que contar con la experiencia común, ya referida, de que algunos escritores comenzasen su vida como autores con un libro pastoril, al que había de seguir una «épica»; así había ocurrido con Spenser y Camoes, y después con B. de Balbuena (H. Iventosch, 1975, 87). Lo que Cervantes añade luego es la promesa de la segunda parte, en donde el autor dice que se enmendará para lograr «la misericordia que ahora se le niega».

Un autor suele ser el peor crítico de sí mismo, y lo cierto fue, sin embargo, que el libro de pastores que escribió Cervantes le valió para conocer los recursos literarios de la composición, que luego aplicaría a otras obras. D. H. Squire (1983, 222), a través de exámenes y comparaciones con el *Persiles*, llega la conclusión de que el *Quijote* implica un refinamiento en el uso de paralelismos, frases equilibradas y antítesis, tan propias de *La Galatea*. C. Bandera reitera este juicio: «Nunca se insistirá bastante en la estrechísima relación que existe entre el *Quijote* y la novela pastoril española, ni en el inagotable sentido de esta relación» (1975, 21). Un estudio detenido en este sentido es el de D. Finello (1994), ampliando otros que había publicado (1976, 1988/1 y 1988/2): y también F. López Estrada (1990). A. K. Forcione estima que en el *Quijote* hay una «crítica a fondo de *La Galatea*», y que en el nuevo libro pretende superar el libro de 1585 «en busca de una nueva pastoril» de orden más humano (1988, 1013); y lo amplía en otro estudio en que propone que el episodio de Marcela y Grisóstomo del *Quijote* resulta ser el fin perfecto de lo que Cervantes plantea en *La Galatea* (1991).

La experiencia de haber escrito *La Galatea* pudo aprovecharle en dos sentidos: para mejor dominar la técnica argumental y para transfundir a la nueva obra la materia pastoril, convenientemente acomodada por entre los personajes y los episodios. Así ocurre con el repaso de los libros pastoriles en el escrutinio de la librería del hidalgo (M. Casella, 1938, I, 417-441).

Y de los libros, a los personajes del *Quijote*. Poco después del escrutinio que acabamos de mencionar, encontramos a los cabreros, los más humildes de los pastores, ante los cuales, desconcertados, don Quijote pronuncia el discurso de la Edad de Oro (I, 11), un tema que está en el fondo de la literatura pastoril, cuyas fuentes y resonancias ha establecido G. Stagg (1985). Otros cabreros son los de Sierra Morena (I, 23), que ayudan a Cardenio, pero siempre distanciados, y a lo más, uno pelea con Sancho (I, 24), que también había sido pastor (I, 20). Los cabreros que habían oído el discurso del Siglo de Oro conducen a don Quijote hasta el entierro de Grisóstomo (I, 13), cuyas incidencias constituyen un episodio que sí se relaciona con lo que los lectores del *Quijote* podían haber también leído en los libros de pastores. Grisóstomo y Marcela aprendieron su conducta en estos libros: «aquel famoso pastor estudiante llamado Grisóstomo, y se murmura que ha muerto de amores de aquella endiablada moza de Marcela, la hija de Guillermo el rico, aquella que anda en hábitos de pastora por esos andurriales» (I, 12). Grisóstomo es pastor según las apariencias de la moda literaria, y ella lo es sólo en el hábito, por gusto y para su cultivo espiritual. El episodio se presentó bajo un signo trágico: él se dejó morir, desesperado por no obtener correspondencia en su amor; la tragedia vimos que se hallaba presente en *La Galatea*. La cercanía del discurso de la Edad de Oro es premeditada: la *Arcadia* pretendida es imposible (J. Fernández, 1987-1988); para A. K. Forcione (1988, 1028-1036), el fin de este episodio es como el de una *Galatea* que Cervantes nunca llegó a acabar.

Para D. Finello, el interludio de Sierra Morena (*Quijote*, I, 23-27) «introduce en su obra motivos y temas que parecen componer una novelita pastoril del pleno dieciséis» (1976, 219). Cardenio es un personaje «arcádico» que llega a la locura pastoril de una manera provisional; se comporta como un «pastor loco» (1994, 118), mientras que la locura caballeresca dura todo el libro. Para M. Moner (1989, 186), Cardenio es un personaje contagiado de lo pastoril, no sólo en los hechos, sino en su descripción.

La aventura de las bodas del rico Camacho (*Quijote*, II, 20 y 21) se relaciona con las bodas de Daranio y Silveria, enlazándose con una fuente común de la tradición pastoril (sobre todo, de la teatral). Hay narración de los preparativos, descripción de los trajes, una representación *(égloga* en *La Galatea,* y una danza de artificio en el *Quijote),* pero difieren en las terminaciones: en *La Galatea* hay un «razonable» fin con el apartamiento de Mireno; y en el *Quijote* Basilio, el pobre, logra a Quiteria, la doncella en juego. Gracias a una farsa picaresca, triunfa el amor, y por eso mismo el determinismo literario de la ideología pastoril queda saboteado por quien, como don Quijote, es uno de sus contumaces seguidores.

Por otra parte, en el *Quijote* se testimonia lo que la literatura pastoril tenía de espectáculo cortés, en el grado de la hidalguía. No sólo se leían los libros de pastores y las églogas, sino que también podían convertirse en un juego social de índole dramática. La Arcadia se convierte en una fiesta de aldea que celebran los hidalgos. Cervantes se encuentra en el camino con «dos hermosísimas pastoras; a lo menos, vestidas como pastoras, sino que los pellicos y sayas eran de fino brocado […]. La edad, al parecer, ni bajaba de los quince ni pasaba de los diez y ocho» (II, 58). Don Quijote en ellas ha encontrado la realidad de lo que había leído en los libros de pastores. Y ellas, sin embargo, le aclaran el caso: «En una aldea que está hasta dos leguas de aquí, donde hay mucha gente principal y muchos hidalgos y ricos, entre muchos amigos y parientes se concertó que […] nos viniésemos a holgar a este sitio […] formando entre todos una nueva y pastoril Arcadia, vistiéndonos las doncellas de zagalas y los mancebos de pastores. Traemos estudiadas dos églogas, una del famoso poeta Garcilaso, y otra del excelentísimo Camoes...» Las pastoras van camino de la representación; ellas lo son fingidas, pero el prestigio literario que las hizo posible es verdadero, y en él participan los hidalgos de la aldea y lo convierten en motivo de entretenimiento. Don Quijote también cree en lo mismo, pero para él la aventura acaba de mala manera, pues su empeño en exaltar la belleza de las pastoras hace que quede molido por una manada de toros.

Por fin, el episodio más decisivo ocurre cuando don Quijote, vencido por el Caballero de la Blanca Luna, de vuelta a la aldea para cumplir el retiro que se le impuso, imagina que podría hacerse él mismo pastor. Su biblioteca, cuyos libros conocemos por el escrutinio referido, le proporcionaba conocimientos sobre la materia a través de los libros de pastores. La sobrina del hidalgo se lo temía, pues aun después de la quema de los libros de caballerías, había observado que tampoco convenía que quemaran los pastoriles, pues dice: «habiendo sanado mi señor tío de la enfermedad caballeresca, leyendo estos [libros pastoriles] se le antojase hacerse pastor y andarse por los bosques y prados cantando y tañendo» (I, 6). Y estas son las ocurrencias de don Quijote cuando propone a Sancho que adopten los dos un nombre pastoril (primer paso del disfraz), y se reúnan con sus convecinos: «llamándome yo el pastor Quijotiz y tú, el pastor Pancino» (II, 67). Esto significa que pudiera haberse escrito un libro titulado *El pastor Quijotiz de la Mancha*. Locura por locura, tanto pudo haber tenido su origen en la caballeresca como en la pastoril. Cervantes hizo que todo quedase limitado a un intento, pero la intención estaba implícita en el *Quijote* caballeresco. Como escribe D. Finello (traducimos): «La composición del *Quijote* está enriquecida con imágenes de la literatura pastoril y de la vida diaria, en la cual los personajes de Cervantes se mueven sin parar en un mundo de posadas, aldeas y montañas. Y su visión de la vida pastoril está exaltada en mayor grado por la excitación y la energía de la presencia de don Quijote» (1994, 81). El deslizamiento hacia la parodia, a veces apuntado y siempre posible, no llega a producirse. Dice C. Bandera: «En su primera obra rompe Cervantes por muchas partes el molde literario, pero en cierto modo sigue siendo prisionero de él [...] El momento de la gran ironía no había llegado aún» (1975, 125). Precisamente F. L. Flecniakoska (1959-1960), buscándola, cree que está en la misma figura de Dulcinea, nombre pastoril que vale lo mismo como dama del caballero andante que la inventó que como pastora en la farsa de Sancho. Pero esto no impide que al fin de la obra el escudero favorezca la intención de crear la «tertulia» pastoril que imagina don Quijote; pero entonces lo hace por amor y comprensión de su amo, vía de una auténtica vivencia pastoril (A. K. Forcione, 1988, 1042).

Otra coincidencia se halla en el hecho de recurrir al material novelístico de Boccaccio, tanto para el caso de Timbrio y Silerio en *La Galatea,* como para Anselmo y Lotario en el *Quijote*. Son *dos amigos* tanto los unos como los otros, pero en el Quijote explora otras posibilidades de la trama, pues uno de ellos no es fiel ni leal (J. B. Avalle-Arce, *La Galatea,* 1987, 27).

b) En otros libros

Componer *La Galatea* en 1585 tenía sus peligros. La literatura pastoril ya acusaba un cansancio, al menos formal. Los rústicos del teatro prelopista dieron que reír con sus burlas, reiteradas en el teatro menor de los entremeses, y el formulismo del lirismo pastoril ahogaba la expresión lírica. El mismo Cervantes se refirió a los cultivadores de las églogas en estos términos:

> Otros, alfeñicados y deshechos
> en puro azúcar, con la voz suave
> de su melifluidad muy satisfechos,
>
> en tono blando, sosegado y grave,
> églogas pastorales recitaban,
> en quien la gala y agudeza caben.

(III, 22-27)

La condición *alfeñicada,* el *puro azúcar* formal, la *melifluidad* son notas negativas (que el lector de nuestro tiempo percibe), sólo se compensaban con la *gala y agudeza*. Don Quijote, al querer hacerse pastor, se expone a estos peligros, aun contando con el prestigio de la sombra de Garcilaso (*Persiles*, III, 8).

Cervantes enjuicia otra vez este orden literario en una obra que le permitía una valoración libre de compromisos; se encuentra entre las *Novelas ejemplares,* y es el *Coloquio de los perros*. Al menos en su redacción inicial, para T. H. Hart (1981) también las *Novelas ejemplares* pudieran haber recibido influencia de *La Galatea*. En el caso del *Coloquio* no se trata de una «novela», sino de la adición que prolonga una de ellas. Los lectores están preparados para oír cosas que eran «más para ser tratadas por boca de sabios que para ser dichas por bocas de perros» (*Novelas ejemplares,* 1980, II, 294). ¿No se dijo algo parecido en el prólogo de *La Galatea* refiriéndose a los pastores que filosofaban? Berganza cuenta que tuvo ocasión de oír la lectura de un libro de pastores (que pudiera ser la misma obra de Cervantes) de labios de su señora: «... digo que en aquel silencio y soledad de mis siestas [...], consideraba que no debía ser verdad lo que había oído contar de la vida de los pastores; a lo menos de aquellos que la dama de mi amo leía en unos libros cuando yo iba a su casa...» (*ídem*, II, 307). Y lo que sigue es el trozo que más se ha citado para declarar la disparidad entre los pastores de los libros y los reales en la sociedad de la época: «Digo que todos los pensamientos que he dicho, me causaron ver los diferentes tratos y ejercicios que mis pastores [...] tenían de aquellos que había oído leer que tenían los pastores de los libros; porque si los míos cantaban, no eran canciones acordadas y bien compuestas, sino un "Cata el lobo dó va, Juanica...", y otras cosas semejantes [...]; y no con voces delicadas, sonoras y admirables, sino con voces roncas que, solas o juntas, parecía no que cantaban, sino que gritaban o gruñían...» (*ídem,* II, 308-309). Estas observaciones concuerdan con otras que formulan sobre distintas cuestiones; por ser perros, son libres en la exposición de su experiencia, que no está humanamente comprometida; y esto es lo que permite establecer la moralización, propicia a la ironía. Pero el perro no para aquí, sino que saca esta consecuencia, tan conocida de todos y tan aprovechada para el menosprecio de la literatura pastoril: «Por donde vine a entender [...] que todos aquellos libros son cosas soñadas y bien escritas para entretenimiento de los ociosos, y no verdad alguna; que a serlo, entre mis pastores hubiera alguna reliquia de aquella felicísima vida, y de aquellos amenos prados, espaciosas selvas, sagrados montes, hermosos jardines, arroyos claros y de aquellos honestos cuanto bien declarados requiebros, y de aquel desmayarse aquí el pastor, allá la pastora, acullá resonar de la zampoña del uno, acá el caramillo del otro» (*ídem*, II, 309).

Berganza, sin embargo, al decir esto ha caído sin darse cuenta en el encanto pastoril. Si por un lado reconoce que es literatura para entretenimiento de los ociosos (y estos sobraban en la sociedad), cuando tiene que referirse a estos libros, él utiliza la misma expresión que oyó leer, y, sobrepasando una resonancia irónica, se desliza por el mismo plano pastoril, hasta el punto de que Berganza le avisa: «Basta, Berganza, vuelve a tu senda y camina» (*ídem*, II, 309). El código literario del género recrea subrepticiamente un fragmento de un posible libro de pastores, y esto no conviene con el decoro de un diálogo entre perros. Berganza acepta la reconvención y se justifica diciendo: «... se me iba calentando la boca, que no parara hasta pintarte un libro entero de estos que me tenían engañado» (*ídem*, II, 309). Cervantes sintió en su vida el encanto del mismo «engaño», pues siempre mantuvo la decisión de acabar su libro de pastores.

La relación de *La Galatea* con cuatro de las *Novelas ejemplares (La Gitanilla, La ilustre fregona, Rinconete y Cortadillo* y el *Celoso extremeño)* ha sido estudiada por R. M. Johnston (1984), demostrando la flexibilidad de la creación cervantina.

Hay que añadir que también los pastores se asoman entre los personajes del teatro cervantino: J. Canavaggio (1985) ha tratado de las figuras pastoriles en *La casa de los celos* (complemento es el tratamiento de las canciones populares en esta obra: F. López Estrada, 1987-1988), *El laberinto de amor* y *Los baños de Argel,* y ha deducido que no hay en estas comedias un renacer de una posible Arcadia teatral.

El tema pastoril quedó incorporado en la creación del

Portada de la edición de *La Galatea,* Alcalá, Juan Gracián, 1585; pertenece a la emisión B (J. Martín Abad, *La imprenta en Alcalá de Henares,* Madrid, Arcos/Libros, 1991, pág. 1100.

Quijote, en cuyo curso se entremeten episodios de esta naturaleza, y que los personajes del mismo encuentran como propios de la época y lugar en que el autor sitúa la acción novelesca (P. García Carcedo, 1996).

18. «LA GALATEA» Y SU FORTUNA
    EN LOS SIGLOS DE ORO

Examinemos la fortuna que tuvo el libro en la época de Cervantes. Nuestro autor pudo conocer en vida las ediciones de Alcalá, 1585, Lisboa, 1590, y París, 1611. Las de Lisboa y París presentan variantes que serían ajenas a Cervantes; son intencionadas, y la de París, 1611, reproduce la de Lisboa, 1590, como se desprende de los preliminares (Apéndice I). Estas variantes reducen algunas partes, suprimen adjetivos, cambian palabras de sentido religioso por otras profanas, evitan los términos de *hados, suerte, signo, fatalidad,* hay censuras de orden moral, etc. (F. López Estrada, 1948/2). A este censor la obra le pareció ligeramente peligrosa, pero que, convenientemente aderezada, merecía seguir publicándose. L. Rius propone en su *Bibliografía* que pudiera ser esta labor de censura obra de Bertholameu Ferreyra, el mismo que aprueba la obra. C. Oudin, el promotor de la de París, 1611, se dirige a los lectores en un prólogo dedicado «A los estudiosos y amadores de lenguas extranjeras» (que reproducimos en el citado Apéndice I) y cuenta cómo buscaba con ahínco un ejemplar de *La Galatea,* que le parecía «libro ciertamente digno en su género de ser acogido […] tanto por su elocuente y claro estilo como por la sutil invención y lindo entretejimiento de entrincadas aventuras y apacibles historias que contiene»; y además por ser Cervantes el autor del *Quijote.* Oudin enlaza con buen tino una obra con la otra y no las entiende incompatibles. Lo que le costó encontrarlo es indicio de que el libro se había vendido, y sólo en Portugal dio con un ejemplar de la edición lisboeta, que, a su vez, dice haber corregido y enmendado. Queda claro que a comienzos del siglo XVII, en que los libros de pastores españoles están de moda en

Francia, el de Cervantes se aprecia en los términos que expreso.

Otro testimonio de esta fortuna de *La Galatea* aun en vida de Cervantes se encuentra en los preliminares de la segunda parte del *Quijote*. Lo aporta Francisco Márquez Torres, el licenciado que aprueba el libro. Es un documento administrativo, que pudiera haberse resuelto con algunas frases de rigor, pero Márquez tuvo el buen acuerdo de comentar la obra y dejarnos la noticia de una anécdota interesante. Cuenta que el 25 de febrero de 1616, en el curso de una visita de cumplido diplomático que hizo don Bernardo de Sandoval, arzobispo de Toledo, al embajador francés Noël Brûlart de Sillery, se encontró en el séquito del embajador con unos caballeros franceses, «tan corteses como entendidos y amigos de buenas letras». Y en el curso de la conversación se habló de los «libros de ingenio» que andaban más leídos. Márquez Torres se refirió entonces a la nueva parte del *Quijote* que estaba censurando, y escribe: «apenas oyeron el nombre de Miguel de Cervantes cuando se comenzaron a hacer lenguas, encareciendo la estimación que así en Francia como en los reinos sus confinantes se tenían sus obras: la *Galatea*, que algunos de ellos tienen casi de memoria la primera parte de esta, y las *Novelas*. Y acabaron diciendo que era «viejo, soldado, hidalgo y pobre», y uno de ellos contestó con aquello de que no lo sustentaba el erario público para que «siendo él pobre, haga rico a todo el mundo» (*Quijote*, II, Aprobación). Los franceses recuerdan *La Galatea* y las *Novelas*, pero no mencionan el primer *Quijote*, con un juicio acorde con la cortesanía de la época.

Antes nos referimos a que Lope de Vega mencionó a Galatea entre las pastoras de estos libros, y Cervantes dedica a este autor una de sus estrofas del «Canto de Calíope» (41). Hay que añadir que Lope hace que un personaje de la comedia *La viuda valenciana* (entre 1595-1603), diga refiriéndose a un libro:

> Aquesta es *La Galatea*,
> que, si buen libro desea,
> no tiene más que pedir.

99

> Fue su autor Miguel de Cervantes,
> que allá en la Naval perdió
> una mano...

(*Obras,* Madrid, 1913, XV, acto I, 503)

En el tercer acto de *La dama boba* (1613) Lope sitúa *La Galatea* en una lista de obras que Nise lee, y Octavio le pregunta:

> ¿Quién le mete a una mujer
> con Petrarca y Garcilaso,
> siendo su Virgilio y Tasso
> hilar, labrar y coser?

(Madrid, Cátedra, 1976, acto II, vv. 2109-2112)

Y sigue diciendo Octavio:

> Ayer sus librillos vi,
> papeles y escritos varios,
> y pensé que devocionarios,
> y de esta suerte leí:
> *Historia de dos amantes*
> sacada de lengua griega,
> *Rimas,* de Lope de Vega,
> *Galatea,* de Cervantes...

(*Idem,* vv. 2113-2120)

Y siguen otros libros. Es decir, que son lecturas de mujer la *Historia etiópica* de Heliodoro, junto con las propias *Rimas* de Lope y nuestra obra, *La Galatea,* señalándose así lo que hemos dicho en varias ocasiones: que estas obras tenían un público femenino.

Y no sólo hay menciones de *La Galatea* en otros libros de la época, sino que también se testimonia el aprovechamiento de la obra de Cervantes en otras obras de calidad literaria; A. Egido (1995, 199-216) propone una posible relación entre la Rosaura de *La vida es sueño* de Calderón y la Rosaura de *La Galatea,* sobre todo en torno de los motivos de la ira y de la honra. M. G. Randel (1982, 71-91) sitúa *La Galatea* entre las obras con que contó Góngora para urdir su *Soledad Primera*.

19. LA SEGUNDA PARTE DE «LA GALATEA»

Los historiadores de la vida y obra de Cervantes ponen de relieve la persistencia con que testimonió su voluntad de proseguir *La Galatea* con una segunda parte; y esto es un comentario obligado. Este propósito conviene con el carácter abierto de estos libros, comenzando por la *Diana*. Después de publicar *La Galatea*, Cervantes entra en el periodo andaluz de su vida en el que no publicó grandes obras. Acabado este, en el mencionado escrutinio del *Quijote* (I, 6) vimos que se refirió a *La Galatea*, tal como dijimos. Luego, en 1614, en el *Viaje del Parnaso*, el propio autor volvió a comentar su obra en términos más optimistas que allá:

> Yo corté con ingenio aquel vestido
> con que al mundo la hermosa *Galatea*
> salió para librarse del olvido.

(IV, vv. 13-15)

La segunda parte de *La Galatea* seguía entre sus propósitos literarios como lo prueba que, en la dedicatoria al conde de Lemos de los preliminares de las *Ocho comedias y ocho entremeses...* (Madrid, 1615), repite que *La Galatea* va luego del *Persiles* y *Las semanas del jardín*, pero confiesa que la vejez le causa.

En el prólogo al lector de la segunda parte del *Quijote* (Madrid, 1615) vuelve a anunciarla sin comentarios. Y en el *Persiles* (salido ya póstumo, 1617), escrito en vísperas de la muerte, vuelve a referirse a esta segunda parte en la dedicatoria al conde de Lemos, «de quien sé se está aficionando vuesa Excelencia». El milagro que pedía (que el Cielo le diera vida suficiente) no ocurrió, y lo que ya hubiese escrito de esta segunda parte acabó por perderse. Este propósito de proseguir el libro fue el último sueño romántico de Cervantes, que acabó por desvanecerse en estos intentos frustrados (A. Farinelli, 1922).

Lo que hubiese sido esta segunda parte está en la misma invención de sus otros libros. Cervantes fue siguiendo su propio instinto de escritor, al tiempo que coincidía con las teorías de los neoaristotélicos (A. K. Forcione, 1970/1 y 1970/2). Prosigue la intención de verosimilitud que gobierna *La Galatea* primera y avanza hacia sus consecuencias novelísticas, salvando límites genéricos y confundiéndolos en favor de una literatura de intención total en la vía de la novela moderna. Acaso esto coartase el ánimo de Cervantes para concluir *La Galatea:* escribir con la limitación que el género de los libros de pastores hubiera impuesto a la segunda parte, sería para el escritor un ejercicio cada vez más arduo y embarazoso. J. Casalduero (1947, 104), preguntándose por esta segunda parte, piensa en si Cervantes acaso hubiese querido hacer más vivo, más «aventurero» el desarrollo argumental, pues la situación en que queda Elicio al final de la primera parte se presta a que se requieran muchos sucesos (y no pacíficos) para librar a Galatea de lo que le espera. Había soltado demasiadas amarras para volver a la disciplina, ya relativa, del género de los libros de pastores, íntegro y cerrado.

También pudo haber notado que el género periclitaba en el gusto de los buenos lectores, aunque se siguieran escribiendo libros de pastores. ¿Le afectó de algún modo la censura de Lisboa? La continuación pudiera haber parecido un desafío a esta censura, que no creyó conveniente testimoniar, aun cuando su libro recibiese el beneplácito de algunos señores de la corte, como el del conde de Lemos.

Finalmente, hay que mencionar la existencia de un fragmento de una obra en prosa que ha rondado en torno de esta *Galatea* perdida. Es un diálogo manuscrito, conservado en la Biblioteca Colombina de Sevilla, entre Selanio y Cilenia (F. López Estrada, 1974-1975; y D. Eisenberg, 1988). El texto es un elogio de la vida del campo que F. López Estrada había situado en fecha temprana (de 1555 a 1565) como testimonio de la crisis del cortesano que orienta hacia lo pastoril la formulación de la espiritualidad. D. Eisenberg propuso que fuese un fragmento de *Las semanas del jardín,* una obra mencionada en los prólogos de otros libros de Cervantes. La condición pastoril del *Diálogo* hizo que A. de Castro creyese, sin apenas fundamentos, que fuese un fragmento de la segunda parte de *La Galatea;* y en esto le siguieron algunos críticos, como el joven Menéndez y Pelayo, José María Asensio y otros, sin aportar otras razones convincentes, como reseña D. Eisenberg (1988, 161-170).

20. «LA GALATEA» REVIVIDA EN EL SIGLO XVIII POR FLORIAN Y POR TRIGUEROS

El creciente interés que va promoviendo el *Quijote,* con la consiguiente lectura de otras obras del autor (F. Aguilar Piñal, 1983, para España; y F. Meregalli, 1971, para Europa) dio lugar a un curioso acercamiento creador a *La Galatea.* Esto ocurrió en Francia, en donde se había publicado la mencionada edición de París, 1611; la obra se había leído en Francia durante los siglos XVII y XVIII, y en el curso de esta corriente, Jean Pierre Claris de Florian (1755-1794), sobrino de Voltaire, de la nobleza menor francesa, puso su atención en ella. Florian fue primero oficial de caballería y luego servidor del duque de Penthièvre, y se dedicó a la literatura. De entre sus obras, hay una adaptación de *La Galatea: Galatée, roman pastoral. Imité de Cervantes,* publicada en París, Didot l'aîné, 1783. Florian rehizo la obra de Cervantes compendiándola en cuatro libros. Este autor era de ascendencia española y fue amigo de Olavide en París; estaba, pues, en buenas condiciones para servir como mediador entre las dos literaturas. Con un conocimiento suficiente del original, redujo y simplificó la compleja trama de la obra cervantina, introdujo reflexiones sobre el elogio del campo, contra el oro y la avaricia, la melancolía y añadió otras partes de orden pastoril, convenientes al espíritu de la bucólica dieciochesca al estilo del sentimentalismo propio de los poemas pastoriles del suizo Salomon Gessner (1730-1788). El resultado fue un libro muy del gusto de la época, pues obtuvo al menos diez ediciones, propio para la lectura de un público femenino. Mantuvo y aun acrecentó la violencia de los episodios, y condujo el argumento hacia un desenlace feliz con las bodas concertadas de los protagonistas (véase J. J. A. Bertrand, 1955-1956, con un resumen de la vida y obra de Florian, y mención de esta *Galatea*). Antecede a este arreglo un prólogo con la vida de Cervantes y un ligero juicio de sus obras, en especial de *La Galatea* y justificando su reconversión como «una imitación de Cervantes, Gessner y de Urfé» (*ídem*, 344). Además de las ediciones en francés, llegó a traducirse al alemán y al italiano, y también curiosamente al español.

Esta versión al español fue obra de Casiano Pellicer, oficial de la Real Biblioteca, y su título es *La Galatea de Cervantes, imitada, compendiada, concluida por Mr. Florian*, publicada en Madrid, en la imprenta de la Viuda de Ibarra, 1797. El traductor sitúa un breve prólogo antes de su versión, con información sobre Florian y compara el original cervantino con el arreglo, y lo llama «compendio de la [obra] original, una imitación de su plan, de muchos de los episodios y sucesos de la acción; está concluida con naturalidad, sus ideas son propias de las costumbres sencillas del campo que inspiran afectos puros en el amor, tiernos en la amistad, deseos de ser útiles a los hombres...» (Prefacio, IX). Incluso intenta aclarar algunas de las identificaciones de los pastores y acaba defendiendo la traducción. Por lo menos, realiza un planteamiento discreto del asunto, de acuerdo con las ideas de la época.

El intento de Florian fue repetido, esta vez por un español, Cándido María Trigueros (1736-1798) (F. Aguilar Piñal, 1987/1), con quien Florian mantuvo relaciones epistolares. La lectura de la versión francesa incitó a Trigueros a mejorar el propósito de Florian situándolo en la circunstancia española. Y el resultado fue la obra *Los enamorados o Galatea y sus bodas. Historia pastoral comenzada por Miguel de Cervantes Saavedra, abreviada después y continuada y últimamente concluida por Cándido María Trigueros,* impresa en Madrid, Imprenta Real, 1798 (F. Aguilar Piñal, 1987/2). El lar-

Ilustración de *La Galatea,* edición de Antonio de Sancha, Madrid, 1784; fue dibujada por José Antonio Jimeno y Carrera y la grabó J. J. Fabregat (F. López Estrada, 1995). Se corresponde con el episodio del rapto de Rosaura (págs. 513-514 de esta edición).

go título nos informa de la intención del autor: contando con el original cervantino y la versión francesa de Florian, rehace otra vez la obra dividiéndola en esta ocasión en doce libros, agrupados en cuatro partes. Trigueros va más allá de Florian, pues por de pronto elimina el verso acentuando así la condición «novelesca» del conjunto, al que da en primer lugar un nuevo título: *Los enamorados,* que es el que encabeza el libro. Las aventuras amorosas dominan la nueva obra; es un amor honesto, propio de la vida aldeana. Trigueros realiza un acomodo textual más extenso que Florian, aunque simplifique y abrevie el original cervantino. Suprimidas las poesías, elimina los debates sobre el amor, sustanciales en la obra de Cervantes en su tiempo, y los cambia por reflexiones morales que sirven como inicio de los capítulos; así ocurre con la alabanza de la aldea, la apología de la amistad y el elogio de la gratitud, la razón, el desinterés, el recto juicio, con la impugnación de la avaricia y los celos. F. Aguilar Piñal destaca en especial el aprecio de las riquezas que se manifiesta en la obra, de tal manera que de libro pastoril se convierte en «una novela casi burguesa» (1987/2, 340). El final de la obra es el jolgorio de las diez bodas con que terminan los apuros de las parejas protagonistas. No hay una intención filológica en estos acercamientos, sino la persistencia del ideal pastoril en el siglo XVIII, que permite estos acercamientos aún vivos a la obra de Cervantes. Más datos en I. Lerner (1996, 393-403).

21. Final

La reforma y conclusión dieciochesca de *La Galatea* sirven como límite a este prólogo. El renacimiento de la obra en la época se vio asegurado por una buena edición de la obra de Cervantes que hizo Antonio Sancha en 1784, ilustrada con grabados de José Jimeno (F. López Estrada 1948/2; y 1995). La peculiaridad artística del asunto pastoril hizo que el libro de Cervantes lograse esta hermosa manifestación en el arte de la imprenta (véanse págs. 33 y 49).

Después vino el silencio que los nuevos gustos literarios

impusieron a nuestra obra. La erudición cervantina, con todo, mantuvo la memoria de la obra, al lado del cada vez más pujante *Quijote*. En la lenta recuperación del valor literario de la obra, hay dos vías: una fuera de España, y esta ha de hacerse con el criterio de la literatura comparada y requeriría un libro como el dedicado a la *Diana* por E. Fosalba (1994). Y otra corresponde a la parte española desde el punto de vista de la erudición. Desde 1905, en que M. Menéndez Pelayo (1943, II) acabó el capítulo sobre la «novela pastoril» en sus *Orígenes de la novela*, hasta hoy, ha habido una recalificación general de los libros de pastores, de la que se ha beneficiado *La Galatea*. Además, el creciente —casi oceánico— número de estudios dedicado a Cervantes y en general a su obra conjunta ha puesto de relieve la necesidad de contar con *La Galatea* para la íntegra comprensión del autor y su creación literaria. Las páginas que Menéndez Pelayo dedicó a la misma (F. López Estrada, 1974, 32-37) están situadas en el límite de su obra, hasta el punto de que apenas menciona *La Galatea;* el género le parece «la insulsez misma» (1943, II, 432), y sus obras sirven como «centones de versos líricos, buenos y malos» *(ídem).* No obstante, reconoce la adhesión de Cervantes a estas obras: «en el fondo los ama» *(ídem,* 343). Es evidente que la pastoril se integra de algún modo en el *Quijote* y que Cervantes se acuerda de *La Galatea* hasta el fin de su vida. Y ante estos contrastes, con fino sentido crítico escribe: «la psicología del artista es muy compleja, y no hay fórmula que nos dé íntegro el secreto» *(ídem,* 342). Y prosigue, empleando la terminología de la crítica de la época: «Yo creo que algo faltaría en la apreciación de la obra de Cervantes si no reconociésemos que en su espíritu alentaba una aspiración romántica nunca satisfecha, que después de haberse derramado con heroico empuje por el campo de la acción, se convirtió en actividad estética, en energía creadora [...] Tal sentido tiene a mi ver el bucolismo suyo, como el de otros ingenios del Renacimiento» *(ídem,* 342-343).

Casi un siglo después de haberse escrito estos juicios, *La Galatea,* aunque en grado menor que las otras obras de Cervantes, está ocupando el lugar que merece en el conjunto de la creación cervantina; y lo prueban con creces los numerosos estudios de la bibliografía de nuestra edición, que no son todos. Véase también la información recogida por J. Montero Reguera (1995, en especial 157-166). Un buen conocedor de la literatura pastoril, W. Krauss, dice que «para su autor *La Galatea* era una obra maestra que podía justificarse ante la madurez de su concepción estética» (1971, 669). Cierto que esto resulta difícil de percibir para quien no intente comprender lo lejos que este Cervantes, creador de *La Galatea*, queda de nosotros, pero al mismo tiempo es manifiesto lo cerca que queda de nuestro mundo como afirmador de la novela europea a través del *Quijote*.

Con Menéndez Pelayo reconozcamos con modestia que la labor creadora de un escritor —y más en el caso de Cervantes, del que tan pocos documentos nos quedan— es muy compleja. Sólo queda la esperanza de que siempre podremos seguir interpretando su obra y añadir nuevos datos y perspectivas de estudio y crítica, pues por eso *La Galatea* es una obra de condición literaria en una dimensión histórica y que puede convertirse en actual y llegar a ser nuestra, después de una lectura apoyada por la filología. Nuestra intención fue que el texto convenientemente preparado, este prólogo y las notas que acompañan la edición, junto con los apéndices, ayuden a un mejor entendimiento poético de *La Galatea* en nuestro tiempo.

Criterio de la edición

De acuerdo con el criterio de modernización con el que la Editorial Cátedra ha publicado otras obras de Cervantes, establecemos las siguientes normas para la edición del texto:

a) Se acomodan las letras *s, ss, ç, z, x, j, g. v, b, q-* y *r* de la edición de 1585 al uso actual. La letra *h* se imprime según los usos de hoy, sobre todo en los derivados del verbo *haber* y en la exclamación *oh*; la palabra *aora* se imprime *ahora*, pero cuando aparece *agora* se deja así. Se conserva la forma *contino* por *continuo*, cuando así aparece. La *ff* doble se imprime sencilla: *effecto* como *efecto*. La letra *-ll-* que es grafía culta (como en *illustre*) se imprime sencilla. La letra *ph* se imprime como *f*. Se suprime la *h* que aparece en *chaos* (*caos*), en *Theolinda* (*Teolinda*) y otros usos semejantes. Se mantienen las adaptaciones gráficas con que aparecen algunos nombres mitológicos (*Adlante* por *Atlante*); los nombres de los personajes antiguos se atienen a las normas generales; así *Sicheo* se imprime *Siqueo*. La *ñ* se conserva como aparece. *Ansí* y *assí* se imprimen *así*.

b) Las vocales *i* y *u* que aparecen en el texto como *j* y *v* se adaptan al uso actual; si la *i* aparece como *y* se imprime *i* (*ayre* como *aire, posseydo* como *poseído*). La palabra *yelo, yedra* y otras semejantes se imprimen *hielo, hiedra*.

c) Las tónicas que difieren de las actuales se imprimen según la edición antigua: *mesmo, priesa*, etc.

d) También se imprimen como están las vocales átonas que aparecen distintas de las actuales (*sospiro*) y otras formas semejantes (como *puniendo*, procedentes sobre todo de la inflexión de la vocal). Se respetan los casos de aféresis y paragoge que puedan hallarse. La conjunción y, como hoy.

d) Los grupos de consonantes cultos se imprimen según se han fijado en la ortografía actual: *tracto* como *trato*; *successo* como *suceso*, *subjecto* como *sujeto*. Los incoativos y verbos con el grupo -sc- se adaptan al uso actual: *parecer* por *parescer*. Tampoco se conserva el caso de *proprio*, que se imprime siempre como *propio*. *También* se imprime *tan bien* o *también* según convenga al uso moderno. Sin embargo, se mantiene la forma de algunas palabras que luego cambiaron: *entricadas* por *intricadas*. Sólo en posición de rima conservamos las asimilaciones de infinitivo o imperativo y pronombre: *halla-comparalla*, *aseguralda*, etc.

e) Se restituye el aspecto morfológico del artículo *el* y el pronombre *él* según las normas actuales: *del* se imprime *de él* o *del*, según convenga. Asimismo los apóstrofos se deshacen en sus componentes: (*q'* como *que*, *m'a* como *me ha*, *qu'l* como *que el*). Se mantienen unas pocas formas de demostrativos compuestos, luego desaparecidas de la lengua, como *estotro*. Las pocas formas verbales que puedan diferir de las usadas hoy se conservan como están en el texto; así *fuérades* se mantiene, y también las formas analíticas de futuro y condicional: *darte he yo*, así como los enlaces entre pronombres y verbos. Las formas de *placer* en subjuntivo van como *plu[g]uiera* (impreso a veces *pluuiera*, que puede interpretarse *pluviera)*; se mantienen algunos derivados de *veer*.

f) Las mayúsculas se imprimen como hoy; el término *Fortuna* se imprime con mayúsculas cuando significa 'el hado, la suerte' y con minúscula cuando 'tormenta marítima, ocasión'. *Amor* va unas veces con mayúscula (dios) y otras en minúscula (sentimiento), aunque en ocasiones sea difícil diferenciar un caso del otro. Los signos de interrogación y admiración se sitúan al principio y al fin, según el uso actual.

g) El uso de los nombres de los interlocutores (sobre todo en los diálogos poéticos) se indican siempre completos, aunque en el texto antiguo se encuentren abreviados, y lo mismo hacemos con las abreviaturas de los títulos y otras.

h) Los párrafos se separan de la manera más conveniente para su impresión moderna, procurando que los signos se acomoden al desarrollo de la sintaxis, sobre todo en párrafos complejos, con el objeto de que resulte más fácil la lectura de la obra. Téngase en cuenta que cuando un personaje cuenta una larga narración en la que, además de lo que él dice, hay diálogos, el conjunto forma un bloque conjunto como párrafo extenso.

i) La impresión de los versos en las poesías se hará con el mismo criterio, con el fin de que las características métricas de cada composición queden puestas de relieve. En el caso de recursos especiales (correlativos, sextinas, etc.) se imprimen en cursiva las palabras que convenga para que destaquen los correspondientes juegos de las términos claves. Lo mismo haremos con las glosas, en cuanto a los elementos que se repiten en ellas.

j) En cualquier caso en que estimamos que la grafía de la edición puede apuntar algún dato significativo, lo indicamos en nota. En este sentido estamos siempre pendientes de cualquier rasgo que pueda denotar la intención de rusticidad o, por el contrario, por contraste, de cultismo o de italianismo.

k) La abundancia de la exclamación *oh* en el diálogo, sobre todo usada en los vocativos de las conversaciones entre pastores (*oh, Elicio*), hace que en estos casos no usemos los signos de admiración; y sí los ponemos a veces cuando interpretamos que el tono conjunto de una frase se eleva por encima del grado medio de la elocución y conviene destacarlo para una mejor lectura de la obra.

l) Las letras o palabras que aparecen entre corchetes son rectificaciones que hacemos a evidentes errores de impresión de la edición de 1585, y sólo ponemos nota al pie de la página si cabe alguna otra interpretación que no sea la de la errata. También añadimos entre corchetes los títulos de nuestra invención que ponemos en la cabeza de los espacios de la obra que forman por sí mismos una unidad que queremos poner de relieve.

El criterio seguido procura acercar el texto antiguo al lector actual y que la obra pueda leerse con las menos dificultades que sea posible; además, como ocurre en estos casos, no sabemos si la presentación del libro de 1585 obedece a preferencias del propio Cervantes o son las del editor de la obra. Las notas pretenden aclarar el léxico y la sintaxis que no son actuales, y para esto procuramos valernos de testimonios de la época; también explicamos las referencias, en particular las mitológicas, que son convenientes para la mejor inteligencia literaria de la obra.

Nómina de los personajes de *La Galatea*

AMARILI: pastora a la que Damón ama; no toma parte en la acción.

ARMINDA: pastora de las riberas del Tajo, acaso el amor de Lauso; no interviene en la acción.

ARNAUTE MAMÍ: general de la armada corsaria que combate el navío en el que van Silerio, Nísida y Blanca.

ARSINDO: anciano pastor de las riberas del Tajo, amigo de Francenio y Lauso, luego enamorado de la joven Maurisa.

ARTANDRO: caballero aragonés, pretendiente de Rosaura, la enamorada de Grisaldo, a la que rapta.

ARTIDORO: pastor enamorado de Teolinda, pero que acaba casándose con Leonarda; hermano gemelo de Galercio y también de Maurisa, hijos de Brisenio.

ASTOR: sobrenombre que adopta Silerio cuando actúa como truhán en Nápoles.

ASTRALIANO: famoso pastor, sólo citado. Nombre poético de don Juan de Austria.

Aurelio: el venerable, pastor de las riberas del Tajo, padre de Galatea.

Belisa: pastora desamorada, de la que está enamorado Marsilio, pero no le corresponde; no interviene.

Blanca: hermana menor de Nísida, napolitana, que acaba por ser el amor de Silerio.

Bras: pastor rústico de las riberas del Henares, que sólo interviene en los juegos pastoriles.

Briseno: padre de Artidoro y de Galercio; no interviene.

Caballero catalán: sin nombre, capitán de bandoleros, que trata amistosamente a Timbrio.

Carino, el astuto: pastor de las riberas del Betis, pariente de Silvia y compañero de Crisalvo; muerto por Lisandro.

Claraura: pastora ausente, amada de Crisio; no interviene.

Crisalvo, el cruel: pastor de las riberas del Betis, hermano de Leonida, a la que mata; amigo de Carino, enamorado de Silvia; muerto por Lisandro.

Crisio, el ausente: pastor de las riberas del Tajo, está quejoso del mal de ausencia, y ama a Claraura.

Damón: pastor de las riberas del Henares, originario de las montañas de León y criado en la Mantua Carpetania, amigo de Tirsi y Elicio, enamorado de Amarili.

Daranio: rico pastor de las riberas del Tajo, que casa con Silveria a despecho del pobre Mireno.

Darinto: caballero, amigo de Timbrio y Nísida, enamorado de Blanca que lo estaba a su vez de Silerio.

EANDRA: pastora, el amor de Orfenio, el celoso. No interviene.

ELEUCO: pastor anciano de la ribera del Henares.

ELICIO: pastor de las riberas del Tajo, enamorado de Galatea, amigo de Damón. Es el protagonista principal de la obra, con Galatea.

ERANIO: pastor de las riberas del Tajo, elogiado por sus estudios y discreción. No interviene en la obra.

ERASTRO: pastor, rústico ganadero, de las riberas del Tajo, enamorado de Galatea.

EUGENIO: pastor de las riberas del Henares, amado de Lidia y que se encapricha con Leocadia.

FILARDO: pastor de las riberas del Tajo, elogiado por sus estudios y discreción. No interviene en la acción.

FILI: es el amor de Tirsi; sólo se la cita.

FLORISA: pastora de las riberas del Tajo, amiga de Galatea.

FRANCENIO: gentil pastor de las riberas del Tajo, amigo de Lauso y Arsenio.

FULANO: pastores indeterminados de las riberas del Henares que intervienen en los festejos pastoriles.

GALATEA: pastora de las riberas del Tajo, protagonista central del libro, al que da título.

GALERCIO: pastor enamorado primero de Gelasia y luego de Leonarda; hermano gemelo de Artidoro, hijo de Brisenio y hermano de Maurisa.

GELASIA: pastora de las riberas del Tajo, desamorada.

GRAVINA, DUQUE DE: en sus tierras ocurre el duelo entre Timbrio y Pransiles.

GRISALDO: caballero, hijo del rico Laurencio, señor de aldeas, prometido a Leopersia, pero enamorado de Rosaura.

LARISEO: por Larsileo.

LARSILEO: famoso pastor, experimentado en los negocios de la corte, amigo de Lauso.

LAURENCIO: rico señor de aldeas y padre de Grisaldo.

LAURISEO: variante de Larsileo con el que se implica la grafía.

LAUSO: pastor de las riberas del Tajo, amigo de Francenio y Damón, libre de amores, que anduvo por España, Asia y Europa; enamorado de Sileria, abandona su amor y recobra la libertad.

LEANDRA: pastora de las riberas del Tajo, acaso el amor de Lauso. Sólo se la nombra.

LENIO: pastor desamorado de las riberas del Tajo, luego enamorado de Gelasia; estudió en Salamanca.

LEOCADIA: pastora de las riberas del Henares, hija de Lisalco, a la que Eugenio dedica atenciones.

LEONARDA: pastora de las riberas del Henares, hermana gemela de Teolinda, enamorada de Galercio, pero se casa con su gemelo Artidoro.

LEONIDA: hija de Parmindro y hermana de Crisalvo, enamorada de Lisandro, muere a manos de Crisalvo.

LEOPERSIA: pastora de la aldea de Grisalvo, hija de Marcelio, con la que se dice que ha de casar este pastor, pero a la que deja por Rosaura.

LIBEO: pastor del que Carino finge ser amigo y que muere al acompañar a Leonida.

LICEA: pastora amiga de Leonarda.

LIDIA: pastora de las riberas del Henares, amiga de Teolinda y enamorada de Eugenio.

LISALCO: rabadán de las riberas del Henares, padre de Leocadia.

LISANDRO: pastor de noble linaje, de las riberas del Betis, enamorado de Leonida, que muere asesinada.

LISARDO: pastor de las riberas del Tajo, elogiado por sus estudios y discreción. Sólo se le nombra.

LISTEA: pastora ya muerta y que fue el amor de Orompo. Sólo se la nombra.

MARCELIO: padre de Leopersia. Sólo se le nombra.

MARSILIO: pastor de las orillas del Tajo, quejoso de la desconfianza de Belisa. También aparece como Marsilo.

MARSILO: véase Marsilio, forma en la que se ha unificado el nombre.

MATUNTO, HIJO: pastor de las riberas del Tajo, elogiado por su habilidad en la poesía. Sólo se le nombra.

MATUNTO, PADRE: pastor de las riberas del Tajo, elogiado por su habilidad en la lira. Sólo se le nombra.

MAURISA: pastorcilla de pocos años, hija de Briseno, hermana de Artidoro y Galercio, de la que se enamora el anciano Arsindo.

MELISO: pastor del que se celebran sus exequias solemnes.

MINGO: pastor de las riberas del Henares, que sólo interviene en los juegos pastoriles.

MIRENO: pastor de las riberas del Tajo, enamorado de Silveria que casa con Daranio.

NÍSIDA: hermana gemela de Blanca, de padres españoles y nacida en Nápoles, de la que se enamoran Timbrio y Silerio, y acaba casando con Timbrio.

ORFENIO: pastor de las riberas del Tajo, quejoso de celos de amor, enamorado de Eandra.

ORFINIO: variante del nombre de Orfenio, unificado en Orfenio.

OROMPO: pastor de las riberas del Tajo, quejoso de la tristeza de amor, enamorado de Listea.

PARMINDRO: pastor de la ribera del Betis, padre de Leonida.

PASTOR LUSITANO: sin mención de nombre, es de las riberas del Lima (Portugal); y Aurelio, padre de Galatea, lo propone como esposo de ella, con gran dolor de Elicio y Erastro. No interviene en la acción.

PRANSILES: caballero de Jerez, enemigo de Timbrio.

ROSAURA: dama noble y rica, hija de Roselio, señor de una aldea, enamorada de Grisaldo y que es raptada por Artandro.

ROSELIO: señor de una aldea, padre de Rosaura.

SILENA: pastora de la que estuvo enamorado Lauso y luego ya no. Sólo se la nombra.

SILERIO: caballero de Jerez, amigo de Timbrio, enamorado primero de Nísida y luego de Blanca, con la que se casa.

SILVANO: pastor de las riberas del Tajo, elogiado por sus estudios y discreción. Sólo se le nombra.

Silveria: pastora de las riberas del Tajo, que casa con Daranio, aunque estuvo enamorada de Mireno.

Silvia: pastora de la ribera del Betis, amiga de Teolinda, pariente de Carino y el amor de Crisalvo.

Siralvo: pastor de las orillas del Tajo, elogiado por sus estudios y discreción. Sólo se le nombra.

Telesio: anciano sacerdote de las orillas del Tajo, que oficia las exequias de Meliso.

Teolinda: pastora de la ribera del Henares, hija de Parmindro; enamorada de Artidoro, que se lo quita su hermana gemela Leonarda.

Timbrio: caballero de Jerez, amigo de Silerio y enamorado de Nísida, con la que casa.

Tirsi: pastor de las riberas del Henares, nacido en Alcalá del mismo río y criado en cortes y universidades, amigo de Damón y enamorado de Fili.

Tramas desarrolladas en el argumento de *La Galatea*

Los personajes que figuran entre corchetes proceden de otra trama anterior. La procedencia y sentido de cada una de las tramas se estudian en el Prólogo.

TRAMA 1a. Narración pastoril de las riberas del Tajo. Caso central de la obra. Elicio-Galatea-Erastro-Florisa-Aurelio-Pastor lusitano, sin nombre.
TRAMA 1b. La boda. Daranio-Silveria-Mireno.
TRAMA 1c. La égloga y los casos de sus intérpretes. Orompo y Listea-Orfenio y Eandra-Crisio y Claraura-Marsilio y Belisa.
TRAMA 1d. Los amigos visitantes. Tirsi y Fili-Damón y Amarilis.
TRAMA 1e. Elogio del escritor muerto. Telesio y Meliso.
TRAMA 1f. Otros varios pastores. Francenio, Lauso, Arsindo, Larsileo, Eranio, Siralvo, Filardo, Silvano, Lisardo, Matunto padre e hijo, Astraliano, etc.

TRAMA II. La narración trágica de las riberas del Betis. Lisandro-Leonida-Carino-Silvia-Crisalvo-Libeo.

TRAMA III. La narración de los amigos de Jerez. Timbrio-Silerio (Astor, cuando hace de truhán)-Caballero catalán-Nísida-Blanca-Pransiles-Darinto- Arnaut Mamí.

TRAMA IV. La narración de los gemelos de las riberas del Henares.

Artidoro-Teolinda-Leocadio-Lisalco-Lidia-Eleuco-Fulano-Mingo Bras-Licea Leonarda-Galercio-Briseno-Maurisa (sin concluir).

Trama V. La narración de un suceso amoroso entre gentes de los reinos de Castilla y Aragón. Rosaura-Roselio-Grisaldo-Laurencio-Leopersia-Marcelio-Artandro (sin concluir).

Trama VI. La narración del caso de la libertad en el amor. Gelasia-[Lauso]-[Galercio] (sin concluir).

Trama VII. La narración del caso del amor entre viejos y pastorcillas. [Maurisa]-[Arsindo] (sin concluir).

Bibliografía

Esta bibliografía es premeditadamente incompleta. El intento de publicar una de intención exhaustiva que comprendiese todos los libros que se hubiesen referido de algún modo a *La Galatea*, requeriría muchas páginas. Cervantes es un autor que sufre una desmesura bibliográfica con la que no es fácil enfrentarse, en cualquiera de sus aspectos que se toque, vida, obras y crítica.

Nuestra bibliografía consta de dos partes: la primera es una sucinta mención de las ediciones de la obra. La segunda es una relación, establecida por orden alfabético, de los estudios que hemos citado en el prólogo, notas del texto publicado y apéndices, salvo en el caso de unos pocos que, por referirse a cuestiones lejanas a nuestra materia, van por extenso sólo en las notas. Pueden hallarse fuentes de información para ampliar las noticias aquí incluidas en las bibliografías generales de la literatura, como la de J. Simón (1960..., VIII, 3-15), a la que tantas veces hemos acudido. Hay otras, más específicas, en las de libros de pastores (F. G. Vinson, 1970; F. López Estrada, J. Huerta y V. Infantes, 1984, 129-151). Y también en estudios específicos sobre *La Galatea*, como son el de H. Serís (1969, 303-311), A. K. Stoll (1986, 235-245) y D. Finello (1994, 269-293). Y la de Cervantes de J. Givanel y L. M. Plaza, *Catálogo*, Barcelona, 1941-1959, I-IV, seguida del número de orden.

En el curso del prólogo, edición y apéndices, hemos indicado en función de notas el nombre del autor en cuestión, seguido de un paréntesis con la mención del año y la cifra de las páginas en concreto a que nos referíamos, si era necesario que figurase esta indicación; el lector puede hallar los datos complementarios en esta bibliografía accediendo a ellos a través del orden alfabético.

En general, en la segunda parte de la bibliografía figuran sobre todo los estudios más recientes y que abren nuevos caminos para proseguir en el estudio de *La Galatea*. Los textos citados por nosotros, si no se hallaban en el original en español, los hemos traducido, salvo en unos pocos casos. Y si se trata de ediciones antiguas, hemos modernizado los textos siguiendo el criterio aplicado en nuestra edición.

a) Ediciones de «La Galatea»

En las Bibliografías de J. Givanel, L. M. Plaza y J. Simón, reducimos las referencias a lo esencial. En las menciones de ediciones de este siglo, somos también muy parcos, lo mismo que en las traducciones.

1. *Primera parte de la Galatea, dividida en seys libros*, Alcalá, Juan Gracián, 1585. Véase J. Martín Abad, 1991, III, 1098-1111. núm. 959A y 958B, con el registro de dos emisiones con ligeras variantes en la portada. Hay reproducciones facsímiles: Nueva York, The Hispanic Society of America, 1900; Madrid, Tip. Rev. Arch., Bib. y Mus., l917 (usada para la preparación de nuestra edición); Nueva York, Kraus Reprint, l967; y Madrid, Real Academia Española, 1985, todas sobre la emisión B.
2. *Primera parte de la Galatea, dividido en seys libros*, Lisboa, 1590. Givanel, 1941, (I, 1); Simón, VIII, 1970 (16l). De aquí en adelante solamente daremos el número de orden cada obra en estas dos bibliografías. Edición censurada probablemente por el que la aprueba, Fr. Bertholameu Ferreyra, con numerosos cambios y cortes. Próximo estudio de la misma por F. López Estrada.
3. *Galatea, dividida en seys libros*, París, G. Robinot, 1611. Givanel (I,12); Simón (162); cotejo con la ed. 1585 en F. López Estrada, 1948/2. Preparó la obra C. Oudin; véase el prólogo y el Apéndice I de nuestra edición.
4. *La discreta Galatea*, Baeza, J. B. Montoya, 1617. H. Serís (1969, 64).
5. *Primera parte de la Galatea, dividida en seys libros*, Valladolid.

F. Fernández de Córdoba, 1617. Givanel (I,32); Simón (163): A. Porqueras Mayo, 1967, 38. A. Porqueras registra dos emisiones: la una (I), de 375 folios, y la otra (II), de 307 folios, con el título de *Tercera parte de la Galatea, dividida en seys libros*; describe ambas y plantea su relación.

6. *La discreta Galatea, Diuidida en seys libros*, Lisboa, A. Álvarez, 1618. Givanel (I, 51); Simón (164).
7. *Los seys libros de la Galatea*, Barcelona, S. de Cormellas, 1618. Givanel (I, 50); Simón (165).
8. *La Galatea dividida en seis libros [...] va añadido el viage del Parnaso...*, Madrid, J. de Zúñiga, 1736. Givanel (I, 223 y 223a); Simón (138).
9. *La Galatea dividida en seis libros [...] Va añadido El Viage del Parnaso...*, Madrid, Vda. de M. Fernández, 1772. Givanel (I, 330); Simón (139).
10. *Los seis libros de Galatea*, Madrid, A. de Sancha, 1784. 2 vols. Givanel (I, 386 y 387); Simón (166). Hay una ed. facsímil publicada en Barcelona, «Editora de los amigos del Círculo de Bibliófilos», 1981. Comentario de las ilustraciones de J. Jimeno en F. López Estrada, 1948/3 y 1995.
11. *La Galatea*, Madrid, [Imp. Vega], 1805. 3 vols. Givanel (II, 488): Simón (167).
12. *La Galatea*, en la col. *Obras escogidas*, Madrid, H. de C. Piñuela, 1829. Vols. X y XI. Givanel (II, 617); Simón (142).
13. *La Galatea*, en la col. *Obras*, París, Baudry, 1841. Vol. III, 1-226. Givanel (II, 728); Simón (125).
14. *La Galatea*, en la col. *Obras* (BAE, I, 1-96), Madrid, 1846, y sucesivas ediciones. Givanel (II, 774); Simón (126).
15. *La Galatea*, en la col. *Obras completas*, Madrid, Ribadeneyra, 1863. Vols. I (1-122) y II (1-153). Givanel (III, 914); Simón (128). Véase en la segunda parte de la bibliografía, M. de Cervantes, *La Galatea*.
16. *La Galatea*, en *Obras de Cervantes*, Madrid, Gaspar y Roig, 1866. Vol. I, 1-127. Givanel (III, 964); Simón (129).
17. *Los seis libros de la Galatea*, Madrid, N. Moya, 1883. Givanel (III, 1386); Simón (146).
18. *La Galatea*, en la ed. *Novelas ejemplares*, Barcelona, C. Miró, 1883, Givanel (III, 1396).
19. *La Galatea*, en la col. *Obras completas*, Madrid, B. Rodríguez,

1914. 2 vols. Ed. R. Schevill y A. Bonilla. Véase en la segunda parte de la bibliografía: M. de Cervantes, *La Galatea*.

20. *La Galatea. Prinera parte, dividida en seis libros*, Madrid, R. Sopena, [s.a., 1915?]. Simón (169). Varias ediciones.

21. *La Galatea*, Barcelona, Maucci, [s.a.]. Simón (170).

22. *La Galatea*, Barcelona, E. Domenech, 1916 (171). Simón (171).

23. *La Galatea. Novela pastoril...*, Madrid, F. Peña Cruz, 1916. Givanel-Plaza (V, 2684); Simón (172).

24. *La Galatea. Novela*, Madrid, Calpe, 1922. 2 vols. Varias ediciones. Givanel-Plaza (V, 3273); Simón (173).

25. *La Galatea*. En la col. *Obras completas*, Madrid, Aguilar, [1928]. Givanel-Plaza (V, 3557); Simón, 132. Véase el núm. 28.

26. *La Galatea*, Madrid, CIAP, [1931]. Ed. E. Hors. Simón, 176.

27. *La Galatea...*, Madrid, Bergua, 1934.

28. *La Galatea*. En las *Obras completas*, recopiladas por A. Valbuena Prat, Madrid, Aguilar, 1943. Simón (133). Varias ediciones. Véase el núm. 25.

29. *La Galatea*. En la Colección *Obras completas*, Madrid, Horta, 1950-1953. Simón (134).

30. *La Galatea*, Madrid, Espasa-Calpe, 1961. 2 vols. Ed. J. B. Avalle-Arce. Simón (177). Véase núm. 33.

31. *La Galatea*. En la col. *Obras completas*, Barcelona, Juventud, 1964, vol. I. Simón (137).

32. *Los seis libros de Galatea*, Barcelona, Círculo de Bibliófilos, 1981. Facsímil de la ed. Sancha, 1784. Véase núm. 10.

33. *La Galatea*, Madrid, Espasa-Calpe, 1987. Ed. J. B. Avalle-Arce. Texto y notas como la anterior, núm. 30, en un volumen. Véase en la segunda parte de la bibliografía, M. de Cervantes, *La Galatea*.

34. *La Galatea*, en la col. *Obras completas*, Madrid, Turner, 1993, IV, 1-391. Ed. D. Ynduráin.

35. *La Galatea*, [con las *Novelas ejemplares* y el *Persiles*] en la col. *Obra completa*, Alcalá de Henares, Centro de Estudios Cervantinos, 1994. Ed. F. Sevilla y A. Rey.

36. *La Galatea*, Madrid, Cátedra, Letras Hispánicas, 1995. Ed. F. López Estrada y M. T. López García-Berdoy, 1.ª ed.

37. *La Galatea*, Madrid, Alianza Editorial y Centro de Estudios Cervantinos, 1996, con disquete. Ed. F. Sevilla Arroyo y A. Rey Hazas.

b) Traducciones de «La Galatea»

Como dijimos antes, damos sólo los datos sumarios de las traducciones de la obra, con la indicación del autor de la versión.

1. *Traducciones al alemán*:

Stuttgart (vols. VI y VII), 1839-1842. A. Keller y F. Rotter.
Zwickau, 1839. F. Sigismund.
Viena y Leipzig, 1922. O. Hettner.
Stuttgart, 1968. A. M. Rothbauer.

2. *Traducciones al inglés*:

Londres, 1867. G.W.J. Gyll.
Londres, 1903. H. Oelsner y A.B. Welford.

3. *Traducciones al francés*:

Consideramos como obra independiente la traducción de Florian, a la que nos hemos referido en el prólogo, págs. 102-105.

París, 1935. M. Bardou.

4. *Traducciones al italiano*:

Milán, 1971, I, 5-93. B. Cinti.

5. *Traducciones al ruso*:

Moscú, 1973. La prosa, E. Liubmova, y la poesía, J. Korneeb.

c) Bibliografía de los Estudios

Aguilar Piñal, Francisco, «Cervantes en el siglo XVIII», *Anales cervantinos*, 21 (1983), 153-163.
— *Un escritor ilustrado: Cándido María Trigueros*, Madrid, CSIC, 1987/1.
— «La continuación de *La Galatea* por Trigueros», *Dicenda*, 6, (1987/2), 333-341.

Alarcos García, Emilio, «Cervantes y Boccaccio», en el *Homenaje a Cervantes*, II, *Estudios cervantinos*, Valencia, Mediterráneo, 1950, 195-235.

Alcocer Martínez, Mariano, *Catálogo de obras impresas en Valladolid, 1481-1800*, Valladolid, Casa Social Católica, 1926.

Allaigre, Claude, «Travail, Venus, Patrie: *La Galatea* de Cervantès. Du paratexte au texte», en *Le livre et l'édition dans le monde hispanique, XVIe-XXe siècles. Pratiques et discours paratextuels*, ed. M. Moner y M. Lafon, Grenoble, Université Stendhal, 1992 (Número hors série de *Tigre*), 77-93.

Allen, Kenneth Ph., «Cervantes' *Galatea* and the *Discorso intorno al comporre dei Romanzi* of Giraldi Cinthio», *Revista Hispánica Moderna*, 39 (1976-1977), 52-68.
— *Cervantes and the Pastoral Mode*, Ann Arbor, University Microfilms International, 1977.

Alonso Cortés, Narciso, *Casos cervantinos que tocan a Valladolid*, Madrid, Centro de Estudios Históricos, 1916.

Alonso Gamo, José María, *Luis Gálvez de Montalvo. Vida y obra de ese gran ignorado*, Guadalajara, Diputación Provincial, 1987.

Antolín, Teófilo, «El uso de la Sagrada Escritura en Cervantes», *Cuadernos de Literatura*, 3 (1948), 109-137.

Ares Montes, José, «Cervantes en la literatura portuguesa del siglo XVII», *Anales cervantinos*, 2 (1952), 193-320.

Astrana Marín, Luis, *Vida ejemplar y heroica de Miguel de Cervantes Saavedra*, Madrid, Instituto Editorial Reus, I, 1948-VI/2, 1958.

Aubrun, Charles V., «Cervantes y los humanistas», *Bildung und Ausbildung in der Romania*, Munich, 1974, 97-104.

Avalle-Arce, Juan Bautista, «On *La entretenida* of Cervantes», *Modern Language Notes*, 74 (1959), 418-421.
— *La novela pastoril española*, Madrid, Istmo, 1975, 2ª ed.
— *Nuevos deslindes cervantinos*, Barcelona, Ariel, 1975/2.

— «*La Galatea*. Four Hundred Years Later», en *Cervantes and the Pastoral*, Newark, Del., Juan de la Cuesta, 1986, 9-17.

BALCELLS, José María, «Un símil de *La Galatea*», *Anales cervantinos*, 18 (1978-1980), 219-222.

BANDERA, Cesáreo, *Mímesis conflictiva. Ficción literaria y violencia en Cervantes y Calderón*, Madrid, Gredos, 1975.

BATAILLON, Marcel, «Cervantes y el *matrimonio cristiano*» [1947], en *Varia lección de clásicos españoles*, Madrid, Gredos, 1964.

— «Relaciones literarias», en *Suma cervantina*, Londres, Tamesis Books, 1973, 215-232.

BATES, Margaret J. , *«Discreción» in the Works of Cervantes. A Semantic Study*, Washington, Catholic University of America, 1945.

BELMAR MARCHANTE, María de los Ángeles, «Lauso y Elicio: divergencia personalizadora del amor en Cervantes», *Actas del II Congreso Internacional de la Asociación de Cervantistas,* Nápoles, Istituto Universitario Orientale, 1995, 223-230.

BEMBO, Pietro, *Los Asolanos*, Barcelona, Bosch, 1990. Ed., int. y notas de J. M. Reyes Cano.

BERRIO, Pilar, «Música en *La Galatea:* de nuevo sobre la presencia de Orfeo en la obra cervantina», *Actas del II Congreso Internacional de la Asociación de Cervantistas,* Nápoles, Istituto Universitario Orientale, 1995, 231-242.

BERTRAND, Jean J. A., «Florian cervantista», *Anales cervantinos*, 5 (1955-1956), 343-352.

BLECUA, Alberto, «Virgilio en España en los siglos XVI y XVII», Actes del VIè Simposi de la Societat Espanyola d'Estudis Classics, Barcelona, Universitat, 1983, 61-77.

BLECUA, José Manuel, «Garcilaso y Cervantes» [1947], *Sobre poesía de la Edad de Oro*, Madrid, Gredos, 1970/1, 151-160.

— «La poesía lírica de Cervantes» [1947], *Sobre poesía de la Edad de Oro*, Madrid, Gredos, 1970/2, 161-195.

BUCHANAN, Milton A., «Some Italian Reminiscenses in Cervantes», *Modern Philology*, 5 (1907), 177-179.

CAMMARATA, Joan y DAMIANI, Bruno M., «"Actio" in Cervantes' *Galatea* and the Visual Arts», *Arcadia. Zeitschrift für Vergleichende Literaturwissenschaft*, 21 (1986), 78-83.

CANAVAGGIO, Jean, «Cervantes en primera persona», *Journal of Hispanic Philology*, 2 (1977), 35-44.

— «Los pastores del teatro cervantino: tres avatares de una Arca-

dia precaria», en *«La Galatea» de Cervantes. Cuatrocientos años después*, Newark, Del., Juan de la Cuesta, 1985, 37-52.
— *Cervantes* [1986], Madrid, Espasa-Calpe, 1987.
Cancionero de Poesías Varias. Manuscrito 1587 de la Biblioteca Real de Madrid, Madrid, Visor, 1994, ed. J. J. Labrador Herrera y R. A. DiFranco.
CASALDUERO, Joaquín, «La Bucólica, la Pastoril y el Amor», en *Estudios de literatura española*, Madrid, Gredos, 1967/1, 2.ª ed., 64-69.
— «Explicando la primera frase del *Quijote*», en *Estudios de literatura española*, Madrid, Gredos, 1967/2, 71-82.
— «*La Galatea*», en *Suma cervantina*, Londres, Tamesis Books, 1973, 27-46.
— «Cervantes: de *La Galatea* al *Persiles*», en el *Homenaje a José Manuel Blecua*, Madrid, Gredos, 1983, 135-140.
CASELLA, Mario, *Cervantes. Il Chisciotte*, Florencia, Le Monnier, 1938, 2 vols.
CASTRO, Américo, «La ejemplaridad de las novelas cervantinas» [1948], en *Hacia Cervantes*, Madrid, Taurus, 1957, 329-350.
— *El pensamiento de Cervantes* [1925], Barcelona, Noguer, 1972. Ed. ampliada con notas de J. Rodríguez-Puértolas.
[CERVANTES, Miguel de], *«La Galatea» de Cervantes. Cuatrocientos años después*, Newark, Del., Juan de la Cuesta, 1985.
— *Cervantes and the Pastoral (Proceedings)*, Cleveland, Penn State University-Behrend College-Cleveland State University, 1986.
CERVANTES SAAVEDRA, Miguel de, *Comedias y entremeses*, Madrid, B. Rodríguez..., 1915-1922. 6 vols. Ed. R. Schevill y A. Bonilla.
— *Don Quijote de la Mancha*, Madrid, Cátedra, 1977. 2 vols. Ed. J. J. Allen.
— *La Galatea*, Madrid y Argamasilla, Rivadeneyra, 1863-1864, 2 vols. Ed. C. Rosell y López.
— *La Galatea*, Madrid, B. Rodríguez, 1914, 2 vols. Ed. R. Schevill y A. Bonilla.
— *La Galatea*, Madrid, Espasa-Calpe, 1987. Ed. J. B. Avalle-Arce.
— *Novelas ejemplares*, Madrid, Cátedra, 1980, 2 vols. Ed. H. Sieber.
— *Poesías completas*, Madrid, Castalia, 1981, 2 vols.; I. *Viaje del Parnaso*, II. *Otras poesías*. Ed. V. Gaos.
— *Viaje del Parnaso*, Madrid, CSIC, 1983. Ed. M. Herrero García.
CHEVALIER, Maxime, *L'Ariost en Espagne (1530-1650). Recherches sur*

l'influence du «Roland furieux», Burdeos, Institut d'Etudes Ibériques et Ibéro-Americaines de l'Université, 1966.
— «La antigua enfadosa suegra», en *«La Galatea» de Cervantes. Cuatrocientos años después*, Newark, Del., Juan de la Cuesta, 1985, 103-109.
— «Decoro y decoros», *Revista de Filología Española*, 73 (1993), 5-24.
CLOSE, Anthony, «Ambivalencia del estilo elevado en Cervantes», en *La Galatea de Cervantes. Cuatrocientos años después*, Newark, Del., Juan de la Cuesta, 1985, 91-102.
COLÓN CALDERÓN, Isabel, «Poesía y poetas en *La Galatea*», *Dicenda, Cuadernos de Filología Hispánica*, 14 (1996), 79-92.
CORTINES MURUBE, Jacobo, «Historia de Lisandro (Cervantes y *La Galatea*)», *Número*, 1 (1981), 7-10.
CORREAS, Gonzalo, *Vocabulario de refranes y frases proverbiales*, Burdeos, Institut d'Etudes Ibériques et Ibéro-Américaines de l'Université, 1967. Ed. L. Combet.
COSSÍO, José María de, *Fábulas mitológicas en España*, Madrid, Espasa-Calpe, 1952.
COVARRUBIAS, Sebastián de, *Tesoro de la lengua castellana o española* [1611 y 1674], Barcelona, Altafulla, 1989, ed. M. de Riquer. Obra muy citada en el prólogo y en las notas, que se menciona como *Tesoro* y la voz referida, que no se indica en el caso de que sea la misma que figura en el texto.
COX, Louis Edward, *The pastoralism of Cervantes' «Galatea»*, Ann Arbor, Xerox University Microfilms, 1974.
CULL, John T., «Cervantes y el engaño de las apariencias», *Anales cervantinos*, 19 (1981), 69-92.
— «Another Look at Love in *La Galatea*», en *Cervantes and the Pastoral*, Cleveland, Penn State University-Behrend College-Cleveland State University, 1986, 63-80.
— «The Curious Reciprocity of Country and City in Some Spanish Pastorals Novels», *Crítica hispánica*, 9 (1987), 159-174.
DAMIANI, Bruno M., «Symbolism in Cervantes' *Galatea*», *Romanistisches Jahrbuch*, 34 (1983), 287-307.
— «Death in Cervantes' *Galatea*», *Cervantes. Bulletin of Cervantes Society of America*, 4 (1984), 53-78.
— «The Rhetoric of Death in *La Galatea*» en *«La Galatea» de Cervantes. Cuatrocientos años después*, Newark, Del., Juan de la Cuesta, 1985, 53-70.

— «El Valle de los Cipreses en *La Galatea* de Cervantes», *Anales de Literatura Española. Universidad de Alicante*, 5 (1986-1987), 39-50.
— y MUJICA, Barbara, *Et in Arcadia Ego. Essays on Death in the Pastoral Novel*, Lanham, Ms., University Press of America, 1990.
— Véase CAMMARATA, Joan.

DARST, David, «Renaissance Platonism and the Spanish Pastoral Novel», *Hispania*, 52 (1969), 384-392.

DEVENY, Thomas, «The Pastoral and the Epithalamium of the Spanish Golden Age», en *Cervantes and the Pastoral*, Cleveland, Penn State University- Behrend College-Cleveland State University, 1986, 81-99.

DEVOTO, Daniel, «Las letras en el árbol (De Teócrito a Nicolás Olivari», *Nueva Revista de Filología Hispánica*, 36 (1988), 787-852.

DIEGO, Gerardo, «Cervantes y la poesía», *Revista de Filología Española*, 32 (1948), 213-236.

EGEA ABELENDA, Fulgencio, «Sobre *La Galatea*, de Miguel de Cervantes», *Revista de Archivos, Bibliotecas y Museos*, 42 (1921), 538-559.

EGIDO, Aurora, «Topografía y cronografía de *La Galatea*», *Lecciones cervantinas*, Zaragoza, Caja de Ahorros, 1985, 49-93.
— «Sin poética no hay poetas. Sobre la teoría de la égloga en el Siglo de Oro», *Criticón*, 30 (1985), 43-77.
— «*La Galatea*: espacio y tiempo» [1985], en *Cervantes y las puertas del sueño*, Barcelona, PPU, 1994/1, 33-90.
— «El eremitismo ejemplar. De *La Galatea* al *Persiles*», en *Cervantes y las puertas del sueño*, Barcelona, PPU, 1994/2, 333-348.
— «El sosegado y maravilloso silencio de *La Galatea*» [1989], en *Cervantes y las puertas del sueño*, Barcelona, PPU, 1994/3, 19-32.
— «Las dos Rosauras: de *La Galatea* a *La vida es sueño*», en *El gran teatro de Calderón*, Kassel, Edition Reichenberger, 1995, cap. V.

EISENBERG, Daniel, *Las «Semanas del Jardín» de Miguel de Cervantes. Estudio, edición y facsímil del manuscrito*, Salamanca, Diputación Provincial, 1988.
— «Cervantes' Consonants», *Cervantes. Bulletin of the Cervantes' Society of America*, 10 (1990), 3-14.

EL SAFFAR, Ruth, «*La Galatea*: The Integrity of the Unintegrated Text», *Cervantes. Su obra y su mundo*, Madrid, Edi-6, 1981, 345-353.
— *Beyond Fiction. The Recovery of the Femenine in the Novels of Cervantes*, Berkeley-Los Angeles, University, 1984.

EQUICOLA, Mario, *Libro di natura d'amore*, Venecia, G. Giolito de Ferrara et fratelli, 1554.
FARINELLI, Arturo, «El último sueño romántico de Cervantes», *Boletín de la Real Academia Española*, 9 (1922), 149-162.
— «Cervantes y su mundo idílico», *Revista de Filología Española*, 32 (1948), 1-24.
FERNÁNDEZ, Jaime, «Grisóstomo y Marcela: tragedia y esterilidad del individualismo», *Anales cervantinos*, 25-26 (1987-1988), 147-155.
FERNÁNDEZ-CAÑADAS DE GREENWOOD, Pilar, *Pastoral Poetics: The Uses of Conventions in Renaissance Pastoral Romances «Arcadia», «La Diana», «La Galatea», «L'Astrée»*, Madrid, J. Porrúa, 1983.
— «Las mujeres en la semántica de *La Galatea*», en *Cervantes and the Pastoral*, Cleveland, Penn State University-Behrend College-Cleveland State University, 1986, 51-61.
FERNÁNDEZ GÓMEZ, Carlos, *Vocabulario de Cervantes*, Madrid, Real Academia Española, 1962.
FERNÁNDEZ MONTESINOS, José, «Cervantes anti-novelista», *Nueva Revista de Filología Hispánica*, 7 (1953), 499-514.
FIGUEROA, Francisco de, *Poesía*, Madrid, Cátedra, 1989. Ed. M. López Suárez.
FINELLO, Dominick, «Cervantes y lo pastoril a nueva luz», *Anales cervantinos*, 15 (1976), 211-222.
— «Cervantes y los dramas de pastores del Siglo de Oro», *Actas del I encuentro de historiadores del Valle del Henares*, Guadalajara, Institución Marqués de Santillana, 1988, 257-265.
— «From Books to Life: Uses of pastoral Tradition in the *Quijote*», *Hispanic Journal*, 9 1988/2, 7-22.
— «Landscapes in *Don Quijote*», en el *Homenaje a Alberto Porqueras*, Kassel, Reichenberger, 1989, 245-255.
— *Pastoral Themes and Formes in Cervantes's Fiction*, Lewisburg, Bucknell University Press, 1994.
FITZMAURICE-KELLY, James, Introducción a la versión inglesa de *La Galatea* (1903, trad. H. Oelsner y A. B. Welford, I-LVIII, «Letters to H. A. Rennert», *Revue Hispanique*, 74 (1928), 281-343.
— *Miguel de Cervantes Saavedra* [1898 y 1913], Buenos Aires, Clydoc, 1944.
FLECNIAKOSKA, Jean-Louis, «Reflexions sur la parodie pastoral dans le *Quichotte*», *Anales cervantinos*, 8 (1959-1960), 371-378.

FORCIONE, Alban K., *Cervantes, Aristotle, and the «Persiles»*, Princeton, Princeton University Press, 1970/1.
— «Cervantes en busca de una pastoral auténtica», *Nueva Revista de Filología Hispánica*, 36 (1988), 1011-43.
— «Marcela and Grisóstomo and the Consummation of *Galatea*», *On Cervantes: Essays for F. A. Murillo,* Newark, Juan de la Cuesta, 1991, 47-62.
FOSALBA, Eugenia, *La «Diana» en Europa: ediciones, traducciones e influencias*, Barcelona, Universitat Autònoma, 1994.
FRENK, Margit, *Corpus de la antigua lírica popular hispánica (siglos XV al XVII)*, Madrid, Castalia, 1987; suplemento, *idem*, 1992.
FROLDI, Rinaldo, «Antonio de Guevara, manierista?», *Annali dell' Istituto Universitario Orientale*, Sezione Romanza, 30 (1988), 27-39.
FUCILLA, Joseph G., «De morte et amore» [1932-1935], en *Relaciones hispanoitalianas*, Madrid, CSIC, 1953/1, 105-116.
— «Gil Polo y Sannazaro» [1949], en *Relaciones hispanoitalianas*, Madrid, CSIC, 1953/2, 63-70.
— «Sobre la *Arcadia* de Sannazaro y el *Pastor de Fílida* de Montalvo» [1942], en *Relaciones hispanoitalianas*, Madrid, CSIC, 1953/3, 71-76.
— «Cervantes», *Estudios sobre el petrarquismo en España*, Madrid, CSIC, 1960, 171-181.
GÁLVEZ DE MONTALVO, Luis, *El pastor de Fílida*, [1582], Madrid, Baylli-Bailliére, 1931, 2.ª ed., NBAE, 7, tomo II.
GARCÍA CARCEDO, Pilar, *La Arcadia en el «Quijote». Originalidad en el tratamiento de los seis episodios pastoriles*, Bilbao, Beitia, 1996.
GARCÍA GALIANO, Ángel, «Cervantes y Heliodoro: un nuevo ejemplo de imitación», en el *Homenaje a Ignacio Elizalde*, Deusto, Universidad, 81-90.
GARCÍA-PAGE, Mario, «El cultismo sintáctico en Cervantes», *Actas del II Congreso Internacional de la Asociación de Cervantistas,* Nápoles, Istituto Universitario Orientale, 1995, 97-122.
Garcilaso de la Vega y sus comentaristas [El Brocense, Herrera, Tamayo y Azara], Granada, Universidad, 1966. Ed. A. Gallego Morell.
GARROTE PÉREZ, Francisco, *La naturaleza en el pensamiento de Cervantes*, Salamanca, Universidad, 1979.
GIL POLO, Gaspar, *Diana enamorada* [1564], Madrid, Castalia, 1988. Ed. F. López Estrada.

GILI GAYA, Samuel, «Galatea o el perfecto amor», *Cuadernos de Ínsula*, I (1947), 99-104.

GONZÁLEZ DE AMEZÚA, Agustín, «Una carta desconocida e inédita de Cervantes», *Boletín de la Real Academia Española*, 34 (1954), 217-223.

GONZÁLEZ PALENCIA, Ángel y MELE, Eugenio, *Vida y obra de don Diego Hurtado de Mendoza*, Madrid, Instituto de Valencia de don Juan, I, 1941; II, 1942; y III, 1943.

GRANADOS, Juana, «Ricordi geografici d'Italia nell' opera cervantina», *Quaderni Iberoamericani*, 31 (1965), 297-409.

GREEN, Otis H., «Melancholy and Death in Cervantes», en los *Hispanic Studies in Honor of N. B. Adams*, Chapel Hill, University, 1966/1, 49-55.

— «On the *Coplas castellanas* in the Siglo de Oro: Cronological Notes», en el *Homenaje a Rodríguez Moñino*, Madrid, Castalia, 1966/2, I, 213-219.

— *España y la tradición occidental. El espíritu castellano en la literatura desde el «Cid» hasta Calderón* [1963-1966], Madrid, Gredos, 1960, 4 vols.

HART, Thomas, R., «Versions of Pastoral in three *Novelas ejemplares*», *Bulletin of Hispanic Studies*, 58 (1981), 283-291.

HATZFELD, Helmut, *El «Quijote» como obra de arte del lenguaje* [1927], Madrid, CSIC, 1949.

HAYWOOD, Charles, «Cervantes and Music», *Hispania*, 31 (1948), 131-151.

HEBREO, León, *Diálogos de amor*, Barcelona, PPU, 1986. Trad. de C. Mazo del Castillo, int., ed. y notas de J. M. Reyes Cano.

HERRÁIZ, Teresa, «Dos imágenes del amor en Cervantes», *Comunicaciones de literatura española*, 1 (1972), 109-115.

HERRERA, Fernando, sus comentarios a Garcilaso; véase *Garcilaso de la Vega y sus comentaristas*.

HONDA, Seiji, «Sobre *La Galatea* como égloga», *Actas del II Congreso Internacional de la Asociación de Cervantistas,* Nápoles, Istituto Universitario Orientale, 1995, 197-212.

ILIE, Paul, «Grotesque Elements in the Pastoral Novel», en el *Homenaje a William L. Fichter*, Madrid, Castalia, 1871, 319- 328.

IMPEY, Olga T., «El entorno clásico y filológico de la muerte en la última égloga de Garcilaso, vv. 229-232», *Romanische Forschungen*, 99 (1987), 152-168.

ISSACHAROFF, Dora, «Imágenes manieristas en *La Galatea* de Cervantes», *Cervantes: su obra y su mundo. Actas del I Congreso Internacional sobre Cervantes*, Madrid, Edi-6, 327-336.

IVENTOSCH, Herman, *Los nombres bucólicos en Sannazaro y la pastoral española. Ensayo sobre el sentido de la bucólica en el Renacimiento*, Valencia, Soler, 1975.

JOHNSON, Carrol B., «Cervantes' *Galatea*: the Portuguese Connection», *Ibero-romania*, 23 (1986), 91-105.

JOHNSON, Leslie D., «Three who made a Revolution: Cervantes, Galatea and Calíope», *Hispanófila*, 57 (1976), 23-34.

JOHNSTON, Robert M., *Some Guises of Pastoral in Cervantes: the Pastoral Design in «La Galatea» and four «Novelas ejemplares»*, Ann Arbor, University Microfilm International, 1984.

— «*La Galatea*: Structural Unity and the Pastoral Convention», *Cervantes. Bulletin of the Cervantes Society of America*, núm. homenaje a Cervantes, 1988, 29-42.

KENISTON, Hayward, *The Sintax of Castilian Prose. The Sixteenth Century*, Chicago, The University of Chicago Press, 1937.

KRAUSS, Werner, «Localización y desplazamiento en la novela pastoril española», *Actas del II Congreso Internacional de Hispanistas*, Nimega, Universidad, 1967, 363-369.

— «Algunas observaciones sobre la novela pastoril española», *Eco*, 23 (núms. 138-139), oct.-nov. 1971, 652-698.

LA CADENA Y CALERO, Esther, «El discurso oral en las Academias del Siglo de Oro», *Criticón*, 41 (1988), 87-102.

LEÓN, Fray Luis de, *De los nombres de Cristo*, Madrid, Cátedra, 1977. Ed. C. Cuevas.

LERNER, Isaías, «Para la fortuna de *La Galatea* de Cervantes en el siglo XVIII», *Lexis* 20 (1996), 393-403.

LESSIG, Doris, *Ursprung und Entwicklung der Spanischen Ekloge bis 1650 (mit Anhang Eines Eklogenkataloges)*, Ginebra y París, E. Droz y Minard, 1962.

LEVISI, Margarita, «La pintura en la narrativa de Cervantes», *Boletín de la Biblioteca Menéndez Pelayo*, 48 (1972), 293-325.

LIDA, María Rosa, «Fray Antonio de Guevara. Edad Media y Siglo de Oro español», *Revista de Filología Hispánica*, 7 (1945), 346-388.

— «La visión hispánica del trasmundo en las literaturas hispánicas», apéndice de Patch, Howard R., *El otro mundo en la literatura medieval*, México, Fondo de Cultura Económica, 1956.

Lizón, Adolfo, «El viaje de Miguel de Cervantes a Portugal», *Cuadernos de Literatura*, 2 (1947), 63-85.

Lo Frasso, Antonio, *Los diez libros de Fortuna d'Amor* [1573, facsímil], Cagliari, Istituto sui Rapporti Italo-Iberici, 1992, prólogo de M. A. Roca Mussons.

López Estrada, Francisco, «Sobre la Fortuna y el hado en la literatura pastoril», *Boletín de la Real Academia Española*, 26 (1947), 413-442.

— *Estudio crítico de «La Galatea» de Miguel de Cervantes*, La Laguna de Tenerife, Universidad, 1948.

— «Cotejo de las ediciones Alcalá, 1585 y París, 1611, de *La Galatea* de Cervantes», *Revista bibliográfica y documental*, 2 (1948/2), 73-89.

— Las ilustraciones de *La Galatea*, edición de Sancha, Madrid, 1784, *Revista bibliográfica y documental*, 2 (1948/3), 171-174, más la reproducción de las doce láminas.

— «La influencia italiana en *La Galatea* de Cervantes», *Comparative Literature*, 4 (1952), 161-169.

— «Las Bellas Artes en relación con la concepción estética de la novela pastoril», *Anales de la Universidad Hispalense*, 14 (1953), 65-89.

— «La literatura pastoril en la obra de Américo Castro», en los *Estudios sobre la obra de Américo Castro*, Madrid, Taurus, 1971, 263-283.

— *Los libros de pastores en la literatura española. I. La órbita previa*, Madrid, Gredos, 1974.

— «Estudio del diálogo de Cillenia y Selanio», *Revista de Filología Española*, 57 (1974-1975), 159-194.

— Huerta Calvo, Javier, e Infantes de Miguel, Víctor, *Bibliografía de los libros de pastores en la literatura española*, Madrid, Universidad Complutense, 1984/1.

— «La poesía pastoril en la corte y aldea de Segovia (1570)», en el *Homenaje al Prof. Francisco Ynduráin*, Madrid, Editora Nacional, 1984/2.

— «Erasmo y los libros de pastores españoles», *El erasmismo en España*, Santander, Biblioteca Menéndez Pelayo, 1986, 475-478.

— «Las canciones populares en *La casa de los celos*», *Anales cervantinos*, 25-26 (1987-1988), 211-219.

— «El diálogo pastoril en los Siglos de Oro», *Anales de Literatura Española. Universidad de Alicante*, 6 (1988), 335-356.

— «La literatura pastoril y Cervantes; el caso de *La Galatea*», *Actas del Primer Coloquio Internacional de la Asociación de Cervantistas, 1988*, Barcelona, Anthropos, 1990, 159-174.

— «Una interpretación de la presencia de Orfeo en la *Diana* de Montemayor», en el *Homenaje al profesor José Fradejas Lebrero*, Madrid, UNED, 1993, 357-371.
— «La escala filosófica del amor en *La Galatea*», Tübingen, Max Niemeyer Verlag, 1996, 192-199.
— «La ilustración literaria y sus motivos: la edición de *La Galatea* de Antonio de Sancha (Madrid, 1784)», Madrid, Consejo Superior de Investigaciones Científicas, 1996, 583-605.
LÓPEZ PINCIANO, Alonso, *Philosophía antigua poética* [1596], Madrid, CSIC, 1973, 3 vols. Ed. A. Carballo Picazo.
LOWE, Jennifer, «The *cuestión de amor* and the Structure of Cervantes' *Galatea*», *Bulletin of Hispanic Studies*, 43 (1966), 98-108.
MARCH, Ausias, *Poesías*, traducidas por Jorge de Montemayor, Barcelona, Planeta, 1990. Ed. M. de Riquer.
MARKS, Morley H., «Deformación de la tradición pastoril en *La casa de los celos* de Miguel de Cervantes», en *Cervantes and the Pastoral*, Cleveland, Penn State University-Behrend College-Cleveland State University, 1986, 127-138.
MÁRQUEZ VILLANUEVA, Francisco, «Sobre el contexto religioso de *La Galatea*», *Actas del II Congreso Internacional de la Asociación de Cervantistas*, Nápoles, Istituto Universitario Orientale, 1995, 181-196.
MARTÍN ABAD, Julián, *La imprenta en Alcalá de Henares (1502-1600)*, Madrid, Arco/libros, 1991, 3 vols.
MEDINA, José Toribio, «Escritores cervantinos celebrados por Cervantes en el «Canto de Calíope» [1926], *Estudios cervantinos*, Santiago de Chile, Fondo histórico y bibliográfico J. T. Medina, 1958, 455-503.
MELE, Eugenio, «Miguel de Cervantes y Antonio Veneziano», *Revista de Archivos, Bibliotecas y Museos*, 29 (1913), 82-90.
MENÉNDEZ PELAYO, Marcelino, *Orígenes de la novela* [1907], Madrid, CSIC, 1943, 4 vols.
— «Cultura literaria de Miguel de Cervantes y elaboración del *Quijote*» [1903], *Estudios y discursos de crítica histórica y literaria*, Madrid, CSIC, 1951, I, 323-356.
MENÉNDEZ PIDAL, Ramón, *Manual de gramática española*, Madrid, Espasa-Calpe, 1944, 7ª ed.
MEREGALLI, Franco, «Profilo storico della critica cervantina nel settecento», *Rappresentazione artistica e rappresentazione scientifica nel «Secolo dei Lumi»*, Florencia, Sansoni, 1971, 187-210.

Mexía, Pedro, *Silva de varia lección*, Madrid, Cátedra, I, 1989; II, 1990. Ed. A. Castro.

Michalski, Andrés, «El retrato retórico en la obra cervantina», *Cervantes: su obra y su mundo. Actas del I Congreso Internacional sobre Cervantes*, Madrid, Edi-6, 1981, 39-46.

Moner, Michel, *Cervantès conteur. Écrits et Parols*, Madrid, Casa de Velázquez, 1989.

Montemayor, Jorge de, *Los siete libros de la Diana*, Madrid, Espasa-Calpe, 1993. Ed. F. López Estrada y M. T. López García-Berdoy.

Montero Reguera, José, *«La Galatea y el Persiles»*, Cervantes, Centro de Estudios Cervantinos, Alcalá de Henares, 1995, 157-172.

Montoto de Sedas, Santiago,«Juan de Mestanza, poeta celebrado por Cervantes», *Boletín de la Real Academia Española*, 27 (1947-1948), 177-196.

Moore, John A., «The Pastoral in the *Quixote* or *nuestro gozo en el pozo*», *Romance Notes*, 13 (1971), 531-534.

Morel-Fatio, Alfred, «Cervantes et les cardinaux Acquaviva et Colonna», *Bulletin Hispanique*, 8 (1906), 247-256.

Moreno Báez, Enrique, «Perfil ideológico de Cervantes», *Suma cervantina*, Londres, Tamesis Books, 1973, 233-272.

Morreale, Margherita, «I "silenzi" del Cervantes visti dal saggista e dal filologo», *Aspetti e problemi delle Letterature Iberiche. Studi offertti a F. Meregalli*, Roma, Bulzoni, 267-271.

Mujica, Barbara, «Cervantes' Blood-Spattered Arcadia *La Galatea*», *Iberian Pastoral Characters*, Washington, Scripta Humanistica, 1986, 171-210.

— Véase Damiani, Bruno M.

Murillo, Luis Andrés, «Time and Narrative Structure in *La Galatea*», en los *Hispanic Studies in Honor of Joseph Silverman*, Newark, Del., Juan de la Cuesta, 1988, 305-317.

Náñez, Emilio, «El diminutivo en *La Galatea*», *Anales cervantinos*, 2 (1954), 269-285.

— «El adjetivo en *La Galatea*», *Anales cervantinos*, 6 (1957), 133-167.

Osuna, Rafael, «La crítica y la erudición del siglo XX ante *La Galatea* de Cervantes», *The Romanic Review*, 54 (1963), 241-251.

Pacheco, Francisco, *Libro de descripción de verdaderos retratos de ilustres y memorables varores*, Sevilla, Diputación Provincial, 1985. Ed. P. M. Piñero Ramírez y R. Reyes Cano.

PÉREZ, Joseph, «La Pastourelle», en el *Homenaje a Hans Flasche*, Stuttgart, F. Steiner, 1991, 371-378.
— *El humanismo de Fray Luis de León*, Madrid, CSIC, 1994.
PÉREZ PASTOR, Cristóbal, *Documentos cervantinos hasta ahora inéditos...*, Madrid, Fontanet, I, 1897; II, 1902.
PÉREZ VELASCO, Alicia, «El diálogo verso-prosa en *La Galatea*», *Actas del III Coloquio Internacional de la Asociación de Cervantistas*, Barcelona, 1993, 487-493. En relación con la tesis doctoral presentada en la Universidad de Michigan, Ann Arbor, en 1989 e impresa en UMI, 1991.
PORQUERAS MAYO, Alfredo, «Noticias de rarezas bibliográficas cervantinas», *Revista de Literatura*, 31 (1967), 37-55.
— «En torno a los prólogos de Cervantes», *Cervantes: su obra y su mundo. Actas del I Congreso Internacional sobre Cervantes*, Madrid, Edi-6, 1981, 75-84.
PRIETO, Antonio, «La sextina provenzal y su valor como elemento estructural de la novela pastoril», *Prohemio*, 1 (1970), 47-70.
RANDEL, Mary Gaylord, «The Language of Limits and the Limits of Language: The Crisis of Poetry in *La Galatea*», *Modern Language Notes*, 97 (1982), 254-271.
— «Reading the Pastoral Palimsest *La Galatea* in Góngora's, *Soledad Primera*», *Symposium*, núm. verano, 1982, 71-91.
RENNERT, Hugo A., *The Spanish Pastoral Romances* [1981], Philadelphia, University of Pennsylvania Press, 1912.
REYES CANO, Rogelio, *La «Arcadia» de Sannazaro en España*, Sevilla, Universidad, 1973.
RHODES, Elizabeth, «The Poetics of Pastoral: The Prologue to the *Galatea*», *Cervantes and the Pastoral*, Cleveland, Penn-State University-Beherend College-Cleveland State University, 1986, 139-153
— «*La Galatea* and Cervantes' *Tercia Realidad*», *Cervantes. Bulletin of the Cervantes Society of America*, núm. homenaje a Cervantes, 1988, 17-28.
— «Sixteenth-Century Pastoral Books, Narrative Structure, and *La Galatea* of Cervantes», *Bulletin of Hispanic Studies*, 66 (1989), 352-360.
RICCIARDELLI, Michele, *Originalidad de «La Galatea» en la novela pastoril española*, Montevideo, Imp. García, 1966.
RICO, Francisco, *El pequeño mundo del hombre. Varia fortuna de una idea en las letras españolas*, Madrid, Castalia, 1970.

Riley, Edward C., «*El alba bella que las perlas cría*: Dawn-Description in the Novels of Cervantes», *Bulletin of Hispanic Studies*, 33 (1956), 125-137.

— *Teoría de la novela en Cervantes* [1962], Madrid, Taurus, 1966.

Rius y de Llosellas, Leopoldo, *Bibliografía crítica de las obras de Miguel de Cervantes Saavedra*, Madrid, M. Murillo, I, 1895; II, 1899; III, Villanueva y Geltrú, Olia, 1905.

Rivers, Elías L., «Cervantes y Garcilaso», *Cervantes: su obra y su mundo. Actas del I Congreso Internacional sobre Cervantes*, Madrid, Edi. 6, 1981, 963-968.

— «Pastoral, Feminisme and Dialogue in Cervantes», *La Galatea de Cervantes. Cuatrocientos años después*, Newark, Del., Juan de la Cuesta, 1985, 7-15.

Rodríguez Moñino, Antonio, *Construcción crítica y realidad histórica en la poesía española de los siglos XVI y XVII*, Madrid, Castalia, 1968.

Romanos, Melchora, «Interrelaciones genéricas y renovación narrativa en *La Galatea* de Cervantes», *Cervantes. Simposio Nacional Letras del Siglo de Oro Español*, t. I, Anejo IX, *Revista de Literaturas Modernas*, Universidad de Cuyo, Mendoza, 1991, 51-59.

— «*La Galatea*: aproximación al problema del género», *Cervantes. Estudios en la víspera de su Centenario*, Kassel, Edition Reichenberger, 1994, II, 509-517.

— «La estructura narrativa de *La Galatea* de Cervantes: de lo poético a la ficcionalización narrativa», *Actas del II Congreso Internacional de la Asociación de Cervantistas*, Nápoles, Istituto Universitario Orientale, 1995, 171-179.

Rosucci, Gabriella, «Corrientes platónicas y neoplatónicas en *La Galatea* de Cervantes», *Actas del II Congreso Internacional de la Asociación de Cervantistas*, Nápoles, Istituto Universitario Orientale, 1995, 213-222.

Ruta, Maria C., «Le ottave di Cervantes per Antonio Veneziano a Celia», *Bollettino del Centro di Studi Filologici e Linguistici Siciliani*, 14 (1980), 171-185.

— «Cervantes e i danni d'amore», *Quaderni di lingua e letteratura straniere*, Universidad de Palermo, 5-6 (1980-1981), 190-214.

Sabor de Cortázar, Celina, «Observaciones sobre la estructura de *La Galatea*», *Filología*, 15 (1971), 227-239.

Salazar, Adolfo, «Música, instrumentos y danzas en las obras de

Cervantes», *Nueva Revista de Filología Hispánica*, 2 (1948), 21-56 y 118-173.
— *La música en Cervantes y otros ensayos*, Madrid, Ínsula, 1961. Contiene el anterior artículo (127-275).

SÁNCHEZ, Alberto, «Nota preliminar sobre la historia de Timbrio y Silerio en *La Galatea*», *Anales cervantinos*, 2 (1952), 457-464.
— «Los sonetos de *La Galatea*», *La Galatea de Cervantes. Cuatrocientos años después*, Newark, Del., Juan de la Cuesta, 1985, 17-36.

SÁNCHEZ Y ESCRIBANO, Federico, «Nota a *dissoluble nudo, Quijote*, I, XXVII», *Revista de Literatura*, 5 (1954), 253-255.

SANNAZARO, Jacopo, *Arcadia*, Turín, Unione Tipografico-Editrice, 1926.
— *La Arcadia* [Toledo, 1547], Cieza, «la fonte que mana y corre», 1960. Ed. facsímil, prólogo de F. López Estrada.

SCHEVILL, Rudolph, «Some Forms of the Riddle Question», en *Some Forms of the Riddle Question and the Exercice of Wits in Popular Fiction and Formal Literature, University of California. Publications in Modern Philology*, vol. 2, núm. 3 (1911), 183-237.
— «Laínez, Figueroa, and Cervantes», en el *Homenaje a Menéndez Pidal*, Madrid, Ed. Hernando, 1925, I, 425-441.
— véase Cervantes, Miguel de, *La Galatea*, ed. 1914, prólogo y notas.

SCHNABEL, Doris R., *El Pastor Poeta. Fernando de Herrera y la tradición lírica pastoril en el primer siglo áureo*, Kassel, Edition Reichenberger, 1996.

SENABRE, Ricardo, «La novela pastoril española», en *Literatura y público*, Madrid, Paraninfo, 1987.

SERÍS, Homero, *Nuevo ensayo de una biblioteca española de libros raros y curiosos*, Nueva York, Syracuse University, 1969, I, fascículo segundo.

SHEPHERD, Sanford, «Death in Arcadia. The Psycological Atmosphere of Cervantes' *Galatea*», *Cervantes and the Pastoral*, Cleveland, Penn State University-Behrend College-Cleveland State University, 157-168.

SIMÓN DÍAZ, José, *Bibliografía de la Literatura Hispánica*, Madrid, CSIC, 1960...En curso de publicación; la bibliografía de Cervantes en el tomo VIII, 1970, 3-442.

SOCORRO, Manuel, *El mar en la vida y en las obras de Cervantes*, Santa Cruz de Tenerife, Goya, 1952.

SORIA OLMEDO, Andrés, *Los «Dialoghi d' Amore» de León Hebreo: aspectos literarios y culturales*, Granada, Universidad, 1984.

SOUVIRON LÓPEZ, Begoña, *La mujer en la ficción arcádica*, Frankfurt, Vervuert Hispanoamericana, 1997.

SQUIRE, Donald H., *Cervantes' «Galatea» and «Persiles y Sigismunda». A Frecuency Analysis of Selected Features of Language and Style* [1972], Ann Arbor, University Microfilm International, 1983.

STAGG, Geoffrey, «La primera salida de don Quijote: imitación y parodia de sí mismo», *Clavileño*, 4, núm. 22 (1953), 4-10.

— «Cervantes' "De Batro a Tile"», *Modern Language Notes*, 69 (1954), 96-99.

— «Plagiarism in *La Galatea*», *Filologia Romanza*, 6 (1959), 255-276.

— «A Matter of Masks: *La Galatea*», en los *Hispanic Studies in Honour of Joseph Manson*, Oxford, The Dolphin Book, 1972, 255-267.

— «*Illo tempore*: Don Quixote's Discourse on the Golden Age, and its Antecedents», *La Galatea de Cervantes. Cuatrocientos años después*, Newark, Del., Juan de la Cueva, 1985, 71-90.

— «*La Galatea* and *Las dos doncellas* to the Rescue of *Don Quixote*», *Essays in Honour of Robert Brian...*, Nottingham, Universidad, 1991, 125-130.

— «The Composition and Revision of *La Galatea*», *Cervantes*, 14 (1994), 9-25.

STAMM, James R., «*La Galatea* y el concepto de género», *Cervantes: su obra y su mundo. Actas del I Congreso Internacional sobre Cervantes*, Madrid, Edi-6, 1981, 337-343

STOLL, Anita K., «A Selected Bibliography of Cervantes' *La Galatea*», *Cervantes and the Pastoral*, Cleveland, Penn State University-Behrend College-Cleveland State University, 1986, 235-245.

Tabla de los principios de la poesía española. Siglos XVI-XVII, Cleveland, Cleveland State University, 1993. Preparada por J. J. Labrador y R. A. DiFranco.

TAMAYO RUBIO, Antonio, «Los pastores de Cervantes», *Revista de Filología Española*, 32 (1948), 383-406.

TORQUEMADA, Antonio de, *Colloquios satíricos* [1553], Madrid, Bailly-Bailliére, 193. 2ª ed. M. Menéndez Pelayo, en los *Orígenes de la novela*. NBAE, 7, tomo II, segunda parte, 584-662.

— *Colloquio pastoril*, al fin de los *Colloquios satíricos* de la referencia anterior, 663-703.

TOVAR, Antonio, «Lo pastoral y lo heroico en Cervantes», *Home-*

naje a Miguel de Cervantes Saavedra, Buenos Aires, Penser, 1947, 27-41.

TRACHMAN, Sadie E., *Cervantes' Women of Literary Tradition*, Nueva York, Instituto de las Españas, 1932.

TRAMBAIOLI, Marcella, «La utilización de las funciones poéticas en *La Galatea*», *Anales cervantinos*, 31 (1993), 51-73.

— «Notas sobre el papel de Lenio en *La Galatea*: ¿gracioso o "pastor fino"?», *Romance Notes,* 35 (1994), 45-51.

TRELLES, Sylvia, «Aspectos retóricos de los retratos femeninos en *La Galatea*», *Cervantes and the Pastoral*, Cleveland, Penn State University-Behrend College-Cleveland State University, 1986, 169-184.

TREND, John B., «Cervantes in Arcadia», en los *Estudios dedicados a Menéndez Pidal*, Madrid, CSIC, 1951, II, 497-513.

TRUEBLOOD, Alan S., «Nota adicional sobre Cervantes y el silencio», *Nueva Revista de Filología Hispánica*, 13 (1959), 98-100.

VIGIER, Françoise, «La folie amourese dans le roman pastoral espagnol (2è moitié du XVIè siècle)», *Visages de la folie (1500-1600) (Domaine hispano-italien)*, París, Université de Paris, III, 1981, 117-129.

VINSON, Fleming G., *A Critical Bibliography of the Spanish Pastoral Novel (1559-1663)*, Ann Arbor, University Microfilms International, 1970.

VOSSLER, Carlos, *La soledad en la poesía española*, Madrid, Revista de Occidente, 1941.

VALLACE, Jeanne C., «El llanto como elemento dramático en *La Galatea*», *Cervantes and the Pastoral*, Cleveland, Penn State University-Behrend College-Cleveland State University, 1986, 185-195.

VILA, Juan Diego, «Gelasia, Anaxárate y la flor de Gnido: ejemplaridad mítica y reminiscencias garcilasianas en el final de *La Galatea*», *Actas del II Congreso Internacional de la Asociación de Cervantistas,* Nápoles, Istituto Universitario Orientale, 1995, 243-258.

WELLINGTON, M. Z., «La *Arcadia* de Sannazaro y la *Galatea* de Cervantes», *Hispanófila*, 5 (1959), 7-18.

YNDURÁIN, Francisco, «Relección de la *Galatea*», *Cuadernos de Ínsula*, I (1947), 105-115

ZINGARELLI, Nicola, *Vocabulario della lingua italiana*, Milán, Casarile, 1970, 10.ª ed.

La Galatea

Ilustración de *La Galatea* de la edición de Antonio de Sancha, Madrid, 1784; lo mismo que la anterior, la dibujó J. A. Jimeno y Carrera, y esta la grabó Simón Brieva. Representa las bodas de Daranio y Silveria.

[Tasa]

Yo, Miguel de Ondarza Zavala, escribano de cámara de su Majestad, de los que residen en el su Consejo, doy fe de que, habiéndose visto por los dichos señores del Consejo un libro que con privilegio real imprimió Miguel de Cervantes, intitulado *Los seis libros de Galatea,* tasaron a tres maravedís el pliego escrito en molde, para que sin pena alguna se pueda vender.

Y mandaron que esta tasa se ponga al principio de cada volumen de los que así fueran impresos, para que no se exceda de ello.

Y en fe de ello lo firmé de mi nombre; fecha en Madrid a trece días del mes de marzo de mil y quinientos y ochenta y cinco años.

Miguel de Ondarza Zavala

* * *

[Sigue después la fe de erratas, bajo el título *Erratas*. Todas ellas han sido corregidas en esta edición. Después de la relación de las erratas, sigue la certificación del corrector:]

Yo, el licenciado Várez de Castro, corrector por su Majestad en esta Universidad de Alcalá, vi este libro intitulado *Primera Parte de la Galatea,* y le hallé bien impreso conforme a su original, sacadas las erratas arriba dichas.

Y por la verdad di esta firmada de mi nombre; fecha hoy postrero de febrero de ochenta y cinco.

El licenciado Várez de Castro

* * *

[Aprobación]

Por mandado de los señores del Real Consejo, he visto este libro intitulado *Los seis libros de Galatea;* y lo que me parece es que se puede y debe imprimir, atento a ser tratado apacible y de mucho ingenio, sin perjuicio de nadie, así la prosa como el verso; antes por ser libro provechoso, de muy casto estilo, buen romance y galana invención, sin tener cosa malsonante, deshonesta ni contraria a buenas costumbres, se le puede dar al autor, en premio de su trabajo, el privilegio y licencia que pide.

Fecha en Madrid a primero de febrero de MDLXXXIIII,

Lucas Gracián de Antisco[1]

* * *

El rey

Por cuanto por parte de vos, Miguel de Cervantes, estante en nuestra Corte, nos ha sido hecha relación que vos habíades compuesto un libro intitulado *Galatea,* en verso y en prosa castellano, y que os había costado mucho trabajo y estudio por ser obra de mucho ingenio, suplicándonos os mandásemos dar licencia para lo poder imprimir, y privilegio por doce años, o como la nuestra Merced fuese.

Lo cual, visto por los del nuestro Consejo, y como por su mandado se hizo en el dicho libro la diligencia que la pregmática por nos ahora nuevamente hecha sobre ello dispone, fue acordado que debíamos mandar dar esta nuestra cédula para vos en la dicha razón. Y nos tuvímoslo por bien; por lo cual vos damos licencia y facultad para que

---

[1] De entre los firmantes de la tramitación de la impresión, destaca este Lucas Gracián Dantisco, uno de los primeros lectores de la obra y acertado crítico dentro de la limitación burocrática de la aprobación. Su hermano Tomás es uno de los elogiados en el «Canto de Calíope» (38). Cabe suponer que fue amigo de Cervantes, como indica J. Canavaggio (1987, 94 y 172).

por tiempo de diez años primeros siguientes, que corren y se cuentan desde el día de la data de ella, a vos, o a la persona que vuestro poder hubiere, podáis imprimir y vender el dicho libro que de suso se hace mención en estos nuestros Reinos.

Y por la presente damos licencia y facultad a cualquier impresor de ellos que vos nombráredes, para que por esta vez le pueda imprimir por el original que en el nue[stro] Consejo se vio, que van rubricadas las planas y firmado al fin de él de Miguel de Ondarza Zavala, nuestro escribano de Cámara, de los que en el nuestro Consejo residen. Y con que antes que se venda, le traigáis al nuestro Consejo juntamente con el original para que se vea si la dicha impresión está conforme a él, o trayáis fe en pública forma en cómo por el corrector nombrado por nuestro mandado, se vio y corrigió la dicha impresión con el original, y se imprimió conforme a él, y quedan asimismo impresas las erratas por él apuntadas para cada un libro de los que así fueren impresos; y tase el precio que por cada volumen hubiéredes de haber, so pena de caer e incurrir en las penas contenidas en la dicha pregmática y leyes de nuestros Reinos.

Y mandamos que durante el dicho tiempo persona alguna sin vuestra licencia no lo pueda imprimir, so pena que el que le imprimiere o vendiere en estos nuestros Reinos haya perdido y pierda todos y cualesquier libros y moldes que de él tuviere y vendiere; y más, incurra en pena de cincuenta mil maravedís: la tercera parte para el denunciador y la otra tercera parte para la nuestra cámara y la otra tercera parte para el juez que lo sentenciare.

Y mandamos a los del nuestro Consejo: presidentes, oidores de las nuestras audiencias, alcaldes, alguaciles de la nuestra casa y Corte y chancillerías, y a todos los corregidores, asistentes, gobernadores, alcaldes mayores y ordinarios y otros jueces y justicias cualesquier de todas las ciudades, villas y lugares de nuestros Reinos y señoríos, así a los que ahora son, como los que serán de aquí adelante, que vos guarden y cumplan esta cédula y merced que así vos hacemos, y contra el tenor y forma de ella no vayan ni pasen en manera alguna, so pena de la nuestra merced y de diez mil maravedís para la nuestra Cámara.

Fecha en Madrid, a XXII días del mes de febrero de mil y quinientos y ochenta y cuatro años.

Yo, EL REY

Por mandado de su Majestad,

Antonio de Eraso[2]

---

[2] Antonio de Eraso (Erasso en la grafía del impreso) era otro amigo de Cervantes, como señala J. Canavaggio (1987, 93), recogiendo las noticias de la carta que le dirigió Cervantes en 1582, en la que se menciona a *La Galatea* (A. González de Amezúa, 1954) y a la que nos hemos referido en el prólogo.

Dedicatoria

AL ILUSTRÍSIMO SEÑOR ASCANIO COLONA[3]
ABAD DE SANTA SOFÍA

Ha podido tanto conmigo el valor de Vuestra Señoría Ilustrísima, que me ha quitado el miedo que, con razón, debiera tener en osar ofrecerle estas primicias de mi corto ingenio; mas considerando que el extremado de Vuestra Señoría Ilustrísima no sólo vino a España para ilustrar las mejores Universidades de ella, sino también para ser norte por donde se encaminen los que alguna virtuosa ciencia profesan (especialmente los que en la de la poesía[4] se ejer-

---

[3] Sobre el prólogo, véase A. Porqueras Mayo, 1981, 76-78. En la cabeza de la obra figura el nombre de un miembro de una ilustre familia italiana, los Colonna, impulsores y partícipes del gran humanismo italiano del siglo XVI, Ascanio Colonna (1559?-1608). Este Ascanio había nacido en Roma y siguió estudios eclesiásticos en Alcalá y Salamanca. De él se conservan algunas oraciones (o discursos) en latín (J. Martín Abad, 1991, III, 1101, núm. 959). El título honorífico de Abad de Santa Sofía lo había recibido en 1578. En 1586 fue nombrado cardenal por Sixto V. El 28 de febrero de 1585 Gálvez de Montalvo escribe en un memorial a Felipe II: «Soy criado de Ascanio Colonna y paso con él a Italia». Siendo Montalvo amigo de Cervantes, ¿pretendía este algo semejante de Ascanio para volver a Italia? Según Astrana y Marín (1951...III, 447-449) el eclesiástico haría por la dedicatoria alguna merced a Cervantes que le pudiera haber servido para su boda. El escudo que figura en la portada de *La Galatea* es el de este noble señor. Véase también A. Morel-Fatio, 1906.

[4] La poesía considerada como *ciencia* es principio común de la época entre los teóricos de la literatura; y aún más, don Quijote (II, 16) entiende que la poesía «se ha de servir de todas [las ciencias] y todas se han de autorizar con ella». Véase pág. 561

citan), no he querido perder la ocasión de seguir esta guía, pues sé que en ella y por ella todos hallan seguro puerto y favorable acogimiento. Hágale Vuestra Señoría Ilustrísima bueno a mi deseo, el cual envío delante, para dar algún ser a este mi pequeño servicio. Y si por esto no lo mereciere, merézcalo, a lo menos, por haber seguido algunos años las vencedoras banderas de aquel sol de la milicia que ayer nos quitó el cielo delante de los ojos, pero no de la memoria de aquellos que procuran tenerla de cosas dignas de ella, que fue el excelentísimo padre de Vuestra Señoría Ilustrísima[5]. Juntando a esto el efecto de reverencia que hacían en mi ánimo las cosas que, como en profecía, oí muchas veces decir de Vuestra Señoría Ilustrísima al cardenal de Acquaviva[6], siendo yo su camarero en Roma, las cuales ahora no sólo las veo cumplidas, sino todo el mundo que goza de la virtud, cristiandad, magnificiencia y bondad de Vuestra Señoría Ilustrísima, con que da cada día señales de la clara y generosa estirpe do desciende, la cual en antigüedad compite con el principio y príncipes de la grandeza romana, y en las virtudes y heroicas obras con la mesma virtud y más encumbradas hazañas, como nos lo certifican mil verdaderas historias, llenas de los famosos hechos del tronco y ramos de la real casa Colona, debajo de cuya fuerza y sitio yo me pongo ahora para hacer escudo a los murmuradores, que ninguna cosa perdonan; aunque si Vuestra Señoría Ilustrísima perdona este mi atrevimiento, ni tendré qué temer, ni más que desear, sino

---

[5] El padre de Ascanio era Marco Antonio Colonna, duque de Pagliano, que fue general de galeras en la batalla de Lepanto, en la que intervino Cervantes. Probablemente lo que le sirvió «algunos años» es acomodo al carácter laudatorio de la dedicatoria. El «ayer» es el primero de agosto de 1584 en que, siendo Marco Antonio virrey de Sicilia, murió en Medinaceli cuando venía de Roma a Madrid.

[6] *el cardenal de Acquaviva*: Giulio de Acquaviva (1546-1574) no parece que hubiese conocido a Cervantes cuando estuvo en España (A. Morel-Fatio, 1906); pudo ser su camarero en Roma desde que Acquaviva recibió en 1570 el grado de cardenal y 1574 en que murió, sin que se pueda precisar en qué ocasión, pero es probable que fuese en un intermedio de los servicios militares que Cervantes desempeñó en Italia (también A. Astrana Marín, 1951..., II, 233-253).

que Nuestro Señor guarde la Ilustrísima persona de Vuestra Señoría con el acrecentamiento de dignidad y estado que sus servidores deseamos.

Ilustrísimo Señor, besa las manos de Vuestra Señoría
su mayor servidor,

Miguel de Cervantes Saavedra

Curiosos lectores

La ocupación de escribir églogas[7] en tiempo que, en general, la poesía[8] anda tan desfavorecida[9], bien recelo que no será tenido por ejercicio tan loable que no sea necesario dar alguna particular satisfacción a los que, siguiendo el diverso gusto de su inclinación natural, todo lo que es diferente de él estiman por trabajo y tiempo perdido. Mas, pues a ninguno toca satisfacer a ingenios que se encierran en términos tan limitados, sólo quiero responder a los que, libres de pasión, con mayor fundamento se mueven a no admitir las diferencias de la poesía vulgar, creyendo que los que en esta edad tratan de ella se mueven a publicar sus escritos con ligera consideración, llevados de la fuerza que la pasión de las composiciones propias suele tener en los autores de ellas; para lo cual puedo alegar de mi parte la incli-

---

[7] *églogas*: ya se comentó (págs. 23-26) que *égloga* tiene aquí un sentido amplio de 'obra pastoril', e implica tanto el curso de la prosa como las poesías insertas en ella. Por tanto, *poesía* (como decimos en la nota siguiente) está tomado en el amplio sentido que explica don Quijote (II, 16), sobre todo en lo referente a que «...mezcladas la naturaleza y el arte, y el arte con la naturaleza, sacarán un perfectísimo poeta». Más adelante, *égloga* tendrá la significación restringida, más común y general. Sobre esta cuestión, véase S. Honda (1995, 197-212).

[8] *poesía*: entiéndase que se refiere al arte literario en general. La condición abierta de los libros de pastores le permite una demostración del arte de la prosa y verso conjuntados, uno de los motivos por los que Cervantes elegiría una obra de esta especie para darse a conocer como escritor.

[9] *la poesía desfavorecida en su tiempo*: es opinión formulada por otros autores y que se reitera en esta misma obra en lo que dice Telesio luego, en el libro VI (pág. 590), comparando «la ciencia de la poesía» en España con la de otros lugares.

nación que a la poesía siempre he tenido, y la edad, que, habiendo apenas salido de los límites de la juventud[10], parece que da licencia a semejantes ocupaciones.

De más de que no puede negarse que los estudios de esta facultad (en el pasado tiempo, con razón, tan estimada) traen consigo más que medianos provechos, como son: enriquecer el poeta considerando su propia lengua, y enseñorearse del artificio de la elocuencia que en ella cabe, para empresas más altas y de mayor importancia, y abrir camino para que, a su imitación, los ánimos estrechos, que en la brevedad del lenguaje antiguo quieren que se acabe la abundancia de la lengua castellana[11], entiendan que tienen campo abierto, fértil y espacioso, por el cual, con facilidad y dulzura, con gravedad y elocuencia, pueden correr con libertad, descubriendo la diversidad de conceptos[12] agudos, graves, sotiles y levantados que en la fertilidad de los ingenios españoles[13] la favorable influencia del cielo con tal ventaja en diversas partes ha producido y cada hora produce en la edad dichosa nuestra; de lo cual puedo ser yo cierto testigo, que conozco algunos que, con justo derecho y

---

[10] En 1585 Cervantes tiene treintiocho años: si bien el término *juventud* se acomoda a la condición de los hombres (según Juan Huarte de San Juan, *Examen de ingenios para las ciencias*, Madrid, La Rafa, 1930, ed. Rodrigo Sanz, I (1575), 67), «la tercera edad es la juventud, que se cuenta de veinte y cinco años hasta treinta y cinco» (*idem*, V (1594), 92). Era lo más común que los libros de pastores fueran de la juventud de los autores.

[11] Cervantes plantea aquí una dualidad en el uso de la lengua literaria; a) los que prefieren la brevedad del lenguaje «antiguo»; y b) los que la abundancia del moderno. Es el encuentro entre antiguos y modernos, resuelto en favor de los modernos, que es lo que representa la intención de Cervantes. La «edad dichosa nuestra» impone el uso del arte literario amplio, como el mismo párrafo testimonia.

[12] El *concepto* aquí referido (como indica E. C. Riley, 1966, 241) se atiene al sentido de Nebrija: «imagen que de la cosa el entendimiento forma dentro de sí»; el propio Cervantes escribió en el *Quijote*: «La pluma es la lengua del alma: cuales fueren los conceptos que en ella se engendraren, tales serán sus escritos [los del poeta]» (II, 16).

[13] En efecto, el «Canto de Calíope» (libro IV) es el testimonio poético de este «testigo» (como se llama Cervantes a sí mismo) de la excelencia de los ingenios españoles. P. Mexía lo había dicho también refiriéndose a «que no faltan en España agudos y altos ingenios» (*Silva de varia lección*, I, 163).

sin el empacho que yo llevo, pudieran pasar con seguridad carrera tan peligrosa[14].

Mas son tan ordinarias y tan diferentes las humanas dificultades, y tan varios los fines y las acciones, que unos, con deseo de gloria, se aventuran; otros, con temor de infamia, no se atreven a publicar lo que, una vez descubierto, ha de sufrir el juicio del vulgo[15], peligroso y casi siempre engañado. Yo, no porque tenga razón para ser confiado, he dado muestras de atrevido en la publicación de este libro, sino porque no sabría determinarme de estos dos inconvinientes, cuál sea el mayor: o el de quien con ligereza, deseando comunicar el talento que del Cielo ha recib[id]o, temprano se aventura a ofrecer los frutos de su ingenio a su patria y amigos; o el que, de puro escrupuloso, perezoso y tardío, jamás acabando de contentarse de lo que hace y entiende, tiniendo sólo por acertado lo que no alcanza, nunca se determina a descubrir y comunicar sus escritos[16]. De manera que así como la osadía y confianza del uno podría condenarse por la licencia demasiada, que con seguridad se concede, asimesmo el recelo y la tardanza del otro es vicioso[17], pues tarde o nunca aprovecha con el fruto de su ingenio y estudio a los que esperan y desean ayudas y ejemplos semejantes para pasar adelante en sus ejercicios.

Huyendo de estos dos inconvinientes, no he publicado

---

[14] Sobre el elogio de la lengua castellana en Cervantes, véase A. Castro, 1972, 185-191. En el prólogo de la *Silva de varia lección*, de Pedro Mexía (1550-1551), hay otro elogio de la lengua y de sus posibilidades: «Y pues la lengua castellana no tiene, si bien se considera, por qué reconozca ventaja a otra ninguna, no sé por qué no osaremos en ella tomar las invenciones que en las otras y tratar materias grandes, como los italianos y otras naciones hacen con las suyas...».

[15] *vulgo*: la oposición al vulgo es común en los escritores. En Cervantes además está cargada de intención; en el *Quijote* indicó que no sólo lo formaba «la gente plebeya y humilde», sino también «...todo aquel que no sabe, sea señor o príncipe...» (II, 16). Véase A. Castro, 1972, 213-215.

[16] G. Gil en el prólogo de la *Diana enamorada* también expresa este cuidado: «Y aunque sabía a cuánto se aventuran los que ofrecen sus libros a los pareceres de necios y maliciosas, quise sacarlo a luz dando crédito a los que tengo por sabios» (1988, 82).

[17] Podría proponerse *vicio*, emparejado con *licencia demasiada*, y se evitaría la concordancia forzada.

antes de ahora este libro, ni tampoco quise tenerle para mí solo más tiempo guardado, pues para más que para mi gusto solo le compuso mi entendimiento. Bien sé lo que suele condenarse exceder nadie en la materia del estilo que debe guardarse en ella, pues el príncipe de la poesía latina fue calumniado en algunas de sus églogas por haberse levantado más que en las otras; y así no temeré mucho que alguno condene haber mezclado[18] razones de filosofía entre algunas amorosas de pastores, que pocas veces se levantan a más que a tratar cosas del campo, y esto con su acostumbrada llaneza. Mas advirtiendo (como en el discurso de la obra alguna vez se hace) que muchos de los disfrazados pastores de ella lo eran sólo en el hábito[19], queda llana esta objeción. Las demás que en la invención y en la disposición[20] se pudieren poner, discúlpelas la intención segura del que leyere, como lo hará siendo discreto, y la voluntad del autor, que fue de agradar, haciendo en esto lo que pudo y alcanzó; que ya que en esta parte[21] la obra no responda a su deseo, otras ofrece para adelante de más gusto y de mayor artificio.

---

[18] Sobra la explicación porque Montemayor había hecho lo mismo en su *Diana* (1993, 279-287). *Mezcla* significa el libre tratamiento de un texto de otro autor, que se traduce, resume o amplía, adapta y rehace con un criterio creador, según el uso renacentista.

[19] Lo mismo había avisado Montemayor en el «Argumento» de su *Diana*, en donde hay «diversas historias de casos que verdaderamente han sucedido, aunque disfrazados debajo de nombres y estilo pastoril» (1993, 72). La posible interpretación de determinados casos (personajes y sucesos contados) queda así abierta, como un elemento más del posible «juego» pastoril.

[20] Cervantes separa los dos aspectos que se reúnen en *La Galatea*: por un lado, el propiamente pastoril, avisando de su complejidad, pues en la obra los pastores tratarán de sus cuestiones propias y aún , si se tercia, de filosofía; por el otro, la *invención* y *disposición* de que se precia. La invención será condición que le es propia, como él mismo indica en el *Quijote* que *La Galatea* «tiene algo de buena invención» (I, 6); y la disposición será la ordenación argumental, en la que veremos que quiere mostrarse hábil enmarañador de las historias (E. C. Riley, 1966, 103-106).

[21] Se anuncian ya otras «partes» de la obra, que nunca llegarían a la imprenta, como hemos indicado en el prólogo (págs. 101-103).

De Luis Gálvez de Montalvo[22]

AL AUTOR

SONETO

Mientra del yugo sarracino anduvo
tu cuello, preso y tu cerviz, domada,
y allí tu alma, al de la fe amarrada,
a más rigor, mayor firmeza tuvo,

gozóse el Cielo; mas la tierra estuvo   5
casi viuda sin ti, y, desamparada
de nuestras musas, la real morada,
tristeza, llanto, soledad mantuvo.

Pero después que diste al patrio suelo
tu alma sana y tu garganta, suelta   10
de entre las fuerzas bárbaras confusas,

---

[22] *Luis Gálvez de Montalvo*: elogiado por Cervantes en el «Canto de Calíope» (28). Ya se dijo en el prólogo que Montalvo es el autor del libro pastoril *El pastor de Fílida* (1582), que antecede en poco a *La Galatea* (véase J. M. Alonso Gamo, 1987). Montalvo en el soneto alaba de su amigo la firmeza con que mantuvo su fe entre las «fuerzas bárbaras» y conservó el «alma sana» como rasgo más destacado de la experiencia africana. J. B. Avalle-Arce (*La Galatea*, 1987, 61) recuerda a propósito del verso 4 lo que el propio Cervantes atribuyó a un soldado español llamado Saavedra (referencia a sí mismo) sobre la dignidad con que se comportó y que por eso se le había respetado (*Quijote*, I, 40).

descubre claro tu valor el Cielo;
gózase el mundo en tu felice vuelta,
y cobra España las perdidas musas.

De don Luis de Vargas Manrique[23]

SONETO

Hicieron muestra en vos de su grandeza,
gran Cervantes, los dioses celestiales,
y cual primera, dones inmortales
sin tasa os repartió Naturaleza.

Jove su rayo os dio, que es la viveza
de palabras que mueven pedernales;
Dïana, en exceder a los mortales
en castidad de estilo con pureza;

Mercurio, las historias marañadas;
Marte, el fuerte vigor que el brazo os mueve;
Cupido y Venus, todos sus amores;

Apolo, las canciones concertadas;
su ciencia, las hermanas todas nueve;
y, al fin, el dios silvestre, sus pastores.

---

[23] *Luis de Vargas Manrique*: Cervantes lo cita en el «Canto de Calíope» (10). Más joven que Cervantes, anduvo metido en la vida literaria de la época y Lope le tuvo en gran aprecio. Establece el elogio de Cervantes mediante una mención de los elementos integrantes de los libros de pastores: léxico vivo, pureza de estilo, «historias marañadas» (u organización hábil del argumento), amores (recuérdese la inmediata boda de Cervantes), canciones y ciencia poética, todo aplicado a los pastores; y la mención a la condición militar que aún se cita. La épica y la pastoril se juntan otra vez.

De López Maldonado[24]

SONETO

Salen del mar y vuelven a sus senos
después de una veloz, larga carrera,
como a su madre universal primera,
los hijos de ella largo tiempo ajenos.

Con su partida no la hacen menos, 5
ni con su vuelta, más soberbia y fiera,
porque tiene, quedándose ella entera,
de su humor siempre sus estanques llenos.

La mar sois vos, ¡oh Galatea extremada!;
los ríos, los loores, premio y fruto 10
con que ensalzáis la más ilustre vida.

---

[24] *Gabriel López Maldonado*: también elogiado en el «Canto de Calíope» (27). Publicó poco después de salir *La Galatea* un *Cancionero* (Madrid, 1586), en el que vuelve a insertar este soneto (fol. 188). Cervantes le correspondió publicando otro soneto en los preliminares del *Cancionero*: «Casto ardor de una amorosa llama», y unas quintillas: «Bien donado sale al mundo» en elogio de Maldonado. Lo menciona en el escrutinio de la librería de don Quijote, en donde el cura dice: «...el autor de ese libro es grande amigo mío, y sus versos admiran a quien los oye; tal es la suavidad de la voz con que los canta, que encanta. Algo largo es en las églogas, pero nunca lo bueno fue mucho; guárdese [el libro] con los escogidos» (I,6). Era también amigo de Montalvo, al que dedica una epístola en el *Cancionero*. Los elogios quedan todos entre amigos, trenzándose así las relaciones entre los escritores de la época a través de una amistad comprometida.

Por más que deis, jamás seréis menguada;
y menos, cuando os den todos tributo,
con él vendréis a veros más crecida.

Primero libro de Galatea

Mientras que al triste, lamentable acento[1]
del mal acorde son del canto mío,
en Eco amarga[2], de cansado aliento,
responde el *monte*, el *prado*, el *llano*, el *río*[3],
demos al sordo y presuroso viento   5
las quejas que del pecho ardiente y frío
salen a mi pesar, pidiendo en vano
ayuda al *río*, al *monte*, al *prado*, al *llano*.

---

[1] Cervantes inicia la obra con una de las estrofas más elevadas de la métrica, la octava real, aderezada con los procedimientos más artísticos en uso en la poesía europea y, en especial, en la italiana; él pudo haberla conocido en su estancia en aquellas tierras o en los usos españoles. Su libro de pastores comienza así, de repente, con esta poesía que marca el grado literario en que sitúa la obra; es una confirmación desafiante del convencionalismo pastoril, obra humilde por naturaleza, pero que admite el grado sumo de elaboración literaria. Obsérvese que las octavas reales comportan correlación y plurimembración, que hemos notado (aquí y en otros casos) imprimiendo en letra cursiva los elementos implicados: *río, monte, prado* y *llano*, que forman el cuatrimembre de cierre de la estrofa. Más adelante (pág. 207), el soneto «Afuera el *fuego*, el *lazo*, el *hielo* y *flecha*...». Sobre los daños que implica el amor, véase M. C. Ruta (1980-1981).

[2] *Eco amarga*: El adjetivo concuerda en femenino porque se implica a la ninfa Eco; su aliento es *cansado* por repetir lo mismo tantas veces. Si no se quiere implicar a la ninfa, podría corregirse: *eco amargo*, con referencia entonces sólo al fenómeno físico, como trae la ed. Barcelona, 1618 (*La Galatea*, 1914, 240-241).

[3] J. M. Blecua (1970/1, 158) propone una relación entre este verso y los de Garcilaso: «La tierra, el campo, el monte, el río, el llano / alegres a una mano estaban todos» (Égloga II, 1721-1722). Es un tópico de la literatura pastoril: la Naturaleza armoniza con el estado de ánimo del pastor.

    Crece el humor[4] de mis cansados ojos
las aguas de este *río*, y de este *prado*　　　　　　　　10
las variadas flores son abrojos[5]
y espinas que en el alma se han entrado;
no escucha el alto *monte* mis enojos,
y el *llano* de escucharlos se ha cansado;
y así, un pequeño alivio al dolor mío　　　　　　　　15
no hallo[6] en *monte*, en *llano*, en *prado*, en *río*.

    Creí que el *fuego* que en el alma enciende
el niño alado[7], el *lazo* con que aprieta,
la *red* sotil con que a los dioses prende,
y la furia y rigor de su *saeta*,　　　　　　　　　　20
que así ofendiera como a mí me ofende
al sujeto sin par que me sujeta;
mas contra un alma que es de mármol hecha,
la *red* no puede[8], el *fuego*, el *lazo* y *flecha*.

    Yo sí que al *fuego* me consumo y quemo,　　　　　25
y al *lazo* pongo humilde la garganta,
y a la *red* invisible poco temo,
y el rigor de la *flecha* no me espanta.
Por esto soy llegado a tal extremo,
a tanto daño, a desventura tanta,　　　　　　　　　30
que tengo por mi gloria y mi sosiego
la *saeta*, la *red*, el *lazo*, el *fuego*.

    Esto cantaba Elicio[9], pastor en las riberas de Tajo, con

---

[4] *humor*: En el sentido etimológico de 'líquido', aplicado a los del cuerpo humano, en especial el de los ojos, como indica Nebrija, 'lágrimas'.

[5] *abrojos*: De curiosa etimología: *aperi oculos*, 'abre los ojos'; es una planta que suele crecer en tierra inculta, cuyo fruto es casi esférico y cubierto de púas punzantes. Tiene mala fama en la literatura.

[6] Se requiere la aspiración de *hallo* para el cómputo métrico del endecasílabo.

[7] *el niño alado* es Cupido, cuyos atributos se encierran en el tetramembre, que ha cambiado con respecto a las estrofas precedentes y ahora es *red*, *fuego*, *lazo* y *flecha* [*saeta*]. Véase la representación del Amor en pág. 427.

[8] *no puede*: El verbo en singular concertando con el primer sujeto; implícitamente se aplica a los otros sujetos, que en un concierto lógico pedirían el verbo en plural.

[9] *Elicio* es nombre que (según K. Ph. Allen, 1977, 75) se relaciona con *lícito*, lo que es legítimo, de buena ley. Es nombre gentil por ser sobrenom-

quien Naturaleza se mostró tan liberal cuanto la Fortuna y el Amor, escasos; aunque los discursos del tiempo, consumidor y renovador de las humanas obras, le trujeron a términos que tuvo por dichosos los infinitos y desdichados en que se había visto (y en los que su deseo le había puesto) por la incomparable belleza de la sin par[10] Galatea[11], pastora en las mesmas riberas nacida; y, aunque en el pastoral y rústico ejercicio criada, fue de tan alto y subido entendimiento que las discretas damas, en los reales palacios crecidas y al discreto trato de la corte acostumbradas, se tuvieran por dichosas de parecerla en algo, así en la discreción[12] como en la hermosura. Por los infinitos y ricos dones con que el Cielo a Galatea había adornado, fue querida y con

---

bre de Júpiter, y cristiano por pertenecer al santoral, aunque no fuese común. El verbo *elicio* significa 'hacer salir, sacar (los sonidos del instrumento), evocar'; esto es, una fuerza activa, pues a su alrededor comienza a formarse el libro. Se sobrentiende que Naturaleza se mostró liberal 'en bienes', que lo serían en lo relativo a su condición física y espiritual. Era un pastor de subido mérito por sí mismo, propio para ser el protagonista de la trama principal del libro, *fino* en comparación con los pastores *rústicos*, como lo era Erastro, que aparece poco después.

[10] La expresión *sin par* aplicada a la mujer procede de la exaltación de la hermosura femenina, propia de la lengua de los cancioneros medievales y libros de caballerías. Alicia Puigvert Ocal (*Contribución al estudio de la lengua en la obra de Villasandino*, Madrid, Universidad, 1986, tesis doctoral) encuentra en este autor del *Cancionero de Baena* siete usos del tipo: «a quien vos fiso sin par» (619). No se olvide que don Quijote usó la expresión «la *sin par* Dulcinea del Toboso» desde un principio (I, 4), aplicada a su dama imaginada. En el libro de pastores la expresión aún mantiene su crédito, y enlaza esta obra con el *Quijote*. La expresión se relaciona con el uso religioso, aplicada a la Virgen María.

[11] Cuando Cervantes escoge como título del libro y nombre de esta pastora a *Galatea*, da muestras de su fe ovidiana. La narración de la nereida Galatea referente a sus amores con Acis, los brillantes párrafos de Polifemo cuando describe la belleza de la ninfa, y los celos de este, junto con la muerte del amado, todo ello forma uno de los mejores trozos de las *Metamorfosis* (XIII, 750-897). También está su uso en la poesía pastoril de Virgilio, en relación con su origen griego ('blanca como la leche'). S. Trelles (1986, 169-184) estudia el «retrato» de Galatea reuniendo los atributos de nombre, naturaleza, crianza, hábito, afectos, consejo, hechos, casos y oraciones esparcidas por la obra.

[12] Sobre la función de la discreción en Galatea y otras pastoras, véase P. F. Cañadas (1986, 51-61), y es cualidad común a las mujeres del libro, como indicamos en el prólogo; también M. J. Bates (1945).

entrañable ahínco amada de muchos pastores y ganaderos[13] que por las riberas de Tajo su ganado apacentaban; entre los cuales se atrevió a quererla el gallardo Elicio con tan puro y sincero amor cuanto la virtud y honestidad de Galatea permitía.

De Galatea no se entiende que aborreciese a Elicio, ni menos que le amase, porque a veces, casi como convencida y obligada a los muchos servicios de Elicio, con algún honesto favor le subía al cielo, y otras veces, sin tener cuenta con esto, de tal manera le desdeñaba que el enamorado pastor la suerte de su estado apenas conocía.

No eran las buenas partes y virtudes de Elicio para aborrecerse, ni la hermosura, gracia y bondad de Galatea para no amarse. Por lo uno, Galatea no desechaba de todo punto a Elicio; por lo otro, Elicio no podía, ni debía, ni quería olvidar a Galatea. Parecíale a Galatea que, pues Elicio con tanto miramiento de su honra la amaba, que sería demasiada ingratitud no pagarle con algún honesto favor sus honestos pensamientos. Imaginábase Elicio que, pues Galatea no desdeñaba sus servicios, que tendrían buen suceso sus deseos; y cuando estas imaginaciones le aviva[ba]n la esperanza, hallábase tan contento y atrevido que mil veces quiso descubrir a Galatea lo que con tanta dificultad encubría. Pero la discreción de Galatea conocía bien, en los movimientos del rostro, lo que Elicio en el alma traía; y tal el suyo mostraba, que al enamorado pastor se le helaban las palabras en la boca, y quedábase solamente con el gusto de aquel primer movimiento, por parecerle que a la honestidad de Galatea se le hacía agravio en tratarle de cosas que en alguna manera pudiesen tener sombra de no ser tan honestas que la misma honestidad en ella[s] se transformase.

Con estos altibajos de su vida, la pasaba el pastor tan mala que a veces tuviera por bien el mal de perderla, a true-

---

[13] *pastores y ganaderos*: Cervantes señala así categorías entre los que cuidan el ganado y los que lo poseen («...se dijo ganadero, el señor del ganado», Covarrubias, *Tesoro*, s.v. *ganado*). Dentro del sentido literario de la obra, Cervantes matiza este rasgo económico y social.

co de no sentir el que le causaba no acabarla[14]. Y así, un día, puesta la consideración en la variedad de sus pensamientos, hallándose en medio de un deleitoso prado, convidado de la soledad y del murmurio[15] de un deleitoso arroyuelo que por el llano corría, sacando de un zurrón un polido rabel[16], al son del cual sus querellas con el cielo cantando comunicaba, con voz en extremo buena cantó los siguientes versos:

> Amoroso pensamiento[17],
> si te precias de ser mío,
> camina con tan buen tiento
> que ni te humille el desvío,
> ni ensoberbezca el contento. 5
> Ten un medio (si se acierta
> a tenerse en tal porfía):
> no huyas el alegría[18],
> ni menos cierres la puerta
> al llanto que amor envía. 10
>
> Si quieres que de mi vida
> no se acabe la carrera,

---

[14] J. B. Avalle-Arce (*La Galatea*, 1987, 67-68) encuentra aquí un eco de los conocidos versos del Comendador Escrivá: «Ven, muerte, tan escondida...» sobre la oposición vida-muerte, que da lugar a la conceptuosa descripción del estado espiritual de Elicio.

[15] *murmurio*: Procedente del latín tardío *murmurium*, aparece como *mormorio* en textos medievales (Berceo, *Santo Domingo*, 447), usado en los Siglos de Oro junto con *murmullo* (Covarrubias, *Tesoro*, s.v. *murmullo*). El italiano *mormorio* apoyaba la forma usada por Cervantes.

[16] *rabel*: «Instrumento músico de cuerdas y arquillo; es pequeño y todo él de una pieza, de tres cuerdas y voces muy subidas. Usan de él los pastores, con que se entretienen...» (Covarrubias, *Tesoro*). Siendo el instrumento típico y tópico de estas situaciones, indica que los versos podían cantarse con el acompañamiento instrumental, y esto señala el sentido de armonía musical que evocan estos libros. Para las referencias a los instrumentos, véase A. Salazar, 1961.

[17] Jerónimo de Tejeda en su libro de título ya equívoco *La Diana de Montemayor. Nuevamente compuesta por...* (París, 1627) plagió esta y otras poesías de *La Galatea*; véase la relación de este y otros plagios en J. B. Avalle-Arce, 1975, 132-135.

[18] *el alegría*: Este uso del artículo *el* en casos en que sigue la vocal *a-* (y aún *e-*) átona es forma común en el siglo XVI (Keniston, 1937, 18. 121-124). Obsérvese que el verso pide la aspiración en *huyes*.

>   no la lleves tan corrida[19],
>   ni subas do no se espera,
>   sino muerte en la caída.   15
>   Esa [v]ana presunción
>   en dos cosas parará:
>   la una, en tu perdición;
>   la otra, en que pagará
>   tus deudas el corazón.   20
>
>   De él naciste, y, en naciendo,
>   pecaste, y págalo él;
>   huyes de él, y, si pretendo
>   recogerte un poco en él[20],
>   ni te alcanzo ni te entiendo.   25
>   Ese vuelo peligroso
>   con que te subes al cielo,
>   si no fueres venturoso,
>   ha de poner por el suelo
>   mi descanso y tu reposo.   30
>
>   Dirás que quien bien se emplea
>   y se ofrece a la ventura,
>   que no es posible que sea
>   del tal, juzgado a locura
>   el brío de que se arrea[21].   35
>   Y que, en tan alta ocasión,
>   es gloria que par no tiene
>   tener tanta presunción,
>   cuanto más si le conviene
>   al alma y al corazón.   40
>
>   Yo lo tengo así entendido;
>   mas quiero desengañarte,
>   que es señal ser atrevido

---

[19] *corrida*: Apoyado en la expresión común «andar corrido, andar afrentado o trabajado de una parte a otra» (Covarrubias, *Tesoro*, s. v. *correr*), en la segunda acepción.

[20] *él-él*: Las rimas con palabras iguales se encuentran en la poesía de la época, sin que supongan desmerecimiento y, a veces, pueden ser intencionadas.

[21] *se arrea*: «Arrear es adornar y engalanar de arras, las joyas que el desposado da a la esposa; y de allí se dijo *arreo* el atavío, y *arreado*, el adornado» (Covarrubias, *Tesoro*, s. v. *arrear*).

tener de amor menos parte
que el humilde y encogido.   45
Subes tras una beldad
que no puede ser mayor;
no entiendo tu calidad,
que puedas tener amor
con tanta desigualdad.   50

   Que si el pensamiento mira
un sujeto levantado,
contémplalo, y se retira,
por no ser caso acertado
poner tan alta la mira.   55
Cuanto más que el amor nace
junto con la confianza,
y en ella [se] ceba y pace;
y, en faltando la esperanza,
como niebla se deshace.   60

   Pues tú, que vee,s tan distante
el medio del fin que quieres,
sin esperanza y constante
si en el camino murieres,
morirás como ignorante.   65
Pero no se te dé nada,
que en esta empresa amorosa,
do la causa es sublimada,
el morir es vida honrosa;
la pena, gloria extremada.   70

No dejara tan presto el agradable canto el enamorado Elicio si no sonara[n] a su derecha mano las voces de Erastro[22], que, con el rebaño de sus cabras, hacia el lugar donde él estaba se venía. Era Erastro un rústico ganadero, pero

---

[22] El nombre de *Erastro* se relaciona con *rastro* 'rastrillo', instrumento rústico, como es el carácter del personaje (K. Ph. Allen, 1977, 75); y también con 'arrastrar'. Ya indicamos la condición rústica de este *rústico ganadero*, diferente a la de Elicio; su rebaño es de cabras, el más modesto de los ganados y, por tanto, propiamente sería un cabrero. Sin embargo, aquí se afirma el principio de que *Omnia vincit Amor* (Virgilio, *Bucólicas*, X, 69), y así el rústico Erastro podrá hablar y cantar como los otros pastores, pues por su boca es Amor quien habla y canta.

no le valió tanto su rústica y selvática suerte que defendiese[23] que de su robusto pecho el blando amor no tomase entera posesión, haciéndole querer más que a su vida a la hermosa Galatea, a la cual sus querellas, cuando ocasión se le ofrecía, declaraba. Y, aunque rústico, era, como verdadero enamorado, en las cosas del amor tan discreto que cuando en ellas hablaba, parecía que el mesmo amor se las mostraba y por su lengua las profería[24]; pero, con todo eso, puesto que[25] de Galatea eran escuchadas, eran en aquella cuenta tenidas en que las cosas de burla[26] se tienen. No le daba a Elicio pena la competencia de Erastro, porque entendía del ingenio de Galatea que a cosas más altas la inclinaba; antes tenía lástima y envidia a Erastro: lástima, en ver que al fin amaba, y en parte donde era imposible coger el fruto de sus deseos; envidia, por parecerle que quizá no era tal su entendimiento que diese lugar al alma a que sintiese los desdenes o favores de Galatea, de suerte, o que los unos le acabasen, o los otros lo enloqueciesen.

Venía Erastro acompañado de sus mastines, fieles guardadores de las simples ovejuelas (que debajo de su amparo están seguras de los carniceros dientes de los hambrientos lobos)[27], holgándose con ellos; y por sus nombres los llamaba, dando a cada uno el título que su condición y ánimo merecía: a quién llamaba *León,* a quién *Gavilán,* a

---

[23] *defendiese*:«Defender vale vedar» (Covarrubias, *Tesoro*, s. v. *defender*) entre otras acepciones. Como el it. *difendere* 'proibire, impedire, vietare'.

[24] La justificación de Cervantes para la verosimilitud de la elevada expresión del rústico Erastro es materia común pastoril; así (por mencionar una referencia entre los libros de pastores) Gaspar Gil dice sobre las agudezas de una canción de Diana «que es bastante el amor para hacer hablar a los más simples pastores avisos más encumbrados...» (*Diana enamorada*, 1988, 147-148).

[25] *puesto que*: En sentido concesivo, 'aunque' (Keniston, 1937, 29.721).

[26] *cosas de burla*: Escribe Covarrubias que «cosa de burla, la de poca sustancia. Por burla, por donaire» (*Tesoro*, s. v. *burla*). Sin darle importancia, por entretenimiento.

[27] Obsérvese el uso de los adjetivos tópicos, epítetos, que acompañan a las menciones de la descripción pastoril y que hacen lento el progreso del sintagma como indicio del estilo pastoril. El ganado de Erastro es aquí *ovejuelas* y no *cabras*.

quién *Robusto*, a quién *Manchado*[28]; y ellos, como si de entendimiento fueran dotados, con el mover las cabezas, viniéndose para él, daban a entender el gusto que de su gusto sentían. De esta manera llegó Erastro adonde de Elicio fue agradablemente recibido y aun rogad[o] que, si en otra parte no había determinado de pasar el sol de la calurosa siesta, pues aquella en que estaban era tan aparejada para ello, no le fuese enojoso pasarla en su compañía.

—Con nadie —respondió Erastro— la podría yo tener mejor que contigo, Elicio, si ya no fuese con aquella que está tan enrobrecida[29] a mis demandas, cuan hecha encina a tus continuos quejidos.

Luego los dos se sentaron sobre la menuda hierba, dejando andar a sus anchuras el ganado despuntando con los rumiadores dientes las tiernas hierbezuelas del herboso llano[30].

Y como Erastro, por muchas y descubiertas señales, conocía claramente que Elicio a Galatea amaba, y que el merecimiento de Elicio era de mayores quilates que el suyo, en señal de que reconocía esta verdad, en medio de sus pláticas, entre otras razones, le dijo las siguientes:

—No sé, gallardo y enamorado Elicio, si habrá sido causa de darte pesadumbre el amor que a Galatea tengo; y, si

---

[28] En la prosa XI, Sannazaro, como aquí Cervantes con Erastro, menciona y elogia a los perros por sus nombres *Asterion* el uno y *Petulco* el otro (H. Iventosch, 1975, 96-97). Recuérdese que Cervantes llegó a hacerlos protagonistas de su *Coloquio de los perros*. Aquí los mismos nombres de los perros son una indicación más de la condición rústica de su dueño; son nombres comunes entre la gente de campo (aún en nuestros días), y confirman la apertura de una vía hacia la observación de la realidad que sólo queda apuntada, pues Erastro, como se indicó en la nota anterior, habrá de razonar y expresarse como el más pulido pastor.

[29] *enrobrescida*: Cervantes inventa la palabra para dar calidad de roble a Galatea (a la manera de las *Metamorfosis* ovidianas), apoyado en lo que diría Covarrubias: «Robre: especie de encina muy dura y así tomó el nombre, o por mejor decir le dio a todas las cosas que ellas en sí son fuertes y recias» (*Tesoro*, s. v. *robre*).

[30] Como notó J. B. Avalle-Arce (*Galatea*, 1987, 71, 14), hay un evidente contraste entre la mención específica de los nombres de los perros (que proceden de la vida común pastoril) y el uso de los epítetos que afirman la condición ideal del relato.

lo ha sido, debes perdonarme, porque jamás imaginé de enojarte, ni de Galatea quise otra cosa que servirla[31]. Mala rabia o cruda roña consuma y acabe mis retozadores chivatos; y mis ternezuelos corderillos[32], cuando dejaren las tetas de las queridas madres[33], no hallen en el verde prado para sustentarse sino amargos [tueros][34] y ponzoñosas adelfas, si no he procurado mil veces quitarla de la memoria; y si otras tantas no he andado a los médicos y curas del lugar a que me diesen remedio para las ansias que por su causa padezco. Los unos me mandan que tome no sé qué bebedizos de paciencia; los otros dicen que me encomiende a Dios, que todo lo cura, o que todo es locura[35]. Permíteme, buen Elicio, que yo la quiera, pues puedes estar seguro que, si tú, con tus habilidades y extremadas gracias y razones, no la ablandas, mal podré yo con mis simplezas enternecerla. Esta licencia te pido, por lo que estoy obligado a tu

---

[31] *servirla*: Entra aquí en el libro de pastores la mención del *servicio de amor*, procedente de los orígenes del amor cortés y que obtuvo su expresión poética en la lírica provenzal y de allí se difundió por toda Europa. Como escribe Martín de Riquer, *servir* «significaba [...] *accomplir les services vassaliques*, y era expresión usada por los trovadores para expresar la relación sentimental, que pasó a convertirse en sinónimo de 'amar', y con tan duradera fortuna que todavía en comedias castellanas de Lope de Vega y otros, ya entrado el siglo XVI, oiremos hablar de caballeros que sirven a damas (tres términos feudales incrustados en la lengua)» (*Los trovadores. Historia literaria y textos*, Barcelona, Planeta, 1975, I, 80). Y también se usa en los libros de pastores, con el matiz aquí de que Erastro no tenía fines matrimoniales ni de otra especie, admitida la honestidad esencial en la pastora.

[32] *ternezuelos corderillos*: Obsérvese cómo Cervantes usa el diminutivo, aquí tanto en el adjetivo como en el sustantivo; habla un pastor rústico en tono de emoción que también afecta a los animales evocados tan del orden pastoril. Véase A. Náñez, 1952, 277.

[33] Intencionadamente aquí Erastro se manifiesta de una manera rústica para contar la pena de su amor, y así perfila su personalidad literaria, independientemente de que en otras partes se haya de expresar con elevación retórica; aquí usa las palabras rústicas *rabia, roña, tetas*, etc.

[34] *truenos* aparece en el impreso de 1585, corregido desde la ed. Rosell como *tueros*; en el *Quijote*, contrastando el amargor, Cervantes escribe «que en su comparación son dulces las tueras...» (II, 39). Es el fruto de la coloquíntida, de usos medicinales.

[35] Erastro se apoya en un refrán en que se juega con los mismos términos: «El mal que no tiene cura es locura» (Correas, 114).

merecimiento; que, puesto que no me la dieses, tan imposible sería dejar de amarla como hacer que estas aguas no mojasen, ni el sol con sus peinados cabellos[36] no nos alumbrase.

No pudo dejar de reírse Elicio de las razones de Erastro y del comedimiento con que la licencia de amar a Galatea le pedía; y así le respondió:

—No me pesa a mí, Erastro, que tú ames a Galatea; pésame bien de entender de su condición que podrán poco para con ella tus verdaderas razones y no fingidas palabras; déte Dios tan buen suceso en tus deseos, cuanto merece la sinceridad de tus pensamientos. Y de aquí adelante no dejes por mi respeto de querer a Galatea, que no soy de tan ruin condición que, ya que a mí me falte ventura, huelgue de que otros no la tengan; antes te ruego, por lo que debes a la voluntad que te muestro, que no me niegues tu conversación y amistad, pues de la mía puedes estar tan seguro como te he certificado. Anden nuestros ganados juntos, pues andan nuestros pensamientos apareados. Tú, al son de tu zampoña[37], publicarás el contento o pena que el alegre o triste rostro de Galatea te causare; yo, al de mi rabel, en el silencio de las sosegadas noches o en el calor de las ardientes siestas, a la fresca sombra de los verdes árboles de que esta nuestra ribera está tan adornada, te ayudaré a llevar la pesada carga de tus trabajos, dando noticia al Cielo de los míos. Y, para señal de nuestro buen propósito y verdadera amistad, en tanto que se hacen mayores las sombras de estos árboles y el sol hacia el occidente se declina, acordemos[38] nuestros instrumentos

---

[36] *peinados cabellos*: Los rayos del sol. Erastro, aunque rústico, no deja de usar la imagen mitológica. Por eso Elicio se ríe de estas razones sin ofenderlo, y de esta manera es posible una pacífica contienda de amor, un imposible, pero posible en estos libros.

[37] *zampoña*: «Instrumento pastoril [...]; se entiende ser instrumento de boca» (Covarrubias, *Tesoro*, s.v. *çampoña*), compuesto de varias flautas. Con el rabel, será de los más citados para acompañar los cantos pastoriles. Como otras veces, véase A. Salazar, 1961.

[38] *acordemos*: El principio del acuerdo, concordancia y armonía domina el libro de pastores. La música concorde es signo del espíritu de los pastores, manifestado en forma culminante en la canción que sigue.

y demos principio al ejercicio que de aquí adelante hemos de tener.

No se hizo de rogar Erastro; antes, con muestras de extraño contento por verse en tanta amistad con Elicio, sacó su zampoña y Elicio su rabel, y, comenzando el uno y replicando el otro, cantaron lo que sigue:

Elicio

Blanda, suave, reposadamente,
ingrato Amor, me sujetaste el día
que los cabellos de oro y bella frente
miré del sol que al sol escurecía.
Tu tósigo[39] cruel, cual de serpiente,   5
en las rubias madejas se escondía:
yo, por mirar el sol en los manojos,
todo vine a beberle por los ojos.

Erastro

Atónito quedé y embelesado,
como estatua sin voz de piedra dura,   10
cuando de Galatea el extremado
donaire vi, la gracia y hermosura.
Amor me estaba en el siniestro lado,
con las saetas de oro[40], ¡ay, muerte dura!,
haciéndome una puerta por do entrase   15
Galatea, y el alma me robase.

Elicio

¿Con qué milagro, Amor, abres el pecho
del miserable amante que te sigue,

---

[39] *tósigo*: «El veneno...» (Covarrubias, *Tesoro*), que lo explica en latín. También en it. *tossico*. En ambos casos es voz docta o poética.

[40] Es la consabida representación mitológica de amor como Cupido (Ovidio, *Metamorfosis*, I, 468-471). Disparaba con dos clases de saetas: las de oro enamoraban, y las de plomo producían odio y antipatía. *Siniestro* lado (el lado del corazón) porque produjo la desgracia del enamoramiento del que se queja. Véase el discurso en vituperio del amor de Lenio, sobre estas flechas (Libro IV, pág. 427 de esta edición).

y de la llaga interna que le has hecho
crecida gloria muestra que consigue? 20
¿Cómo el daño que haces es provecho?
¿Cómo en tu muerte alegre vida vive?
La alma[41] que prueba estos efectos todos
la causa sabe, pero no los modos.

ERASTRO

No se ven tantos rostros figurados[42] 25
en roto espejo[43], o hecho por tal arte
que, si uno en él se mira, retratados
se ve una multitud en cada parte,
cuantos nacen cuidados y cuidados[44]
de un cuidado crüel que no se parte 30
del alma mía, a su rigor vencida,
hasta apartarse junto con la vida.

ELICIO

La blanca nieve y colorada rosa[45],
que el verano no gasta, ni el invierno;
el sol de dos luceros, do reposa 35
el blando amor, y a do estará *in eterno*[46];

---

[41] Hoy decimos *el alma*, pero aquí es *la alma* (fol. 8v.); era frecuente el uso del femenino en estos casos. Además aquí conviene con el ritmo del endecasílabo.

[42] Según J. M. Blecua (1970/2), la octava de los versos 25 a 32 y los 45-38 de la siguiente octava son de lo mejor de la poesía de *La Galatea*.

[43] La comparación con el espejo roto es imagen frecuente en la literatura. J. B. Avalle-Arce (*Galatea*, 1987, 74) menciona ejemplos de Fray Íñigo de Mendoza y de Diego Saavedra Fajardo.

[44] Es un caso de repetición que, para J. B. Avalle-Arce (*Galatea*, 1987, 74), ya estaba en desuso entonces; quien lo usa es el rústico Erastro.

[45] *La blanca nieve y colorada rosa*: J. M. Blecua encuentra relación con el verso «El blanco lirio y colorada rosa» (Égloga I de Garcilaso, 103). J. Fucilla (1960, 179) señaló que la estrofa es la versión reducida de un soneto de Giovanni Amalteo (1525-1573): «La viva neve, e le vermeglie rose,...» (*I Fiori delle Rime de'Poeti Illustri*, Venecia, 1568, fol. 151 v.).

[46] *in eterno*: Ya hemos comentado en el prólogo que esta expresión en latín penetra en *La Galatea* apoyada en que es muy común en el latín religioso y fácilmente inteligible. Obsérvese que la dice Elicio en la inmediación de una cita mitológica.

    la voz, cual la de Orfeo[47] poderosa
de suspender las furias del infierno,
y otras cosas que vi quedando ciego,
yesca me han hecho al invisible fuego.   40

Erastro

    Dos hermosas manzanas coloradas,
que tales me semejan dos mejillas;
y el arco de dos cejas levantadas,
que el de Iris[48] no llegó a sus maravillas;
dos rayos, dos hileras extremadas   45
de perlas entre grana; y si hay decillas,
mil gracias que no tienen par ni cuento,
niebla me han hecho al amoroso viento[49].

Elicio

    Yo ardo y no me abraso, vivo y muero[50];
estoy lejos y cerca de mí mismo;   50
espero en solo un punto y desespero;
súbome al cielo, bájome al abismo;
quiero lo que aborrezco, blando y fiero;
me ponen el amaros parasismo[51];
y, con estos contrarios, paso a paso,   55
cerca estoy ya del último traspaso.

---

[47] Mención de la conocida fábula de Orfeo, referente a que cuando bajó a buscar a Eurídice, detuvo los tormentos del reino de Plutón con su música. Montemayor se había valido de esta fábula en su *Diana* (1993, 260-263); estudio de F. López Estrada (1993).

[48] *Iris*: La alusión del arco iris procede de Iris, mensajero de los dioses y en particular de Juno, representado en el arco iris porque sus alas eran de varios colores.

[49] J. M. Blecua (1970/2, 178) califica este verso como «un delicioso hallazgo». Véase la descripción de las págs. 339-340.

[50] Esta estrofa es una suma de oposiciones aplicadas al amor, muy frecuente de la lírica de la época; Cervantes las llama aquí «contrarios», y eran considerados como recursos fáciles. Cervantes los califica en el *Quijote* como «trasnochados conceptos» y se burla de estos «imposibles» (II, 38). J. G. Fucilla (1960, 179) propone que le sirvió de modelo el conocido soneto de Petrarca: «Pace non trovo e non ò da far guerra / e temo e spero, et ardo e son un ghiaccio» (son. CXXXIV).

[51] *parasismo*: «Los accidentes del que está mortal, cuando se traspone, los llamamos vulgarmente parasismos» (Covarrubias, *Tesoro*). La forma actual es *paroxismo*. Después, pág. 325, usa *paracismo*.

ERASTRO

Yo te prometo, Elicio, que le diera
todo cuanto en la vida me ha quedado
a Galatea, porque me volviera
el alma y corazón que me ha robado;   60
y, después del ganado, le añadiera
mi perro *Gavilán* con el *Manchado;*
pero, como ella debe de ser diosa,
el alma querrá más que no otra cosa[52].

ELICIO

Erastro, el corazón, que en alta parte   65
es puesto por el hado, suerte o signo[53],
quererle derribar por fuerza o arte
o diligencia humana es desatino;
debes de su ventura contentarte,
que, aunque mueras sin ella, yo imagino   70
que no hay vida en el mundo más dichosa
como el morir por causa tan honrosa[54].

Ya se aparejaba Erastro para seguir adelante en su canto cuando sintieron, por un espeso montecillo que a sus espaldas estaba, un no pequeño estruendo y ruido[55]; y levantándose los dos en pie por ver lo que era, vieron que del monte salía un pastor[56] corriendo a la mayor priesa del mundo, con un cuchillo desnudo en la mano, y la color

---

[52] *no*: El uso pleonástico del *no*, sobre todo después de comparativos, es común en la época (Keniston, 1937, 40. 31).

[53] Sobre menciones de *hado*, *fortuna*, *signo* y otras palabras semejantes en la literatura pastoril, que pudieran implicar algún recelo en las creencias religiosas, véase F. López Estrada (1947).

[54] Los críticos sitúan este poema dentro de la influencia de Fray Luis de León.

[55] El *estruendo y ruido* interrumpen la armonía del canto de los pastores. Un suceso inesperado en un libro de esta clase acontece ante ellos: un pastor mata a otro. Esto inicia un desvío del curso de la obra hacia derroteros de orden cruento que otorga variedad al libro de pastores dentro del género.

[56] Comienza aquí la noticia de la trama II, cuyos orígenes y resonancias hemos referido en el prólogo (págs. 35-36). Es la tragedia que ocurre por el amor entre dos jóvenes pertenecientes a linajes opuestos por odios fa-

del rostro mudada; y que tras él venía otro ligero pastor, que a pocos pasos alcanzó al primero, y, asiéndole por el cabezón del pellico[57], levantó el brazo en el aire cuanto pudo, y un agudo puñal que sin vaina traía se le escondió dos veces en el cuerpo, diciendo:

—Recibe, oh mal lograda Leonida, la vida de este traidor, que en venganza de tu muerte sacrifico.

Y esto fue con tanta presteza hecho que no tuvieron lugar Elicio y Erastro de estorbárselo, porque llegaron a tiempo que ya el herido pastor daba el último aliento, envuelto en estas pocas y mal formadas palabras:

—Dejárasme, Lisandro, satisfacer al Cielo con más largo arrepentimiento el agravio que te hice, y después quitárasme la vida, que agora, por la causa que he dicho, mal contenta de estas carnes se aparta.

Y, sin poder decir más, cerró los ojos en sempiterna[58] noche.

Por las cuales palabras imaginaron Elicio y Erastro que no con pequeña causa había el otro pastor ejecutado con él tan cruda y violenta muerte. Y por mejor informarse de todo el suceso, quisieran preguntárselo al pastor homicida, pero él, con tirado paso, dejando al pastor muerto y a los dos admirados, se tornó a entrar por el montecillo adelante. Y queriendo Elicio seguirle y saber de él lo que deseaba, le vieron tornar a salir del bosque, y, estando por buen espacio desviado de ellos, en alta voz les dijo:

---

miliares y políticos. Lisandro y Leonida pretenden unirse en matrimonio a escondidas para cumplir con su amor y apaciguar los odios, pero el resultado es trágico. Véase S. Shepherd, 1986, 157-168. El caso se sitúa en las orillas del Betis, entre personajes pertenecientes a una cierta nobleza pastoril para que el enfrentamiento parezca posible en un libro de esta clase.

[57] *pellico*: «El zamarro del pastor, hecho de pieles» (Covarrubias, *Tesoro*, s.v. *␣pelleja*), quien indica que el cabezón del mismo es «el cuello del vestido y de la camisa, en especial los que usan los labradores que tienen escotados los cuellos de los sayos a lo antiguo» (*idem*, s.v. *cabezón*).

[58] *sempiterna*: Indica Covarrubias: «entre *eterno* y *sempiterno* hacen diferencia, que a Dios compete el ser sempiterno» (*Tesoro*, s.v. *eterno*). Aquí Cervantes no lo hace y emplea la palabra más elevada para el uso de 'eterna, para siempre'. También it. *sempiterno*.

—Perdonadme, comedidos pastores, si yo no lo he sido en haber hecho en vuestra presencia lo que habéis visto, porque la justa y mortal ira que contra ese traidor tenía concebida no me dio lugar a más moderados discursos. Lo que os aviso es que, si no queréis enojar a la deidad[59] que en el alto Cielo mora, no hagáis las obsequias ni plegarias acostumbradas por el alma traidora de ese cuerpo que delante tenéis, ni a él déis sepultura, si ya aquí en vuestra tierra no se acostumbra darla a los traidores.

Y, diciendo esto, a todo correr se volvió a entrar por el monte, con tanta priesa que quitó la esperanza a Elicio de alcanzarle aunque le siguiese; y así, se volvieron los dos con tiernas entrañas a hacer el piadoso oficio, y dar sepultura como mejor pudiesen al miserable cuerpo que tan repentinamente había acabado el curso de sus cortos días. Erastro fue a su cabaña, que no lejos estaba, y trayendo suficiente aderezo hizo una sepultura en el mesmo lugar do el cuerpo estaba; y, dándole el último *vale*[60], le pusieron en ella.

Y, no sin compasión de su desdichado caso, se volvieron a sus ganados, y, recogiéndolos con alguna priesa, porque ya el sol se entraba a más andar por las puertas de occidente, se recogieron a sus acostumbrados albergues, donde no su sosiego[61] de ellos, ni el poco que sus cuidados le concedían, podían apartar a Elicio de pensar qué causas habían movido a los dos pastores para venir a tan desesperado trance; y ya le pesaba de no haber seguido al pastor homicida, y saber de él, si fuera posible, lo que deseaba.

---

[59] Cervantes inventa una versión pastoril de las referencias a Dios y las ceremonias religiosas. Siendo plurivalente el dominio pastoral, aquí se refiere a *deidad*, cultismo que usa por Dios, con la indicación de que mora en el Cielo. *Obsequias* son «las honras que se hacen a los difuntos [...]. Llamámoslo nosotros cómunmente *enterramiento*» (Covarrubias, *Tesoro*, s.v. *obsequias*); hoy *exequias*. Véase en las págs. 544-557 las exequias a Meliso (Hurtado de Mendoza).
[60] *vale*: En latín, 'adiós'; también usado en el italiano. El entierro en medio del campo está ajeno al ceremonial religioso, pero se conserva esta relación lingüística.
[61] *sosiego* es el término que apoya el zeugma, figura de la brevedad.

Con este pensamiento, y con los muchos que sus amores le causaban, después de haber dejado en segura parte su rebaño, se salió de su cabaña como otras veces solía, y, con la luz de la hermosa Diana[62], que resplandeciente en el cielo se mostraba, se entró por la espesura de un espeso bosque adelante, buscando algún solitario lugar adonde en el silencio de la noche con más quietud pudiese soltar la rienda a sus amorosas imaginaciones[63], por ser cosa ya averiguada que, a los tristes, imaginativos corazones, ninguna cosa les es de mayor gusto que la soledad[64], despertadora de memorias tristes o alegres. Y así, yéndose poco a poco gustando de un templado céfiro[65] que en el rostro le hería, lleno del suavísimo olor que de las olorosas flores de que el verde suelo estaba colmado, al pasar por ellas blandamente robaba envuelt[o] en el aire delicado, oyó una voz como de persona que dolorosamente se quejaba, y, recogiendo por un poco en sí mismo el aliento, porque el ruido no le estorbase de oír lo que era, sintió que de unas apretadas zarzas, que poco desviadas de él estaban, la entristecida voz salía; y, aunque interrota[66] de infinitos sospiros, entendió que estas tristes razones pronunciaba:

—Cobarde y temeroso brazo, enemigo mortal de lo que a ti mesmo debes: mira que ya no queda de quién tomar venganza, sino de ti mesmo. ¿De qué te sirve alargar la vida que tan aborrecida tengo? Si piensas que es nuestro mal de los que el tiempo suele curar, vives engañado, porque no hay cosa más fuera de remedio que nuestra desventura;

---

[62] *Diana*: Aquí personificación mitológica de la luna, conveniente en el contexto elaborado del párrafo elevado; comienzan los episodios nocturnos característicos de la obra.

[63] La frase «soltar la rienda a sus amorosas imaginaciones» recuerda el verso : «...solté rienda al triste llanto» (Garcilaso, Égloga II, 562), eco a su vez de Sannazaro (M. Z. Wellington, 1959, 9-9).

[64] *soledad*: Es palabra clave en estos libros, pues el hallarse solo produce un estado de emotividad que potencia los recuerdos tristes o alegres. Véase *Diana*, de Montemayor, 1993, 337-338; y en relación con la literatura pastoril, C. Vossler, 1941, 93-101.

[65] *céfiro*: Viento de poniente, y de otras direcciones en versión poética, apoyado en la figura mitológica del hijo de Eolo y de la Aurora.

[66] *interrota*: por 'interrumpida' como usa más adelante. It. *interroto*.

pues quien la pudiera hacer buena, la tuvo tan corta que, en los verdes años de su alegre juventud, ofreció la vida al carnicero cuchillo, que se la quitase por la traición del malvado Carino[67], que hoy, con perder la suya, habrá aplacado en parte a aquella venturosa alma de Leonida, si en la celeste parte donde mora puede caber deseo de venganza alguna. Ah, Carino, Carino. Ruego yo a los altos Cielos, si de ellos las justas plegarias son oídas, que no admitan la disculpa, si alguna dieres, de la traición que me heciste, y que permitan que tu cuerpo carezca de sepultura, así como tu alma careció de misericordia. Y tú, hermosa y mal lograda Leonida, recibe, en muestra del amor que en vida te tuve, las lágrimas que en tu muerte derramo, y no atribuyas a poco sentimiento el no acabar la vida con el que de tu muerte recibo, pues sería poca recompensa a lo que debo y deseo sentir el dolor que tan presto se acabase. Tú verás, si de las cosas de acá tienes cuenta, cómo este miserable cuerpo quedará un día consumido del dolor poco a poco, para mayor pena y sentimiento, bien así como la mojada y encendida pólvora[68], que, sin hacer estrépito ni levantar llama en alto, entre sí mesma se consume, sin dejar de sí sino el rastro de las consumidas cenizas[69]. Duéleme cuanto puede dolerme, oh alma del alma mía, que, ya que no pude gozarte en la vida, en la muerte no puedo hacerte las obsequias y honras que a tu bondad y virtud se convenían; pero yo te prometo y juro que el poco tiempo (que será bien poco) que esta apasionada ánima mía rigiere la pesada carga de este miserable cuerpo, y la voz cansada tuviere aliento que la forme, de no tratar otra cosa en mis tristes y amargas canciones que de tus alabanzas y merecimientos.

---

[67] *Carino*: es nombre de un pastor de la *Arcadia* de Sannazaro; H. Iventosch (1975, 45-51) lo relaciona con el de 'pastores con encanto, gracia y hermosura'. Y esto contrasta con el personaje de Cervantes, que se caracteriza por su maldad, representación del odio; según este crítico pudo haber una intención de parodia.
[68] La comparación de la vida con algo que se consume (aquí pólvora) la estudia J. M. Balcells (1979-1980, 219-222).
[69] *consumidas cenizas*: la referencia es de posible procedencia senequista y común en la literatura (J. M. Balcells, *idem*)

A este punto cesó la voz, por la cual Elicio conoció claramente que aquel era el pastor homicida, de que recibió mucho gusto por parecerle que estaba en parte donde podría saber de él lo que deseaba. Y queriéndose llegar más cerca, hubo de tornarse a parar, porque le pareció que el pastor templaba un rabel, y quiso escuchar primero si al son de él alguna cosa diría; y no tardó mucho que con suave y acordada voz oyó que de esta manera cantaba:

Lisandro

¡Oh, alma venturosa[70],
que del humano velo
libre al alta región viva volaste,
dejando en tenebrosa
cárcel de desconsuelo   5
mi vida, aunque contigo la llevaste!
Sin ti, escura dejaste
la luz clara del día;
por tierra, derribada
la esperanza fundada   10
en el más firme asiento de alegría;
en fin, con tu partida,
quedó vivo el dolor, muerta la vida.

Envuelto en tus despojos
la muerte se ha llevado   15
el más subido extremo de belleza,
la luz de aquellos ojos
que en haberte mirado
tenían encerrada su riqueza.
Con presta ligereza,   20
del alto pensamiento
y enamorado pecho
la gloria se ha deshecho,

---

[70] Es opinión común que esta canción puede tener su origen en la poesía V de la *Arcadia* «Alma beata e bella»; la métrica es la misma. También presenta resonancias de la poesía de Fray Luis de León «En la Ascensión»; si en el fraile es el alma de Cristo, en Lisandro es el alma de la amada la que se eleva a los cielos (F. López Estrada, 1948, 58-59).

            como la cera al sol o niebla al viento[71];
            y toda mi ventura   25
            cierra la piedra de tu sepultura.

            ¿Cómo pudo la mano
            inexorable y cruda,
            y el intento cruel, facinoroso[72],
            del vengativo hermano,   30
            dejar libre y desnuda
            tu alma del mortal velo hermoso?
            ¿Por qué turbó el reposo
            de nuestros corazones?
            Que, si no se acabaran,   35
            en uno se juntaran
            con honestas y santas condiciones.
            ¡Ay, fiera mano esquiva!
            ¿Cómo ordenaste que muriendo viva?

            En llanto sempiterno   40
            mi ánima mezquina[73]
            los años pasará, meses y días;
            la tuya, en gozo eterno
            y edad firme y contina[74],
            no temerá del tiempo las porfías.   45
            Con dulces alegrías
            verás firme la gloria
            que tu loable vida
            te tuvo merecida;
            y, si puede caber en tu memoria   50
            del suelo no perderla,

---

[71] Los versos 23 y 24 pueden relacionarse con los de la poesía II de la *Arcadia* que canta Montano: «Per pianto la mia carne si distilla, /Si come al sol la neve / o com'al vento si desfà la nebbia» (M. Z. Wellington, 1959, 9).

[72] *facinoroso*: es la forma común por *facineroso* (por atenerse a la serie *generoso*, *temeroso*, etc.), común en los Siglos de Oro; lo apoya el it. *facinoroso*, en igual sentido.

[73] *mi ánima mezquina*: El adjetivo *mezquina* aplicado a *ánima* es eco de Garcilaso, que lo emplea con frecuencia (Égloga I, 81 y 368), según J. M. Blecua (1970, 155).

[74] *contina*: por 'continua', con cierto matiz arcaizante, propio de la lengua poética como ocurre aquí, que está en posición de rima.

de quien tanto te amó, debes tenerla[75].

    Mas, ¡oh, cuán simple he sido,
alma bendita y bella,
de pedir que te acuerdes, ni aun burlando,   55
de mí, que te he querido,
pues sé que mi querella
se irá con tal favor eternizando!
Mejor es que, pensando
que soy de ti olvidado,   60
me apriete con mi llaga,
hasta que se deshaga
con el dolor la vida que ha quedado
en tan extraña suerte,
que no tiene por mal el de la muerte.   65

    Goza en el santo coro
con otras almas santas,
alma, de aquel seguro bien entero,
alto, rico tesoro,
mercedes, gracias tantas   70
que goza el que no huye el buen sendero.
Allí gozar espero,
si por tus pasos guío,
contigo en paz entera
de eterna primavera,   75
sin temor, sobresalto ni desvío;
a esto me encamina,
pues será hazaña de tus obras dina[76].

    Y pues vosotras, celestiales almas,
veis el bien que deseo,   80
creced las alas a tan buen deseo.

Aquí cesó la voz, pero no los sospiros del desdichado que cantado había; y lo uno y lo otro fue parte de acrecen-

---

[75] Los versos 50-52 recuerdan a M. Z. Wellington (1959, 9) los de la *Arcadia* que cierran la poesía XII: «Deh pensa, prego al vel viver preterito / se nel passar di Lete amor non perdesi».

[76] *dina-digna*: Obsérvese, como en otros casos, la rima, que es en *-ina*, como es lo común. Aquí no modernizamos la grafía para que aparezca el testimonio.

tar en Elicio la gana de saber quién era. Y, rompiendo por las espinosas zarzas por llegar más presto a do la voz salía, salió a un pequeño prado, que, todo en redondo, a manera de teatr[o][77], de espesísimas e intrincadas matas estaba ceñido, en el cual vio un pastor que, con extremado brío, estaba con el pie derecho delante y el izquierdo atrás, y el diestro brazo levantado, a guisa de quien esperaba hacer algún recio tiro. Y así era la verdad[78], porque, con el ruido que Elicio al romper por las matas había hecho, pensando ser alguna fiera de la cual convenía defenderse, el pastor del bosque se había puesto a punto de arrojarle una pesada piedra que en la mano tenía. Elicio, conociendo por su postura su intento, antes que le efectuase, le dijo:

—Sosiega el pecho, lastimado pastor, que el que aquí viene trae el suyo aparejado a lo que mandarle quisieres, y quien[79] el deseo de saber tu ventura le ha hecho romper tus lágrimas y turbar el alivio que de estar solo se te podría seguir.

Con estas blandas y comedidas palabras de Elicio, se sosegó el pastor y con no menos blandura le respondió diciendo:

—Tu buen ofrecimiento agradezco, cualquiera que tú seas, comedido pastor, pero si [por][80] ventura quieres saber de mí, que nunca la tuve, mal podrás ser satisfecho.

—Verdad dices —respondió Elicio—, pues por las palabras y quejas que esta noche te he oído, muestras bien claro la poca o ninguna que tienes; pero no menos satisfarás

---

[77] *teatro*: El impreso trae *theatro* (con errata, *theatrp*, fol. 15), con grafía culta. Al ser en redondo, Cervantes pudo referirse a los teatros antiguos que pudo ver en su estancia en Italia; lo apoya la misma palabra italiana.
[78] *así era la verdad*: J. B. Avalle-Arce comenta extensamente esta frase (*La Galatea*, 38 y 135-136). Por la frecuencia de su uso escribe que «adquiere casi los visos de una muletilla». Si bien aquí casi siempre es una afirmación de lo que viene narrando, después (sobre todo en el *Quijote*) servirá para denotar el encuentro entre la verdad imaginada por el caballero y la verdad objetiva. (También, págs. 244, 273 y 626).
[79] Con *a* elíptica, como en casos semejantes.
[80] *[por]*: Le añadimos [por] por ser así la expresión común; luego el pronombre referencial *la* produce el zeugma, que aprieta el sintagma. También se puede sobrentender en el lenguaje conversacional, aquí usado.

mi deseo con decirme tus trabajos[81], que con declararme tus contentos. Y así la Fortuna te los dé en lo que deseas, que no me niegues lo que te suplico, si ya el no conocerme no lo impide, aunque, para asegurarte y moverte, te hago saber que no tengo el alma tan contenta que no sienta en el punto que es razón las miserias que me contares. Esto te digo, porque sé que no hay cosa más excusada y aun perdida que contar el miserable sus desdichas a quien tiene el pecho colmo de contentos.

—Tus buenas razones me obligan —respondió el pastor— a que te satisfaga en lo que me pides, así porque no imagines que de poco y acobardado ánimo nacen las quejas y lamentaciones que dices que de mí has oído, como porque conozcas que aún es muy poco el sentimiento que muestro a la causa que tengo de mostrarlo.

Elicio se lo agradeció mucho, y, después de haber pasado entre los dos más palabras de comedimiento, dando señales Elicio de ser verdadero amigo del pastor del bosque y conociendo él que no eran fingidos ofrecimientos, vino a conceder lo que Elicio rogaba. Y sentándose los dos sobre la verde hierba, cubiertos con el resplandor de la hermosa Diana, que en claridad aquella noche con su hermano competir podía, el pastor del bosque, con muestras de un interno dolor, comenzó a decir de esta manera:

—En las riberas de Betis[82], caudalosísimo río que la gran Vandalia enriquece, nació Lisandro[83] —que este es el nombre desdichado mío—, y de tan nobles padres cual

---

[81] *trabajos*: Según el sentido de Covarrubias: «a cualquiera cosa que trae consigo dificultad o necesidad y aflicción de cuerpo o alma llamaremos *trabajo*» (*Tesoro*). Recuérdese que Cervantes tituló uno de sus libros *Los trabajos de Persiles y Sigismunda*.

[82] En el prólogo hemos indicado que el argumento de la trama que aquí comienza procede de un asunto conocido: es un proceso de amor, cuyos protagonistas pertenecen a bandos políticos contrarios. Cervantes pudiera haberlo conocido a través de las *Novelle* de Mateo Bandello.

[83] *Lisandro*: Este nombre pudiera proceder del nominativo del nombre latino *lis-litis*, pleito, proceso, querella y *andro* (hombre, en griego, como *Periandro* en el *Persiles*). Así pudiera significar 'el hombre que quiere resolver su caso por la vía de la justicia' (K. Ph. Allen, 1977, 62-63). J. Cortinas hizo un estudio de esta trama (1981).

plu[g]uiera[84] al soberano Dios que en más baja fortuna[85] fuera engendrado, porque muchas veces la nobleza del linaje[86] pone alas y esfuerza el ánimo a levantar los ojos adonde la humilde suerte no osara jamás levantarlos. Y de tales atrevimientos suelen suceder a menudo semejantes calamidades como las que de mí oirás si con atención me escuchas. Nació asimesmo en mi aldea una pastora, cuyo nombre era Leonida[87], suma de toda la hermosura que en gran parte de la tierra (según yo imagino) pudiera hallarse; de no menos nobles y ricos padres nacida que su hermosura y virtud merecían. De do nació que, por ser los parientes de entrambos de los más principales del lugar y estar en ellos el mando y gobernación del pueblo, la envidia, enemiga mortal de la sosegada v[i]da, sobre algunas diferencias del gobierno del pueblo vino a poner entre ellos cizaña y mortalísima discordia; de manera que el pueblo fue dividido en dos parcialidades: la una seguía la de mis parientes; la otra, la de los de Leonida, con tan arraigado rencor y mal ánimo que no ha sido parte para ponerlos en paz ninguna humana diligencia. Ordenó, pues, la suerte, para echar de todo punto el sello a nuestra enemistad, que yo me enamorase de la hermosa Leonida, hija de Parmindro, principal cabeza del bando contrario; y fue mi amor tan de veras que, aunque procuré con infinitos medios quitarle de mis entrañas, el fin de todos venía a parar a quedar más vencido y sujeto. Poníaseme delante un monte de dificultades que conseguir el fin de mi deseo me estorbaban, como eran: el mucho valor de Leonida, la endurecida enemistad de nuestros padres,

---

[84] *plu[g]uiera*: modernizamos la forma del impreso *pluuiera*.

[85] *fortuna*: Aquí «ocasión, lugar, medio social», convenientemente señalado por Dios.

[86] La nobleza de linaje produce efectos semejantes a la virtud natural; véase la teoría que apoya esto en A. Castro, 1972, 168-169, y la nota 50 de 201, donde se reúne un grupo de citas cervantinas (entre ellas, esta) en la que se corrobora la idea, que será un resorte novelístico.

[87] *Leonida* es nombre que (según K. Ph. Allen, 1977) enlaza con el prestigio de *Leo*, como representación del amor, y también con León Hebreo. Parece, más bien, que el nombre pudiera ser una acepción femenina de Leonidas, el conocido rey de Lacedemonia. Lo acentuamos así, y no Leónida.

las pocas coyunturas (o ninguna) que se me ofrecían para descubrirle mi pensamiento; y, con todo esto, cuando ponía los ojos de la imaginación en la singular belleza de Leonida, cualquiera dificultad se allanaba, de suerte que me parecía poco romper por entre agudas puntas de diamantes para llegar al fin de mis amorosos y honestos pensamientos. Habiendo, pues, por muchos días combatido conmigo mesmo por ver si podría apartar el alma de tan ardua empresa y, viendo ser imposible, recogí toda mi industria[88] a considerar con cuál podría dar a entender a Leonida el secreto amor de mi pecho. Y como los principios en cualquier negocio[89] sean siempre dificultosos, en los que tratan de amor son, por la mayor parte, dificultosísimos, hasta que el mesmo Amor, cuando se quiere mostrar favorable, abre las puertas del remedio donde parece que están más cerradas. Y así se pareció en mí, pues, guiado por su pensamiento el mío, vine a imaginar que ningún medio se ofrecía mejor a mi deseo que hacerme amigo de los padres de Silvia, una pastora que era en extremo amiga de Leonida, y muchas veces la una y la otra, en compañía de sus padres, en sus casas se visitaban. Tenía Silvia un pariente que se llamaba Carino[90], compañero familiar de Crisalvo, hermano de la hermosa Leonida, cuya bizarría[91] y aspereza de costumbres le habían dado renombre de cruel, y así de todos los que le conocían «el cruel Crisalvo»[92] era llamado. Y ni más ni menos a Carino, el pariente de Silvia y compañero de Crisalvo, por

---

[88] *industria*: En el sentido que señala Covarrubias, «Es la maña, diligencia y solercia ['habilidad, astucia'] con que alguno hace cualquier cosa con menos trabajo que otro» (*Tesoro*).

[89] *negocio*: En el sentido general que indica Covarrubias «La ocupación de cosa particular, que obliga al hombre a poner en ella alguna solicitud» (*Tesoro*).

[90] *Carino*, según K. Ph. Allen (1977, 63), podría significar *Cari*('*caritas*, caridad') -*no* (negación); el que carece de amor o caridad. *Carino* es un personaje de la *Arcadia* de Sannazaro.

[91] *bizarría*: Aquí en clara relación con el it. *bizza* 'acceso de cólera, capricho', *bizzarria*, como conviene a la condición negativa de la referencia.

[92] *Crisalvo* propone K. Ph. Allen (1977, 63) que está formado por *cris* (primera sílaba de *Cristo*) y en relación con *cris*, del griego χρνσος, 'oro', y *salvo*, es decir, el carente de virtud cristiana o de valor.

ser entremetido y agudo de ingenio, «el astuto Carino» le llamaban. Del cual y de Silvia, por parecerme que me convenía, con el medio de muchos presentes y dádivas forjé la amistad, al parecer posible; a lo menos, de parte de Silvia fue más firme de lo que yo quisiera, pues los regalos y favores que ella con limpias entrañas me hacía, obligada de mis continuos servicios, tomó por instrumentos mi Fortuna para ponerme en la desdicha en que agora me veo. Era Silvia hermosa en extremo, y de tantas gracias adornada que la dureza del crudo corazón de Crisalvo se movió a amarla. Y esto yo no lo supe sino con mi daño, y de allí a muchos días; y ya que con la larga experiencia estuve seguro de la voluntad de Silvia, un día, ofreciéndoseme comodidad, con las más tiernas palabras que pude le descubrí la llaga de mi lastimado pecho diciéndole que, aunque era tan profunda y peligrosa, no la sentía tanto, sólo por imaginar que en su solicitud estaba el remedio de ella; advirtiéndole asimesmo el honesto fin a que mis pensamientos se encaminaban, que era a juntarme por legítimo matrimonio con la bella Leonida; y que, pues era causa tan justa y buena, no se había de desdeñar de tomarla a su cargo. En fin, por no serte prolijo, el amor me ministró[93] tales palabras que le dijese, que ella, vencida de ellas, y más por la pena que ella, como discreta, por las señales de mi rostro conoció que en mi alma moraba, se determinó de tomar a su cargo mi remedio y decir a Leonida lo que yo por ella sentía, prometiendo de hacer por mí todo cuanto su fuerza e industria alcanzase, puesto que se le hacía dificultosa tal empresa por la inimicicia[94] grande que entre nuestros padres conocía, aunque, por otra parte, imaginaba poder dar principio al fin de sus discordias si Leonida conmigo se casase. Movida, pues, con esta buena intención y enternecida de las lágrimas que yo derramaba[95],

---

[93] *ministró*: *Ministrar* es el verbo original, 'procurar las cosas que son menester para algo', como el it. *ministrare*.
[94] *inimicicia*: Obsérvese que el cultismo directo del lat. *inimititia* coincide con el it. *inimicizia*, como en otros casos.
[95] Aparecen aquí las lágrimas derramadas por amor, que se han de reiterar en el resto del libro, como ocurre en los de pastores. Hombres y mu-

como ya he dicho, se aventuró a ser intercesora de mi contento; y discurriendo consigo qué entrada tendría para con Leonida, me mandó que le escribiese una carta, la cual ella se ofrecía a darle cuando tiempo le pareciese. Parecióme a mí bien su parecer, y aquel mesmo día le envié una que, por haber sido principio del contento que por su respuesta sentí, siempre la he tenido en la memoria, puesto que fuera mejor no acordarme de cosas alegres en tiempo tan triste como es el en que agora me hallo[96]. Recibió la carta Silvia, y aguardaba ocasión de ponerla en las manos de Leonida.

—No —dijo Elicio atajando las razones de Lisandro—, no es justo que me dejes de decir la carta que a Leonida enviaste, que, por ser la primera y por hallarte tan enamorado en aquella sazón, sin duda debe de ser discreta. Y pues me has dicho que la tienes en la memoria y el gusto que por ella granjeaste, no me lo niegues agora en no decírmela.

—Bien dices, amigo —respondió Lisandro—, que yo estaba entonces tan enamorado y temeroso como agora descontento y desesperado; y por esta razón me parece que no acerté a decir alguna, aunque fue harto acertamiento que Leonida las[97] creyese, las que en la carta[98] iban. Ya que tanto deseas saberlas, decía de esta manera:

---

jeres lloran por igual, sobre todo para mostrar el síntoma de una situación crítica. Véase J. C. Wallace, 1986, 185-195.

[96] Es un lugar común procedente de la divulgación de los versos de Dante:

> Nessun maggior dolore
> che ricordarsi del tempo felice
> nelle miseria...
>
> (*Divina Comedia*, Inf. V, 121).

Citamos como referencia más cercana la de Montemayor, ya mencionada en relación con *soledad*: «porque en todo tiempo la memoria de un buen estado causa soledad al que la ha perdido» (*Diana*, 337). Véase F. López Estrada, 1948, 82.

[97] *las*: El pronombre implica *razones*, poco antes mencionada esta palabra en singular, en cierto modo redundante, pues luego se precisa: *las que en la carta iban*.

[98] El uso de las cartas es un recurso general en la relación amorosa literaria, que coincide con lo que dice Ovidio en el *Ars Amatoria*, I, 435-

Lisandro a Leonida

«Mientras que he podido, aunque con grandísimo dolor mío, resistir con las propias fuerzas a la amorosa llama que por ti, oh hermosa Leonida, me abrasa, jamás he tenido ardimiento[99], temeroso del subido valor que en ti conozco, de descubrirte el amor que te tengo; mas ya que es consumida aquella virtud que hasta aquí me ha hecho fuerte, hame sido forzoso, descubriendo la llaga de mi pecho, tentar con escrebirte su primero y último remedio: que sea el primero, tú lo sabes; y de ser el último está en tu mano, de la cual espero la misericordia que tu hermosura promete y mis honestos deseos merecen. Los cuales y el fin adonde se encaminan conocerás de Silvia que esta te dará; y pues ella se ha atrevido, con ser quien es, a llevártela, entiende que son tan justos cuanto a tu merecimiento se deben.»

No le parecieron mal a Elicio las razones de la carta de Lisandro, el cual, prosiguiendo la historia de sus amores, dijo:

—No pasaron muchos días sin que esta carta viniese a las hermosas manos de Leonida, por medio de las piadosas de Silvia, mi verdadera amiga, la cual, junto con dársela, le dijo tales cosas que con ellas templó en gran parte la ira y alteración que con mi carta Leonida había recebido; como fue decirle cuánto bien se siguiría si por nuestro casamiento la enemistad de nuestros padres se acababa; y que el fin de tan buena intención la había de mover a no desechar mis deseos, cuanto más que no se debía compadecer con su hermosura dejar morir sin más respeto[100] a quien tanto

---

439; 453-454; 477-484. La ficción epistolar había servido para la estructura de los libros sentimentales, cuya intención desemboca con los de pastores; y aquí las encontraremos en prosa y en verso.

[99] *ardimiento*: 'intrepidez, valentía'. Palabra de resonancia medieval (*ardido*, *Cid*; *ardid*, Juan Manuel y Santillana). No la recoge Covarrubias, y el it. tiene su paralelo *ardimento*, 'coraggio'.

[100] *respeto*: Según Covarrubias «es miramiento y reverencia que se tiene a alguna persona» (*Tesoro*).

como yo la amaba, añadiendo a estas, otras razones que Leonida conoció que lo eran. Pero, por no mostrarse al primer encuentro rendida y a los primeros pasos alcanzada, no dio tan agradable respuesta a Silvia como ella quisiera. Pero con todo esto, por intercesión de Silvia, que a ello le[101] forzó, respondió con esta carta que agora te diré:

Leonida a Lisandro

«Si entendiera, Lisandro, que tu mucho atrevimiento había nacido de mi poca honestidad, en mí mesma ejecutara la pena que tu culpa merece; pero por asegurarme de esto lo que yo de mí conozco, vengo a conocer que más ha procedido tu osadía de pensamientos ociosos que de enamorados. Y aunque ellos sean de la manera que dices, no pienses que me has de mover a mí para remediarlos como a Silvia para creerlos, de la cual tengo más queja por haberme forzado a responderte que de ti que te atreviste a escribirme, pues el callar fuera digna respuesta a tu locura. Si te retraes de lo comenzado, harás como discreto, porque te hago saber que pienso tener más cuenta con mi honra que con tus vanidades.»

Ésta fue la respuesta de Leonida, la cual, junto con las esperanzas que Silvia me dio, aunque ella parecía algo áspera, me hizo tener por el más bien afortunado del mundo. Mientras estas cosas entre nosotros pasaban, no se descuidaba Crisalvo de solicitar a Silvia con infinitos mensajes, presentes y servicios, mas era tan fuerte y desabrida la condición de Crisalvo, que jamás pudo mover a la de Silvia a que un pequeño favor le diese, de lo cual estaba tan desesperado e impaciente como un agarrochado[102] y vencido

---

[101] *le*: Por *la*, uso común en los escritos e imprenta de la época (Keniston, 1937, 7.132).
[102] La comparación procede de las fiestas de toros, comunes en campos y villas: *toro agarrochado*, según Covarrubias, es «el irritado y embravecido» (*Tesoro*, s. v. *garrochón*). La *garrocha* es «la vara que se tira al toro para embravecerle con un hierro o lengüeta que es como garra» (*idem*, s. v. *garrocha*). También se le embravecía con el *garrochón*, «Una asta delgada con su hierro para herir al toro la gente de a caballo» *(idem)*.

toro. Por causa de sus amores había tomado amistad con el astuto Carino, pariente de Silvia, habiendo los dos sido primero mortales enemigos, porque en cierta lucha que un día de una grande fiesta delante de todo el pueblo los zagales más diestros del lugar tuvieron, Carino fue vencido por Crisalvo y maltratado; de manera que concibió en su corazón odio perpetuo contra Crisalvo, y no menos lo tenía contra otro hermano mío por haberle sido contrario en unos amores, de los cuales mi hermano llevó el fruto que Carino esperaba. Este rancor[103] y mala voluntad tuvo Carino secreta hasta que el tiempo le descubrió ocasión como a un mesmo punto se vengase de entrambos por el más cruel estilo que imaginarse puede. Yo le tenía por amigo porque la entrada en casa de Silvia no se me impidiese; Crisalvo le adoraba porque favoreciese sus pensamientos con Silvia; y era de suerte su amistad que todas las veces que Leonida venía a casa de Silvia, Carino la acompañaba, por la cual causa le pareció bien a Silvia darle cuenta, pues era mi amigo, de los amores que yo con Leonida trataba, que en aquella sazón andaban ya tan vivos y venturosos por la buena intercesión de Silvia, que ya no esperábamos sino tiempo y lugar donde coger el honesto fruto de nuestros limpios deseos; los cuales, sabidos de Carino, tomó por instrumento para hacer la mayor traición del mundo. Porque un día, haciendo del[104] leal con Crisalvo y dándole a entender que tenía en más su amistad que la honra de su parienta, le dijo que la principal causa por que Silvia no le amaba ni favorecía era por estar de mí enamorada, y que él lo sabía inefaliblemente[105], y que ya nuestros amores iban tan al descubierto, que si él no hubiera estado ciego de la pasión amorosa, en mil señales lo hubiera ya conocido; y que para certificarse más de la verdad que le decía, que de

---

[103] *rancor*: «Enemistad antigua e ira envejecida» define Covarrubias (*Tesoro* s. v. *rancor*, y también *rencor*).
[104] *haciendo del*: 'fingiéndose', fue usado así en el siglo XVI (Keniston, 1937, 25.448)
[105] *inefaliblemente*: Adverbio culto, de procedencia latina (*innefabilis*), no con su sentido inicial de 'inexplicable', sino en el que también tiene el it. *infallibilmente*, 'seguro, cierto'.

195

allí adelante mirase en ello, porque vería claramente cómo, sin empacho alguno, Silvia me daba extraordinarios favores. Con estas nuevas debió de quedar tan fuera de sí Crisalvo, como pareció por lo que de ellas sucedió. De allí adelante Crisalvo traía espías por ver lo que yo con Silvia pasaba; y como yo muchas veces procurase hallarme solo con ella para tratar no de los amores que él pensaba, sino de lo que a los míos convenía, éranle a Crisalvo referidas, con otros favores que, de limpia amistad procedidos, Silvia a cada paso me hacía; por lo que vino Crisalvo a términos tan desesperados que muchas veces procuró matarme, aunque yo no pensaba que era por semejante ocasión, sino por lo de la antigua enemistad de nuestros padres. Mas por ser el hermano de Leonida, tenía yo más cuenta con guardarme que con ofenderle, teniendo por cierto que si yo con su hermana me casaba, tendrían fin nuestras enemistades. De lo que él estaba bien ajeno; antes se pensaba que, por serle yo enemigo, había procurado tratar amores con Silvia, y no porque yo bien la quisiese, y esto le acrecentaba la cólera y enojo de manera que le sacaba de juicio, aunque él tenía tan poco que poco era menester para acabárselo. Y pudo tanto en él este mal pensamiento, que vino a aborrecer a Silvia tanto cuanto la había querido, sólo porque a mí me favorecía, no con la voluntad que él pensaba, sino como Carino le decía; y así, en cualesquier corrillos y juntas que se hallaba, decía mal de Silvia dándole títulos y renombres deshonestos; pero como todos conocían su terrible condición y la bondad de Silvia, daban poco o ningún crédito a sus palabras. En este medio, había concertado Silvia con Leonida que los dos nos desposásemos, y que, para que más a nuestro salvo se hiciese, sería bien que un día que con Carino Leonida viniese a su casa, no volviese por aquella noche a la de sus padres, sino que desde allí, en compañía de Carino, se fuese a una aldea que media legua de la nuestra estaba, donde unos ricos parientes míos vivían, en cuya casa, con más quietud, podíamos poner en efecto nuestras intenciones; porque si del suceso de ellas los padres de Leonida no fuesen contentos, a lo menos, estando ella ausente, sería más fácil el concertarse. Tomado, pues, este apuntamiento[106] y dada cuenta de él a Carino, se ofreció, con muestras de grandísimo ánimo, que llevaría a Leonida a la otra aldea como ella fuese contenta. Los servicios que yo hice a Carino por la buena voluntad que mostraba, las palabras de ofrecimiento que le dije, los abrazos que le di, me parece que bastaran a deshacer en un corazón de acero cualquiera mala intención que contra mí tuviera. Pero el traidor de Carino, echando a las espaldas mis palabras, obras y promesas, sin tener cuenta con la que a sí mesmo debía, ordenó la traición que agora oirás. Informado Carino de la voluntad de Leonida y viendo ser conforme a la que Silvia le había dicho, ordenó que la primera noche que por las muestras del día entendiesen que había de ser escura, se pusiese por obra la ida de Leonida, ofreciéndose de nuevo a guardar el secreto y lealtad posible. Después de hecho este concierto que has oído, se fue a Crisalvo, según después acá he sabido, y le dijo que su parienta Silvia iba tan adelante en los amores que conmigo traía, que en una cierta noche había determinado de sacarla de casa de sus padres y llevarla a la otra aldea, do mis parientes moraban, donde se le ofrecía coyuntura de vengar su corazón en entrambos: en Silvia, por la poca cuenta que de sus servicios había hecho; en mí, por nuestra vieja enemistad y por el enojo que le había hecho en quitarle a Silvia, pues por sólo mi respeto[107] le dejaba. De tal manera le supo encarecer y decir Carino lo que quiso, que con mucho menos a otro corazón no tan cruel como el suyo moviera a cualquier mal pensamiento. Llegado, pues, ya el día que yo pensé que fuera el de mi mayor contento, dejando dicho a Carino no lo que hizo, sino lo que había de hacer, me fui a la otra aldea a dar orden cómo recebir a Leonida. Y fue el dejarla encomendada a Carino, como quien deja a la simple corderuela en poder de los hambrientos lobos o a la man-

---

[106] *apuntamiento*: En sentido semejante al it. *appuntamento*, 'acuerdo entre dos o más personas de encontrarse en un lugar y hora determinados'.

[107] *respeto*: Recuérdese el sentido señalado por Covarrubias: «Miramiento y reverencia que se tiene a una persona» (*Tesoro*), aquí por causa del amor.

sa paloma entre las uñas del fiero gavilán que la despedace[108]. ¡Ay, amigo, que, llegando a este paso con la imaginación, no sé cómo tengo fuerzas para sostener la vida, ni pensamiento para pensarlo, cuanto más lengua para decirlo! ¡Ay, mal aconsejado Lisandro! ¿Cómo, y no sabías tu las condiciones dobladas de Carino? Mas ¿quién no se fiara de sus palabras, aventurando él tan poco en hacerlas verdaderas con las obras? ¡Ay, mal lograda Leonida, cuán mal supe gozar de la merced que me heciste en escogerme por tuyo! En fin, por concluir con la tragedia de mi desgracia, sabrás, discreto pastor, que la noche que Carino había de traer consigo a Leonida a la aldea donde yo la esperaba, él llamó a otro pastor, que debía de tener por enemigo, aunque él se lo encubría debajo de su falsa acostumbrada disimulación, el cual Libeo se llamaba, y le rogó que aquella noche le hiciese compañía, porque determinaba llevar una pastora, su aficionada[109], a la aldea que te he dicho, donde pensaba desposarse con ella. Libeo, que era gallardo y enamorado, con facilidad le ofreció su compañía. Despidióse Leonida de Silvia con estrechos abrazos y amorosas lágrimas, como presaga[110] que había de ser la última despedida. Debía de considerar entonces la sin ventura la traición que a sus padres hacía, y no la que a ella Carino le ordenaba[111], y cuán mala cuenta daba de la buena opinión que de ella en el pueblo se tenía. Mas, pasando de paso por todos estos pensamientos, forzado del enamorado que la vencía, se entregó a la guardia de Carino, que adonde yo la aguardaba la trujese. ¡Cuántas veces se me viene a la memoria, llegando a este punto, lo que soñé el día que le tuviera yo por

---

[108] Otra vez imágenes comparativas procedentes de la vida del campo sirven para entonar el sintagma. Obsérvese cómo, después de ellas, ocurren las oraciones exclamativas e interrogativas que ponen en tensión emocional el relato.

[109] *aficionada*: Indica Covarrubias: «*aficionado*, enamorado» (*Tesoro*, v. *aficionar*).

[110] *presaga*: Crudo latinismo, de *praesagus*, 'el que presagia algo'; hoy se usa con acentuación antietimológica *présago*. Apoyado por el it. *presago*, usado por los escritores italianos contemporáneos de Cervantes.

[111] *ordenaba*: Entiéndese 'ordenaba [que se preparase contra/a ella]', como en el it. 'disporre o predisporre ad un fine, concertare, urdire'.

dichoso, si en él feneciera la cuenta de los de mi vida! Acuérdome que, saliendo del aldea un poco antes que el sol acabase de quitar sus rayos de nuestro horizonte, me senté al pie de un alto fresno en el mesmo camino por donde Leonida había de venir, esperando que cerrase algo más la noche para adelantarme y recebirla, y, sin saber cómo y sin yo quererlo, me quedé dormido. Y apenas hube entregado los ojos al sueño[112], cuando me pareció que el árbol donde estaba arrimado, rindiéndose a la furia de un recísimo viento que soplaba desarraigando las hondas raíces de la tierra, sobre mi cuerpo se caía; y que, procurando yo evadirme del grave peso, a una y otra parte me revolvía; y, estando en esta pesadumbre, me pareció ver una blanca cierva junto a mí, a la cual yo ahincadamente suplicaba que, como mejor pudiese, apartase de mis hombros la pesada carga; y que queriendo ella, movida de compasión, hacerlo, al mismo instante salió un fiero león del bosque, y, cogiéndola entre sus agudas uñas, se metía con ella por el bosque adelante; y que, después que con gran trabajo me había escapado del grave peso, la iba a a buscar al monte, y la hallaba despedazada y herida por mil partes; de lo cual tanto dolor sentía que el alma se me arrancaba sólo por la compasión que ella había mostrado de mi trabajo. Y así, comencé a llorar entre sueños, de manera que las mismas lágrimas me despertaron, y hallando las mejillas bañadas en llanto, quedé fuera de mí considerando lo que había soñado; pero, con la alegría que esperaba tener de ver a mi Leonida, no eché de ver entonces que la Fortuna[113] en sueños me mostraba lo que allí a poco rato despierto me ha-

---

[112] Cervantes se vale aquí del sueño premonitorio; el personaje percibe imágenes que le avisan de lo que ocurrirá. En el *Persiles*, después de una mención del *Levítico*, 19.26, refiriéndose a los sueños, escribe: «porque no a todos es dado el entenderlos» (como ocurre en este caso). Véase Á. Castro, 1972, 100 y nota 102. Es Fortuna quien le inspira el sueño, como dice poco después. M. Z. Wellington (1959, 9-10) indica que este sueño le recuerda el de Sincero en la *Arcadia* (prosa XII).

[113] *Fortuna*: Las menciones a la Fortuna, como se indicó en el prólogo (pág. 58), han de ser abundantes. Aquí es de destacar que se atribuye a Fortuna este aviso a través del sueño de lo que habría que ocurrir.

bía de suceder. A la sazón que yo desperté, acababa de cerrar la noche, con tanta escuridad, con tan espantosos truenos y relámpagos, como convenía para cometerse con más facilidad la crueldad que en ella se cometió. Así como Carino salió de casa de Silvia con Leonida, se la entregó a Libeo diciéndole que se fuese con ella por el camino de la aldea que he dicho; y aunque Leonida se alteró de ver a Libeo, Carino la aseguró que no era menor amigo mío Libeo que él propio, y que con toda seguridad podía ir con él poco a poco, en tanto que él se adelantaba a darme a mí las nuevas de su llegada. Creyó la simple (en fin, como enamorada) las palabras del falso Carino, y, con menor recelo del que convenía, guiada del comedido Libeo, tendía los temerosos pasos para venir a buscar el último de su vida, pensando hallar el mejor de su contento. Adelantóse Carino de los dos, como ya te he dicho, y vino a dar aviso a Crisalvo de lo que pasaba, el cual, con otros cuatro parientes suyos, en el mesmo camino por donde habían de pasar, que todo era cerrado de bosque, de una y otra parte, escondidos estaban, y díjoles cómo Silvia venía, y sólo yo que la acompañaba, y que se alegrasen de la buena ocasión que la suerte les ponía en las manos para vengarse de la injuria que los dos les habíamos hecho, y que él sería el primero que en Silvia, aunque era pariente suya, probase los filos de su cuchillo. Apercibiéronse[114] luego los cinco crueles carniceros para colorarse[115] en la inocente sangre de los dos que tan sin cuidado de traición semejante por el camino se venían, los cuales, llegados a do la celada[116] estaba, al instante fueron con ellos los pérfidos homicidas y cerráronlos[117] en medio. Crisalvo se llegó a Leonida, pensando ser Silvia, y con injuriosas y turbadas palabras, con la infernal cólera

---

[114] *Apercibiéronse*: *Apercibirse* en el sentido de 'prepararse'.
[115] *colorarse*: Como en it. *colorare* 'coprire, cospargere, permeare di un colore', que en este caso era el rojo de la sangre.
[116] *celada*: Como indica Covarrubias: «la emboscada que se hace para asaltar al enemigo repentinamente» (*Tesoro*).
[117] *cerráronlos*: Covarrubias, entre otros significados, dice que *cerrar*, empleado en lenguaje de combate, en *cerrar con el enemigo*, es «embestir con él», como aquí hacen los homicidas con Leonida y Libeo.

que le señoreaba, con seis mortales heridas la dejó tendida en el suelo, a tiempo que ya Libeo, por los otros cuatro y creyendo que a mí me las daban, con infinitas puñaladas se revolcaba por la tierra. Carino, que vio cuán bien había salido el traidor intento suyo, sin aguardar razones se les quitó delante, y los cinco traidores, contentísimos, como si hubieran hecho alguna famosa hazaña, se volvieron a su aldea, y Crisalvo se fue a casa de Silvia a dar él mesmo a sus padres la nueva de lo que había hecho, por acrecentarles el pesar y sentimiento, diciéndoles que fuesen a dar sepultura a su hija Silvia, a quien él había quitado la vida por haber hecho más caudal[118] de la fría voluntad de Lisandro, su enemigo, que no de los continuos sirvicios suyos. Silvia, que sintió lo que Crisalvo decía, dándole el alma lo que había sido, le dijo cómo ella estaba viva, y aun libre de todo lo que la imputaba, y que mirase no hubiese muerto a quien le doliese más su muerte que perder él mismo la vida. Y con esto le dijo que su hermana Leonida se había partido aquella noche de su casa en traje no acostumbrado. Atónito quedó Crisalvo de ver a Silvia viva, teniendo él por cierto que la dejaba ya muerta, y con no pequeño sobresalto acudió luego a su casa; y no hallando en ella a su hermana, con grandísima confusión y furia volvió él solo a ver quién era la que había muerto, pues Silvia estaba viva. Mientras todas estas cosas pasaban, estaba yo con una ansia extraña esperando a Carino y Leonida, y pareciéndome que ya tardaban más de lo que debían, quise ir a encontrarlos o a saber si por algún caso aquella noche se habían detenido. Y no anduve mucho por el camino, cuando oí una lastimada voz que decía: «¡Oh soberano Hacedor del cielo, encoge la mano de tu justicia y abre la de tu misericordia para tenerla de esta alma que presto te dará cuenta de las ofensas que te ha hecho! ¡Ay, Lisandro, Lisandro, y cómo la amistad de Carino te costará la vida, pues no es posible sino que te la acabe el dolor de haberla yo por ti perdido!

---

[118] *hecho más caudal*: Covarrubias trae el sentido negativo: «No hacer caudal de una cosa, estimarle en poco» (*Tesoro*, s. v. *caudal*). Aquí en sentido positivo.

¡Ay, cruel hermano! ¿Es posible que, sin oír mis disculpas, tan presto me quesiste dar la pena de mi yerro?» Cuando estas razones oí en la voz y en ellas conocí luego ser Leonida la que las decía, y, presago de mi desventura, con el sentido turbado fui a tiento a dar adonde Leonida estaba envuelta en su propia sangre; y habiéndola conocido luego, dejándome caer sobre el herido cuerpo, haciendo los extremos de dolor posible, le dije: «¿Qué desdicha es esta, bien mío? Ánima mía, ¿cuál fue la cruel mano que no ha tenido respeto a tanta hermosura?» En estas palabras fui conocido de Leonida y levantando con gran trabajo los cansados brazos, los echó por cima de mi cuello y, apretando con la mayor fuerza que pudo, juntando su boca con la mía, con flacas y mal pronunciadas razones, me dijo solas estas: «Mi hermano me ha muerto; Carino, vendido; Libeo está sin vida, la cual te dé Dios a ti, Lisandro mío, largos y felices años, y a mí me deje gozar en la otra del reposo que aquí me ha negado.» Y juntando más su boca con la mía, habiendo cerrado los labios para darme el primero y último beso, al abrirlos se le salió el alma y quedó muerta en mis brazos. Cuando yo lo sentí, abandonándome sobre el helado cuerpo, quedé sin ningún sentido; y si como era yo el vivo, fuera el muerto, quien en aquel trance nos viera, el lamentable de Píramo y Tisbe[119] trujera a la memoria. Mas, después que volví en mí, abriendo ya la boca para llenar el aire de voces y sospiros, sentí que hacia donde yo estaba venía uno con apresurados pasos y llegándose cerca, aunque la noche hacía escura, los ojos del alma me dieron a conocer que el que allí venía era Crisalvo, como era la verdad, porque él tornaba a certificarse si por ventura era su hermana Leonida la que había muerto; y como yo le conocí, sin que de mí se guardase, llegué a él como sañudo león y, dándole dos heridas, di con él en tierra; y antes que acabase de expirar, le llevé arrastrando adonde Leonida estaba

---

[119] La referencia al caso antiguo es propia de Lisandro, personaje lateral a los pastores, que así eleva el grado del dolor del relato que está haciendo. Son muy numerosos los poemas a este asunto; véase J. M. de Cossío, 1952. Entre otros, Montemayor escribió un poema sobre la leyenda.

y, puniendo en la mano muerta de Leonida el puñal que su hermano traía, que era el mesmo con que él la había muerto, ayudándole yo a ello, tres veces se le[120] hinqué por el corazón. Y consolado en algo el mío con la muerte de Crisalvo, sin más detenerme tomé sobre mis hombros el cuerpo de Leonida y llevéle al aldea donde mis parientes vivían, y, contándoles el caso, les rogué le diesen honrada sepultura. Y luego puse por obra y determiné de tomar en Carino la venganza que[121] en Crisalvo; la cual, por haberse él ausentado de nuestra aldea, se ha tardado hasta hoy, que le hallé a la salida de este bosque, después de haber seis meses que ando en su demanda. Él ha hecho ya el fin que su traición merecía, y a mí no me queda ya de quien tomar venganza si no es de la vida que tan contra mi voluntad sostengo. Esta es, pastor, la causa de do proceden los lamentos que me has oído. Si te parece que es bastante para causar mayores sentimientos, a tu buena discreción dejo que lo considere.

Y con esto dio fin a su plática[122] y principio a tantas lágrimas que no pudo dejar Elicio de tenerle compañía en ellas; pero, después que por largo espacio habían desfogado[123] con tiernos sospiros, el uno a la pena que sentía, el otro la compasión que de ella tomaba, Elicio comenzó con las mejores razones que supo a consolar a Lisandro, aunque era su mal tan sin consuelo como por el suceso de él había visto. Y entre otras cosas que le dijo, y la que a Lisandro más le cuadró, fue decirle que, en los males sin remedio, el mejor era no esperarles ninguno[124]; y que, pues de la honestidad y noble condición de Leonida se podría creer, se-

---

[120] *le*: Otro caso de leísmo, como los precedentes.
[121] Se entiende: que [había tomado] en.
[122] *plática*: «La conversación o diálogo que uno con otro tiene...» (Covarrubias, *Tesoro*).
[123] *desfogado*: «Cuando uno está en enojo, que desfoga con decir algunas cosas y quejarse» (Covarrubias, *Tesoro*, s.v. *desfogar*). Se imprimió *esfogado* (fol. 29 v), corregido en la fe de erratas.
[124] Propiamente Elicio poco puede hacer ante el caso narrado por Lisandro; el único consuelo es el acomodo de un proverbio: «en los males sin remedio, el mejor es no esperarles ninguno».

gún él decía, que de dulce vida gozaba; antes debía alegrarse del bien que ella había ganado que no entristecerse por el que él había perdido. A lo cual respondió Lisandro:

—Bien conozco, amigo, que tienen fuerza tus razones para hacerme creer que son verdaderas, pero no que la tienen ni la tendrán las que todo el mundo decirme pudiere, para darme consuelo alguno. En la muerte de Leonida comenzó mi desventura, la cual se acabará cuando yo la torne a ver; y pues esto no puede ser sin que yo muera, al que me induciere a procurar la muerte tendré yo por más amigo de mi vida.

No quiso Elicio darle más pesadumbre con sus consuelos, pues él no los tenía por tales; sólo le rogó que se viniese con él a su cabaña, en la cual estaría todo el tiempo que gusto le diese, ofreciéndole su amistad en todo aquello que podía ser buena para servirle. Lisandro se lo agradeció cuanto fue posible, y, aunque no quería aceptar el venir con Elicio, todavía lo hubo de hacer forzado de su importunación, y así los dos se levantaron y se vinieron a la cabaña de Elicio, donde reposaron lo poco que de la noche quedaba.

Pero ya que la blanca Aurora dejaba el lecho del celoso marido[125] y comenzaba a dar muestras del venidero día, levantándose Erastro, comenzó a poner en orden el ganado de Elicio y suyo para sacarle al pasto acostumbrado. Elicio convidó a Lisandro a que con él se viniese, y así, viniendo los tres pastores con el manso rebaño de sus ovejas por una cañada abajo, al subir de una ladera oyeron el sonido de una suave zampoña que luego por Elicio y Erastro fue conocido que era Galatea quien la sonaba. Y no tardó mucho que por la cumbre de la cuesta se comenzaron a descubrir algunas ovejas; y luego, tras ellas, Galatea, cuya hermosura era tanta que sería mejor dejarla en su punto, pues faltan palabras para encarecerla. Venía vestida a la serrana[126], con

---

[125] Es la personificación más común: la Aurora es la diosa del amanecer. Estaba casada con Astreos, y se enamoró de Céfalo y Orión. De ahí los celos del marido. Véase pág. 328.

[126] *a la serrana*: Con esto Cervantes ladea la narración hacia el folklore. Las serranas aparecen en la lírica popular (o popularizante) y en el romancero.

los luengos cabellos sueltos al viento, de quien el mesmo sol parecía tener envidia, porque, hiriéndoles con sus rayos, procuraba quitarles la luz si pudiera, mas la que la[127] salía de la vislumbre[128] de ellos otro nuevo sol semejaba. Estaba Erastro fuera de sí mirándola, y Elicio no podía apartar los ojos de verla.

Cuando Galatea vio que el rebaño de Elicio y Erastro con el suyo se juntaba, mostrando no gustar de tenerles aquel día compañía, llamó a la borrega mansa de su manada, a la cual siguieron las demás, y encaminóla a otra parte diferente de la que los pastores llevaban. Viendo Elicio lo que Galatea hacía, sin poder sufrir tan notorio desdén, llegándose a do la pastora estaba, le dijo:

—Deja, hermosa Galatea, que tu rebaño venga con el nuestro; y si no gustas de nuestra compañía, escoge la que más te agradare, que no por tu ausencia dejarán tus ovejas de ser bien apacentadas, pues yo, que nací para servirte, tendré más cuenta de ellas que de las mías propias. Y no quieras tan a la clara desdeñarme, pues no lo merece la limpia voluntad que te tengo, que, según el viaje que traías, a la fuente de las Pizarras[129] le encaminabas, y agora que me has visto quieres torcer el camino; y si esto es así, como pienso, dime adónde quieres hoy y siempre apacentar tu ganado, que yo te juro de no llevar allí jamás el mío.

—Yo te prometo, Elicio —respondió Galatea—, que no por huir de tu compañía ni de la de Erastro he vuelto del camino que tú imaginas que llevaba, porque mi intención es pasar hoy la siesta en el arroyo de las Palmas, en compañía de mi amiga Florisa, que allá me aguarda, porque des-

---

[127] *la*: Laísmo, menos documentado que el leísmo (Keniston, 1937, 7.32). Faltos de manuscritos, cabe pensar si es obra de los impresores.
[128] *vislumbre*: Es palabra literaria; de *bis* (dos veces) *lumbre* 'cuerpo que despide luz'; 'reflejo'.
[129] *Fuente de las Pizarras*, poco después *arroyo de las Palmas* y *soto del Concejo*. Cervantes se vale aquí de una toponimia menor que evoca la realidad de los nombres locales de cualquier aldea. Con esto sitúa a sus personajes en un lugar con señas de identidad castellana frente al uso de nombres de raíces de raigambre sólo libresca. Recuérdese que por entonces se había casado en Esquivias.

de ayer concertamos las dos de apacentar hoy allí nuestros ganados; y como yo venía descuidada sonando mi zampoña, la mansa borrega tomó el camino de las Pizarras, como de ella más acostumbrado. La voluntad que me tienes y ofrecimientos que me haces te agradezco; y no tengas en poco haber dado yo disculpa a tu sospecha.

—¡Ay, Galatea —replicó Elicio—, y cuán bien que finges lo que te parece, teniendo tan poca necesidad de usar conmigo artificio, pues al cabo no tengo de querer más de lo que tú quisieres! Ora vayas al arroyo de las Palmas, al soto del Concejo o a la fuente de las Pizarras, ten por cierto que no has de ir sola, que siempre mi alma te acompaña; y si tú no la ves, es porque no quieres verla, por no obligarte a remediarla.

—Hasta agora —respondió Galatea— tengo por ver la primera alma; y así no tengo culpa si no he remediado a ninguna.

—No sé cómo puedes decir eso —respondió Elicio—, hermosa Galatea, que las veas para herirlas y no para curarlas.

—Testimonio me levantas —replicó Galatea— en decir que yo, sin armas, pues a mujeres no son concedidas, haya herido a nadie.

—¡Ay, discreta Galatea —dijo Elicio—, cómo te burlas con lo que de mi alma sientes, a la cual invisiblemente has llagado, y no con otras armas que con las de tu hermosura! Y no me quejo yo tanto del daño que me has hecho, como de que le tengas en poco.

—En menos me tendría yo —dijo Galatea— si en más le tuviese.

A esta sazón llegó Erastro y, viendo que Galatea se iba y los dejaba, le dijo:

—¿Adónde vas o de quién huyes, hermosa Galatea? Si de nosotros, que te adoramos, te alejas, ¿quién esperará de ti compañía? ¡Ay, enemiga, cuán al desgaire te vas, triunfando de nuestras voluntades! El Cielo destruya la buena que te tengo, si no deseo verte enamorada de quien estime tus quejas en el grado que tú estimas las mías. ¿Ríeste de lo que digo, Galatea? Pues yo lloro de lo que tú haces.

No pudo Galatea responder a Erastro, porque andaba guiando su ganado hacia el arroyo de las Palmas y, abajando desde lejos la cabeza en señal de despedirse, los dejó; y como se vio sola, en tanto que llegaba adonde su amiga Florisa creyó que estaría, con la extremada voz que al Cielo plugo darle, fue cantando este soneto:

GALATEA

Afuera el *fuego*, el *lazo*, el *hielo* y *flecha*
de Amor, que *abrasa, aprieta, enfría* y *hiere*;
que tal *llama* mi alma no la quiere,
ni queda de tal *ñudo* satisfecha.

Consuma, ciña, hiele, mate, estrecha   5
tenga otra la voluntad cuanto quisiere;
que por *dardo* o por *nieve* o *red* no espere
tener la mía en su calor deshecha.

Su *fuego* enfriará mi casto intento,
el *ñudo* romperé por fuerza o arte,   10
la *nieve* deshará mi ardiente celo,

la *flecha* embotará mi pensamiento,
y así, no temeré en segura parte
de Amor el *fuego*, el *lazo*, el *dardo*, el *hielo*[130].

Con más justa causa se pudieran parar los brutos, mover

---

[130] Soneto correlativo y plurimembre. Alardes de esta clase aumentan el preciosismo manierista de la obra; véase el uso de este procedimiento en las octavas que inician el libro. J. Fucilla (1960, 180) dice que tenía delante el soneto de D. Verriero siguiente:

Non punse, arse, o legò, stral, fiamma, o laccio
D'Amor giamai sì duro, e freddo e sciolto
Cor, quanto 'l mio ferito, acceso e 'nvolto
Misero, pur ne l'amoroso impaccio.

Saldo e gelido più che marmo e ghiaccio
Libero e franco io non temeva, stolto,
Piaga, incendio, o ritegno, e par m'ha colto
L'arco e l'esca e la rete, in ch'io mi giaccio

los árboles y juntar las piedras a escuchar el suave canto y dulce armonía de Galatea, que cuando a la cítara de Orfeo, lira de Apolo y música de Anfión los muros de Troya y Tebas por sí mismos se fundaron, sin que artífice alguno pusiese en ellos las manos, y las hermanas, negras moradoras del hondo caos, a la extremada voz del incauto amante se ablandaron[131]. El acabar el canto Galatea y llegar adonde Florisa estaba fue todo a un tiempo, de la cual fue con alegre rostro recebida como aquella que era su amiga verdadera y con quien Galatea sus pensamientos comunicaba.

> E trafitto e distrutto, e preso in modo
> Son, ch'altro cor non apre, avampa, o cinge
> Dardo, face, o catena oggi più forte.
>
> Nè sia credo che 'l sangue, il foco 'l nodo,
> Che 'l fianco allaga, e mi consume e stringe,
> Stagni, spenga, o rallenti altri che morte.

(*Fiori*, ob. cit., 83)

J. B. Avalle-Arce (*La Galatea*, 1987, 102) indica que Francisco Sánchez de las Brozas (citado en el Canto de Calíope, 82) tradujo este soneto con casi los mismos elementos; y si la fuente no fue la italiana, pudiera haberlo sido esta otra, contando además con que el uso de tales procedimientos era común en Europa. Véase el comentario de A. Sánchez (1985).

A su vez Cervantes había usado estos términos y disposición en la primera octava de la poesía que envió el 6 de noviembre de 1579 en Argel a Antonio Veneziano, también preso por los corsarios argelinos, y que dice:

> Si el lazo, el fuego, el dardo, el puro hielo
> que os tiene, abrasa, hiere y pone frío
> vuestra alma, trae su origen desde el cielo,
> ya que os aprieta, enciende, mata, enfría,
> ¿qué nudo, llama, llaga, nieve o celo
> ciñe, arde, traspasa o hiela hoy día
> con tan alta ocasión como aquí muestro
> un tierno pecho, Antonio, como el vuestro?

(Estrofa primera, 87).

Véase E. Mele, 1913 y M. C. Ruta, 1980 y 1980-1981.

[131] El procedimiento usado en el verso se pasa a la prosa: Orfeo ablanda a las moradoras del caos, Apolo fundó Troya y Anfión, Tebas. Es una exaltación del poder de la música.

Y después que las dos dejaron ir a su albedrío a sus ganados a que de la verde hierba paciesen, convidadas de la claridad del agua de un arroyo que allí corría, determinaron de lavarse los hermosos rostros, pues no era menester para acrecentarles hermosura el vano y enfadoso artificio con que los suyos martirizan las damas que en las grandes ciudades se tienen por más hermosas[132]. Tan hermosas quedaron después de lavadas como antes lo estaban, excepto que, por haber llegado las manos con movimiento al rostro, quedaron sus mejillas encendidas y sonroseadas, de modo que un no sé qué de hermosura les acrecentaba, especialmente a Galatea, en quien se vieron juntas las tres Gracias[133], a quien[134] los antiguos griegos pintaban desnudas por mostrar, entre otros efectos, que eran señoras de la belleza[135]. Comenzaron luego a coger diversas flores del verde prado con intención de hacer sendas guirnaldas[136] con que recoger los desornados cabellos que sueltos por las espaldas traían.

En este ejercicio andaban ocupadas las dos hermosas pastoras cuando por el arroyo abajo vieron al improviso[137] venir una pastora de gentil donaire[138] y apostura, de que no poco se admiraron, porque les pareció que no era pastora de su aldea ni de las otras comarcanas a ella, a cuya causa con más atención la miraron, y vieron que venía poco a poco hacia donde ellas estaban; y aunque estaban bien cer-

---

[132] Es una manifestación más del enfrentamiento entre arte (*artificio*) y naturaleza (hermosa por sí misma). A. Castro indica que esto es un testimonio de la Edad de Oro en los tiempos contemporáneos (1972, 173-179).

[133] *Las tres Gracias* eran Aglae, Talía y Eufrosine.

[134] *quien*: El uso de *quien* con sentido plural era común en la época (Keniston, 1937, 15.153), y así aparece en el libro.

[135] *belleza* por 'hermosura en la que se implica una apreciación espiritual junto a la corporal' era un italianismo (de *bellezza*), ya en uso en Santillana y otros autores del siglo XV.

[136] Según M. Z. Wellington (1959, 10), la alabanza de la belleza natural de las pastoras se encuentra también en la *Arcadia* (Prosas III y IV), así como el adorno de las guirnaldas.

[137] *al improviso*: Hoy se usa *de improviso*, 'de pronto, sin avisar'.

[138] *donaire*: «Vale gracia y bien parecer en lo se dice o hace» (Covarrubias, *Tesoro*).

209

ca, ella venía tan embebida y transportada en sus pensamientos, que nunca las vio hasta que ellas quisieron mostrarse; de trecho en trecho se paraba y, vueltos los ojos al cielo, daba unos sospiros tan dolorosos que de lo más íntimo de sus entrañas parecían arrancados; torcía asimesmo sus blancas manos, y dejaba correr por sus mejillas algunas lágrimas, que líquidas perlas semejaban.

Por los extremos de dolor que la pastora hacía, conocieron Galatea y Florisa que de algún interno dolor traía el alma ocupada, y por ver en qué paraban sus sentimientos, entrambas se escondieron[139] entre unos cerrados mirtos y desde allí con curiosos ojos miraban lo que la pastora hacía; la cual, llegándose al margen del arroyo, con atentos ojos se paró a mirar el agua que por él corría y, dejándose caer a la orilla de él como persona cansada, corvando[140] una de sus hermosas manos, cogió en ella del agua clara, con la cual lavándose los húmidos ojos, con voz baja y debilitada dijo:

—¡Ay, claras y frescas aguas! ¡Cuán poca parte es vuestra frialdad para templar el fuego que en mis entrañas siento! Mal podré esperar de vosotras, ni aun de todas las que contiene el gran mar Océano, el remedio que he menester, pues aplicadas todas al ardor que me consume, haríades el mesmo efecto que suele hacer la pequeña cantidad en la ardiente fragua, que más su llama acrecienta. ¡Ay, tristes ojos, causadores de mi perdición, y en qué fuerte punto os alcé para tan gran caída! ¡Ay, Fortuna, enemiga de mi descanso[141], con cuánta velocidad me derribaste de la cumbre de mis contentos al abismo de la miseria en que me hallo! ¡Ay, cruda hermana! ¿Cómo no aplacó la ira de tu desamorado pecho la humilde y amorosa presencia de [Artido-

---

[139] He aquí un ejemplo del «voyerismo» común en los libros de pastores: Galatea y Florisa se ocultan para ver y oír lo que ocurre. Véase J. T. Cull (1981, 75).

[140] *corvando* es derivado de *corvo*, forma común frente al cultismo *curvo* (lat. *curvus*), aquí en la forma verbal.

[141] *Fortuna, enemiga de mi descanso*: Es una expresión que llegó a ser tópica en estos libros. La usó Montemayor (*Diana*, 76-77) y Cervantes la usaría en el *Quijote*, en boca de Cardenio (I, 27). Véase pág. 385.

ro]?[142]. ¿Qué palabras te pudo decir él para que le dieses tan aceda y cruel respuesta? Bien parece, hermana, que tú no le tenías en la cuenta que yo le tengo; que, si así fuera, a fe que tú te mostraras tan humilde cuanto él a ti sujeto.

Todo esto que la pastora decía mezclaba con tantas lágrimas que no hubiera corazón que, escuchándola, no se enterneciera; y después que por algún espacio hubo sosegado el afligido pecho, al son del agua que mansamente corría, acomodando a su propósito una copla antigua, con suave y delicada voz cantó esta glosa[143]:

> *Ya la esperanza es perdida,*
> *y un solo bien me consuela:*
> *que el tiempo, que pasa y vuela,*
> *llevará presto la vida.*
>
> Dos cosas hay en amor   5
> con que su gusto se alcanza:
> deseo de lo mejor,
> es la otra la esperanza
> que pone esfuerzo al temor.
> Las dos hicieron manida[144]   10
> en mi pecho, y no las veo;
> antes en la alma[145] afligida,
> porque me acabe el deseo,
> *ya la esperanza es perdida.*
>
> Si el deseo desfallece   15
> cuando la esperanza mengua,
> al contrario en mí parece,
> pues cuanto ella más desmengua[146]

---

[142] [*Artidoro*] En el impreso de 1585 (al que llamaremos sólo impreso) *Arsildo* (fol. 35).

[143] El contenido de la glosa es frecuente en la lírica de Cancionero de los siglos XV y XVI. R. Schevill y A. Bonilla (*La Galatea*, I, 243) traen varias piezas cercanas.

[144] *manida*: «Lugar do cada animal tiene su acogida» (Covarrubias, *Tesoro*). Es expresión campesina, aplicada a la espiritualidad amorosa.

[145] *la alma*: El impreso trae *l'alma*; hay que pronunciar así (y no *el alma*) para que cuente el octosílabo.

[146] Se empleaba tanto *menguar*, (verso 15) como *desmenguar*, como trae Covarrubias (*Tesoro*, s. v. correspondientes): «Ir faltando y amenguando la cosa líquida, como el agua, aceite, etc.»

tanto más él se engrandece.
Y no hay usar de cautela
con las llagas que me atizan:
que, en esta amorosa escuela,
mil males me martirizan,
y un solo bien me consuela.

Apenas hubo llegado
el bien a mi pensamiento,
cuando el Cielo, suerte y hado,
con ligero movimiento
le han del alma arrebatado.
Y si alguno hay que se duela
de mi mal tan lastimero,
al mal amaina la vela,
y al bien pasa más ligero
que el tiempo, que pasa y vuela.

¿Quién hay que no se consuma
con estas ansias que tomo,
pues en ellas se ve en suma
ser los cuidados, de plomo,
y los placeres, de pluma?
Y aunque va tan de caída
mi dichosa buena andanza,
en ella este bien se anida:
que quien llevó la esperanza
llevará presto la vida

Presto acabó el canto la pastora, pero no las lágrimas con que lo solemnizaba, de las cuales, movidas a compasión Galatea y Florisa, salieron de do escondidas estaban, y con amorosas y corteses palabras a la triste pastora saludaron, diciéndole, entre otras razones:

—Así los Cielos, hermosa pastora, se muestren favorables a lo que pedirles quisieres, y de ellos alcances lo que deseas, que nos digas, si no te es enojoso, qué ventura o qué destino te ha traído por esta tierra, que, según la plática[147] que nosotras tenemos de ella, jamás por estas riberas

---

[147] *plática*: Junto al sentido de 'conversación y diálogo', también significa, como aquí 'práctica', según trae Covarrubias en *plático*: «El diestro en decir o hacer alguna cosa por la experiencia que tiene» (*Tesoro*).

te habemos visto. Y por haber oído lo que poco ha cantaste, y entender por ello que no tiene tu corazón el sosiego que ha menester, y por las lágrimas que has derramado, de que dan indicio tus húmedos y hermosos ojos, en ley de buen comedimiento[148] estamos obligadas a procurarte el consuelo que de nuestra parte fuere posible; y si fuere tu mal de los que no sufren ser consolados, a lo menos conocerás en nosotras una buena voluntad de servirte.

—No sé con qué poder pagaros —respondió la forastera pastora—, hermosas zagalas, los corteses ofrecimientos que me hacéis si no es con callar y agradecerlo, y estimarlos en el punto que merecen, y con no negaros lo que de mí saber quisiéredes, puesto que me sería mejor pasar en silencio los sucesos de mi ventura, que no, con decirlos, daros indicios para que me tengáis por liviana[149].

—No muestra tu rostro y gentil apostura, hermosa pastora —respondió Galatea—, que el Cielo te ha dado tan grosero entendimiento que con él hicieses cosa que después hubieses de perder reputación en decirla; y pues tu vista y palabras en tan poco ha hecho esta impresión en nosotras, que ya te tenemos por discreta, muéstranos, con contarnos tu vida, si llega a tu discreción tu ventura.

—A lo que yo creo —respondió la pastora—, en un igual andan entrambas, si ya no me ha dado la suerte más juicio para que sienta más los dolores que se ofrecen; pero yo estoy bien cierta que sobrepujan tanto mis males a mi discreción cuanto de ellos es vencida toda mi habilidad, pues no tengo ninguna para saber remediarlos. Y porque la experiencia os desengañe, si quisiéredes oírme, bellas zagalas, yo os contaré, con las más breves razones que pudiere, cómo, del mucho entendimiento que juzgáis que tengo, ha nacido el mal que le hace ventaja.

---

[148] *ley de buen comedimiento*: Esta «ley» es propia de los libros de pastores en cuanto al trato que se tienen entre sí; «*comedimiento* vale mesura, cortesía, respeto, ofrecimiento, buena crianza» (Covarrubias, *Tesoro*, s. v. *comedido*).

[149] *liviana*: Dice Covarrubias que *liviano* «significa el hombre inconstante y que fácilmente se muda» (*Tesoro*, s. v. *liviano*) aplicado a la mujer.

213

—Con ninguna cosa, discreta zagala, satisfarás más nuestros deseos —respondió Florisa— que con darnos cuenta de lo que te hemos rogado.

—Apartémonos, pues —dijo la pastora—, de este lugar y busquemos otro donde, sin ser vistas ni estorbadas, pueda deciros lo que me pesa de haberos prometido, porque adivino que no estará más en perderse la buena opinión que con vosotras he cobrado, que cuanto tarde en descubriros mis pensamientos, si acaso los vuestros no han sido tocados de la enfermedad que yo padezco.

Deseosas de que la pastora cumpliese lo que prometía, se levantaron luego las tres y se fueron a un lugar secreto y apartado que ya Galatea y Florisa sabían, donde, debajo de la agradable sombra de unos acopados[150] mirtos, sin ser vistas de alguno, podían todas tres estar sentadas; y luego, con extremado donaire y gracia, la forastera pastora comenzó a decir de esta manera[151]:

—En las riberas del famoso Henares, que al vuestro dorado[152] Tajo, hermosísimas pastoras, da siempre fresco y agradable tributo, fui yo nacida y criada, y no en tan baja fortuna[153] que me tuviese por la peor de mi aldea. Mis padres son labradores[154] y a la labranza del campo acostumbrados, en cuyo ejercicio les imitaba trayendo yo una manada de simples ovejas por las dehesas concejiles[155] de

---

[150] *acopados*: Escribe Covarrubias: «Cualquier cosa redonda y tendida llamaremos copa, como copa de sombrero, copa de árbol, cuando es tendido, y por la misma razón dicho acopado (*Tesoro*, s. v. *copa*)

[151] Comienza aquí el relato de los gemelos, de ascendencia plautina, que constituye la trama III del libro, y a la que nos referimos en el prólogo; Cervantes le dio una ambientación aldeana que desemboca en el cauce pastoril. Sobre el enlace de la prosa y el verso en este episodio de Teolinda, Artidoro, Leonarda y Galercio, véase M. Romanos (1995, 174-178).

[152] *dorado Tajo*: Era lugar común que este río tenía oro en sus arenas; sobre esto Cervantes vuelve en pág. 518 y otras partes, incluso en forma burlesca.

[153] *fortuna*: Aquí significa situación social en el marco de la aldea, donde también se reconocen rangos.

[154] *labradores*: No son pastores, sino gentes del lugar con tierras y para las que el pastoreo es un complemento de su economía.

[155] *dehesas concejiles*: *Dehesa* es, según Covarrubias, «campo de hierba donde se apacienta el ganado» (*Tesoro*). *Concejil* es «lo que es del común» (*idem* s. v. *concejo*)

nuestra aldea, acomodando tanto mis pensamientos al estado en que mi suerte me había puesto, que ninguna cosa me daba más gusto que ver multiplicar y crecer mi ganado, sin tener cuenta con más que con procurarle los más fructíferos y abundosos pastos, claras y frescas aguas que hallar pudiese. No tenía ni podía tener más cuidados que los que podían nacer del pastoral[156] oficio en que me ocupaba. Las selvas[157] eran mis compañeras, en cuya soledad muchas veces, convidada de la suave armonía de los dulces pajarillos, despedía la voz a mil honestos cantares, sin que en ellos mezclase sospiros ni razones que de enamorado pecho diesen indicio alguno. ¡Ay, cuántas veces, sólo por contentarme a mí mesma y por dar lugar al tiempo que se pasase, andaba de ribera en ribera, de valle en valle, cogiendo aquí la blanca azucena, allí el cárdeno lirio, acá la colorada rosa, acullá la olorosa clavellina, haciendo de todas suertes de odoríferas[158] flores una tejida guirnalda, con que adornaba y recogía mis cabellos; y después, mirándome en las claras y reposadas aguas de alguna fuente, quedaba tan gozosa de haberme visto que no trocara mi contento por otro alguno! ¡Y cuántas hice burla de algunas zagalas[159] que, pensando hallar en mi pecho alguna manera de compasión del mal que los suyos sentían, con abundancia de lágrimas y sospiros, los secretos enamorados de su alma me descu-

---

[156] *pastoral*: El uso de este término, poco frecuente en los libros españoles, coincide con el uso general del it. *pastorale*. (Véase pág. 220).

[157] *selvas*: *Selva* (y *silva*) fueron palabras tradicionales, arrumbadas por la difusión de *bosque*. Mena usó *selva* en su lengua poética, y se aseguró así en la poesía de los Siglos de Oro. Covarrubias dice: «del nombre latino *silva*, que vale montaña» (*Tesoro*). No hay que olvidar que *selva* se usó en it. con el sentido de 'bosco esteso con folto sottobosco, foresta'.

[158] Espléndido desfile de adjetivos de calificación tópica, epítetos asegurados por la tradición y que culminan en el cultismo *odoríferas*, en uso en el italiano de Petrarca.

[159] *zagalas*: Zagal, según Covarrubias, «vale grande, animoso, fuerte; y porque ordinariamente los mancebos son más gallardos, fuertes y animosos que los hombres casados en días, quedó la costumbre en las aldeas de llamar zagales a los barbiponientes y zagalas a las mozas doncellas...» (*Tesoro*, s. v. *çagal*).

Teolinda

brían! Acuérdome agora, hermosas pastoras, que llegó a mí un día una zagala amiga mía, y, echándome los brazos al cuello y juntando su rostro con el mío, hechos sus ojos fuentes, me dijo: «¡Ay, hermana Teolinda[160] (que este es el nombre de esta desdichada), y cómo creo que el fin de mis días es llegado, pues amor no ha tenido la cuenta conmigo que mis deseos merecían!» Yo entonces, admirada de los extremos que la veía hacer, creyendo que algún gran mal le había sucedido de pérdida de ganado o de muerte de padre o hermano, limpiándole los ojos con la manga de mi camisa, le rogué que me dijese qué mal era el que tanto la aquejaba. Ella, prosiguiendo en sus lágrimas y no dando tregua a sus suspiros, me dijo: «¿Qué mayor mal quieres, oh Teolinda, que me haya sucedido que el haberse ausentado sin decirme nada el hijo del mayoral[161] de nuestra aldea, a quien yo quiero más que a los propios ojos de la cara, y haber visto esta mañana en poder de Leocadia[162], la hija del rabadá[n] Lisalco, una cinta encarnada que yo había dado a aquel fementido de Eugenio[163], por donde se me ha confirmado la sospecha que yo tenía de los amores que el traidor con ella trataba?» Cuando yo acabé de entender sus quejas, os juro, amigas y señoras mías, que no pude acabar

---

[160] *Teolinda*: K. Ph. Allen (1977, 67) propone que este nombre (*Theolinda* en el impreso) proceda del griego *Theos*, 'Dios', y en relación con el esp. *linda*; esto es, hermosa como un dios o diosa.
[161] *mayoral*: «El que asiste al gobierno con mando gobernando los demás pastores» (Covarrubias, *Tesoro*). El uso de este nombre e inmediatamente el de *rabadán*: «El mayoral que es sobrestante a todos los hatos del ganado de un señor» (Covarrubias, *Tesoro*) dan un tono más aldeano al relato, frente a la común denominación de *pastores,* sin más diferencias.
[162] *Leocadia* es nombre que K. Ph. Allen (l977, 69) propone se componga de *Leo* y un derivado de *cadere* 'caer', caída en amor. Sin embargo, existe el nombre de *Leocadia* en el santoral.
[163] *Eugenio*: Recuerda K. Ph. Allen (1977, 69) que significa 'bien nacido'; pero es también nombre común. Hay un personaje de la *Arcadia* de Sannazaro que se llama así y que interviene activamente en la obra (H. Iventosh, 1975, 104). Un cabrero de *Quijote* se llama también así (I, 52). *Fementido*: «El que ha quebrado su palabra» (Covarrubias, *Tesoro*).

conmigo de no reírme y decirle: «Mía fe[164], Lidia[165] (que así se llamaba la sin ventura), pensé que de otra mayor llaga[166] venías herida, según te quejabas; pero agora conozco cuán fuera de sentido andáis vosotras, las que presumís de enamoradas, en hacer caso de semejantes niñerías. Dime, por tu vida, Lidia amiga: ¿cuánto vale una cinta encarnada para que te duela de verla en poder de Leocadia, ni de que se la haya dado Eugenio? Mejor harías de tener cuenta con tu honra y con lo que conviene al pasto de tus ovejas, y no entremeterte en estas burlerías de amor, pues no se saca de ellas, según veo, sino menoscabo de nuestras honras y sosiego.» Cuando Lidia oyó de mi boca tan contraria respuesta de la que esperaba de mi piadosa condición, no hizo otra cosa sino abajar la cabeza, y, acrecentando lágrimas a lágrimas y sollozos a sollozos, se apartó de mí, y, volviendo a cabo de poco trecho el rostro, me dijo: «Ruego yo a Dios, Teolinda, que presto te veas en estado que tengas por dichoso el mío, y que el amor te trate de manera que cuentes tu pena a quien la estime y sienta en el grado que tú has hecho la mía.» Y con esto se fue y yo me quedé riendo de sus desvaríos. Mas, ¡ay, desdichada, y cómo a cada paso conozco que me va alcanzando bien su maldición, pues aun agora temo que estoy contando mi pena a quien se dolerá poco de haberla sabido!

A esto respondió Galatea:

—Plu[g]uiera a Dios, discreta Teolinda, que, así como hallarás en nosotras compasión de tu daño, pudieras hallar el remedio de él; que presto perdieras la sospecha que de nuestro conocimiento tienes.

—Vuestra hermosa presencia y agradable conversación, dulces pastoras —respondió Teolinda—, me hace esperar eso, pero mi corta ventura me fuerza a tener esto otro. Mas

---

[164] *Mía fe*: es exclamación propia del lenguaje pastoril; obsérvese que la conversación entre las dos es frívola desde el punto de vista de Teolinda (niñerías), y conviene con la intención aldeana. La interlocutoria de ella es una *zagala*, como se dijo poco antes (pág. 215).

[165] *Lidia*: Según K. Ph. Allen (1977, 69) evoca el español *lid*, 'combate', y *lis, lidis*, 'contienda jurídica'. Además, *Lidia* existe en el santoral.

[166] *llaga*: «Lo mismo que herida» (Covarrubias, *Tesoro*).

suceda lo que sucediere, que al fin habré de contaros lo
que os he prometido. Con la libertad que os he dicho y en
los ejercicios que os he contado, pasaba yo mi vida tan alegre
y sosegadamente que no sabía qué pedirme el deseo,
hasta que el vengativo Amor me vino a tomar estrecha
cuenta de la poca que con él tenía; y alcanzóme en ella de
manera que, con quedar su esclava, creo que aún no está
pagado ni satisfecho. Acaeció, pues, que un día (que fuera
para mí el más venturoso de los de mi vida, si el tiempo y
las ocasiones no hubieran traído tal descuento[167] a mis alegrías),
viniendo yo con otras pastoras de nuestra aldea
a cortar ramos y a coger juncia y flores y verdes espada-[ñ]as[168]
para adornar el templo y calles de nuestro lugar,
por ser el siguiente día solemnísima fiesta[169] y estar obligados
los moradores de nuestro pueblo por promesa y voto
a guardalla, acertamos a pasar todas juntas por un deleitoso
bosque que entre el aldea y el río está puesto, adonde
hallamos una junta de agraciados pastores que a la sombra
de los verdes árboles pasaban el ardor de la caliente siesta;
los cuales, como nos vieron, al punto fuimos de ellos conocidas,
por ser todos, cuál primo, y cuál hermano, y cuál pariente
nuestro; y saliéndonos al encuentro, y entendido de
nosotras el intento que llevábamos, con corteses palabras
nos persuadieron y forzaron a que adelante no pasásemos,
porque algunos de ellos tomarían el trabajo de traer hasta
allí los ramos y flores por que íbamos. Y así, vencidas de
sus ruegos, por ser ellos tales, hubimos de conceder lo que
querían, y luego seis de los más mozos, apercebidos de sus

---

[167] *descuento*: «Descuento, la baja» (Covarrubias, *Tesoro*).
[168] *espadañas*: Covarrubias registra el uso festivo de esta planta herbácea, parecida al junco: «...en la fiestas, por ser verdes y frescas las espadañas, se echan por el suelo y cuelgan en las paredes» (*Tesoro*).
[169] Según M. Z. Wellington (1959, 10) esta preparación vegetal de la fiesta se relaciona con la que hacen los pastores en la *Arcadia*, cuando se preparan para celebrar la fiesta de Palas: «por reverenza de la quale [...] ciasuno [...] cominciò ad ornare la sua mandre di rami verdissimi di querce e di corbezzoli... (Prosa III). La *solemnísima fiesta* es la reunión pastoril de los festejos patronales de un pueblo castellano; aun sin mencionarse directamente, el relato se cristianiza con estos testimonios del folklore.

hocinos[170], se partieron con gran contento a traernos los verdes despojos que buscábamos. Nosotras, que seis éramos, nos juntamos donde los demás pastores estaban, los cuales nos recibieron con el comedimiento posible, especialmente de un pastor forastero que allí estaba, que de ninguna de nosotras fue conocido, el cual era de tan gentil donaire y brío que quedaron todas admiradas en verle, pero yo quedé admirada y rendida. No sé qué os diga, pastoras, sino que, así como mis ojos le vieron, sentí enternecérseme el corazón y comenzó a discurrir por todas mis venas un hielo que me encendía; y, sin saber cómo, sentí que mi alma se alegraba de tener puestos los ojos en el hermoso rostro del no conocido pastor. Y en un punto, sin ser en los casos de amor experimentada, vine a conocer que era Amor el que salteado[171] me había; y luego quisiera quejarme de él si el tiempo y la ocasión me dieran lugar a ello. En fin, yo quedé cual ahora estoy, vencida y enamorada, aunque con más confianza de salud[172] que la que ahora tengo. ¡Ay, cuántas veces en aquella sazón me quise llegar a Lidia, que con nosotras estaba, y decirle: «Perdóname, Lidia hermana, de la desabrida[173] respuesta que te di el otro día, porque te hago saber que ya tengo más experiencia del mal de que te quejabas que tú mesma.» Una cosa me tiene maravillada: de cómo cuantas allí estaban no conocieron, por los movimientos de mi rostro, los secretos de mi corazón; y debiólo de causar que todos los pastores se volvieron al forastero, y le rogaron que acabase de cantar una canción que había comenzado antes que nosotros llegásemos; el cual, sin hacerse de rogar, siguió su comenzado canto con tan extremada y maravillosa voz que todos los que la escu-

---

[170] *hocino*: Derivación de *hoz*; «*hocino* para segar; *falcula*» (según Nebrija), o sea, *hocecilla*.
[171] *salteado*: Escribe Covarrubias: «*Saltear* es robar en el campo, delito atrocísimo...» (*Tesoro*, s. v. *saltear*).
[172] *salud*: Aunque *salud* en el sentido de 'salvación' es siempre posible por su etimología y por su persistencia en un sentido espiritual, hay que recordar que también en it. *Salute* puede significar *salvezza*, *salvamento*.
[173] *desabrida*: «Hombre desabrido, el de condición áspera» (Covarrubias, *Tesoro*).

chaban estaban transportados en oírla. Entonces acabé yo de entregarme de todo en todo a todo lo que el Amor quiso, sin quedar en mí más voluntad que si no la hubiera tenido para cosa alguna en mi vida. Y puesto que yo estaba más suspensa que todos escuchando la suave armonía del pastor, no por eso dejé de poner grandísima atención a lo que en sus versos cantaba, porque me tenía ya el Amor puesta en tal extremo que me llegara al alma si le oyera cantar cosas de enamorado, que imaginara que ya tenía ocupados sus pensamientos y quizá en parte que no tuviesen alguna los míos en lo que deseaban. Mas lo que él entonces cantó no fueron sino ciertas alabanzas del pastoral estado[174] y de la sosegada vida del campo, y algunos avisos útiles a la conservación del ganado, de que no poco quedé yo contenta, pareciéndome que, si el pastor estuviera enamorado, que de ninguna cosa tratara que de sus amores, por ser condición de los amantes parecerles mal gastado el tiempo que en otra cosa que en ensalzar y alabar la causa de sus tristezas o contentos se gasta. ¡Ved, amigas, en cuán poco espacio estaba ya maestra en la escuela de amor! El acabar el pastor su canto y el descubrir los que con los ramos venían fue todo a un tiempo, los cuales, a quien de lejos los miraba, no parecían sino un pequeño montecillo[175] que con todos sus árbo[l]es[176] se movía, según venían pomposos y enramados; y llegando ya cerca de nosotras, todos seis entonaron sus voces, y comenzando el uno y respondiendo todos, con muestras de grandísimo contento, y con

---

[174] Otra vez vuelve a usar *pastoral* (véase pág. 215) para referirse aquí a composiciones en alabanza de la vida del campo (tema común a la literatura pastoril) y composiciones sobre el cuidado de la ganadería (que no entran en esta literatura). El término italiano *pastorale* apoya esta significación general.

[175] ...*no parecían sino un pequeño montecillo*...: Resonancia de la *Arcadia* (M. Z. Wellington, 1959, 10), donde se dice que en un caso semejante parecían «non uomini [...] ma una verde selva, che tutta in sierra con gli alberi si movesse» (Prosa XI). Como indica Avalle-Arce (*Galatea*, 1987, 112), Cervantes repitió la comparación en el *Persiles* (II, 10) y se encuentra en el gran desenlace del *Macbeth* de Shakespeare.

[176] *arboles*: El impreso trae la grafía *árbores*, (fol. 42 v.), forma que manifiesta el origen latino, en su relación también con la serie del it. *arbore, arboreto*, etc.

muchos placenteros alaridos, dieron principio a un gracioso villancico[177]. Con este contento y alegría llegaron más presto de lo que yo quisiera, porque me quitaron la que yo sentía de la vista del pastor. Descargados, pues, de la verde carga, vimos que traía cada uno una hermosa guirnalda enroscada en el brazo, compuesta de diversas y agradables flores, las cuales con graciosas palabras a cada una de nosotras la suya presentaron, y se ofrecieron de llevar los ramos hasta el aldea. Mas, agradeciéndoles nosotras su buen comedimiento, llenas de alegría, queríamos dar la vuelta al lugar cuando Eleuco, un anciano pastor que allí estaba, nos dijo: «Bien será, hermosas pastoras, que nos paguéis lo que por vosotras nuestros zagales han hecho, con dejarnos las guirnaldas, que demasiadas lleváis de lo que a buscar veníades; pero ha de ser con condición que de vuestra mano las deis a quien os pareciere.» «Si con tan pequeña paga quedaréis de nosotras satisfech[o]s[178] —respondió la una—, yo por mí soy contenta.» Y tomando la guirnalda con ambas manos, la puso en la cabeza de un gallardo primo suyo. Las otras, guiadas de este ejemplo, dieron las suyas a diferentes zagales que allí estaban, que todos sus parientes eran. Yo, que a lo último quedaba y que allí deudo[179] alguno no tenía, mostrando hacer de la desenvuelta, me llegué al forastero pastor y puniéndole la guirnalda en la cabeza[180], le dije: «Ésta te doy, buen zagal, por dos cosas: la una, por el contento que a todos nos has dado con tu agradable canto; la otra, porque en nuestra aldea se usa honrar

---

[177] *villancico*: No figura el texto, acaso por olvido de Cervantes o intencionadamente, por cuanto no hay en la obra poesía alguna de esta especie popular; se canta con alaridos («vocería grande», Covarrubias, *Tesoro*).
[178] *satisfechos*: En el impreso: *satisfechas* (fol. 43 v.).
[179] *deudo*: «Deuda, la parienta, y deudo, el pariente; por lo que debemos, primero a nuestros padres, y de allí en orden a todos los conjuntos en sangre» (Covarrubias, *Tesoro*, s. v. *deuda*).
[180] E. Alarcos García (1950, 213-214) establece la posible relación de este episodio del ofrecimiento de la guirnalda con otro del *Il Filoloco*, II (Col. Classici Italiani, XV, 32-36), propuesta por P. Rajna («Una questione d'amore», *Raccolta di Studi critici in onore di A. D. Ancona*, Florencia, 1901, 553 y ss.) y le parece vaga; puede que hubiera leído el texto italiano o alguna versión española, y lo recordase vagamente.

221

a los extranjeros»[181]. Todos los circunstantes[182] recibieron gusto de lo que yo hacía; pero ¿qué os diré yo de lo que mi alma sintió viéndome tan cerca de quien me la tenía robada, sino que diera cualquiera otro bien que acertara a desear en aquel punto, fuera de quererle, por poder ceñirle con mis brazos al cuello, como le ceñí las sienes con la guirnalda? El pastor se me humilló y con discretas palabras me agradeció la merced que le hacía; y, al despedirse de mí, con voz baja, hurtando la ocasión a los muchos ojos que allí había, me dijo: «Mejor te he pagado de lo que piensas, hermosa pastora, la guirnalda que me has dado: prenda llevas contigo que, si la sabes estimar, conocerás que me quedas deudora.» Bien quisiera yo responderle, pero la priesa que mis compañeras me daban era tanta que no tuve lugar de replicarle. De esta manera me volví al aldea, con tan diferente corazón del con que había salido que yo mesma de mí mesma me maravillaba. La compañía me era enojosa, y cualquiera pensamiento que me viniese que a pensar en mi pastor no se encaminase, con gran presteza procuraba luego de desecharle de mi memoria, como indigno de ocupar el lugar que de amorosos cuidados estaba lleno. Yo no sé cómo en tan pequeño espacio de tiempo me transformé en otro ser del que tenía, porque yo ya no vivía en mí, sino en Artidoro[183] (que así se llama la mitad de mi alma[184] que ando buscando); do quiera que volvía los ojos, me parecía ver su figura; cualquiera cosa que escuchaba, luego sonaba en mis oídos su suave música y armonía; a ninguna parte movía los pies que no diera por hallarle en ella mi vida, si él la quisiera; en los manjares no hallaba el acostumbrado gusto, ni las manos acertaban a tocar cosa que se le diese.

---

[181] *extranjeros*: «El que es extraño de aquella tierra donde está» (Covarrubias, *Tesoro*, s. v. *estrangero*).
[182] *circunstantes*: Cultismo usado por Cervantes en sus escritos, apoyado por el it. *circostante*.
[183] *Artidoro*: Según K. Ph. Allen, (1977, 67) está compuesto de *Arti-d-oro*, 'arte de oro o poeta'. Recuerda el nombre antiguo *Ártemidorus*.
[184] *la mitad de mi alma*: Expresión según Avalle-Arce (*Galatea*, 1987, 133-134) de origen horaciano (Oda III, 8); fue usada en otras ocasiones por Cervantes.

En fin, todos mis sentidos estaban trocados[185] del ser que primero tenían, ni el alma obraba por ellos como era acostumbrada. En considerar la nueva Teolinda que en mí había nacido, y en contemplar las gracias del pastor, que impresas en el alma me quedaron, se me pasó todo aquel día y la noche antes de la solemne fiesta, la cual venida fue con grandísimo regocijo y aplauso de todos los moradores de nuestra aldea y de los circunvecinos lugares solemnizada. Y, después de acabadas en el templo las sacras oblaciones[186] y cumplidas las debidas ceremonias, en una ancha plaza que delante del templo se hacía, a la sombra de cuatro antiguos y frondosos álamos que en ella estaban, se juntó casi la más gente del pueblo, y haciéndose todos un corro, dieron lugar a que los zagales vecinos y forasteros se ejercitasen, por honra de la fiesta, en algunos pastoriles ejercicios. Luego en el instante se mostraron en la plaza un buen número de dispuestos y gallardos pastores, los cuales, dando alegres muestras de su juventud y destreza, dieron principios a mil graciosos juegos, ora tirando la pesada barra, ora mostrando la ligereza de sus sueltos miembros en los desusados saltos, ora descubriendo su crecida fuerza e industriosa maña en las intricadas luchas, ora enseñando la velocidad de sus pies en las largas carreras, procurando cada uno de ser tal en todo, que el primero premio alcanzase de muchos que los mayorales del pueblo tenían puestos para los mejores que en tales ejercicios se aventajasen. Pero en estos que he contado, ni en otros muchos que callo por no ser prolija, ningunos de cuantos allí estaban, vecinos y comarcanos, llegó al punto que mi Artidoro, el cual con su presencia quiso honrar y alegrar nuestra fiesta y llevarse el primero honor y premio de todos los juegos que se hicieron[187]; tal era, pastoras, su destreza y gallardía. Las alaban-

---

[185] *trocados*: «Trocar es lo mesmo que volver, y el que trueca vuelve y revuelve las cosas como en rueda...» (Covarrubias, *Tesoro*, s. v. *trocar*).

[186] *oblaciones*: «Oblación es lo mismo que sacrificio» (Covarrubias, *Tesoro*). Obsérvese la ambigua expresión usada por Cervantes para referirse a la ceremonia religiosa de la aldea.

[187] El que Artidoro gane todos los premios causando sorpresa puede re-

zas que todas le daban eran tantas, que yo mesma me ensoberbecía, y un desusado contento en el pecho me retozaba sólo en considerar cuán bien había sabido ocupar mis pensamientos. Pero, con todo esto, me daba grandísima pesadumbre que Artidoro, como forastero, se había de partir presto de nuestra aldea, y que si él se iba sin saber, a lo menos, lo que de mí llevaba, que era el alma, ¿que qué vida sería la mía en su ausencia, o cómo podría yo aliviar mi pena siquiera con quejarme, pues no tenía de quién, sino de mí mesma? Estando yo, pues, en estas imaginaciones, se acabó la fiesta y regocijo; y queriendo Artidoro despedirse de los pastores sus amigos, todos ellos juntos le rogaron que, por los días que había de durar el octavario[188] de la fiesta, fuese contento de pasarlos con ellos, si otra cosa de más gusto no se lo impidía. «Ninguna me la puede dar a mí mayor, graciosos pastores —respondió Artidoro—, que serviros en esto y en todo lo que más fuere vuestra voluntad; que, puesto que la mía era por agora querer buscar a un hermano mío que pocos días ha falta de nuestra aldea, cumpliré vuestro deseo, por ser yo el que gano en ello.» Todos se lo agradecieron mucho y quedaron contentos de su quedada; pero más lo quedé yo, considerando que en aquellos ocho días no podía dejar de ofrecérseme ocasión donde le descubriese lo que ya encubrir no podía. Toda aquella noche casi se nos pasó en bailes y juegos, y en contar unas a otras las pruebas que habíamos visto hacer a los pastores aquel día, diciendo: «Fulano bailó mejor que Fulano[189], puesto que el tal sabía más mudanzas que el tal; Mingo derribó a Bras, pero Bras corrió más que Mingo.»

---

lacionarse (según M. Z. Wellington, 10) con lo que había hecho, siendo joven, Opico en la *Arcadia* (fin de la prosa XIII) en ocasión de los juegos de la tumba del Panormita.

[188] *octavario*: Son los ocho días siguientes en que se participa de la fiesta; término religioso que aquí se aplica a la pastoril. También *ottavario* en it., frente a *ochavario*, que recoge Covarrubias.

[189] *Fulano*: «Es un término de que comúnmente usamos para suplir la falta de nombre propio que ignoramos o dejamos de exprimir por alguna causa» (Covarrubias, *Tesoro*). Obsérvese que los otros nombres (*Mingo* y *Bras*) pertenecen a la pastoril rústica para acomodarse al sentido aldeano del relato.

Y al fin, fin[190], todas concluían que Artidoro, el pastor forastero, había llevado la ventaja a todos, loándole cada una en particular sus particulares gracias; las cuales alabanzas, como ya he dicho, todas en mi contento redundaban. Venida la mañana del día después de la fiesta, antes que la fresca Aurora perdiese el rocío aljofarado de sus hermosos cabellos y que el sol acabase de descubrir sus rayos por las cumbres de los vecinos montes[191], nos juntamos hasta una docena de pastoras de las más miradas del pueblo; y, asidas unas de otras de las manos, al son de una gaita[192] y de una zampoña, haciendo y deshaciendo intricadas vueltas y bailes, nos salimos de la aldea a un verde prado que no lejos de ella estaba, dando gran contento a todos los que nuestra enmarañada danza miraban. Y la ventura, que hasta entonces mis cosas de bien en mejor iba guiando, ordenó que en aquel mesmo prado hallásemos todos los pastores del lugar, y con ellos a Artidoro, los cuales, como nos vieron, acordando luego el son de un tamborino[193] suyo con el de nuestras zampoñas, con el mesmo compás y baile nos salieron a recebir, mezclándonos unos con otros confusa y concertadamente[194], y, mudando los instrumentos el son, mudamos[195] el baile, de manera que fue menester que las

---

[190] *al fin, fin*: Covarrubias aclara: «Al fin, fin, *latina tandem*» (*Tesoro*, s. v. *fin*), o sea, 'por último, finalmente'.
[191] Otra vez vuelve al amanecer mitológico, mezclado aquí con la observación de la salida del sol.
[192] *gaita*: «Instrumento conocido del odre y la flauta de puntos con sus bordones, uno de los que se tañen con aire... Díjose gaita de *gayo* que [...] vale alegre, y lo es este instrumento en su armonía, y también por la cubierta del odre, que de ordinario es de cuadrilla y escaques de diversos colores» (Covarrubias, *Tesoro*). La etimología es disparatada, (probablemente del gótico *gaito*, 'cabra'), pero sirve para denotar el carácter del instrumento pastoril.
[193] *tamborino*: «Tamborino y tamboril, atambores pequeños para fiestas y regocijos» (Covarrubias, *Tesoro*).
[194] La relación de la música con los pastores aquí se manifiesta en los bailes como se aprovecharía tantas veces en la comedia; resulta clave la oposición *confusa y concertadamente* que expresa al sentido rítmico contradictorio, pero eficaz, de las danzas pastoriles. ¿Folclore de Esquivias?
[195] *mudamos*: «Mudanzas algunas veces significa en los bailes las diferencias de ellos» (Covarrubias, *Tesoro*).

pastoras nos desasiésemos y diésemos las manos a los pastores; y quiso mi buena dicha que acerté yo a dar la mía a Artidoro. No sé cómo os encarezca, amigas, lo que en tal punto sentí, si no es deciros que me turbé de manera que no acertaba a dar paso concertado en el baile; tanto que le convenía a Artidoro llevarme con fuerza tras sí, porque no rompiese, soltándome, el hilo de la concertada danza. Y tomando de ello ocasión, le dije: «¿En qué te ha ofendido mi mano, Artidoro, que así la aprietas?» Él me respondió, con voz que de ninguno pudo ser oída: «Mas, ¿qué te ha hecho a ti mi alma, que así la maltratas?» «Mi ofensa es clara —respondí yo mansamente—, mas la tuya, ni la veo ni podrá verse.» «Y aun ahí está el daño —replicó Artidoro—: que tengas vista para hacer el mal y te falte para sanarle.» En esto cesaron nuestras razones, porque los bailes cesaron, quedando yo contenta y pensativa de lo que Artidoro me había dicho; y, aunque consideraba que eran razones enamoradas, no me aseguraban si eran de enamorado. Luego nos sentamos todos los pastores y pastoras sobre la verde hierba y, habiendo reposado un poco del cansancio de los bailes pasados, el viejo Eleuco, acordando su instrumento, que un rabel era, con la zampoña de otro pastor, rogó a Artidoro que alguna cosa cantase, pues él más que otro alguno lo debía hacer, por haberle dado el Cielo tal gracia que sería ingrato si encubrirla quisiese. Artidoro, agradeciendo a Eleuco las alabanzas que le daba, comenzó luego a cantar unos versos que, por haberme puesto en mí sospecha [a]que[l]las[196] palabras que antes me había dicho, los tomé tan en la memoria, que aun hasta agora no se me han olvidado; los cuales, aunque os dé pesadumbre oírlos, sólo porque hacen al caso para que entendáis punto por punto por los que me ha traído el amor al desdichado en que me hallo, os los habré de decir, que son estos:

---

[196] El impreso trae sólo: *sospechas, que las palabras* (fol. 47 v.); reconstituimos como hizo Rosell y los otros editores; Schevill y Bonilla proponen suprimir el *me* de *haberme* (texto en *Galatea* pág. 74), pues hay un exceso de pronombres personales.

En áspera, cerrada, escura *noche*[197],
sin ver jamás el esperado *día*,
y en contino crecido, amargo *llanto*,
ajeno de placer, contento y *risa*,
merece estar, y en una viva *muerte*, 5
aquel que sin amor pasa la *vida*.

¿Qué puede ser la más alegre *vida*
sino una sombra de una breve *noche*,
o natural retrato de la *muerte*,
si en todas cuantas horas tiene el *día*, 10
puesto silencio al congojoso *llanto*,
no admite del amor la dulce *risa*?

Do vive el blando amor, vive la *risa*,
y adonde muere, muere nuestra *vida*,
y el sabroso placer se vuelve en *llanto*, 15
y en tenebrosa, sempiterna *noche*
la clara luz del sosegado *día*;
y es el vivir sin él, amarga *muerte*.

Los rigurosos trances de la *muerte*
no huye el amador; antes con *risa* 20
desea la ocasión y espera el *día*
donde pueda ofrecer la cara *vida*
hasta ver la tranquila, última *noche*,
al amoroso fuego, al dulce *llanto*.

No se llama de amor el llanto, *llanto*, 25
ni su muerte llamarse debe *muerte*
ni a su noche dar título de *noche*:

---

[197] Esta canción en sextinas es una de las formas más artificiosas de la métrica culta que se difunde con los libros de pastores; véase, *Diana*, 135-136. Aquí, además, las palabras-rima (que hemos impreso en cursiva) están emparejadas en oposiciones, como se aprecia en el envío o tornada final. La palabra final de cada estrofa es la primera de la siguiente. Las palabras-clave pertenecen a la tradición lírica, y Petrarca tiene una sextina doble «Mia benigna fortuna, e 'l viver lieto»; Bembo escribió otra en los *Asolanos*, muy cercana: «I più soavi e riposati giorni» (1990, 144). Cervantes está en estas líneas de imitaciones, más cercano a Bembo, pues en los *Asolanos* las palabras-clave son *giorni-notti-stato-stile-pianto-vita*; véase la comparación entre las tres en K. Ph. Allen, 1977, 142-152; y 1978-1977, 56-64.

227

[que]¹⁹⁸ su risa llamarse debe *risa*,
y su vida tener por cierta *vida*,
y sólo festejar su alegre *día*.   30

¡Oh venturoso para mí este *día*,
do pud[e]¹⁹⁹ poner freno al triste *llanto*,
y alegrarme de haber dado mi *vida*
a quien dármela puede, o darme *muerte*!
¿Mas qué puede esperarse, si no es *risa*,   35
de un rostro que al sol vence y vuelve en *noche*?

Vuelto ha mi escura *noche* en claro *día*
amor, y en *risa* mi crecido *llanto*,
y mi cercana *muerte* en larga *vida*.

Estos fueron los versos, hermosas pastoras, que con maravillosa gracia y no menos satisfacción de los que le escuchaban aquel día cantó mi Artidoro, de los cuales y de las razones que antes me había dicho, tomé yo ocasión de imaginar si por ventura mi vista algún nuevo accidente amoroso en el pecho de Artidoro había causado; y no me salió tan vana mi sospecha que él mesmo no me la certificase al volvernos al aldea.

A este punto del cuento de sus amores llegaba Teolinda cuando las pastoras sintieron grandísimo estruendo de voces de pastores y ladridos de perros, que fue causa para que dejasen la comenzada plática y se parasen a mirar por entre las ramas lo que era. Y así vieron que por un verde llano que a su mano derecha estaba, atravesaban una multitud de perros, los cuales venían siguiendo una temerosa liebre que, a toda furia, a las espesas matas venía a guarecerse; y no tardó mucho que por el mesmo lugar donde las pastoras estaban, la vieron entrar e irse derecha al lado de Galatea; y allí, vencida del cansa[n]cio de la larga carrera y casi como segura del cercano peligro, se dejó caer en el suelo con tan cansado aliento que parecía que faltaba poco para

---

¹⁹⁸ El impreso (fol. 48v.) no trae el *que*, necesario para el cómputo del verso.
¹⁹⁹ El impreso (48v.) trae *pudo*; reconstruimos la concordancia.

228

dar el espíritu[200]. Los perros, por el olor y rastro, la siguieron hasta entrar adonde estaban las pastoras, mas Galatea, tomando la temerosa liebre en los brazos, estorbó su vengativo intento a los codiciosos perros, por parecerle no ser bien si dejaba de defender a quien de ella había querido valerse[201].

De allí a poco llegaron algunos pastores, que en seguimiento de los perros y de la liebre venían, entre los cuales venía el padre de Galatea, por cuyo respeto ella, Florisa y Teolinda le salieron a recebir con la debida cortesía. Él y los pastores quedaron admirados de la hermosura de Teolinda, y con deseo de saber quién fuese, porque bien conocieron que era forastera. No poco les pesó de esta llegada a Galatea y Florisa, por el gusto que les había quitado de saber el suceso de los amores de Teolinda, a la cual rogaron fuese servida de no partirse por algunos días de su compañía si en ello no se estorbaba acaso el cumplimiento de sus deseos.

—Antes, por ver si pueden cumplirse —respondió Teolinda—, me conviene estar algún día en esta ribera; y así por esto, como por no dejar imperfecto[202] mi comenzado cuento, habré de hacer lo que me mandáis.

Galatea y Florisa la abrazaron y le ofrecieron de nuevo su amistad y de servirla en cuanto sus fuerzas alcanzasen. En este entretanto, habiendo el padre de Galatea y los otros pastores en el margen del claro arroyo tendido sus gabanes y sacado de sus zurrones algunos rústicos manjares, convidaron a Galatea y a sus compañeras a que con ellos comiesen. Aceptaron ellas el convite, y sentándose luego, desecharon la hambre, que, por ser ya subido el día, comenzaba a fatigarles. En estos y en algunos cuentos que,

---

[200] *dar el espíritu*: Covarrubias recoge «*Expirar*: echar el espíritu [...]; más ordinario es significar [...] morir, rendir el alma, el espíritu, dar la postrera boqueada.» (*Tesoro*, s. v. *espirar*); aquí se aplica a un animal.

[201] Como indica Avalle-Arce (*La Galatea*, 1987, 119), Cervantes se valió de un episodio semejante en el *Quijote* (II, 73) como signo de mal agüero.

[202] *imperfecto*: Prefiere el cultismo, recogido por Covarrubias, «lo que no está acabado» (*Tesoro*); obsérvese que se aplica al *cuento* o narración. It. *imperfetto*.

por entretener el tiempo, los pastores contaron, se llegó la hora acostumbrada de recogerse al aldea. Y luego Galatea y Florisa, dando vuelta a sus rebaños, los recogieron, y en compañía de Teolinda y de los otros pastores hacia el lugar poco a poco se encaminaron.

Y al quebrar de la cuesta, donde aquella mañana habían topado[203] a Elicio, oyeron todos la zampoña del desamorado Lenio[204], el cual era un pastor en cuyo pecho jamás el amor pudo hacer morada; y de esto vivía él tan alegre y satisfecho que, en cualquiera conversación y junta de pastores que se hallaba, no era otro su intento sino decir mal de amor y de los enamorados, y todos sus cantares a este fin se encaminaban; y por esta tan extraña condición que tenía, era de los pastores de todas aquellas comarcas conocido, y de unos aborrecido y de otros estimado. Galatea y los que allí venían se pararon a escuchar por ver si Lenio, como de costumbre tenía, alguna cosa cantaba; y luego vieron que, dando su zampoña a otro compañero suyo, al son de ella comenzó a cantar lo que se sigue:

LENIO

[Un][205] vano, descuidado pensamiento,
una loca altanera fantasía,

---

[203] *topar*: «Es hallar la cosa que andamos buscando [...]. Extiéndese a significar cualquier otra cosa con la cual nos encontramos, aunque no la busquemos» (Covarrubias, *Tesoro*)

[204] *Lenio*: Es un personaje indeciso; por una parte se dice que estudió en Salamanca pero su función en la obra es de orden pastoril. Lenio será la representación del desamor, y en este sentido será el contendiente de Tirsi; si Tirsi fue identificado, Lenio pudiera ser también persona histórica. Sin embargo, su ideario contrario al amor se ha de hundir ante Gelasia, de la que quedará enamorado. El nombre pudiera proceder de *Lenaeus*, sobrenombre de Baco, pero el carácter de Lenio no tiene nada que ver con el dios del vino. A. de Torquemada, en el *Jardín de flores curiosas*, cita a un Levinio Lenio, filósofo cristiano, que trata de las relaciones entre Dios y la Naturaleza (Salamanca, 1570, fol. 4); véase A. Castro, 1972, 166; y F. López Estrada, 1948, 162-163.

[205] [*Un*]: En el impreso se lee *En* (fol. 51). Corregimos como Rosell y otros editores por razón de la anáfora de los cuartetos.

un no sé qué[206] que la memoria cría,
sin ser, sin calidad, sin fundamento;

    una esperanza que se lleva el viento,   5
un dolor con renombre de alegría,
una noche co[n]fusa do no hay día,
un ciego error de nuestro entendimiento,

    son las raíces propias de do nace
esta quimera antigua celebrada   10
que amor tiene por nombre en todo el suelo.

    Y el alma que en amor tal se complace,
merece ser del suelo desterrada,
y que no la recojan en el Cielo.

A la sazón que Lenio cantaba lo que habéis oído, habían ya llegado con sus rebaños Elicio y Erastro, en compañía del lastimado Lisandro; y pareciéndole a Elicio que la lengua de Lenio en decir mal de amor a más de lo que era razón se extendía, quiso mostrarle a la clara su engaño, y, aprovechándose del mesmo concepto[207] de los versos que él había cantado, al tiempo que ya llegaban Galatea, Florisa y Teolinda y los demás pastores, al son de la zampoña de Erastro, comenzó a cantar de esta manera:

                  ELICIO

Merece quien en el suelo
en su pecho a amor no encierra,
que lo desechen del Cielo
y no le sufra la tierra[208].

---

[206] *no sé qué*: Expresión conversacional, usada también en la poesía como expresión de lo inefable e inexpresable. J. de Valdés defendió también esta expresión, pues «tiene gracia y muchas veces se dice a tiempo, que significa mucho» (*Diálogo de la Lengua*, ed. J. F. Montesinos, Madrid, 1928, 148-149).

[207] *concepto*: En el sentido que indica Covarrubias «El discurso hecho en el entendimiento y después ejecutado con la lengua o con la pluma» (*Tesoro*). En este caso, el concepto es la oposición *suelo-Cielo,* rimas del soneto de Lenio, referida al *amor.*

[208] Obsérvese que aquí la glosa reitera los dos últimos versos de una manera aproximada.

Amor, que es virtud entera, 5
con otras muchas que alcanza,
de una en otra semejanza
sube a la causa primera[209];
y merece el que su celo
de tal amor le destierra, 10
que le desechen del Cielo
y no le acoja la tierra.

Un bello rostro y figura,
aunque caduca y mortal,
es un traslado y señal 15
de la divina hermosura;
y el que lo hermoso en el suelo
desama y echa por tierra,
desechado sea del Cielo
y no le sufra la tierra. 20

Amor tomado en sí solo,
sin mezcla de otro accidente,
es al suelo conviniente,
como los rayos de Apolo[210];
y el que tuviere recelo 25
de amor que tal bien encierra
merece no ver el Cielo
y que le trague la tierra.

Bien se conoce que amor
está de mil bienes lleno, 30
pues hace del malo bueno,
y del que es bueno, mejor;
y así el que discrepa un pelo
en limpia amorosa guerra,
ni merece ver el Cielo, 35
ni sustentarse en la tierra.

---

[209] *causa primera*: En los complementos de B. R. Noydens al *Tesoro* de Covarrubias (1674) se añade esto, que es un lugar común de la Teología: «*Causa segunda* es la que particularmente concurre a la producción del efecto; y Dios es la *causa primera* porque universalmente concurre con todas las causas».

[210] *rayos de Apolo*: Del sol.

232

> El amor es infinito
> si se funda en ser honesto,
> y aquel que se acaba presto
> no es amor, sino apetito;   40
> y al que, sin alzar el vuelo,
> con su voluntad se cierra,
> *mátele rayo del Cielo*
> *y no le cubra la tierra.*

No recibieron poco gusto los enamorados pastores de ver cuán bien Elicio su parte defendía, pero no por esto el desamorado Lenio dejó de estar firme en su opinión; antes quería de nuevo volver a cantar, y a mostrar en lo que cantase de cuán poco momento eran las razones de Elicio para escurecer la verdad tan clara que él a su parecer sustentaba, mas el padre de Galatea, que Aurelio «el Venerable» se llamaba, le dijo:

—No te fatigues por agora, discreto Lenio, en querernos mostrar en tu canto lo que en tu corazón sientes, que el camino de aquí al aldea es breve, y me parece que es menester más tiempo del que piensas para defenderte de los muchos que tienen tu contrario parecer. Guarda tus razones para lugar más oportuno, que algún día te juntarás tú y Elicio con otros pastores en la fuente de las Pizarras o arroyo de las Palmas, donde con más comodidad y sosiego podáis argüir y aclarar vuestras diferentes opiniones[211].

—La que Elicio tiene es opinión —respondió Lenio—, que la mía no es sino ciencia averiguada, la cual en breve o en largo tiempo, por traer ella consigo la verdad, me obligo a sustentarla; pero no faltará tiempo, como dices, más aparejado para este efecto.

—Ese procuraré yo —respondió Elicio—, porque me pesa que tan subido ingenio[212] como el tuyo, amigo Lenio,

---

[211] No será Elicio el contrincante de Lenio en la gran contienda del amor (págs. 416-451), sino Tirsi. ¿Olvido o nuevo curso del argumento? (F. López Estrada, 1995/1).

[212] *que tan subido*: Parece que hoy se diría: *que a tan subido ingenio*; esto debe contarse entre las fluctuaciones del uso y desuso de *a* en casos semejantes (Keniston, 1937, 2.35).

le falte quien le pueda requintar[213] y subir de punto cómo es el limpio y verdadero amor, de quien te muestras tan enemigo.

—Engañado estás, oh Elicio —replicó Lenio—, si piensas con afeitadas y sofísticas palabras hacerme mudar de lo que no me tendría por hombre si me mudase.

—Tan malo es —dijo Elicio— ser pertinaz en el mal como bueno perseverar en el bien; y siempre he oído decir a mis mayores que de sabios es mudar consejo.

—No niego yo eso —respondió Lenio— cuando yo entendiese que mi parecer no es justo, pero en tanto que la experiencia y la razón no me mostraren el contrario de lo que hasta aquí me han mostrado, yo creo que mi opinión es tan verdadera cuanto la tuya falsa.

—Si se castigasen los herejes de amor —dijo a esta sazón Erastro—, desde agora comenzara yo, amigo Lenio, a cortar leña con que te abrasaran por el mayor hereje y enemigo que el amor tiene.

—Y aun si yo no viera otra cosa del amor, sino que tú, Erastro, le sigues y eres del bando de los enamorados —respondió Lenio—, sola ella me bastara a renegar de él con cien mil lenguas, si cien mil lenguas tuviera.

—Pues ¿paréceté, Lenio —replicó Erastro—, que no soy bueno para enamorado?

—Antes me parece —respondió Lenio— que los que fueren de tu condición y entendimiento son propios para ser ministros suyos, porque quien es cojo, con el más mínimo traspié da de ojos, y el que tiene poco discurso, poco ha menester para que le pierda del todo. Y los que siguen la bandera de este vuestro valeroso capitán, yo tengo para mí que no son los más sabios del mundo; y si lo han sido, en el punto que se enamoraron dejaron de serlo.

Grande fue el enojo que Erastro recibió de lo que Lenio le dijo, y así le respondió:

—Paréceme, Lenio, que tus desvariadas razones mere-

---

[213] *requintar:* término técnico de las subastas (pujar por segunda vez la quinta parte, sobre todo en los arrendamientos); y usado en el lenguaje común, como aquí, significa 'exceder o sobrepujar una cosa a otra'.

cen otro castigo que palabras; mas yo espero que algún día pagarás lo que agora has dicho, sin que te valga lo que en tu defensa dijeres.

—Si yo entendiese de ti, Erastro —respondió Lenio—, que fueses tan valiente como enamorado, no dejarían de darme temor tus amenazas; mas como sé que te quedas tan atrás en lo uno como vas adelante en lo otro, antes me causan risa que espanto.

Aquí acabó de perder la paciencia Erastro; y si no fuera por Lisandro y por Elicio, que en medio se pusieron, él respondiera a Lenio con las manos, porque ya su lengua, turbada con la cólera, apenas podía usar su oficio. Grande fue el gusto que todos recibieron de la graciosa pendencia de los pastores; y más de la cólera y enojo que Erastro mostraba, que fue menester que el padre de Galatea hiciese las amistades de Lenio y suyas, aunque Erastro, si no fuera por no perder el respeto al padre de su señora, en ninguna manera las hiciera. Luego que la cuestión fue acabada, todos con regocijo se encaminaron al aldea, y, en tanto que llegaban, la hermosa Florisa, al son de la zampoña de Galatea, cantó este soneto[214]:

Florisa

Crezcan las simples ovejuelas mías
en el cerrado bosque y verde prado,
y el caluroso estío e invierno helado
abunde en hierbas verdes y aguas frías.

Pase en sueños las noches y los días   5
en lo que toca al pastoral estado,

---

[214] Florisa canta un soneto de tono horaciano, en el que escoge el estado en el que la vida puede dominarse. En cierto modo, anuncia la gran discusión sobre el amor de Lenio y Tirsi, y no quiere tomar partido. El soneto acaba con una paráfrasis de San Mateo, usada por Cervantes en otras ocasiones: «Multi enim sunt vocati, pauci vero electi» (20, 16), que es el reconocimiento de que los que logran el amor de verdad son pocos, aunque sean muchos los que lo proclamen. Esto implica que son minoría los que lo logran, y dada la limpieza espiritual del soneto, vale en un sentido humano y en el religioso.

sin que de amor un mínimo cuidado
sienta, ni sus ancianas niñerías.

 Este mil bienes del amor pregona;
aquel publica de él vanos cuidados;
yo no sé si los dos andan perdidos,
 ni sabré al vencedor dar la corona:
sé bien que son de amor los escogidos
tan pocos, cuanto muchos los llamados.

 Breve se les hizo a los pastores el camino, engañados y entretenidos con la graciosa voz de Florisa, la cual no dejó el canto hasta que estuvieron bien cerca del aldea y de las cabañas de Elicio y Erastro, que con Lisandro se quedaron en ellas, despidiéndose primero del venerable Aurelio, de Galatea y Florisa, que con Teolinda al aldea se fueron, y los demás pastores, cada cual adonde tenía su cabaña. Aquella mesma noche pidió el lastimado Lisandro licencia a Elicio para volverse a su tierra o a donde pudiese, conforme a sus deseos, acabar lo poco que a su parecer le quedaba de vida. Elicio, con todas las razones que supo decirle, y con infinitos ofrecimientos de verdadera amistad que le ofreció, jamás pudo acabar con él que en su compañía, siquiera algunos días, se quedase; y así, el sin ventura pastor, abrazando a Elicio, con abundantes lágrimas y sospiros se despidió de él prometiendo de avisarle de su estado dondequiera que estuviese. Y habiéndole acompañado Elicio hasta media legua de su cabaña, le tornó a abrazar estrechamente; y tornándose a hacer de nuevo nuevos ofrecimientos, se apartaron, quedando Elicio con harto pesar del que Lisandro llevaba. Y así, se volvió a su cabaña a pasar lo más de la noche en sus amorosas imaginaciones, y a esperar el venidero día para gozar el bien que de ver a Galatea se le causaba. La cual, después que llegó a su aldea, deseando saber el suceso de los amores de Teolinda, procuró hacer de manera que aquella noche estuviesen solas ella y Florisa y Teolinda; y hallando la comodidad que deseaba, la enamorada pastora prosiguió su cuento, como se verá en el segundo libro.

FIN DEL PRIMER LIBRO DE GALATEA

Segundo libro de Galatea

Libres ya y desembarazadas de lo que aquella noche con sus ganados habían de hacer, procuraron recogerse y apartarse con Teolinda en parte donde, sin ser de nadie impedidas, pudiesen oír lo que del suceso de sus amores le faltaba. Y así se fueron a un pequeño jardín que estaba en casa de Galatea, y sentándose las tres debajo de una verde y pomposa parra que entricadamente por unas redes de palo se entretejía, tornando a repetir Teolinda algunas palabras de lo que antes había dicho, prosiguió diciendo:

—Después de acabado nuestro baile y el canto de Artidoro, como ya os he dicho, bellas pastoras, a todos nos pareció volvernos al aldea a hacer en el templo los solemnes sacrificios[1], y por parecernos asimesmo que la solemnidad de la fiesta daba en alguna manera licencia para [que][2], no teniendo cuenta tan a punto con el recogimiento, con más libertad nos holgásemos; y por esto todos los pastores y pastoras, en montón confuso, alegre y regocijadamente al aldea nos volvimos, hablando cada uno con quien más gusto le daba. Ordenó, pues, la suerte y mi diligencia, y aun la solicitud de Artidoro, que, sin mostrar artificio en ello, los dos nos apareamos[3], de manera que a nuestro sal-

---

[1] *solemnes sacrificios*: Como se comentó antes, es el traslado arcádico de la fiesta del patrón de las aldeas.
[2] *[que]*: No lo trae el impreso (fol. 57). Probablemente Cervantes iba a usar el verbo en infinitivo, pero al hacerlo en forma personal conviene que figure, como proponen Schevill y Bonilla (*Galatea* I, 77 y 244).
[3] *apareamos*: «ir a la par, ir a la iguala» (Covarrubias, *Tesoro*, s. v. *par*, 'ir emparejados').

237

vo pudiéramos hablar en aquel camino más de lo que hablamos, si cada uno por sí no tuviera respeto a lo que a sí mesmo y al otro debía. En fin, yo, por sacarle a barrera[4], como decirse suele, le dije: «Años se te harán, Artidoro, los días que en nuestra aldea estuvieres, pues debes de tener en la tuya cosas en que ocuparte que te deben de dar más gusto.» «Todo el que yo puedo esperar en mi vida trocara yo —respondió Artidoro— porque fueran, no años, sino siglos los días que aquí tengo de estar, pues, en acabándose, no espero tener otros que más contento me hagan.» «¿Tanto es el que recibes —respondí yo— en mirar nuestras fiestas?» «No nace de ahí —respondió él—, sino de contemplar la hermosura de las pastoras de esta vuestra aldea.» «Es verdad —repliqué yo—, ¡que deben de faltar hermosas zagalas en la tuya!» «Verdad es que allá no faltan —respondió él—, pero aquí sobran, de manera que una sola que yo he visto basta para que, en su comparación, las de allá se tengan por feas.» «Tu cortesía te hace decir eso, oh Artidoro —respondí yo—; porque bien sé que en este pueblo no hay ninguna que tanto se aventaje como dices.» «Mejor sé yo ser verdad lo que digo —respondió él—, pues he visto la una y mirado las otras.» «Quizá la miraste de lejos, y la distancia del lugar —dije yo— te hizo parecer otra cosa de lo que debe de ser»[5]. «De la mesma manera —respondió él— que a ti te veo y estoy mirando agora, la he mirado y visto a ella; y yo me holgaría de haberme engañado si no conforma su condición con su hermosura.» «No me pesara a mí ser la que dices por el gusto que debe sentir la que se vee pregonada y tenida por hermosa»[6]. «Harto más —respondió Artidoro— quisiera yo que tú no fueras.» «Pues ¿qué perdieras tú —respondí yo— si, como yo no soy la que dices, lo fuera?» «Lo que he ganado —respondió él—

---

[4] *sacarle a barrera*: «Sacar a barrera. Por dar y ocasión a otro que hable o enseñe» (Correas, *Vocabulario*, 667).
[5] En esta duda que plantea el ver de lejos una cosa hay un apunte de lo que luego sería una cuestión fundamental del *Quijote*: el engaño de los sentidos (J. T. Cull, 1981, 76). Observense los matices de *ver* y *mirar*.
[6] Esta observación de que la mujer gusta del elogio coincide con lo que dice Ovidio en el *Ars Amatoria*, I, 619-622.

bien lo sé; de lo que he de perder estoy incierto y temeroso.» «Bien sabes hacer del[7] enamorado —dije yo—, oh Artidoro.» «Mejor sabes tú enamorar, oh Teolinda» —respondió él. A esto l[e][8] dije: «No sé si te diga, Artidoro, que deseo que ninguno de los dos sea el engañado.» A lo que él respondió: «De que yo no me engaño, estoy bien seguro, y de querer tú desengañarte, está en tu mano todas las veces que quisieres hacer experiencia de la limpia voluntad que tengo de servirte.» «Esa te pagaré yo con la mesma —repliqué yo—, por parecerme que no sería bien a tan poca costa quedar en de[u]da con alguno.» A esta sazón, sin que él tuviese lugar de responderme, llegó Eleuco, el mayoral, y dijo con voz alta: «Ea, gallardos pastores y hermosas pastoras: haced que sientan en el aldea nuestra venida entonando vosotras, zagalas, algún villancico, de modo que nosotros os respondamos, porque vean los del pueblo cuanto hacemos al caso los que aquí vamos para alegrar nuestra fiesta.» Y porque en ninguna cosa que Eleuco mandaba, dejaba de ser obedecido, luego los pastores me dieron a mí la mano para que comenzase; y así yo, sirviéndome de la ocasión y aprovechándome de lo que con Artidoro había pasado, di principio a este villancico:

> *En los estados de amor*[9]
> *nadie llega a ser perfeto,*
> *sino el honesto y secreto.*
>
> Para llegar al suave
> gusto de amor, si se acierta
> es el secreto la puerta,

---

[7] *hacer del...*: Lo explica así Correas: «Hacer del hipócrita, del hinchado, del manso [...]. Y así de toda cosa, fingiendo ser lo que no es» (*Vocabulario*, 761).

[8] El impreso de 1585 trae por error *la* (fol. 58 v).

[9] La forma corresponde al villancico, con cabeza *xyy* y desarrollo *abbaayy*. Sin embargo, esta forma (que pertenece a la poesía popular) aquí desarrolla un contenido sumamente elevado, estableciéndose un contraste entre estrofa y contenido que está en la tradición de los libros de pastores (*Diana*, 1993, 203, 204, 339, etc.). La recomendación de ser discreto en el amor coincide con lo que dice Ovidio en el *Ars Amatoria*, II, 603-604 y 607-608. Obsérvese la rima *perfeto-discreto*.

239

y la honestidad, la llave;
y esta entrada no la sabe
quien presume de discreto,
sino el honesto y secreto.   10

Amar humana beldad
suele ser reprehendido
si tal amor no es medido
con razón y honestidad;
y amor de tal calidad   15
luego le alcanza, en efeto,
el que es honesto y secreto.

Es ya caso averiguado,
que no se puede negar,
que a veces pierde el hablar   20
lo que el callar ha ganado;
y, el que fuere enamorado
jamás se verá en aprieto,
si fuere honesto y secreto.

Cuando una parlera lengua   25
y unos atrevidos ojos
suelen causar mil enojos
y poner al alma en mengua,
tanto este dolor desmengua
y se libra de este aprieto   30
el que es honesto y secreto.

No sé si acerté, hermosas pastoras, en cantar lo que habéis oído, pero sé bien que se supo aprovechar de ello Artidoro, pues en todo el tiempo que en nuestra aldea estuvo, puesto que me habló muchas veces, fue con tanto recato, secreto y honestidad, que los ociosos ojos y lenguas parleras ni tuvieron ni vieron qué decir cosa que a nuestra honra perjudicase. Mas con el temor que yo tenía que, acabado el término que Artidoro había prometido de estar en nuestra aldea, se había de ir a la suya, procuré, aunque a costa de mi vergüenza, que no quedase mi corazón con lástima de haber callado lo que después fuera excusado decirse estando Artidoro ausente. Y así, después que mis ojos dieron licencia que los suyos amorosamente me mirasen, no estuvieron quedas[10] las lenguas ni dejaron de mostrar con palabras lo que hasta entonces por señas los ojos habían bien claramente manifestado. En fin, sabréis, amigas mías, que un día, hallándome acaso sola con Artidoro, con señales de un encendido amor y comedimiento, me descubrió el verdadero y honesto amor que me tenía; y, aunque yo quisiera entonces hacer de la retirada y melindrosa, porque temía, como ya os he dicho, que él se partiese, no quise desdeñarle ni despedirle; y también por parecerme que los sinsabores que se dan y sienten en el principio de los amores son causa de que abandonen y dejen la comenzada empresa los que en sus sucesos no son muy experimentados. Y por esto le di respuesta tal cual yo deseaba dársela, quedando, en resolución, concertados en que él se fuese a su aldea, y que, de allí a pocos días, con alguna honrosa tercería[11] me enviase a pedir por esposa a mis padres; de lo que él fue tan contento y satisfecho que no acababa de llamar venturoso el día en que sus ojos me miraron. De mí os sé decir que no trocara mi contento por ningún otro que imaginar pudiera, por estar segura que el valor y calidad de Artidoro era tal que mi padre sería contento de recebirle por yerno. En el dichoso punto que habéis oído, pastoras, estaba el de nuestros amores, que no quedaban sino dos o tres días a la partida de Artidoro, cuando la Fortuna, como aquella que jamás tuvo término en sus cosas, ordenó que una hermana mía de poco menos edad que yo a nuestra aldea tornase de otra donde algunos días había estado en casa de una tía nuestra que mal dispuesta se hallaba. Y por que consideréis, señoras, cuán extraños y no pensados casos en el mundo suceden, quiero que entendáis una cosa que creo no os dejará de causar alguna admiración extraña; y es que esta hermana mía que os he dicho, que hasta entonces había estado au-

---

[10] *quedas*: «*Quedo* quiere decir como pasito y con tiento» (Covarrubias, *Tesoro*, s. v. *quedo*).
[11] *tercería*: «El oficio que hace el *tercero* [o sea] el que media entre dos partes para componerlas» (Covarrubias, *Tesoro*, ambas palabras). Añade lo de *honrosa*, pues Covarrubias precisa: «Algunas veces *tercero* y *tercera* significan el alcahuete y alcahueta» *(ídem)*.

sente, me parece tanto en el rostro, estatura, donaire y brío, si alguno tengo, que no sólo los de nuestro lugar, sino nuestros mismos padres muchas veces nos han desconocido[12], y a la una por la otra hablado; de manera que, para no caer en este engaño, por la diferencia de los vestidos, que diferentes eran, nos diferenciaban. En una cosa sola, a lo que yo creo, nos hizo bien diferentes la Naturaleza, que fue en las condiciones, por ser la de mi hermana más áspera de lo que mi contento había menester, pues por ser ella menos piadosa que advertida[13], tendré yo que llorar todo el tiempo que la vida me durare. Sucedió, pues, que luego que mi hermana vino al aldea, con el deseo que tenía de volver al agradable pastoral ejercicio suyo, madrugó luego otro día[14] más de lo que yo quisiera, y, con las ovejas propias que yo solía llevar, se fue al prado, y aunque yo quise seguirla, por el contento que se me seguía de la vista de mi Artidoro, con no sé qué ocasión mi padre me detuvo todo aquel día en casa, que fue el último de mis alegrías. Porque aquella noche, habiendo mi hermana recogido su ganado, me dijo, como en secreto, que tenía necesidad de decirme una cosa que mucho me importaba. Yo, que cualquiera otra pudiera pensar de la que me dijo, procuré que presto a solas nos viésemos, adonde ella, con rostro algo alterado, estando yo colgada de sus palabras, me comenzó a decir: «No sé, hermana mía, lo que piense de tu honestidad, ni menos sé si calle lo que no puedo dejar de decirte, por ver si me das alguna disculpa de la culpa que imagino que tienes; y aunque yo, como hermana menor, estaba obligada a hablarte con más respeto, debes perdonarme, porque en lo que hoy he visto hallarás la disculpa de lo que te dijere.» Cuando yo de esta manera la oí hablar, no sabía qué responderle, sino decirle que pasase adelante con su plática. «Has de saber, hermana —siguió ella—, que esta mañana, saliendo con nuestras ovejas al prado y yendo sola con ellas por la ribera de

---

[12] *desconocido*: En el sentido de 'confundido'.
[13] *advertida*: «Estar advertido, estar prevenido y avisado» (Covarrubias, *Tesoro*, s. v. *advertir*).
[14] *otro día*: 'Al otro día siguiente'.

242

nuestro fresco Henares, al pasar por el alameda del Concejo, salió a mí un pastor que con verdad osaré jurar que jamás le he visto en estos nuestros contornos, y, con una extraña desenvoltura, me comenzó a hacer tan amorosas salutaciones que yo estaba con vergüenza y confusa, sin saber qué responderle; y él, no escarmentado del enojo que, a lo que yo creo, en mi rostro mostraba, se llegó a mí, diciéndome: «¿Qué silencio es este, hermosa Teolinda, último refugio de esta ánima que os adora?» Y faltó poco que no me tomó las manos para besármelas, añadiendo a lo que he dicho un catálogo de requiebros que parecía que los traía estudiados. Luego di yo en la cuenta, considerando que él daba en el error en que otros muchos han dado, y que pensaba que con vos estaba hablando; de donde me nació sospecha que si vos, hermana, jamás le hubiérades visto, ni familiarmente tratado, no fuera posible tener el atrevimiento de hablaros de aquella manera. De lo cual tomé tanto enojo que apenas podía formar palabra para responderle, pero al fin respondí de la suerte que su atrevimiento merecía, y cual a mí me pareció que estábades vos, hermana, obligada a responder a quien con tanta libertad os hablara. Y si no fuera porque en aquel instante llegó la pastora Licea, yo le añadiera tales razones que fuera bien arrepentido de haberme dicho las suyas. Y es lo bueno que nunca le quise decir el engaño en que estaba, sino que así creyó él que yo era Teolinda como si con vos mesma estuviera hablando. En fin, él se fue llamándome ingrata, desagradecida y de poco conocimiento; y, a lo que yo puedo juzgar del semblante que él llevaba, a fe, hermana, que otra vez no ose hablaros, aunque más sola os encuentre. Lo que deseo saber es quién es este pastor y qué conversación ha sido la de entrambos, de dó nace que con tanta desenvoltura él se atreviese a hablaros.» A vuestra mucha discreción dejo, discretas pastoras, lo que mi alma sintiría oyendo lo que mi hermana me contaba, pero, al fin, disimulando lo mejor que pude, le dije: «La mayor merced del mundo me has hecho, hermana Leonarda[15], que así se llama la tur-

---

[15] *Leonarda* propone K. Ph. Allen (67) que sea nombre que asocia *león*,

badora de mi descanso, en haberme quitado con tus ásperas razones el fastidio y desasosiego que me daban las importunas de ese pastor que dices, el cual es un forastero que habrá ocho días que está en nuestra aldea, en cuyo pensamiento ha cabido tanta arrogancia y locura, que, doquiera que me vee, me trata de la manera que has visto, dándose a entender que tiene granjeada mi voluntad. Y aunque yo le he desengañado quizá con más ásperas palabras de las que tú le dijiste, no por eso deja él de proseguir en su vano propósito; y a fe, hermana, que deseo que venga ya el nuevo día para ir a decirle que, si no se aparta de su vanidad, que espere el fin de ella que mis palabras siempre le han significado.» Y así era la verdad[16], dulces amigas, que diera yo por que ya fuera el alba cuanto pedírseme pudiera, sólo por ir a ver a mi Artidoro y desengañarle del error en que había caído, temerosa que, con la aceda y desabrida respuesta que mi hermana le había dado, él no se desdeñase[17] e hiciese alguna cosa que en perjuicio de nuestro concierto viniese. Las largas noches del escabroso deciembre no dieron más pesadumbre al amante que del venidero día algún contento esperase, cuanto a mí me dio disgusto aquella, puesto que era de las cortas del verano, según deseaba la nueva luz, para ir a ver a la luz[18] por quien mis ojos veían. Y así, antes que las estrellas perdiesen del todo la claridad, estando aún en duda si era de noche o de día, forzada de mi deseo, con la ocasión de ir a apacentar las ovejas, salí del aldea, y dando más priesa al ganado de la acostumbrada para que caminase, llegué al lugar adonde otras veces solía hallar a Artidoro, el cual

---

'amor', con *arde*, de arder, quemarse de apasionado amor. Sin embargo, el nombre de *Leonarda* existe como femenino de *Leonardo*, usado en italiano.

[16] *así era la verdad*: Cervantes afirma desde dentro del relato la veracidad de la narración, aquí puesto en boca de la narradora, o sea en segunda instancia, en relación con una verdad interior. (Véase págs. 187, 273 y 626.)

[17] *se desdeñase*: Parece que en vez de *se* sería mejor *me*, de acuerdo con la significación general del verbo, que según Covarrubias es «no estimar, no tener por digno aquel para hacerle cortesía» (*Tesoro*, s.v. *desdén*); a no ser que quiera decir que Artidoro se menospreciase a sí mismo.

[18] *luz-luz*: Es la repetición con distintos sentidos: a) 'la luz del día'; b) 'Artidoro, que para ella era la luz con la que veía'.

hallé solo[19] y sin ninguno que de él noticia me diese, de que no pocos saltos me dio el corazón, que casi adevinó el mal que le estaba guardado. ¡Cuántas veces, viendo que no le hallaba, quise con mi voz herir el aire, llamando el amado nombre de mi Artidoro, y decir: «Ven, bien mío, que yo soy la verdadera Teolinda, que más que a sí te quiere y ama!», sino que el temor que de otro que de él fuesen mis palabras oídas, me hizo tener más silencio del que quisiera. Y así, después que hube rodeado una y otra vez toda la ribera y el soto del manso Henares, me senté cansada al pie de un verde sauce, esperando que del todo el claro sol sus rayos por la faz de la Tierra extendiese, para que con su claridad no quedase mata, cueva, espesura, choza ni cabaña que de mí[20] mi bien no fuese buscado. Mas apenas había dado la nueva luz lugar para discernir las colores, cuando luego se me ofreció a los ojos un cortecido[21] álamo blanco, que delante de mí estaba, en el cual y en otros muchos vi escritas unas letras, que luego conocí ser de la mano de Artidoro, allí fijadas, y levantándome con priesa a ver lo que decían, vi, hermosas pastoras, que era esto:

> Pastora en quien la belleza
> en tanto extremo se halla,
> que no hay a quien comparalla
> sino a tu mesma crüeza[22]:
> mi firmeza y tu mudanza
> se han sembrado a mano llena
> tus promesas en la arena,
> y en el viento mi esperanza[23].

---

[19] *solo*: 'Solitario, sin nadie'.
[20] Schevill y Bonilla aclaran «*donde de mí* o *en las que de mí*» (*Galatea*, I, 244)
[21] *cortecido*: Palabra usada por Cervantes sólo en esta ocasión para significar cubierto por cortezas en las que, de acuerdo con el tópico pastoril, podía escribirse una poesía; véase D. Devoto (1988).
[22] *crüeza*: Como *crudeza*, palabra aún usada en la lengua poética, 'crueldad', apoyada por el it. *crudezza*.
[23] Los versos 5-8 pueden referirse a los de la Égloga VIII de la *Arcadia*: «Nell onde solca e nell 'arena semina, / e'l vago vento spera in rete acogliere / chi sue speranza fonda in cor di femina».

Nunca imaginara yo
que cupiera en lo que vi,   10
tras un dulce alegre *sí,*
tan amargo y triste *no;*
mas yo no fuera engañado
si pusiera en mi ventura,
así como en tu hermosura,   15
los ojos que te han mirado.

Pues cuanto tu gracia extraña
promete, alegra y concierta,
tanto turba y desconcierta
mi desdicha, y enmaraña.   20
Unos ojos me engañaron,
al parecer p̈iadosos.
¡Ay, ojos falsos, hermosos!
Los que os ven, ¿en qué pecaron?

Dime, pastora cruel: 25
¿a quién no podrá engañar
tu sabio, honesto mirar
y tus palabras de miel?
De mí ya está conocido,
que, con menos que hicieras[24],   30
días ha que me tuvieras
preso, engañado y rendido.

Las letras que fijaré
en esta áspera corteza
crecerán con más firmeza   35
que no[25] ha crecido tu fe;
la cual pusiste en la boca
y en vanos prometimientos,
no firme al mar y a los vientos
como bien fundada roca.   40

Tan terrible y rigurosa
como víbora pisada,

---

[24] *hicieras*: Como indica Avalle-Arce (*Galatea*, 1987, 138) para que cuente el verso se requiere la aspiración de la *h-*. O también una diéresis: *hic̈ieras*.

[25] *que no*: Otro uso del *no* redundante, ya señalado en otras ocasiones.

tan cruel como agraciada,
tan falsa como hermosa:
lo que manda tu crueldad 45
cumpliré sin más rodeo,
pues nunca fue mi deseo
contrario a tu voluntad.

Yo moriré desterrado
porque tú vivas contenta; 50
mas mira que amor no sienta
del modo que me has tratado;
porque, en la amorosa danza,
aunque amor ponga estrecheza,
sobre el compás de firmeza 55
no se sufre hacer mudanza.

Así como en la belleza
pasas[26] cualquiera mujer,
creí yo que en el querer
fueras de mayor firmeza; 60
mas ya sé, por mi pasión,
que quiso pintar Natura
un ángel en tu figura,
y el tiempo en tu condición.

Si quieres saber do voy 65
y el fin de mi triste vida,
la sangre por mí vertida
te llevará donde estoy;
y aunque nada no te cale[27]
de nuestro amor y concierto, 70
no niegues al cuerpo muerto
el triste y último *vale*[28].

Que bien serás rigurosa,
y más que un diamante dura,

---

[26] *pasas*: En el sentido de 'sobrepasar'; sin enlace preposicional *a* unido con *cualquiera*, como en otros usos del mismo Cervantes.

[27] *cale*: 'Importa, conviene', arcaísmo usado como propio del lenguaje pastoril, curiosamente en consonancia con el cultismo *vale*. Obsérvese el uso de *nada no*, con el *no* pleonástico.

[28] *vale*: Latinismo, como en otro caso, por las oraciones finales que se rezan al difunto.

> si el cuerpo y la sepultura 75
> no te vuelven piadosa;
> y, en caso tan desdichado,
> tendré por dulce partido,
> si fui vivo aborrecido,
> ser muerto y por ti llorado. 80

¿Qué palabras serán bastantes, pastoras, para daros a entender el extremo de dolor que ocupó mi corazón cuando claramente entendí que los versos que había leído eran de mi querido Artidoro? Mas no hay para qué encarecérosle, pues no llegó al punto que era menester para acabarme la vida, la cual desde entonces acá tengo tan aborrecida que no sentiría ni me podría venir mayor gusto que perderla. Los sospiros que entonces di, las lágrimas que derramé, las lástimas que hice fueron tantas y tales, que ninguno me oyera que por loca no me juzgara. En fin, yo quedé tal que, sin acordarme de lo que a mi honra debía, propuse de[29] desamparar[30] la cara[31] patria, amados padres y queridos hermanos, y dejar con la guardia de sí mesmo al simple ganado mío. Y, sin entremeterme en otras cuentas, más de en aquellas que para mi gusto entendí ser necesarias, aquella mesma mañana, abrazando mil veces la corteza donde las manos de mi Artidoro habían llegado, me partí de aquel lugar con intención de venir a estas riberas, donde sé que Artidoro tiene y hace su habitación, por ver si ha sido tan inconsiderado y cruel consigo que haya puesto en ejecución lo que en los últimos versos dejó escrito. Que, si así fuese, desde aquí os prometo, amigas mías, que no sea menos el deseo y presteza con que le siga en la muerte, que ha sido la voluntad con que le he amado en la vida. Mas, ¡ay de mí, y cómo creo que no hay sospecha que en mi daño sea que no salga verdadera! Pues ha ya nueve días que

---

[29] *propuse de*: Keniston (1937, 37.54) registra el verbo *proponer* con el enlace preposicional *de* como aquí.

[30] *desamparar*: Dejar el amparo, en relación con it. *disimpararse*, 'echar en olvido'.

[31] *cara*: Coinciden el latinismo y el italianismo, y no es de uso común, unidos a *patria*, en el sentido del lugar donde se ha nacido y se vive.

a estas frescas riberas he llegado, y en todos ellos no he sabido nuevas de lo que deseo; y quiera Dios que, cuando las sepa, no sean las últimas que sospecho. Veis aquí, discretas zagalas, el lamentable suceso de mi enamorada vida. Ya os he dicho quién soy y lo que busco; si algunas nuevas sabéis de mi contento, así la Fortuna os conceda el mayor que deseáis que no me las neguéis.

Con tantas lágrimas acompañaba la enamorada pastora las palabras que decía, que bien tuviera corazón de acero quien de ellas no se doliera. Galatea y Florisa, que naturalmente eran de condición piadosa, no pudieron detener las suyas, ni menos dejaron, con las más blandas y eficaces razones que pudieron, de consolarla, dándole por consejo que se estuviese algunos días en su compañía; quizá haría la Fortuna que en ellos algunas nuevas de Artidoro supiese, pues no permitiría el Cielo que por tan extraño engaño acabase un pastor tan discreto como ella le pintaba el curso de sus verdes años, y que podría ser que Artidoro, habiendo con el discurso del tiempo vuelto a mejor discurso y propósito su pensamiento, volviese a ver la deseada patria y dulces amigos; y que, por esto, allí mejor que en otra parte podía tener esperanza de hallarle. Con estas y otras razones, la pastora, algo consolada, holgó de quedarse con ellas, agradeciéndoles la merced que le hacían y el deseo que mostraban de procurar su contento.

A esta sazón la serena noche[32], aguijando por el cielo el estrellado carro, daba señal que el nuevo día se acercaba; y las pastoras, con el deseo y necesidad de reposo, se levantaron y del fresco jardín a sus estancias se fueron. Mas apenas el claro sol había con sus calientes rayos deshecho y consumido la cerrada niebla que en las frescas mañanas por el aire suele extenderse, cuando las tres pastoras, dejando los ociosos lechos, al usado ejercicio de apacentar su ganado se volvieron, con harto diferentes pensamientos Galatea y

---

[32] La noche se adjetiva como *serena* (acaso recordando la tan conocida oda de Fray Luis de León sobre «Noche serena»), y se la nombra como la deidad mitológica, hija del Caos, a la que se representa, como aquí se dice, montada en un carro.

Florisa del que la hermosa Teolinda llevaba, la cual iba tan triste y pensativa que era maravilla. Y a esta causa, Galatea, por ver si podría en algo divertirla, le rogó que, puesta aparte un poco la melancolía, fuese servida de cantar algunos versos al son de la zampoña de Florisa. A esto respondió Teolinda:

—Si la mucha causa que tengo de llorar, con la poca que de cantar tengo, entendiera que en algo se menguara, bien pudieras, hermosa Galatea, perdonarme porque no hiciera lo que me mandas; pero por saber ya por experiencia que lo que mi lengua cantando pronuncia mi corazón llorando lo solemniza, haré lo que quieres, pues en ello, sin ir contra mi deseo, satisfaré el tuyo.

Y luego la pastora Florisa tocó su zampoña, a cuyo son Teolinda cantó este soneto:

TEOLINDA

Sabido he por mi mal adónde llega
la cruda fuerza de un notorio engaño,
y cómo Amor procura, con mi daño,
darme la vida que el temor me niega.

Mi alma de las carnes se despega,   5
siguiendo aquella que, por hado extraño,
la tiene puesta en pena, en mal tamaño[33],
que el bien la[34] turba y el dolor sosiega.

Si vivo, vivo en fe de la esperanza,
que, aunque es pequeña y débil, se sustenta   10
siendo a la fuerza de mi amor asida.

¡Oh firme comenzar, frágil mudanza,
amarga suma de una dulce cuenta,
cómo acabáis por términos[35] la vida!

---

[33] *tamaño*: «Lo mesmo que en latín *tantus quasi tam magnus*; señalando en alguna cosa su magnitud por comparación, como tamaño como el dedo» (Covarrubias, *Tesoro*).

[34] *la*: vale tanto para *bien* como para *dolor*.

[35] *por términos*: Covarrubias dice que *términos* «en los tribunales y juzgados valen los días señalados que dan a las partes para sus probanzas y descargos» (*Tesoro*); 'a plazos'.

No había bien acabado de cantar Teolinda el soneto que habéis oído, cuando las tres pastoras sintieron a su mano derecha, por la ladera de un fresco valle, el son de una zampoña, cuya suavidad era de suerte que todas se suspendieron y pararon para con más atención gozar de la suave armonía. Y de allí a poco oyeron que al son de la zampoña el de un pequeño rabel se acordaba, con tanta gracia y destreza que las dos pastoras, Galatea y Florisa, estaban suspensas, imaginando qué pastores podrían ser los que tan acordadamente sonaban, porque bien vieron que ninguno de los que ellas conocían, si Elicio no, era en la música tan diestro. A esta sazón dijo Teolinda:

—Si los oídos no me engañan, hermosas pastoras, yo creo que tenéis hoy en vuestras riberas a los dos nombrados y famosos pastores Tirsi y Damón[36], naturales de mi patria; a lo menos Tirsi, que en la famosa Cómpluto, villa fundada en las riberas de nuestro Henares, fue nacido; y Damón, su íntimo y perfecto amigo, si no estoy mal informada, de las montañas de León trae su origen y en la nombrada Mantua Carpentanea fue criado; tan aventajados los dos en todo género de discreción, ciencia y loables ejercicios que no sólo en el circuito de nuestra comarca son conocidos, pero por todo el de la tierra conocidos y estimados. Y no penséis, pastoras, que el ingenio de estos dos pastores sólo se extiende en saber lo que al pastoral estado se conviene; porque pasa tan adelante que lo escondido del cielo y lo no sabido de la tierra por términos y modos concertados enseñan y disputan; y estoy confusa en pensar qué causa les habrá movido a dejar Tirsi su dulce y querida

---

[36] Aquí Cervantes expone datos para la identificación de Tirsi y Damón. Tirsi es Francisco de Figueroa, como se puede deducir por la identidad de sus poesías; nacido en Cómpluto (Alcalá de Henares). Damón se admite que sea Pedro Laínez; era de ascendencia leonesa y fue criado en la Mantua Carpentanea (Madrid). Véase Astrana Marín, 1948, VI/2, 202 y ss., que menciona otros usos del nombre. En el «Canto de Calíope», los dos sirven para coronar el elogio de los dos poetas actuales (est. 108-111); obsérvese que ambos elevan siempre el tono de las poesías. Sobre la denominación *Mantua Carpetanea* a Madrid, véase Schevill y Bonilla, *Galatea*, 1914, I, 244-245. Sobre Laínez, R. Schevill, 1925.

Fili, y Damón su hermosa y honesta Amarili: Fili de Tirsi, Amarili de Damón, tan amadas que no hay en nuestra aldea ni en los contornos de ella persona, ni en la campaña bosque, prado, fuente o río, [que de][37] sus encendidos y honestos amores no tengan entera noticia.

—Deja por agora, Teolinda —dijo Florisa—, de alabarnos estos pastores, que más nos importa escuchar lo que vienen cantando, pues no menor gracia me parece que tienen en la voz que en la música de los instrumentos.

—Pues ¿qué diréis —replicó Teolinda— cuando veáis que a todo eso sobrepuja la excelencia de su poesía, la cual es de manera que al uno ya le ha dado renombre de «divino», y al otro de «más que humano»?

Estando en estas razones las pastoras vieron que, por la ladera del valle por donde ellas mesmas iban, se descubrían dos pastores de gallarda dispusición y extremado brío, de poca más edad el uno que el otro, tan bien vestidos, aunque pastorilmente, que más parecían en su talle y apostura bizarros cortesanos que serranos ganaderos[38]. Traía cada uno un bien tallado pellico[39] de blanca y finísima lana, guarnecidos de leonado y pardo, colores a quien[40] más sus pastoras eran aficionadas; pendían de sus hombros sendos zurrones, no menos vistosos y adornados que los pellicos; venían de verde laurel y fresca hierba coronados, con los retorcidos cayados debajo del brazo puestos. No traían compañía alguna, y tan embebecidos en su música venían que estuvieron gran espacio sin ver a las pastoras, que por la mesma ladera iban caminando no poco admiradas del gentil donaire y gracia de los pastores, los cuales, con concertadas voces, comenzando el uno y replicando el otro, esto que se sigue cantaban:

---

[37] [*que de*]: En el impreso *de que* (fol. 70). Aceptamos la corrección de Schevill y Bonilla, *Galatea*, 1914, I, 94.

[38] *serranos ganaderos*: «De la palabra *ganado* se dijo *ganadero*, el señor de ganado» (Covarrubias, *Tesoro*, s. v. *ganado*). En este caso, de la sierra. Cervantes matiza el grado económico de los pastores.

[39] *pellico*: «El zamarro del pastor, hecho de pieles» (Covarrubias, *Tesoro*, s. v. *pellejo*), que aquí es de lana por la categoría de los pastores.

[40] *a quien*: Por *a los que*. Este uso era común (Keniston, 1937, 15.163).

[Damón y Tirsi]

DAMÓN

Tirsi, que el solitario cuerpo alejas
con atrevido paso, aunque forzoso,
de aquella luz con quien al alma dejas:

¿cómo en son no te dueles doloroso,　　　　　　　　5
pues hay tanta razón para quejarte
del fiero turbador de tu reposo?

TIRSI

Damón, si el cuerpo miserable parte
sin la mitad del alma en la partida,
dejando de ella la más alta parte,

¿de qué virtud o ser será movida　　　　　　　　10
mi lengua, que por muerta ya la cuento,
pues con el alma se quedó la vida?[41].

Y aunque muestro que veo, oigo y siento,
fantasma soy por el amor formada,
que con sola esperanza me sustento.　　　　　　　15

DAMÓN

¡Oh Tirsi venturoso, y qué invidiada
es tu suerte de mí con causa justa,
por ser de las de amor más extremada!

A ti sola la ausencia te disgusta,
y tienes el arrimo de esperanza,　　　　　　　　20
con quien el alma en sus desdichas gusta.

Pero, ¡ay de mí, que adonde voy me alcanza
la fría mano del temor esquiva
y del desdén la rigurosa lanza!

---

[41] Estos versos 11 y 12 recuerdan los del comienzo de la Égloga III de Garcilaso: «...mas con la lengua muerta y fría en la boca | pienso mover la voz a ti debida» (10-11).

253

Ten la vida por muerta[42], aunque más viva 25
se te muestre, pastor, que es cual la vela,
que, cuando muere, más su luz aviva.

Ni con el tiempo que ligero vuela,
ni con los medios que la ausencia ofrece,
mi alma fatigada se consuela. 30

TIRSI

El firme y puro amor jamás decrece
en el discurso de la ausencia amarga;
antes en fe de la memoria crece.

Así que, en el ausencia, corta o larga,
no vee remedio el amador perfecto 35
de dar alivio a la amorosa carga.

Que la memoria puesta en el objeto
que amor puso en el alma representa
la amada imagen viva al intelecto.

Y allí en blando silencio le da cuenta 40
de su bien o su mal, según la mira
amorosa, o de amor libre y exenta.

Y si ves que mi alma no sospira,
es porque veo a Fili acá en mi pecho,
de modo que a cantar me llama y tira. 45

DAMÓN

Si en el hermoso rostro algún despecho
vieras de Fili, cuando te partiste
del bien que así te tiene satisfecho,

yo sé, discreto Tirsi, que tan triste
vinieras como yo, cuitado[43], vengo, 50
que vi al contrario de lo que tú viste.

---

[42] *Ten la vida por muerta*: Contradicción que ilustra el aparato retórico de la muerte (B. Damiani, 1985, 65), y que culmina con una comparación que procede de los antiguos.

[43] *cuitado*: «El que se lamenta de su miseria» (Covarrubias, *Tesoro*, s. v. *cuita*). Es voz poética, que en la lengua común sonaba arcaica.

TIRSI

Damón, con lo que he dicho me entretengo,
y el extremo del mal de ausencia tiemplo,
y alegre voy, si voy, si quedo o vengo.

Que aquella que nació por vivo ejemplo   55
de la inmortal belleza acá en el suelo,
digna de mármol, de corona y templo,

con su rara virtud y honesto celo
así los ojos codiciosos ciega,
que de ningún contrario me recelo.   60

La estrecha sujeción que no le niega
mi alma al alma suya, el alto intento,
que sólo en la adorar para y sosiega,

el tener de este amor conocimiento
Fili, y corresponder a fe tan pura,   65
destierran el dolor, traen el contento.

DAMÓN

¡Dichoso Tirsi, Tirsi con ventura,
de la cual goces siglos prolongados,
en amoroso gusto, en paz segura!

Yo, a quien los cortos, implacables hados   70
trujeron a un estado tan incierto,
pobre en el merecer, rico en cuidados,

bien es que muera, pues estando muerto
no temeré a Amarili rigurosa,
ni del ingrato amor el desconcierto.   75

¡Oh más que el cielo, oh más que el sol hermosa,
y para mí más dura[44] que un diamante,
presta a mi mal, y al bien muy perezosa!

---

[44] Cervantes discurre aquí a la sombra de Garcilaso; hay ecos de los tan sabidos versos: «¡Oh más dura que mármol a mis quejas...» (Égloga I, 59) y «Flérida, para mí dulce y sabrosa...» (Id. III, 305), como indica J. B. Avalle-Arce (*Galatea*, 1987, 146), y añade: «La presencia borrosa de este último se puntualiza un poco más con los versos que siguen, en que ambos poe-

¿Cuál ábrego, cuál cierzo, cuál levante[45]
te sopló de aspereza, que así ordenas
que huiga[46] el paso y no te esté delante?

Yo moriré, pastora, en las ajenas
tierras, pues tú lo mandas, condenado
a hierros, muertes, yugos y cadenas.

TIRSI

Pues con tantas ventajas te ha dotado,
Damón amigo, el piadoso Cielo
de un ingenio tan vivo y levantado,

tiempla con él el llanto, tiempla el duelo,
considerando bien que no contino
nos quema el sol ni nos enfría el hielo.

Quiero decir que no sigue un camino
siempre con pasos llanos, reposados
para darnos el bien nuestro destino:

que alguna vez, por trances no pensados,
lejos al parecer de gusto y gloria,
nos lleva a mil contentos regalados.

Revuelve, dulce amigo, la memoria
por los honestos gustos que algún tiempo
Amor te dio por prendas de victoria;

y, si es posible busca un pasatiempo
que al alma engañe, en tanto que se pasa
este desamorado airado tiempo.

---

tas comparan la presencia de la amada con la acción de los vientos» *(idem)*. En las octavas de Lenio: «¿Quién te impele, cruel? ¿Quién te desvía?», escoge el verso primero de Garcilaso para el cierre de la estancia.

[45] *ábrego, cierzo y levante*: Son tres vientos que Covarrubias define: *ábrego*. Nombre de un viento que corre del Africa, entre el austro y el céfiro [...]; «nos trae agua y riega la tierra» (*Tesoro*); *cierzo*: «Viento frío y seco» (*Tesoro*, s. v. *cierço*); y *levante*: «Se toma por el viento solano» (*Tesoro*).

[46] *huiga*: estas formas de verbos en presente con yo derivativa de orden analógico estuvieron en uso en los Siglos de Oro (R. Menéndez Pidal, 1944, 113, 2.b)

Al hielo que por términos me abrasa,
y al fuego que sin término me hiela,
¿quién le pondrá, pastor, término o tasa?   105

En vano cansa, en vano se desvela
el desfavorecido que procura
a su gusto cortar de amor la tela[47],
que, si sobra en amor, falta en ventura.

Aquí cesó el extremado canto de los agraciados pastores, pero no el gusto que las pastoras habían recibido en escucharle; antes quisieran que tan presto no se acabara, por ser de aquellos que no todas veces suelen oírse. A esta sazón, los dos gallardos pastores encaminaban sus pasos hacia donde las pastoras estaban, de que pesó a Teolinda, porque temió ser de ellos conocida; y por esta causa rogó a Galatea que de aquel lugar se desviasen. Ella lo hizo y ellos pasaron y, al pasar, oyó Galatea que Tirsi a Damón decía:

—Estas riberas, amigo Damón, son en las que la hermosa Galatea apacienta su ganado, y adonde trae el suyo el enamorado Elicio, íntimo y particular amigo tuyo, a quien dé la ventura tal suceso en sus amores cuanto merecen sus honestos y buenos deseos. Yo ha muchos días que no sé en qué términos le trae su suerte, pero, según he oído decir de la recatada condición de la discreta Galatea, por quien él muere, temo que más aína[48] debe de estar quejoso que satisfecho.

—No me maravillaría yo de eso —respondió Damón—, porque con cuantas gracias y particulares dones que el Cielo enriqueció a Galatea, al fin fin la hizo mujer, en cuyo frágil sujeto no se halla todas veces el conocimiento que se

---

[47] *cortar la tela*: Comparación con la labor del sastre, que si sobra (excede en amor), falta en la tela de la ventura.

[48] *aína*: No gusta la palabra a Covarrubias: «Palabra poética bárbara muy usada, con que damos priesa a que se haga alguna cosa» (*Tesoro*). Su uso en este caso es para teñir de arcaísmo pastoril el diálogo de los dos poetas como pastores.

debe y el que ha menester el que por ellas lo menos que aventura es la vida[49]. Lo que yo he oído decir de los amores de Elicio es que él adora a Galatea sin salir del término que a su honestidad se debe; y que la discreción de Galatea es tanta que no da muestras de querer ni de aborrecer a Elicio. Y así debe de andar el desdichado, sujeto a mil contrarios accidentes, esperando en el tiempo y la Fortuna medios harto perdidos, que le alarguen o acorten la vida, de los cuales está más cierto el acortarla que el entretenerla.

Hasta aquí pudo oír Galatea de lo que de ella y de Elicio los pastores tratando iban, de que no recibió poco contento, por entender que lo que la fama de sus cosas publicaba era lo que a su limpia intención se debía; y desde aquel punto determinó de no hacer por Elicio cosa que diese ocasión a que la fama no saliese verdadera en lo que de sus pensamientos publicaba.

A este tiempo los dos bizarros pastores, con vagarosos pasos, poco a poco hacia el aldea se encaminaban con deseo de hallarse a las bodas del venturoso pastor Daranio, que con Silveria, de los verdes ojos[50], se casaba; y esta fue una de las causas por que ellos habían dejado sus rebaños y al lugar de Galatea se venían. Pero, ya que les faltaba poco del camino, a la mano derecha de él sintieron el son de un rabel que acordada y suavemente sonaba y, parándose Damón, trabó a Tirsi del brazo diciéndole:

—Espera y escucha un poco, Tirsi, que, si los oídos no me mienten, el son que a ellos llega es el del rabel de mi buen amigo Elicio, a quien dio Naturaleza tanta gracia en muchas y diversas habilidades, cuanto las oirás si le escuchas y conocerás si le tratas.

—No creas, Damón —respondió Tirsi—, que hasta agora estoy por conocer las buenas partes de Elicio, que días

---

[49] La opinión de Damón se comentó (pág. 78) en el prólogo como testimonio de los juicios adversos que contra algunas mujeres se formulan en la obra.

[50] Es notable esta mención, por lo inopinada que resulta. La lírica popular suele cantar los «ojos morenos» (Véase M. Frenk, 1987, núm. 426 A y B), aunque Sá de Miranda se refiere a los verdes, en parte por razón de rima: «Olhos verdes / quando me veredes» *(Idem.)*.

ha que la fama me las tiene bien manifiestas. Pero calla agora y escuchemos si canta alguna cosa que del estado de su vida nos dé algún manifiesto indicio.

—Bien dices —replicó Damón—, mas será menester, para que mejor le oigamos, que nos lleguemos por entre estas ramas, de modo que, sin ser vistos de él, de más cerca le escuchemos.

Hiciéronlo así, y pusiéronse en parte tan buena que ninguna palabra que Elicio dijo o cantó dejó de ser de ellos oída y aun notada[51]. Estaba Elicio en compañía de su amigo Erastro, de quien pocas veces se apartaba por el entretenimiento y gusto que de su buena conversación recibía, y todos o los más ratos del día en cantar y tañer se les pasaba. Y a este punto, tocando su rabel Elicio y su zampoña Erastro, a estos versos dio principio Elicio:

Elicio

    Rendido a un amoroso pensamiento,
con mi dolor contento,
sin esperar más gloria,
sigo la que persigue mi memoria,
porque contino en ella se presenta   5
de los lazos de amor, libre y exenta.

    Con los ojos del alma aun no es posible
ver el rostro apacible
de la enemiga mía,
gloria y honor de cuanto el Cielo cría;   10
y los del cuerpo quedan, sólo en vella,
ciegos, por haber visto el sol en ella.

    ¡Oh dura servidumbre, aunque gustosa!
¡Oh mano poderosa
de Amor, que así pudiste   15

---

[51] *notada*: Covarrubias indica que *notar* también significa «dictar a otro que va escribiendo» (*Tesoro*). Un buen ejemplo de la relación entre la oralidad y la escritura pastoril, en el que ambos conceptos se acercan en su significación poética.

quitarme, ingrato, el bien que prometiste
de hacerme, cuando libre me burlaba
de ti, del arco tuyo y de tu aljaba![52]

¡Cuánta belleza, cuánta blanca mano
me mostraste, tirano!   20
¡Cuánto te fatigaste
primero que a mi cuello el lazo echaste!
Y aun quedaras vencido en la pelea,
si no hubiera en el mundo Galatea.

Ella fue sola la que sola pudo   25
rendir [a]l[53] golpe crudo
el corazón exento
y avasallar el libre pensamiento,
el cual, si a su querer no se rindiera,
por de mármol o acero le tuviera.   30

¿Qué libertad puede mostrar su fuero
ante el rostro severo,
y más que el sol hermoso,
de la que turba y cansa mi reposo?
¡Ay, rostro, que en el suelo   35
descubres cuanto bien encierra el Cielo![54].

¿Cómo pudo juntar Naturaleza
tal rigor y aspereza
con tanta hermosura,
tanto valor y condición tan dura?   40
Mas mi dicha consiente
en mi daño juntar lo diferente.

Esle tan fácil a mi corta suerte
ver con la amarga muerte
junta la dulce vida,   45
y estar su mal a do su bien se anida,
que entre contrarios veo
que mengua la esperanza, y no el deseo.

---

[52] Es la representación mitológica de Amor, con mención de aljaba y arco, tan repetido, en especial, pág. 427.
[53] El impreso (fol. 75v.) trae *el*; rectificamos, como otros, desde Rosell: *al*.
[54] Para J. B. Avalle-Arce (*Galatea*, 1987, 150) estos dos versos recuerdan el comienzo de la *Celestina*, en que Calixto dice algo semejante basándose en el lugar común platónico de la escala de belleza.

No cantó más el enamorado pastor, ni quisieron más detenerse Tirsi y Damón, antes, haciendo de sí gallarda e improvisa muestra, hacia donde estaba Elicio se fueron, el cual, como los vio, conociendo a su amigo Damón, con increíble alegría le salió a recebir diciéndole:

—¿Qué ventura ha ordenado, discreto Damón, que la des tan buena con tu presencia a estas riberas, que grandes tiempos ha que te desean?

—No puede ser sino buena —respondió Damón—, pues me ha traído a verte, oh Elicio, cosa que yo estimo en tanto, cuanto es el deseo que de ello tenía, y la larga ausencia y la amistad que te tengo me obligaba; pero si por alguna cosa puedes decir lo que has dicho, es porque tienes delante al famoso Tirsi, gloria y honor del castellano suelo.

Cuando Elicio oyó decir que aquel era Tirsi, de él solamente por fama conocido, recibiéndole con mucha cortesía le dijo:

—Bien conforma tu agradable semblante, nombrado Tirsi, con lo que de tu valor y discreción en las cercanas y apartadas tierras la parlera fama pregona; y así, a mí, a quien tus escritos han admirado e inclinado a desear conocerte y servirte, puedes de hoy más tener y tratar como verdadero amigo.

—Es tan conocido lo que yo gano en eso —respondió Tirsi—, que en vano pregonaría la fama lo que la afición que me tienes te hace decir que de mí pregona, si no conociese la merced que me haces en querer ponerme en el número de tus amigos; y porque, entre los que lo son, las palabras de comedimiento han de ser excusadas, cesen las nuestras en este caso y den las obras testimonio de nuestras voluntades.

—La mía será contino de servirte —replicó Elicio—, como lo verás, oh Tirsi, si el tiempo o la Fortuna me ponen en estado que valga algo para ello; porque el que agora tengo, puesto que no le trocaría con otro de mayores ventajas, es tal que apenas me deja con libertad de ofrecer el deseo.

—Tiniendo como tienes el tuyo en lugar tan alto —dijo Damón—, por locura tendría procurar bajarle a cosa que menos fuese; y así, amigo Elicio, no digas mal del estado en que te hallas, porque yo te prometo que, cuando se comparase con el mío, hallaría yo ocasión de tenerte más envidia que lástima.

—Bien parece, Damón —dijo Elicio—, que ha muchos días que faltas de estas riberas, pues no sabes lo que en ellas amor me hace se[n]tir; y si esto no es, no debes conocer ni tener experiencia de la condición de Galatea, que si de ella tuvieses noticia, trocarías en lástima la envidia que de mí tendrías.

—Quien ha gustado de la condición de Amarili, ¿qué cosa nueva puede esperar de la de Galatea? —respondió Damón.

—Si la estada[55] tuya en estas riberas —replicó Elicio— fuere tan larga como yo deseo, tú, Damón, conocerás y verás en ella, y oirás en otros, cómo andan en igual balanza su crueldad y gentileza, extremos que acaban la vida al que su desventura trujo a términos de adorarla.

—En las riberas de nuestro Henares —dijo a esta sazón Tirsi— más fama tiene Galatea de hermosa que de cruel; pero, sobre todo, se dice que es discreta; y si esta es la verdad, como lo debe ser, de su discreción nace conocerse, y de conocerse estimarse, y de estimarse no querer perderse, y del no querer perderse viene el no querer contentarte[56]; y viendo tú, Elicio, cuán mal corresponde a tus deseos, das nombre de crueldad a lo que deberías llamar honroso recato; y no me maravillo, que, en fin, es condición propia de los enamorados poco favorecidos.

—Razón tendrías en lo que has dicho, oh, Tirsi —replicó Elicio—, cuando mis deseos se desviaran del camino que a su honra y honestidad conviene, pero si van tan medidos como a su valor y crédito se debe, ¿de qué sirve tanto desdén, tan amargas y desabridas respuestas, y tan a la clara esconder el rostro al que tiene puesta toda su gloria en sólo verle? ¡Ay Tirsi, Tirsi —respondió Elicio—, y cómo te debe tener el amor puesto en lo alto de sus contentos, pues

---

[55] *estada*: Por 'estancia', otras veces usado por Cervantes.
[56] Este encadenamiento es un recurso retórico puesto en boca de Tirsi, el pastor letrado; son procedimientos propios del artificio pastoril elevado.

con tan sosegado espíritu hablas de sus efectos! No sé yo cómo viene bien lo que tú agora dices con lo que un tiempo decías cuando cantabas:

> ¡Ay, de cuán ricas esperanzas vengo
> al deseo más pobre y encogido...![57].

con lo demás que a esto añadiste.

Hasta este punto había estado callando Erastro, mirando lo que entre los pastores pasaba, admirado de ver su gentil donaire y apostura, con las muestras que cada uno daba de la mucha discreción que tenía. Pero viendo que, de lance en lance, a razonar de casos de amor se habían reducido, como aquel que tan experimentado en ellos estaba, rompió el silencio y dijo:

—Bien creo, discretos pastores, que la larga experiencia os habrá mostrado que no se puede reducir a continuado término la condición de los enamorados corazones, los cuales, como se gobiernan por voluntad ajena, a mil contrarios accidentes están sujetos; y así, tú, famoso Tirsi, no tienes de qué maravillarte de lo que Elicio ha dicho, ni él tampoco de lo que tú dices, ni traer por ejemplo aquello que él dice que cantabas, ni menos lo que yo sé que cantaste cuando dijiste:

> La amarillez y la flaqueza mía[58]...

donde claramente mostrabas el afligido estado que entonces poseías, porque de allí a poco llegaron a nuestras caba-

---

[57] *¡ay, de cuán...!*: Las tres composiciones que aquí Cervantes cita en su encabezamiento figuran completas en el Apéndice II, págs. 651-654. Véase F. de Figueroa, *Poesía*, 1989, XCV, 214, con las variantes. El poeta sólo pide a la amada una mirada conmiserativa; sufre, y el soneto fue escrito, por tanto, cuando había perdido la esperanza; está en relación con un soneto de Bembo.

[58] *La amarillez...*: El soneto completo en el mismo Apéndice II (*Idem*, XLVIII, 156). Los cuartetos son una ilustración del aspecto del amante desdeñado, tal como lo describen los tratadistas (Ficino); y en los tercetos, refiriéndose a Amor, expone su tormento, dolor y muerte en un tono ya intimista.

ñas las nuevas de tu contento, solemnizadas en aquellos versos tan nombrados tuyos, que, si mal no me acuerdo, comenzaban:

> Sale el aurora, y de su fértil manto[59]...

Por do claro se conoce la diferencia que hay de tiempos a tiempos, y cómo con ellos suele mudar amor los estados, haciendo que hoy se ría el que ayer lloraba, y mañana llore el que hoy ríe. Y, por tener yo tan conocida esta su condición, no puede la aspereza y desdén zahareño[60] de Galatea acabar de derribar mis esperanzas, puesto que yo no espero de ella otra cosa si no es que se contente de que yo la quiera.

—El que no esperase buen suceso de un tan enamorado y medido deseo como el que has mostrado, oh, pastor —respondió Damón—, renombre más que de desesperado merecía. Por cierto que es gran cosa la que de Galatea pretendes. Pero, dime, pastor: así ella te la conceda, ¿es posible que tan a regla tienes tu deseo, que no se adelanta a desear más de lo que has dicho?

—Bien puedes creerle, amigo Damón —dijo Elicio—, porque el valor de Galatea no da lugar a que de ella otra cosa se desee ni se espere; y aun esta es tan difícil de obtenerse que a veces a Erastro se entibia la esperanza y a mí se

---

[59] *Sale el aurora...*: Esta vez (el texto en el citado Apéndice II) es una canción en la que la *pastorcilla* acude al lugar de la cita y allí encuentra al poeta-pastor y ambos gozan del amor. La canción en este punto es de un erotismo del que carece *La Galatea*. Sin embargo, de esta manera indirecta también se halla presente una referencia a los gozos del amor, expresados con elegancia. Fue uno de los más conocidos en la época; véase Schevill y Bonilla, *Galatea*, 1914, 247-250, donde incluso figura la censura que lo recortó «por buenos respetos». Las tres piezas son como una brevísima antología de la poesía del amigo en tres estados sucesivos del proceso de sus amores: 1) Sólo pide piedad; 2) describe su miseria; y 3) proclama su alegría por verse correspondido. La lírica recoge aquí este proceso que pudo haberse narrado en el libro de pastores, y que sólo se insinúa por el erotismo de la tercera de ellas.

[60] *zahareño*: Covarrubias refiere que «Al hombre esquivo y recatado, que huye de la gente, y se anda esquivando de todos, llamamos zahareño» (Covarrubias, *Tesoro*). Y lo mismo, aplicado a Galatea.

enfría, de manera que él tiene por cierto, y yo por averiguado, que primero ha de llegar la muerte que el cumplimiento de ella. Mas porque no es razón recibir tan honrados huéspedes con los amargos cuentos de nuestras miserias, quéde[n]se ellas aquí, y recojámonos al aldea, donde descansaréis del pesado trabajo del camino; y con más sosiego, si de ello gustáredes, entenderéis el desasosiego nuestro.

Holgaron todos de acomodarse a la voluntad de Elicio, el cual y Erastro, recogiendo sus ganados, puesto que era algunas horas antes de lo acostumbrado, en compañía de los dos pastores, hablando en diversas cosas, aunque todas enamoradas, hacia el aldea se encaminaron.

Mas como todo el pasatiempo de Erastro era tañer y cantar, así por esto como por el deseo que tenía de saber si los dos nuevos pastores lo hacían tan bien como de ellos se sonaba, por moverlos y convidarlos a que otro tanto hiciesen, rogó a Elicio que su rabel tocase, al son del cual así comenzó a cantar[61]:

ERASTRO

> Ante la luz de unos serenos ojos
> que al sol dan luz con que da luz al suelo,
> mi alma así se enciende, que recelo
> que presto tendrá muerte[62] sus despojos.
>
> Con la luz se conciertan los manojos   5
> de aquellos rayos del señor de Delo[63]:
> tales son los cabellos de quien suelo
> adorar su beldad, puesto de hinojos.
>
> ¡Oh clara luz, oh rayos del sol claro,
> antes el mesmo sol! De vos espero   10
> sólo que consintáis que Erastro os quiera.

---

[61] J. M. Blecua (1970/2, 17) encuentra en este soneto cierta «impronta herreriana» en relación con el tan conocido de Herrera: «Por ásperos caminos voy siguiendo».

[62] *muerte*: Aquí sin el artículo, por referirse a la Muerte, personaje poético.

[63] El señor de *Delo* (la ciudad de Delos) es el sol, pues allí nació Apolo, y allí se celebraban grandes fiestas para enaltecerlo.

Si en esto el Cielo se me muestra avaro,
antes que acabe del dolor que muero,
haced, oh rayos, que de un rayo muera.

No les pareció mal el soneto a los pastores, ni les descontentó la voz de Erastro, que, puesto que no era de las muy extremadas, no dejaba de ser de las acordadas[64]; y luego Elicio, movido del ejemplo de Erastro, le hizo que tocase su zampoña, al son de la cual este soneto dijo:

Elicio

¡Ay, que al alto designio que se cría
en mi amoroso firme pensamiento
contradicen el *cielo*, el *fuego*, el *viento*[65],
la *agua*, la *tierra* y la *enemiga mía*!

Contrarios son de quien temer debría[66],   5
y abandonar la empresa el sano intento;
mas ¿quién podrá estorbar lo que el violento
hado implacable quiere, amor porfía?

El alto *cielo*, amor, el *viento*, el *fuego*,
la *agua*, la *tierra* y *mi enemiga* bella,   10
cada cual con fuerza, y con mi hado,

mi bien *estorbe*, *esparza*, *abrase* y luego
deshaga mi esperanza; que, aun sin ella,
imposible es dejar lo comenzado.

---

[64] Es interesante notar la observación sobre la condición de la voz de Erastro; obedece a que, siendo rústico, sin embargo su canción es de tono elevado, con una mención mitológica. Si bien no es de las *extremadas*, con todo es de las *acordadas*,; coincidencia conveniente a la condición pastoril que logra sobrepasar incluso la rusticidad.

[65] Obsérvese la plurimembración correlativa que sostiene el soneto. J. G. Fucilla (1960, 181) propone que Cervantes se haya inspirado en el soneto CXXIV de Petrarca «Amor, fortuna, e la mia mente schiva / Di quel che vede, e nel passato volta...», variando la posición de los elementos y con alguna innovación.

[66] *debría*: El ritmo del endecasílabo pide la forma contracta.

En acabando Elicio, luego Damón, al son de la mesma zampoña de Erastro, de esta manera comenzó a cantar:

DAMÓN

Más blando fui que no[67] la blanda cera
cuando imprimí en mi alma la figura
de la bella Amarili, esquiva y dura
cual duro mármol o silvestre fiera.

    Amor me puso entonces en la esfera   5
más alta de su bien y su ventura;
y agora temo que la sepultura
ha de acabar mi presunción primera.

    Arrimóse el amor a la esperanza
cual vid al olmo, y fue subiendo apriesa;   10
mas faltóle el humor[68], y cesó el vuelo;

    no el de mis ojos, que, por larga usanza,
Fortuna sabe bien que jamás cesa
de dar tributo al rostro, al pecho, al suelo.

Acabó Damón y comenzó Tirsi, al son de los instrumentos de los tres pastores, a cantar este soneto:

TIRSI

Por medio de los filos de la muerte[69]
rompió mi fe, y a tal punto he llegado
que no envidio el más alto y rico estado
que encierra humana, venturosa suerte.

---

[67] El *no* es pleonástico y completa el verso dándole un tono conversacional, dentro de la dignidad poética.

[68] Sobrentiéndase «...el [*humor*] de mis ojos...» El *humor* de la vid era la sustancia vital que impulsaba el crecimiento; y el de los ojos son las lágrimas. Recuérdese que las estrofas de la Égloga I de Garcilaso terminan: «Salid sin duelo, lágrimas, corriendo.»

[69] El inicio del soneto recuerda los versos de la Égloga I de Garcilaso: «¡Oh tela delicada / antes de tiempo dada / a los agudos filos de la muerte!» (261-263).

> Todo este bien nació de sólo verte, 5
> hermosa Fili, oh Fili, a quien el hado
> dotó de un ser tan raro y extremado,
> que en risa el llanto, el mal en bien convierte.
>
> Como amansa el rigor de la sentencia
> si el condenado el rostro del rey mira, 10
> y es ley que nunca tuerce su derecho,
>
> así ante tu hermosísima presencia
> la muerte huye, el daño se retira
> y deja en su lugar vida y provecho.

Al acabar de Tirsi, todos los instrumentos de los pastores formaron tan agradable música que causaba grande contento a quien la oía; y más ayudándoles de entre las espesas ramas mil suertes de pintados pajarillos que, con divina armonía, parece que como a coros les iban respondiendo. De esta suerte habían caminado un trecho cuando llegaron a una antigua ermita que en la ladera de un montecillo estaba, no tan desviada del camino que dejase de oírse el son de un arpa[70] que dentro al parecer tañían, el cual oído por Erastro, dijo:

—Deteneos, pastores, que, según pienso, hoy oiremos todos lo que ha días que yo deseo oír, que es la voz de un agraciado mozo que dentro de aquella ermita[71] habrá doce o catorce días se ha venido a vivir una vida más áspera de lo que a mí me parece que puedan llevar sus pocos años; y algunas veces que por aquí he pasado, he sentido tocar un arpa y entonar una voz tan suave que me ha puesto en grandísimo deseo de escucharla, pero siempre he llegado a punto que él le ponía en su canto. Y aunque con hablarle he procurado hacerme su amigo, ofreciéndole a su servicio

---

[70] *arpa*: En el impreso *harpa*, fol. 82, y en Covarrubias, que lo define así: «Instrumento de cuerdas conocido, que se tañe hiriendo las cuerdas con ambas manos...» (*Tesoro*). Véase A. Salazar, (1961).

[71] *ermita*: De repente, en el campo pastoril aparece una *ermita*, en términos inequívocos que presuponen una situación de religiosidad. Apunta la pastoril «a lo divino», y en este sentido van algunas de las poesías que canta Silerio. Véase en el Prólogo (pág. 57) la interpretación del hecho.

todo lo que valgo y puedo, nunca he podido acabar con él que me descubra quién es, y las causas que le han movido a venir de tan pocos años a ponerse en tanta soledad y estrecheza.

Lo que Erastro decía del mozo y nuevo ermitaño puso en los pastores el mesmo deseo de conocerle que él tenía, y así acordaron de llegarse a la ermita de modo que, sin ser sentidos, pudiesen entender lo que cantaba antes que llegasen a hablarle; y haciéndolo así, les sucedió tan bien que se pusieron en parte donde, sin ser vistos ni sentidos, oyeron que, al son de la arpa, el que estaba dentro semejantes versos decía:

    Si han sido el Cielo, Amor y la Fortuna,
sin ser de mí ofendidos,
contentos de ponerme en tal estado,
en vano al aire envío mis gemidos,
en vano hasta la luna   5
se vio mi pensamiento levantado.
¡Oh riguroso hado!
¡Por cuán extrañas, desusadas vías
mis dulces alegrías
han venido a parar en tal extremo   10
que estoy muriendo, y aun la vida temo![72].

    Contra mí mesmo estoy ardiendo en ira,
por ver que sufro tanto
sin romper este pecho y dar al viento
esta alma, que en mitad del duro llanto   15
al corazón retira
las últimas reliquias del aliento.
Y allí de nuevo siento
que acude la esperanza a darme fuerza,
y, aunque fingida, a mi vivir esfuerza,   20
y no es piedad del Cielo, porque ordena
a larga vida dar más larga pena.

    Del caro amigo al lastimado pecho
enterneció este mío,

---

[72] Otra vez un verso de Garcilaso penetra en la poesía de Cervantes, sin el *que* inicial (Égloga I, v. 60).

y la empresa difícil tomé a cargo.   25
¡Oh discreto fingir de desvarío!
¡Oh nunca visto hecho!
¡Oh caso gustosísimo y amargo!
¡Cuán dadivoso y largo
[el] Amor se mostró por bien ajeno,   30
y cuán avaro y lleno
de temor y lealtad para conmigo!
Pero a más nos obliga un firme amigo.

    Injusta paga a voluntades justas[73]
a cada paso vemos,   35
dada por mano de Fortuna esquiva;
y de ti, falso Amor, de quien sabemos
que te alegras y gustas
de que un firme amador muriendo viva,
abrasadora y viva   40
llama se encienda en tus ligeras alas,
y las buenas y malas[74]
saetas en ceniza se resuelvan,
o, al dispararlas, contra ti se vuelvan.

    ¿Por qué camino, con qué fraude y mañas,   45
por qué extraño rodeo
entera posesión de mí tomaste?
Y ¿cómo en mi piadoso, alto deseo
y en mis limpias entrañas
la sana voluntad, falso, trocaste?   50
¿Juicio habrá que baste
a llevar en paciencia el ver, perjuro,
que entre libre y seguro

---

[73] El impreso trae (fol. 83 v.):

    Injustas pagas a voluntades justas,
    [...]
    dadas por mano de fortuna...

Como así el primer verso es de doce sílabas, seguimos lo propuesto por Schevill y Bonilla (I, 250) suprimiendo los plurales.

[74] Las *buenas* eran de oro y enamoraban, y las *malas*, de plomo y suscitaban odio. Véase la invectiva de Lenio contra el Amor (Libro IV, pág. 427).

a tratar de tus glorias y tus penas,
y agora al cuello siento tus cadenas?[75]. 55

Mas no de ti, sino de mí sería
razón que me quejase,
que a tu fuego no hice resistencia.
Yo me entregué, yo hice que soplase
el viento que dormía, 60
de la ocasión con furia y violencia.
Justísima sentencia
ha dado el Cielo contra mí que muera,
aunque sólo se espera
de mi infelice hado y desventura 65
que no acabe mi mal la sepultura.

¡Oh amigo dulce, oh dulce mi enemiga[76],
Timbrio y Nísida bella,
dichosos juntamente y desdichados!
¿Cuál dura, inicua, in[e]xorable estrella, 70
de mi daño enemiga;
cuál fuerza injusta de implacables hados
nos tiene así apartados?
¡Oh miserable, humana, frágil suerte!
¡Cuán presto se convierte 75
en súbito pesar un alegría,
y sigue escura noche al claro día!

De la instabilidad, de la mudanza
de las humanas cosas,
¿cuál será el atrevido que se fíe?[77]. 80

---

[75] *y agora siento al cuello tus cadenas?*: J. M. Blecua (1970, 158) relaciona este verso con el de Garcilaso: «¿Cuál es el cuello que como en cadena?» (Égloga I, 131).

[76] *Oh amigo dulce, oh dulce mi enemiga*: Esta fórmula poética, a la que Cervantes se aficionó, transciende italianismo; procede de una versión de Aquilano (1466-1500) que obtuvo una gran difusión (*Tabla...* recoge ocho textos, pág. 83), y que pasó a ser expresión común. Véase E. W. Wilson y A. L. Askins, «History of a refrain...», *Modern Languages Notes*, 85 (1970), 138-156. Véase pág. 465, nota 223.

[77] *vv. 78-80*: En estos tres versos resuenan las reflexiones del *Eclesiastés*: «Entonces miré todo cuanto habían hecho mis manos y todos los afanes que al hacerlo tuve, y vi que todo era vanidad y apacentarse de viento, y que no hay provecho alguno debajo del sol» (2, 11).

    Con alas vuela el tiempo, presurosas,
y tras sí la esperanza
se lleva del que llora y del que ríe;
y ya que el Cielo envíe
su favor, sólo sirve al que con celo   85
santo levanta al Cielo
el alma, en fuego de su amor deshecha,
y, al que no, más le daña que aprovecha.

    Yo, como puedo, buen Señor, levanto
la una y otra palma,   90
los ojos, la intención al Cielo santo,
por quien espera el alma
ver vuelto en risa su contino llanto.

Con un profundo sospiro dio fin al lastimado canto el recogido mozo que dentro en la ermita estaba; y, sintiendo los pastores que adelante no procedía, sin detenerse más, todos juntos entraron en ella, donde vieron a un cabo, sentado encima de una dura piedra, a un dispuesto y agraciado mancebo, al parecer de edad de veinte y dos años, vestido de un tosco buriel[78], con los pies descalzos y una áspera soga ceñida al cuerpo, que de cordón le servía[79]. Estaba con la cabeza inclinada a un lado, y la una mano asida de la parte de la túnica que sobre el corazón caía, y el otro brazo a la otra parte flojamente derribado; y, por verle de esta manera, y por no haber hecho movimiento al entrar de los pastores, claramente conocieron que desmayado estaba,

---

[78] *buriel*: Dice Covarrubias: «El paño buriel usan los labradores en los días de fiesta, y otros hacen de él los lutos. Entre los antiguos era tenido por paño muy basto, del cual se vestían los pobres» (*Tesoro*). De ahí la calificación de *tosco*.

[79] Tal como aparece aquí descrito este personaje es un ermitaño. Sin embargo, aunque la espiritualidad que pone de manifiesto sea sincera, su vestimenta es como un disfraz, propio del que, penado por el amor, aparenta ser otro que el que es; se trata de un aspecto de la «locura de amor» (F. Vigier, 1981, 122). Este aparente ermitaño había sido antes también aparente bufón. Como se dijo antes, las penas del amor han conducido a Silerio a que deje de lado su caso y dirija a Dios su poesía; la última estrofa y el envío final son de claro influjo de Fray Luis de León.

como era la verdad[80], porque la profunda imaginación de sus miserias muchas veces a semejante término le conducía. Llegóse a él Erastro, y trabándole recio del brazo, le hizo volver en sí, aunque tan desacordado que parecía que de un pesado sueño recordaba[81], las cuales muestras de dolor no pequeño le causaron a los que le veían, y luego Erastro le dijo:

—¿Qué es esto, señor? ¿Qué es lo que siente vuestro fatigado pecho? No dejéis de decirlo, que presentes tenéis quien no rehusará fatiga alguna por dar remedio a la vuestra.

—No son esos —respondió el mancebo con voz algo desmayada— los primeros ofrecimientos, comedido pastor, que me has hecho, ni aun serían los últimos que yo acertase a servir si pudiese; pero hame traído la Fortuna a términos que ni ellos pueden aprovecharme ni yo satisfacerlos más de con el deseo. Este puedes tomar en cuenta del bueno que me ofreces; y si otra cosa de mí deseas saber, el tiempo, que no encubre nada, te dirá más de lo que yo quisiera.

—Si al tiempo dejas que me satisfaga de lo que me dices —respondió Erastro—, poco debe agradecerse tal paga, pues él, a pesar nuestro, echa en las plazas lo más secreto de nuestros corazones.

A este tiempo todos los demás pastores le rogaron que la ocasión de su tristeza les contase, especialmente Tirsi, que, con eficaces razones, le persuadió y dio a entender que no hay mal en esta vida que con ella su remedio no se alcanzase, si ya la muerte, atajadora de los humanos discursos, no se opone a ellos[82]; y a esto añadió otras palabras que al

---

[80] *como era la verdad*: Otra vez las certificaciones de una verdad, establecida esta vez por el autor en relación con los lectores, a los que se hace partícipes de la realidad interior del relato (véanse págs. 187, 244 y 626).

[81] *recordaba*: «*Recordar*: despertar el que duerme o volver en acuerdo» (Covarrubias, *Tesoro*).

[82] Este consuelo había sido propuesto por Eugenio a Clonico en la *Arcadia*: «al mondo non è mal senza remedio», Poesía VIII, (M. Z. Wellington, 1959, 11). Por otra parte, es una expresión muy común, que alcanza al refranero.

obstinado mozo movieron a que con las suyas hiciese satisfechos a todos de lo que de él saber deseaban, y así les dijo:

—Puesto que a mí me fuera mejor, oh agradable compañía, vivir lo poco que me queda de vida sin ella, y haberme recogido a mayor soledad de la que tengo, todavía, por no mostrarme esquivo a la voluntad que me habéis mostrado, determino de contaros todo aquello que entiendo bastará; y los términos por donde la mudable Fortuna me ha traído al estrecho estado en que me hallo. Pero, porque me parece que es ya algo tarde, y según mis desventuras son muchas, sería posible que antes de contároslas la noche sobreviniese, será bien que todos juntos a la aldea nos vamos, pues a mí no me hace otra descomodidad[83] de hacer el camino esta noche que mañana tenía determinado, y esto me es forzoso, pues de vuestra aldea soy proveído de lo que he menester para mi sustento; y por el camino, como mejor pudiere, os haré ciertos de mis desgracias.

A todos pareció bien lo que el mozo ermitaño decía y, puniéndole en medio de ellos, con vagarosos pasos tornaron a seguir el camino de la aldea; y luego el lastimado ermitaño, con muestras de mucho dolor, de esta manera al cuento de sus miserias dio principio:

—En la antigua y famosa ciudad de Jerez, cuyos moradores de Minerva y Marte[84] son favorecidos, nació Timbrio, un valeroso caballero, del cual, si sus virtudes y generosidad de ánimo hubiese de contar, a difícil empresa me pondría[85]. Basta saber que no sé si por la mucha bondad suya o por la fuerza de las estrellas, que a ello me inclina-

---

[83] *descomodidad*: 'Incomodidad', en paralelo con el it. *discomoditá*, 'scomodo, disagio'.

[84] *Minerva* y *Marte*: De las ciencias y las armas, o entendido también como letras y armas. Obsérvese que comienza la narración de una trama lateral que transcurre entre *caballeros*; y de ahí, la aplicación del tópico.

[85] Para la procedencia de este argumento, que hemos comentado en el prólogo, véase F. López Estrada (1948, 101-106); procede del *Decameron*, 10º día, novela octava, una versión del cuento de los dos amigos (asunto K. 1817.3, del *Motiv-Index* de S. Thompson). Estudios en E. Alarcos García, 1950, II, 197-235, y J. B. Avalle-Arce, «El cuento de los dos amigos (Cervantes y la tradición literaria)», (1975, 153-211); A. Sánchez (1952, 457-464).

ban, yo procuré, por todas las vías que pude, serle particular amigo, y fueme el Cielo en esto tan favorable que, casi olvidándose a los que nos conocían el nombre de Timbrio y el de Silerio (que es el mío), solamente «los dos amigos» nos llamaban, haciendo nosotros, con nuestra continua conversación y amigables obras, que tal opinión no fuese vana. De esta suerte los dos, con increíble gusto y contento los mozos años pasábamos, ora en el campo en el ejercicio de la caza, ora en la ciudad en el del honroso Marte entreteniéndonos, hasta que un día, de los muchos aciagos que el enemigo tiempo en el discurso de mi vida me ha hecho ver, le sucedió a mi amigo Timbrio una pesada pendencia con un poderoso caballero, vecino de la mesma ciudad. Llegó a término la cuestión[86] que el caballero quedó lastimado en la honra, y a Timbrio fue forzoso ausentarse por dar lugar a que la furiosa discordia cesase que entre los dos parentales[87] se comenzaba a encender, dejando escrita una carta a su enemigo, dándole aviso que le hallaría en Italia, en la ciudad de Milán o de Nápoles, todas las veces que, como caballero, de su agravio satisfacerse quisiese. Con esto cesaron los bandos entre los parientes de entrambos, y ordenóse que a igual y mortal batalla el ofendido caballero, que Pransiles se llamaba, a Timbrio desafiase, y que, en hallando campo seguro para la batalla, se avisase a Timbrio. Ordenó más mi suerte: que al tiempo que esto sucedió yo me hallase tan falto de salud que apenas del lecho levantarme podía; y por esta ocasión se me pasó la de seguir a mi amigo dondequiera que fuese, el cual al partir se despidió de mí con no pequeño descontento, encargándome que, en cobrando fuerzas, le buscase, que en la ciudad de Nápoles le hallaría; y así partió, dejándome con más pena que yo sabré agora significaros. Mas, al cabo de pocos días, pudiendo en mí más el deseo que de verle tenía, que

---

[86] *cuestión* aparece como *quistion* en el impreso (fol. 87) que siempre imprimimos modernizando la forma *qüestion* que se halla en Covarrubias: «En vulgar suele significar pendencia» (*Tesoro*).

[87] *parentales*; por 'parentelas'. El cultismo arcaizante está apoyado por el it. *parentale*.

no la flaqueza que me fatigaba, me puse luego en camino; y para que con más brevedad y más seguro le hiciese, la ventura me ofreció la comodidad de cuatro galeras que en la famosa Isla de Cádiz, de partida para Italia, prestas y aparejadas estaban. Embarquéme en una de ellas, y, con próspero viento, en tiempo breve, las riberas catalanas descubrimos; y habiendo dado fondo en un puerto de ellas, yo, que algo fatigado de la mar venía, asegurado primero de que por aquella noche las galeras de allí no partirían, me desembarqué con sólo un amigo y un criado mío; y no creo que debía de ser la media noche cuando los marineros y los que a cargo las galeras llevaban, viendo que la serenidad del cielo calma o próspero viento señalaba, por no perder la buena ocasión que se les ofrecía, a la segunda guardia hicieron la señal de partida y, zarpando las áncoras, dieron con mucha presteza los remos al sesgo mar y las velas al sosegado viento; y fue, como digo, con tanta diligencia hecho que, por mucha que yo puse para volver a embarcarme, no fui a tiempo, y así me hube de quedar en la marina, con el enojo que podrá considerar quien por semejantes y ordinarios casos habrá pasado, porque quedaba mal acomodado de todas las cosas que, para seguir mi viaje por tierra, eran necesarias; mas considerando que, de quedarme allí, poco remedio se esperaba, acordé de volverme a Barcelona, adonde, como ciudad más grande, podría ser hallar quien me acomodase de lo que me faltaba, correspondiendo a Jerez o a Sevilla con la paga de ello. Amanecióme en estos pensamientos, y, con determinación de ponerlos en efecto, aguardaba a que el día más se levantase y, estando apunto de partirme, sentí un grande estruendo por la tierra, y que toda la gente corría a la calle más principal del pueblo, y preguntando a uno qué era aquello, me respondió: «Llegaos, señor, [a][88] aquella esquina, que a voz de pregonero sabréis lo que deseáis.» Hícelo así, y lo primero en que puse los ojos fue en un alto crucifijo y en mucho tumulto de gente, señales que alguno sentenciado a muer-

---

[88] [a]: El impreso (fol. 88 v.) no trae la *a*, que está embebida en la palabra siguiente (Keniston, 1937, 2.242).

te entre ellos venía, todo lo cual me certificó la voz del pregonero que declaraba que, por haber sido salteador y bandolero, la justicia mandaba ahorcar un hombre, que, como a mí llegó, luego conocí que era el mi buen amigo Timbrio, el cual venía a pie, con unas esposas a las manos y una soga a la garganta, los ojos enclavados en el crucifijo que delante llevaba, diciendo y protestando a los clérigos que con él iban que, por la estrecha cuenta que pensaba dar en breves horas al verdadero Dios, cuyo retrato delante los ojos tenía, que nunca en todo el discurso de su vida había cometido cosa por donde públicamente mereciese recebir ta[n] ignominiosa muerte, y que a todos rogaba rogasen a los jueces le diesen algún término para probar cuán inocente estaba de lo que le acusaban. Considérese aquí, si tanto la consideración pudo levantarse, cuál quedaría yo al horrendo espectáculo que a los ojos se me ofrecía. No sé qué os diga, señores, sino que quedé tan embelesado[89] y fuera de mí, y de tal modo quedé ajeno de todos mis sentidos, que una estatua de már[m]ol debiera de parecer a quien en aquel punto me miraba. Pero ya que el confuso rumor del pueblo, las levantadas voces de los pregoneros, las lastimosas palabras de Timbrio y las consoladoras de los sacerdotes y el verdadero conocimiento de mi buen amigo me hubieron vuelto de aquel embelesamiento primero, y la alterada sangre acudió a dar ayuda al desmayado corazón y despertado en él la cólera debida a la notoria venganza de la ofensa de Timbrio, sin mirar al peligro que me ponía, sino al de Timbrio, por ver si podía librarle o seguirle hasta la otra vida, con poco temor de perder la mía, eché mano a la espada, y con más que ordinaria furia entré por medio de la confusa turba hasta que llegué adonde Timbrio iba, el cual, no sabiendo si en provecho suyo tantas espadas se habían desenvainado, con perplejo y angustiado ánimo estaba mirando lo que pasaba, hasta que yo le dije: «¿Adónde está, oh Timbrio, el esfuerzo de tu valeroso pecho? ¿Qué esperas, o qué aguardas? ¿Por qué no te favoreces de la ocasión presente? Procura, oh verdadero amigo,

---

[89] *embelesado*: «El pasmado, absorto, traspuesto» (Covarrubias, *Tesoro*).

salvar tu vida, en tanto que esta mía hace escudo a la sinrazón[90] que, según creo, aquí te es hecha.» Estas palabras mías y el conocerme Timbrio fue parte[91] para que, olvidado todo temor, rompiese las ataduras o esposas de las manos; mas todo su ardimiento fuera poco si los sacerdotes, de compasión movidos, no ayudaran su deseo, los cuales, tomándole en peso, a pesar de los que estorbarlo querían, se entraron con él en una iglesia que allí junto estaba, dejándome a mí en medio de toda la justicia, que con grande instancia procuraba prenderme, como al fin lo hizo, pues a tantas fuerzas juntas no fue poderosa la sola mía de resistirlas. Y, con más ofensas que, a mi parecer, mi pecado merecía, a la cárcel pública, herido de dos heridas, me llevaron. El atrevimiento mío y el haberse escapado Timbrio aumentó mi culpa y el enojo en los jueces, los cuales, condenando bien el exceso por mí cometido, pareciéndoles ser justo que yo muriese, y luego, luego[92], la cruel sentencia pronunciaron, y para otro día guardaban la ejecución. Llegó a Timbrio esta triste nueva allá en la iglesia donde estaba y, según yo después supe, más alteración le dio mi sentencia que le había dado la de su muerte, y, por librarme de ella, de nuevo se ofrecía a entregarse otra vez en poder de la justicia; pero los sacerdotes le aconsejaron que servía de poco aquello: antes era añadir mal a mal y desgracia a desgracia, pues no sería parte el entregarse él para que yo fuese suelto, pues no lo podía ser sin ser castigado de la culpa cometida. No fueron menester pocas razones para persuadir a Timbrio no se diese a la justicia, pero sosegóse con proponer en su ánimo de hacer otro día por mí lo que yo por él había hecho, por pagarme en la mesma moneda o morir en la demanda. De toda su intención fui avisado por un clérigo que a confesarme vino, con el cual le envié a decir que el mejor remedio que mi desdicha podía tener era que él se

---

[90] *sinrazón*: Según F. Ynduráin (1947, 115) esta palabra y actitud recuerdan las del hidalgo del *Quijote*. (Véase pág. 507, nota 71).

[91] *fue parte*: Covarrubias recoge la expresión con valor negativo: «*No soy parte*, no puedo en ese negocio» (*Tesoro*). Aquí con el sentido de 'pudo, fue capaz de'.

[92] *luego, luego*: El adverbio repetido intensifica su significado.

salvase y procurase que, con toda brevedad, el virrey de Barcelona supiese todo el suceso antes que la justicia de aquel pueblo la ejecutase en él. Supe también la causa por que a mi amigo Timbrio llevaban al amargo suplicio, según me contó el mesmo sacerdote que os he dicho; y fue que, viniendo Timbrio caminando por el reino de Cataluña, a la salida de Perpiñán dieron con él una cantidad de bandoleros, los cuales tenían por señor y cabeza a un valeroso caballero catalán, que por ciertas enemistades andaba en la compañía[93], como es ya antiguo uso de aquel reino, cuando los enemistados son personas de cuenta, salirse a ella y hacerse todo el mal que pueden, no solamente en las vidas, pero en las haciendas, cosa ajena de toda cristiandad y digna de toda lástima. Sucedió, pues, que al tiempo que los bandoleros estaban ocupados en quitar a Timbrio lo que llevaba, llegó en aquella sazón el señor y caudillo de ellos y como, en fin era caballero, no quiso que delante de sus ojos agravio alguno a Timbrio se hiciese; antes, pareciéndole hombre de valor y prendas, le hizo mil corteses ofrecimientos, rogándole que por aquella noche se quedase con él en un lugar allí cerca, que otro día por la mañana le daría una señal de seguro para que sin temor alguno pudiese seguir su camino hasta salir de aquella provincia. No pudo Timbrio dejar de hacer lo que el cortés caballero le pedía, obligado de las buenas obras de él recibidas. Fuéronse juntos y llegaron a un pequeño lugar, donde por los del pueblo alegremente recebidos fueron. Mas la Fortuna, que hasta entonces con Timbrio se había burlado, ordenó que aquella mesma noche diesen con los bandoleros una compañía de soldados sólo para este efecto juntada y, habiéndolos cogido de sobresalto, con facilidad los desbarataron;

---

[93] *andar en la compañía*: *compañía* puede serlo de muchas clases (representantes, soldados, etc.). Cervantes en *Las dos doncellas* dice de un personaje que se ha «escapado de una compañía de bandoleros» (*Novelas Ejemplares*, 1980, 213) precisamente en un lugar cercano a Igualada en Cataluña. Véase la referencia de Schevill y Bonilla, *Galatea*, 1914, I, 250-251, sobre estas contiendas catalanas. Recuérdese el episodio de Roque Guinart, en el *Quijote* (II, 60-61), en que también entremete en la ficción estas noticias. Véase esta relación establecida por G. Staag (1984).

y puesto que no pudieron prender al caudillo prendieron y mataron a otros muchos, y uno de los presos fue Timbrio, a quien tuvieron por un famoso salteador que en aquella compañía andaba, y, según se debe imaginar, sin duda le debía de parecer mucho, pues con atestiguar los demás presos que aquel no era el que pensaban, contando la verdad de todo el caso, pudo tanto la malicia en el pecho de los jueces, que, sin más averiguaciones, le sentenciaron a muerte, la cual fuera puesta en efecto si el Cielo, favorecedor de los justos intentos, no ordenara que las galeras se fuesen y yo en tierra quedase para hacer lo que hasta agora os he contado que hice. Estábase Timbrio en la iglesia (y yo en la cárcel), ordenando de partirse aquella noche a Barcelona, y yo, que esperando estaba en qué pararía la furia de los ofendidos jueces, [cuando][94] con otra mayor desventura suya Timbrio y yo de la nuestra fuimos librados. Mas ¡ojalá fuera servido el cielo que en mí solo se ejecutara la furia de su ira, con tal que la alzaran de aquel pequeño y desventurado pueblo, que a los filos de mil bárbaras espadas tuvo puesto el miserable cuello! Poco más de media noche sería, hora acomodada a facinorosos[95] insultos, y en la cual la trabajada gente suele entregar los trabajados miembros en brazos del dulce sueño, cuando improvisamente[96] por todo el pueblo se levantó una confusa vocería diciendo: «¡Al arma, al arma, que turcos hay en la tierra!»[97]. Los ecos de estas tristes voces ¿quién duda que no causaron espanto en los mujeriles pechos, y aun pusieron confusión en los fuertes ánimos de los varones? No sé qué os diga, señores, sino que en un punto la miserable tierra comenzó a arder con tanta gana que no parecía sino que las mesmas piedras con que las casas fabricadas estaban, ofrecían acomodada mate-

---

[94] [*cuando*]: falta en el texto impreso (fol. 92); y lo restituyo como Schevill y Bonilla (*Galatea*, I, pág. 126).
[95] *facinorosos*: «Cosa dañosa en una mala parte» (Covarrubias, *Tesoro*)
[96] *improvisamente*: 'De improviso y de repente'.
[97] La versión dramática de un hecho semejante (por lo demás común en las aldeas del Mediterraneo) se encuentran en *Los baños de Argel* del mismo Cervantes; véase la ed. de J. Canavaggio, Madrid, Taurus, 1992, jorn. I, 83-131.

ria al encendido fuego que todo lo consumía. A la luz de las furiosas llamas se vieron relucir los bárbaros alfanjes[98] y parecerse las blancas tocas de la turca gente, que, encendida, con sigures o hachas de duro acero las puertas de las casas derribaban y, entrando en ellas, de cristianos despojos salían cargados. Cuál llevaba la fatigada madre y cuál el pequeñuelo hijo que, con cansados y débiles gemidos, la madre por el hijo y el hijo por la madre preguntaba; y alguno sé que hubo que, con sacrílega mano, estorbó el cumplimiento de los justos deseos de la casta recién desposada virgen y del esposo desdichado, ante cuyos llorosos ojos quizá vio coger el fruto de que el sin ventura pensaba gozar en término breve. La confusión era tanta, tantos los gritos y mezclas de las voces tan diferentes que gran espanto ponían. La fiera y endiablada canalla, viendo cuán poca resistencia se les hacía, se atrevieron a entrar en los sagrados templos y poner las descomulgadas manos en las santas reliquias, poniendo en el seno el oro con que guarnecidas estaban, y arrojándolas en el suelo con asqueroso menosprecio. Poco le valía al sacerdote su santimonia[99], y al fraile su retraimiento, y al viejo sus nevadas canas, y al mozo su juventud gallarda, y al pequeño niño su inocencia simple[100], que de todos llevaban el saco aquellos descreídos perros, los cuales, después de abrasadas las casas, robado los templos, desflorado las vírgines, muertos los defensores, más cansados que satisfechos de lo hecho, al tiempo que el alba venía sin impedimento alguno se volvieron a sus bajeles, habiéndolos ya cargado de todo lo mejor que en el pueblo había, dejándole desolado y sin gente, porque toda la más gente se llevaban, y la otra a la montaña se había recogido.

---

[98] *alfanjes*: Cervantes conocía bien a los turcos por su experiencia del cautiverio; y aquí precisa el arma empleada por los corsarios. «Alfanje es una cuchilla corva, a modo de hoz, salvo que tiene el corte por la parte convexa» (Covarrubias, *Tesoro*).

[99] *santimonia*: Cultismo del latín religioso (*sanctimonia*), apoyado por el it. *santimonia*, de igual significación: 'santidad'.

[100] *simple*: En un sentido primitivo, como cuando dice Covarrubias: «Hombre simple, en la Escritura, vale hombre sencillo, sin ninguna doblez, justo y bueno» (*Tesoro*), aplicado aquí al niño.

¿Quién en tan triste espectáculo pudiera tener quedas las manos y enjutos los ojos? Mas, ay, que está tan llena de miserias nuestra vida que, en tan doloroso suceso como el que os he contado, hubo cristianos corazones que se alegraron, y estos fueron los de aquellos que en la cárcel estaban, que con la desdicha general cobraron la dicha propia, porque, en son de ir a defender el pueblo, rompieron las puertas de la prisión y en libertad se pusieron, procurando cada uno, no de ofender a los contrarios, sino de salvar a sí mesmos, entre los cuales yo gocé de la libertad tan caramente adquirida. Y, viendo que no había quien hiciese rostro a los enemigos, por no venir a su poder ni tornar al de la prisión, desamparando el consumido pueblo con no pequeño dolor de lo que había visto y con el que mis heridas me causaban, seguí a un hombre que me dijo que seguramente[101] me llevaría a un monasterio que en aquellas montañas estaba, donde de mis llagas sería curado y aun defendido, si de nuevo prenderme quisiesen. Seguíle, en fin, como os he dicho, con deseo de saber qué habría hecho la Fortuna de mi amigo Timbrio, el cual, como después supe, con algunas heridas se había escapado, y, seguido por la montaña otro camino diferente del que yo llevaba, vino a parar al puerto de Rosas, donde estuvo algunos días, procurando saber qué suceso habría sido el mío, y que, en fin, sin saber nuevas algunas, se partió en una nave y con próspero viento llegó a la gran ciudad de Nápoles. Yo volví a Barcelona, y allí me acomodé de lo que menester había, y después, ya sano de mis heridas, torné a seguir mi viaje, y sin sucederme revés alguno llegué a Nápoles, donde hallé enfermo a Timbrio; y fue tal el contento que en vernos los dos recibimos, que no me siento con fuerzas para encarecérosle por agora. Allí nos dimos cuenta de nuestras vidas y de todo aquello que hasta aquel momento nos había sucedido, pero todo este placer mío se aguaba con el ver a Timbrio no tan bueno como yo quisiera, antes tan malo, y de una enfermedad tan extraña, que, si yo a aquella sazón no llegara, pudiera llegar a tiempo de hacerle las obsequias de su

---

[101] *seguramente*: 'con seguridad'.

muerte y no solemnizar las alegrías de su vista. Después que él hubo sabido de mí todo lo que quiso, con lágrimas en los ojos me dijo: «¡Ay, amigo Silerio, y cómo creo que el Cielo procura cargar la mano en mis desventuras, para que, dándome la salud por la vuestra, quede yo cada día con más obligación de serviros!» Palabras fueron estas de Timbrio que me enternecieron; mas, por parecerme de comedimientos tan poco usados entre nosotros, me admiraron. Y por no cansaros en deciros punto por punto lo que yo le respondí y lo que él más replicó, sólo os diré que el desdichado de Timbrio estaba enamorado de una señora principal de aquella ciudad, cuyos padres eran españoles, aunque ella en Nápoles había nacido. Su nombre era Nísida[102], y su hermosura tanta que me atrevo a decir que la Naturaleza cifró en ella el extremo de sus perfecciones, y andaban tan a una en ella la honestidad y belleza, que lo que la una encendía la otra enfriaba; y los deseos que su gentileza hasta el más subido cielo levantaba, su honesta gravedad hasta lo más bajo de la tierra abatía. A esta causa estaba Timbrio tan pobre de esperanza, cuan rico de pensamientos y, sobre todo, falto de salud y en términos de acabar la vida sin descubrirlos[103]; tal era el temor y reverencia que había cobrado a la hermosa Nísida. Pero después que tuve bien conocida su enfermedad, y hube visto a Nísida y considerando la calidad y nobleza de sus padres, de-

---

[102] *Nísida*: Es el nombre de una pequeña isla (hoy Nisita), en la costa de Campania, cercana a Nápoles (K. Ph. Allen, 1977, 74), donde hubo una ninfa llamada *Nesis*, propio para un personaje que procede de esta ciudad. *Nísida* parece nombre inventado por Cervantes. *Nysa* era un nombre común de ciudad en Oriente; una estaba consagrada a Dioniso por las buenas uvas que producía, y Niseo fue sobrenombre de Baco. S. Trelles (1986, 169-184) estudia el retrato de Nísida reuniendo los atributos de nombre, naturaleza, fortuna, afectos, consejo, hechos, casos y oraciones, esparcidos en la obra; así resulta ser un personaje femenino en el que dominan los casos de Fortuna, que conoce la mudanza de las cosas humanas, y es astuta y aguda en su defensa personal, como luego serían las mujeres del *Persiles*. Después (pág. 454) se dirá que nació en las riberas del Tajo.

[103] Estos son los síntomas médicos del «mal de amor», causantes de una melancolía que puede conducir, como dice Cervantes, a la muerte. A esto nos referimos en el prólogo al tratar de la muerte en la obra. Véase O. H. Green (1966, 51).

terminé de posponer por él la hacienda, la vida y la honra, y más, si más tuviera y pudiera; y así usé de un artificio[104], el más extraño que hasta hoy se habrá oído ni leído, y fue que acordé de vestirme como truhán[105] y con una guitarra entrarme en casa de Nísida, que, por ser, como ya he dicho, sus padres de los principales de la ciudad, de otros muchos truhanes era continuada[106]. Parecióle bien este acuerdo a Timbrio, y resignó luego en las manos de mi industria todo su contento. Hice yo hacer luego muchas y diferentes galas y, en vistiéndome, comencé a ensayarme en el nuevo oficio delante de Timbrio, que no poco reía de verme tan truhanamente[107] vestido; y, por ver si la habilidad correspondía al hábito, me dijo que, haciendo cuenta que él era un gran príncipe y que yo de nuevo[108] venía a visitarle, le dijese algo. Y si yo no me acuerdo mal, y si vosotros, señores, no os cansáis de escucharme, diréos lo que entonces le canté, con ser la primera vez.

Todos dijeron que ninguna cosa les daría más contento que saber, por extenso, todo el suceso de su negocio, y que

---

[104] Como nota Avalle-Arce (*Galatea*, 1987, 149-151) el artificio ya era conocido, y esto es una hipérbole para reforzar el relato.

[105] *vestirse de truhán*: Covarrubias define acertadamente al *truhán*: «El chocarrero burlón, hombre sin vergüenza, sin honra y sin respeto; este tal [...] es admitido en los palacios de los reyes y de los grandes señores, y tiene licencia de decir lo que se le antojare...» (*Tesoro*). Por eso dice Silerio que pospone vida y honra, la base de la vida del noble, cuando se disfraza como truhán que con la guitarra, instrumento popular, se entra en la casa de los padres de Nísida sin impedimento. El disfrazarse aquí de truhán, que es artificio para que lo reciban en casa de Nísida, se convierte en síntoma de locura de amor cuando se enamora de ella (F. Vigier, 1981, 122). Luego, el mismo Silerio, por pena de amor, aparecerá como ermitaño, olvidando sus deberes sociales en la pretensión de lograr un estado de perfección, el religioso, que abandona enseguida que encuentra a Nísida y Timbrio.

[106] *continuada*: 'Visitada de continuo'. El significado está implícito en la acepción *continuo* de Covarrubias «el que es ordinario y perseverante en ejercer algún acto» (*Tesoro*, s. v. *continuar*). Conviene con el it. *continuare* «frequentare, praticare spesso un luogo».

[107] *truhanamente*: Covarrubias reconoce que existe la *truhanería*, «el arte del truhán» (*Tesoro*, s. v. *truhán*), que justifica este adverbio.

[108] *de nuevo*: Aquí significa por vez primera, a manera de presentación ante el señor con el que se quiere congraciar.

así le rogaban que ninguna cosa, por de poco momento que fuese, dejase de contarles.

—Pues esa licencia me dais —dijo el ermitaño—, no quiero dejaros de decir cómo comencé a dar muestras de mi locura, que fue con estos versos que a Timbrio canté, imaginando ser un gran señor a quien los decía[109]:

SILERIO

De príncipe que en el suelo
va por tan justo nivel,
¿qué se puede esperar de él
que no sean obras del Cielo?

    No se vee en la edad presente,   5
ni se vio en la edad pasada
república gobernada
de príncipe tan prudente.
Y del que mide su celo
por tan cristiano nivel[110],   10
¿qué se puede esperar de él
que no sean obras del Cielo?

    Del que trae por bien ajeno
sin codiciar más despojos
misericordia en los ojos   15
y la justicia en el seno.
Del que lo más de este suelo
es lo menos que hay en él,
¿qué se puede esperar de él
que no sean obras del Cielo?   20

    La liberal fama vuestra,
que hasta el cielo se levanta,

---

[109] No deja de ser una ironía que Silerio se ensaye con un elogio al príncipe, y que esto pueda ser cosa de «risa y juego». Téngase en cuenta para calibrar la importancia del contexto en relación con el texto. A. Castro (1948, 324) interpreta estos versos como muestra de la animosidad de Cervantes hacia Felipe II. De este canto «de mentiras» que se entremete en este lugar, tratamos en el prólogo.
[110] *nivel*: «Instrumento mural» (Covarrubias, *Tesoro*).

> de que tenéis alma santa
> nos da indicio y clara muestra.
> Del que no discrepa un pelo,   25
> de ser al Cïelo fiel,
> *¿qué se puede esperar de él*
> *que no sean obras del Cielo?*
>
>   Del que con cristiano pecho
> siempre en el rigor se tarda,   30
> y a la justicia le guarda,
> con clemencia, su derecho;
> de aquel que levanta el vuelo
> do ninguno llega a él.
> *¿qué se puede esperar de él*   35
> *que no sean obras del Cielo?*

Estas y otras cosas de más risa y juego canté entonces a Timbrio, procurando acomodar el brío y donaire del cuerpo a que en todo diese muestras de ejercitado truhán; y salí tan bien con ello que en pocos días fui conocido de toda la más gente principal de la ciudad; y la fama del truhán español por toda ella volaba hasta tanto que ya en casa del padre de Nísida me deseaban ver, el cual deseo les cumpliera yo con mucha facilidad si de industria no aguardara a ser rogado. Mas, en fin, no me pude excusar que un día de un banquete allá no fuese, donde vi más cerca la justa causa que Timbrio tenía de pa[d]ecer[111], y la que el Cielo me dio para quitarme el contento todos los días que en esta vida durare. Vi a Nísida, a Nísida vi[112], para no ver más, ni hay más que ver después de haberla visto[113]. ¡Oh fuerza poderosa de amor, contra quien valen poco las poderosas nuestras! ¿Y es posible que en un punto, en un momento, los

---

[111] *pa[d]ecer*: El impreso trae *parecer* (fol. 97).
[112] Con razón recuerda Avalle-Arce (1987, 176) que este recurso pleonástico del paralelismo inverso (x-y | y-x) puede relacionarse con el que usa en el *Quijote*: «Rindióse Camila, Camila se rindió» (I, 34) con motivo de un cierto paralelismo entre *El curioso impertinente* y este otro relato, según se indicó en una nota anterior.
[113] Obsérvese el poliptoton en las distintas formas del verbo *ver* (*vi, ver, haberlo visto*) que prepara la exaltación admirativa e interrogativa que declara el amor que sintió por ella y la situación que esto creaba en los amigos.

reparos y pertrechos de mi lealtad pusieses en términos de dar con todos ellos por tierra? ¡Ay, que si se tardara un poco en socorrerme, la consideración de quien yo era, la amistad que a Timbrio debía, el mucho valor de Nísida, el afrentoso hábito en que me hallaba...![114]. Que todo era impedimento a que, con el nuevo y amoroso deseo que en mí había nacido, no naciese también la esperanza de alcanzarla, que es el arrimo con que el amor camina o vuelve atrás en los enamorados principios. En fin, vi la belleza que os he dicho, y porque me importaba tanto el verla, siempre procuré granjear la amistad de sus padres y de todos los de su casa; y esto con hacer del gracioso y bien criado, haciendo mi oficio con la mayor discreción y gracia a mí posible. Y rogándome un caballero que aquel día a la mesa estaba que alguna cosa en loor de la hermosura de Nísida cantase, quiso la ventura que me acordase de unos versos que muchos días antes, para otra ocasión casi semejante yo había hecho y, sirviéndome para la presente, los dije, que eran estos:

Silerio

Nísida, con quien el Cielo
tan liberal se ha mostrado,
que, en daros a vos, dio al suelo
una imagen y traslado
de cuanto encubre su velo: 5
si él no tuvo más que os dar,
ni vos más que desear,
con facilidad se entiende
que lo [im]posible[115] pretende
quien os pretende loar.   10

---

[114] Desde Schevill y Bonilla (*Galatea*, I, 251) viene llamándose la atención sobre esta oración, que es la expresión de la duda interior de Silerio, apocopada en los términos que van implícitos: «Ay, que si se tardara un poco en socorrerme, [es decir, si yo mismo no hubiera reaccionado pronto ante el caso, qué hubiera sido de] la consideración...!». ¿Falta algún texto?

[115] *[im]posible*: Añadimos esta sílaba para mejorar la lección, pues ante el comienzo tan ordenado (que vuelve sobre la relación de la belleza de Dios, reflejada en las creaturas, sobre todo la mujer) conviene mejor el sentido de la propuesta. El impreso trae *posible*; aceptamos la corrección que propone Avalle-Arce (1987, 177).

De esa beldad peregrina
la perfección soberana
que al Cielo nos encamina,
pues no es posible la humana,
cante la lengua divina, 15
y diga: bien se conviene
que al alma que en sí contiene
ser tan alto y milagroso
se le diese el velo hermoso
más que el mundo tuvo o tiene. 20

Tomó del sol los cabellos[116];
del sesgo[117] cielo, la frente;
la luz, de los ojos bellos
de la estrella más luciente,
que ya no da luz ante ellos. 25
Como quien puede y se atreve,
a la grana y a la nieve
robó las colores bell[a]s,
que lo más perfecto de ellas
a tus mejillas se debe. 30

De marfil y de coral
formó los dientes y labios,
do sale rico caudal
de agudos dichos y sabios,
y armonía celestial. 35
De duro mármol ha hecho
el blanco y hermoso pecho,
y de tal obra ha quedado
tanto el suelo mejorado,
cuanto el Cielo satisfecho[118]. 40

Con estas y otras cosas que entonces canté, quedaron todos tan mis aficionados, especialmente los padres de Nísi-

---

[116] vv. 21-40: Estos versos establecen la descripción de un retrato de la belleza femenina, según las normas retóricas. Compárese con págs. 339-340 (nota 66), en donde ocurre en prosa. Véase A. Michalski (1981, 39- 46).
[117] *sesgo:* 'sosegado', arcaísmo poético.
[118] Recuérdese lo que se dijo sobre el valor de las poesías según el contexto; el truhán puede establecer el elogio hiperbólico de la dama sin ningún compromiso por su parte, sólo como muestra de habilidad poética.

288

da, que me ofrecieron todo lo que menester hubiese y me rogaron que ningún día dejase de visitarlos; y así, sin descubrirse ni imaginarse mi industria, vine a salir con mi primero disignio, que era facilitar la entrada en casa de Nísida, la cual gustaba en extremo de mis desenvolturas. Pero, ya que los muchos días y la mucha conversación mía y la grande amistad que todos los de aquella casa me mostraban, hubieron quitado algunas sombras al demasiado temor que de descubrir mi intento a Nísida tenía, determiné ver a do llegaba la ventura de Timbrio, que sólo de mi solicitud la esperaba. Mas, ay de mí, que yo estaba entonces más para pedir medicina para mi llaga que salud para la ajena, porque el donaire, belleza, discreción, gravedad de Nísida habían hecho en mi alma tal efecto, que no estaba en menos extremo de dolor y de amor puesta que la del lastimado Timbrio. A vuestra consideración discreta dejo[119] el imaginar lo que podía sentir un corazón a quien de una parte combatían las leyes de la amistad y de otra, las inviolables de Cupido; porque si las unas le obligaban a no salir de lo que ellas y la razón le pedían, las otras le forzaban que tuviese cuenta con lo que a su contento era obligado. Estos sobresaltos y combates me apretaban de manera que, sin procurar la salud ajena, comencé a dudar de la propia y a ponerme tan flaco y amarillo que causaba general compasión a todos los que me miraban. Y los que más la mostraban eran los padres de Nísida; y aun ella mesma, con limpias y cristianas entrañas, me rogó muchas veces que la causa de mi enfermedad le dijese, ofreciéndome todo lo necesario para el remedio de ella. «¡Ay —decía yo entre mí cuando Nísida tales ofrecimientos me hacía—, y con cuánta facilidad, hermosa Nísida, podría remediar vuestra mano el mal que vuestra hermosura ha hecho!» Pero précieme tanto de buen amigo que, aunque tuviese tan cierto mi remedio como le tengo por imposible, imposible sería

---

[119] A. Castro (1172, 76-77 y 109) llamó la atención sobre este párrafo en el que el protagonista se encuentra en la encrucijada de la conducta, y sigue un camino determinado; Silerio quiere que los oyentes asuman para sí su propia perplejidad.

que le aceptase. Y como estas consideraciones en aquellos instantes me turbasen la fantasía, no acertaba a responder a Nísida cosa alguna, de lo cual ella y otra hermana suya, que Blanca se llamaba, de menos años, aunque no de menos discreción y hermosura que Nísida, estaban maravilladas. Y, con más deseo de saber el origen de mi tristeza[120], con muchas importunaciones me rogaban que nada de mi dolor les encubriese. Viendo, pues, yo que la ventura me ofrecía la comodidad de poner en efecto lo que hasta aquel punto mi industria había fabricado, una vez que acaso Nísida y su hermana solas se hallaban, tornando ellas de nuevo a pedirme lo que tantas veces, les dije: «No penséis, señoras, que el silencio que hasta agora he tenido en no deciros la causa de la pena que imagináis que siento, lo haya causado tener yo poco deseo de obedeceros, pues ya se sabe que, si algún bien mi abatido estado en esta vida tiene, es haber granjeado con el venir a términos de conoceros y como criado serviros; sólo ha sido la causa imaginar que, aunque la descubra, no servirá para más de daros lástima, viendo cuán lejos está el remedio de ella. Pero ya que me es forzoso satisfaceros en esto, sabréis, señoras, que en esta ciudad está un caballero, natural de mi mesma patria[121], a quien tengo por señor, por amparo y por amigo, el más liberal, discreto y gentil hombre que en gran parte hallar se pueda, el cual está aquí ausente de la amada patria por ciertas cuestiones que allá le sucedieron, que le forzaron a venir a esta ciudad, creyendo que si allá en la suya dejaba enemigos, acá en la ajena no le faltaran amigos; mas hale salido tan al revés su pensamiento que un solo enemigo que él mesmo, sin saber cómo, aquí se ha procurado, le tiene puesto en tal extremo que, si el cielo no le socorre, con acabar la vida acabará sus amistades y enemistades. Y como yo conozco el valor de Timbrio (que este es el

---

[120] Los síntomas del mal de amor que aqueja a Silerio recuerdan los de Carino (Prosa VIII de la *Arcadia*), que los cuenta de manera semejante, callando ambos el motivo (M. Z. Wellington, 1959, 11).

[121] *patria*: En el sentido del lugar donde nació y ha vivido habitualmente, ya indicado (o sea, Jerez).

nombre del caballero cuya desgracia os voy contando) y sé lo que perderá el mundo en perderle, y lo que yo perderé si le pierdo, doy las muestras de sentimiento que habéis visto, y aun son pocas, según a lo que me obliga el peligro en que Timbrio está puesto. Bien sé que desearéis saber, señoras, quién es el enemigo que a tan valeroso caballero, como es el que os he pintado, tiene puesto en tal extremo; pero también sé que, en diciéndoosle, no os maravillaréis sino de cómo ya no le tiene consumido y muerto. Su enemigo es Amor, universal destruidor de nuestros sosiegos y bienandanzas; este fiero enemigo tomó posesión de sus entrañas. En entrando en esta ciudad, vio Timbrio una hermosa dama, de singular valor y hermosura, mas tan principal y honesta que jamás el miserable se ha aventurado a descubrirle su pensamiento.» A este punto llegaba yo cuando Nísida me dijo: «Por cierto, Astor (que entonces era este el nombre mío), que no sé yo si crea que ese caballero sea tan valeroso y discreto como dices, pues tan fácilmente se ha dejado rendir a un mal deseo tan recién nacido, entregándose tan sin ocasión alguna en los brazos de la desesperación; y aunque a mí se me alcanza poco de estos amorosos efectos, todavía me parece que es simplicidad y flaqueza dejar, el que se vee fatigado de ellos, de descubrir su pensamiento a quien se le causa, puesto que sea del valor que imaginar se puede, porque ¿qué afrenta se le puede seguir a ella de saber que es bien querida, o a él qué mayor mal de su aceda y desabrida respuesta que la muerte que él mesmo se procura callando?[122]. Y no sería bien que, por tener un juez fama de riguroso, dejase alguno de alegar de su derecho. Pero pongamos que sucede la muerte de un amante tan callado y temeroso como ese tu amigo; dime: ¿llamarías tú cruel a la dama de quien estaba enamorado? No, por cierto, que mal puede remediar nadie la necesidad que no llega a su noticia, ni cae en su obligación procurar saberla para remediarla. Así que, Astor, perdóname, que las

---

[122] Este recurso, propio del estilo de Boccaccio, es la respuesta negativa a una interrogación retórica que denota negación; con esto Silerio quiere cargarse de razón en sus equilibrios dialécticos con la dama.

obras de ese tu amigo no hacen muy verdaderas las alabanzas que le das.» Cuando yo oí a Nísida semejantes razones, luego luego quisiera con las mías descubrirle todo el secreto de mi pecho, mas, como yo entendía la bondad y llaneza con que ella las hablaba, hube de detenerme y esperar más sola y mejor coyuntura, y así le respondí: «Cuando los casos de amor, hermosa Nísida, con libres ojos se mir[a]n, tantos desatinos se veen en ellos que no menos de risa que de compasión son dignos; pero si de la sotil red amorosa se halla enlazada el alma, allí están los sentidos tan trabados y tan fuera de su propio ser que la memoria sólo sirve de tesorera y guardadora del objeto que los ojos miraron; y el entendimiento, en escudriñar y conocer el valor de la que bien ama; y la voluntad, de consentir de que la memoria y entendimiento en otra cosa no se ocupen. Y así, los ojos veen como por espejo de alinde[123], que todas las cosas se les hacen mayores: ora crece la esperanza, cuando son favorecidos, ora el temor cuando desechados; y así sucede a muchos lo que a Timbrio ha sucedido, que, pareciéndoles a los principios altísimo el objeto a quien los ojos levantaron, pierden la esperanza de alcanzarle; pero no de manera que no les diga Amor allá dentro en el alma: «¡Quién sabe! Podría ser...»; y con esto anda la esperanza, como decirse suele, entre dos aguas[124], la cual, si del todo les desa[m]parase, con ella huiría el amor. Y de aquí nace andar, entre el temor y osar, el corazón del amante tan afligido que, sin aventurarse a decirla, se recoge y aprieta en su llaga, y espera, aunque no sabe de quién, el remedio de que se vee tan apartado. En este mesmo extremo he yo hallado a Timbrio, aunque todavía, a persuasiones mías, ha escrito una carta a la dama por quien muere, la cual me dio para que la viese y mirase si en alguna manera se mostraba en ella descomedido, porque la enmendaría; encargóme asimesmo que buscase orden de ponerla en manos de su señora, que creo será imposible, no porque yo me aventure a ello, pues lo menos que aventuraré será la vida por servirle, mas

---

[123] *espejo de alinde*: 'Espejo de acero cóncavo que aumenta lo que refleja'.
[124] *entre dos aguas*: «Por estar en duda» (Correas, 1967, 622).

porque me parece que no he de hallar ocasión para darla.» «Veámosla —dijo Nísida—, porque deseo ver cómo escriben los enamorados discretos.» Luego saqué yo una carta del seno, que algunos días antes estaba escrita esperando ocasión de que Nísida la viese y, ofreciéndome la ventura esta, se la mostré; la cual, por haberla yo leído muchas veces, se me quedó en la memoria, cuyas razones eran estas:

TIMBRIO A NÍSIDA

«Determinado había, hermosa señora, que el fin desastrado mío os diese noticia de quién yo era, pareciéndome ser mejor que alabárades mi silencio en la muerte que no que vituperárades mi atrevimiento en la vida; mas, porque imagino que a mi alma conviene partirse de este mundo en gracia vuestra, por que en el otro no le niegue Amor el premio de lo que ha padecido, os hago sabidora del estado en que vuestra rara beldad me tiene puesto, que es tal, que, a poder significarle, no procurara su remedio, pues por pequeñas cosas nadie se ha de aventurar a ofender el valor extremado vuestro, del cual y de vuestra honesta liberalidad espero restaurar la vida para serviros o alcanzar la muerte para nunca más ofenderos.»

Con mucha atención estuvo Nísida escuchando esta carta, y, en acabándola de oír, dijo: «No tiene de qué agraviarse la dama a quien esta carta se envía, si ya de puro grave no da en ser melindrosa, enfermedad de quien no se escapa la mayor parte de las damas de esta ciudad[125]. Pero, con todo eso, no dejes, Astor, de dársela, pues, como ya te he dicho, no se puede esperar más mal de su respuesta que no sea peor el que agora dices que tu amigo padece. Y para más animarte, te quiero asegurar que no hay mujer tan recatada y tan puesta en atalaya para mirar por su honra, que

---

[125] Esta observación, como otras del libro, coinciden con lo que dice Ovidio sobre el gusto de la mujer por el elogio (I, 619-622). Representa una muestra del sentido psicológico que Cervantes manifiesta, tan conveniente luego para el desarrollo de la novela.

le pese mucho de ver y saber que es querida, porque entonces conoce ella que no es vana la presunción que de sí tiene, lo cual sería al revés si viese que de nadie era solicitada.» «Bien sé, señora, que es verdad lo que dices —respondí yo—, mas tengo temor que el atreverme a darla, por lo menos me ha de costar negarme de allí adelante la entrada en aquella casa, de que no menor daño me vendría a mí que a Timbrio.» «No quieras, Astor —replicó Nísida—, confirmar tú la sentencia que aún el juez no tiene dada. Muestra buen ánimo, que no es riguroso trance de batalla este a que te aventuras.» «¡Pluguiera al cielo, hermosa Nísida —respondí yo—, que en ese término me viera, que de mejor gana ofreciera el pecho al peligro y rigor de mil contrapuestas armas, que no la mano a dar esta amorosa carta a quien temo que, siendo con ella ofendida, ha de arrojar sobre mis hombros la pena que la ajena culpa merece! Pero, con todos estos inconvenientes, pienso seguir, señora, el consejo que me has dado, puesto que aguardaré tiempo en que el temor no tenga tan ocupados mis sentidos como agora; y en este entretanto, te suplico que, haciendo cuenta que tú eres a quien esta carta se envía, me des alguna respuesta que lleve a Timbrio, para que con este engaño él se entretenga un poco, y a mí el tiempo y las ocasiones me descubran lo que tengo de hacer.» «De mal artificio quieres usar —respondió Nísida—, porque, puesto caso que yo agora diese en nombre ajeno alguna blanda o esquiva respuesta, ¿no ves que el tiempo, descubridor de nuestros fines, aclarará el engaño, y Timbrio quedará de ti más quejoso que satisfecho? Cuanto más que, por no haber dado hasta agora respuesta a semejantes cartas, no querría comenzar a darlas mentirosa y fingidamente; mas, aunque sepa ir contra lo que a mí mesma debo, si me prometes de decir quién es la dama, yo te diré qué digas a tu amigo, y cosa tal que él quede contento por agora; y puesto que[126] después las cosas sucedan al revés de lo que él pensare, no por eso se averiguará la mentira.» «Eso no me lo mandes, oh Nísida —respondí yo—, porque en tanta confusión me pone de-

---

[126] *puesto que*: Como otras veces, 'aunque' (Keniston, 1937, 28.44).

cirte yo a ti su nombre, como me pondría el darle a ella la carta; basta saber que es principal y que, sin hacerte agravio alguno, no te debe nada en la hermosura, que con esto me parece que la encarezco sobre cuantas son nacidas.» «No me maravillo que digas eso de mí —dijo Nísida—, pues los hombres de vuestra condición y trato, lisonjear es su propio oficio. Mas, dejando todo esto a una parte, porque deseo que no pierdas la comodidad de un tan buen amigo, te aconsejo que le digas que fuiste a dar la carta a su dama, y que has pasado con ella todas las razones que conmigo, sin faltar punto, y cómo leyó tu carta, y el ánimo que te daba para que a su dama la llevases, pensando que no era ella a quien venía; y que, aunque no te atreviste a declarar del todo que has conocido de ella que, cuando sepa ser ella para quien la carta venía, no le causará el engaño y desengaño mucha pesadumbre. De esta suerte recibirá él algún alivio en su trabajo; y después, al descubrir tu intención a su dama, puedes responder a Timbrio lo que ella te respondiere, pues, hasta el punto que ella lo sepa, queda en fuerza esta mentira y la verdad de lo que sucediere, sin que haga al caso el engaño de agora»[127]. Admirado quedé de la discreta traza de Nísida, y aun no sin sospecha de la verdad de mi artificio. Y así, besándole las manos por el buen aviso, y quedando con ella que, de cualquiera cosa que en este negocio sucediere, le había de dar particular cuenta, vine a contar a Timbrio todo lo que con Nísida me había sucedido, que fue parte para que la[128] tuviese en su alma la esperanza y volviese de nuevo a sustentarle y a desterrar de su corazón los nublados del frío temor que hasta entonces le tenían ofuscado. Y todo este gusto se le acrecentaba el prometerle yo a cada paso que los míos no serían dados sino en servicio suyo, y que otra vez que con Nísida me hallase,

---

[127] Recuérdese que Silerio está disfrazado de truhán, y a eso se refiere Nísida; sin embargo, Silerio, al fin de las palabras de Nísida, sospecha que ella pueda haber intuido la *verdad* (o sea, que no es oficio su dedicación, sino amor) de su *artificio* (el disfraz), que es el juego amoroso que lo guía.

[128] Propiamente sobra *la* en el impreso (fol. 105 v.), salvo que se interprete como un giro conversacional en el que *la esperanza* se sitúa entre comas como aclaración del pronombre.

sacaría el juego de maña[129] con tan buen suceso como sus pensamientos merecían. Una cosa se me ha olvidado de deciros: que, en todo el tiempo que con Nísida y su hermana estuve hablando, jamás la menor hermana habló palabra, sino que, con un extraño silencio, estuvo siempre colgada de las mías[130]. Y seos decir, señores, que, si callaba, no era por no saber hablar con toda discreción y donaire, porque en estas dos hermanas mostró Naturaleza todo lo que ella puede y vale; y, con todo esto, no sé si os diga que holgara que me hubiera negado el cielo la ventura de haberlas conocido, especialmente a Nísida, principio y fin de toda mi desdicha. Pero ¿qué puedo hacer si lo que los hados tienen ordenado no puede por discursos humanos estorbarse? Yo quise, quiero y querré bien a Nísida, tan sin ofensa de Timbrio, cuanto lo ha mostrado bien mi cansada lengua, que jamás la[131] habló que en favor de Timbrio no fuese, encubriendo siempre, con más que ordinaria discreción, la pena propia por remediar la ajena. Sucedió, pues, que, como la belleza de Nísida tan esculpida en mi alma quedó desde el primer punto que mis ojos la vieron, no pudiendo tener mi pecho tan rico tesoro encubierto, cuando solo o apartado alguna vez me hallaba, con algunas amorosas y lamentables canciones le descubría con velo de fingido nombre. Y así una noche, pensando que ni Timbrio ni otro alguno me escuchaba, por dar alivio un poco al fatigado espíritu, en un retirado aposento, sólo de un laúd acompañado, canté unos versos que, por haberme puesto en una confusión gravísima, os los habré de decir, que eran estos:

SILERIO

¿Qué laberinto es este do se encierra
mi loca, levantada fantasía?

---

[129] «Sacar el juego de maña se dice del juego de ajedrez, y por alusión, de cualquiera otra cosa que el contrario pretende entretener» (Covarrubias, *Tesoro*, s. v. *maña*).

[130] *de las mías*: las palabras, por zeugma.

[131] *la*: puede entenderse 'a ella', o (como propone Avalle-Arce, 1987, 185) considerar palabra en forma elíptica. Justifica la referencia el habla emotiva que denota la reiteración *quise / quiero / querré* de poco antes.

¿Quién ha vuelto mi paz en cruda guerra,
y en tal tristeza, toda mi alegría?
¿O cuál hado me trujo a ver la tierra
que ha de servir de sepoltura mía,
o quién reducirá mi pensamiento
al término que pide un sano intento?

Si por romper este mi frágil pecho
y despojarme de la dulce vida
quedase el suelo y cielo satisfecho
de que a Timbrio guardé la fe debida,
sin que me acobardara el crudo hecho,
yo fuera de mí mesmo el homicida;
mas, si yo acabo, en él acaba luego
la amorosa esperanza y crece el fuego.

Lluevan y caigan las doradas flechas
del ciego dios, y con rigor insano
al triste corazón vengan derechas,
disparadas con fiera, airada mano;
que, aunque ceniza y polvo queden hechas
las heridas entrañas, lo que gano
en encubrir su dolorosa llaga
es rica, de mi mal, ilustre paga[132].

Silencio eterno a mi cansada lengua
pondrá la ley de la amistad sincera,
por cuya sin igual virtud desmengua
la pena que acabar jamás espera;
mas aunque nunca acabe y ponga en mengua
la honra y la salud, será cual era
mi limpia fe: más firme y contrastada
que roca en medio de la mar airada.

Del humor que derraman estos ojos,
y de la lengua el pïadoso oficio:
del bien que se le debe a mis enojos,
y de la voluntad el sacrificio,
lleve los dulces premios y despojos
el caro amigo, y muéstrese propicio

---

[132] Hipérbaton latinizante, obligado por la rima, y que anuncia las audacias del nuevo estilo.

  el cielo a mi deseo, que pretende
  el bien ajeno y a sí mismo ofende.   40

  Socorre, oh blando Amor, levanta y guía
  mi bajo ingenio en la ocasión dudosa;
  y al esperado punto esfuerzo envía
  al alma y a la lengua temerosa,
  la cual podrá, si lleva tu osadía,   45
  facilitar la más difícil cosa,
  y romper contra el hado y desventura
  hasta llegar a la mayor ventura.

El estar tan transportado en mis continuas imaginaciones fue ocasión para que yo no tuviese cuenta en cantar estos versos que he dicho con tan baja voz como debiera; ni el lugar do estaba era tan escondido que estorbara que de Timbrio no fueran escuchados, el cual, así como los oyó, le vino al pensamiento que el mío no estaba libre de amor y que, si yo alguno tenía, era a Nísida, según se podía colegir de mi canto. Y aunque él alcanzó la verdad de mis pensamientos, no alcanzó la de mis deseos; antes, entendiendo ser al contrario de lo que yo pensaba, determinó de ausentarse aquella mesma noche e irse adonde de ninguno fuese hallado, sólo por dejarme comodidad de que solo a Nísida sirviese. Todo esto supe yo de un paje suyo, sabidor de todos sus secretos, el cual vino a mí muy angustiado y me dijo: «Acudid, señor Silerio, que Timbrio, mi señor y vuestro amigo, nos quiere dejar y partirse esta noche; y no me ha dicho a dónde, sino que le apareje no sé qué dineros, y que a nadie diga que se parte; principalmente, me dijo que a vos no lo dijese. Y este pensamiento le ha venido después que estuvo escuchando no sé qué versos que poco ha cantábades, y, según los extremos que le he visto hacer, creo que va a desesperarse[133]; y por parecerme que debo antes acudir a su remedio que a obedecer su mandado, os lo ven-

---

[133] *desesperarse*: «Perder la esperanza. *Desesperarse* es matarse de cualquiera manera por despecho; pecado contra el Espíritu Santo...» (Covarrubias, *Tesoro*).

go a decir, como a quien puede ser parte para que no ponga en efecto tan dañado propósito.»

Con extraño sobresalto escuché lo que el paje me decía, y fui luego a ver a Timbrio a su aposento, y, antes que dentro entrase, me paré a ver lo que hacía, el cual estaba tendido encima de su lecho boca abajo, derramando infinitas lágrimas, acompañadas de profundos sospiros, y con baja voz y mal formadas razones me pareció que estas decía: «Procura, verdadero amigo Silerio, alcanzar el fruto que tu solicitud y trabajo tiene bien merecido, y no quieras, por lo que te parece que debes a mi amistad, dejar de dar gusto a tu deseo, que yo refrenaré el mío, aunque sea con el medio extremo de la muerte; que, pues tú de ella me libraste cuando con tanto amor y fortaleza al rigor de mil espadas te ofreciste, no es mucho que yo agora te pague en parte tan buena obra con dar lugar a que, sin el impedimento que mi presencia causarte puede, goces de aquella en quien cifró el cielo toda su belleza y puso el amor todo mi contento. De una sola cosa me pesa, dulce amigo, y es que no puedo despedirme de ti en esta amarga partida, mas admite por disculpa el ser tú la causa de ella. ¡Oh Nísida, Nísida, y cuán cierto está de tu hermosura, que se ha de pagar la culpa del que se atreve a mirarla con la pena de morir por ella! Silerio la vio, y si no quedara cual imagino que ha quedado, perdiera en gran parte conmigo la opinión que tiene de discreto. Mas, pues mi ventura así lo ha querido, sepa el cielo que no soy menos amigo de Silerio que él lo es mío; y, para muestras de esta verdad, apártese Timbrio de su gloria, destiérrese de su contento, vaya peregrino de tierra en tierra, ausente de Silerio y de Nísida, dos verdaderas y mejores mitades de su alma.» Y luego con mucha furia se levantó del lecho y abrió la puerta; y, hallándome allí, me dijo: «¿Qué quieres, amigo, a tales horas? ¿Hay, por ventura, algo de nuevo?» «Hay tanto —le respondí yo—, que, aunque hubiera menos, no me pesara.» En fin, por no cansaros más, yo llegué a tales términos con él que le persuadí y di a entender ser su imaginación falsa, no en cuanto estaba yo enamorado, sino en el de quién, porque no era de Nísida, sino de su hermana Blanca; y súpelo decir

299

esto de manera que él lo tuvo por verdadero, y porque más crédito a ello diese, la memoria me ofreció unas estancias que muchos días antes yo mesmo había hecho a otra dama del mesmo nombre[134], y díjele que para la hermana de Nísida las había compuesto, las cuales vinieron tan a propósito que, aunque sea fuera de él[135] decirlas agora, no las quiero pasar en silencio, que fueron estas:

Silerio

¡Oh Blanca, a quien rendida está la nieve[136],
y en condición más que la nieve helada!
No presumáis ser mi dolor tan leve
que estéis de remediarle descuidada.
Mirad que si mi mal no ablanda y mueve   5
vuestra alma, en mi desdicha conjurada,
se volverá tan negra mi ventura
cuanta sois blanca en nombre y hermosura[137].

¡Blanca gentil, en cuyo blanco pecho
el contento de amor se anida y cierra!   10
Antes que el mío, en lágrimas deshecho,
se vuelva polvo y miserable tierra,
mostrad el vuestro en algo satisfecho
del amor y dolor que el mío encierra,
que esta será tan caudalosa paga,   15
que a cuanto mal padezco satisfaga.

Blanca, sois vos por quien trocar querría
de oro el más finísimo ducado,
y por tan alta posesión tendría

---

[134] Aquí se manifiesta la ambigüedad de esta poesía, que vale para una y otra Blanca. Se trata de una exhibición poética, aplicable a cualquier caso, como ocurre cuando el poeta enhebra poesías escritas en otra ocasión en el curso del libro de pastores.

[135] *de él*: De propósito, por zeugma.

[136] El comienzo recuerda el verso de la Égloga I de Garcilaso: «Más helada que la nieve, Galatea» (59).

[137] Cervantes acumula aquí términos de la polivalencia semántica de *blanca*: 1) El nombre de la dama; 2) el color; 3) moneda menuda (según Covarrubias, *Tesoro*); 4) *sacar blanca* es sacar carta sin figura.

       por bien perder la del más alto estado[138].   20
       Pues esto conocéis, oh Blanca mía,
       dejad ese desdén desamorado,
       y haced, oh Blanca, que el amor acierte
       a sacar, si sois vos Blanca, mi suerte.

       Puesto que con pobreza tal me hallara   25
       que tan sola una blanca poseyera[139],
       si ella fuérades vos, no me trocara
       por el más rico que en el m[u]ndo hubiera;
       y si mi ser en aquel ser tornara
       de «Juan Espera en Dios»[140], dichoso fuera   30
       si, al tiempo que las tres blancas buscase,
       a vos, oh Blanca, entre ellas os hallase.

Adelante pasara con su cuento Silerio, si no lo estorbara el son de muchas zampoñas y acordados caramillos que a sus espaldas se oía; y volviendo la cabeza, vieron venir hacia ellos hasta una docena de gallardos pastores puestos en dos hileras, y en medio venía un dispuesto pastor coronado con una guirnada de madreselva y de otras diferentes flores. Traía un bastón en la una mano, y con grave paso poco a poco se movía, y los demás pastores, andando con el mesmo aplauso[141] y tocando to-

---

[138] J. B. Avalle-Arce (1987, 189) propone la posible interpretación de que este *más alto estado* sea el religioso. Contando con que Silerio está retirado en una ermita, esto conviene y es un elogio desmesurado desde el punto de vista religioso, pues este *estado* era el más propicio a la salvación.

[139] Silerio juega con las acepciones de *Blanca* (el nombre de la dama), *blanca* («moneda menuda [...]; no valer una blanca, valer poco», Covarrubias, *Tesoro*), en contraste con el *ducado* («moneda de oro en su principio» *(idem)*.

[140] *Juan Espera en Dios*: Se refiere a la leyenda del judío errante, que Covarrubias recoge en esta versión: «También está recibido que hay un hombre, al cual llaman Juan de Espera en Dios que ha vivido y vive muchos siglos, y que todas las veces que ha de menester dinero, halla cinco blancas en la bolsa» (*Tesoro*, s. v. *Juan*); sólo que Cervantes indica que son tres las blancas. Véase Marcel Bataillon, «Peregrinaciones españolas del judío errante» [1941], en *Varia lección de clásicos españoles*, Madrid, Gredos, 1964, 81-132.

[141] *andar con el mismo aplauso*: Andar con el mismo ritmo que procede de las palmadas unánimes. Covarrubias dice: «La aprobación del pueblo y

dos sus instrumentos, daban de sí agradable y extraña muestra.

Luego que Elicio los vio, conoció ser Daranio el pastor que en medio traían, y los demás ser todos circunvecinos que a sus bodas querían hallarse, a las cuales asimesmo Tirsi y Damón vinieron, y por alegrar la fiesta del desposorio y honrar al nuevo desposado, de aquella manera hacia el aldea se encaminaban. Pero viendo Tirsi que su venida había puesto silencio al cuento de Silerio, le rogó que aquella noche juntos en la aldea la pasasen, donde sería servido con la voluntad posible, y haría satisfechas las suyas con acabar el comenzado suceso. Silerio lo prometió.

Y a esta sazón llegó el montón alegre de pastores, los cuales, conociendo a Elicio y Daranio, a Tirsi y a Damón, sus amigos, con señales de grande alegría se recibieron y, renovando la música y renovando el contento, tornaron a proseguir el comenzado camino; y ya que llegaban junto al aldea, llegó a sus oídos el son de la zampoña del desamorado Lenio, de que no poco gusto recibieron todos porque ya conocían la extremada condición suya. Y así como Lenio los vio y conoció, sin interrumper el suave canto, de esta manera cantando hacia ellos se vino:

LENIO

Por bienaventurada[142],
por llena de contento y alegría
será por mí juzgada
tan dulce compañía,
si no siente de Amor la tiranía.   5

Y besaré la tierra
que pisa aquel que de su pensamiento

---

de todos en común, con semblante risueño y voz de alegría, y dando una palma con otra» (*Tesoro*, s. v. *aplauso*).

[142] Esta poesía presenta reminiscencias de Fray Luis de León; está escrita en liras (las más cercanas al fraile son las tercera y sexta, según J. M. Blecua, 1970/2, 177). Puede relacionarse con la oda «Al apartamiento», contando con que Fray Luis se refiere a un retiro espiritual y Cervantes sólo al que ocurre alejándose de las mujeres.

el falso amor destierra
y tiene el pecho exento
de esta furia cruel, de este tormento.   10

   Y llamaré dichoso
al rústico, advertido ganadero
que vive cuidadoso
del pobre, manso apero[143],
y muestra el rostro al crudo amor severo.   15

   De este tal las corderas,
antes que venga la sazón madura,
serán ya parideras,
y en la peña más dura
hallarán claras aguas y verdura.   20

   Si, estando Amor airado,
con él pusiere en su salud desvío,
llevaré su ganado
con el ganado mío
al abundoso pasto, al claro río.   25

   Y, en tanto, del encienso
el humo santo irá volando al Cielo,
a quien decirle pienso
con pío y justo celo,
las rodillas postradas por el suelo: 30

   «¡Oh Cielo santo y justo,
pues eres protector del que pretende
hacer lo que es tu gusto,
a la salud atiende
de aquel que por servirte amor le ofende!   35

   No lleve este tirano
los despojos a ti sólo debidos;
antes, con larga mano
y premios merecidos,
restituye su fuerza a los sentidos.»   40

---

[143] *apero*: «El aparejo de las bestias de la labranza, y de lo que se previene para poder estar en el campo [...]; y también los instrumentos de cualquier otro trabajador que ha de obrar con ellos» (Covarrubias, *Tesoro*).

En acabando de cantar Lenio fue de todos los pastores cortésmente recibido, el cual, como oyese nombrar a Damón y a Tirsi, a quien[144] él sólo por fama conocía, quedó admirado en ver su extremada presencia, y así les dijo:

—¿Qué encarecimientos bastarían, aunque fueran los mejores que en la elocuencia[145] pudieran hallarse, a poder levantar y encarecer el valor vuestro, famosos pastores, si por ventura las niñerías de Amor no se mezclaran con las veras de vuestros celebrados escritos? Pero, pues ya estáis héticos[146] de amor, enfermedad, al parecer, incurable, puesto que mi rudeza, con estimar y alabar vuestra rara discreción, os pague lo que os debe, imposible será que yo deje de vituperar vuestros pensamientos.

—Si los tuyos tuvieras, discreto Lenio —respondió Tirsi—, sin las sombras de la vana opinión que los ocupa, vieras luego la claridad de los nuestros, y que, por ser amorosos, merecen más gloria y alabanza que por ninguna otra sutileza o discreción que encerrar pudieran.

—No más, Tirsi, no más —replicó Lenio—, que bien sé que, contra tantos y tan obstinados enemigos, poca fuerza tendrán mis razones.

—Si ellas lo fueran —respondió Elicio—, tan amigos son de la verdad los que aquí están, que ni aun burlando la contradijeran; y en esto podrás ver, Lenio, cuán fuera vas de ella, pues no hay ninguno que apruebe tus palabras ni aun tenga por buenas tus intenciones.

—Pues, a fe —dijo Lenio— que no te salve a ti la tuya, oh Elicio. Si no, dígalo el aire, a quien contino acrecientas con sospiros, y la hierba de estos prados, que va creciendo con tus lágrimas, y los versos que el otro día en las hayas de

---

[144] *quien*: Es clara su significación plural.

[145] *elocuencia*: La elocuencia como técnica de la expresión literaria conviene también a los pastores, sólo que aquí los pastores referidos son dos poetas que podían ser identificados en la vida literaria de la época.

[146] *héticos*: Con *h-* inicial o sin ella, y entonces coincide en esta palabra «el filósofo moral o el enfermo con la calentura» (Covarrubias, *Tesoro*). En relación con *entecar*, 'caer víctima de enfermedad crónica con calentura, en especial la tisis'.

aquel bosque escribiste, que en ellos se verá qué es lo que en ti alabas y en mí vituperas.

No quedara Lenio sin respuesta si no vie[r]an venir hacia donde ellos estaban a la hermosa Galatea con las discretas pastoras Florisa y Teolinda, la cual, por no ser conocida de Damón y Tirsi, se había puesto un blanco velo ante su hermoso rostro. Llegaron y fueron de los pastores con alegre acogimiento recebidas, principalmente de los enamorados Elicio y Erastro, que con la vista de Galatea tan extraño contento recibieron, que, no pudiendo Erastro disimularle, en señal de él, sin mandárselo alguno, hizo señas a Elicio que su zampoña tocase, al son de la cual, con alegres y suaves acentos, cantó los siguientes versos:

ERASTRO

Vea yo los ojos bellos
de este sol que estoy mirando,
y, si se van apartando,
váyase el alma tras ellos.
Sin ellos no hay claridad,   5
ni mi alma no la espere[147],
que, ausente de ellos, no quiere
luz, salud ni libertad.

Mire quien puede estos ojos,
que no es posible alaballos;   10
mas ha de dar por mirallos
de la vida los despojos.
Yo los veo y yo los vi,
y cada vez que los veo,
les doy un nuevo deseo   15
tras el alma que les di.

Ya no tengo más que dar,
ni imagino más que dé,
si por premio de mi fe
no se admite el desear.   20
Cierta está mi perdición

---

[147] *ni mi alma no la espera*: El uso pleonástico del *no* después de partícula negativa era posible en los Siglos de Oro (Keniston, 1937, 40.3).

si estos ojos do el bien sobra
los pusieren en la obra
y no en la sana intención.

    Aunque durase este día 25
mil siglos, como deseo,
a mí, que tanto bien veo,
un punto parecería.
No hace el tiempo ligero
curso en alterar mi edad 30
mientras miro la beldad
de la vida por quien muero.

    En esta vista reposa
mi alma, y halla sosiego,
y vive en el vivo fuego 35
de su luz pura, hermosa.
Y hace amor tan alta prueba
con ella, que, en esta llama,
a dulce vida la llama
y, cual fénix, la renueva. 40

    Salgo con mi pensamiento
buscando mi dulce gloria,
y al fin hallo en mi memoria
encerrado mi contento.
Allí está y allí se encierra, 45
no en mandos, no en poderíos,
no en pompas, no en señoríos
ni en riquezas de la tierra.

    Aquí acabó su canto Erastro y se acabó el camino de llegar a la aldea, adonde Tirsi y Damón y Silerio en casa de Elicio se recogieron, por no perder la ocasión de saber en qué paraba el comenzado cuento de Silerio. Las hermosas pastoras Galatea y Florisa, ofreciendo de hallarse el venidero día a las bodas de Daranio, dejaron a los pastores; y todos o los más con el desposado se quedaron, y ellas a sus casas se fueron. Y aquella mesma noche, solicitado Silerio de su amigo Erastro, y por el deseo que le fatigaba de volver a su ermita, dio fin al suceso de su historia como se verá en el siguiente libro.

FIN DEL SEGUNDO LIBRO

Tercero libro de Galatea

El regocijado alboroto que, con la ocasión de las bodas de Daranio, aquella noche en el aldea había, no fue parte para que Elicio, Tirsi, Damón y Erastro dejasen de acomodarse en parte donde, sin ser de alguno estorbados, pudiese seguir Silerio su comenzada historia, el cual, después que todos juntos grato silencio le prestaron, siguió de esta manera:

—Con las fingidas estancias de Blanca que os he dicho que a Timbrio dije, quedó él satisfecho de que mi pena procedía, no de amores de Nísida, sino de su hermana. Y, con este seguro, pidiéndome perdón de la falsa imaginación que de mí había tenido, me tornó a encargar su remedio. Y así yo, olvidado del mío, no me descuidé un punto de lo que al suyo tocaba[1]. Algunos días se pasaron, en los cuales la Fortuna no me mostró tan abierta ocasión como yo quisiera para descubrir a Nísida la verdad de mis pensamientos, aunque ella siempre me preguntaba cómo a mi amigo en sus amores le iba, y si su dama tenía ya alguna noticia de ellos. A lo que yo le dije que todavía el temor de ofenderla no me dejaba aventurar a decirle cosa alguna; de lo cual Nísida se enojaba mucho y me llamaba cobarde y de poca discreción, añadiendo a esto que, pues yo me acobardaba, o que Timbrio no sentía el dolor que yo de él pu-

---

[1] Cervantes, como indica Avalle-Arce (*Galatea*, 1987, 197), parafrasea aquí una coplilla muy glosada que dice: «Cura el remedio olvidar / y olvidóseme el remedio.»

307

blicaba, o que yo no era tan verdadero amigo suyo como decía. Todo esto fue parte para que me determinase y en la primera ocasión me descubriese, como lo hice un día que sola estaba, la cual escuchó con extraño silencio todo lo que decirle quise; y yo, como mejor pude, le encarecí el valor de Timbrio, el verdadero amor que le tenía, el cual era de suerte que me había movido a mí a tomar tan abatido ejercicio como era el de truhán, sólo por tener lugar de decirle lo que le decía, añadiendo a estas, otras razones que a Nísida le debió parecer que lo eran; mas no quiso mostrar entonces por palabras lo que después con obras no pudo tener cubierto: antes con gravedad y honestidad extraña reprendió mi atrevimiento, acusó mi osadía, afeó mis palabras y desmayó mi confianza, pero no de manera que me desterrase de su presencia, que era lo que yo más temía; sólo concluyó con decirme que de allí adelante tuviese más cuenta con lo que a su honestidad era obligado y procurase que el artificio de mi mentido hábito no se descubriese. Conclusión fue esta que cerró y acabó la tragedia de mi vida, pues por ella entendí que Nísida daría oído a las quejas de Timbrio. ¿En qué pecho pudo caber ni puede el extremo de dolor que entonces en el mío se encerraba, pues el fin de su mayor deseo era el remate y fin de su contento? Alegrábame el buen principio que al remedio de Timbrio había dado; y esta alegría en mi pesar redundaba, por parecerme, como era la verdad, que en viendo a Nísida en poder ajeno, el propio mío se acababa. ¡Oh fuerza poderosa de verdadera amistad, a cuánto te extiendes y a cuánto me obligaste, pues yo mismo, forzado de tu obligación, afilé con mi industria el cuchillo que había de degollar mis esperanzas, las cuales, muriendo en mi alma, vivieron y resucitaron en la de Timbrio cuando de mí supo todo lo que con Nísida pasado había! Pero ella andaba tan recatada con él y conmigo, que nunca de todo punto dio a entender que de la solicitud mía y amor de Timbrio se contentaba, ni menos se desdeñó de suerte que sus sinsabores y desvíos hiciesen a los dos abandonar la empresa, hasta que, habiendo llegado a noticia de Timbrio cómo su enemigo Pransiles, aquel caballero a quien él había agraviado en Jerez, deseoso de satisfacer su honra, le enviaba a desafiar, señalándole campo franco y seguro[2] en una tierra del Estado del duque de Gravina, dándole término de seis meses, desde entonces hasta el día de la batalla[3]. El cuidado de este aviso no fue parte para que se descuidase[4] de lo que a sus amores convenía; antes, con nueva solicitud mía y servicios suyos, vino a estar Nísida de manera que no se mostraba esquiva aunque la mirase Timbrio y en casa de sus padres visitase, guardando en todo tan honesto decoro cuanto a su valor era obligada. Acercándose ya el término del desafío y viendo Timbrio serle inexcusable aquella jornada, determinó de partirse; y antes que lo hiciese escribió a Nísida una carta tal, que acabó con ella en un punto lo que yo en muchos meses atrás y en muchas palabras no había comenzado. Tengo la carta[5] en la memoria, y, por hacer al caso de mi cuento, no os dejaré de decir que así decía:

TIMBRIO A NÍSIDA

Salud te envía aquel que no la tiene,
Nísida, ni la espera en tiempo alguno
si por tus manos mismas no le viene.

---

[2] *campo franco y seguro*: «*Campo franco*, cuando se da libertad para alguna cosa que estaba defendida [prohibida] y vedada» (Covarrubias, *Tesoro*, s. v. *campo*); aquí es el duelo.

[3] *batalla*: Aunque batalla es propiamente «el conflicto y la contienda de un ejército contra otro» (Covarrubias, *Tesoro*), en este caso es la *singular batalla* o encuentro entre dos caballeros, como antes se dijo, pág. 275.

[4] *cuidado-descuidase*: El poliptoton ocasiona una oposición con la que el narrador juega para dar paso a una nueva situación.

[5] Es una epístola que sigue las normas elevadas de la expresión: tercetos para la forma, comienzo y fin protocolarios, de contenido amoroso. Sobre el género epistolar, véase F. López Estrada, *Antología de epístolas*, Barcelona, Labor, 1961, prólogo, 3-42. Hay otra epístola con un principio muy cercano: «Salud te envía, señora, el que sin ella...» (*Tabla...*, 269), que demuestra el carácter tópico del comienzo; Schevill y Bonilla recuerdan aquí la carta I de Damón a Marfisa. «A Marfisa Damón salud envía / si la puede enviar quien no la tiene...», de Diego Hurtado de Mendoza. En el *Quijote* el hidalgo se vale de este patrón en su carta a Dulcinea (I, 25). Procede de la fórmula de las *Heroidas* ovidianas (como la 4 y 16).

El nombre aborrecible de importuno
temo me adquirirán estos renglones,
escritos con mi sangre, de uno en uno.

Mas la furia cruel de mis pasiones
de tal modo me turba, que no puedo
huir las amorosas sinrazones.

Entre un ardiente osar y un frío miedo,
arrimado a mi fe y al valor tuyo,
mientras esta recibes, triste quedo

por ver que en escrebirte me destruyo,
si tienes a donaire lo que digo
y entregas al desdén lo que no es suyo.

El Cielo verdadero me es testigo
si no te adoro desde el mesmo punto
que vi ese rostro hermoso y mi enemigo.

El verte y adorarte llegó junto,
porque ¿quién fuera aquel que no adorara
de un ángel bello el sin igual trasunto?

Mi alma tu belleza, al mundo rara[6],
vio tan curiosamente que no quiso
en el rostro parar la vista clara.

Allá en el alma tuya un paraíso
fue descubriendo de bellezas tantas
que dan de nueva gloria cierto aviso.

Con estas ricas alas te levantas
hasta llegar al Cielo, y en la tierra
al sabio admiras, y al que es simple espantas[7].

Dichosa el alma que tal bien encierra,
y no menos dichoso el que por ella
la suya rinde a la amorosa guerra.

---

[6] *al mundo rara*: Italianismo, *raro*, 'singolare, prezioso perché non comune'.

[7] *espantas*: Covarrubias trae para *espantar* las significaciones de «causar horror, miedo o admiración» (*Tesoro*); aquí conviene la tercera.

En deuda soy a mi fatal estrella,
que me quiso rendir a quien encubre   35
en tan hermoso cuerpo alma tan bella.

Tu condición, señora, me descubre
el desengaño de mi pensamiento,
y de temor a mi esperanza cubre.

Pero en fe de mi justo, honroso intento,   40
hago buen rostro a la desconfianza
y cobro al postrer punto nuevo aliento.

Dicen que no hay amor sin esperanza;
pienso que es opinión, que yo no espero[8],
y del amor la fuerza más me alcanza.   45

Por sola tu bondad te adoro y quiero,
atraído también de tu belleza,
que fue la red que Amor tendió primero

para atraer con rara sutileza
el alma descuidada, libre mía   50
al amoroso ñudo y su estrecheza.

Sustenta Amor su mando y tiranía
con cualquiera belleza en algún pecho,
pero no en la curiosa fantasía,

que mira, no de amor el lazo estrecho   55
que tiende en los cabellos de oro fino
dejando al que los mira satisfecho,

ni en el pecho, a quien llama alabastrino[9]
quien del pecho no pasa más adentro,
ni en el marfil del cuello peregrino,   60

---

[8] *espero*: Del poliptoton con la derivación *esperanza/espero*, procede el sentido conflictivo del verbo *esperar*, que Covarrubias explica así: «*Esperar* [...] aguardar el suceso de alguna cosa buena, porque la mala antes la tememos que la esperamos, aunque de ordinario eso mesmo que esperamos, tememos por su incertidumbre, vacilando una vez con el temor, y otro con la esperanza» (*Tesoro*).

[9] *alabastrino*: Covarrubias dice: «Alabastro, comúnmente se toma por la piedra blanca o especie de mármol de que se labran estatuas, columnas...» (*Tesoro*, s. v. *alabastro*), y añade «alabastrino, término poético», como aquí.

sino del alma el escondido centro
mira y contempla mil bellezas puras
que le acuden y salen al encuentro.

Mortales y caducas hermosuras
no satisfacen a la inmortal alma   65
si de la luz perfecta no anda a escuras.

Tu sin igual virtud lleva la palma
y los despojos de mis pensamientos,
y a los torpes sentidos tiene en calma.

Y en esta sujeción están contentos,   70
porque miden su dura, amarga pena
con el valor de tus merecimientos.

Aro en el mar y siembro en el arena[10],
cuando la fuerza extraña del deseo
a más que a contemplarte me condena.   75

Tu alteza entiendo, mi bajeza veo,
y, en extremos que son tan diferentes,
ni hay medio que esperar, ni le poseo.

Ofrécense por esto inconvinientes
tantos a mi remedio, cuantas tiene   80
el cielo estrellas y la tierra gentes.

Conozco lo que al alma le conviene;
sé lo mejor y a lo peor me atengo[11],
llevado del amor que me entretiene.

---

[10] vv. 73-75: En la poesía XIII de la *Arcadia* Eugenio consuela a Clonico con estas palabras: «Nell' onda solca e nell' arena semina, / e'l vago vento spera in rete acogliere | chi sua speranza fonda in cor di femina» (M. Z. Wellington, 1959, 12). El terceto fue repetido muchas veces como un lugar común antifeminista.

[11] Sigue de cerca a Garcilaso: «Y conozco el mejor y el peor apruebo» (soneto VI, g), el cual a su vez seguía a otros muchos escritores hasta el punto de que era un lugar común de la expresión lírica de la contradicción amorosa (Ovidio, Petrarca, y luego B. Ribeiro, Hurtado de Mendoza, etc), según dice Herrera en sus *Comentarios*, 202-203.

Mas ya, Nísida bella, al paso vengo, 85
de mí con mortal ansia deseado,
do acabaré la pena que sostengo.

El enemigo brazo levantado
me espera y la feroz, aguda espada,
contra mí con tu saña conjurado. 90

Presto será tu voluntad vengada
del vano atrevimiento de esta mía,
de ti sin causa alguna desechada.

Otro más duro trance, otra agonía,
aunque fuera mayor que de la muerte, 95
no turbara mi triste fantasía,

si cupiera en mi corta amarga suerte
verte de mis deseos satisfecha,
así como al contrario puedo verte.

La senda de mi bien hállola estrecha[12]; 100
la de mi mal, tan ancha y espaciosa
cual de mi desventura ha sido hecha.

Por esta corre airada y presurosa
la muerte, en tu desdén fortalecida,
de triunfar de mi vida deseosa. 105

Por aquella mi bien va de vencida,
de tu rigor, señora, perseguido,
que es el que ha de acabar mi corta vida.

A términos tan tristes conducido
me tiene mi ventura, que ya temo 110
al enemigo airado y ofendido,

sólo por ver que el fuego en que me quemo
es hielo en ese pecho; y esto es parte
para que yo acobarde[13] al paso extremo.

---

[12] Aquí, aunque vertido en el sentido del amor humano, puede haber una resonancia de San Mateo: «Entrad por la puerta estrecha porque ancha es la puerta y espaciosa la senda que lleva a la perdición...» (7, 13-14). Véase T. Antolín, 1948, 124-125.

[13] Entiéndase, como propone V. Gaos (1981, 81), «me acobarde en».

Que, si tú no te muestras de mi parte 115
¿a quién no temerá mi flaca mano,
aunque más le acompañe esfuerzo y arte?

Pero si me ayudaras, ¿qué romano
o griego capitán me contrastara[14],
que al fin su intento no saliera vano? 120

Por el mayor peligro me arrojara,
y de las fieras manos de la muerte
los despojos seguro arrebatara.

Tú sola puedes levantar mi suerte
sobre la humana pompa, o derribarla 125
al centro do no hay bien con que se acierte.

Que, si como ha podido sublimarla[15]
el puro amor, quisiera la Fortuna
en la difícil cumbre sustentarla,

subida sobre el cielo de la luna[16] 130
se viera mi esperanza, que agora yace
en lugar do no espera en cosa alguna.

Tal estoy ya, que ya me satisface
el mal que tu desdén airado, esquivo,
por tan extraños términos me hace, 135

sólo por ver que en tu memoria vivo
y que te acuerdas, Nísida, siquiera
de hacerme mal, que yo por bien recibo.

---

[14] *contrastara*: «*Contrastar*: contradecir, refutar» (Covarrubias, *Tesoro*). Aquí, con las armas, puesto que se enfrenta con un capitán «romano o griego», aunque también cabe entender por *capitán* el que destaca o está al frente de un grupo.

[15] *sublimarla*: «Sublimar, ensalzar» (Covarrubias, *Tesoro*, s. v. *sublime*).

[16] *cielo de la luna*: Se consideraba el planeta más inferior de los siete, y estaba en el primer cielo o esfera. Covarrubias trae en la palabra *cielo* esta indicación que nos vale: «Tómase cielo unas veces por el aire, otras por los orbes celestes y últimamente por el lugar de los bienaventurados» (*Tesoro*). En el sentido cosmológico de los astros celestes se toma aquí y en otras menciones semejantes.

Con más facilidad contar pudiera
del mar los granos de la blanca arena
y las estrellas de la octava esfera[17],

que no las ansias, el dolor, la pena
a que el fiero rigor de tu aspereza,
sin haberte ofendido, me condena.

No midas tu valor con mi bajeza,
que, al respecto de tu ser famoso,
por tierra quedará cualquiera alteza.

Así cual soy te amo, y decir oso
que me adelanto en firme enamorado
al más subido término amoroso.

Por esto no merezco ser tratado
como enemigo, antes me parece
que debría de ser remunerado.

Mal con tanta beldad se compadece
tamaña crueldad, y mal asienta
ingratitud do tal valor florece.

Quisiérate pedir, Nísida, cuenta
de un alma que te di: ¿dónde la echaste,
o cómo, estando ausente, me sustenta?

Ser señora de un alma no aceptaste[18];
pues ¿qué te puede dar quien más te quiera?
¡Cuán bien tu presunción aquí mostraste!

Sin alma estoy desde la vez primera
que te vi, por mi mal y por bien mío,
que todo fuera mal si no te viera.

Allí el freno te di de mi albedrío;
tú me gobiernas; por ti sola vivo,
y aun puede mucho más tu poderío.

---

[17] *esfera octava*: Era la que contenía las estrellas.
[18] Recuerda el verso de Garcilaso: «¿De un alma te desdeñas ser señora...?» (Égloga I, 67).

            En el fuego de amor puro me avivo
            y me deshago, pues, cual fénix, luego   170
            de la muerte de amor vida recibo.

            En fe de esta mi fe, te pido y ruego
            sólo que creas, Nísida, que es cierto
            que vivo ardiendo en amoroso fuego,

            y que tú puedes ya, después de muerto,   175
            reducirme a la vida, y, en un punto,
            del mar airado conducirme al puerto.

            Que está para conmigo en ti tan junto
            el querer y el poder, que es todo uno,
            sin discrepar y sin faltar un punto;   180
            y acabo, por no ser más importuno.

No sé si las razones de esta carta, o las muchas que yo antes a Nísida había dicho, asegurándole el verdadero amor que Timbrio la tenía, o los continuos servicios de Timbrio, o los Cielos, que así lo tenían ordenado, movieron las entrañas de Nísida para que, en el punto que la acabó de leer, me llamase, y con lágrimas en los ojos me dijese: «¡Ay, Silerio, Silerio, y cómo creo que a costa de la salud mía has querido granjear la de tu amigo! Hagan los hados, que a este punto me han traído, con las obras de Timbrio verdaderas tus palabras; y si las unas y las otras me han engañado, tome de mi ofensa venganza el Cielo, al cual pongo por testigo de la fuerza que el deseo me hace para que no le tenga más encubierto. Mas ¡ay, cuán liviano descargo es este para tan pesada culpa, pues debiera yo primero morir callando porque mi honra viviera, que, con decir lo que agora quiero decirte, enterrarla a ella y acabar mi vida!» Confuso me tenían estas palabras de Nísida, y más, el sobresalto con que las decía; y, queriendo con las mías animarla a que sin temor alguno se declarase, no fue menester importunarla mucho, que al fin me dijo que no sólo amaba, pero que adoraba a Timbrio, y que aquella voluntad tuviera ella cubierta siempre, si la forzosa ocasión de la partida de Timbrio no la forzara a descubrirla. Cuál yo quedé, pastores, oyendo lo que Nísida decía y la voluntad amorosa que tener a Timbrio mostraba, no es posible encarecerlo; y aun es bien que carezca de encarecimiento[19] dolor que a tanto se extiende, no porque me pesase de ver a Timbrio querido, sino de verme a mí imposibilitado de tener jamás contento, pues estaba y está claro que ni podía ni puedo vivir sin Nísida, a la cual, como otras veces he dicho, viéndola en ajenas manos puesta, era enajenarme[20] yo de todo gusto. Y si alguno la suerte en este trance me concedía, era considerar el bien de mi amigo Timbrio, y esto fue parte para que no llegase a un mesmo punto mi muerte. Y la declaración de la voluntad de Nísida escuchéla como pude, y aseguréla como supe de la entereza del pecho de Timbrio, a lo cual ella me respondió que ya no había necesidad de asegurarle aquello, porque estaba de manera que no podía ni le convenía dejar de creerme, y que sólo me rogaba, si fuese posible, procurase de persuadir a Timbrio buscase algún medio honroso para no venir a batalla con su enemigo. Y respondiéndole yo ser esto imposible sin quedar deshonrado, se sosegó y, quitándose del cuello unas preciosas reliquias[21], me las dio para que a Timbrio de su parte las diese. Quedó asimesmo concertado entre los dos que ella sabía que sus padres habían de ir a ver el combate de Timbrio, y que llevarían a ella y a su hermana consigo; mas, porque no le bastaría el ánimo de estar presente al riguroso trance de Timbrio, que ella fingiría estar mal dispuesta[22], con la cual ocasión se quedaría en una casa de placer donde sus padres habían de posar, que media legua estaba de la villa donde se había de hacer el combate; y que allí esperaría su buena o mala suerte, según la

---

[19] *encarecerlo/carezca de encarecimiento*: Otra vez Silesio se vale de estos poliptotos derivados de significación opuesta para describir su dolor.
[20] *ajenas manos/enajenarme*: Otro poliptoton derivado de significación opuesta.
[21] *reliquias*: «Los pedacitos de los huesos de los santos, dichas así porque siempre son en poca cantidad» (Covarrubias, *Tesoro*). Solían ir dentro de joyas, y Nísida se las da para que lo proteja en el duelo.
[22] *mal dispuesta*: Como indispuesta: «Indispuesto, enfermo, por no estar los humores del cuerpo ordenados ni bien colocados y distribuidos» (Covarrubias, *Tesoro*, s. v. *disponer*).

tuviese Timbrio. Mandóme también que, para acortar el deseo que tendría de saber el suceso de Timbrio, que llevase yo conmigo una toca[23] blanca que ella me dio, y que si Timbrio venciese, me la atase al brazo y volviese a darle las nuevas; y si fuese vencido, que no la atase, y así ella sabría por la señal de la toca, desde lejos, el principio de su contento o el fin de su vida. Prometíle de hacer todo lo que me mandaba y, tomando las reliquias y la toca, me despedí de ella con la mayor tristeza y el mayor contento que jamás tuve; mi poca ventura causaba la tristeza, y la mucha de Timbrio, la alegría. Él supo de mí lo que de parte de Nísida le llevaba, y quedó con ello tan lozano, contento y orgulloso que el peligro de la batalla que esperaba por ninguno le tenía, pareciéndole que, en ser favorecido de su señora, aun la mesma muerte contrastar no le podría. Paso agora en silencio los encarecimientos que Timbrio hizo para mostrarse agradecido a lo que a mi solicitud debía, porque fueron tales que mostraba estar fuera de seso tratando en ello. Esforzado, pues, y animado con esta buena nueva, comenzó a aparejar su partida, llevando por padrinos un principal caballero español y otro napolitano. Y, a la fama de este particular duelo, se movió a verlo infinita gente del reino y yendo también allá los padres de Nísida, llevando con ellos a ella y a su hermana Blanca. Y como a Timbrio tocaba escoger las armas, quiso mostrar que no en la ventaja de ellas, sino en la razón que tenía, fundaba su derecho; y así las que escogió fueron espada y daga, sin otra arma defensiva alguna. Pocos días faltaban al término señalado cuando de la ciudad de Nápoles se partieron, con otros muchos caballeros, Nísida y sus padres, habiendo llegado primero ella, acordá[n]dome muchas veces que no se olvidase nuestro concierto. Pero mi cansada memoria, que jamás sirvió sino de acordarme solas las cosas de mi desgusto, por no mudar su condición se olvidó tanto de lo que Nísida me había dicho, cuanto vio que convenía para qui-

---

[23] *toca*: Como signo. «Toca, el velo en cabeza de la mujer» (Covarrubias, *Tesoro*). La llevaban al brazo los caballeros por donación de sus damas; y *blanca* por ser color de alegría.

tarme la vida, o, a lo menos, para ponerme en el miserable estado en que agora me veo.

Con grande atención estaban los pastores escuchando lo que Silerio contaba, cuando interrumpió el hilo de su cuento la voz de un lastimado pastor que entre unos árboles cantando estaba; y no tan lejos de las ventanas de la estancia donde ellos estaban, que dejase de oírse todo lo que decía. La voz era de suerte que puso silencio a Silerio, el cual en ninguna manera quiso pasar adelante, antes rogó a los demás pastores que la escuchasen, pues, para lo poco que de [su][24] cuento quedaba, tiempo habría de acabarlo. Hiciéraseles de mal esto a Tirsi y Damón, si no les dijera Elicio:

—Poco se perderá, pastores, en escuchar al desdichado Mireno, que, sin duda, es el pastor que canta; y a quien ha traído la Fortuna a términos que imagino que no espera él ninguno en su contento.

—¿Cómo le ha de esperar —dijo Erastro—, si mañana se desposa Daranio con la pastora Silveria, con quien él pensaba casarse? Pero, en fin, han podido más con los padres de Silveria las riquezas de Daranio que las habilidades de Mireno[25].

—Verdad dices —replicó Elicio—, pero con Silveria más había de poder la voluntad que de Mireno tenía conocida, que otro tesoro alguno; cuanto más que no es Mireno tan pobre que, aunque Silveria se casara con él, fuera su necesidad notada.

Por estas razones que Elicio y Erastro dijeron, creció el deseo en los pastores de escuchar lo que Mireno cantaba.

---

[24] *[su]*: El impreso trae *mi*. También puede interpretarse (datos en Avalle-Arce, *Galatea*, 1987, 207) como un cambio repentino del estilo indirecto al directo, herencia de los libros de caballerías, y que puede ser indicio de la fusión de lo subjetivo y lo objetivo en el arte de la narración.

[25] Un caso semejante se cuenta en las bodas de Camacho (otro episodio de los que comunican el *Quijote* con los libros de pastores). La diferencia es que aquí el caso ocurre en el dominio pastoril, y cada pastor juega su función amorosa: Mireno queda como el pastor doliente de amor, y Daranio y Silveria alcanzan el grado del matrimonio dentro de una sociedad «aldeana». Riqueza (Daranio) y pobreza (Mireno) quedan enfrentadas, y no cabe la solución picaresca que Cervantes dio al caso paralelo de Basilio y Quiteria (*Quijote*, II, 20 y 21).

Y así, rogó Silerio que más no se hablase; y todos con atento oído se pararon a escucharle, el cual, afligido de la ingratitud de Silveria, viendo que otro día con Daranio se desposaba, con la rabia y dolor que le causaba este hecho se había salido de su casa acompañado de sólo su rabel; y convidándole la soledad y silencio de un pequeño pradecillo que junto a las paredes de la aldea estaba, y confiado que en tan sosegada noche ninguno le escucharía, se sentó al pie de un árbol, y, templando su rabel, de esta manera cantando estaba:

Mireno

Cielo sereno, que con tantos ojos
los dulces, amorosos hurtos miras,
y con tu curso alegras o entristeces
a aquel que en tu silencio sus enojos
a quien los causa dice, o al que retiras   5
de gusto tal y espacio no le ofreces:
si acaso no careces
de tu benignidad para conmigo,
pues ya con sólo hablar me satisfago
y sabes cuanto hago,   10
no es mucho que ahora escuches lo que digo,
que mi voz lastimera
saldrá con la doliente ánima fuera[26].

Ya mi cansada voz; ya mis lamentos
bien poco ofenderán al aire vano,   15
pues a término tal soy reducido
que ofrece Amor a los airados vientos
mis esperanzas, y en ajena mano
ha puesto el bien que tuve merecido.
Será el fruto cogido   20
que sembró mi amoroso pensamiento
y regaron mis lágrimas cansadas,
por las afortunadas
manos a quien faltó merecimiento
y sobró la ventura,   25
que allana lo difícil y asegura.

---

[26] Esto recuerda los versos de Garcilaso: «Recibid las palabras que en la boca / echa con la doliente ánima fuera...» (Égloga II, 605-606).

Pues el que vee su gloria convertida
en tan amarga, dolorosa pena
y tomando su bien cualquier camino,
¿por qué no acaba la enojosa vida? 30
¿Por qué no rompe la vital cadena
contra todas las fuerzas del Destino?
Poco a poco camino
al dulce trance de la amarga muerte;
y así, atrevido aunque cansado brazo, 35
sufrid el embarazo
del vivir, pues ensalza nuestra suerte
saber que a Amor le place
que el dolor haga lo que el hierro hace.

Cierta mi muerte está, pues no es posible 40
que viva aquel que tiene la esperanza
tan muerta y tan ajeno está de gloria;
pero temo que amor haga imposible
mi muerte, y que una falsa confianza
dé vida, a mi pesar, a la memoria. 45
Mas ¿qué? Si por la historia
de mis pasados bienes la poseo,
y miro bien que todos son pasados,
y los graves cuidados
que triste agora en su lugar poseo, 50
ella será más parte
para que de ella y del vivir me aparte.

¡Ay, bien único y solo al alma mía,
sol que mi tempestad aserenaste,
término del valor que se desea! 55
¿Será posible que se llega el día
donde he de conocer que me olvidaste,
y que permita Amor que yo le vea?
Primero que esto sea,
primero que tu blanco, hermoso cuello 60
esté de ajenos brazos rodeado,
primero que el dorado
—oro es mejor decir— de tu cabello
a Daranio enriquezca,
con fenecer mi vida el mal fenezca. 65

    Nadie por fe te tuvo merecida
mejor que yo, mas veo que es fe muerta[27]
la que con obras no se manifiesta.
Si se estimara el entregar la vida
al dolor cierto y a la gloria incierta,　　　　　　　70
pudiera yo esperar alegre fiesta;
mas no se admite en esta
cruda ley que Amor usa el buen deseo,
pues es proverbio antiguo entre amadores
que son obras amores;　　　　　　　　　　　　75
y yo, que, por mi mal, sólo poseo
la voluntad de hacellas,
¿qué no me ha de faltar, faltando en ellas?

    En ti pensaba yo que se rompiera
esta ley del avaro Amor usada,　　　　　　　　80
pastora, y que los ojos levantaras
a una alma de la tuya prisionera
y a tu propio querer tan ajustada,
que, si la conocieras, la estimaras.
Pensé que no trocaras　　　　　　　　　　　　85
una fe que dio muestras de tan buena
por una que quilata sus deseos
con los vanos arreos
de la riqueza, de cuidados llena:
entregástete al oro　　　　　　　　　　　　　　90
por entregarme a mí contino al lloro.

    ¡Abatida pobreza[28], causadora
de este dolor que me atormenta el alma,
aquel te loa que jamás te mira!
Turbóse en ver tu rostro mi pastora,　　　　　　95
a su amor tu aspereza puso en calma,

---

[27] Cervantes se vale aquí del conocido versículo bíblico: «Pues como el cuerpo sin el espíritu es muerto, así también es muerta la fe sin las obras» (Epístola de Santiago, 2, 26); véase T. Antolín, 1948, 118-119.

[28] *¡Abatida pobreza...!*: La imprecación conviene con la condición de Mireno, frente al rico Daranio. Sobre esta diversidad ocurre el episodio, y los festejos pastoriles son posibles por la riqueza de Daranio. Sin embargo, es un tema sobre el que Cervantes vuelve, pues procede de su propia experiencia; también lo expone Ovidio en su *Ars Amatoria*, II, 161-168; 273-280.

y así, por no encontrarte, el pie retira.
Mal contigo se aspira
a conseguir intentos amorosos:
tú derribas las altas esperanzas,　　　　　　　　　　100
y siembras mil mudanzas
en mujeriles pechos codiciosos;
tú jamás perfeccionas
con amor el valor de las personas.

　　Sol es el oro, cuyos rayos ciegan　　　　　　　105
la vista más aguda, si se ceba
en la vana apariencia del provecho.
A liberales manos no se niegan
las que gustan de hacer notoria prueba
de un blando, codicioso, hermoso pecho.　　　　110
Oro tuerce el derecho
de la limpia intención y fe sincera,
y, más que la firmeza de un amante,
acaba un diamante,
pues su dureza vuelve un pecho cera　　　　　　115
por más duro que sea,
pues se le da con él lo que desea.

　　De ti me pesa, dulce mi enemiga,
que tantas tuyas puras perfecciones
con un avara muestra has afeado.　　　　　　　　120
Tanto del oro te mostraste amiga,
que echaste a las espaldas mis pasiones
y al olvido entregaste mi cuidado.
En fin, ¡que te has casado!
¡Casado te has, pastora! El Cielo haga　　　　　125
tan buena tu elección como querrías,
y de las penas mías
injustas no recibas justa paga;
mas, ¡ay!, que el Cielo amigo
da premio a la virtud, y al mal, castigo.　　　　130

Aquí dio fin a su canto el lastimado Mireno, con muestras de tanto dolor que le causó a todos los que escuchándole estaban, principalmente a los que le conocían y sabían de sus virtudes, gallarda dispusición y honroso trato. Y, después de haber dicho entre los pastores algunos discursos sobre la extraña condición de las mujeres, en especial sobre el casamiento de Silveria, que, olvidada del amor y bondad de Mireno, a las riquezas de Daranio se había entregado, deseosos de que Silerio diese fin a su cuento, puesto silencio a todo sin ser menester pedírselo, él comenzó a seguir, diciendo:

—Llegado, pues, el día del riguroso trance, habiéndose quedado Nísida media legua antes de la villa en unos jardines como conmigo había concertado, con excusa que dio a sus padres de no hallarse bien dispuesta, al partirme de ella me encargó la brevedad de mi tornada[29] con la señal de la toca, porque, en traerla o no, ella entendiese el bueno o el mal suceso de Timbrio. Tornéselo yo a prometer, agraviándome de que tanto me lo encargase; y con esto me despedí de ella y de su hermana, que con ella se quedaba. Y llegado al puesto del combate y llegada la hora de comenzarle, después de haber hecho los padrinos de entrambos las ceremonias y amonestaciones que en tal caso se requieren, puestos los dos caballeros en el estacado[30], al temeroso son de una ronca trompeta se acometieron con tanta destreza y arte que causaba admiración en quien los miraba. Pero el Amor (o la razón, que es lo más cierto) que a Timbrio favorecía, le dio tal esfuerzo que, aunque a costa de algunas heridas, en poco espacio puso a su contrario de suerte que, tiniéndole a sus pies herido y desangrado, le importunaba que, si quería salvar la vida, se rindiese. Pero el desdichado Pransiles le persuadía que le acabase de matar, pues le era más fácil a él, y de menos daño, pasar por mil muertes que rendirse una. Mas el generoso ánimo de Timbrio es de manera que ni quiso matar a su enemigo, ni menos que se confesase por rendido; sólo se contentó con que dijese y conociese que era tan bueno Timbrio como él,

---
[29] *tornada*: Covarrubias trae *tornar* «...volver de donde habíamos ido» (*Tesoro*); no era frecuente este uso que Cervantes no emplea en otras obras. En it. *tornare*, «atto del tornare, ritorno».
[30] *estacado*: Espacio cercado por estacas. Covarrubias indica que «en los reales son muy necesarias [...] para pertrecharse con ellas...» (*Tesoro*, s. v. *estaca*). El cerco puede ser de tela, como trae con este mismo término el *Vocabulario* de C. de las Casas (Schevill y Bonilla, *Galatea*, 1914, I, 252).

lo cual Pransiles confesó de buena gana, pues hacía en esto tan poco que, sin verse en aquel término, pudiera muy bien decirlo. Todos los circunstantes, que entendieron lo que Timbrio con su enemigo había pasado, lo alabaron y estimaron en mucho. Y apenas hube yo visto el feliz suceso de mi amigo, cuando, con alegría increíble y presta ligereza, volví a dar las nuevas a Nísida. Pero, ay de mí, que el descuido de entonces me ha puesto en el cuidado de agora. ¡Oh memoria, memoria mía![31] ¿Por qué no la tuviste para lo que tanto me importaba? Mas creo que estaba ordenado en mi ventura que el principio de aquella alegría fuese el remate y fin de todos mis contentos: yo volví a ver a Nísida con la presteza que he dicho, pero volví sin ponerme la blanca toca al brazo. Nísida, que con crecido deseo estaba esperando y mirando desde unos altos corredores mi tornada, viéndome volver sin la toca, entendió que algún siniestro revés a Timbrio había sucedido, y creyólo y sintiólo de manera que, sin ser parte otra cosa, faltándole todos los espíritus, cayó en el suelo con tan extraño desmayo que todos por muerta la tuvieron. Cuando ya yo llegué, hallé a toda la gente de su casa alborotada, y a su hermana haciendo mil extremos de dolor sobre el cuerpo de la triste Nísida. Cuando yo la vi en tal estado, creyendo firmemente que era muerta y viendo que la fuerza del dolor me iba sacando de sentido, temeroso que, estando fuera de él, no diese o descubriese algunas muestras de mis pensamientos, me salí de la casa, y poco a poco volvía a dar las desdichadas nuevas al desdichado Timbrio. Pero como me hubiesen privado las ansias de mi fatiga las fuerzas de cuerpo y alma, no fueron tan ligeros mis pasos que no lo hubiesen sido más otros que la triste nueva a los padres de Nísida llevasen, certificándoles cierto que de un agudo parasismo[32]

---

[31] El olvido de una señal que desencadena desenlaces inesperados es, según Avalle-Arce (*Galatea*, 1987, 213), una variante de un tema tradicional, como en las leyendas de Teseo y Tristán.

[32] *parasismo*: Así, en el impreso (fol. 130 v.) aparece *parasismo*; lo dejamos así porque hay otros testimonios vacilantes (*parocismo*, A. de Palencia). 'Paroxismo', que Covarrubias define: «Los accidentes del que está mortal, cuando se traspone...» (*Tesoro*, s. v. *parasismo*). Véase *parasismo* en pág. 178, nota 51.

había quedado muerta. Debió de oír esto Timbrio y debió de quedar cual yo quedé, si no quedó peor: sólo sé decir que, cuando llegué a do pensaba hallarle, era ya algo anochecido y supe de uno de sus padrinos que, con el otro y por la posta[33], se había partido a Nápoles con muestras de tanto descontento, como si de la contienda vencido y deshonrado salido hubiera. Luego imaginé yo lo que ser podía, y púseme luego en camino para seguirle; y, antes que a Nápoles llegase, tuve nuevas ciertas de que Nísida no era muerta, sino que le había dado un desmayo que le duró veinte y cuatro horas, al cabo de las cuales había vuelto en sí con muchas lágrimas y sospiros. Con la certidumbre de esta nueva me consolé, y con más contento llegué a Nápoles pensando hallar allí a Timbrio, pero no fue así, porque el caballero con quien él había venido me certificó que, en llegando a Nápoles, se partió sin decir cosa alguna, y que no sabía a qué parte; sólo imaginaba que, según le vio triste y malencólico después de la batalla, que no podía creer sino que a desesperarse[34] hubiese ido. Nuevas fueron éstas que me tornaron a mis primeras lágrimas, y aun no contenta mi ventura con esto, ordenó que, al cabo de pocos días, llegasen a Nápoles los padres de Nísida sin ella y sin su hermana, las cuales, según supe y según era pública voz, entrambas a dos se habían ausentado una noche viniendo con sus padres a Nápoles, sin que se supiese de ellas nueva alguna. Tan confuso quedé con esto que no sabía qué hacerme ni decirme; y, estando puesto en esta confusión tan extraña, vine a saber, aunque no muy cierto, que Timbrio, en el puerto de Gaeta, en una gruesa nave que para España iba, se había embarcado; y pensando que podría ser verdad, me vine luego a España, y en Jerez y en todas las partes que imaginé que podría estar, le he buscado, sin hallar de él rastro alguno. Finalmente he venido a la ciudad de Toledo, donde están todos los parientes de los padres de

---

[33] *posta*: «*Postas*: Los caballos que de público están en los caminos cosarios [*cursarios*, por los que se transita] para correr en ellos y caminar con presteza» (Covarrubias, *Tesoro*).

[34] *desesperarse*: Recuérdese que significa 'suicidarse'.

Nísida, y lo que he alcanzado a saber es que ellos se vuelven a Toledo sin haber sabido nuevas de sus hijas. Viéndome, pues, yo ausente de Timbrio, ajeno de Nísida, y considerando que, ya que los hallase ha de ser para gusto suyo y perdición mía, cansado ya y desengañado[35] de las cosas de este falso mundo en que vivimos, he acordado de volver el pensamiento a mejor norte y gastar lo poco que de vivir me queda en servicio del que estima los deseos y las obras en el punto que merecen. Y así, he escogido este hábito que veis y la ermita que habéis visto, adonde en dulce soledad reprima mis deseos y encamine mis obras a mejor paradero, puesto que, como viene de tan atrás la corrida de las malas inclinaciones que hasta aquí he tenido, no son tan fáciles de parar que no trascorran[36] algo y vuelva la memoria a combatirme representándome las pasadas cosas. Y cuando en estos puntos me veo, al son de aquella arpa que escogí por compañera en mi soledad, procuro aliviar la pesada carga de mis cuidados, hasta que el Cielo le tenga y se acuerde[37] de llamarme a mejor vida. Este es, pastores, el suceso de mi desventura; y si he sido largo en contárosle, es porque no ha sido ella corta en fatigarme. Lo que os ruego es me dejéis volver a mi ermita, porque, aunque vuestra compañía me es agradable, he llegado a términos que ninguna cosa me da más gusto que la soledad; y de aquí entenderéis la vida que paso y el mal que sostengo.

Acabó con esto Silerio su cuento, pero no las lágrimas con que muchas veces le había acompañado. Los pastores le consolaron en ellas lo mejor que pudieron, especialmente Damón y Tirsi, los cuales con muchas razones

---

[35] El tema del desengaño, como nota Avalle-Arce (*Galatea*, 1987, 215), no es propio de los libros de pastores, planteado con esta rotundidad. Aquí el desengaño *de las cosas de este falso mundo en que vivimos* inclina a Silesio hacia la religiosidad y el refugio en la ermita, pero ya veremos que esta inclinación es transitoria y volverá a la vida del mundo más adelante, no sin antes haber dejado alguna muestra de la lírica del desengaño.

[36] *corrida/transcorra*: Otro uso del poliptoton.

[37] *acordarse de*: Este régimen preposicional estaba en uso en los Siglos de Oro (Keniston, 1937, 37.54).

le persuadieron a no perder la esperanza de ver a su amigo Timbrio con más contento que él sabría imaginar, pues no era posible sino que tras tanta fortuna[38] aserenase el cielo, del cual se debía esperar que no consintiría que la falsa nueva de la muerte de Nísida a noticia de Timbrio con más verdadera relación no viniese antes que la desesperación le acabase. Y que de Nísida se podía creer y conjeturar que, por ver a Timbrio ausente, se habría partido en su busca y que si entonces la Fortuna por tan extraños accidentes los había apartado, agora por otros no menos extraños sabría juntarlos. Todas estas razones y otras muchas que le dijeron le consolaron algo, pero no de manera que despertase en él la esperanza de verse en vida más contenta, ni aun él la procuraba, por parecerle que la que había escogido era la que más le convenía.

Gran parte era ya pasada de la noche, cuando los pastores acordaron de reposar el poco tiempo que hasta el día quedaba, en el cual se habían de celebrar las bodas de Daranio y Silveria. Mas apenas había dejado la blanca aurora el enfadoso lecho del celoso marido[39], cuando dejaron los suyos[40] todos los más pastores de la aldea; y cada cual, como mejor pudo, comenzó por su parte a regocijar la fiesta[41], cuál trayendo verdes ramos para adornar la puerta de los desposados, y cuál con su tamborino y flauta les daba la madrugada; acullá se oía la regocijada

---

[38] *fortuna*: 'Borrasca, tempestad', tomado aquí en sentido alegórico; también con igual sentido, el it. *fortuna*. Es un vocablo del léxico mediterráneo, como notaremos más adelante.

[39] Este amanecer mitológico repite los mismos términos que uno de los registrados anteriormente (pág. 204), y esto prueba su condición tópica, crecida aquí por tratarse del día de las bodas pastoriles.

[40] *suyos*: Los lechos; el enlace por zeugma reúne el mundo mitológico y el pastoril, acaso con un transfondo de ironía.

[41] Cervantes va preparando el regocijo de la aldea por las bodas con este despliege de sonidos musicales que la anuncian. Véase A. Salazar (1948, 1961), donde la noticia de todos ellos, en especial en 1948, 34-35 (este es como el preludio); 162 y otros. Cada instrumento irá acompañado del correspondiente adjetivo. Los preparativos de la fiesta recuerdan a M. Z. Wellington (1959, 12) los de la fiesta de Palas en la *Arcadia* (Prosa III).

gaita; acá sonaba el acordado rabel; allí, el antiguo salterio[42]; aquí, los cursados albogues[43]; quién con coloradas cintas adornaba sus castañetas[44] para los esperados bailes; quién pulía y repulía sus rústicos aderezos para mostrarse galán a los ojos de alguna su querida pastorcilla[45]: de modo que, por cualquier parte de la aldea que se fuese, todo sabía a contento, placer y fiesta.

Sólo el triste y desdichado Mireno era aquel a quien todas estas alegrías causaban suma tristeza, el cual, habiéndose salido de la aldea por no ver hacer sacrificio de su gloria, se subió en una costezuela que junto al aldea estaba; y allí, sentándose al pie de un antiguo fresno, puesta la mano en la mejilla y la caperuza encajada hasta los ojos, que en el suelo tenía clavados, comenzó a imaginar el desdichado punto en que se hallaba, y cuán, sin poderlo estorbar, ante sus ojos había de ver coger el fruto de sus deseos. Y esta consideración le tenía de suerte que lloraba tan tierna y amargamente que ninguno en tal trance le viera, que con lágrimas no le acompañara.

A esta sazón, Damón y Tirsi, Elicio y Erastro se levantaron y asomándose a una ventana que al campo salía, lo pri-

---

[42] *salterio*: «El instrumento que agora llamamos *salterio* es un instrumento que tendrá de ancho poco más de un palmo, y de largo una vara, hueco por de dentro, y el alto de las costillas, de cuatro dedos; tiene muchas cuerdas, todas de alambre, y concertadas de suerte que, tocándolas todas juntas con un palillo guarnecido de grana, hace un sonido agradable [...]. Usase en las aldeas, en las procesiones, en las bodas, en los bailes y danzas» (*Tesoro*, s. v. *salmo*).

[43] *albogues*: «Es cierta especie de flauta o dulzaina, de la cual usaban en España los moros, especialmente en sus zambras...» (Covarrubias, *Tesoro*). Efectivamente, es un arabismo. Según el propio Cervantes, *albogues* son, en boca de don Quijote: «unas chapas a modo de candeleros de azófar, que dando una con otra por lo vacío y hueco, hacen un son, si no muy agradable ni armónico, no descontenta, y viene bien con la rusticidad de la gaita y del tamborín» (II, 67). Véase A. Salazar, 1948, 53-54.

[44] *castañetas*: «El golpe y sonido que se da con el dedo pulgar y el dedo medio cuando se baila; y porque, para que suene más, se atan al pulgar dos tablillas cóncavas, y por defuera redondas a modo de castañas, se dijeron así ellas, como los golpes que dan: castañetas» (Covarrubias, *Tesoro*).

[45] *pastorcilla*: Cervantes emplea el diminutivo en un sentido afectivo para referirse a *su querida pastorcilla* (un octosílabo), mención que de este modo anima la descripción. Véase A. Náñez, 1952, 280. Obsérvese, en esta misma página, *costezuela*, en medio del triste caso de Mireno.

mero en quien pusieron los ojos fue en el lastimado Mireno; y en verle de la suerte que estaba, conocieron bien el dolor que padecía, y, movidos a compasión, determinaron todos de ir a consolarle, como lo hicieran si Elicio no les rogara que le dejaran ir a él solo, porque imaginaba que, por ser Mireno tan amigo suyo, con él más abiertamente que con otro su dolor comunicaría. Los pastores se lo concedieron; y yendo allá Elicio, hallóle tan fuera de sí y tan en su dolor transportado, que ni le conoció Mireno ni le habló palabra, lo cual visto por Elicio, hizo señal a los demás pastores que viniesen, los cuales, temiendo algún extraño accidente a Mireno sucedido, pues Elicio con priesa los llamaba, fueron luego allá; y vieron que estaba Mireno con los ojos tan fijos en el suelo y tan sin hacer movimiento alguno, que una estatua semejaba, pues, con la llegada de Elicio, ni con la de Tirsi, Damón y Erastro, no volvió de su extraño embelesamiento[46], sino fue que, a cabo de un buen espacio de tiempo, casi como entre dientes, comenzó a decir[47]:

—¿Tú eres Silveria, Silveria? Si tú lo eres, yo no soy Mireno; y si soy Mireno, tú no eres Silveria, porque no es posible que esté Silveria sin Mireno, o Mireno sin Silveria. Pues ¿quién soy yo, desdichado? O ¿quién eres tú, desconocida? Yo bien sé que no soy Mireno, porque tú no has querido ser Silveria; a lo menos, la Silveria que ser debías y yo pensaba que fueras.

A esta sazón alzó los ojos, y como vio alrededor de sí los cuatro pastores y conoció entre ellos a Elicio, se levantó, y sin dejar su amargo llanto le echó los brazos al cuello diciéndole:

—¡Ay, verdadero amigo mío, y cómo agora no tendrás ocasión de envidiar mi estado, como le envidiabas cuando de

---

[46] *embelesamiento*: Trae Covarrubias en *embelesar*: «Vale pasmar. Embelesarse alguno es quedar sin sentido ni movimiento...» (*Tesoro*); y *embelesado* «El pasmado, absorto, traspuesto» *(idem)*. Cervantes usa el mismo nombre para el estado de Basilio en el *Quijote* (II, 19).

[47] Este soliloquio, abundante en interrogaciones en cierto modo retóricas, anuncia el descubrimiento de la personalidad interior de los protagonistas, y es expresión del desconcierto espiritual. Cervantes vuelve a usarlo, esta vez en el verso, en la poesía que canta Lauso «¿Quién mi libre pensamiento...?», vv. 20-24.

Silveria me veías favorecido! Pues si entonces me llamaste venturoso, agora puedes llamarme desdichado y trocar todos los títulos alegres que en aquel tiempo me dabas en los de pesar que ahora puedes darme. Yo sí que te podré llamar dichoso, Elicio, pues te consuela más la esperanza que tienes de ser querido, que no te fatiga el verdadero temor de ser olvidado.

—Confuso me tienes, oh Mireno —respondió Elicio—, de ver los extremos que haces por lo que Silveria ha hecho, sabiendo que tiene padres a quien ha sido justo haber obedecido.

—Si ella tuviera amor —replicó Mireno—, poco inconviniente era la obligación de los padres para dejar de cumplir con lo que al amor debía[48]; de do vengo a considerar, oh Elicio, que si me quiso bien, hizo mal en casarse, y si fue fingido el amor que me mostraba, hizo peor en engañarme; y ofréceme el desengaño a tiempo que no puede aprovecharme si no es con dejar en sus manos la vida.

—No está en términos la tuya, Mireno —replicó Elicio—, que tengas por remedio el acabarla, pues podría ser que la mudanza de Silveria no estuviese en la voluntad, sino en la fuerza de la obediencia de sus padres; y si tú la quisiste limpia y honestamente doncella, también la puedes querer ahora casada, correspondiendo ella ahora como entonces a tus buenos y honestos deseos[49].

---

[48] Mireno defiende aquí el matrimonio por elección de los esposos, que lo hubiera conducido al casamiento con Silveria, la pastora que le favorecía; A. Castro recoge esta opinión entre otras muchas en que Cervantes manifiesta lo mismo a través de otros personajes (1972, 134-135). Más adelante Galatea se quejará cuando corre el peligro de casar con un desconocido por indicación de su padre («¿A quién volveré los ojos...»). Por otra parte, esta posición es lugar común en los libros de pastores, desde la *Diana* de Montemayor, pues en el comienzo de la obra se dice que esta pastora le había prometido que no habría «ni voluntad de padres, ni persuasión de hermanos, ni importunidad de parientes que de su pensamiento la apartase» (*Diana*, 1993, 77, 312-313 y 342).

[49] Aquí se plantea una cuestión muy importante desde el punto de vista de la casuística del amor pastoril: la existencia probable de un amor honesto a las casadas. Esta cuestión trae resonancias del viejo amor cortés medieval, y sirvió para plantear el caso principal de la *Diana* de Montemayor (Véase F. López Estrada, 1993, 82-83, sobre todo en relación con Silerio y Silvano). Véase también M. Bataillon, 1964, 238-235.

—Mal conoces a Silveria, Elicio —respondió Mireno—, pues imaginas de ella que ha de hacer cosa de que pueda ser notada.

—Esta mesma razón que has dicho te condena —respondió Elicio—, pues si tú, Mireno, sabes de Silveria que no hará cosa que mal le esté, en la que ha hecho no debe de haber errado.

—Si no ha errado —respondió Mireno—, ha acertado a quitarme todo el buen suceso que de mis buenos pensamientos esperaba, y sólo en esto la culpo: que nunca me advirtió de este daño, antes, temiéndome de él, con firme juramento me aseguraba que eran imaginaciones mías y que nunca a la suya había llegado pensar con Daranio casarse, ni se casaría, si conmigo no, con él ni con otro alguno, aunque aventurara en ello quedar en perpetua desgracia con sus padres y parientes; y debajo de este siguro y prometimiento, faltar y romper la fe agora de la manera que has visto, ¿qué razón hay que tal consienta, o qué corazón que tal sufra?

Aquí tornó Mireno a renovar su llanto y aquí de nuevo le tuvieron lástima los pastores. A este instante llegaron dos zagales adonde ellos estaban, que el uno era pariente de Mireno y el otro criado de Daranio, que a llamar a Elicio, Tirsi, Damón y Erastro venía, porque las fiestas de su desposorio querían comenzarse. Pesábales a los pastores de dejar solo a Mireno, pero aquel pastor su pariente se ofreció a quedar con él. Y aun Mireno dijo a Elicio que se quería ausentar de aquella tierra por no ver cada día a los ojos la causa de su desventura. Elicio le loó su determinación y le encargó que, doquiera que estuviese, le avisase de cómo le iba. Mireno se lo prometió y, sacando del seno un papel, le rogó que, en hallando comodidad, se le diese a Silveria; y con esto se despidió de todos los pastores, no sin muestras de mucho dolor y tristeza. El cual no se hubo bien apartado de su presencia cuando Elicio, deseoso de saber lo que en el papel venía, viendo que, pues estaba abierto, importaba poco leerle, le descogió y, convidando a los otros pastores a escucharle, vio que en él venían escritos estos versos:

Mireno a Silveria

 El pastor que te ha entregado
lo más de cuanto tenía,
pastora, agora te envía
lo menos que le ha quedado,
que es este pobre papel,   5
adonde claro verás
la fe que en ti no hallarás
y el dolor que queda en él.

 Pero poco al caso hace
darte de esto cuenta estrecha,   10
si mi fe no me aprovecha
y mi mal te satisface.
No pienses que es mi intención
quejarme porque me dejas,
que llegan tarde las quejas   15
de mi temprana pasión.

 Tiempo fue ya que escucharas
el cuento de mis enojos
y aun, si lloraran mis ojos,
las lágrimas enjugaras.   20
Entonces era Mireno
el que era de ti mirado;
mas ¡ay, cómo te has trocado,
tiempo bueno, tiempo bueno![50]

 Si durara aquel engaño,   25
templárase mi desgusto,
pues más vale un falso gusto
que un notorio y cierto daño.
Pero tú, por quien se ordena
mi terrible malandanza,   30
has hecho con tu mudanza
falso el bien, cierta la pena.

 Tus palabras lisonjeras
y mis crédulos oídos

---

[50] *tiempo bueno, tiempo bueno*: es un estribillo muy glosado; véase *Tabla...*, 299, que trae la referencia de ocho composiciones que comienzan así. Aquí se emplea como frase hecha.

> me han dado bienes fingidos 35
> y males que son de veras.
> Los bienes, con su aparencia[51],
> crecieron mi sanidad[52];
> los males, con su verdad,
> han doblado mi dolencia. 40
>
> Por esto juzgo y discierno
> por cosa cierta y notoria
> que tiene el Amor su gloria
> a las puertas del infierno;
> y que un desdén acarrea 45
> y un olvido en un momento
> desde la gloria al tormento
> al que en amar no se emplea.
>
> Con tanta presteza has hecho
> este mudamiento extraño, 50
> que estoy ya dentro del daño
> y no salgo del provecho;
> porque imagino que ayer
> era cuando me querías,
> o, a lo menos, lo fingías, 55
> que es lo que se ha de creer.
>
> Y el agradable sonido
> de tus palabras sabrosas
> y razones amorosas
> aún me suena en el oído. 60
> Estas memorias suaves
> al fin me dan más tormento,
> pues tus palabras el viento
> llevó, y las obras, quien sabes[53].

---

[51] *aparencia*: Con la misma grafía dice Covarrubias «lo que a la vista tiene un buen parecer y puede engañar en lo intrínseco y sustancial» (*Tesoro*).

[52] *sanidad*: Covarrubias, después de señalar que *sano* es lo que «acarrea salud», define *sanidad* en latín: «latine *sanitas*» (*Tesoro*). También it. *sanità* en igual sentido.

[53] Mireno aprovecha aquí un refrán que Correas trae así: «Palabras y plumas, el viento las tumba», con otra variante: «Palabras y plumas, el viento las lleva» (1987, 458). Otra sería la de «Palabras y obras, el viento las lleva», que es la implícita en estos dos versos.

¿Eras tú la que jurabas
que se acabasen tus días
si a Mireno no querías
sobre todo cuanto amabas?
¿Eres tú, Silveria, quien
hizo de mí tal caudal
que, siendo todo tu mal,
me tenías por tu bien?

¡Oh, qué títulos te diera
de ingrata, como mereces,
si, como tú me aborreces,
también yo te aborreciera!
Mas no puedo aprovecharme
del medio de aborrecerte,
que estimo más el quererte
que tú has hecho el olvidarme.

Triste gemido a mi canto
ha dado tu mano fiera;
invierno, a mi primavera,
y a mi risa, amargo llanto.
Mi gasajo[54] ha vuelto en luto,
y de mis blandos amores
cambió en abrojos las flores
y en veneno, el dulce fruto.

Y aun, dirás, y esto me daña,
que es el haberte casado
y el haberme así olvidado
una honesta, honrosa hazaña.
¡Disculpa fuera admitida
si no te fuera notorio
que estaba en tu desposorio
el fin de mi triste vida!

---

[54] *gasajo*: «Es vocablo castellano antiguo que vale apacible y agradable acogimiento que como hace a otro cuando le recibe y hospeda en su casa...» (Covarrubias, *Tesoro*). Aquí, 'alegría', que se desprende del trato humano, sobre todo entre gente humilde, aquí pastores.

    Mas, en fin, tu gusto fue
gusto, pero no fue justo[55],
pues con premio tan injusto
pagó mi inviolable fe;   100
la cual, por ver que se ofrece
de mostrar la fe que alcanza,
ni la muda tu mudanza,
ni mi mal la desfallece.

    Quien esto vendrá a entender,   105
cierto [e]stoy que no se asombr[e],
viendo al fin que yo soy hombre,
y tú, Silveria, mujer;
adonde la ligereza
hace de contino asiento,   110
y adonde en mí el sufrimiento
es otra naturaleza.

    Ya te contemplo casada,
y de serlo arrepentida,
porque ya es cosa sabida   115
que no estarás firme en nada.
Procura alegre llevallo
el yugo que echaste al cuello,
que podrás aborrecello
y no podrás desechallo.   120

    Mas eres tan inhumana
y de tan mudable ser,
que lo que quisiste ayer
has de aborrecer mañana.
Y así, por extraña cosa,   125
dirá aquel que de ti hable:
«Hermosa, pero mudable;
mudable, pero hermosa»[56].

---

[55] *gusto-justo*: Cervantes recae aquí en uno de los juegos de palabras más comunes de la literatura de la época, acercando estas dos palabras cuya concordancia es tan difícil de establecer en la conducta humana: si lo que es de gusto para el hombre, implica justicia en un sentido social y político. Avalle-Arce reúne otros empleos de esta dualidad en Cervantes (*Galatea*, 1987, 223)

[56] V. Gaos (1981, 92) indica que puede que estos versos finales hayan podido influir en la Rima XXXIX de Bécquer «¿A qué me lo decís? Lo sé, es mudable» y que acaba: «¡es tan hermosa!».

No parecieron mal los versos de Mireno a los pastores, sino la ocasión a que se habían hecho, considerando con cuánta presteza la mudanza de Silveria le había traído a punto de desamparar la amada patria y queridos amigos, temeroso cada uno que en el suceso de sus pretensiones lo mesmo le sucediese.

Entrados, pues, en el aldea, y llegados adonde Daranio y Silveria estaban, la fiesta se comenzó tan alegre y regocijadamente, cuanto en las riberas de Tajo en muchos tiempos se había visto: que, por ser Daranio uno de los más ricos pastores de toda aquella comarca, y Silveria de las hermosas pastoras de toda la ribera, acudieron a sus bodas toda o la más pastoría de aquellos contornos. Y así se hizo una célebre junta de discretos pastores y hermosas pastoras; y entre los que a los demás en muchas y diversas habilidades se aventajaron[57], fueron el triste Orompo, el celoso Orfenio, el ausente[58] Crisio y el desamado Marsilio[59], mancebos todos y todos enamorados, aunque de diferentes pasiones oprimidos: porque al triste Orompo fatigaba la temprana muerte de su querida Listea; y al celoso Orfenio, la insufrible rabia de los celos, siendo enamorado de la hermosa pastora Eandra; al ausente Crisio, el verse apartado de Claraura, bella y discreta pastora, a quien él por único bien suyo tenía; y al desesperado Marsilio, el desamor que para con él en el pecho de Belisa se encerraba. Eran todos amigos y de una mesma aldea, y la pasión de uno el otro no la

---

[57] Aquí Cervantes plantea líricamente la cuestión, asignando a cada pastor un caso de pena amorosa determinado sin proyectarlo «novelísticamente» según la diversidad de los dolores. Recuérdese lo que supone la tradición de estos casos y lo que Montemayor había escrito en su *Diana*: «Pues los que sufren más son los mejores» (*Diana*, 1993, 248); y la posible proyección de esta diversidad de casos en la lírica: «amado o desamado / cada uno habla según su estado» (*ídem*, 249), que es lo que les ocurre a los cuatro pastores citados con su adjetivo caracterizador.
[58] *ausente*: En el sentido del que se duele del mal de ausencia.
[59] *Marsilio*: Como se indica en la nómina de personajes, a veces (como aquí) aparece impreso *Marsilo*; se trata de una de las vacilaciones que ocurren en Cervantes, pero que este caso no creemos intencionada como en el apellido del hidalgo de la Mancha. Para evitar confusión en los lectores, unificamos la grafía sin aviso, salvo los casos de rima.

337

ignoraba, antes en dolorosa competencia muchas veces se habían juntado a encarecer cada cual la causa de su tormento, procurando cada uno mostrar como mejor podía que su dolor a cualquier otro se aventajaba, tiniendo por suma gloria ser en la pena mejorado; y tenían todos tal ingenio (o, por mejor decir, tal dolor padecían)[60] que, como quiera que le significasen, mostraban ser el mayor que imaginar se podía. Por estas disputas y competencias eran famosos y conocidos en todas las riberas de Tajo, y habían puesto deseo a Tirsi y a Damón de conocerlos; y, viéndolos allí juntos, unos a otros se hicieron corteses y agradables recibimientos; principalmente, todos con admiración miraban a los dos pastores Tirsi y Damón, hasta allí de ellos solamente por fama conocidos.

A esta sazón salió el rico pastor Daranio a la serrana[61] vestido: traía camisa alta de cuello plegado, almilla de frisa, sayo verde escotado, zaragüelles de delgado lienzo, antiparas azules, zapato redondo, cinto tachonado, y de la color

---

[60] Este paréntesis, comentario en profundidad de Cervantes, indica una de las clases de los libros de pastores,; el *ingenio* es, según Covarrubias, «una fuerza natural de entendimiento, investigadora de lo que por razón y discurso se puede alcanzar de ciencias, disciplinas, actos liberales y mecánicos, sutilezas...» (*Tesoro*). Este aviso prepara la gran discusión que sobre el amor en el libro siguiente ocurrirá entre Lenio y Tirsi (uno de los pastores aquí citados). La exaltación del dolor de amor es un tópico de la lírica que arraiga en los libros de pastores; así, como indicamos hace poco, en Montemayor: «...los que sufren más son los mejores» (*Diana*, 1993, 247).

[61] *serrana, vestido a la*: Cervantes especifica la condición del vestido de Daranio: según la manera de la gente de la sierra, más dura que la del llano: la *almilla*, 'especie de jubón, ajustado al cuerpo, con o sin mangas, como camisa', de *frisa*, «cierta tela de lana delgada con pelo...» (Covarrubias, *Tesoro*); *sayo* o casaca larga y holgada, como vestido; *zaragüelles* 'calzones anchos y con pliegos'; *antiparas* 'polainas que sólo cubrían la parte de delante de la pierna'; *cinto tachonado*, 'cinturón con adornos metálicos'; la *cuarteada caperuza*, esto es, de colores distintos, verde en parte, como el sayo. El Doctor de *El pasajero* de Cristóbal Suárez de Figueroa se refiere a un personaje que quería que se elogiase a su amada: «Traíale impulso de que se celebrase la hermosura y constancia de su querida en algún libro serrano o pastoril, como el de Galatea o Arcadia» (ed. Barcelona, PPU, 1988, 202-203). Por tanto, a un autor de 1617 *La Galatea* le pareció un libro «serrano», probablemente por esta parte de la obra, en contraste con la condicion pastoril de la *Arcadia*.

338

del sayo, una cuarteada caperuza. No menos salió bien aderezada su esposa[62] Silveria, porque venía con saya[63] y cuerpos leonados guarnecidos de raso blanco, camisa de pechos labrada de azul y verde, gorguera de hilo amarillo sembrado de argentería, invención de Galatea y Florisa, que la vistieron; garbín turquesado con flecos de encarnada seda, alcorque dorado, zapatillas justas, corales ricos y sortija de oro, y, sobre todo, su belleza, que más que todo la adornaba. Salió luego tras ella la sin par Galatea, como sol tras el aurora, y su amiga Florisa, con otras muchas y hermosas pastoras que por honrar las bodas a ellas habían venido, entre las cuales también iba Teolinda, con cuidado de hurtar el rostro a los ojos de Damón y Tirsi por no ser de ellos conocida.

Y luego las pastoras, siguiendo a los pastores que guiaban, al son de muchos pastoriles instrumentos, hacia el templo se encaminaron, en el cual espacio le tuvieron Elicio y Erastro de cebar[64] los ojos en el hermoso rostro de Galatea, deseando que durara aquel camino más que la larga peregrinación de Ulises[65]. Y, con el contento de verla, iba tan fuera de sí Erastro que, hablando con Elicio, le dijo:

—¿Qué miras, pastor, si a Galatea no miras?[66]. Pero

---

[62] *esposa*: En el sentido que indica Covarrubias: «los que ae han dado palabra de casamiento, o sea de presente o de futuro» (*Tesoro*).

[63] Silveria lleva *saya*, 'túnica' y *cuerpos*, 'la parte alta del vestido; *camisa de pechos* «es la camisa propia de mujer y sobre ella suele ponerse la gorguera...» (Covarrubias, *Tesoro*); la *gorguera* «es el adorno del cuello y pechos de la mujer» *(idem)*, y la *argentería* es el bordado de plata u oro; el *garbín* es la cofia, aquí de color *turquesado*, 'azul'; *alcorque* es un «género de calzado, cuyas suelas iban aforradas en corcho» *(idem)*, especie de zueco con el pie protegido por las zapatillas.

[64] *cebar*: «echar cebo para engañar» (Covarrubias, *Tesoro*, s. v. *cebo*), en sentido traslaticio.

[65] Mención de la *Odisea*; así se levanta el tono poético para dar entrada a la discusión que sigue.

[66] Aquí establece Elicio un retrato de Galatea de acuerdo con las normas retóricas (véase A. Michallski, 1981, 39-46), como antes lo había hecho. Sobre la discusión, tratamos en el prólogo (págs. 64-69); y también, F. López Estrada, 1994-1995. En la comedia *Laberinto de amor* (Jornada 1.ª, 1916, II, 245), hay otro retrato de Rosamira que está establecido como contraste entre belleza y la virtud «perfecta hermosura»; la be-

¿cómo podrás mirar el sol de sus cabellos, el cielo de su frente, las estrellas de sus ojos, la nieve de su rostro, la grana de sus mejillas, el color de sus labios, el marfil de sus dientes, el cristal de su cuello, el mármol de su pecho?

—Todo eso he podido ver, oh Erastro —respondió Elicio—, y ninguna cosa de cuantas has dicho es causa de mi tormento, sino es la aspereza de su condi[ci]ón, que, si no fuera tal como tú sabes, todas las gracias y bellezas que en Galatea conoces fueran ocasión de mayor gloria nuestra.

—Bien dices —dijo Erastro—, pero todavía no me podrás negar que, a no ser Galatea tan hermosa, no fuera tan deseada y, a no ser tan deseada, no fuera tanta nuestra pena, pues toda ella nace del deseo.

—No te puedo yo negar, Erastro —respondió Elicio—, que todo cualquier dolor y pesadumbre no nazca de la privación y falta de aquello que deseamos, mas juntamente con esto te quiero decir que ha perdido conmigo mucho la calidad del amor con que yo pensé que a Galatea querías; porque si solamente la quieres por ser hermosa, muy poco tiene que agradecerte, pues no habrá ningún hombre, por rústico que sea, que la mire que no la desea, porque la belleza, dondequiera que está, trae consigo el hacer desear. Así que a este simple deseo, por ser tan natural, ningún premio se le debe, porque si se le debiera, con sólo desear el Cielo, le tuviéramos merecido, mas ya ves, Erastro, ser esto tan al revés como nuestra verdadera ley nos lo tiene mostrado. Y puesto caso que la hermosura y belleza sea una principal parte para atraernos a desearla y a procurar gozarla, el que fuere verdadero enamorado no ha de tener tal gozo por último fin suyo, sino que, aunque la belleza le acarree este deseo, la ha de querer solamente por ser bueno, sin que otro algún interese le mueva; y este se

---

lleza se describe así «las trenzas de oro y la espaciosa frente, / las cejas y sus arcos celestiales / el uno y el otro sol resplandeciente, / la bella aurora que del nuevo Oriente / sale de sus mejillas, los corales / de los hermosos labios...» (A. Close, 1985). En *La Galatea* la descripción es más compleja y tiene siempre valor positivo. Véanse págs. 178, 288 y nota 116.

puede llamar, aun en las cosas de acá, perfecto y verdadero amor, y es digno de ser agradecido y premiado, como vemos que premia conocida y aventajadamente el Hacedor de todas las cosas a aquellos que, sin moverles otro interese alguno de temor, de pena o de esperanza de gloria, le quieren, le aman y le sirven, solamente por ser bueno y digno de ser amado. Y esta es la última y mayor perfección que en el amor divino se encierra, y en el humano también, cuando no se quiere más de por ser bueno lo que se ama, sin haber error de entendimiento; porque muchas veces lo malo nos parece bueno y lo bueno, malo, y así amamos lo uno y aborrecemos lo otro[67]; y este tal amor no merece premio, sino castigo. Quiero inferir de todo lo que he dicho, oh Erastro, que si tú quieres y amas la hermosura de Galatea con intención de gozarla, y en esto para el fin de tu deseo, sin pasar adelante a querer su virtud, su acrecentamiento de fama, su salud, su vida y bienes, entiende que no amas como debes, ni debes ser remunerado como quieres.

Quisiera Erastro replicar a Elicio y darle a entender cómo no entendía bien del amor con que a Galatea amaba, pero estorbólo el son de la zampoña del desamorado Lenio[68], el cual quiso también hallarse a las bodas de Daranio y regocijar la fiesta con su canto. Y así, puesto delante de los desposados, en tanto que al templo llegaban, al son del rabel de Eugenio estos versos fue cantando[69]:

---

[67] Avalle-Arce (*Galatea*, 1987, 227) resalta esta indecisión como un tema muy propio de Cervantes: «los personajes viven en fluctuación subjetiva entre el aspecto externo de las cosas y su realidad radical, entre *parecer* y *ser*» *(idem)*.

[68] *Lenio*, según K. Ph. Allen, 1997, 80, es nombre que puede relacionarse con el verbo latino *lenire* 'ablandar, calmar'. Este personaje quiere prevenir a los pastores de los males del amor, aunque luego acabe enamorado de la desamorada Gelasia.

[69] Epitalamio que entona Lenio, el «desamorado»; por este motivo es una pieza insólita y risible para los pastores. El enemigo de amor puede elogiar el matrimonio, y hacerlo en octavas reales, en un tono elevado. Más adelante, Arsindo cantará otro epitalamio (págs. 377-378) en tono diferente.

LENIO

¡Desconocido, ingrato Amor, que asombras[70]
a veces los gallardos corazones,
y con vanas figuras, vanas sombras,
pones al alma libre mil prisiones!
Si de ser dios te precias y te nombras   5
con tan subido nombre, no perdones
al que, rendido el lazo de Himineo[71],
rindiere a nuevo ñudo su deseo.

En conservar la ley pura y sincera
del santo matrimonio pon tu fuerza;   10
descoge en este campo tu bandera;
haz a tu condición en esto fuerza,
que bella flor, que dulce fruto espera,
por pequeño trabajo, el que se esfuerza
a llevar este yugo como debe,   15
que, aunque parece carga, es carga leve[72].

Tú puedes, si te olvidas de tus hechos
y de tu condición tan desabrida,
hacer alegres tálamos y lechos
do el yugo conyugal a dos anida.   20
Enciérrate en sus almas y en sus pechos
hasta que acabe el curso de su vida
y vayan a gozar, como se espera,
de la agradable, eterna primavera.

Deja las pastoriles cabañuelas   25
y al libre pastorcillo hacer su oficio;
vuela más alto ya, pues tanto vuelas,
y aspira a mejor grado y ejercicio.
En vano te fatigas y desvelas
en hacer de las almas sacrificio,   30
si no las rindes con mejor intento
al dulce de Himineo ayuntamiento.

---

[70] *asombras*: 'poner sombra, privar de luz, ensombrecer'.
[71] *Himineo*, más común *Himeneo*, dios del matrimonio, entendido aquí como *dulce ayuntamiento*.
[72] La *carga* referida pudiera recordar la mención evangélica del amor, referida a que los preceptos de Dios «no son pesados» (Epíst. I de San Juan, 5, 3). Véase T. Antolín, 1948, 124.

    Aquí puedes mostrar la poderosa
mano de tu poder maravilloso,
haciendo que la nueva tier[n]a esposa   35
quiera, y que sea querida de su esposo,
sin que aquella infernal rabia celosa[73]
les turbe su contento y su reposo,
ni el desdén sacudido[74] y zahareño
les prive del sabroso y dulce sueño.   40

    Mas si, pérfido Amor, nunca escuchadas
fueron de ti plegarias de tu amigo,
bien serán estas mías desechadas,
que te soy y seré siempre enemigo.
Tu condición, tus obras mal miradas,   45
de quien es todo el mundo buen testigo,
hacen que yo no espere de tu mano
contento alegre, venturoso y sano.

Ya se maravillaban los que al desamorado Lenio escuchando iban, de ver con cuánta mansedumbre las cosas de amor trataba, llamándole dios y de mano poderosa, cosa que jamás le habían oído decir. Mas, habiendo oído los versos con que acabó su canto, no pudieron dejar de reírse, porque ya les pareció que se iba colerizando[75] y que si adelante en su canto pasara, él pusiera al Amor como otras veces solía, pero faltóle el tiempo porque se acabó el camino.

Y así, llegados al templo y hechas en él por los sacerdotes las acostumbradas ceremonias, Daranio y Silveria quedaron en perpetuo y estrecho ñudo[76] ligados, no sin envi-

---

[73] Más adelante, la pena de los celos será considerada como la peor de entre las amorosas, en el juicio que hace Damón al fin de la Égloga representada (págs. 371-373).
[74] *sacudido*: Según Covarrubias es «el despegado» (*Tesoro*, s. v. *sacudir*). *Despego* es «la sequedad y ruin acogida» (*idem*, s. v. *despegar*), que se complementa con *zahareño* el «hombre esquivo y recatado, que huye de la gente, y se anda esquivando de todos» (*idem*, s. v. *çahareño*).
[75] *colerizando*: Las otras veces que Cervantes usó este verbo, lo hizo en la forma común de *encolerizar*.
[76] *perpetuo y estrecho ñudo*: Las ceremonias transparentan las del matrimonio cristiano, al que Cervantes se refirió en diversas ocasiones. Véase T. Antolín, 1948, 125-127 y M. Bataillon, 1964.

dia de muchos que los miraban, ni sin dolor de algunos que la hermosura de Silveria codiciaban, pero a todo dolor sobrepujara el que sintiera el sin ventura Mireno si a ese espectáculo[77] se hallara presente.

Vueltos, pues, los desposados del templo con la mesma compañía que habían llevado, llegaron a la plaza de la aldea, donde hallaron las mesas puestas, y adonde quiso Daranio hacer públicamente demostración de sus riquezas haciendo a todo el pueblo un generoso y suntuoso convite. Estaba la plaza tan enramada que una hermosa verde floresta parecía, entretejidas las ramas por cima de tal modo que los agudos rayos del sol en todo aquel circuito[78] no hallaban entrada para calentar el fresco suelo, que cubierto con muchas espadañas y con mucha diversidad de flores se mostraba.

Allí, pues, con general contento de todos, se solemnizó el generoso banquete al son de muchos pastorales instrumentos, sin que diesen menos gusto que el que suelen dar las [a]cordadas músicas que en los reales palacios se acostumbran[79]. Pero lo que más autorizó la fiesta fue ver que, en alzándose las mesas, en el mesmo lugar con mucha presteza hicieron un tablado, para efecto de que los cuatro discretos y lastimados pastores Orompo, Marsilio, Crisio y Orfenio, por honrar las bodas de su amigo Daranio y por satisfacer el deseo que Tirsi y Damón tenían de escuchar-

---

[77] *espectáculo*: El uso de este cultismo tan amplio («Lugar público y de mucho concurso, que se junta para mirar...», Covarrubias, *Tesoro*) puede matizarse con lo que también indica Covarrubias referente al espectáculo de los mártires caídos en los circos: «el mesmo caso que allí se vea, cruel y miserable, se llama *espectáculo» (idem)*. Se trata de referir el punto de vista de Mireno, el rechazado por Silveria.

[78] *circuito*: Cultismo que coincide con el it. *circuito* 'spazio compresso in un perimetro limitato'.

[79] Sigue la música, que comenzó al amanecer (como antes dijimos) acompañando las bodas; aquí se comparan las pastoriles con las de palacio, como es de rigor en estos libros. M. Z. Wellington (1959, 12-13) señala como modelo lo que se dice en el Proemio de la *Arcadia*: «e le incerate canne de' pastori porgano per le fiorite valli forse piu picevole suono, che l. tersi e pregiate bossi de' musici per le pompose camere non fanno». Esto pasó a ser un lugar común del elogio de la música pastoril.

les, querían allí en público recitar una égloga[80] que ellos mesmos de la ocasión de sus mesmos dolores habían compuesto.

Acomodados, pues, en sus asientos todos los pastores y pastoras que allí estaban, después que la zampoña de Erastro y la lira de Lenio y los otros instrumentos hicieron prestar a los presentes un sosegado y maravilloso silencio[81], el primero que se mostró en el humilde teatro[82] fue el triste Orompo[83], con un pellico negro vestido y un cayado de amarillo boj en la mano, el remate del cual era una fea figura de la muerte; venía con hojas de funesto ciprés coronado, insignias todas de la tristeza que en él reinaba por la inmatura muerte de su querida Listea; y, después que con triste semblante los llorosos ojos a una y a otra parte hubo tendido, con muestras de infinito dolor y amargura, rompió el silencio con semejantes razones[84]:

---

[80] Se trata de «autorizar» la fiesta de bodas, y aquí Cervantes se vale del recurso de Gálvez de Montalvo, amigo suyo como lo prueban el soneto preliminar y su cita en el «Canto de Calíope» (28), usado en *El pastor de Fílida*, como comentamos en el prólogo a *La Galatea* (págs. 159-160).

[81] *silencio*: He aquí una muestra del aprecio del silencio sentido por Cervantes. La música fue preludio para el *sosegado y maravilloso silencio* que se hizo para comenzar la representación. Don Quijote en la casa de don Diego de Miranda observó: «de lo que más se contentó fue del *maravilloso* silencio que en toda la casa había...» (II, 18). Este silencio procede de que en los libros pastoriles cuando un pastor canta, requiere la atención y el silencio de los que lo rodean; y estos libros lo tomaron de una tradición medieval (A. Salazar, 1961, 262-263). Aun siendo un elemento tópico (págs. 540-548), Cervantes desde *La Galatea* lo usa para dar sentido de autenticidad espiritual (A. S. Trueblood, 1959, 98-100). También A. Egido, 1994/3.

[82] *teatro*: «Lugar a donde concurrían para ver los juegos y los espectáculos» (Covarrubias, *Tesoro*). No importa que no hubiese edificio si todo había sido dispuesto para la visión y audición, como aquí, que es *humilde* como conviene a la condición pastoril.

[83] Las figuras «teatrales» de los pastores se evocan con signos de su condición. Orompo, como triste, viste de negro y amarillo, y es la muerte adorno de su cayado, y los demás hacen lo mismo en cada caso.

[84] Comienza aquí la representación de la *égloga*, según comentamos en (págs. 22-25). En el *Quijote*, el caballero y Sancho encuentran a unas pastoras que son ricas doncellas de una aldea, disfrazadas para *representar* unas églogas de Garcilaso y Camoes que se traían *estudiadas* (II, 58). Testimonio del sentido «dramático» que tiene esta Égloga es que, después de la representación, los actores se habían ido «cansados de la recitada égloga».

OROMPO

Salid de lo hondo del pecho cuitado[85],
palabras sangrientas, con muerte mezcladas;
y si los sospiros os tienen atadas,
abrid y romped el siniestro costado[86].
El aire os impide, que está ya inflamado   5
del fiero veneno de vuestros acentos;
salid, y siquiera os lleven los vientos,
que todo mi bien también me han llevado.

Poco perdéis en veros perdidas,
pues ya os ha faltado el alto sujeto   10
por quien en estilo grave y perfecto
hablábades cosas de punto subidas;
notadas un tiempo y bien conocidas
fuistes por dulces, alegres, sabrosas;
ahora por tristes, amargas, llorosas,   15
seréis de la tierra y del cielo tenidas,

Pero aunque salgáis, palabras, temblando,
¿con cuáles podréis decir lo que siento
si es incapaz mi fiero tormento
de irse cual es, al vivo pintando?   20
Mas ya que me falta el cómo y el cuándo
de significar mi pena y mi mengua,
aquello que falta y no puede la lengua,
suplan mis ojos, contino llorando.

¡Oh muerte, que atajas y cortas el hilo   25
de mil pretensiones gustosas humanas,

---

[85] La estrofa que emplea Orompo es muy curiosa; es uno de los pocos usos de la estrofa medieval de arte mayor en la segunda mitad del siglo XVI (O. H. Greeen, 1966, 213-219). Se trata de una reliquia métrica, y creemos que con ella Cervantes quiso relacionar este ritmo con la *Danza de la muerte* comúnmente conocida, que también la emplea; esto ocurre porque Orompo canta el dolor de la muerte de su amada; y al mismo tiempo con el uso de esta estrofa Cervantes demuestra la variedad de formas del verso castellano, aquí hermanado con el que procede de Italia.

[86] *siniestro costado*: Por 'izquierdo', como trae Covarrubias: «Siniestra cosa, la contraria a la diestra, y así decimos mano siniestra» (*Tesoro*). Su uso aquí, además de su resonancia arcaizante, reúne el sentido indicado, y el otro de 'dañino', pues es un dolor que siente por la muerte de la amada.

y en un volver de ojos las sierras allanas
y haces iguales a Henares y al Nilo![87]
¿Por qué no templaste, traidora, el estilo
tuyo cruel? ¿Por qué, a mi despecho, 30
probaste en el blanco y más lindo pecho
de tu fiero alfanje la furia y el filo?

¿En qué te ofendían, oh falsa, los años
tan tiernos y verdes de aquella cordera?
¿Por qué te mostraste con ella tan fiera? 35
¿Por qué en el suyo creciste mis daños?
¡Oh mi enemiga, y amiga de engaños!
De mí, que te busco, te escondes y ausentas,
y quieres y trabas razones y cuentas
con el que más teme tus males tamaños. 40

En años maduros, tu ley, tan injusta,
pudiera mostrar su fuerza crecida,
y no descargar la dura herida
en quien del vivir ha poco que gusta.
Mas esa tu hoz, que todo lo ajusta 45
y mando ni[88] ruego jamás la doblega,
así con rigor la flor tier[n]a siega
como la caña ñudosa y robusta.

Cuando a Listea del suelo quitaste,
tu ser, tu valor, tu fuerza, tu brío, 50
tu ira, tu mando y tu señorío,
con sólo aquel triunfo al mundo mostraste.
Llevando a Listea, también te llevaste
la gracia, el donaire, belleza y cordura
mayor de la tierra, y en su sepultura 55
este bien todo con ella encerraste.

---

[87] V. Gaos (Cervantes, *Poesías*, II, 95) encuentra aquí el mismo pensamiento que en las *Coplas* de Jorge Manrique: «Allí los ríos caudales, / allí los otros, medianos / y más chicos / allegados, son iguales...» Esto conviene con la condición medieval de la estrofa.

[88] *y mando*: el emparejamiento con *ni ruego* pediría *ni mando*; lo escribió así porque hay usos de *ni* que difieren de la lengua moderna (Keniston, 1937, 40.94). Así en el impreso, fol. 147. Verso 45, *hoz* con aspiración.

Sin ella en tiniebla perpetua ha quedado
mi vida penosa, que tanto se alarga
que es insufrible a mis hombros su carga:
que es muerte la vida del que es desdichado. 60
Ni espero en Fortuna, ni espero en el hado,
ni espero en el tiempo, ni espero[89] en el Cielo,
ni tengo de quïen espere consuelo,
ni es bien que se espere en mal tan sobrado.

¡Oh vos, que sentís qué cosa es dolores! 65
Venid y tomad consuelo en los míos,
que, en viendo su ahinco, sus fuerzas, sus bríos,
veréis que los vuestros son mucho menores.
¿Do estáis agora, gallardos pastores?
Crisio, Marsilio y Orfenio, ¿qué hacéis? 70
¿Por qué no venís? ¿Por qué no tenéis
por más que los vuestros mis daños mayores?

Mas ¿quién es aquel que asoma y que quiebra
por la encrucijada de aqueste sendero?
Marsilio es, sin duda, de Amor prisionero. 75
Belisa es la causa, a quien siempre celebra.
A este le roe la fiera culebra
del crudo desdén el pecho y el alma;
y pasa su vida en tormenta sin calma,
y aun no es, cual la mía, su suerte tan negra. 80

Él piensa que el mal que el alma le aqueja
es más que el dolor de mi desventura.
Aquí será bien que entre esta espesura
me esconda, por ver si acaso se queja.
Mas, ay, que a la pena que nunca me deja 85
pensar igualarla es gran desatino,
pues abre la senda y cierra el camino
al mal que se acerca y al bien que se aleja.

---

[89] La repetición de *ni espero* es intencionada contando con que la desesperación final (suicidio) es el peor pecado del hombre; Orompo se pone en un punto extremo del dolor.

¡Pasos que al de la muerte
me lleváis paso a paso, 90
forzoso he de acusar v[uest]ra pereza!
Seguid tan dulce suerte,
que en este amargo paso
está mi bien, y en vuestra ligereza.
Mirad que la dureza 95
de la enemiga mía
en el airado pecho,
contrario a mi provecho,
en su entereza está, cual ser solía;
huigamos, si es posible 100
del áspero rigor suyo terrible.

¿A qué apartado clima,
a qué región incierta
iré a vivir que pueda asegurarme
del mal que me lastima, 105
del ansia triste y cierta
que no se ha de acabar hasta acabarme?
Ni estar quedo, o mudarme
a la arenosa Libia,
o al lugar donde habita 110
el fiero y blanco escita[90],
un solo punto mi dolor alivia:
que no está mi contento
en hacer de lugares mudamiento.

Aquí y allí me alcanza 115
el desdén riguroso
de la sin par, cruel pastora mía,
sin que amor ni esperanza
un término dichoso
me puedan prometer en tal porfía. 120
¡Belisa, luz del día,
gloria de la edad nuestra:
si valen ya contigo
ruegos de un firme amigo,

---

[90] La oposición entre la Libia calurosa y la Scitia fría (entre Europa y África) es un tópico poético para indicar un ancho espacio.

tiempla el rigor airado de tu diestra, 125
y el fuego de este mío
pueda en tu pecho deshacer el frío!

Más sorda a mi lamento,
más implacable y fiera
que a la voz del cansado marinero 130
el riguroso viento
que el mar turba y altera
y amenaza a la vida el fin postrero;
mármol, diamante, acero,
alpestre[91] y dura roca, 135
robusta, antigua encina,
roble que nunca inclina
la altiva rama al cierzo que le toca:
todo es blando y suave
comparado al rigor que en tu alma cabe. 140

Mi duro, amargo hado,
mi inexorable estrella,
mi voluntad, que todo lo consiente,
me tienen condenado,
Belisa, ingrata y bella, 145
a que te sirva y ame eternamente.
Y aunque tu hermosa frente,
con riguroso ceño,
y tus serenos ojos
me anuncien mil enojos, 150
serás de esta alma conocida dueño[92],
en tanto que en el suelo
la cubriere mortal, corpóreo velo.

---

[91] He aquí una enumeración poética que va sumando términos para mostrar el rigor del alma de la cruel pastora. Uno de ellos, *alpestre* es propiamente un italianismo. Cervantes es la única vez que usa esta palabra, en relación con el it. *alpestre*, lo propio del *alpa*, montaña alta y fragosa, y en particular los *Alpi*, Álpes, la cordillera italiana.

[92] *dueño* en concordancia con *conocida*, pues el término vale para el masculino y el femenino, en parte como reminiscencia con la poesía trovadoresca y en parte para evitar la significación común que recoge Covarrubias: «agora significa comúnmente las que sirven con tocas largas y monjiles» (*Tesoro*).

¿Hay bien que se le iguale
al mal que me atormenta?   155
¿Y hay mal en todo el mundo tan esquivo?
El uno y otro sale
de toda humana cuenta,
y aun yo sin ella en viva muerte vivo.
En el desdén avivo   160
mi fe, y allí se enciende
con el helado frío;
mirad qué desvarío,
y el dolor desusado que me ofende,
y si podrá igualarse   165
al mal que más quisiere aventajarse.

Mas, ¿quién es el que mueve
las ramas intricadas
de este acopado mirto y verde asiento?

Orompo

Un pastor que se atreve,   170
con razones fundadas
en la pura verdad de su tormento,
mostrar que el sentimiento
de su dolor crecido
al tuyo se aventaja,   175
por más que tú le estimes,
levantes y sublimes.

Marsilio

Vencido quedarás en tal baraja[93],
Orompo, fiel amigo,
y tú mesmo serás de ello testigo.   180

Si de las ansias mías,
si de mi mal insano
la más mínima parte conocieras,

---

[93] *baraja:* «En lenguaje castellano antiguo vale contienda, pendencia, confusión y mezcla, cual hay en las pendencias y reyertas de unos contra otros» (Covarrubias, *Tesoro*). El arcaísmo conviene con el lenguaje pastoril y la *baraja* aquí es de índole poética, e inocua por tanto.

cesaran tus porfías,
Orompo, viendo llano   185
que tú penas de burla, y yo de veras.

OROMPO

Haz, Marsilio, quimeras
de tu dolor extraño,
y al mío menoscaba,
que la vida me acaba,   190
que yo espero sacarte de ese engaño,
mostrando al descubierto
que el tuyo es sombra de mi mal, que es cierto.
Pero la voz sonora
de Crisio oigo que suena,   195
pastor que en la opinión se te parece;
escuchémosle ahora,
que su cansada pena
no menos que la tuya la engrandece.

MARSILIO

Hoy el tiempo me ofrece   200
lugar y coyuntura
donde pueda mostraros
a entrambos y enteraros
de que sola la mía es desventura.

OROMPO

Atiende ahora, Marsilo,   205
la voz de Crisio y lamentable estilo.

CRISIO

¡Ay dura, ay importuna, ay triste ausencia![94]
¡Cuán fuera debió estar de conocerte
el que igualó tu fuerza y violencia
al poder invencible de la muerte!   210

---

[94] Cervantes adaptó estas dos primeras octavas para componer un soneto de *La entretenida* (*Comedias y entremeses*, ed. Schevill y Bonilla, III, Madrid, B. Rodríguez, 1918, 24). Véase J. B. Avalle-Arce (1959).

Que, cuando con mayor rigor sentencia,
¿qué puede más su limitada suerte
que deshacer el ñudo y recia liga
que a cuerpo y alma estrechamente liga?

Tu duro alfanje a mayor mal se extiende,   215
pues un espíritu en dos mitades parte.
¡Oh milagros de amor que nadie entiende,
ni se alcanzan por ciencia ni por arte!
¡Que deje su mitad con quien la enciende
allá mi alma, y traiga acá la parte   220
más frágil, con la cual más mal se siente
que estar mil veces de la vida *ausente*![95].

Ausente estoy de aquellos ojos bellos
que serenaban la tormenta mía;
ojos, vida de aquel que pudo vellos,   225
si de allí no pasó la fantasía:
que verlos y pensar de merecellos
es loco atrevimiento y demasía.
Yo los vi, desdichado, y no los veo,
y mátame de verlos el *deseo*.   230

Deseo, y con razón, ver dividida,
por acortar el término a mi daño,
esta antigua amistad, que tiene unida
mi alma al cuerpo con amor tamaño
que, siendo de las carnes despedida,   235
con ligereza presta y vuelo extraño,
podrá tornar a ver aquellos ojos,
que son descanso y gloria a sus *enojos*.

---

[95] Hemos impreso en cursiva las rimas internas (o *al mezzo*) que aquí enriquecen la técnica métrica del verso. Estas rimas encadenadas aparecen en la métrica medieval, y Garcilaso las emplea en la Égloga II en abundancia (ejemplo vv. 338-384), que las tomó probablemente de la *Arcadia* de Sannazaro (Égloga X, versos centrales). Es un caso más de la contradicción que implica el caso de este recurso (como el de los correlativos, plurimembres y sextinas) propio de una lírica elevada de los cantos de los pastores, indicio del signo manierista del arte del género. Es un enlace estrófico de ascendencia medieval, el leixapren, como lo demuestra su intenso uso en el *Cancionero de Baena*, poesías 19, 174, 297, 312, 313, etc., ed. B. Dutton y J. González Cuenca, Madrid, Visor, 1993.

Enojos son la paga y recompensa
que Amor concede al amador ausente, 240
en quien se cifra el mayor mal y ofensa
que en los males de amor s[e] encierra y siente.
Ni poner discreción a la defensa,
ni un querer firme, levantado, ardiente,
aprovecha a templar de este tormento 245
la dura pena y el furor *violento*.

Violento es el rigor de esta dolencia;
pero, junto con esto, es tan durable
que se acaba primero la paciencia,
y aun de la vida el curso miserable. 250
Muertes, desvíos, celos, inclemencia
de airado pecho, condición mudable,
no atormentan así ni dañan tanto
como este mal, que el nombre aun pone *espanto*[96].

Espanto fuera si dolor tan fiero 255
dolores tan mortales no causara;
pero todos son flacos, pues no muero,
ausente de mi vida dulce y cara.
Mas cese aquí mi canto lastimero,
que a compañía tan discreta y rara 260
como es la que allí veo será justo
que muestre al verla más sabroso el *gusto*.

Orompo

Gusto nos da, buen Crisio, tu presencia,
y más viniendo a tiempo que podremos
acabar nuestra antigua diferencia. 265

Crisio

Orompo, si es tu gusto, comencemos,
pues que juez de la contienda nuestra
tan recto aquí en Marsilio le tendremos.

---

[96] *espanto*: Siendo una la palabra y repitiéndose en fin y cabeza de estrofa, tiene sin embargo, los matices significativos que registra Covarrubias: «*espantar*, causar horror, miedo [primer uso] o admiración [segundo uso]» (*Tesoro*).

Marsilio

　Indicio dais y conocida muestra
del error en que os trae tan embebidos   270
esa vana opinión notoria vuestra,
　pues queréis que a los míos preferidos
vuestros dolores tan pequeños sean,
harto llorados más que conocidos.
　Mas porque el suelo y cielo juntos vean   275
cuánto vuestro dolor es menos grave
que las ansias que el alma me rodean,
　la más pequeña que en mi pecho cabe
pienso mostrar en vuestra competencia,
así como mi ingenio torpe sabe;   280
　y dejaré a vosotros la sentencia
y el juzgar si mi mal es muy más fuerte
que el riguroso de la larga ausencia
　o el amargo, espantoso de la muerte,
de quien entrambos os quejáis sin tiento   285
llamando dura y corta a vuestra suerte.

Orompo

　De eso yo soy, Marsilio, muy contento,
pues la razón que tengo de mi parte
el triunfo le asegura a mi tormento.

Crisio

　Aunque de exagerar me falta el arte,   290
veréis, cuando yo os muestre mi tristeza,
cómo quedan las vuestras a una parte.

Marsilio

　¿Qué ausencia llega a la inmortal dureza
de mi pastora, que es, con ser tan dura,
señora universal de la belleza?   295

Orompo

　¡Oh, a qué buen tiempo llega y coyuntura
Orfenio! ¿Veisle? Asoma. Estad atentos;
oiréisle ponderar su desventura.

Celos es la ocasión de sus tormentos:
celos, cuchillo y ciertos turbadores
de las paces de amor y los contentos.

Crisio

Escuchad, que ya canta sus dolores.

Orfenio

¡Oh sombra escura que contino sigues
a mi confusa, triste fantasía;
enfadosa tiniebla, siempre fría,
que a mi contento y a mi luz persigues!

¿Cuándo será que tu rigor mitigues,
monstruo cruel y rigurosa arpía?
¿Qué ganas en turbarme la alegría,
o qué bien en quitármele consigues?

Mas si la condición de que te arreas[97]
se extiende a pretender quitar la vida
al que te dio la tuya y te ha engendrado,

no me debe admirar que de mí seas,
y de todo mi bien, fiero homicida,
sino de verme vivo en tal estado.

Orompo

Si el prado deleitoso,
Orfenio, te es alegre, cual solía
en tiempo más dichoso,
ven, pasarás el día
en nuestra lastimada compañía.

Con los tristes el triste
bien ves que se acomoda fácilmente;
ven, que aquí se resiste,

---

[97] *arreas*: Con el significado ya indicado que trae Covarrubias: «adornar», arreo «el atavío» (*Tesoro*, s. v. *arrear*).

par de[98] esta clara fuente, 325
del levantado sol el rayo ardiente.

   Ven, y el usado estilo
levanta, y como sueles te defiende
de Crisio y de Marsilo[99],
que cada cual pretende 330
mostrar que sólo es mal el que le ofende.

   Yo solo en este caso
contrario habré de ser a ti y a ellos,
pues los males que paso
bien podré encarecellos, 335
mas no mostrar la menor parte de ellos.

ORF[E]NIO

   No al gusto le es sabrosa
así a la corderuela deshambrida[100]
la hierba, ni gustosa
salud restituida 340
a aquel que ya la tuvo por perdida,

   como es a mí sabroso
mostrar en la contienda que se ofrece
que el dolor riguroso
que el corazón padece 345
sobre el mayor del suelo se engrandece.

   Calle su mal sobrado
Orompo; encubra Crisio su dolencia;
Marsilio esté callado:
muerte, desdén ni ausencia 350
no tengan con los celos competencia.

---

[98] *par de*: 'a par de, cerca de'.
[99] Obsérvese que aquí imprimimos *Marsilo* porque rima con *estilo*. En los otros lugares, preferimos Marsilio para uniformizar el nombre de los personajes, contando con que Cervantes usaba estos nombres de una manera vacilante. Lo mismo en los versos 205-6. Aquí, fol. 153v., *Marsilio*.
[100] *deshambrida*: 'Hambrienta'. Esta derivación de *hambre* fue usada por Lucas Fernández y Lope de Rueda, y sirve para dar una nota rústica al verso italianizante al que está incorporada.

Pero si e[l] Cielo quiere
que hoy salga a campo la contienda nuestra,
comience el que quisiere,
y dé a los otros muestra   355
de su dolor con torpe lengua o diestra:

que no está en la elegancia
y modo de decir el fundamento
y principal sustancia
del verdadero cuento,   360
que en la pura verdad tiene su asiento[101].

CRISIO

Siento, pastor, que tu arrogancia *mucha*
en esta *lucha* de pasiones *nuestras*
dará mil *muestras* de tu *desvarío*.

ORFENIO

Tiempla ese *brío* o muéstralo a su *tiempo*,   365
que es *pasatiempo*, Crisio, tu *congoja*:
que el que mal *afloja* con volver el *paso*
no hay que hacer *caso* de su *sentimiento*.

CRISIO

Es mi *tormento* tan extraño y *fiero*,
que presto *espero* que tú mesmo *digas*   370
que a mis *fatigas* no se iguala *alguna*.

MARSILIO

Desde la *cuna* soy yo *desdichado*.

---

[101] Avalle-Arce (*La Galatea*, 1987, 242) comenta esta estrofa como una declaración de la poética de Cervantes, que aquí se decanta por la verdad frente a la elegancia. Hay aquí una competencia entre los pastores, y la *pura verdad* representa la intensidad de la pasión amorosa que cada uno expresa. En otras ocasiones, Cervantes apoyará la gracia de una narración en la propiedad del lenguaje (*Persiles*, III, 6).

OROMPO

Aun *engendrado* creo que no *estaba*,
cuando *sobraba* en mí la *desventura*.

ORFENIO

En mí se *apura* la mayor *desdicha*. 375

CRISIO

Tu mal es *dicha* comparado *al mío*.

MARSILIO

Opuesto al *brío* de mi mal *extraño*,
es gloria el *daño* que a vosotros *daña*.

OROMPO

Esta *maraña* quedará muy *clara*
cuando a la *clara* mi dolor *descubra*. 380
Ninguno *encubra* ahora su *tormento*,
que yo del mío doy principio al cuento[102]:

    Mis esperanzas, que fueron
sembradas en parte buena,
dulce fruto prometieron, 385
y, cuando darle quisieron,
convirtióle el Cielo en pena.
Vi su flor maravillosa
en mil muestras deseosa
de darme una rica suerte, 390
y en aquel punto la muerte
cortómela de envidiosa.

    Yo quedé cual labrador
que del trabajo contino
de su espaciosa labor 395

---

[102] *cuento*: Postverbal de *contar* en el sentido de «referir algún caso o acontecimiento» (Covarrubias, *Tesoro*). En esta ocasión es el caso de Orompo, que es la pérdida de la amada.

fruto amargo de dolor
le concede su destino;
y aun le quita la esperanza
de otra nueva buena andanza,
porque cubrió con la tierra   400
el Cielo donde se encierra
de su bien la confianza.

Pues si a término he llegado
que de tener gusto o gloria
vivo ya desesperado,   405
de que yo soy más penado
es cosa cierta y notoria:
que la esperanza asegura
en la mayor desventura
un dichoso fin que viene;   410
mas ¡ay de aquel que la tiene
cerrada en la sepultura!

MARSILIO

Yo, que el humor de mis ojos
siempre derramado ha sido
en lugar donde han nacido   415
cien mil espinas y abrojos
que el corazón me han herido;
yo sí soy el desdichado,
pues con nunca haber mostrado
un momento el rostro enjuto,   420
ni hoja, ni flor, ni fruto
he del trabajo sacado.

Que si alguna muestra viera
de algún pequeño provecho,
sosegárase mi pecho,   425
y, aunque nunca se cumpliera,
quedara al fin satisfecho,
por que viera que valía
mi enamorada porfía
con quien es tan desabrida,   430
que a mi hielo está encendida
y a mi fuego, helada y fría.

Pues si es el trabajo vano
de mi llanto y sospirar,
y de él no pienso cesar, 435
a mi dolor inhumano,
¿cuál se le podrá igualar?
Lo que tu dolor concierta
es que está la causa muerta,
Orompo, de tu tristeza; 440
la mía, en más entereza,
cuanto más me desconcierta.

Crisio

Yo, que tiniendo en sazón
el fruto que se desvía
a mi contina pasión, 445
una súbita ocasión
de gozarle me desvía,
muy bien podré ser llamado
sobre todos desdichado,
pues que vendré a perecer, 450
pues no puedo parecer
adonde el alma he dejado.

Del bien que lleva la muerte
el no poder recobrallo
en alivio se convierte, 455
y un corazón duro y fuerte
el tiempo suele ablandallo.
Mas en ausencia se siente,
con un extraño accidente,
sin sombra de ningún bien, 460
celos, muertes y desdén,
que esto y más teme el ausente.

Cuanto tarda el cumplimiento
de la cercana esperanza,
aflige más el tormento, 465
y allí llega el sufrimiento
adonde ella nunca alcanza.
En las ansias desiguales,
el remedio de los males
es el no esperar remedio; 470

mas carecen de este medio
las de ausencias, más mortales.

Orfenio

El fruto que fue sembrado
por mi trabajo contino,
a dulce sazón llegado,   475
fue con próspero destino
en mi poder entregado.
Y apenas pude llegar
a términos tan sin par,
cuando vine a conocer   480
la ocasión de aquel placer
ser para mí de pesar.

Yo tengo el fruto en la mano,
y el tenerle me fatiga,
porque en mi mal inhumano,   485
a la más granada espiga
la roe un fiero gusano.
Aborrezco lo que quiero,
y por lo que vivo muero,
y yo me fabrico y pinto   490
un revuelto laberinto
de do salir nunca espero.

Busco la muerte en mi daño,
que ella es vida a mi dolencia;
con la verdad más me engaño,   495
y en ausencia y en presencia
va creciendo un mal tamaño.
No hay esperanza que acierte
a remediar mal tan fuerte,
ni por estar ni alejarme   500
es imposible apartarme
de esta triste, viva muerte.

Orompo

¿No es error conocido
decir que el daño que la muerte hace,
por ser tan extendido,   505

en parte satisface,
pues la esperanza quita
que el dolor administra y solicita?

   Si de la gloria muerta
no se quedara viva la memoria 510
que el gusto desconcierta,
es cosa ya notoria
que, el no esperar tenella,
tiempla el dolor en parte de perdella.

   Pero si está presente 515
la memoria del bien ya fenecido,
más viva y más ardiente
que cuando poseído,
¿quién duda que esta pena
no está más que otras, de miserias llena? 520

Marsilio

   Si a un pobre caminante
le sucediese, por extraña vía,
huírsele delante,
al fenecer del día, 525
el albergue esperado
y con vana presteza procurado,

   quedaría, sin duda,
confuso del temor que allí le ofrece
la escura noche y muda;
y más si no amanece, 530
que el cielo a su ventura
no concede la luz serena y pura.

   Yo soy el que camino
para llegar a un albergue venturoso[103],
y, cuando más vecino 535
pienso estar del reposo,

---

[103] El verso queda así, tal como está en el impreso (fol. 158 v.), y está sobrado de sílabas; Avalle-Arce (*La Galatea*, 1987, 249) propone la lección «para llegar a albergue venturoso».

cual fugitiva sombra,
el bien me huye y el dolor me asombra[104].

CRISIO

Cual raudo y hondo río
suele impedir al caminante el paso,   540
y al viento, nieve y frío
le tiene en campo raso,
y el albergue delante
se le muestra de allí poco distante,

tal mi contento impide   545
esta penosa y tan prolija ausencia,
que nunca se comide[105]
a aliviar su dolencia,
y casi ante mis ojos
veo quien remediara mis enojos.   550

Y el ver de mis dolores
tan cerca la salud, tanto me aprieta
que los hace mayores,
pues por causa secreta,
cuando el bien es cercano,   555
tanto más lejos huye de mi ma[n]o.

ORFENIO

Mostróseme a la vista
un rico albergue, de mil bienes lleno[106];
triunfé de su conquista,
y cuando más sereno   560
se me mostraba el hado,
vilo en escuridad negra cambiado.

Allí donde consiste
el bien de los amantes bien queridos,

---

[104] *asombra*: 'Me pone a la sombra, ensombrece', como se dijo.
[105] *se comide*: *Comedirse* «anticiparse a hacer algún servicio o cortesía, sin que lo adviertan o pidan» (Covarrubias, *Tesoro*, s. v. *comedido*).
[106] La segunda parte de este verso coincide con parte del verso final de la oda «Noche serena» de Fray Luis de León: «repuestos valles de mil bienes llenos».

allí mi mal asiste; 565
allí se ven unidos
los males y desdenes,
donde suelen estar todos los bienes.

   Dentro de esta morada
estoy, de do salir nunca procuro, 570
por mi dolor fundada
de tan extraño muro,
que pienso que le abaten
cuantos le quieren, miran y combaten.

OROMPO

   Antes el sol acabará el camino 575
que es propio suyo, dando vuelta al cielo
después de haber tocado en cada signo[107],

   que la parte menor de nuestro duelo
podamos declarar como se siente,
por más que bien hablar levante el vuelo. 580

   Tú dices, Crisio, que el que vive ausente
muere; yo, que estoy muerto, pues mi vida
a muerte la entregó el hado inclemente.

   Y tú, Marsilio, afirmas que perdida
tienes de gusto y bien toda esperanza, 585
pues un fiero desdén es tu homicida.

   Tú repites, Orfenio, que la lanza
aguda de los celos te transpasa,
no sólo el pecho, que hasta el alma alcanza.

   Y como el uno lo que el otro pasa 590
no siente, su dolor solo exagera,
y piensa que al rigor del otro pasa.

---

[107] *signo*: Del Zodíaco, como indica Covarrubias «comúnmente llamamos *signos* los doce compartimentos del Zodíaco» (*Tesoro*). Obsérvese la rima *camino-signo* en cuanto a la pronunciación de los cultismos; mantenemos la grafía del impreso, que aquí es la moderna.

Y, por nuestra contienda lastimera,
de tristes argumentos está llena
del caudaloso Tajo la ribera.   595

Ni por esto desmengua nuestra pena;
antes, por el tratar la llaga tanto,
a mayor sentimiento nos condena.

Cuanto puede decir la lengua, y cuanto
pueden pensar los tristes pensamientos,   600
es ocasión de renovar el llanto.

Cesen, pues, los agudos argumentos,
que en fin no hay mal que no fatigue y pene,
ni bien que dé siguros los contentos.

¡Harto mal tiene quien su vida tiene   605
cerrada en una estrecha sepultura,
y en soledad amarga se mantiene!

¡Desdichado del triste sin ventura
que padece de celos la dolencia,
con quien no valen fuerzas ni cordura!   610

¡Y aquel que en el rigor de larga ausencia
pasa los tristes, miserables días,
llegado al flaco arrimo de paciencia!

¡Y no menos aquel que en sus porfías
siente, cuando más arde, en su pastora   615
entrañas duras e intenciones frías!

Crisio

Hágase lo que pide Orompo agora,
pues ya de recoger nuestro ganado[108]
se va llegando a más andar la hora.

---

[108] La terminación de la égloga se indica con el aviso de recoger el ganado e ir hacia la aldea, como es preceptivo desde las *Bucólicas* de Virgilio; aquí en este caso indica el fin de la representación, como también anunciará el fin de los libros de la obra.

    Y, en tanto que al albergue acostumbrado
llegamos, y que el sol claro se aleja,
escondiendo su faz del verde prado,

    con voz amarga y lamentable queja,
al son de los acordes instrumentos,
cantemos el dolor que nos aqueja.

Marsilio

    Comienza, pues, oh Crisio, y tus acentos
lleguen a los oídos de Claraura,
llevados mansamente de los vientos,
como a quien todo tu dolor restaura.

Crisio

    Al que ausencia viene a dar
su cáliz triste a beber,
no tiene mal que temer,
ni ningún bien que esperar.

    En esta amarga dolencia
no hay mal que no esté cifrado:
temor de ser olvidado,
celos de ajena presencia.

    Quien la viniere a probar,
luego vendrá a conocer
que no hay mal de que temer,
ni menos bien que esperar.

Orompo

    Ved si es mal el que me aqueja
más que muerte conocida,
pues forma quejas la vida
de que la muerte la deja.

    Cuando la muerte llevó
toda mi gloria y contento,
por darme mayor tormento
con la vida me dejó.

> El mal viene, el bien se aleja 650
> con tan ligera corrida
> que forma quejas la vida
> de que la muerte la deja.

MARSILIO

> En mi terrible pesar
> ya faltan, por más enojos, 655
> las lágrimas a los ojos
> y el aliento al sospirar.

> La ingratitud y desdén
> me tienen ya de tal suerte,
> que espero y llamo a la muerte 660
> por más vida y por más bien.

> Poco se podrá tardar,
> pues faltan en mis enojos
> las lágrimas a los ojos
> y el aliento al sospirar. 665

ORFENIO

> Celos, a fe, si pudiera,
> que yo hiciera por mejor
> que fueran celos, amor
> y que el amor, celos fuera.

> De este trueco granjeara 670
> tanto bien y tanta gloria
> que la palma y la victoria
> de enamorado llevara.

> Y aun fueran de tal manera
> los celos en mi favor, 675
> que, a ser los celos amor,
> el amor yo solo fuera.

Con esta última canción del celoso Orfenio dieron fin a su égloga los discretos pastores, dejando satisfechos de su discreción a todos los que escuchado los habían, especialmente a Damón y a Tirsi, que gran contento en oírlos recibieron, pareciéndoles que más que de pastoril ingenio parecían las razones y argumentos que para salir con su propósito los cuatro pastores habían propuesto. Pero habiéndose movido contienda entre muchos de los circunstantes sobre cuál de los cuatro había alegado mejor de su derecho, en fin se vino a conformar el parecer de todos con el que dio el discreto Damón diciéndoles que él para sí tenía que, entre todos los disgustos y sinsabores que el amor trae consigo, ninguno fatiga tanto al enamorado pecho como la incurable pestilencia de los celos, y que no se podían igualar a ella la pérdida de Orompo, ausencia de Crisio ni la desconfianza de Marsilio.

—La causa es —dijo— que no cabe en razón natural que las cosas que están imposibilitadas de alcanzarse puedan por largo tiempo apremiar la voluntad a quererlas ni fatigar al deseo por alcanzarlas, porque el que tuviese voluntad y deseo de alcanzar lo imposible, claro está que cuanto más el deseo le sobrase, tanto más el entendimiento le faltaría. Y por esta mesma razón digo que la pena que Orompo padece no es sino una lástima y compasión del bien perdido; y por haberle perdido de manera que no es posible tornarle a cobrar, esta imposibilidad ha de ser causa para que su dolor se acabe, que, puesto que el humano entendimiento no puede estar tan unido siempre con la razón que deje de sentir la pérdida del bien que cobrar no se puede; y que, en efecto, ha de dar muestras de su sentimiento con tiernas lágrimas, ardientes sospiros y lastimosas palabras, so pena de que quien esto no hiciese antes por bruto que por hombre racional sería tenido; en fin, fin: el discurso del tiempo cura esta dolencia, la razón la mitiga y las nuevas ocasiones tienen mucha parte para borrarla de la memoria. Todo esto es al revés en el ausencia, como apuntó bien Crisio en sus versos, que, como la esperanza en el ausente ande tan junta con el deseo, dale terrible fatiga la dilación de la tornada, porque, como no le impide otra cosa el gozar su bien sino algún brazo de mar o alguna distancia de tierra, parécele que, tiniendo lo principal, que es la voluntad de la persona amada, que se hace notorio agravio a su gusto que cosas que son tan menos como un poco de agua o tierra le impidan su felicidad y gloria. Júntase asimesmo a esta pena el temor de ser olvidado, las mudanzas de los humanos corazones; y, en tanto que la ausencia dura, sin duda alguna que es extraño el rigor y aspereza con que trata al alma del desdichado ausente, pero como tiene tan cerca el remedio, que consiste en la tornada, puédese llevar con algún alivio su tormento; y si sucediere ser la ausencia de manera que sea imposible volver a la presencia deseada, aquella imposibilidad viene a ser el remedio, como en el de la muerte. El dolor de que Marsilio se queja, puesto que es como el mesmo que yo padezco, y por esta causa me había de parecer mayor que otro alguno, no por eso dejaré de decir lo que en él la razón me muestra, antes que aquello a que la pasión me incita: confieso que es terrible dolor querer y no ser querido, pero mayor sería amar y ser aborrecido. Y si los nuevos amadores nos guiásemos por lo que la razón y la experiencia nos enseñ[an], veríamos que todos los principios en cualquier cosa son dificultosos y que no padece esta regla excepción en los casos de amor, antes en ellos más se confirma y fortalece. Así que quejarse el nuevo amante de la dureza del rebelde pecho de su señora va fuera de todo razonable término, porque como el amor sea y ha de ser voluntario y no forzoso, no debo yo quejarme de no ser querido de quien quiero, ni debo hacer caudal del cargo que le hago diciéndole que está obligada a amarme porque yo la amo: que, puesto que la persona amada debe, en ley de Naturaleza y en buena cortesía, no mostrarse ingrata con quien bien la quiere, no por eso le ha de ser forzoso y de obligación que corresponda del todo y por todo a los deseos de su amante. Que si esto así fuese, mil enamorados importunos habría que por su solicitud alcanzasen lo que quizá no se les debría de derecho; y como el amor tenga por padre al conocimiento, puede ser que no halle en mí la que es de mí bien querida partes tan buenas que la muevan e inclinen a quererme; y así no está obligada, como ya he dicho, a amarme como yo estaré obligado a adorarla, porque hallé en ella lo que a mí me falta. Y por esta razón no debe el desdeñado quejarse de su amada, sino de su ventura, que le negó las gracias que al conocimiento de su señora pudieran mover a bien quererle; y así debe procurar con continos servicios, con amorosas razones, con la no importuna presencia, con las ejercitadas virtudes, adobar y enmendar en él la falta que Naturaleza hizo, que este es tan principal remedio que estoy por afirmar que será imposible dejar de ser amado el que con tan justos medios procurare granjear la voluntad de su señora. Y pues este mal del desdén tiene el bien de este remedio, consuélese Marsilio y tenga lástima al desdichado y celoso Orfenio, en cuya desventura se encierra la mayor que en las de amor imaginarse puede. ¡Oh celos, turbadores de la sosegada paz amorosa, celos, cuchillo de las más firmes esperanzas! No sé yo qué pudo saber de linajes el que a vosotros os hizo hijos del amor, siendo tan al revés que por el mesmo caso dejara el amor de serlo si tales hijos engendrara. ¡Oh celos, hipócritas y fementidos ladrones, pues para que se haga cuenta de vosotros en el mundo, en viendo nacer alguna centella de amor en algún pecho, luego procuráis mezclaros con ella volviéndoos de su color, y aun procuráis usurparle el mando y señorío que tiene! Y de aquí nace que, como os ven tan unidos con el amor, puesto que por vuestros efectos dais a conocer que no sois el mesmo amor, todavía procuráis que entienda el ignorante que sois sus hijos, siendo, como lo sois, nacidos de una baja sospecha, engendrados de un vil y desastrado temor, criados a los pechos de falsas imaginaciones, crecidos entre vilísimas envidias, sustentados de chismes y mentiras. Y porque se vea la destruición que hace en los enamorados pechos esta maldita dolencia de los rabiosos celos, en siendo el amante celoso, conviene, con paz sea dicho de los celosos enamorados, conviene, digo, que sea, como lo es, traidor, astuto, revoltoso, chismero, antojadizo y aun malcriado; y a tanto se extiende la celosa furia que le señorea, que a la persona que más quiere es a quien más mal desea. Querría el amante celoso que sólo para él su dama fuese hermosa, y fea para todo el mundo; desea que no tenga ojos para ver más de lo que él quisiere, ni oídos para oír ni lengua para hablar; que sea retirada, desabrida, soberbia y mal acondicionada; y aun a veces desea, apretado de esta pasión diabólica, que su dama se muera y que todo se acabe. Todas estas pasiones engendran los celos en los ánimos de los amantes celosos, al revés de las virtudes que el puro y sencillo amor multiplica en los verdaderos y comedidos amadores, porque en el pecho de un buen enamorado se encierra discreción, valentía, liberalidad, comedimiento y todo aquello que le puede hacer loable a los ojos de las gentes. Tiene más, asimesmo, la fuerza de este crudo veneno: que no hay antídoto que le preserve, consejo que le valga, amigo que le ayude ni disculpa que le cuadre. Todo esto cabe en el enamorado celoso y más: que cualquiera sombra le espanta, cualquiera niñería le turba y cualquier sospecha, falsa o verdadera, le deshace; y a toda esta desventura se le añade otra: que, con las disculpas que le dan, piensa que le engañan. Y no habiendo para la enfermedad de los celos otra medicina que las disculpas, y no queriendo el enfermo celoso admitirlas, síguese que esta enfermedad es sin remedio, y que a todas las demás debe anteponerse. Y así, es mi parecer: que Orfenio es el más penado, pero no el más enamorado, porque no son los celos señales de mucho amor, sino de mucha curiosidad impertinentes. Y si son señales de amor, es como la calentura en el hombre enfermo, que el tenerla es señal de tener vida, pero vida enferma y maldispuesta, y así el enamorado celoso tiene amor, mas es amor enfermo y mal acondicionado. Y también el ser celoso es señal de poca confianza del valor de sí mesmo; y que sea esto verdad nos lo muestra el discreto y firme enamorado, el cual, sin llegar a la escuridad de los celos, toca en las sombras del temor, pero no se entra tanto en ellas que le escurezcan el sol de su contento, ni de ellas se aparta tanto que le descuiden de andar solícito y temeroso. Que si este discreto temor faltase en el amante, yo le tendría por soberbio y demasiadamente confiado, porque, como dice un común proverbio nuestro: «quien bien ama, teme»; teme, y aun es razón que tema, el amante que, como la cosa que ama es en extremo buena, o a él le pareció serlo, no parezca lo mesmo a los ojos de quien la mirare y por la mesma causa se engendre el amor en otro que pueda y venga a turbar el suyo; teme, y tema el buen enamorado las mudanzas de los tiempos, de las nuevas ocasiones que en su daño podrían ofrecerse, de que con brevedad no se acabe el dichoso estado que goza; y este temor ha de ser tan secreto que no le salga a la lengua para decirle, ni aun a los ojos para significarle. Y hace tan contrarios efectos este temor del que los celos hacen en los pechos enamorados, que cría en ellos nuevos deseos de acrecentar más el amor, si pudiesen; de procurar con toda solicitud que los ojos de su amada no vean en ellos cosa que no sea digna de alabanza, mostrándose liberales, comedidos, galanes, limpios y bien criados; y tanto cuanto este virtuoso temor es justo se alabe, tanto y más es digno que los celos se vituperen.

Calló en diciendo esto el famoso Damón y llevó tras la suya las contrarias opiniones de algunos que escuchado le habían, dejando a todos satisfechos de la verdad que con tanta llaneza les había mostrado. Pero no s[e] quedara sin respuesta si los pastores Orompo, Crisio, Marsilio y Orfenio hubieran estado presentes a su plática, los cuales, cansados de la recitada égloga, se habían ido a casa de su amigo Daranio.

Estando todos en esto, ya que los bailes y danzas querían renovarse, vieron que por una parte de la plaza entraban tres dispuestos pastores, que luego de todos fueron conocidos, los cuales eran el gentil Francenio, el libre Lauso y el anciano Arsindo[109], el cual venía en medio de los dos pastores con una hermosa guirnalda de verde lauro en las manos; y, atravesando por medio de la plaza, vinieron a parar adonde Tirsi, Damón, Elicio y Erastro y todos los más principales pastores estaban, a los cuales con corteses palabras saludaron, y con no menor cortesía fueron de ellos recebidos, especialmente Lauso de Damón, de quien era antiguo y verdadero amigo. Cesando los comedimientos, puestos los ojos Arsindo en Damón y en Tirsi, comenzó a hablar de esta manera:

---

[109] *Arsindo*: Este nombre tiene en su base el griego *arsen*, 'viril, masculino'. Es un anciano, pero luego se ha de enamorar de Maurisa (H. Iventosch, 1975, 79).

—La fama de vuestra sabiduría, que cerca y lejos se extiende, discretos y gallardos pastores, es la que a estos pastores y a mí nos trae a suplicaros queráis ser jueces de una graciosa contienda que entre estos dos pastores ha nacido; y es que, la fiesta pasada, Francenio y Lauso, que están presentes, se hallaron en una conversación de hermosas pastoras, entre las cuales, por pasar sin pesadumbre las horas ociosas del día, entre otros muchos juegos ordenaron el que se llama de los propósitos[110]. Sucedió, pues, que, llegando la vez de proponer y comenzar a uno de estos pastores, quiso la suerte que la pastora que a su lado estaba y a la mano derecha tenía fuése, según él dice, la tesorera de los secretos de su alma, y la que por más discreta y más enamorada en la opinión de todos estaba. Llegándosele, pues, al oído, le dijo: «Huyendo va la esperanza.» La pastora, sin detenerse en nada, prosiguió adelante, y al decir después cada uno en público lo que al otro había dicho en secreto, hallóse que la pastora había seguido el propósito diciendo: «Tenella con el deseo.» Fue celebrada por los que presentes estaban la agudeza de esta respuesta, pero el que más la solemnizó fue el pastor Lauso, y no menos le pareció bien a Francenio. Y así, cada uno, viendo que lo propuesto y respondido eran versos medidos, se ofreció de glosallos; y después de haberlo hecho, cada cual procura que su glosa a la del otro se aventaje, y, para asegurarse de esto, me quisieron hacer juez de ello. Pero como yo supe que vuestra presencia alegraba nuestras riberas, aconsejéles que a vosotros viniesen, de cuya extremada ciencia y sabiduría cuestiones de mayor importancia pueden bien fiarse. Han seguido ellos mi parecer, y yo he querido tomar trabajo de hacer esta guirnalda para que sea dada en premio al que vosotros, pastores, viéredes que mejor ha glosado.

Calló Arsindo y esperó la respuesta de los pastores, que fue agradecerle la buena opinión que de ellos tenía, y ofrecerse de ser jueces desapasionados en aquella honrosa con-

---

[110] *propósitos, juego de los*: Dice Covarrubias que «es un entretenimiento de doncellas» (*Tesoro*). Cervantes explica en qué consiste.

tienda. Con este seguro, luego Francenio tornó a repetir los versos y a decir su glosa, que era esta:

> *Huyendo va la esperanza*[111]*;*
> *tenella*[112] *con el deseo.*

GLOSA

> Cuando me pienso salvar
> en la fe de mi querer,
> me vienen luego a espantar   5
> las faltas del merecer
> y las sobras del pesar.
>   Muérese la confianza,
> no tiene pulsos la vida,
> pues se ve en mi mala andanza   10
> que, del temor perseguida,
> *huyendo va la esperanza.*
>
> Huye, y llévase consigo
> todo el gusto de mi pena,
> dejando, por más castigo,   15
> las llaves de mi cadena
> en poder de mi enemigo.
>   Tanto se aleja que creo
> que presto se hará invisible,
> y en su ligereza veo   20
> que ni puedo, ni es posible
> *tenella con el deseo.*

Dicha la glosa de Francenio, Lauso comenzó la suya, que así decía:

> En el punto que os miré,
> como tan hermosa os vi,
> luego temí y esperé;

---

[111] *Huyendo va la esperanza*: Este mote se formó sobre el comienzo *Huyendo va...*, del que en la *Tabla...* (pág. 158) se registran nueve versos iniciales, sobre todo de romances, como «Huyendo va el rey Rodrigo» o «Huyendo va el cruel Eneas».

[112] *tenella*: 'Detenedla, sostenedla'; luego (v.21) en infinitivo.

> pero, en fin, tanto temí,
> que con el temor quedé.   5
>   De veros, esto se alcanza:
> una flaca confianza
> y un temor acobardado,
> que por no verle a su lado,
> *huyendo va la esperanza.*   10
>
> Y aunque me deja y se va
> con tan extraña corrida,
> por milagro se verá
> que se acabará mi vida
> y mi amor no acabará.   15
>   Sin esperanza me veo;
> mas por llevar el trofeo
> de amador sin interese,
> no querría, aunque pudiese,
> *tenella con el deseo.*   20

En acabando Lauso de decir su glosa, dijo Arsindo:

—Veis aquí, famosos Damón y Tirsi, declarada la causa sobre que es la contienda de estos pastores; sólo resta agora que vosotros deis la guirnalda a quien viéredes que con más justo título la merece: que Lauso y Francenio son tan amigos (y vuestra sentencia será tan justa), que ellos tendrán por bien lo que por vosotros fuere juzgado.

—No entiendas, Arsindo —respondió Tirsi—, que con tanta presteza, aunque nuestros ingenios fueran de la calidad que tú los imaginas, se puede ni debe juzgar la diferencia, si hay alguna, de estas discretas glosas. Lo que yo sé decir de ellas, y lo que Damón no querrá contradecirme, es que igualmente entrambas son buenas, y que la guirnalda se debe dar a la pastora que dio la ocasión a tan curiosa y loable contienda; y si de este parecer quedáis satisfechos, pagádnosle con honrar las bodas de nuestro amigo Daranio, alegrándolas con vuestras agradables canciones y autorizándolas con vuestra honrosa presencia.

A todos pareció bien la sentencia de Tirsi; los dos pastores la consintieron y se ofrecieron de hacer lo que Tirsi les mandaba. Pero las pastoras y pastores que a Lauso conocían se maravillaban de ver la libre condición suya en la red amorosa envuelta, porque luego vieron en la amarillez de su rostro, en el silencio de su lengua y en la contienda que con Francenio había tomado, que no estaba su voluntad tan exenta como solía; y andaban entre sí imaginando quién podría ser la pastora que de su libre corazón triunfado había. Quién imaginaba que la discreta Belisa, y quién que la gallarda Leandra, y algunos que la sin par Arminda, moviéndoles a imaginar esto la ordinaria costumbre que Lauso tenía de visitar las cabañas de estas pastoras y ser cada una de ellas para sujetar con su gracia, valor y hermosura otros tan libres corazones como el de Lauso; y de esta duda tardaron muchos días en certificarse, porque el enamorado pastor apenas de sí mesmo fiaba el secreto de sus amores.

Acabado esto, luego toda la joventud del pueblo renovó las danzas, y los pastoriles instrumentos formaron una agradable música, pero viendo que ya el sol apresuraba su carrera hacia el ocaso, cesaron las concertadas voces, y todos los que allí estaban determinaron de llevar a los desposados hasta su casa; y el anciano Arsindo, por cumplir lo que a Tirsi había prometido, en el espacio que había desde la plaza hasta la casa de Daranio, al son de la zampoña de Erastro, estos versos fue cantando[113]:

ARSINDO

Haga señales el Cielo
de regocijo y contento
en tan venturoso día;
celébrese en todo el suelo
este alegre casamiento   5

---

[113] Esta poesía es otro epitalamio, en contraste con el otro: «¡Desconocido, ingrato amor que asombras...!» (págs. 342-343); si aquel era de tono elevado, en octavas reales, este es de orden cancioneril, compuesto en coplas oncenas, no muy frecuentes. Cervantes sitúa aquí este otro lindo epitalamio rústico, acaso la poesía que más se inclina por el lado popular; obsérvense las menciones campesinas que se entrelazan en su curso, con los despropósitos de burlas al cambiar las frutas de los árboles, y tambíén los deseos de abundancia expuestos.

con general alegría.
Cambiese de hoy más el llanto
en suave y dulce canto,
y en lugar de los pesares,
vengan gustos a millares   10
que destierren el quebranto.

Todo el bien suceda en colmo
entre desposados tales,
tan para en uno nacidos;
peras les ofrezca el olmo,   15
cerezas los carrascales,
guindas los mirtos floridos,
hallen perlas en los riscos,
uvas les den los lentiscos,
manzanas los algarrobos,   20
y, sin temor de los lobos,
ensanchen más sus apriscos.

Y sus machorras[114] ovejas
vengan a ser parideras,
con que doblen su ganancia;   25
las solícitas abejas
en los surcos de sus eras[115]
hagan miel en abundancia;
logren siempre su semilla
en el campo y en la villa,   30
cogida a tiempo y sazón;
no entre en sus viñas pulgón,
ni en su trigo la neguilla[116].

Y dos hijos presto tengan,
tan hechos en paz y amor   35
cuanto pueden desear;

---

[114] *machorras*: Palabra del léxico pastoril de condición rústica; 'oveja estéril'. La usa Lucas Fernández.

[115] *surcos de sus eras*: *Surco* es 'el terreno comprendido dentro de las lindes de una propiedad'; y *era*, además del sentido general del lugar donde se trilla, significa «el cuadro de tierra en que el hortelano siembra las lechugas, rábanos, puerros y otras legumbres» (Covarrubias, *Tesoro*, s. v. *era* 3).

[116] *negrilla*: 'Planta que crece en abundancia en los sembrados e impide el crecimiento de estos'.

y, en siendo crecidos vengan
a ser el uno doctor,
y otro, cura del lugar.
Sean siempre los primeros 40
en virtudes y en dineros,
que sí serán, y aun señores,
si no salen fiadores
de agudos alcabaleros[117].

Más años que Sarra[118] vivan, 45
con salud tan confirmada,
que de ello pese al doctor;
y ningún pesar reciban,
ni por hija mal casada,
ni por hijo jugador. 50
Y cuando los dos estén
viejos cual Matusalén[119],
mueran sin temor de daño,
y háganles su cabo de año[120]
por siempre jamás. Amén. 55

Con grandísimo gusto fueron escuchados los rústicos versos de Arsindo, en los cuales más se alargara si no lo impidiera el llegar a la casa de Daranio, el cual, convidando a todos los que con él venían, se quedó en ella, sino fue que Galatea y Florisa, por temor que Teolinda de Tirsi y Damón no fuese conocida, no quisieron quedarse a la cena de los desposados. Bien quisieran Elicio y Erastro acompañar

---

[117] El alcabalero o perceptor de las alcabalas (impuestos sobre las mercancías y compra-ventas); tenía mala fama esta profesión porque, como dice Covarrubias «los tesoreros o arrendadores de aquel tiempo que cogían el tal tributo, fuesen judíos...» (*Tesoro*, s. v. *alcavala*).

[118] *Sarra*: Escribe Covarrubias que «decimos de una persona ser más vieja que Sarra; unos entienden haberse dicho por la mujer de Abrahán, la cual vivió ciento y diez años...» (*Tesoro*, s. v. *Sarracenos*). Ciento veintisiete cuenta el *Génesis* (23, 1).

[119] *Matusalén*: Correas registra el refrán «más viejo que Matusalén» (*Vocabulario*, 1967, 544), ya frase hecha que aquí entra en el juego. Gaspar Gil en su epitalamio desea los años del «antiguo Néstor» para otorgar categoría clásica a lo que aquí se dice con comparaciones de más amplia difusión.

[120] *cabo de año*: «La memoria y sufragios que se hacen por el difunto, cumplido el año que murió; si es perpetuo [como aquí se indica] se llama *aniversario*» (Covarrubias, *Tesoro*, s. v. *cabo*).

a Galatea hasta su casa, pero no fue posible que lo consintiese, y así se hubieron de quedar con sus amigos, y ellas se fueron cansadas de los bailes de aquel día; y Teolinda, con más pena que nunca, viendo que en las solemnes bodas de Daranio, donde tantos pastores habían acudido, sólo su Artidoro faltaba. Con esta penosa imaginación pasó aquella noche en compañía de Galatea y Florisa, que con más libres y desapasionados corazones la pasaron, hasta que en el nuevo venidero día les sucedió lo que se dirá en el libro que se sigue.

FIN DEL TERCERO LIBRO

Cuarto libro de Galatea

Con gran deseo esperaba la hermosa Teolinda el venidero día para despedirse de Galatea y Florisa y acabar de buscar por todas las riberas del Tajo a su querido Artidoro, con intención de fenecer la vida en triste y amarga soledad, si fuese tan corta de ventura que del amado pastor alguna nueva no supiese. Llegada, pues, la hora deseada, cuando el sol comenzaba a tender sus rayos por la faz de la tierra[1], ella se levantó y con lágrimas en sus ojos pidió licencia a las dos pastoras para proseguir su demanda, las cuales con muchas razones la persuadieron que en su compañía algunos días más esperase, ofreciéndole Galatea de enviar algún pastor de los de su padre a buscar a Artidoro por todas las riberas del Tajo y por donde se imaginase que podría ser hallado. Teolinda agradeció sus ofrecimientos, pero no quiso hacer lo que le pedían; antes, después de haber mostrado, con las mejores palabras que supo, la obligación en que quedaba de servir todos los días de su vida las obras que de ellas había recebido, abrazándolas con tierno sentimiento, les rogaba que una sola hora no la detuviesen. Viendo, pues, Galatea y Florisa cuán en vano trabajaban en pensar detenerla, le encargaron que de cualquier suceso bueno o malo que en aquella amorosa demanda le sucediese, procurase de avisarlas, certificándola del gusto que de su contento o la pena que de su desgracia recibirían. Teolinda se ofreció ser ella mesma quien las nuevas de su buena di-

---

[1] El amanecer se describe sin menciones mitológicas (véanse páginas 204 y 328).

cha trujese, pues las malas no tendría sufrimiento la vida para resistirlas, y así sería excusado que de ella saberse pudiesen.

Con esta promesa de Teolinda se satisficieron Galatea y Florisa y determinaron de acompañarla algún trecho fuera del lugar; y así, tomando las dos solos[2] sus cayados y habiendo proveído el zurrón de Teolinda de algunos regalos para el trabajoso camino, se salieron con ella del aldea a tiempo que ya los rayos del sol más derechos y con más fuerzas comenzaban a herir la tierra. Y habiéndola acompañado casi media legua del lugar, al tiempo que ya querían volverse y dejarla, vieron atravesar por una quebrada que poco desviada de ellas estaba cuatro hombres de a caballo y algunos de a pie, que luego conocieron ser cazadores en el hábito y en los halcones y perros que llevaban. Y estándolos con atención mirando por ver si los conocían, vieron salir de entre unas espesas matas que cerca de la quebrada estaban dos pastoras de gallardo talle y brío. Traían los rostros rebozados[3] con dos blancos lienzos; y alzando la una de ellas la voz, pidió a los cazadores que se detuviesen, los cuales así lo hicieron; y, llegándose entrambas a uno de ellos, que en su talle y postura el principal de todos parecía, le asieron las riendas del caballo y estuvieron un poco hablando con él sin que las tres pastoras pudiesen oír palabra de las que decían por la distancia del lugar, que lo estorbaba. Solamente vieron, que, a poco espacio que con él hablaron, el caballero se apeó, y habiendo, a lo que juzgarse pudo, mandado a los que le acompañaban que se vo[l]viesen, quedando sólo un mozo con el caballo, trabó a las dos pastoras de las manos y poco a poco comenzó a entrar con ellas por medio de un cerrado bosque que allí estaba; lo cual visto por las tres pastoras, Galatea, Florisa y Teolinda, determinaron de ver, si pudiesen, quién eran las

---

[2] *solos sus cayados*: Construcción sintáctica propia de los Siglos de Oro (Keniston, 1937, 15.543) con el sentido de 'solamente'.

[3] *rebozados*: Cubiertas con el rebozo, «la toca o beca con que cubrimos el rostro porque se da una y otra vuelta a la boca» (Covarrubias, *Tesoro*, s.v. *reboço*).

disfrazadas[4] pastoras y el caballero que las llevaba; y así acordaron de rodear por una parte del bosque, y mirar si podían ponerse en alguna que pudiese serlo para satisfacerles de lo que deseaban.

Y haciéndolo así como pensado lo habían, atajaron al caballero y a las pastoras; y mirando Galatea por entre las ramas lo que hacían, vio que, torciendo sobre la mano derecha, se emboscaban en lo más espeso del bosque, y luego por sus mesmas pisadas les fueron siguiendo hasta que el caballero y las pastoras, pareciéndoles estar bien adentro del bosque, en medio de un estrecho pradecillo que de infinitas breñas[5] estaba rodeado, se pararon. Galatea y sus compañeras se llegaron tan cerca que, sin ser vistas ni sentidas, veían todo lo que el caballero y las pastoras hacían y decían, las cuales, habiendo mirado a una y a otra parte por ver si podrían ser vistas de alguno, aseguradas de esto, la una se quitó el rebozo, y apenas se le hubo quitado cuando de Teolinda fue conocida y, llegándose al oído de Galatea, le dijo con la más baja voz que pudo:

—Extrañísima ventura es esta, porque, si no es que con la pena que traigo he perdido el conocimiento[6], sin duda

---

[4] *disfrazadas pastoras*: Cervantes avisa que estas pastoras van vestidas como tales sólo como disfraz, y así plantea al lector la cuestión de su doble personalidad; las otras se esconden para ver y oír.

[5] *breñas*: Covarrubias explica que «serán los matorrales de tierra inculta, desigual y lo que cómunmente llama la gente de campo *maleza*. Algunas veces significa tierra de peñascos» (*Tesoro*).

[6] Comienza aquí la trama V de *La Galatea* (págs. 37-38), inacabada por la falta de la segunda parte. Rosaura es hija de señores de una aldea vecina, y Grisaldo, de rica condición, es un enamorado que, por fuerza de los padres, habría de casar con Leopersia. Un rival de Grisaldo, Artandro, raptará luego a Rosaura. De nuevo, como en la trama II, aparece la violencia en un campo que no es el de una versión arcádica de las riberas del Tajo, sino que se sitúa en Castilla, y Artandro, como hemos de saber, es aragonés. Los personajes, como en el caso de Timbrio y Silerio (trama II), están arraigados en la sociedad y en la geografía. *Grisaldo* es nombre que Cervantes pudo inventar tomando como base el *Crisaldo* de Sannazaro; el mismo nombre de Grisaldo es el de uno de los pastores del *Colloquio pastoril* con que terminan los *Colloquios satíricos* de Torquemada (H. Iventosch, 1975, 21). Según K. Ph. Allen (1977, 71), estaría formado por *gris*, el color, y *saldo*, un término comercial (¿italianismo?); ¿acaso por ser su padre rico comerciante?

383

alguna aquella pastora que se ha quitado el rebozo es la bella Rosaura[7], hija de Roselio, señor de una aldea que a la nuestra está vecina; y no sé qué pueda ser la causa que la haya movido a ponerse en tan extraño traje y a dejar su tierra, cosas que tan en perjuicio de su honestidad se declaran. Mas, ay, d[e]sdichada —añadió Teolinda—, que el caballero que con ella está es Grisaldo, hijo mayor del rico Laurencio, que junto a esta vuestra aldea tiene otras dos suyas.

—Verdad dices, Teolinda —respondió Galatea—, que yo le conozco, pero calla y sosiégate, que presto veremos con qué intento ha sido aquí su venida.

Quietóse con esto Teolinda y con atención se puso a mirar lo que Rosaura hacía, la cual, llegándose al caballero, que de edad de veinte años parecía, con voz turbada y airado semblante le comenzó a decir:

—En parte estamos, fementido caballero[8], donde podré tomar de tu desamor y descuido la deseada venganza. Pero aunque yo la tomase de ti tal que la vida te costase, poca recompensa sería al daño que me tienes hecho. Vesme aquí, desconocido[9] Grisaldo, desconocida por conocerte[10]; ves aquí que ha mudado el traje por buscarte la que nunca mudó la voluntad de quererte. Considera, ingrato y desamorado, que la que apenas en su casa y con sus criadas sabía mover el paso, agora por tu causa anda de valle en valle y de sierra en sierra con tanta soledad buscando tu compañía[11].

---

[7] *Rosaura*, según K.Ph. Allen (1997, 72) implica en su nombre *rosa* y *aura*, acaso en relación con *áurea*; hay que contar con que es nombre propio de mujer.

[8] *fementido caballero*: La disfrazada pastora muestra ser dama al emplear un término caballeresco y jurídico, que luego aparecerá en otras ocasiones; es «el que ha quebrado su palabra» (Covarrubias, *Tesoro*).

[9] *desconocido*: Cervantes juega con el poliptoto de *conocer*; Grisaldo es *desconocido* porque se comporta de otra manera que la suya habitual.

[10] *desconocida por conocerte*: Antítesis que enfrenta *desconocida*, pues ella misma no se conocía por haber obrado así, y *conocerte*, en el sentido recogido por Covarrubias, de procedencia bíblica, de: «conocer a una mujer carnalmente» (*Tesoro*, s. v. *conocer*). Esto insinúa relación carnal entre ellos.

[11] *soledad / compañía*: Oposición entre la *soledad* (pues vive por valles y sierras, ajenos a su patria) y la compañía de Grisaldo, que busca.

Todas estas razones que la bella Rosaura decía las escuchaba el caballero con los ojos hincados en el suelo y haciendo rayas en la tierra con la punta de un cuchillo de monte que en la mano tenía. Pero no contenta Rosaura con lo dicho, con semejantes palabras prosiguió su plática:

—Dime: ¿conoces, por ventura, conoces, Grisaldo, que yo soy aquella que no ha mucho tiempo que enjugó tus lágrimas, atajó tus sospiros, remedió tus pe[n]as y, sobre todo, la que creyó tus palabras? ¿O, por suerte, entiendes tú que eres aquel a quien parecían cortos y de ninguna fuerza todos los juramentos que imaginarse podían, para asegurarme la verda[d] con que me engañabas? ¿Eres tú acaso, Grisaldo, aquel cuyas infinitas lágrimas ablandaron la dureza del honesto corazón mío?[12]. Tú eres, que ya te veo, y yo soy, que ya me conozco. Pero si tú eres Grisaldo, el que yo creo, y yo soy Rosaura, la que tú imaginas, cúmpleme la palabra que me diste; darte he yo la promesa que nunca te he negado. Hanme dicho que te casas con Leopersia[13], la hija de Marcelio, tan a gusto tuyo que eres tú mesmo el que la procuras; si esta nueva me ha dado pesadumbre, bien se puede ver por lo que he hecho por venir a estorbar el cumplimiento de ella; y si tú la puedes hacer verdadera, a tu conciencia lo dejo. ¿Qué respondes a esto, enemigo mortal de mi descanso?[14]. ¿Otorgas, por ventura, callando lo que por el pensamiento sería justo que no te pasase? Alza[15]

---

[12] La larga serie de interrogaciones, que tanto eleva el tono retórico, se basa en la alternancia del *tú* (Grisaldo) y el *yo* (Rosaura), en busca de la identidad amorosa que ella quiere poner en claro.

[13] *Leopersia*, según K. Ph. Allen (1997, 73), es nombre que se compuso de *leo*, metonimia de amor, y *persia*, nombre que se asocia con extraño, procedente de un país lejano; así es la intrusa que se entremete entre Rosaura y Artandro.

[14] Ya se comentó que Montemayor usó esta expresión (pág. 210); aquí *enemigo mortal de mi descanso* es un apóstrofe que en su unidad da tono rítmico a la prosa, pues constituye un endecasílabo.

[15] Rosaura expone aquí una alegación en pro de su causa insistiendo en el elevado aparato retórico. Las oraciones están enlazadas por verbos deícticos: *Alza los ojos y ponlos...*, *Levántalos y mira...*, *Considera...*, *Mira...*, *Mira...*, *Advierte...*. En esta imprecación se dirige al Cielo y a los cuatro elementos, *fuego*, *aire*, *agua* y *tierra*. La pasión no está reñida con la elocuencia, aun en vísperas del intento de suicidio.

los ojos ya y ponlos en estos que por su mal te miraron; levántalos y mira a quién engañas, a quién dejas y a quién olvidas. Verás que engañas, si bien lo consideras, a la que siempre te trató verdades, dejas a quien ha dejado a su honra y a sí mesma por seguirte, olvidas a la que jamás te apartó de su memoria. Considera, Grisaldo, que en nobleza no te debo nada, y que en riqueza no te soy desigual, y que te aventajo en la bondad del ánimo[16] y en la firmeza de la fe. Cúmpleme, señor, la que me diste, si te precias de caballero y no te desprecias de cristiano[17]. Mira que si no correspondes a lo que me debes, que rogaré al Cielo que te castigue, al fuego que te consuma, al aire que te falte, al agua que te anegue, a la tierra que no te sufra[18] y a mis parientes que me venguen. Mira que si faltas a la obligación que me tienes, que has de tener en mí una perpetua turbadora de tus gustos en cuanto la vida me durare, y aun después de muerta, si ser pudiere, con continuas sombras espantaré tu fementido espíritu y con espantosas visiones atormentaré tus engañadores ojos. Advierte que no pido sino lo que es mío, y que tú ganas en darlo lo que en negarlo pierdes. Mueve agora tu lengua para desengañarme de cuantas [veces][19] la has movido para ofenderme.

Calló diciendo esto la hermosa dama y estuvo un poco esperando a ver lo que Grisaldo respondía, el cual, levantando el rostro, que hasta allí inclinado había tenido, en-

---

[16] *nobleza y riqueza*: Estamos, por tanto, fuera de los presupuestos de los pastores. Los personajes se tratan entre sí y hablan como corresponde al estado social que se declaró para ellos.
[17] Rosaura sigue con el arte de la retórica. La *fe* es de orden civil y consiste en cumplir la palabra empeñada; luego viene referida por el zeugma: 'la [fe] que me diste?' y está apoyada en la coordinación, por vía positiva y negativa de 'preciarse de caballero' y 'no despreciarse de cristiano'. Aun siendo gente de aldea, puede 'preciarse de caballero' y hay un tratamiento sumamente cortés. De ahí la situación deslizante de algunos de estos personajes.
[18] Rosaura convoca a los elementos religiosos (Cielo), naturales (fuego, aire y agua) y sociales (los parientes) para que favorezcan su intento.
[19] [*veces*]; no está en el impreso (fol. 177), pero queda sobreentendido, como en otras ocasiones, por ser palabra muy común. Para la mejor inteligencia del texto, la suplimos.

cendido con la vergüenza que las razones de Rosaura le habían causado, con sosegada voz le respondió de esta manera:

—Si yo quisiese negar, oh, Rosaura, que no te soy deudor de más de lo que dices, negaría asimesmo que la luz del sol no es clara, y aun diría que el fuego es frío y el aire, duro. Así que en esta parte confieso lo que te debo y que estoy obligado a la paga. Pero que yo confiese que puedo pagarte como quieres, es imposible, porque el mandamiento de mi padre lo ha prohibido, y tu riguroso desdén, imposibilitado; y no quiero en esta verdad poner otro testigo que a ti mesma, como a quien también sabe cuántas veces y con cuántas lágrimas rogué que me aceptases por esposo, y que fueses servida que yo cumpliese la palabra que de serlo te había dado; y tú, por las causas que te imaginaste o por parecerte ser bien corresponder a las vanas promesas de Artandro[20], jamás quisiste que a tal ejecución se llegase; antes de día en día me [i]bas entreteniniendo y haciendo pruebas de mi firmeza, pudiendo asegurarla de todo punto con admitirme por tuyo. También sabes, Rosaura, el deseo que mi padre tenía de ponerme en estado[21] y la priesa que daba a ello trayendo los ricos, honrosos casamientos que tú sabes; y cómo yo con mil excusas me apartaba de sus importunaciones, dándotelas siempre a ti para que no dilatases más lo que tanto a ti convenía y yo deseaba. Y que, al cabo de todo esto, te dije un día que la voluntad de mi padre era que yo con Leopersia me casase; y tú, en oyendo el nombre de Leopersia, con una furia desesperada me dijiste que más no te hablase y que me casase norabuena con Leopersia o con quien más gusto me diese. Sabes también que te persuadí muchas veces que dejases aquellos celosos[22] deva-

---

[20] *Artandro*: Según K. Ph. Allen (1977, 71), está compuesto de *art-* 'arte' y *andro*, 'hombre'; así sería 'el artista (¿poeta?)'.

[21] *ponerme en estado*: Escribe Covarrubias: «poner a uno en estado es darle modo de vivir» (*Tesoro*, s.v. *estado*); es decir, darle medios económicos para que pueda establecer su casa y casarse.

[22] Otra referencia a los celos y al daño que causan en el amor, aunque sólo sean devaneos. Recuérdese lo que había dicho Damón en su exposición de los efectos de los celos, al fin del libro anterior, págs. 371-373.

neos, que yo era tuyo y no de Leopersia, y que jamás quisiste admitir mis disculpas ni condescender con mis ruegos; antes, perseverando en tu obstinación y dureza y en favorecer a Artandro, me enviaste a decir que te daría gusto en que jamás te viese. Yo hice lo que me mandaste, y por no tener ocasión de quebrar tu mandamiento, viendo también que cumplía el de mi padre, determiné de desposarme con Leopersia, o, a lo menos, desposaréme mañana, que así está concertado entre sus parientes y los míos; porque veas, Rosaura, cuán disculpado estoy de la culpa que me pones; y cuán tarde has tú venido en conocimiento de la sinrazón que conmigo usabas. Mas por que no me juzgues de aquí adelante por tan ingrato como en tu imaginación me tienes pintado, mira bien si hay algo en que yo pueda satisfacer tu voluntad, que, como no sea casarme contigo, aventuraré por servirte la hacienda, la vida y la honra.

En tanto que estas palabras Grisaldo decía, tenía la hermosa Rosaura los ojos clavados en su rostro, vertiendo por ellos tantas lágrimas que daban bien a entender el dolor que en el alma sentía; pero viendo ella que Grisaldo callaba, dando un profundo y doloroso sospiro le dijo:

—Como no puede caber en tus verdes años tener, oh, Grisaldo, larga y conocida experiencia de los infinitos accidentes amorosos, no me maravillo que un pequeño desdén mío te haya puesto en la libertad que publicas, pero si tú conocieras que los celosos temores son espuelas que hacen salir al amor de su paso, vieras claramente que los que yo tuve de Leopersia, en que yo más te quisiese redundaban. Mas como tú tratabas tan de pasatiempo mis cosas, con la menor ocasión que te imaginaste, descubriste el poco amor de tu pecho y confirmaste las verdaderas sospechas mías; y en tal manera, que me dices que mañana te casas con Leopersia. Pero yo te certifico que antes que a ella lleves al tálamo me has de llevar a mí a la sepultura[23], si ya no eres tan cruel que niegues de darla al cuerpo de cuya alma fuiste

---

[23] Es la oposición, tan común en retórica, entre *tálamo* y *túmulo*, traída aquí a cuento como en el caso de Basilio y Quiteria en el *Quijote* cuando se dice: «...el tálamo de estas bodas ha de ser la sepultura» (II, 21).

siempre señor absoluto. Y porque claro conozcas y veas que la que perdió por ti su honestidad y puso en detrimento su honra tendrá en poco perder la vida, este agudo puñal que aquí traigo pondrá en efecto mi desesperado y honroso intento, y será testigo de la crueldad que en ese tu fementido pecho encierras.

Y diciendo esto sacó del seno una desnuda daga, y con gran celeridad se iba a pasar el corazón[24] con ella si con mayor presteza Grisaldo no le tuviera el brazo y la rebozada pastora su compañera no aguijara[25] a abrazarse con ella. Gran rato estuvieron Grisaldo y la pastora primero que[26] quitasen a Rosaura la daga de las manos, la cual a Grisaldo decía:

—¡Déjame, traidor enemigo, acabar de una vez la tragedia de mi vida sin que tantas tu desamorado desdén me haga probar la muerte!

—Esa no gustarás tú por mi ocasión —replicó Grisaldo—, pues quiero que mi padre falte antes[27] la palabra que por mí a Leopersia tiene dada, que faltar yo un punto a lo que conozco que te debo. Sosiega el pecho, Rosaura, pues te aseguro que este mío no sabrá desear otra cosa que la que fuere de tu contento.

Con estas enamoradas razones de Grisaldo resucitó Rosaura de la muerte de su tristeza a la vida de su alegría, y, sin cesar de llorar, se hincó de rodillas ante Grisaldo, pidiéndole las manos en señal de la merced que le hacía. Grisaldo hizo lo mesmo y, echándole los brazos al cuello, estuvieron gran rato sin poderse hablar el uno al otro palabra derramando entrambos cantidad de amorosas lágrimas. La pastora arrebozada, viendo el feliz suceso de su compañe-

---

[24] Aquí la desesperación de amor lleva a la dama al punto del suicidio, si bien en esta ocasión se logra evitar. En el *Quijote* Grisóstomo muere desesperado por el amor de Marcela (I, 13 y 14).

[25] *aguijara*: Lo común es estimular a las bestias de carga con un aguijón; y en sentido traslaticio, sentirse inclinado a una acción, apresurarse a hacer algo, sobre todo correr a realizarlo, como en otros usos del mismo Cervantes.

[26] *primero que*: 'Antes que' (Keniston, 1937, 28.56).

[27] Así en el impreso (fol. 179v.); hoy decimos *faltar a la palabra*.

ra, fatigada del cansancio que había tomado en ayudar a quitar la daga a Rosaura, no pudiendo más sufrir el velo, se le quitó, descubriendo un rostro tan parecido al de Teolinda, que quedaron admiradas de verle Galatea y Florisa, pero más lo fue Teolinda, pues, sin poderlo disimular, alzó la voz diciendo:

—¡Oh, Cielos!, ¿y qué es lo que veo? ¿No es, por ventura, esta mi hermana Leonarda, la turbadora de mi reposo? Ella es, sin duda alguna.

Y, sin más detenerse, salió de donde estaba, y con ella Galatea y Florisa. Y como la otra pastora viese a Teolinda, luego la conoció y con abiertos brazos se fueron la una a la otra, admiradas de haberse hallado en tal lugar y en tal sazón y coyuntura. Viendo, pues, Grisaldo y Rosaura lo que Leonarda con Teolinda hacía y que habían sido descubiertos de las pastoras Galatea y Florisa, con no poca vergüenza de que los hubiesen hallado de aquella suerte, se levantaron y, limpiándose las lágrimas, con disimulación y comedimiento recibieron a las pastoras, que luego de Grisaldo fueron conocidas. Mas la discreta Galatea, por volver en siguridad el disgusto que quizá de su vista los dos enamorados habían recibido, con aquel donaire con que ella todas las cosas decía, les dijo:

—No os pese de nuestra venida, venturosos Grisaldo y Rosaura, pues sólo servirá de acrecentar vuestro contento, pues se ha comunicado con quien siempre le tendrá en serviros. Nuestra ventura ha ordenado que os viésemos, y en parte donde ninguna se nos ha encubierto de vuestros pensamientos; y pues el Cielo los ha traído a término tan dichoso, en satisfacción de ello, asegurad[28] vuestros pechos y perdonad nuestro atrevimiento.

—Nunca tu presencia, hermosa Galatea —respondió Grisaldo—, dejó de dar gusto do quiera que estuviese; y siendo esta verdad tan conocida, antes quedamos en obligación a tu vista que con desabrimiento[29] de tu llegada.

---

[28] *asegurad*: Covarrubias trae para *seguro* «el que está quieto y sin recelo» (*Tesoro*); y, por tanto, 'aquietaros y no receléis'.

[29] *desabrimiento*: «Desgusto» (Covarrubias. *Tesoro*, s.v. *desabrido*).

Con estas pasaron otras algunas comedidas razones, harto diferentes de las que entre Leonarda y Teolinda pasaban, las cuales, después de haberse abrazado una y dos veces, con tiernas palabras mezcladas con amorosas lágrimas, la cuenta de su vida se demandaban, tiniendo suspensos mirándolas a todos los que allí estaban, porque se parecían tanto que casi no se podían decir semejantes, sino una mesma cosa; y si no fuera porque el traje de Teolinda era diferente del de Leonarda, sin duda alguna que Galatea y Florisa no supieran diferenciarlas, y entonces vieron con cuánta razón Artidoro se había engañado en pensar que Leonarda Teolinda fuese. Mas viendo Florisa que el sol estaba hacia la mitad del cielo y que sería bien buscar alguna sombra que de sus rayos las defendiese, o a lo menos volverse a la aldea, pues faltándoles la ocasión de apacentar sus ovejas, no debían estarse tanto en el prado, dijo a Teolinda y a Leonarda:

—Tiempo habrá, pastoras, donde con más comodidad podáis satisfacer nuestros deseos y daros más larga cuenta de vuestros pensamientos; y por agora busquemos a do pasar el rigor de la siesta que nos amenaza: o en una fresca fuente que está a la salida del valle que atrás dejamos, o tornándonos a la aldea, donde será Leonarda tratada con la voluntad que tú, Teolinda, de Galatea y de mí conoces. Y si a vosotras, pastoras, hago sólo este ofrecimiento, no es porque me olvide de Grisaldo y Rosaura, sino porque me parece que a su v[a]lor y merecimiento no puedo ofrecerles más del deseo.

—Este no faltará en mí mientras la vida me durare —respondió Grisaldo—, de hacer, pastora, lo que fuere en tu servicio, pues no se debe pagar con menos la voluntad que nos muestras. Mas, por parecerme que será bien hacer lo que dices y por tener entendido que no ignoráis lo que entre mí y Rosaura ha pasado, no quiero deteneros ni detenerme en referirlo. Sólo os ruego seáis servidas de llevar a Rosaura en vuestra compañía a vuestra aldea, en tanto que yo aparejo en la mía algunas cosas que son necesarias para concluir lo que nuestros corazones desean. Y porque Rosaura quede libre de sospecha, y no la pueda tener jamás de la fe de mi pensamiento, con voluntad considerada mía, siendo vosotras testigos de ella, le doy la mano de ser su verdadero esposo[30].

Y diciendo esto tendió la suya y tomó la de la bella Rosaura. Y ella quedó tan fuera de sí de ver lo que Grisaldo hacía, que apenas pudo responderle palabra, sino que se dejó tomar la mano y de allí a un pequeño espacio dijo:

—A términos me había traído el amor, Grisaldo, señor mío, que, con menos que por mí hicieras, te quedara perpetuamente obligada; pero pues tú has querido corresponder antes a ser quien eres que no a mi merecimiento, haré yo lo que en mí es, que es darte de nuevo el alma en recompensa de este beneficio. Y después, el Cielo, de tan agradecida voluntad, te dé la paga.

—No más —dijo a esta sazón Galatea—, no más, señores, que, adonde andan las obras tan verdaderas, no han de tener lugar los demasiados comedimientos. Lo que resta es rogar al Cielo que traiga a dichoso fin estos principios, y que en larga y saludable paz gocéis vuestros amores. Y en lo que dices, Grisaldo, que Rosaura venga a nuestra aldea, es tanta la merced que en ello nos haces, que nosotras mesmas te lo suplicamos.

—De tan buena gana iré en vuestra compañía —dijo Rosaura—, que no sé con qué la encarezca más que con deciros que no sentiré mucho el ausencia de Grisaldo estando en vuestra compañía.

—Pues, ea —dijo Florisa—, que el aldea es lejos y el sol mucho, y nuestra tardanza de volver a ella notada. Vos, señor Grisaldo, podéis ir a hacer lo que os conviniere, que en casa de Galatea hallaréis a Rosaura, y a estas, una pastora, que no merecen ser llamadas dos las que tanto se par[e]cen.

—Sea como queréis —dijo Grisaldo.

Y tomando a Rosaura de la mano, se salieron todos del

---

[30] Son «palabras de matrimonio», según Covarrubias «el otorgarlo» (*Tesoro*, s.v. *palabra*). La ceremonia religiosa, prescrita por Trento, no se pudo llevar a cabo por los acontecimientos que siguen, en los que Artandro raptará a Rosaura para hacer valedera, según él, una promesa precedente.

bosque, quedando concertado entre ellos que otro día enviaría Grisaldo un pastor de los muchos de su padre a avisar a Rosaura de lo que había que hacer; y que, enviando aquel pastor, sin ser notado podría hablar a Galatea o a Florisa y dar la orden que más conviniese. A todas pareció bien este concierto y, habiendo salido del bosque, vio Grisaldo que le estaba esperando su criado con el caballo; y abrazando de nuevo a Rosaura y despidiéndose de las pastoras, se fue acompañado de lágrimas y de los ojos de Rosaura, que nunca de él se apartaron hasta que le perdieron de vista. Como las pastoras solas quedaron, luego Teolinda se apartó con Leonarda con deseo de saber la causa de su venida; y Rosaura, asimesmo, fue contando a Galatea y Florisa la ocasión que la había movido a tomar el hábito de pastora y a venir a buscar a Grisaldo, diciendo:

—No os causará admiración, hermosas pastoras, el verme a mí en este traje si supiérades hasta do se extiende la poderosa fuerza de amor, la cual no sólo hace mudar el vestido a los que bien quieren, sino la voluntad y el alma de la manera que más es de su gusto; y hubiera yo perdido el mío eternamente si de la invención[31] de este traje no me hubiera aprovechado; porque sabréis, amigas, que estando yo en el aldea de Leonarda, de quien mi padre es señor, vino a ella Grisaldo con intención de estarse allí algunos días ocupado en el sabroso ejercicio de la caza; y por ser mi padre muy amigo del suyo, ordenó de hospedarle en casa y de hacerle todos los regalos que pudiese. Hízolo así, y la venida de Grisaldo a mi casa fue para sacarme a mí de ella, porque, en efecto, aunque sea a costa de mi vergüenza, os habré de decir que la vista, la conversación, el valor de Grisaldo hicieron tal impresión en mi alma que, sin saber cómo, a pocos días que él allí estuvo, yo no estuve más en mí, ni quise ni pude estar sin hacerle señor de mi libertad;

---

[31] *invención*: Tiene el sentido general de que se le ocurrió vestirse de lo que no era (o sea 'tomar hábito de pastora', como acaba de decir), y esto implicaba engaño. Covarrubias indica que *inventar* «algunas veces significa mentir» (*Tesoro*, s.v. *inventar*). El disfraz puede resultar decisivo y no un accidente, pues tiene importantes consecuencias.

pero no fue tan arrebatadamente que primero no estuviese satisfecha que la voluntad de Grisaldo de la mía un punto no discrepaba, según él me lo dio a entender con muchas y muy verdaderas señales. Enterada, pues, yo en esta verdad y viendo cuán bien me estaba tener a Grisaldo por esposo, vine a condescender con sus deseos y a poner en efecto los míos. Y así, con la intercesión de una doncella mía, en un apartado corredor nos vimos Grisaldo y yo muchas veces, sin que nuestra estada[32] solos a más se extendiese que a vernos y a darme él la palabra que hoy con más fuerza delante de vosotras me ha tornado a dar. Ordenó, pues, mi triste ventura que, en el tiempo que yo de tan dulce estado gozaba, vino asimesmo a visitar a mi padre un valeroso caballero aragonés[33] que Artandro se llama, el cual, vencido, a lo que él mostró, de mi hermosura, si alguna tengo, con grandísima solicitud procuró que yo con él me casase sin que mi padre lo supiese. Había en este medio procurado Grisaldo traer a efecto su propósito y mostrándome yo algo más dura de lo que fuera menester, le iba entreteniendo con palabras, con intención que mi padre saliese al camino de casarme, y que entonces Grisaldo me pidiese por esposa; pero no quería él hacer esto, porque sabía que la voluntad de su padre era casarle con la rica y hermosa Leopersia, que bien debéis conocerla por la fama de su riqueza y hermosura. Vino esto a mi noticia y tomé ocasión de pedirle celos[34], aunque fingidos, sólo por hacer prueba de la entereza de su fe, y fui tan descuidada, o por mejor decir, tan simple, que, pensando que granjeaba algo en ello, comencé a hacer algunos favores a Artandro, lo

---

[32] *estada*: 'estancia en un lugar', como en el *Lazarillo*: «...deseando saber la intención de su venida y estada» (ed. A. Blecua, Madrid, Castalia, 1974, 174).

[33] Obsérvese que aquí (como hemos venido consignando en notas anteriores) se menciona que el caballero es «aragonés», y también «valeroso» para justificar lo que hace. La cuestión no ocurre, pues, entre pastores, y el libro tiene aquí un claro desvío hacia las formas novelescas de tinte bizantino.

[34] *pedirle celos*: «Querellarse quien bien quiere de la persona a quien ama que hable con otro» (Correas, 1967, 721). Recuérdese lo que venimos comentando sobre los celos en el amor.

cual visto por Grisaldo, muchas veces me significó la pena que recibía de lo que yo con Artandro pasaba, y aun me avisó que, si no era mi voluntad de que él me cumpliese la palabra que me había dado, que no podía dejar de obedecer a la de su padre. A todas estas amonestaciones y avisos respondí yo sin ninguno, llena de soberbia y arrogancia, confiada en que los lazos que mi hermosura habían echado al alma de Grisaldo no podían tan fácilmente ser rompidos[35] ni aun tocados de otra cualquier belleza; mas salióme tan al revés mi confianza como me lo mostró presto Grisaldo, el cual, cansado de mis necios y esquivos desdenes, tuvo por bien de dejarme y venir obediente al mandado de su padre. Pero apenas se hubo él partido de mi aldea y apartado de mi presencia, cuando yo conocí el error en que había caído, y con tanto ahinco me comenzó a fatigar el ausencia de Grisaldo y los celos de Leopersia, que el ausencia de él me acababa y los celos de ella me consumían. Considerando, pues, que si mi remedio se dilataba había de dejar por fuerza en las manos del dolor la vida[36], determiné de aventurar a perder lo menos, que a mi parecer era la fama, por ganar lo más, que es a Grisaldo; y así, con excusa que di a mi padre de ir a ver una tía mía, señora de otra aldea a la nuestra cercana, salí de mi casa acompañada de muchos criados de mi padre, y llegada a casa de mi tía, le descubrí todo el secreto de mi pensamiento y le rogué fuese servida de que yo me pusiese en este hábito y viniese a hablar a Grisaldo, certificándole que si yo mesma no venía, que tendrían mal suceso mis negocios. Ella me lo concedió, con condición que trujese a Leonarda conmigo como persona de quien ella mucho se fiaba; y enviando por ella a nuestra aldea, y acomodándome de estos vesti-

---

[35] *rompidos*: El participio *rompido* estaba en uso junto con *roto*, del que Covarrubias trae la acepción «el que trae el vestido rasgado» (*Tesoro*, s.v. *romper*).
[36] Es una manifestación de la muerte por amor como enfermedad del alma; antes de morir de melancolía amorosa, decide entrar en acción y salir al encuentro de Grisaldo; véase O. H. Green, 1966/1, 51. Rosaura se manifiesta como una mujer emprendedora frente a Grisaldo, que va siempre por detrás de ella, vacilante por su carácter débil.

dos, y advirtiéndonos de algunas cosas que las dos habíamos de hacer, nos despedimos de ella habrá ocho días; y habiendo seis que llegamos a la aldea de Grisaldo, jamás hemos podido hallar lugar de hablarle a solas, como yo deseaba, hasta esta mañana, que supe que venía a caza y le aguardé en el mesmo lugar adonde él se despidió; y he pasado con él todo lo que vosotras, amigas, habéis visto, del cual venturoso suceso quedo tan contenta cuanto es razón lo quede la que tanto lo deseaba. Esta es, pastoras, la historia de mi vida; y si os he cansado en contárosla, echad la culpa al deseo que teníades de saberla, y al mío, que no pudo hacer menos de satisfaceros.

—Antes quedamos tan obligadas —respondió Florisa— a la merced que nos has hecho que, aunque siempre nos ocupemos en servirla, no saldremos de la deuda.

—Yo soy la que quedo en ella —replicó Rosaura—, y la que procuraré pagarla como mis fuerzas alcanzaren. Pero dejando esto aparte, volved los ojos, pastoras, y veréis los de Teolinda y Leonarda ta[n] llenos de lágrimas que moverán a los vuestros a no dejar de acompañarlos en ellas.

Volvieron Galatea y Florisa a mirarlas y vieron ser verdad lo que Rosaura decía; y lo que el llanto de las dos hermanas causaba era que, después de haberle dicho Leonarda a su hermana todo lo que Rosaura había contado a Galatea y a Florisa, le dijo:

—Sabrás, hermana, que así como tú faltaste de nuestra aldea, se imaginó que te había llevado el pastor Artidoro, que aquel mesmo día faltó él también, sin que de nadie se despidiera. Confirmé yo esta opinión en mis padres, porque les conté lo que con Artidoro había pasado en la floresta. Con este indicio creció la sospecha, y mi padre procuraba venir en tu busca y de Artidoro; y en efecto lo pusiera por obra si de allí a dos días no viniera a nuestra aldea un pastor que, al momento que fue visto, todos le tuvieron por Artidoro. Llegando estas nuevas a mi padre de que allí estaba el robador[37] tuyo, luego vino con la justicia adonde el pastor estaba, al cual le preguntaron si te conocía o a

---

[37] *robador*: «El ladrón o salteador» (Covarrubias, *Tesoro*. s.v. *robar*).

dónde te había llevado. El pastor negó con juramento que en toda su vida te había visto, ni sabía qué era lo que le preguntaban. Todos los que estaban presentes se maravillaron de ver que el pastor negaba conocerte, habiendo estado diez días en el pueblo, y hablado y bailado contigo muchas veces; y sin duda alguna creyeron todos que Artidoro era culpado en lo que se le imputaba, y, sin querer admitir disculpa suya ni escucharle palabra, le llevaron a la prisión, donde estuvo algunos días sin que ninguno le hablase, al cabo de los cuales, yéndole a tomar su confesión, tornó a jurar que no te conocía y que en toda su vida había estado más de aquella vez en nuestra aldea, y que mirasen, y esto otras veces lo había dicho, que aquel Artidoro que ellos pensaban ser él por ventura no fuese un hermano suyo que le parecía en tanto extremo como descubriría la verdad cuando les mostrase que se habían engañado tiniendo a él por Artidoro, porque él se llamaba Galercio[38], hijo de Briseno, natural de la aldea de Grisaldo. Y, en efecto, tantas demostraciones dio y tantas pruebas hizo, que conocieron claramente todos que él no era Artidoro, de que quedaron más admirados; y decían que tal maravilla[39] como la de parecernos yo a ti, y Galercio a Artidoro, no se había visto en el mundo. Esto que de Galercio se publicaba me movió a ir a verle muchas veces a do estaba preso, y fue la vista de suerte que quedé sin ella, a lo menos para mirar cosas que me den gusto en tanto que a Galercio no viere. Pero lo que más mal hay en esto, hermana, es que él se fue de la aldea sin que supiese que llevaba consigo mi libertad, ni yo tuve lugar jamás de decírselo; y así me quedé con la pena que imaginarse puede, hasta que la tía de Rosaura me envió a pedir a mi padre por algunos días, todo a fin de venir a acompañar a Rosaura, de lo que recebí sumo contento por

---

[38] El nombre de *Galercio* sugiere a K. Ph. Allen (1977, 67) una asociación con 'galería, balcón de teatro', no convincente. *Gal-* es un comienzo común, seguido de *-ertio*, propio de los nombres de persona, como Propercio.

[39] *maravilla*: La palabra que expresa la mayor admiración del hombre ante lo que le produce asombro (en la Naturaleza aquí) sirve para subrayar esta nota de originalidad, propia del caso expuesto.

saber que veníamos a la aldea de Galercio, y que allí le podría hacer sabidor de la deuda en que me estaba. Pero he sido tan corta de ventura que ha cuatro días que estamos en su aldea, y nunca le he visto, aunque he preguntado por él, y me dicen que está en el campo con su ganado. He preguntado también por Artidoro, y hanme dicho que, de unos días a esta parte, no parece en el aldea; y por no apartarme de Rosaura, no he tenido lugar de ir a buscar a Galercio, del cual podría ser saber nuevas de Artidoro. Esto es lo que a mí me ha sucedido, y lo demás que has visto, con Grisaldo, después que faltas, hermana, del aldea.

Admirada quedó Teolinda de lo que su hermana le contaba; pero cuando llegó a saber que en el aldea de Artidoro no se sabía de él nueva alguna, no pudo tener las lágrimas, aunque en parte se consoló creyendo que Galercio sabría nuevas de su hermano; y así determinó ir otro día a buscar a Galercio, doquiera que estuviese. Y habiéndole contado con la más brevedad que pudo a Leonarda todo lo que le había sucedido después que en busca de Artidoro andaba, abrazándola otra vez, se volvió adonde las pastoras estaban, que, un poco desviadas del camino, iban por entre unos árboles que del calor del sol un poco las defendían[40]; y en llegando a ellas, Teolinda les contó todo lo que su hermana le había dicho, con el suceso de sus amores y semejanza de Galercio y Artidoro, de que no poco se admiraron, aunque dijo Galatea:

—Quien ve la semejanza tan extraña que hay entre ti, Teolinda, y tu[41] hermana, no tiene de qué maravillarse aunque otras vea, pues ninguna, a lo que yo creo, a la vuestra iguala.

—No hay duda —respondió Leonarda— sino que la que hay entre Artidoro y Galercio es tanta que, si a la nuestra no excede, a lo menos en ninguna cosa se queda atrás.

—Quiera el Cielo —dijo Florisa— que así como los cuatro os semejáis unos a otros, así os acomodéis y parezcáis en la ventura, siendo tan buena la que la Fortuna conceda

---

[40] *defendían*: De entre las varias acepciones de la palabra, una es la de «vale vedar» (Covarrubias, *Tesoro*): 'los árboles impedían pasar el calor del sol'.

[41] *Entre ti [...] y tu hermana*: Es un uso común en los Siglos de Oro cuando hay dos pronombres (Keniston, 1937, 6.9).

a vuestros deseos, que todo el mundo envidie vuestros contentos como admira vuestras semejanzas.

Replicara a estas razones Teolinda si no lo estorbara una voz que oyeron, que de entre los árboles salía, y parándose todas a escucharla, luego conocieron ser del pastor Lauso, de que Galatea y Florisa grande contento recibieron, porque en extremo deseaban saber de quién andaba Lauso enamorado, y creyeron que de esta duda las sacaría lo que el pastor cantase; y por esta ocasión, sin moverse de donde estaban, con grandísimo silencio le escucharon. Estaba el pastor sentado al pie de un verde sauce, acompañado de solos sus pensamientos y de un pequeño rabel, al son del cual de esta manera cantaba:

Lauso

Si yo dijere el bien del pensamiento,
en mal se vuelva cuanto bien poseo,
que no es para decirse el bien que siento.

De mí mesmo se encubra mi deseo,　　　　　　5
enmudezca la lengua en esta parte,
y en el silencio ponga su trofeo.

Pare aquí el artificio, cese el arte
de exagerar el gusto que en una alma
con mano liberal Amor reparte.

Baste decir que en sosegada calma　　　　　　10
paso el mar amoroso, confiado
de honesto triunfo y vencedora palma.

Sin saberse la causa, lo causado
se sepa, que es un bien tan sin medida
que sólo para el alma es reservado.　　　　　　15

Ya tengo nuevo ser, ya tengo vida[42],
ya puedo cobrar nombre en todo el suelo
de ilustre y clara fama conocida,

---

[42] Según J. M. Blecua (1970/2, 174), estos versos le recuerdan los de Herrera: «Ya tengo nuevo ser, ya tengo vida».

que el limpio intento, el amoroso celo
que encierra el pecho enamorado mío,   20
alzarme puede al más subido cielo.

En ti, Silena[43], espero; en ti confío,
Silena, gloria de mi pensamiento,
norte por quien se rige mi albedrío.

Espero que el sin par entendimiento   25
tuyo levantes a entender que valgo
por fe lo que no está en merecimiento.

Confío que tendrás, pastora, en algo,
después de hacerte cierta la experiencia,
la sana voluntad de un pecho hidalgo.   30

¿Qué bienes no asegura tu presencia?
¿Qué males no destierra? ¿Y quién sin ella
sufrirá un punto la terrible ausencia?

¡Oh, más que la belleza misma bella,
más que la propia discreción discreta,   35
sol a mis ojos y a mi mar estrella!

No la que fue de la nombrada Creta
robada por el falso, hermoso toro
igualó a tu hermosura tan perfeta[44];

ni aquella que en sus faldas granos de oro   40
sintió llover, por quien después no pudo
guardar el virginal, rico tesoro[45];

ni aquella que, con brazo airado y crudo,
en la sangre castísima del pecho
tiñó el puñal, en su limpieza, agudo[46];   45

---

[43] Sobre esta Silena, hemos tratado en el prólogo refiriéndonos a la personalidad de Lauso en una posible relación con Cervantes.
[44] Se refiere a Europa, hija de Agenor, rey de Fenicia, que fue robada por Júpiter. El dios adoptó la forma de un hermoso toro, y ella, encantada de la belleza del animal, se montó en él y así la llevó hasta Creta.
[45] Es Dánae. Enamorado Júpiter de ella, cayó sobre su lecho en forma de una lluvia de oro y la poseyó.
[46] Lucrecia fue una hermosa señora romana, muy virtuosa, que, violada por Sexto, hijo de Tarquino, descubrió la ofensa a su marido y se mató con un puñal.

ni aquella a furor movió y despecho
contra Troya los griegos corazones,
por quien fue el Ilïon roto y deshecho[47];

ni la que los latinos escuadrones
hizo mover contra la teucra gente, 50
a quien Juno causó tantas pasiones[48];

ni menos la que tiene diferente
fama de la entereza y el trofeo
con que su honestidad guardó excelente:

digo de aquella que lloró a Siqueo, 55
del mantuano Títiro notada
de vano antojo y no cabal deseo[49];

no en cuantas tuvo hermosas la pasada
edad, ni la presente tiene agora,
ni en la de por venir será hallada 60

quien llegase ni llegue a mi pastora
en valor, en saber, en hermosura,
en merecer del mundo ser señora.

¡Dichoso aquel que con firmeza pura
fuere de ti, Silena, bien querido, 65
sin gustar de los celos la amargura!

¡Amor, que a tanta alteza me has subido,
no me derribes con pesada mano
a la bajeza escura del olvido![50]
¡Sé conmigo señor y no tirano! 70

---

[47] Es la tan traída y llevada Elena de Troya.

[48] Se refiere a Lavinia, cuyo casamiento enfrentó a las gentes de Italia (llamados *latinos*) con gente llegada de fuera (*la teucra gente*) o troyanos, llamados así por haber sido Teucer su primer rey.

[49] Dido estaba casada con Siqueo, que fue asesinado; la viuda recogió sus riquezas y con sus fieles se fue por mar hacia África, donde hábilmente fundó Cartago. El rey africano Jarbas quiso casarse con ella, pero Dido quiso permanecer fiel a la memoria de su marido y prefirió morir en una pira que ella misma preparó. El *mantuano Títiro* es Virgilio que en su *Eneida* atribuyó la muerte de Dido al dolor que sintió por la partida de Eneas, del que ella, según el poeta, se había enamorado.

[50] Este verso recuerda el final del soneto XXXVIII de Garcilaso: «por la oscura región de vuestro olvido».

No cantó más el enamorado pastor ni, por lo que cantado había, pudieron las pastoras venir en conocimento de lo que deseaban, que puesto que Lauso nombró a Silena en su canto, por este nombre no fue la pastora conocida; y así imaginaron que, como Lauso había andado por muchas partes de España, y aun de toda la Asia y Europa[51], que alguna pastora forastera sería la que había rendido la libre voluntad suya. Mas volviendo a considerar que le habían visto pocos días atrás triunfar de la libertad y hacer burla de los enamorados, sin duda alguna creyeron que con disfrazado nombre celebraba alguna conocida pastora a quien había hecho señora de sus pensamientos; y así, sin satisfacerse en su sospecha, se fueron hacia el aldea, dejando al pastor en el mesmo lugar do estaba.

Mas no hubieran andado mucho, cuando vieron venir de lejos algunos pastores que luego fueron conocidos, porque eran Tirsi, Damón, Elicio, Erastro, Arsindo, Francenio, Crisio, Orompo, Daranio, Orfenio y Marsilio, con todos los más principales pastores de la aldea y, entre ellos, el desamorado Lenio con el lastimado Silerio[52], los cuales salían a tener la siesta[53] a la fuente de las Pizarras, a la sombra que en aquel lugar hacían las entricadas ramas de los espesos y verdes árboles. Y antes que los pastores llegasen, tuvieron cuidado Teolinda, Leonarda y Rosaura de rebozarse cada una con un blanco lienzo porque de Tirsi y Damón no fuesen conocidas. Los pastores llegaron, haciendo cortés recibimiento a las pastoras, convidándolas que en su compañía la siesta pasar quisiesen, mas Galatea se excusó con decir que aquellas forasteras pastoras que con ella venían tenían necesidad de ir a la aldea. Con esto se despidió

---

[51] Sobre la interpretación de estos datos geográficos, véase en el prólogo las cuestiones de la posible identificación de Lauso (págs. 74-76).

[52] *Silerio* puede relacionarse con *Sil-*, raíz de *silere* 'callar'; sería así el que calla, pues en efecto es el que se sacrifica por su amigo Timbrio callando su amor por Nísida (K. Ph. Allen, 1977, 75),

[53] *tener la siesta*: Siesta «díjose de la hora sexta, que es el mediodía» (Covarrubias, *Tesoro*). Es la hora del calor y del reposo, en la que se podía conversar sin agobios y a gusto, la de la «buena conversación», como dice Elicio poco después.

de ellos, llevando tras sí las almas de Elicio y Erastro, y aun las encubiertas pastoras los deseos de conocerlas de cuantos allí estaban.

Ellas se fueron al aldea y los pastores a la fresca fuente, pero antes que allá llegasen, Silerio se despidió de todos pidiendo licencia para volverse a su ermita; y puesto que Tirsi, Damón, Elicio y Erastro le rogaron que por aquel día con ellos se quedase, jamás lo pudieron acabar con él, antes, abrazándolos a todos, se despidió, encargando y rogando a Erastro que no dejase de verle todas las veces que por su ermita pasase. Erastro se lo prometió; y con esto, torciendo el camino, acompañado de su continua pesadumbre, se volvió a la soledad de su ermita, dejando a los pastores no sin dolor de ver la estrecheza de vida que en tan verdes años había escogido, pero más se sentía entre aquellos que le conocían y sabían la calidad y valor de su persona.

Llegados los pastores a la fuente, hallaron en ella a tres caballeros y a dos hermosas damas que de camino venían y, fatigados del cansancio y convidados del ameno y fresco lugar, les pareció ser bien dejar el camino que llevaban y pasar allí las calurosas horas de la siesta. Venían con ellos algunos criados, de manera que, en su apariencia, mostraban ser personas de calidad. Quisieron los pastores, así como los vieron, dejarles el lugar desocupado, pero uno de los caballeros, que el principal parecía, viendo que los pastores de comedidos se querían ir a otra parte, les dijo:

—Si era por ventura vuestro contento, gallardos pastores, pasar la siesta en este deleitoso sitio, no os lo estorbe nuestra compañía, antes nos haced merced de que con la vuestra aumentéis nuestro contento, pues no promete menos vuestra gentil dispusición y manera. Y siendo el lugar, como lo es, tan acomodado para mayor cantidad de gente, haréis agravio a mí y a estas damas si no venís en lo que yo en su nombre y el mío os pido[54].

---

[54] Empieza aquí un breve episodio en el que los *caballeros* y los pastores tratan sobre las ventajas de la vida pastoril; en el prólogo nos hemos referido al asunto (págs. 86-87). Hay un diálogo en el que Elicio habla tan cortésmente como los caballeros en un primer floreo verbal.

—Con hacer, señor, lo que nos mandas —respondió Elicio—, cumpliremos nuestro deseo, que por agora no se extendía a más que venir a este lugar a pasar en él en buena conversación[55] las enfadosas horas de la siesta; y, aunque fuera diferente nuestro intento, le torciéramos sólo por hacer lo que pides.

—Obligado quedo —respondió el caballero— a muestras de tanta voluntad; y para más certificarme y obligarme con ella, sentaos, pastores, alrededor de esta fresca fuente, donde, con algunas cosas que estas damas traen para regalo del camino, podáis despertar la sed y mitigarla en las frescas aguas que esta clara fuente nos ofrece.

Todos lo hicieron así, obligados de su buen comedimiento. Hasta este punto habían tenido las damas cubiertos los rostros con dos ricos antifaces[56], pero, viendo que los pastores se quedaban, se descubrieron, descubriendo[57] una belleza extraña que en gran admiración puso a todos los que la vieron, pareciéndoles que, después de la de Galatea, no podía haber en la tierra otra que se igualase. Eran las dos damas igualmente hermosas, aunque la una de ellas, que de más edad parecía, a la más pequeña en cierto donaire y brío se aventajaba. Sentado[s], pues, y acomodados todos, el segundo caballero, que hasta entonces ninguna cosa había hablado, dijo:

—Cuando me paro a considerar[58], agradables pastores,

---

[55] Esta *buena conversación* que aquí Elicio pide es el anuncio del gran diálogo (que será más bien la sucesión de los discursos sobre la invectiva y la defensa del amor) que está próximo, dentro de este mismo libro. Obsérvese que oyen lo mismo los caballeros que los pastores, con igual atención y provecho.
[56] Como indica J. T. Cull (1981, 73-74) el uso del disfraz (aquí *antifaz*) no es propio de la gente del campo, sino de la ciudad. En este caso son damas disfrazadas y no pastoras los que lo usan.
[57] Se juega con los dos sentidos: *descubrirse* 'quitarse el antifaz para mostrar quiénes eran' y *descubrir*, 'darse cuenta de algo que deja admirado'.
[58] Es un aspecto de la condición prosimétrica del curso narrativo: el comienzo del conocidísimo verso de Garcilaso «Cuando me paro a considerar mi estado» (soneto I) se encuentra aquí acomodado a la prosa del diálogo narrativo. Véase la información sobre este verso en E. Glaser, «Cuando me paro a contemplar mi estado»: trayectoria de un Rechenschaftsonett», *Estudios hispanoportugueses. Relaciones literarias de los Siglos de Oro*, Valencia,

la ventaja que hace al cortesano y soberbio trato el pastoral y humilde vuestro, no puedo dejar de tener lástima a mí mesmo y a vosotros, una honesta envidia.

—¿Por qué dices eso, amigo Darinto? —dijo el otro caballero.

—Dígolo, señor —replicó estotro—, porque veo con cuánta curiosidad vos y yo (y los que siguen el trato nuestro) procuramos adornar las personas, sustentar los cuerpos y aumentar las haciendas, y cuán poco viene a lucirnos, pues la púrpura, el oro, el brocado [que sobre nuestros cuerpos echamos][59], como los rostros están marchitos de los mal degiridos manjares, comidos a deshoras, y tan costosos como mal gastados, ninguna cosa nos adornan ni pulen ni son parte para que más bien parezcamos a los ojos de quien nos mira; todo lo cual puedes ver diferente en los que siguen el rústico ejercicio del campo, haciendo experiencia en los que tienes delante, los cuales podría ser, y aun es así, que se hubiesen sustentado y sustentan de manjares simples y en todo contrarios de la vana compostura de los nuestros. Y, con todo eso, mira el moreno de sus rostros, que promete más entera salud que la blancura quebrada de los nuestros; y cuán bien les está a sus robustos y sueltos miembros un pellico de blanca lana, una caperuza parda y unas antiparas[60] de cualquier color que sean. Y con esto a los ojos de sus pastoras deben de parecer más hermosos que los bizarros cortesanos a los de las retiradas damas. ¿Qué te diría, pues, si quisiese, de la sencillez de su vida, de

---

Castalia, 1957, 59-95. Precisamente este párrafo así iniciado es, según A. Castro (1972, 177-178), un intento de armonizar el menosprecio de la corte con la vida pastoril; y se pregunta si en este propósito no hay una nota de renunciación, vía de ascetismo.

[59] Estas palabras faltan en el impreso (fol. 193) y proceden de la fe de erratas, donde se indica la corrección a un folio errado, el 373.

[60] *antiparas*: El propio Cervantes explica el término al comienzo de su *Rinconete y Cortadillo*: «Mi padre [...] es sastre y calcetero, y me enseñó a cortar *antiparas*, que, como vuesa merced bien sabe, son medias calzas con avampiés, que por su propio nombre se suelen llamar polainas» (1980, I, 194). *Polainas* es palabra que Covarrubias explica así: «medias calzas de los labradores, sin soletas, que caen por encima del zapato sobre el empeine» (*Tesoro*).

la llaneza de su condición y de la honestidad de sus amores? No te digo más sino que conmigo puede tanto lo que de la vida pastoral conozco, que de buena gana trocaría la mía con ella.

—En deuda te estamos los pastores —dijo Elicio— por la buena opinión que de nosotros tienes, pero, con todo eso, te sé decir que hay en la rústica vida nuestra tantos resbaladeros[61] y trabajos como se encierran en la cortesana vuestra.

—No podré yo dejar de venir[62] en lo que dices, amigo —replicó Darinto—, porque ya se sabe bien que es una guerra nuestra vida sobre la tierra[63]. Pero, en fin, en la pastoral hay menos que en la ciudadana por estar más libre de ocasiones que alteren y desasosieguen el espíritu[64].

—¡Cuán bien se conforma con tu opinión, Darinto —dijo Damón—, la de un pastor amigo mío que Lauso se llama, el cual, después de haber gastado algunos años en cortesanos ejercicios y algunos otros, en los trabajosos del duro Marte, al fin se ha reducido a la pobreza de nuestra rústica vida! Y, antes que a ella viniese, mostró desearlo mucho, como parece por una canción[65] que compuso y en-

---

[61] *resbaladeros*: Según Covarrubias es «el lugar dispuesto para caer» (*Tesoro*, s.v. *resbalar*).

[62] *dejar de venir*: 'asentir, dar por bueno', uso que registra Keniston (1937, 10.771).

[63] Lo que dice Darinto es un eco más de la conocida sentencia bíblica «Militia est vita hominis super terram» (Job, 7, 1; véase T. Antolín, 1948, 170), con su paralelo en otra de Séneca «Vivere militari est» (Epist. ad Luc. 96,5). Apunta así en el libro de pastores el pensamiento estoico que sería propio del Barroco. Véase K. A. Blüher, *Séneca en España*, Madrid, Gredos, 1983, 484. Esto enlaza con la difusión del Heráclito renacentista, tal como se reconoce en el prólogo de la *Celestina*: «Todas las cosas ser criadas a manera de contienda o batalla, dice aquel gran sabio Heráclito».

[64] La exposición conduce al razonamiento hacia la defensa del estado pastoril en un sentido moral: en el campo hay menos ocasiones que desasosieguen el espíritu. En cierto modo coincide con lo que dice Amintas en el *Colloquio* de A. de Torquemada: «...esto que hacemos los pastores todo es con harto menos trabajo y peligro que lo que hacen los ciudadanos» (1931, 629).

[65] Estas noticias sobre Lauso son uno de los motivos que han inclinado a pensar que Cervantes pudiera hallarse identificado en cierto modo con Lauso, como se indicó (págs. 74-76). Acaso se refieran al tiempo en que Cervantes pudo haber vivido en Esquivias.

vió al famoso Larsileo, que en los negocios de la corte tiene larga y ejercitada experiencia; y por haberme a mí parecido bien la tomé toda en la memoria, y aun os la dijera, si imaginara que a ello me diera lugar el tiempo, y a vosotros no os cansara el escucharla.

—Ninguna otra cosa nos dará más gusto que escucharte, discreto Damón —respondió Darinto, llamando a Damón por su nombre, que ya le sabía, por haberle oído nombrar a los otros pastores, sus amigos—; y así, yo de mi parte te ruego nos digas la canción de Lauso, que pues ella es hecha, como dices, a mi propósito, y tú la has tomado de memoria, imposible será que deje de ser buena.

Comenzaba Damón a arrepentirse de lo que había dicho y procuraba excusarse de lo prometido, mas los caballeros y damas se lo rogaron tanto, y todos los pastores, que él no pudo excusar el decirla; y así, habiéndose sosegado un poco, con gentil d[o]naire y gracia dijo de esta manera:

DAMÓN[66]

El vano imaginar de nuestra mente,
de mil contrarios vientos arrojada
acá y allá con curso presuroso;
la humana condición, flaca, doliente,
en caducos placeres ocupada,   5
do busca, sin hallarle, algún reposo;
el falso, el mentiroso
mundo, prometedor de alegres gustos;

---

[66] Esta poesía es una exposición más del tema general del menosprecio de corte (Madrid es como *Babilonia*, v. 12) y alabanza de aldea. Schevill y Bonilla (*La Galatea*, II, 285-286) encuentran semejanza entre ella y la «Epístola a Mateo Vázquez» (¿1577?). Astrana Marín (1948..., III, 175-180) cree que es reflejo del disgusto de Cervantes por no haber obtenido en Portugal los favores que pretendía en la corte de Felipe II (1583). El contenido es un lugar común poético, de resonancias horacianas. J. M. Blecua (1970/2, 65) destaca sobre todo los versos 119-128, que descubren un Cervantes horaciano, en los que encuentra «la apología de la vida retirada, con acento del villano en su rincón». A. Egido (1994/254) nota que esta exaltación de la *pastoral bajeza* (v. 153) se realiza en términos que Darinto estima que «la verdad y *artificio* suyo es digno de justas alabanzas»; la contradicción es evidente.

>   la voz de sus sirenas,
>   mal escuchada apenas   10
>   cuando cambia su gusto en mil disgustos;
>   la Babilonia, el caos que miro y leo
>   en todo cuanto veo;
>   el cauteloso trato cortesano,
>   junto con mi deseo,   15
>   puesto han la pluma en la cansada mano.
>
>   Quisiera yo, señor, que allí llegara
>   do llega mi deseo, el corto vuelo
>   de mi grosera, mal cortada pluma,
>   sólo para que luego se ocupara   20
>   en levantar al más subido vuelo
>   vuestra rara bondad y virtud suma.
>   Mas ¿quién hay que presuma
>   echar sobre sus hombros tanta carga,
>   si no es un nuevo Adlante[67],   25
>   en fuerzas tan bastante
>   que poco el cielo le fatiga y carga?
>   Y aun le será forzoso[68] que se ayude
>   y el grave peso mude
>   sobre los brazos de otro Alcides[69] nuevo;   30
>   y, aunque se encorve y sude,
>   yo tal fatiga por descanso apruebo.
>
>   Ya que a mis fuerzas esto es imposible
>   y el inútil deseo doy por muestra
>   de lo que encierra el justo pensamiento,   35
>   veamos si, quizá, será posible
>   mover la flaca, mal contenta diestra
>   a mostrar por enigma[70] algún contento;
>   mas tan sin fuerzas siento

---

[67] *Adlante* es grafía de Atlante o Atlas, gigante que peleó con Júpiter y, vencido por el dios, fue castigado a sostener sobre sus hombros la bóveda celeste.

[68] Obsérvese el poliptoton *fuerzas / forzoso*, como una reiteración del esfuerzo implícito.

[69] *Alcides* es Hércules, llamado así por descender de Alceo.

[70] *mostrar por enigma* : El poeta no podrá ser oscuro y valerse de un lenguaje difícil y que necesite interpretación. Esto no ha de impedir que más adelante los pastores se solacen con los enigmas poéticos, como comentaremos (págs. 606-612).

    mi fuerza en esto, que será forzoso   40
que apliquéis los oídos
a los tristes gemidos
de un desdeñado pecho congojoso,
a quien el fuego, el aire, el mar, la tierra
hacen contino guerra,   45
todos en su desdicha conjurados,
que se remata y cierra
con la corta ventura de sus hados.

    Si esto no fuera, fácil cosa fuera
tender por la región del gusto el paso,   50
y reducir cien mil a la memoria,
pintando el monte, el río y la ribera
do amor, el hado, la Fortuna y caso
rindieron a un pastor toda su gloria.
Mas de esta dulce historia   55
el tiempo triunfa, y sólo queda de ella
una pequeña sombra,
que ahora espanta, asombra
al pensamiento que más piensa en ella;
condición propia de la humana suerte,   60
que el gusto nos convierte
en pocas horas en mortal disgusto,
y nadie habrá que acierte
en muchos años con un firme gusto.

    Vuelva y revuelva; en alto suba o baje   65
el vano pensamiento al hondo abismo;
corra en un p[u]nto desde Tile a Batro[71],
que él dirá, cuanto más sude y trabaje,
y del término salga de sí mismo,
puesto en la esfera o en el cruel Baratro[72]. 70
¡Oh, una, y tres y cuatro[73],
cinco y seis y más veces venturoso

---

[71] *Tile* es la isla de Thule, la última de las del norte, y *Batro* es Bactro, un río de la Bactriana, un país del Asia en los límites de la Scitia. Equivale 'de una a otra parte del mundo'. Véase G. Stagg, 1954.

[72] La *esfera* es el cielo y el *Baratro*, como pide la rima, (o Báratro), el infierno.

[73] Indica Avalle-Arce (*La Galatea*, 1987, 290) que aquí hay una resonancia de Virgilio: «O ter, quaterque beati» (*Eneida*, I, 94).

409

                el simple ganadero[74],
                que, con un pobre apero,
                vive con más contento y más reposo   75
                que el rico Craso o el avariento Mida[75],
                pues con aquella vida
                robusta, pastoral, sencilla y sana,
                de todo punto olvida
                esta mísera, falsa, cortesanal   80

                    En el rigor del erizado invierno,
                al tronco entero de robusta encina,
                de Vulcano abrazada[76], se calienta;
                y allí en sosiego trata del gobierno
                mejor de su ganado, y determina   85
                dar de sí al Cielo no entricada cuenta.
                Y cuando ya se ahuyenta
                el encogido, estéril, yerto frío,
                y el gran señor de Delo[77]
                abrasa el aire, el suelo,   90
                en el margen sentado de algún río,
                de verdes sauces y álamos cubierto,
                con rústico concierto
                suelta la voz o toca el caramillo[78],
                y a veces se vee, cierto,   95
                las aguas detenerse por oíllo.

                    Poco allí le fatiga el rostro grave
                del privado[79], que muestra en apariencia

---

[74] *ganadero*: Aquí Cervantes precisa la condición de ganadero frente a la general de los pastores, siempre oponiendo las vidas *cortesanas* (míseras y falsas) con la *robusta*, *sencilla* y *sana*, y por eso *pastoral*.

[75] M. Licinio Craso fue un romano, célebre por sus riquezas; y Mida (o Midas) fue un rey de Frigia que volvía en oro lo que tocaba.

[76] *abrazada*: El texto impreso trae *abraçada* (fol 175 v.); así cabe entender que los abrazos sean las llamas o bien corregir *abrasada*. Quiere decir: rodeada por las llamas, pues Vulcano es el dios del fuego.

[77] Como ya se dijo, el gran señor de Delo (o Delos) es Apolo, el sol.

[78] *caramillo*: «La flauta delgada, de voz muy aguda [...]. De estas flautillas usan los pastores en los campos» (Covarrubias, *Tesoro*).

[79] *privado*: Término general del que detenta algún poder por cesión de otro señor más alto. Como indica Covarrubias «privar [...] vale ser favorecido de algún señor [...] porque se particulariza con él y le diferencia de los demás; este se llama *privado*, y el favor que el señor le da *privanza*» (*Tesoro*, s.v. *privar*).

    mandar allí do no es obedecido,
    ni el alto exagerar con voz suave   100
    del falso adulador, que, en poca ausencia,
    muda opinión, señor, bando y partido;
    ni el desdén sacudido
    del sotil secretario le fatiga,
    ni la altivez honrada   105
    de la llave dorada[80],
    ni de los varios príncipes la liga[81];
    ni del manso ganado un punto parte,
    porque el furor de Marte
    a una y a otra parte suene airado,   110
    regido por tal arte,
    que apenas su secuaz se ve medrado.

      Reduce a poco espacio sus pisadas:
    del alto monte al apacible llano,
    desde la fresca fuente al claro río,   115
    sin que, por ver las tierras apartadas,
    las movibles campañas de Océano[82]
    are con loco, antiguo desvarío.
    No le levanta el brío
    saber que el gran monarca invicto vive   120
    bien cerca de su aldea;
    y, aunque su bien desea,
    poco disgusto en no verle recibe;
    no como el ambicioso entremetido,
    que con seso perdido   125
    anda tras el favor, tras la privanza,
    sin nunca haber teñido,
    en turca o en mora sangre, espada o lanza[83].

---

[80] Se refiere a los caballeros adscritos al servicio del rey, como indica Covarrubias: «De la llave dorada, caballero de la Cámara de Su Majestad» (*Tesoro*, s.v. *dorar*).

[81] «*Liga* significa algunas veces la confederación o de príncipes o de personas particulares» (Covarrubias, *Tesoro*).

[82] El canto de Lauso recoge aquí esta indiferencia por las aventuras marítimas en las que se encontraba empeñado el pueblo español por las circunstancias históricas. Este apartamiento, de origen horaciano, es propio de los libros de pastores, y se testimonia, por citar un ejemplo, en G. Gil Polo: «No va por nuevos mundo y nuevos mares | el simple pastorcillo navegando...» (*Diana enamorada*, 1988, 108).

[83] Avalle-Arce dice que mejoraría este verso si se le quitaba el segundo *en* (*La Galatea*, 292).

No su semblante o su color se muda[84]
porque mude color, mude semblante
el señor a quien sirve, pues no tiene
señor que fuerce a que con lengua muda
siga, cual Cli[ci]e[85] a su dorado amante,
el dulce o amargo gusto que le viene.
No le veréis que pene
de temor que un descuido, una nonada,
en el ingrato pecho
del señor el derecho
borre de sus servicios, y sea dada
de breve despedida la sentencia.
No muestra en apariencia
otro de lo que encierra el pecho sano,
que la rústica ciencia[86]
no alcanza el falso trato cortesano.

¿Quién tendrá vida tal en menosprecio?
¿Quién no dirá que aquell[a] sola es vida
que al sosiego del alma se encamina?
El no tenerla el cortesano en precio
hace que su bondad sea conocida
de quien aspira al bien y al mal declina.
¡Oh, vida, do se afina
en soledad el gusto acompañado!
¡Oh, pastoral bajeza,
más alta que la alteza
del cetro más subido y levantado!
¡Oh, flores olorosas, oh, sombríos
bosques, oh, claros ríos,
quién gozar os pudiera un breve tiempo,
sin que los males míos
turbasen tan honesto pasatiempo!

---

[84] *mudar* sin el empleo de la preposición *de*, como pone de manifiesto Covarrubias: «mudar parecer, color», etc. (*Tesoro*).

[85] El texto impreso trae *Cliue* (fol. l97, v.); corregimos como los otros editores, de acuerdo con la propuesta de Schevill y Bonilla (*La Galatea*, II, 286), Clicie, la ninfa enamorada del sol; y de ahí *dorado amante*. Clicie se mudó en heliotropo por amor de Apolo.

[86] *rústica ciencia*: El conocimiento y trato de los rústicos, aldeanos y pastores, y de los hidalgos que no tratan en la Corte.

>   ¡Canción, a parte vas do serán luego
>   conocidas tus faltas y tus obras![87].
>   Mas di, si aliento cobras,
>   con rostro humilde, enderezado a ruego:
>   «¡Señor, perdón, porque, el que acá me envía,   165
>   en vos y en su deseo se confía!»

—Esta es, señores, la canción de Lauso —dijo Damón en acabándola—, la cual fue tan celebrada de Larsileo, cuanto bien admitida de los que en aquel tiempo la vieron.

—Con razón lo puedes decir —respondió Darinto—, pues la verdad y artificio suyo son dignos de justas alabanzas.

—Estas canciones son las de mi gusto —dijo a este punto el desamorado Lenio—, y no aquellas que a cada paso llegan a mis oídos, llenas de mil simples conceptos amorosos, tan mal dispuestos e intricados, que osaré jurar que hay algunas que ni las alcanza quien las oye, por discreto que sea, ni las entiende quien las hizo. Pero no menos fatigan otras que se enzarzan en dar alabanzas a Cupido y en exagerar su poder, su valor, sus maravillas y milagros, haciéndole señor del cielo y de la tierra, dándole otros mil atributos de potencia, de mando y señorío. Y lo que más me cansa de los que las hacen es que, cuando hablan de amor, entienden de[88] un no sé quién que ellos llaman Cupido, que la mesma significación del nombre nos declara quién es él, que es un apetito sensual y vano, digno de todo vituperio[89].

---

[87] El tan repetido juego de oposiciones y el sentido de la frase parecen indicar que Cervantes puso aquí *sobras* (fol. 198v.), y así podría rectificarse. Pero como la edición trae *obras* también tiene sentido, lo dejamos así.

[88] *entiende de*: *entender* con régimen de *de* fue uso de los Siglos de Oro (Keniston, 1937, 37.541). Seis líneas, *entender* en régimen directo.

[89] La canción de Lauso aparece aquí enfrentada con las que extreman el uso de los «conceptos» amorosos en exceso: son los poetas de la corriente petrarquista que repiten el lenguaje del maestro exagerando su artificio; son los que escriben sólo de amor (y por eso no gustan a Lenio, el *desamorado*). En 1585 Cervantes puede estar del lado del mismo Góngora en cuanto a la oposición con esta «secta»; véase A. Collard, *Nueva poesía. Conceptismo, culteranismo en la crítica española*, Madrid, Castalia, 1967, 75 y 77. G. Diego (1948, 212) llama la atención sobre este comentario de Lenio al canto de Damón por creerlo desmesurado. Al identificar a Amor con el apetito de los sentidos, sensualidad, adelanta la base de su alegato próximo en contra de Amor.

Habló el desamorado Lenio, y en fin hubo de parar en decir mal de amor, pero, como todos los más que allí estaban conocían su condición, no repararon mucho en sus razones, si no fue Erastro, que le dijo:

—¿Piensas, Lenio, por ventura, que siempre estás hablando con el simple Erastro, que no sabe contradecir tus opiniones ni responder a tus argumentos? Pues quiérote advertir que te será sano el callar por agora o, a lo menos, tratar de otras cosas que de decir mal de amor, si ya no gustas que la discreción y ciencia de Tirsi y de Damón te alumbren en la ceguedad en que estás y te muestren a la clara[90] lo que ellos entienden y lo que tú debes de entender del amor y de sus cosas.

—¿Qué me podrán ellos decir que yo no sepa? —dijo Lenio—. ¿O qué les podré yo replicar que ellos no ignoren?

—Soberbia es esa, Lenio —respondió Elicio—, y en ella muestras cuán fuera vas del camino de la verdad del amor, y que te riges más por el norte de tu parecer y antojo que no por el que te debías regir, que es el de la verdad y experiencia.

—Antes por la mucha que yo tengo de sus obras, —respondió Lenio— le soy tan contrario como muestro y mostraré mientras la vida me durare.

—¿En qué fundas tu razón? —dijo Tirsi.

—¿En qué, pastor? —respondió Lenio—. En que por los efectos que hace, conozco cuán mala es la causa que los produce.

—¿Cuáles son los efectos de amor que tú tienes por tan malos? —replicó Tirsi.

—Yo te los diré, si con atención me escuchas —dijo Lenio—. Pero no querría que mi plática enfadase los oídos de los que están presentes, pudiendo pasar el tiempo en otra conversación de más gusto.

—Ninguna cosa habrá que sea más del nuestro —dijo Darinto— que oír tratar de esta materia, especialmente entre personas que tan bien sabrán defender su opinión; y así, por mi parte, si la de estos pastores no lo estorba, te ruego, Lenio, que sigas adelante la comenzada plática.

---

[90] *a la clara*: hoy se dice «a las claras», 'claramente'.

—Eso haré yo de buen grado —respondió Lenio—, porque pienso mostrar claramente en ella cuántas razones me fuerzan a seguir la opinión que sigo y a vituperar cualquiera otra que a la mía se opusiere.

—Comienza, pues, oh, Lenio —dijo Damón—, que no estarás más en ella de cuanto mi compañero Tirsi descubra la suya.

A esta sazón, ya que Lenio se preparaba a decir los vituperios de amor, llegaron a la fuente el venerable Aurelio, padre de Galatea, con algunos pastores, y con él asimesmo venían Galatea y Florisa con las tres rebozadas pastoras Rosaura, Teolinda y Leonarda, a las cuales, habiéndolas topado a la entrada de la aldea y sabiendo de ellas la junta de pastores que en la fuente de las Pizarras quedaba, a ruego suyo las hizo volver, fiadas las forasteras pastoras en que, por sus rebozos, no serían de alguno conocidas. Levantáronse todos a receb[i]r a Aurelio y a las pastoras, las cuales se sentaron con las damas, y Aurelio y los pastores con los demás pastores. Pero cuando las damas vieron la singular belleza de Galatea, quedaron tan admiradas que no podían apartar los ojos de mirarla. No lo fue menos Galatea de la hermosura de ellas, especialmente de la que de mayor edad parecía. Pasó entre ellas algunas palabras de comedimiento, pero todo cesó cuando supieron lo que entre el discreto Tirsi y el desamorado Lenio estaba concertado, de lo que se holgó infinito el venerable Aurelio, porque en extremo deseaba ver aquella junta y oír aquella disputa[91]; y más en-

---

[91] Obsérvese que crece el público que ha de oír la parte culminante de la disputa sobre el amor; a los pastores que estaban reunidos para pasar en compañía la siesta, se unieron los tres caballeros y las dos damas que allí habían llegado. Estos, después de exaltar el estado pastoril, están preparados para que Lenio y Tirsi defiendan sus posiciones. Y además llegan estos pastores que se mencionan y crecen el coro pasivo que seguirá el enfrentamiento con el interés que implica el que se esté debatiendo algo propio de ellos, tanto de los pastores como de los caballeros. El amor es así una cuestión que les es común y que se tratará en un grado «académico», pues lo son ambos contendientes. Esto concuerda con que la obra se haya dedicado a un señor como Ascanio Colonna y, sobre todo, con la declaración del prólogo de que en el libro se han mezclado razones de filosofía con las amorosas de los pastores (pág. 158).

415

tonces, donde tendría Lenio[92] quien tan bien le supiese responder. Y así, sin más esperar, sentándose Lenio en un tronco de un desmochado olmo, con voz al principio baja y después sonora, de esta manera comenzó a decir:

[Disputa sobre el amor

I

Vituperio de amor, discurso de Lenio][93]

—Ya casi adivino, valerosa y discreta compañía, cómo [ya] en vuestro entendimiento me vais juzgando por atrevido y temerario, pues con el poco ingenio y menos experiencia que puede prometer la rústica vida en que yo algún tiempo me he criado, quiero tomar contienda en materia tan ardua como esta con el famoso Tirsi, cuya crianza en famosas academias y cuyos bien sabidos estudios no pueden asegurar en mi pretensión sino segura pérdida. Pero confiado que, a las veces[94], la fuerza del natural ingenio, adornado con algún tanto de experiencia, suele descubrir nuevas sendas con que facilitan las ciencias por largos años sabidas[95], quiero atreverme hoy a mostrar en público las razones que me han movido a ser tan enemigo de amor, que

---

[92] Lenio es personaje de orden pastoril y juega el papel del desamorado masculino más exacerbado. Hay que contar con que, un poco más adelante, en el intermedio de la disputa, Elicio testimonia que Lenio estuvo en las riberas del Tormes (Salamanca), ocupado en «loables estudios y discretas conversaciones». Por tanto, el comienzo de la disputa, que sirve como exordio, es una manifestación de humildad retórica para contrastar con lo mismo que posee Tirsi: una educación en *academias y estudios* de esta clase. No hay, pues, diferencias entre ambos en cuanto a los conocimientos que poseen para mantener la disputa en un alto grado.

[93] Añadimos estos epígrafes por nuestra cuenta para que se pueda seguir mejor la disputa que se entabla sobre el amor, sus condiciones y efectos.

[94] *a las veces*: Covarrubias lo traduce por el lat. *aliquando* ('alguna vez, en ocasiones') (*Tesoro*, s.v. *vez*).

[95] Este viene a ser el caso de Cervantes: *ingenio* más *experiencia* pueden ayudar a dar novedad en lo que las *ciencias* han reunido y catalogado.

he merecido por ello alcanzar renombre de «desamorado». Y aunque otra cosa no me moviera a hacer esto sino vuestro mandamiento, no me excusara de hacerla, cuanto más que no será pequeña la gloria que de aquí he de granjear, aunque pierda la empresa, pues al fin dirá la fama que tuve ánimo de competir con el nombrado Tirsi. Y así, con este presupuesto[96], sin querer ser favorecido si no es de la razón que tengo, a ella sola invoco y ruego dé tal fuerza a mis palabras y argumentos, que se muestre en ellas y en ellos la que tengo para ser tan enemigo del amor como publico[97]. Es, pues, amor, según he oído decir a mis mayores[98], un deseo de belleza; y esta difinición le dan, entre otras muchas, los que en esta cuestión han llegado más al cabo. Pues si se me concede que el amor es deseo de belleza[99], forzosamente se me ha de conceder que, cual fuere la belleza que se amare, tal será el amor con que se ama. Y porque la belleza es en dos maneras[100], corpórea e incorpórea, el amor

---

[96] *presupuesto*: Como dice Covarrubias es «lo que damos por concedido» (*Tesoro*, s.v. *presuponer*). Es decir, 'admitiendo lo dicho hasta aquí...'; y Lenio entra en la disputa.

[97] Así declara el punto de vista de su intervención en la disputa, que es el de la percepción del mundo desde su condición de *desamorado*; es la misma que había adoptado Perotino en el texto de Bembo, y a esta parte de los *Asolanos* corresponden los fragmentos que figuran en notas sucesivas.

[98] Los *mayores* en este caso son las autoridades que sirven para justificar con la ciencia del caso la exposición. Como ocurre en los libros de pastores, Cervantes no da los nombres de estas autoridades, como cuando se trata de libros de carácter científico o de condición elevada, en los que suelen figurar en los ladillos de las páginas.

[99] El enunciado es de orden general y se encuentra en los tratados de amor más comunes, de inspiración platónica, comenzando por el de León Hebreo. El comienzo de los *Diálogos de amor* es lo que dice Filón (el amante) a Sofía (la sabiduría): «El conocerte, Sofía, causa en mí amor y deseo» (1986, 85); y Bembo: «...Amor no es otra cosa sino deseo» (1990, 377). Aquí se especifica que sean de *belleza*, y se entra en la disputa.

[100] Esta división se encuentra en L. Hebreo, al que Cervantes sigue de lejos, puede que por algún intermediario; Filón dice: «Así pues, Sofía, que no te sean suficientes los ojos corporales para ver las cosas bellas; míralas con los ojos incorpóreos y conocerás las verdaderas bellezas que el vulgo no puede captar» (1986, 536). Sobre esto habían insistido otros tratadistas, como Bembo: «El buen amor es deseoso de hermosura [y a ella nos guía el] ojo y el oído y el pensamiento, [y] todo lo demás que por los enamo-

417

que la belleza corporal amare como último fin suyo, este tal amor no puede ser bueno; y este es el amor de quien yo soy enemigo. Pero como la belleza corpórea se divide asimesmo en dos partes, que son en cuerpos vivos y en cuerpos muertos, también puede haber amor de belleza corporal que sea bueno. Muéstrase la una parte de la belleza corporal en cuerpos vivos de varones y de hembras; y esta consiste en que todas las partes del cuerpo sean de por sí buenas, y que todas juntas hagan un todo perfecto y formen un cuerpo proporcionado de miembros y suavidad de colores. La otra belleza de la parte corporal no viva consiste en pinturas, estatuas, edificios, la cual belleza puede amarse sin que el amor con que se amare se vitupere[101]. La belleza incorpórea se divide también en dos partes, en las virtudes y ciencias del ánima; y el amor que a la virtud se tiene, necesariamente ha de ser bueno, y ni más ni menos el que se tiene a las virtuosas ciencias y agradables estudios. Pues como sean estas dos suertes de belleza la causa que engendra el amor en nuestros pechos, síguese que en el amar la una [o] la otra consista ser el amor bueno o malo[102]. Pero

---

rados es buscado [...] no es buen amor, sino malvado» (1990, 385). También Lavinio reconoce estas dos clases de hermosura, la del alma y la del cuerpo, basada sobre la armonía: La hermosura es «una gracia que nace en las cosas de la proporción y conveniencia y armonía[...]. Porque así como es hermoso aquel cuerpo cuyos miembros tienen entre sí proporción, así también aquel ánimo es hermoso cuyas virtudes hacen entre sí armonía» (1990, 383).

[101] G. Stagg (1959, 272) propone para esta parte (desde donde dice «Muéstrase la una parte...» hasta aquí) la resonancia y reminiscencias de M. Equicola: «Alcuni referiscono haverla [la belleza] divisa in vivente corpo formoso, in edificii, pitture e statue; e la terza specie haver data alli studii: Plotino la fa corporea, e incorporea. M. Tullio due generationi ne pone, una chiamata venusta, la qual attribuisce alle donne, l'altra nomina dignità virile, e crese non esser altro che atta figura, e positione di membra con suavità di colori» (1554, 144-145).

F. de Herrera recogió este complejo de ideas en sus *Anotaciones* de este manera: «La belleza corporal, que los filósofos estiman en mucho, no es otra cosa que proporcionada correspondencia de miembros con agradable color y gracia o esplendor en la hermosura y proporción de colores y líneas.» (1966, 345). Y sigue con citas de Platón, Aristóteles, Cicerón y otros. Todas estas exposiciones se cruzan en la redacción de Cervantes.

[102] La cuestión de que el amor «pueda ser bueno y malo» la plantea La-

como la belleza incorpórea se considera con los ojos del entendimiento limpios y claros, y la belleza corpórea se mire con los ojos corporales, en comparación de los incorpóreos, turbios y ciegos; y como sean más prestos los ojos del cuerpo a mirar la belleza presente corporal, que agrada, que no los del entendimiento a considerar la ausente incorpórea, que glorifica, síguese que más ordinariamente aman los mortales la caduca y mortal belleza, que los destruye, que no la singular y divina que los mejora. Pues de este amor o desear la corporal belleza han nacido, nacen y nacerán en el mundo asolación de ciudades, ruina de estados[103], destruición de imperios y muertes de amigos. Y cuando esto generalmente no suceda, ¿qué desdichas mayores, qué tormentos más graves, qué incendios, qué celos, qué penas, qué muertes puede imaginar el humano entendimiento que a las que padece el miserab[l]e amante puedan compararse?[104] Y es la causa de esto que, como toda la felicidad del amante consista en gozar la belleza que desea, y esta belleza sea imposible poseerse y gozarse enteramente, aquel no poder llegar al fin que se desea engendra en él los sospiros, las lágrimas, las quejas y desabrimientos[105]. Pues que sea verdad que la belleza de quien hablo no se puede gozar perfecta y enteramente, está manifiesto y claro, porque no está en mano del hombre gozar cumplidamente cosa que esté fuera de él y no sea toda suya, porque las ex-

---

vinelo en *Los Asolanos* frente a la de Perotino (sólo malo) y a la de Gismundo (sólo bueno). Aquí Lenio, recogiendo la dualidad, seguirá por la vía de demostrar la mala condición del amor. El impreso trae «el amar la una a la otra» (fol. 202); preferimos corregir.

[103] *estados*: «...se toma por el gobierno de la persona real y de su reino, para su conservación, reputación y aumento» (Covarrubias, *Tesoro*, s.v. *estado*); obsérvese que está entre *ciudad* e *imperio*, dos entidades que requieren gobierno, una menor y otro mayor.

[104] En esta parte Lenio hace suyos los argumentos de Perotino en *Los Asolanos*, al que sigue de cerca, y enhebra los argumentos a su manera; he aquí un párrafo paralelo: «...puesto que yo, señoras mías, en estas materias de amor, o, por mejor decir, de muy universal daño de los hombres, de esta generalísima caída y estragos de las gentes...» (1990, 81). Y otro: «Y a la verdad, cualquiera que le sigue, ningún otro galardón recibe de sus trabajos sino amargura y dolor...» (1990, 85). *Miserabre* en el original (fol. 202 v.)

[105] *desabrimientos*: Como anotamos, 'disgustos'.

trañas conocida cosa es que están siempre debajo del arbitrio de la que llamamos Fortuna y caso, y no en poder de nuestro albedrío. Y así se concluye que, donde hay amor, hay dolor; y quien esto negase, negaría asimesmo que el sol es claro y que el fuego abrasa[106]. Mas porque se venga con más facilidad en conocimiento de la amargura que amor encierra, por las pasiones del ánimo discurriendo, se verá clara la verdad que sigo. Son, pues, las pasiones del ánimo, como mejor vosotros sabéis, discretos caballeros y pastores, cuatro generales y no más: desear demasiado, alegrarse mucho, gran temor de las futuras miserias, gran dolor de las presentes calamidades; las cuales pasiones, por ser como vientos contrarios que la tranquilidad del ánima perturban, con más propio vocablo perturbaciones son llamadas. Y de estas perturbaciones, la primera es propia del amor, pues el amor no es otra cosa que deseo; y así, es el deseo principio y origen de do todas nuestras pasiones proceden, como cualquier arroyo de su fuente. Y de aquí viene que todas las veces que el deseo de alguna cosa se enciende en nuestros corazones, luego nos mueve a seguirla y a buscarla, y buscándola y siguiéndola, a mil desordenados fines nos conduce. Este deseo es aquel que incita al hermano a procurar de la amada hermana los abominables abrazos, la madrastra del alnado[107], y, lo que peor es, el mesmo padre de la propia hija; este deseo es el que nuestros pensa-

---

[106] En este trozo (desde «Pues que sea verdad...») recoge lo que dice Perotino: «Pues ahora querría yo, Gismundo, saber de ti si juzgas que el hombre que a otro ama pueda gozar cumplidamente de aquello que ama. Si dices que sí, en error manifiesto te pones, porque nunca el hombre puede gozar cumplidamente cosa que no está toda en él, porque las extrañas siempre están sujetas al albedrío de la Fortuna y a la muerte, y no a nosotros...» (1990, 133). Y algo parecido dice más adelante: «Por cuanto las fortunas amorosas no duran siempre en un mismo ser, antes ellas se mudan más a menudo que ninguna otra de las mundanas por ser sujetas a la gobernación de señor más liviano [Amor] que todas las otras» (1990, 143). Y en cuanto al daño del amante, había dicho Perotino: «Y a la verdad, cualquiera que le sigue [a Amor], ningún otro galardón recibe de sus trabajos sino amargura y dolor...» (1990, 85).
[107] *alnado* : «El hijo que trae cualquiera de los casados al segundo matrimonio» (Covarrubias, *Tesoro*).

mientos a dolorosos peligros acarrea: ni aprovecha que le hagamos obstáculo con la razón, que, puesto que nuestro mal claramente conozcamos, no por eso sabemos retirarnos de él[108]. Y no se contenta Amor de tenernos a una sola voluntad atentos, antes, como del deseo de las cosas (como ya está dicho) todas las pasiones nacen, así, del primer deseo que nace en nosotros, otros mil se derivan; y estos son en los enamorados no menos diversos que infinitos. Y aunque todas las más de las veces miren a un solo fin, con todo eso, como son diversos los objetos y diversa la Fortuna [de cada uno de los amadores], sin duda alguna, diversamente se desea. Hay algunos que, por llegar a alcanzar lo que desean, ponen toda su fuerza en una carrera, en la cual ¡oh, cuántas y cuán duras cosas se encuentran, cuántas veces se caen y cuántas agudas espinas atormentan sus pies y cuántas veces primero se pierde la fuerza y el aliento, que den alcance a lo que procuran! Algunos otros hay que ya de la cosa amada son poseedores, y ninguna otra desean, ni

---

[108] En este trozo (desde donde dijo «Son, pues, las pasiones del ánimo...») traduce un extenso trozo que a veces reduce y otras cambia alguna imagen: «Que porque discurriendo por las pasiones del ánimo, vendremos a conocer mejor la amargura de este [...] Las pasiones generales del ánimo, señoras, son estas y no más: [...] sobrado desear, demasiado alegrarse, sobrado temor de las miserias venideras y dolor de las presentes. Las cuales pasiones, por cuanto así como vientos contrarios perturban el ciego del ánimo y todo el reposo de nuestra vida, son llamadas de los que escriben, por vocablo más señalado, perturbaciones [*perturbazioni* es el término italiano]. De estas perturbaciones, puesto que la primera sea propia del Amor, como aquel que no es otra cosa sino deseo; pero él, no contento con sus términos, pasa en las posesiones ajenas soplando de tal manera en la antorcha que a todas, miserablemente, les pone fuego.[...] Pues ahora, por comenzar del mismo deseo, digo esto ser de todas las otras pasiones origen y cabeza, y que de este proceden todos nuestros males, ni más ni menos que de sus raíces procede cualquier árbol. Porque como quiera que él se enciende de alguna cosa en nosotros, luego nos apremia a seguirla y procurarla y así [...] nos hace incurrir en peligros exorbitantes y desordenados y en mil miserias. Este instiga al hermano a procurar los abominables abrazos de la mal amada hermana, la madrasta de su entenado. Y algunas veces —lo que sólo decir aborrezco— al mismo padre de la tierna hija virgen [...]. Y muchas veces no aprovecha que alguno le contradiga con la razón, porque, puesto que no conozcamos ir derechos a nuestro mal, no por eso sabemos detenernos» (Bembo, 1990, 135 y 137).

piensan sino en mantenerse en aquel estado; y tiniendo en esto sólo ocupados sus pensamientos y en esto sólo todas sus obras y tiempo consumido, en la felicidad son míseros, en la riqueza, pobres y en la ventura, desventurados. Otros, que ya están fuera de la posesión de sus bienes, procuran tornar a ellos, usando para ello mil ruegos, mil promesas, mil condiciones, infinitas lágrimas y, al cabo, en estas miserias ocupándose, se ponen a términos de perder la vida. Mas no se ven estos tormentos en la entrada de los primeros deseos, porque entonces el engañoso Amor nos muestra una senda por do entremos, al parecer ancha y espaciosa, la cual después poco a poco se va cerrando, de manera que, para volver ni pasar adelante, ningún camino se ofrece[109]. Y así, engañados y atraídos los míseros amantes con una dulce y falsa risa, con un solo volver de ojos, con dos mal formadas palabras que en sus pechos una falsa y flaca esperanza engendran, arrójanse luego a caminar tras ella,

---

[109] Otra vez vuelve a tomar los argumentos de Perotino por extenso; desde donde dijo «Y no se contenta Amor...» hasta aquí sigue en paralelo con Bembo: «Mas no se contenta Amor en tenernos con un solo deseo [...]; así del primer apetito que sube en nosotros, como de río caudal se derivan otros [...]. Y estos son en los enamorados no menos diversos que infinitos, porque, aunque las más de las veces todos van a parar a un fin, pero porque los objetos son diversos y las fortunas de los enamorados también diversas, sin falta cada uno desea diversamente. Hay algunos que por alcanzar cuando quiera su caza, sus fuerzas ponen en una carrera, en la cual, ¡ay, dolor!, cuántas veces se cae [...], cuántas importunas espinas nos lastiman los fatigados y miserables pies, y muchas veces acontece que perdemos antes el aliento que podamos asir la caza. Otros hay que, hechos poseedores de la cosa amada, ninguna otra cosa desean sino siempre mantenerse en aquel mismo estado y en él teniendo fijo todo su cuidado; y sólo en esto empleando todas sus obras y su tiempo, en las felicidades son miserables y en las riquezas, mendigos y en sus venturas, desventurados. Otro será que, desposeído de sus bienes, procura otra vez entrar en ellos, y sobre ello, con mil condiciones duras, con mil conciertos inicuos, en ruegos, en lágrimas, en gemidos derritiéndose, entretanto que sobre lo perdido debate, pone su vida locamente en contienda. Pero [...] estos tormentos no se ven en los primeros deseos, porque así como en la entrada de algún monte se nos representa el camino harto expedito y claro, mas cuando más adentro entrando penetramos, tanto el sendero se torna más angosto» (1990, 137 y 139). El original en el fragmento entre corchetes trae: *de los amadores de cada uno* (fol. 204).

aguijados del deseo; y después, a poco trecho y a pocos días, hallando la senda de su remedio cerrada y el camino de su gusto impedido, acuden luego a regar su rostro con lágrimas, a turbar el aire con sospiros, a fatigar los oídos con lamentables quejas. Y lo peor es que, si acaso con las lágrimas, con los sospiros y con las quejas no puede[n] venir al fin de lo que desea[n], luego muda[n] estilo y procura[n] alcanzar por malos medios lo que por buenos no puede[n]. De aquí nacen los odios, las iras, las muertes, así de amigos como de enemigos; por esta causa se han visto y se veen a cada paso que las tiernas y delicadas mujeres se ponen a hacer cosas tan extrañas y temerarias que aun sólo el imaginarlas pone espanto; por esta se ven los santos y conyugales lechos de roja sangre bañados, ora de la triste, mal advertida esposa, ora del incauto y descuidado marido[110]. Por venir al fin de este deseo, es traidor el hermano al hermano, el padre al hijo y el amigo al amigo. Este rompe enemistades, atropella respetos, traspasa leyes, olvida obligaciones y solicita parientas. Mas porque claramente se vea cuánta es la miseria de los enamorados, ya se sabe que ningún apetito tiene tanta fuerza en nosotros, ni con tanto ímpetu al objeto propuesto nos lleva, como aquel que de las espuelas de Amor es solicitado; y de aquí viene que ninguna alegría o contento pasa tanto del debido término, como aquella del amante cuando viene a conseguir alguna cosa de las que desea. Y esto se vee porque ¿qué persona habrá de juicio, si no es el amante, que tenga a suma felicidad un tocar la mano de su amada, una sortijuela suya, un breve amoroso volver de ojos y otras cosas semejantes, de tan poco momento cual las considera un entendimiento

---

[110] Cervantes sigue con el curso paralelo de Perotino y lo reemprende de cerca desde donde dice: «De aquí nacen los odios...», y escribe: «De aquí nacen las iras, las cuestiones, las ofensas [...]; ...¿cuántas veces ha sido por alguno deseada la muerte de infinitos hombres, y algunas veces, por ventura, de los suyos más queridos? ¿Cuántas mujeres hasta hoy, transportadas por el apetito, han procurado la muerte de sus maridos? [...] El lecho santísimo de la mujer y del marido [...] que sea por deseo de nuevo amor bañado y teñido de la sangre inocente del uno de ellos con el cuchillo del otro» (1990, 139 y 141).

desapasionado? Y no por estos gustos tan colmados que, a su parecer, los amantes consiguen, se ha de decir que son felices y bienaventurados, porque no hay ningún contento suyo que no venga acompañado de innumerables disgustos y sinsabores con que Amor se los agua y turba, y nunca llegó gloria amorosa adonde llega y alcanza la pena. Y es tan mala el alegría de los amantes, que los saca fuera de sí mesmos tornándolos descuidados y locos, porque, como ponen todo su intento y fuerzas en mantenerse en aquel gustoso estado que ellos se imaginan, de toda otra cosa se descuidan, de que no poco daño se les sigue así de hacienda como de honra y vida[111], pues, a trueco[112] de lo que he dicho, se hacen ellos mesmos esclavos de mil congojas y enemigos de sí propios, pues que cuando sucede que en medio de la carrera de sus gustos les toca el hierro frío de la pesada lanza de los celos, allí se les escurece el cielo, se les turba el aire y todos los elementos se les vuelven contrarios. No tienen entonces de quien esperar contento, pues no se lo puede dar el conseguir el fin que desean; allí

---

[111] Continúa por la misma vía, y desde: «Mas por que claramente se vea...» va arrimado a lo que dice Perotino: «Y por cuanto ningún apetito tiene en nosotros tanta fuerza ni con tanto ímpetu nos transporta al objeto que se le propone, cuanto hace aquel que es aguijado y solicitado con las espuelas y fuerza de Amor, por ende acaece que ninguna alegría traspasa tanto la justa raya cuanto la de los enamorados cuando ellos llegan al cabo de algún deseo suyo. Y verdaderamente ¿quién se alegraría en tanta manera de una breve vista, o quién pondría en lugar de suprema felicidad dos palabrillas no enteras, o un breve tocar de mano, u otra semejante burlería, sino el enamorado [...]? Y no por tanto es de decir que en esto él tenga mejor condición que todos los otros hombres [...], puesto que manifiestamente se ve que cada una de sus alegrías [...] es acompañada de infinitos dolores [...]. Allende que toda alegría que traspasa los términos convenientes no es sana, y mejor se puede llamar ventoso hinchamiento de ánimo [...] que no verdadera alegría. La cual también por esto es dañosa en los enamorados [...]; ...así, olvidados de todo, salvo que de su mal, todo honesto oficio, todo loable estudio [...], son obligados, dejándolos atrás, en esta sola vituperiosamente emplean todos sus pensamientos» (1990, 141 y 143). Cervantes acierta a traducir el italiano *picciolo sguardo* y añade la «sortijuela» que, a través del diminutivo, pone una nota de intimidad a la requisitoria negativa.

[112] *a trueco*: «El cambio que se hace de una cosa por otra» (Covarrubias, *Tesoro*).

acude el temor contino, la desesperación ordinaria, las agudas sospechas, los pensamientos varios, la solicitud sin provecho, la falsa risa y el verdadero llanto, con otros mil extraños y terribles accidentes que le consumen y atierran. Todas las ocasiones de la cosa amada les fatigan; si mira, si ríe, si torna, si vuelve, si calla, si habla; y, finalmente, todas las gracias que le movieron a querer bien son las mesmas que atormentan al amante celoso. ¿Y quién no sabe que si la ventura a manos llenas no favorece a los amorosos principios, y con presta diligencia a dulce fin los conduce, cuán costosos le son al amante cualesquier otros medios que el desdichado pone para conseguir su intento? ¿Qué de lágrimas derrama, qué de sospiros esparce, cuántas cartas escribe, cuántas noches no duerme, cuántos y cuán contrarios pensamientos le combaten, cuántos recelos le fatigan y cuántos temores le sobresaltan? ¿Hay, por ventura, Tántalo[113] que más fatiga tenga entre las aguas y el manzano puesto, que la que tiene el miserable amante entre el temor y la esperanza colocado? Son los servicios del amante no favorecido los cántaros de las hijas de Dánao[114], tan sin provecho derramados que jamás llegan a conseguir una mínima parte de su intento. ¿Hay águila que así destruya las entrañas de Ticio[115], como destruyen y roen los celos las del amante celoso? ¿Hay piedra que tanto cargue las espaldas de Sísifo[116], como

---

[113] Aquí Cervantes reúne un grupo de personajes mitológicos acomodados a su intención, algunos de los cuales menciona también Bembo (1990, 165). Se trata de referencias que son relativamente conocidas y empleadas en la poesía. Tántalo, castigado por querer conocer los secretos de Júpiter, fue condenado al Tártaro (o infierno). Allí estaba sediento en medio de un lago, cuyas aguas le huían cuando se acercaba a beber; y estando hambriento en una huerta con abundantes frutales, cuando iba a comer, los vientos se llevaban las frutas.

[114] Las hijas de Dánao o Danaidas, por orden del rey de Argos, su padre, todas, excepto una, mataron a sus maridos, pues el oráculo había dicho que alguno de estos destronaría al rey. Por eso fueron condenadas, también en el Tártaro, a llenar unas tinajas sin fondo.

[115] Otro penado del Tártaro, cuyo cuerpo era comido por un buitre.

[116] El hecho más notable de Sísifo era que tenía en las manos una gran roca que había de subir a la cima de una montaña; y cuando casi llegaba arriba, la piedra se le caía y volvía a la llanura y tenía que recomenzar el trabajo.

carga el temor contino los pensamientos de los enamorados? ¿Hay rueda de Ixión[117] que más presto se vuelva y atormente, que las prestas y varias imaginaciones de los temerosos amantes? ¿Hay Minos[118] ni Radamanto[119] que así castiguen y apremien las desdichadas, condenadas almas como castiga y apremia el amor al enamorado pecho que al insufrible mando suyo está sujeto? No hay cruda Megera ni rabiosa Tesifón ni vengadora Alecto[120] que así maltraten el ánima do se encierran, como maltrata esta furia, este deseo de los sin ventura que le reconocen por señor y se le humillan como vasallos, los cuales, por dar alguna disculpa de las locuras que hacen, dicen, o, a lo menos, dijeron los antiguos gentiles que aquel instinto que incita y mueve al enamorado para amar más que a su propia vida la ajena, era un dios a quien pusieron por nombre Cupido[121], y que así, forzados de su deidad, no podían dejar de seguir y caminar tras lo que él quería. Movióles a decir esto y a dar nombre de dios a este deseo el ver los efectos sobrenaturales que hace en los enamorados. Sin duda, parece que es sobrenatural cosa estar un amante en un instante mesmo temeroso y confiado, arder lejos de su amada y helarse cuando más cerca de ella, mudo cuando parlero, y parlero cuando mudo[122]. Extraña cosa es asimesmo seguir a quien

---

[117] Ixión es una atormentada figura mitológica; fue condenado por Júpiter a permanecer atado con serpientes a una roca con alas que no cesaba de girar.

[118] Minos fue un rey de Creta que se dedicó con afán a dar leyes a su pueblo.

[119] Radamanto fue un hijo de Júpiter y de Europa que, por su labor por civilizar y enseñar técnicas y leyes, mereció después de su muerte ser nombrado dios de los infiernos.

[120] Megera, Tesifón (o Tisifone) y Alecto eran las tres Furias, dedicadas a castigar las almas pecadoras en los infiernos.

[121] Cupido era el dios del amor que aquí recibe una interpretación humana. Los «antiguos gentiles» son los promotores de una mitología razonada y razonable. Poco después (págs. 427-428), se describe con minuciosidad la representación de este dios que tan importante función tiene en los libros pastoriles.

[122] Aquí Cervantes vuelve a acercarse a lo que dice Perotino en *Los Asolanos* desde donde se lee: «Movióles a decir esto...». El texto paralelo es: «Así que en aquel tiempo del mundo tierno y nuevo [...] Amor [...] fue

me[123] huye, alabar a quien me vitupera, dar voces a quien no me escucha, servir a una ingrata y esperar en quien jamás promete ni puede dar cosa que buena sea. ¡Oh amarga dulzura; oh, venenosa medicina de los amantes no sanos; oh, triste alegría; oh, flor amorosa que ningún fruto señalas si no es de tardo arrepentimiento! Estos son los efectos de este dios imaginado, estas son sus hazañas y maravillosas obras[124]. Y aun también puede verse en la pintura con que figuraban a este su vano dios cuán vanos ellos andaban: pintábanle niño desnudo, alado, vendados los ojos, con arco y saetas en las manos, por darnos a entender, entre otras cosas, que en siendo uno enamorado se vuelve de la condición de un niño simple y antojadizo, que es ciego en las pretensiones, ligero en los pensamientos, cruel en las obras, desnudo y pobre de las riquezas del entendimiento[125]. Decían asimesmo que entre las saetas suyas tenía dos, la una de plomo y la otra de oro, con las cuales diferentes efectos hacía, porque la de plomo engendraba odio en los pechos que tocaba; y la de oro, crecido amor en los que hería, por sólo avisarnos que el oro rico es aquel que hace amar, y el plomo pobre aborrecer[126]; y por esta ocasión no

---

llamado dios [...], no a otro efecto sino para mostrar [...] cuánto en los corazones humanos podía esta pasión. Y verdaderamente [...] se verá claro ser infinitos sus milagros a nuestro gravísimo daño [...], porque en esto vemos unos que viven en el fuego, como la salamandra, otros como hielo se resfrían, y otros como nieve se derriten...» (1990, 97 y 99).

[123] El vituperio aumenta su fuerza al convertirse en personal (por medio de este *me* participativo) lo que se había venido exponiendo objetivamente.

[124] Aquí vuelve otra vez a *Los Asolanos*: «¡Oh, amargo dulzor!, ¡oh, ponzoñosa medicina de los enamorados no sanos!, ¡oh, alegría dolorosa, que otro más dulce fruto de ti no queda a tus poseedores, salvo arrepentirse! [...] Tales son, oh señoras, los placeres que se gustan amando» (1990, 151).

[125] La representación del amor es común en estos tratados. Así aparece en los *Diálogos de amor*: «También se suele representar a Cupido desnudo [...]. Es pequeñito [...]. Tiene alas [...]. Se le personifica lanzando flechas, pues hiere desde lejos y asaetea el corazón como a propio blanco» (1986, 153). Montemayor, para su *Diana*, tomó su representación de esta versión de los *Diálogos de amor* (1993, 280-282). Cervantes queda más lejos del texto de L. Hebreo.

[126] Aquí Cervantes se refirió a los atributos de Cupido en cuanto a sus flechas de oro y de plomo, que infunden amor y odio respectivamente.

en balde cantan los poetas [a] Atalante[127] vencida de tres hermosas manzanas de oro; y a la bella Dánae[128], preñada de la dorada lluvia; y al piadoso Eneas[129] descender al infierno con el ramo de oro en la mano. En fin, el oro y la dádiva es una de las más fuertes saetas que el amor tiene y con la que más corazones sujeta; bien al revés de la de plomo, metal bajo y menospreciado, como lo es la pobreza, la cual antes engendra odio y aborrecimiento donde llega, que otra benevolencia alguna. Pero si las razones hasta agora por mí dichas no bastan a persuadir la que yo tengo de estar mal con este pérfido amor de quien trato, oí[130] en algunos ejemplos verdaderos[131] y pasados los efectos suyos, y veréis, como yo veo, que no vee ni tiene ojos de entendimiento el que no alc[an]za la verdad que sigo. Vea-

---

Esto era algo muy conocido de todos; sin embargo, contando con la coincidencia de algunos de los elementos mitológicos mencionados, Cervantes pudo valerse de un fragmento de M. Ecquicola, tal como recoge G. Stagg (1959, 265-266): «A me tal figmento par duro, che amor ferisca e generi odio, benche si potria dire verisimilmente, l'oro, metallo prestantissimo [...] significare ferventia d'amare. Il piombo frigidissimo [...] nota il fuggir chi te ama. [...] L'oro puo assai anzi il tutto, dalla saetta del quale se è percossa l'anima, se è avara, consente al desiderio dell'amatore. La plumbea mendica, e pòvera fa fuggire l'amata, come Daphne fuggi Apollo: ogni cosa cede, e da luogo a l'oro, e ben questo notando li poeti cantano Atalanta da tre pomi d'oro superata, Danae da pioggia d'oro s'ingravidò, Enea Virgiliano discende all'inferno con un ramo aureo, e Menandro non dubitò scriver l'oro aprire ogni serratura, e ancora le porte dell'inferno» (1553, 128-129).

[127] *Atalante* o Atalanta fue una hermosa virgen cazadora que siempre vencía en las carreras. Jasos, su padre, la ofreció en matrimonio a quien le ganase en una carrera. Hipomeneo, joven de gran agilidad y hermosura, aconsejado por Venus, dejó caer durante la carrera manzanas de oro y Atalanta se distrajo cogiéndolas y fue vencida. La [*a*] no está en el impreso (fol. 208), pues, como en otras ocasiones, se considera embebida en la inicial siguiente.

[128] *Dánae*: Ya hemos dicho que fue Júpiter el que descendió sobre Dánae en forma de lluvia de oro.

[129] Eneas es el príncipe troyano, hijo de Anquises y de Venus, héroe de la *Eneida* de Virgilio.

[130] *oí*: entiéndase *oíd*.

[131] Ahora expone una lista de ejemplos probatorios de lo que está diciendo; en primer lugar vienen los bíblicos y por eso indica que son «ejemplos verdaderos».

mos[132], pues: ¿quién sino este amor es aquel que al justo Lot hizo romper el casto intento y violar a las propias hijas suyas? Este es, sin duda, el que hizo que el escogido David fuese adúltero y homicida, y el que forzó al libidinoso Amón a procurar el torpe ayuntamiento de Tamar, su querida hermana; y el que puso la cabeza del fuerte Sansón en las traidoras faldas de Dalida, por do, perdiendo él su fuerza, perdieron los suyos su amparo, y, al cabo, él y otros muchos la vida; este fue el que movió la lengua de Herodes para prometer a la bailadora niña la cabeza del precursor de la vida; este hace que se dude de la salvación del más s[a]bio y rico rey de los reyes y aun de todos los hombres; este redujo los fuertes brazos del famoso Hércules[133], acostumbrados a regir la pesada maza, a torcer un pequeñuelo huso y a ejercitarse en mujeriles ejercicios; este hizo que la furiosa y enamorada Medea esparciese por el aire los tiernos miembros de su pequeño hermano[134]; este cortó la lengua a Progne[135], [arrastró a Hipólito][136], infamó a Pasífae[137],

---

[132] La procedencia es bien conocida; son figuras bíblicas, maltrechas por el amor: Lot y sus hijas (Génesis, 20, 30-38), David y Betsabé (Samuel, II, 111 1-26), Amnón y Tamar (Samuel, II, l3, 7-23), Sansón y Dalila (Jueces, 16, 4-32; en la forma de *Dalida*, común en la época), Herodes y la hija de Herodías (San Mateo, 13, 6-12). El *rey de los reyes*, es Salomón.

[133] Ahora vienen ejemplos mitológicos. Hércules, por amor de Onfalia, reina de Lidia, se avino a realizar los menesteres caseros, como hilar, e incluso vestir como mujer.

[134] Para estorbar la persecución de su padre, cuando Medea huía con Jasón y los argonautas, mató a su hermano Absinto y fue dejando sus miembros en el camino.

[135] Aquí hay un trozo maltrecho en la impresión (fol. 209), que dice: «Este cortó la lengua a Progne». Corregimos así para dar sentido a la cita: Teseo, casado con Progne, se enamoró de la hermana de esta, Filomela, a la que violó y cortó la lengua para que no diera a conocer el hecho.

[136] Otro trozo mal impreso; el libro antiguo dice: «a Rastre y a Ipolito» (fol. 209). Admitimos la corrección de la tradición crítica desde Rosell (véase Schevill y Bonilla, *La Galatea*, II, 287). Hipólito era hijo de Teseo; su madrastra Fedra lo acusó de que había querido violarla, siendo así que fue él quien rechazó los deshonestos deseos de ella. Teseo creyó la acusación y pidió a Neptuno que lo castigase; entonces el dios hizo salir de las aguas un monstruo que asustó los caballos del carruaje de Hipólito y este murió.

[137] Por haberse enamorado de un hermoso toro blanco, con el que tuvo el Minotauro, según ya se dijo.

destruyó a Troya[138], mató a Egisto[139]; este hizo cesar las comenzadas obras de la nueva Cartago, y que su primera reina pasase su casto pecho con la aguda espada[140]; este puso en las manos de la nombrada y hermosa Sofonisba[141] el vaso del mortífero veneno que le acabó la vida; este quitó la suya al valiente Turno[142] y el reino a Tarquino[143], el mando a Marco Antonio[144], y la vida y la honra a su amiga; este, en fin, entregó nuestras Españas a la bárbara furia agarena, llamada a la venganza del desordenado amor del miserable Rodrigo[145]. Mas, porque pienso que primero nos cubriría la noche con su sombra, que yo acabase de traeros a la memoria los ejemplos que se ofrecen a la mía de las hazañas que el Amor ha hecho y cada día hace en el mu[n]do, no quiero pasar más adelante en ellos, ni aún en la comenzada plática, por dar lugar a que el famoso Tirsi me responda, rogándoos primero, señores, no os enfade oír una canción que días ha tengo hecha en vituperio de este mi enemigo, la cual, si bien me acuerdo, dice de esta manera[146]:

---
[138] Es el conocidísimo suceso de la Guerra de Troya, ocurrida por culpa de Elena.
[139] Egisto murió a manos de Orestes, hijo de Agamenón, por haber este asesinado a su padre y casado con su madre.
[140] Los ejemplos van entrando en la historia. Se refiere a Dido, que se mató por no casar con el rey Jarbas que la asediaba.
[141] Sofonisba se envenenó a instancias de su esposo Masinisa, primero enemigo y luego amigo de los romanos, para evitar que Escipión rompiese el trato establecido con el Imperio.
[142] Turno, luchando con Eneas, murió por causa de Lavinia.
[143] Cansado el pueblo de la tiranía de Tarquino (el soberbio) y con motivo del enamoramiento de un hijo suyo, la familia perdió el reino de Roma y se proclamó la república.
[144] Se refiere al mando de Egipto, que Marco Antonio perdió frente a Octavio; la amiga era Cleopatra.
[145] La ascensión de los casos referidos, que comenzó en la Biblia, siguió por la Mitología y se entró por la historia antigua, culmina con la tan conocida leyenda de la relación amorosa entre don Rodrigo y la hija del conde don Julián, expandida sobre todo por el Romancero. Ésta nota de españolidad es el cierre de la lista ejemplar. *Miserable* en el sentido de 'desdichado'.
[146] Tanto esta canción de Lenio, como luego la de Tirsi, es una acumulación sucesiva de términos, con sus complementos, negativa aquí y positiva en la canción siguiente, que resume la invectiva. Sobre el daño de amor, M. C. Ruta (1980-1981).

Sin que me pongan miedo el hielo y fuego,
el arco y flechas del Amor tirano,
en su deshonra he de mover mi lengua,
que ¿quién ha de temer a un niño ciego,
de vario antojo y de juicio insano,   5
aunque más amenace daño y mengua?
Mi gusto crece y el dolor desmengua
cuando la voz levanto
al verdadero canto
que en vituperio del amor se forma,   10
con tal verdad, con tal manera y forma,
que a todo el mundo su maldad descubre,
y claramente informa
del cierto daño que el amor encubre.

Amor es fuego que consume al alma,   15
hielo que hiela, flecha que abre el pecho
que de sus mañas vive descuidado;
turbado mar do no se ha visto calma,
ministro de ira, padre del despecho,
enemigo en amigo disfrazado,   20
dador de escaso bien y mal colmado,
afable, lisonjero,
tirano, crudo y fiero,
y Circe[147] engañadora que nos muda
en varios monstruos, sin que humana ayuda   25
pueda al pasado ser nuestro volvernos,
aunque ligera acuda
la luz de la razón a socorrernos.

Yugo que humilla al más erguido cuello,
blanco a do se encaminan los deseos   30
del ocio blando sin razón nacidos,
red engañosa de sotil cabello
que cubre y prende en torpes actos feos
los que del mundo son en más tenidos,
sabroso mal de todos los sentidos,   35
ponzoña disfrazada,
cual píldora dorada,

---

[147] Se refiere a que Circe, que retuvo a Ulises durante un año en el viaje de vuelta al hogar, transformó en cerdos a los compañeros del navegante, aunque luego los volvió a la condición humana a ruegos del héroe.

rayo que adonde toca abrasa y hiende,
airado brazo que a traición ofende,
verdugo del cautivo pensamiento   40
y del que se defiende
del dulce halago de su falso intento.

Daño que aplace[148] en los principios, cuando
se regala la vista en el sujeto,
que, cual el cielo, bello le parece;   45
mas tanto cuanto más pasa mirando,
tanto más pena en público y secreto
el corazón, que todo lo padece.
Mudo, hablador, parlero que enmudece,
cuerdo que desatina,   50
pura, total ruina
de la más concertada, alegre vida,
sombra de bien en males convertida,
vuelo que nos levanta hasta la esfera[149],
para que en la caída   55
quede vivo el pesar y el gusto muera.

Invisible ladrón que nos destruye
y roba lo mejor de nuestra hacienda
llevándonos el alma a cada paso;
ligereza que alcanza al que más huye,   60
enigma que ninguno hay que la entienda,
vida que de contino está en traspaso[150],
guerra elegida y que nace acaso[151],
tregua que poco dura,
amada desventura,   65
preñez que por jamás[152] a sazón llega,
enfermedad que al ánima se pega,
cobarde que se arroja al mal y atreve,
deudor que siempre niega
la deuda averiguada que nos debe.   70

---

[148] *aplace*: «aplacer: dar contento y gusto» (Covarrubias, *Tesoro*, s.v. *aplazer*).
[149] *la esfera*: La más alta de los cielos, para que sea mayor la caída.
[150] *traspaso*: «El traspaso significa o el gran desmayo o el trance y agonía de la muerte» (Covarrubias, *Tesoro*, s.v. *traspasar*).
[151] *acaso*: «lo que sucede sin pensar ni estar prevenido» (Covarrubias, *Tesoro*).
[152] *por jamás*: Covarrubias trae la expresión *jamás por jamás* con esta significación: «en ningún tiempo, modo o manera» (*Tesoro*, s.v. *jamás*).

    Cercado laberinto do se anida
una fiera cruel que se sustenta
de rendidos humanos corazones,
lazo donde se enlaza nuestra vida,
señor que al mayordomo pide cuenta   75
de las obras, palabras e intenciones;
codicia de mil varias pretensiones,
gusano que fabrica
estancia pobre o rica,
do poco espacio habita, y al fin muere;   80
querer que nunca sabe lo que quiere,
nube que los sentidos escurece,
cuchillo que nos hiere...
Este es Amor. ¡Seguilde, si os parece![153]

Con esta canción acabó su razonamiento[154] el desamorado Lenio, y con ella y con él dejó admirados a algunos de los que presentes estaban, especialmente a los caballeros, pareciéndoles que lo que Lenio había dicho, de más caudal que de pastoril ingenio parecía[155]; y con gran deseo y atención estaban esperando la respuesta de Tirsi, prometiéndose todos en su imaginación que, sin duda alguna, a la de Lenio haría ventaja, por la que Tirsi le hacía en la edad y en la experiencia y en los más acostumbrados estudios; y asimesmo les aseguraba esto porque deseaban que la opinión desamorada de Lenio no prevaleciese. Bien es verdad que la lastimada Teolinda, la enamorada Leonarda, la bella Rosaura y aun la dama que con Darinto y su compañero venía, claramente vieron figurados en el discurso de Lenio

---

[153] Como hay una sílaba de más en el verso, proponemos leer así de acuerdo con Schevill y Bonilla (*La Galatea*, 1914, II, 58). El original dice: «Este es el amor...» (fol. 211 v.). Obsérvese que la poesía acaba con una exhortación imperativa, dirigida al auditorio. *Amor* como dios y experiencia humana.

[154] *razonamiento*: Este es el término usado por los italianos para esta clase de discusiones. Lo prueba que en la cabeza de *Los Asolanos* Bembo sitúa la palabra en la entrada a la dedicatoria a la señora Lucrecia Estense: «Se io non ho a V. S. più tosto quegli ragionamenti mandati...» (1990, 44); la edición española lo traduce luego por *razonamientos* (*ídem*, 55).

[155] Es la mención, ya repetida, de la justificación de la altura intelectual de la discusión, contrastada por los caballeros.

mil puntos de los sucesos de sus amores[156]; y esto fue cuando llegó a tratar de lágrimas y sospiros y de cuán caros se compraban los contentos amorosos. Solas la hermosa Galatea y la discreta Florisa iban fuera de esta cuenta, porque hasta entonces no se la había tomado Amor de sus hermosos y rebeldes pechos; y así estaban atentas, no más de a escuchar la agudeza con que los dos famosos pastores disputaban, sin que de los efectos de amor que oían viesen alguno en sus libres voluntades.

Pero siendo la de Tirsi reducir a mejor término la opinión del desamorado pastor, sin esperar ser rogado, tiniendo de su boca colgados los ánimos de los circunstantes, puniéndose frontero de Lenio, con suave y levantado tono, de esta manera comenzó a decir:

[II

Defensa y alabanza del amor, discurso de] Tirsi

—Si la agudeza de tu buen ingenio, desamorado pastor, no me asegurara que con facilidad puede alcanzar la verdad, de quien tan lejos agora se halla, antes que ponerme en trabajo de contradecir tu opinión, te dejara con ella por castigo de tus sinrazones. Mas, porque me advierten las que en vituperio del amor has dicho los buenos principios que tienes para poder reducirte a mejor propósito, no quiero dejar con mi silencio, a los que nos oyen, escandalizados; al Amor, desfavorecido, y a ti, pertinaz y vanaglorioso[157]. Y así, ayudado del Amor, a quien llamo, pienso en pocas palabras dar a entender cuán otras son sus obras y efectos de los que tú de él has publicado, hablando sólo del amor que tú entiendes, el cual tú definiste diciendo que

---

[156] La experiencia comprueba, sobre todo en las mujeres, la teoría expuesta en cuanto a las penas que ocasiona el amor.

[157] Gismundo en *Los Asolanos* también comienza su alegación con un elogio de las bondades de Perotino (1990, 203-205). Según A. Castro: «Tirsi defiende el amor humano contra el pensamiento ideal de Lenio, pastor desamorado» (1972, 157).

era un deseo de belleza, declarando asimesmo qué cosa era belleza, y poco después desmenuzaste todos los efectos que el amor, de quien hablamos, hacía en los enamorados pechos, confirmándolo al cabo con varios y desdichados sucesos por el amor causados. Y aunque la difinición que del amor hiciste sea la más general que se suele dar, todavía no lo es tanto que no se pueda contradecir, porque amor y deseo son dos cosas diferentes: que no todo lo que se ama se desea, ni todo lo que se desea se ama. La razón está clara en todas las cosas que se poseen, que entonces no se podrá decir que se desean, sino que se aman, como el que tiene salud no dirá que desea la salud, sino que la ama[158]; y el que tiene hijos no podrá decir que desea hijos, sino que ama los hijos[159]; ni tampoco las cosas que se desean se pueden decir que se aman, como la muerte de los enemigos, que se desea y no se ama. Y así que, por esta razón, el amor y deseo vienen a ser diferentes afectos de la voluntad[160]. Verdad es que amor es padre del deseo y, entre otras difiniciones que del amor se dan, esta es una: amor es aquella primera mutación[161] que sentimos hacer en nuestra mente, por el apetito que nos conmueve y nos tira a sí, y nos deleita y aplace; y aquel placer engendra movimiento en el

---

[158] Después de resumir el desarrollo del alegato de Lenio, Damón se apoya en la objeción que hace Sofía a Filón respecto de la definición general con que se abren los *Diálogos de amor*, y a la que antes nos referimos: «El conocerte, Sofía, causa en mí amor y deseo» (1986, 85). Y a esto responde Sofía: «Discordantes me parecen, Filón, estos afectos que el conocerme producen en ti» (*ídem*, 85). Y luego, más adelante, dice: «...lo que se ama, primero se desea y, después que se ha obtenido la cosa deseada, aparece el amor y falta el deseo» (*ídem*, 85). Y poco después añade el mismo ejemplo de la salud que trae Cervantes: «¿No ves tú que cuando no gozamos de salud, la deseamos, pero no diremos que la amamos?» (*ídem*, 85).

[159] El ejemplo de los hijos sigue un poco después en los *Diálogos de amor*, cuando dice Sofía: «¿Qué ejemplo más claro puede darse que el de los hijos? Quien no los tiene no puede amarlos, pero los desea; pero en cambio, quien los tiene no los desea, sino que los ama» (1986, 86).

[160] Sofía había dicho un poco antes a Filón: «...amar y desear son entre sí afectos contrarios a la voluntad» (1986, 85). ¿Cabría corregir de acuerdo con el texto de L. Hebreo: *afectos* por *efectos*?

[161] *mutación*: es un cultismo que traduce el it. *immutatione*, como se desprende de la nota siguiente.

ánimo, el cual movimiento se llama deseo; y, en resolución, deseo es movimiento del apetito acerca de lo que se ama, y un querer de aquello que se posee y el objeto suyo es el bien. Y como se hallan diversas especies de deseos, el amor es una especie de deseo que atiende y mira al bien que se llama bello[162]; pero para más clara difinición y diversión del amor, se ha de entender que en tres maneras se divide: en amor honesto, en amor útil y en amor deleitable[163]. Y a estas tres suertes de amor se reducen cuantas maneras de amar y desear pueden caber en nuestra voluntad, porque el amor honesto mira a las cosas del Cielo, eternas y divinas; el útil, a las de la tierra, alegres y perecederas, como son las riquezas, mandos y señoríos; el deleitable, a las gustosas y placenteras, como son las bellezas corporales vivas que tú, Lenio, dijiste[164]. Y cualquiera suerte de estos

---

[162] Como ha señalado G. Stagg (1959, 266) este fragmento se corresponde con un fragmento del libro de Equicola, desde donde dice: «Verdad es que amor...» que aparece así: «...quel diletto, quel piacere, quella placentia, quella inclinatione a quel che ne credemo, o che è bene dicemo amore, padre del disio...» (1552, 139). «Tene del voler nostro le chiave Amore, ilquale è quella prima immutazione che sentimo far nella mente per l'appetibile, che ne conmove, e a se ne tira, diletta, e piace. Quella placentia genera moto nell' animo, il qual moto è disiderio [...] Disiderio secondo theologi è moto dell' appetito nell' amabile, e è voler di quello che non si ha o possiede [...] Obietto dal disiderio è il bene; come si trovarno diverse specie di disideri, come amore è una specie di desiderii, circa il ben che si chiama bello» (*ídem*, 141-142). Esto se encuentra en relación con lo que se dice en los *Diálogos de amor*, y que expone Filón cuanto a los que consideran el amor como principio del deseo: «Primero definen el amor como complacencia del ánimo en la cosa que parece buena, y de esa complacencia procede el deseo de la cosa que complace, deseo que es movimiento hacia su fin, o cosa amada, de manera que el amor es principio del movimiento desiderativo» (1986, 377).

[163] Esta clasificación procede de Aristóteles y la recogen estos tratadistas del amor: «[Filón].—Así como hay tres clases de bondad: provechosa, deleitable y honesta, así también hay tres clases de amor: el deleitable, el provechoso y el honesto» (L. Hebreo, 1986, 87). Y en otra parte le dice Sofía a Filón: «...aceptando el pensamiento de Aristóteles, me dijiste que hay tres clases de amor: el de lo deleitable, el de lo útil y el de lo honesto» (*ídem*, 602).

[164] L. Hebreo explica esto con más extensión. Hemos escogido algunos fragmentos que se acercan a los de Cervantes. Así, en relación con el amor divino, que Cervantes llama *honesto* en su origen en un párrafo sencillo en

amores que he dicho no debe ser de ninguna lengua vituperada, porque el amor honesto siempre fue, es y ha de ser limpio, sencillo, puro y divino, y que sólo en Dios para y sosiega; el amor provechoso, por ser, como es, natural, no debe condenarse; ni menos el deleitable, por ser más natural que el provechoso. Que sean naturales estas dos suertes de amor en nosotros, la experiencia nos lo muestra claro, porque luego que el atrevido primer padre nuestro pasó el divino mandamiento, y de señor quedó hecho siervo, y de libre, esclavo, luego conoció la miseria en que había caído y la pobreza en que estaba; y así tomó en el momento las hojas de los árboles que le cubriesen, y sudó y trabajó rompiendo la tierra para sustentarse y vivir con la menos incomodidad que pudiese; y tras esto, obedeciendo mejor a su Dios en ello que en otra cosa, procuró tener hijos y perpetuar y dilatar en ellos la generación humana. Y así como por su inobediencia entró la muerte en él y por él en todos sus descendientes, así heredamos juntamente todos sus afectos y pasiones, como heredamos su mesma naturaleza; y como él procuró remediar su necesidad y pobreza, también nosotros no podemos dejar de procurar y desear remediar la nuestra. Y de aquí nace el amor que tenemos a las cosas útiles a la vida humana; y tanto cuanto más alcanza-

---

el que a través de los adjetivos asciende hasta la calificación de *divino,* dice Filón: «El amor divino nunca está desprovisto de ardiente deseo, que consiste en adquirir lo que falta del conocimiento divino; de suerte tal que, al aumentar el conocimiento, crece el amor hacia la divinidad conocida. Pues como la esencia divina supera el conocimiento humano en proporción infinita, y su bondad al amor que los humanos le ofrecen, al hombre le queda siempre el feliz, ardiente y desenfrenado deseo de aumentar el conocimiento y el amor divino» (1986, 125). Y de lo útil dice Filón: «Lo útil, como son las riquezas, bienes particulares de adquisición, nunca son amadas y deseadas a la vez. Por el contrario, cuando no se tienen, se desean y no se aman, porque son ajenas a uno, pero, en cuanto se han conseguido, cesa el deseo de las mismas y entonces se aman como cosas propias, y se gozan con unión y propiedad» (*ídem,* 97). Y de lo deleitable dice el mismo Filón, entre otras cosas: «Así como en las cosas útiles el amor verdadero y real convive con el deseo, de igual modo en lo deleitable el deseo no se separa del amor, porque todas las cosas deleitables que faltan, hasta que no se han logrado del todo o no se poseen con suficiencia, también se aman siempre que se desean o apetecen» (*ídem,* 101).

mos de ellas, tanto más nos parece que remediamos nuestra falta, y por el mesmo consiguiente heredamos el deseo de perpetuarnos en nuestros hijos; y de este deseo se sigue el que tenemos de gozar la belleza viva corporal, como solo y verdadero medio que tales deseos a dichoso fin conduce. Así que este amor deleitable, solo y sin mezcla de otro accidente, es digno antes de alabanza que de vituperio, y este es el amor que tú, Lenio, tienes por enemigo; y cáusalo que no le entiendes ni conoces, porque nunca le has visto solo y en su mesma figura, sino siempre acompañado de deseos perniciosos, lascivos y mal colocados. Y esto no es culpa de amor, que siempre es bueno, sino de los accidentes que se le llegan, como vemos que acaece en algún caudaloso río, el cual tiene su nacimiento de alguna líquida y clara fuente que siempre claras y frescas aguas le va ministrando[165], y, a poco espacio que de la limpia madre se aleja, sus dulces y cristalinas aguas en amargas y turbias son convertidas por los muchos y no limpios arroyos que de una y otra parte se le juntan. Así que este primer movimiento (amor o deseo, como llamarlo quisieres)[166] no puede nacer sino de buen principio, y aun de ellos es el conocimiento de la belleza, la cual, conocida por tal, casi parece imposible que de amar se deje[167]. Y tiene la belleza tanta fuerza para mover nuestros ánimos que ella sola fue parte para que los antiguos filósofos[168], ciegos y sin lumbre

---

[165] *Ministrando*: El verbo *ministrar* es derivación directa de *menester*, 'dar lo que es necesario', en relación con el paralelo italiano *ministrare*.

[166] *amor o deseo*: Como hemos considerado en las notas anteriores, los tratadistas ocuparon muchas páginas de sus obras en esta distinción (*Diálogos de amor*, 85, 88, 94, 379, etc.; *Los Asolanos*, 411, 413, etc.). De ahí que Cervantes no quiera entrar en estas cuestiones, que no importan a una exposición relativamente sencilla del asunto, como es la que se realiza en esta asamblea predominantemente pastoril.

[167] L. Hebreo había escrito: «La belleza es gracia que, al deleitar el espíritu cuando este la conoce, le mueve a amar» (1986, 401).

[168] *antiguos filósofos*: Cervantes separa las filósofos *antiguos* (que no habían recibido la noticia de Cristo) de los modernos cristianos. Covarrubias define la palabra *filósofo* en latín, procedente de la palabra griega (*Tesoro*) como «amator sapientiae» y reconoce a unos «profesores de filosofía». De entre ellos Cervantes se acerca a los presupuestos de Platón difundido entre otros, por L. Hebreo: «...en las creaturas existe la imagen y semejanza

de fe que los encaminase, llevados de la razón natural y traídos de la belleza que en los estrellados cielos y en la máquina y redondez de la tierra contemplaban, admirados de tanto contento y hermosura, fueron con el entendimiento rastreando, haciendo escala por estas causas segundas, hasta llegar a la primera causa de las causas, y conocieron que había un solo principio sin principio de todas las cosas[169]. Pero lo que más los admiró y levantó la consideración fue ver la compostura del hombre[170], tan ordenada, tan perfecta y tan hermosa, que le vinieron a llamar mundo abreviado; y así es verdad, que, en todas las obras hechas por el mayordomo de Dios, Naturaleza[171], ninguna es de tanto primor[172] ni que más descubra la grandeza y sabiduría de

---

de Dios gracias a esa belleza finita participada por el inmenso bello [...] La belleza infinita del Creador se dibuja y refleja en la belleza finita [...] No obstante, no mide la imagen de lo divino imaginado, sino que más bien será simulacro, semejanza e imagen» (1986, 466). Y por su parte, Filón toma de Aristóteles lo siguiente, al que menciona de una manera explícita: «Tras haber demostrado que los que mueven eternamente los cuerpos celestes son almas intelectivas e inmateriales, dice que los mueven por algún fin e intención de su alma, y añade que ese fin es más noble y excelente que el mismo motor [...]. De entre las cuatro causas de las cosas naturales —a saber: material, formal, causa agente (que hace o mueve la cosa) y la causa final (fin que incita a actuar la causa agente)—, la materia es la más baja, la formal es mejor que la material, la agente es mejor y más noble que las otras dos, porque es origen de ellas, y la causa final es la más noble y excelente de las cuatro [...]. De ahí que el fin se defina como la "causa de las causas"» (*ídem*, 308-309).

[169] Apoyándose en esta red filosófica, por la vía de San Agustín Cervantes coincide con lo que dice: «Per corporalia [...] ad incorporalia [...] pervenire» (*Retractationes*, I, 6), según señala F. Rico (1970, 140).

[170] Cervantes se refiere aquí a la concepción del *mundo abreviado* o *microcosmos*, común en los pensadores de la época, y que L. Hebreo recoge así y que expone Sofía: «Siempre he oído decir que el hombre no sólo es semejante al cielo, sino a todo el universo corpóreo e incorpóreo a la vez.» Y le responde Filón: «Es verdad: el hombre es imagen de todo el universo. Y por eso los griegos lo llaman *microcosmos*, que significa pequeño mundo» (*Idem*, 199). Sobre el planteamiento de esta cuestión, véase F. Rico, 1970, 142-143.

[171] *mayordomo de Dios, Naturaleza*: Tratamos de este concepto en el prólogo, y es uno de los más comentados de la obra (A. Castro, 1972; H. Ivenstosch, 1975; F. Garrote Pérez, 1979).

[172] *primor*: «La excelencia en el arte» (Covarrubias, *Tesoro*, s.v. primo). Signo de conciliación entre artificio y naturaleza, según F. Rico (1970, 141), en que el hombre es obra de arte —o de artesanía— de la divinidad.

su hacedor, porque en la figura y compostura del hombre se cifra y cierra la belleza que en todas las otras partes de ella se reparte, y de aquí nace que esta belleza conocida se ama; y como toda ella más se muestre y resplandezca en el rostro, luego como se ve un hermoso rostro[173], llama y tira la voluntad a amarle. De do se sigue que, como los rostros de las mujeres haga[n] tanta ventaja en hermosura al de los varones, ellas son las que son de nosotros más queridas, servidas y solicitadas, como a cosa en quien consiste la belleza que naturalmente más a nuestra vista contenta. Pero viendo el hacedor y criador nuestro que es propia naturaleza del ánima nuestra estar contino en perpetuo movimiento y deseo, por no poder ella parar sino en Dios, como en su propio centro, quiso, porque no se arrojase a rienda suelta a desear las cosas perecederas y vanas (y esto sin quitarle la libertad del libre albedrío), ponerle encima de sus tres potencias una despierta centinela que la avisase de los peligros que la contrastaban y de los enemigos que la perseguían, la cual fue la razón que corrige y enfrena nuestros desordenados deseos[174]. Y viendo asimesmo que la belleza humana había de llevar tras sí nuestros afectos e inclinaciones, ya que no le pareció quitarnos este deseo, a lo menos quiso templarle y corregirle, ordenando el santo yugo del matrimonio[175], debajo del cual al varón y a la he[m]bra los más de los gustos y contentos amorosos naturales le[s] son

---

[173] Los rostros de las mujeres se consideran como cifra de la hermosura, y esto es un tema comunísimo y general en la lírica del Renacimiento; véanse ejemplos en F. Rico (1970, 142-143). El propio Cervantes lo había reflejado en la poesía de Elicio «Merece quien en el suelo» en relación con Galatea.

[174] Aquí se refiere a la atracción que se señaló en la nota 168. Cervantes señala la función del libre albedrío frente a la atracción del amor. Covarrubias indica que albedrío «comúnmente le tomamos por la voluntad gobernada con razón o con propio apetito» (*Tesoro*, s.v. *alvedrío*). Las tres potencias del alma son inteligencia, memoria y voluntad.

[175] Tirsi encauza la filosofía del amor hacia su planteamiento en la vida social, y de ahí que el matrimonio aparezca justificado dentro de su teoría coordinando la atracción de la belleza con el orden de la comunidad bajo el cuidado de la Iglesia, implícito en la mención de «santo yugo». Lenio, el oponente de Tirsi, le había asignado la función de la fuerza del amor en la poesía «¡Desconocido, ingrato amor, que asombras».

lícitos y debidos[176]. Con estos dos remedios[177], puestos por la divina mano, se viene a templar la demasía que puede haber en el amor natural que tú, Lenio, vituperas, el cual amor de sí es tan bueno que, si en nosotros faltase, el mundo y nosotros acabaríamos. En este mismo amor de quien voy hablando están cifradas todas las virtudes, porque el amor es templanza que el amante, conforme la casta voluntad de la cosa amada, la suya tiempla; es fortaleza, porque el enamorado cualquier variedad puede sufrir por amor de quien ama; es justicia, porque con ella a la que bien quiere sirve, forzándole la mesma razón a ello; es prudencia, porque de toda sabiduría está el amor adornado. Mas yo te demando, oh, Lenio, tú que has dicho que el amor es causa de ruina de imperios, destruición de ciudades, de muertes de amigos, de sacrílegos hechos, inventor de traiciones, transgresor de leyes, digo que te demando que me digas: ¿Cuál loable cosa hay hoy en el mundo, por buena que sea, que el uso de ella no pueda en mal ser convertida? Condénese la filosofía, porque muchas veces nuestros defectos descubre, y muchos filósofos han sido malos; abrásense las obras de los heroicos poetas, porque con sus sátiras y versos los vicios reprehenden y vituperan; vitupérese la medicina, porque los venenos descubre; llámese inútil la elocuencia, porque algunas veces ha sido tan arrogante que ha puesto en duda la verdad conocida; no se forjen armas, porque los ladrones y los homicidas las usan; n[o] se fabriquen casas, porque puedan caer sobre sus ha-

---

[176] El amor conyugal había sido tratado en los *Diálogos de amor* en estos términos: «...en el amor conyugal coinciden lo útil con lo deleitable y con lo honesto, ya que los casados reciben sin cesar utilidad el uno del otro, que es un motivo importante para que continúe el amor entre ambos. Así que, si bien el amor matrimonial es deleitable, perdura porque va acompañado a la vez de lo honesto y de lo útil» (1986, 115-116). Cervantes cristianiza este planteamiento estrictamente teórico con su consideración de sacramento religioso.

[177] A partir de aquí y en un extenso espacio, Cervantes sigue de cerca, aunque siempre con cierta flexibilidad, el tratado de M. Equicola *Il libro di natura d'amore*; el espacio llega hasta la nota 183, en donde situamos el texto paralelo. Las notas del texto comprendidas en este espacio vienen de inmediato y son comunes al texto de Cervantes y al de Equicola.

bitadores; prohíbanse la variedad de los manjares, porque suelen ser causa de enfermedad; ninguno procure tener hijos, porque Edipo[178], instigado de cruelísima furia, mató a su padre, y Oreste[179] hirió el pecho de la madre propia; téngase por malo el fuego, porque suele abrasar las casas y consumir las ciudades; desdéñese el agua, porque con ella se anegó toda la tierra; condénense, en fin, los elementos, porque pueden ser de algunos perversos perversamente usados. Y de esta manera cualquier cosa buena puede ser en mala convertida, y proceder de ella efectos malos, si en las manos de aquellos son puestas que, como irracionales sin mediocridad[180], del apetito gobernar se dejan. Aquella antigua Cartago, émula del imperio romano, la belicosa Numancia, la adornada Corinto, la soberbia Tebas, la docta Atenas y la ciudad de Dios, Jerusalén[181], que fueron vencidas y asoladas: digamos por eso que el amor fue causa de su destruición y ruina. Así que debrían los que tienen por costumbre de decir mal de amor decir[l]o de ellos mesmos, porque los dones de amor, si con templanza se usan, son dignos de perpetua alabanza, pues siempre los medios fueron alabados en todas las cosas, como vituperados los extremos; que si abrazamos la virtud más de aquello que basta, el sabio granjeará nombre de loco, y el justo, de inicuo. Del antiguo Cremo[182] trágico fue opinión que, como el vino mezclado con el agua es bueno, así el amor templado es provechoso, lo que es al revés en el inmoderado. La ge-

---

[178] El oráculo dijo al nacer Edipo que mataría a su padre y se casaría con su madre; y así ocurrió al encontrárselo por un camino, sin conocerlo.
[179] *Oreste* (u Orestes) mató a su madre Clitemnestra, como ya se dijo en una nota anterior.
[180] *mediocridad*: Covarrubias definió así la voz *medianía*: «Se dice de lo que es razonable y puesto en buen medio. *Mediocridad* es latino, significa lo mesmo y úsanlo algunos» (*Tesoro*). Como el it. *mediocrità* 'condizione di ciò che è in mezzo rispetto a due estremi'; es palabra usada en Equicola.
[181] En esta lista de grandes ciudades figura Numancia, cuyo desolado fin contó Cervantes en la obra teatral así titulada.
[182] *Cremo*: El nombre que le asigna procede de la fuente de Equicola, en donde figura como *Cheremo*; tal como habían propuesto Schevill y Bonilla, se trata de Queremón (Cheremo en latín), dramático griego (h. 380 a. C.), del que se conserva esta sentencia.

neración de los animales racionales y brutos sería ninguna si el amor no procediese, y, faltando en la tierra, quedaría desierta y vacua. Los antiguos creyeron que el amor era obra de los dioses, dada para conservación y cura de los hombres[183]. Pero viniendo a lo que tú, Lenio, dijiste de

---

[183] He aquí el largo texto, basado en el de Equicola, que comienza en la nota 177: «La vera e breve diffinitione della virtù è ordinato Amore. Philosophia, come il nome dimostra, non è altro che amor di sapientia. E le quatre virtù prime, Agostino dice che amor è temperantia, che l'amante alle caste voglie del amato sue voglie tempre e intieramente se li dia. Fortitudine amore perchè puo ogni varietà soffrire per chi è amato. Giustitia Amore perchè solamente alla cosa amata serve e per questo domina con ragione. Prudentia, perchè è d'ogni sapientia adorno» (1554, 158-159). «Hora prima che più oltra proceda, mi par di rispondere a quelli che contra amore si adirano, e per loro fulminare, e con tronitri mover il cielo gridando amor esser causa de ruine d'imperi, e occigione de genti, molte virile opere effeminate, di lettre li studi, e d'altre virtù la cura impedire. Volentieri li domandarei, qual è si degna, e laudabil cosa, l'uso delle qual non si possa in mal convertere, se in arbitrio de imprudenti si ritrova. Dannesi philosophia, perchè li eccessi, e defetti ne mostra, e molti di tale professione sono stati pessimi. Abbrusciamo le Sacre Scritture, historie, satire, e heroici poeti, che con le virtù li vitij descriveno, e cantano. Vituperasi Medicina che li veneni insegna. Inutile dicamo l'Eloquentia, che è stata si superba, che spesso ha posto in dubbio ogni glorioso stato. Non se lavorino arme, perchè li ladri, e homicidi le usano. Non fabrichemo case, perchè possono sopra li habitanti ruinare. Interdicasi la varietà de cibi, che spesso causano infermità. Niuno cerchi d'haver figliuoli, perciò che Edipo occise'l padre. Da furie l'agitato Horeste della propia matre ferì il petto. Il fuoco, e l'acqua sono utilissimi elementi, dannosi, e pestiferi seriano da perversi malamente usati. Così ciascuna cosa buona puo diventare pessima, e parturire ugli effetti essendo in man di temerari, e di quelli que come irrationali senza mediocrità dal appetito solo si lasciano governare. Quella emula dell'imperio romano Carthagine, la bellicosa Numantia, la ornata Corintho, superba Thebe, dotta Athene, e città di Dio Hierusalem, furon vinte, e debellate. Dicanomi l'eccidio di si nobili città se ad amor si di imputare?» (*Ídem.*, 169). «Deveriano dunque questi che contra amor scriveno, contra intemperanti, contra lor medesmi scrivere, contra fortuna adirarsi, non contra natura d'amore; del quale li doni, se con temperantia, e modo si usano, secondo li peripatetici, sono da ogni parte laudabili. E anco laudata la mediocrità, che si appetimo la virtù oltra quel che baste, il savio haverà nome di pazzo, el giusto dell'iniquo. Di Cheremo tragico fu opinione come il vino misto con acqua, così amor temperato esser utile, l'immenso, e immoderato esser infesto» (*ídem*, 161). «La generatione di rationali, e bruti nulla seria senza precedente amore, remosso lui graceria la terra vacua, che esso l'adorna. Li antiqui lo cresero opra delli dei dato a la cura, e conservatione de gli huomini» (*ídem*, 161) (F. López Estrada, 1948, 94-95).

los tristes y extraños efectos que el amor en los enamorados pechos hace, tiniéndolos siempre en continas lágrimas, profundos sospiros, desesperadas imaginaciones, sin co[n]cederles jamás una hora de reposo, veamos, por ventura, ¿qué cosa puede desearse en esta vida que el alcanzarla no cueste fatiga y trabajo? Y tanto cuanto más es de valor la cosa, tanto más se ha de padecer y se padece por ella, porque el deseo presupone falta de lo deseado, y hasta conseguirlo es forzosa la inquietud del ánimo nuestro; pues si todos los deseos humanos se pueden pagar y contentarse sin alcanzar de todo punto lo que desean, con que se les dé parte de ello, y con todo eso se padece por cons[e]guirla, ¿qué mucho es que, por alcanzar aquello que no puede satisfacer ni contentar al deseo sino con ello mesmo, se padezca, se llore, se tema y se espere? El que desea señoríos, mandos, honras y riquezas, ya que ve que no puede subir al último grado que quisiera, como llegue a ponerse en algún buen punto, queda en parte satisfecho, porque la esperanza que le falta de no poder subir a más le hace parar donde puede y como mejor puede, todo lo cual es contrario en el amor, porque el amor no tiene otra paga ni otra satisfacción sino el mesmo amor, y él propio es su propia y verdadera paga[184]. Y por esta razón es imposible que el amante esté contento hasta que a la clara conozca que verdaderamente es amado, certificándole de esto las amorosas señales que ellos saben. Y así estiman en tanto un regalado volver de ojos y [u]na prenda, cualquiera que sea, de su amada, un no sé qué de risa, de habla, de burlas[185], que ellos de veras toman como indicios que le[s] van asegurando la paga que desean; y así todas las veces que ven señales en contrario de estas, esle fuerza al amante lamentarse y afligirse, sin tener medio en sus dolores, pues no le puede

---

[184] Coincide con un fragmento del coro del acto III de *L'Aminta* de Tasso: «Ch'amore è mercè, e con amor si merca» (F. López Estrada, 1948, 84).

[185] En los tratados de amor la mirada es un signo de amor, como se dice en *Los Asolanos*: «...las graciosas mujeres, que con las puntas de sus penetrables ojos prenden los corazones...» (1990, 229). Cervantes despliega aquí los recursos del coqueteo femenino con finas indicaciones, procedentes más de la observación que de las lecturas.

tener en sus contentos, cuando la favorable Fortuna y el blando amor se los concede. Y como sea hazaña de tanta dificultad reducir una voluntad ajena a que sea una[186] propia con la mía y juntar dos diferentes almas en tan disoluble[187] ñudo y estrecheza que de las dos sean uno los pensamientos y una todas las obras, no es mucho que, por conseguir tan alta empresa, se padezca más que por otra cosa alguna, pues después de conseguida satisface y alegra sobre todas las que en esta vida se desean. Y[188] no todas veces son las lágrimas con razón y causa derramadas, ni esparcidos los sospiros de los enamorados, porque si todas sus lágrimas y sospiros se causaron de ver que no se responde a su voluntad como se debe y con la paga que se requiere, habría de considerar primero adónde levantaron la fantasía; y si la subieron más arriba de lo que su merecimiento alcanza, no es maravilla que, cual nuevos Ícaros[189], caigan abrasados en el río de las miserias, de las cuales no tendrá la culpa amor, sino su locura. Con todo eso, yo no niego, sino afirmo, que el deseo de alcanzar lo que se ama por fuerza ha de causar pesadumbre, por la razón de la carestía que presupone, como ya otras veces he dicho; pero también digo que el conseguirla sea de grandísimo gusto y conten-

---

[186] Esta unidad es la que L. Hebreo había formulado en estos términos: «...porque, como las almas se hallan unidas en amor espiritual, los cuerpos desean gozar de la posible unión, al objeto de que no haya diferencia alguna y la unión sea completamente perfecta; máxime porque, con la correspondiente unión de los cuerpos, el amor espiritual aumenta y se perfecciona» (1986, 149). Y que aparece en *Los Asolanos* de esta manera, apoyándose en el mito platónico del andrógino, también desarrollado por L. Hebreo: «Por ende, si alguno ama a su mujer, busca su mitad, y lo mismo hacen las mujeres si aman a sus maridos» (1990, 245).
[187] Para la interpretación de este texto, véase F. Sánchez y Escribano (1954) y un próximo artículo de F. López Estrada, «*Dissoluble ñudo*, una compleja lección de *La Galatea*».
[188] Viene ahora un extenso fragmento en que Cervantes sigue otra vez a M. Equicola; el espacio paralelo dura hasta la nota 193 en la que se sitúa el texto italiano.
[189] *Ícaros*: mención de la conocida fábula de Ícaro, hijo de Dédalo, que, disponiendo de unas alas sujetas con cera, se remontó en exceso hacia el sol, llevado de su inexperiencia y entusiasmo; al fundirse la cera, cayó al suelo.

to, como lo es al cansado, el reposo, y la salud, al enfermo. Junto con esto confieso que si los amantes señalasen, como en el uso antiguo, con piedras blancas y negras [s]us[190] tristes o dichosos días, sin duda alguna que serían más las infelices; más también conozco que la calidad de sola una blanca piedra haría ventaja a la cantidad de otras infinitas negras. Y por prueba de esta verdad, vemos que los enamorados jamás de serlo se arrepienten; antes, si alguno les prometiese librarles de la enfermedad amorosa, como a enemigo le desecharían, porque aun el sufrirla les es suave. Y por esto, oh, amadores, no os impida ningún temor para dejar de ofreceros y dedicaros a amar lo que más os pareciere dificultoso, ni os quejéis ni arrepintáis si a la grandeza vuestra las cosas bajas habéis levantado, que amor iguala lo pequeño a lo sublime, y lo menos a lo más; y con justo acuerdo tiempla las diversas condiciones de los amantes cuando con puro afecto la gracia suya en sus corazones recibe. No cedáis a los peligros, porque la gloria será tanta que quite el sentimiento de todo dolor. Y como a los antiguos capitanes y emperadores, en premio de sus trabajos y fatigas les eran, según la grandeza de sus victorias, aparejados triunfos[191], así a los amantes les están guardados muchedumbre de placeres y contentos, y como a aquellos, el glorioso recibimiento les hacía olvidar todos los incomodos y disgustos pasados, así al amante de la amada amado. Los espantosos sueños, el dormir no seguro, las veladas noches[192], los inquietos días, en suma tranquilidad y alegría se convierten[193]. De manera, Lenio, que si por sus efectos tristes les

---

[190] El original trae aquí «tus» (fol. 219 v.), errata que corregimos. G. Stagg (1959, 267), apoyándose en el texto de Equicola, propone corregir «los».

[191] *aparejados triunfos*: Covarrubias recoge la acepción: «aparejo, lo necesario para hacer una cosa» (*Tesoro*, s.v. *aparejar*); o sea, los triunfos que han sido resultado de una elaboración y trabajo.

[192] *veladas noches*: Covarrubias trae: «vela es la centinela que está despierta y velando las horas que le caben de la noche. De allí se dijo *velar* por estar despierto y con cuidado» (*Tesoro*); se apoya en el it. *vegliati* del texto de Equicola.

[193] Aquí termina el largo fragmento en que sigue a Equicola, según G. Stagg (1959, 267-268): «...Dice Aristotele che a torto molte volte li amatori si lamentano, che amando essi vehementemente non siano con mutuo

condenas, por los gustosos y alegres les debes de absolver; y, a la interpretación q[u]e diste de la figura de Cupido[194], estoy por decir que vas tan engañado en ella, com[o] casi en las demás cosas que contra el Amor has dicho. Porque píntanle niño, ciego, desnudo, con alas y saetas; no quiere significar otra cosa sino que el amante ha de ser niño en no tener condición doblada, sino pura y sencilla; ha de ser ciego a todo cualquier otro objeto que se le ofreciere, sino es a aquel a quien ya supo mirar y entregarse; ha de ser desnudo, porque no ha de tener cosa que no sea de la que ama; ha de tener alas de ligereza, para estar pronto a todo lo que por su parte se le quisiere mandar; píntanle con saetas, porque la llaga del enamorado pecho ha de ser profunda y secreta y que apenas se descubra sino a la mesma causa que

---

amore punto reamati, non essendo in loro cosa amabile. Se noi medesmi conoscessimo, non tentaremo ascendere sopra nostra conditione, ma volando più alto che le forze non sopportano volare Icari miserabili et Phetonti ne ritrovamo, nel che nostra imprudentia, non amore si deve accusare [...] Così la cupidità di cose amate, non puo essere che non sia alquanto partecipe di dolore, per venire da disetto e carestia; e conseguentemente non è dubbio la espletione e consecutione del disiderato essere oltra modo giocondissima. Se (come de Thraci e de Cretensi era costume) con pietre bianche e nere li felici e infelici giorni li amanti notassero, non dubito seriano molto più li infelici. Ma dico che uno solo e minimo instante del felice vale, e è di più efficacia che mille hore e longo spatio di tempo del infelice [...]. Che così sia, si vede, che li amanti d'amar non si pentono, e se alcuno promettesse loro salute, rifutariano da sì insana infermità liberarsi, tanto è suave lo soffrirla. Non vi ritardi timidità di dedicarne a superiori, ne vi dogliate se a vostra grandezza le inferiori voi essaltate, che amor aquale cose base alle sublimi, e le men degne alle dignissime pareggia, alzando le inferiori a più supremi luoghi, e con giusta bilancia tempra le diverse conditioni de gli amanti, quando con puro affetto la sua gratia nelli lor cuori si riceve. Non cedete a'pericoli, che la gloria sarà tanta, che ogni affanno serà nulla, tanta la voluptà che 'l senso d'ogni dolore e timore ne farà perdere. Come alli antiqui imperadori in premio delle lor fatiche era (secondo della vittoria la grandezza) preparati trophei, ovationi, e triomphi, così alli amanti son riservati moltiplici piaceri. Come a quelli lo glorioso trimpho facea ogni incommodo obliare, così alli amanti dell'amata l'amore, li paventosi insogni, e 'l non secur dormire, le vegliati notti e in quieti giorni, in tranquilità, letitia, e contento converte» (1553, 162-164).

[194] Aquí se vuelve sobre la representación del Amor, ya mencionada antes (pág. 427 y nota 125), y se establece una interpretación positiva de los mismos signos.

ha de remediarla. Que el amor hiera con dos saetas, las cuales obran en diferentes maneras, es darnos a entender que en el perfecto amor no ha de haber medio de querer y no querer en un mesmo punto, sino que el amante ha de amar enteramente, sin mezcla de alguna tibieza. En fin, oh, Lenio, este amor es el que, si consumió a los troyanos, engrandeció a los griegos; si hizo cesar las obras de Cartago, hizo crecer los edificios de Roma; si quitó el reino a Tarquino, redujo a libertad la república[195]. Y aunque pudiera traer aquí muchos ejemplos en contrario de los que tú trujiste de los efectos buenos que el amor hace, no me quiero ocupar en ellos, pues de sí son tan notorios; sólo quiero rogarte te dispongas a creer lo que he mostrado, y que tengas paciencia para oír una canción mía, que parece que en competencia de la tuya se hizo. Y si por ella y por lo que te he dicho, no quisieres reducirte a ser de la parte de amor y te pareciere que no quedas satisfecho de las verdades que de él he declarado, si el tiempo de agora lo concede (o en otro cualquiera que tú escogieres y señalares), te prometo de satisfacer a todas las réplicas y argumentos que en contrario de los míos decir quisieres; y, por agora, estáme atento y escucha:

Canción de Tirsi

Salga del limpio, enamorado pecho
la voz sonora, y en suave acento
cante de amor las altas maravillas,
de modo que contento y satisfecho
quede el más libre y suelto pensamiento, 5
sin que las sienta con no más de oíllas.
Tú, dulce amor, que puedes referillas
por mi lengua, si quieres,
tal gracia le concede,
que con la palma quede 10
de gusto y gloria por decir quién eres,
que, si me ayudas, como yo confío,

---

[195] Aquí, lo mismo que antes, vuelve a tomar los casos que Lenio interpretó negativamente, dándoles una versión favorable.

veráse en presto *vuelo*[196]
subir al *cielo* tu valor y el mío.

Es el amor principio del bien nuestro, 15
medio por do se alcanza y se granjea
el más dichoso fin que se pretende,
de todas ciencias sin igual maestro;
fuego que, aunque de hielo un pecho sea,
en claras llamas de virtud le enciende; 20
poder que al flaco ayuda, al fuerte ofende;
raíz de adonde nace
la venturosa planta
que al cielo nos levanta[197]
con tal fruto que al alma satisface 25
de bondad, de valor, de honesto celo,
de gusto sin *segundo*,
que alegra al *mundo* y enamora al Cielo.

Cortesano, galán, sabio, discreto,
callado, liberal, manso, esforzado; 30
de aguda vista, aunque de ciegos ojos;
guardador verdadero del respeto,
capitán que en la guerra do ha triunfado
sola la honra quiere por despojos;
flor que crece entre espinas y entre abrojos, 35
que a vida y alma adorna;
del temor, enemigo;
de la esperanza, amigo;
huésped que más alegra cuando torna;
instrumento de honrosos, ricos bienes, 40
por quien se mira y *medra*
la honrosa *hiedra* en las honradas sienes.

---

[196] Obsérvese que cada estrofa de la canción termina con una rima interna (*vuelo-cielo*, en la primera). Resulta otro testimonio manierista del verso pastoril. Avalle-Arce sospecha que, por hallarse la «Canción desesperada» del *Quijote* (I, 14) con el mismo artificio métrico, pudiera ser esta otra del tiempo en que Cervantes redactaba *La Galatea* (1987, 317).
[197] Ya lo indicó antes y reitera aquí; Cervantes se vale otra vez de la mención de la *escala* ascendente del alma a Dios, como Fray Luis de León; la filosofía adopta así un último y trascendente sentido cristiano.

449

Instinto natural que nos conmueve
a levantar los pensamientos, tanto
que apenas llega allí la vista humana; 45
escala por do sube, el que se atreve,
a la dulce región del Cielo santo;
sierra en su cumbre deleitosa y llana,
facilidad que lo intricado allana,
norte por quien se guía 50
en este mar insano
el pensamiento sano,
alivio de la triste fantasía,
padrino que no quiere nuestra afrenta;
farol[198] que no se *encubre*, 55
mas nos *descubre* el puerto en la tormenta.

Pintor que en nuestras ánimas retrata,
con apacibles sombras y colores,
ora mortal, ora inmortal belleza;
sol que todo ñublado desbarata; 60
gusto a quien son sabrosos los dolores;
espejo en quien se ve Naturaleza
liberal, que en su punto la franqueza
pone con justo medio;
espíritu de fuego 65
que alumbra al que es más ciego,
del odio y del temor solo remedio;
Argos[199] que nunca puede estar dormido
por más que a sus *orejas*
lleguen *consejas* de algún dios fingido. 70

Ejército de armada infantería
que atropella cien mil dificultades,
y siempre queda con victoria y palma;
morada adonde asiste el alegría;
rostro que nunca encubre las verdades, 75
mostrando claro lo que está en el alma;

---

[198] *farol*: «Es un género de linterna grande, cuya lumbre está defendida con transparentes vidrios u hojas de cuerno» (Covarrubias, *Tesoro*, s.v. *alfaro*). Este farol es el *faro* puesto en una torre cercana a Alejandría.
[199] Argos era un gigante de cien ojos que, encargado por Juno que vigilase a Io, transformada en vaca, Mercurio, contándole cuentos, logró dormirlo y le cortó la cabeza.

450

> mar donde la tormenta es dulce calma
> con sólo que se espere
> tenerla en tiempo alguno;
> refrigerio[200] oportuno   80
> que cura al desdeñado cuando muere;
> en fin, amor es vida, es gloria, es gusto,
> almo[201], feliz *sosiego*.
> ¡Seguilde *luego*, que el seguirle es justo![202].

El fin del razonamiento y canción de Tirsi fue principio para confirmar de nuevo en todos la opinión que de discreto tenía, si no fue en el desamorado Lenio, a quien no pareció tan bien su respuesta que le satisficiese al entendimiento y le mudase de su primer propósito. Viose esto claro porque ya iba dando muestras de querer responder y replicar a Tirsi, si las alabanzas que a los dos daban Darinto y su compañero, y todos los pastores y pastoras presentes no lo estorbaran, porque tomando la mano[203] el amigo de Darinto dijo:

—En este punto acabo de conocer cómo la potencia y sabiduría de amor por todas las partes de la tierra se extiende, y que donde más se afina y apura[204] es en los pastorales

---

[200] *refrigerio*: Es un cultismo que Covarrubias explica así: «*refrigerar* y *refrigerio*, refrescar y refresco» (*Tesoro*, s.v. *refrigerar*), en paralelo con it. *refrigèrio*, 'conforto fisico o morale'.

[201] *almo*: Cultismo, sostenido por el it. *almo* 'ricco, benefico, fertile, grande, glorioso, nobile'.

[202] Como en la anterior canción de Lenio, aquí Tirsi reúne la acumulación de términos de orden positivo que se suceden como refutación de la otra canción. Y como en aquella, en el último verso hay una exhortación imperativa al mismo auditorio. Tanto Lenio como Tirsi expusieron sus argumentos de cierre de los respectivos alegatos en seis estrofas.

[203] *tomando la mano*: «*Tomar la mano*, para negociar o hablar» (Correas, 1967, 737). Y Covarrubias aclara: «Se dice el que se adelanta a los demás para hacer algún razonamiento» *(Tesoro*, s. v. *tomar)*, como ocurre en este uso.

[204] Una afirmación que sostienen los libros de pastores: los mejores intérpretes del amor son los pastores, pues en ellos se *afina* (se convierte en el *fino amor* de la más elevada tradición medieval) y se *apura* (se hace más puro y legítimo). La ventaja que tenían los pastores para la expresión del amor había sido testimoniada, por ejemplo, por G. Gil Polo: «...es bastante el amor para hacer hablar a los más simples pastores avisos más encumbrados, si halla aparejo de entendimiento vivo e ingenio, que en las pastoriles cabañas nunca faltan» (1988, 147-148).

pechos, como nos lo ha mostrado lo que hemos oído al desamorado Lenio y al discreto Tirsi, cuyas razones y argumentos más parecen de ingenios entre libros y las aulas criados, que no de aquellos que entre pajizas cabañas son crecidos. Pero no me maravillaría yo tanto de esto si fuese de aquella opinión del que dijo que el saber de nuestras almas era acordarse de lo que ya sabían, prosuponiendo que todas se crían enseñadas; mas cuando veo que debo seguir el otro mejor parecer del que afirmó que nuestra alma era como una tabla rasa, la cual no tenía ninguna cosa pintada[205], no puedo dejar de admirarme de ver cómo haya sido [posible] que en la compañía de las ovejas, en la soledad de los campos, se puedan aprender las ciencias que apenas saben disputarse en las nombradas universidades, si ya no quiero persuadirme a lo que primero dije: que el amor por todo se extiende y a todos se comunica, al caído levanta, al simple avisa y al avisado perfecciona.

—Si conocieras, señor —respondió a esta sazón Elicio—, cómo la crianza del nombrado Tirsi no ha sido entre los árboles y florestas, como tú imaginas, sino en las reales cortes y conocidas escuelas, no te maravillaras de lo que ha dicho, sino de lo que ha dejado de decir[206]. Y aunque el

---

[205] Cervantes resume aquí con mucha brevedad las dos teorías más extendidas sobre el conocimiento. La primera es la de Platón, que J. Huarte de San Juan había expuesto así: «[Platón] dice que nuestra ánima racional es más antigua que el cuerpo; porque antes que la naturaleza le organizase, estaba ya en ella en el cielo en compañía de Dios, de donde salió llena de ciencia y sabiduría. Pero, entrando a informar la materia, por el mal temperamento que en ella halló, las perdió todas, hasta que, andando el tiempo, se vino a enmendar la mala temperatura, y sucedió otra en su lugar, con la cual —por ser acomodada a las ciencias que perdió— poco a poco vino a acordarse de lo que ya tenía olvidado». La otra teoría es la de Aristóteles, que el mismo Huarte de San Juan expone así: «Aristóteles echó por otro camino diciendo: [...] todo cuanto saben y aprenden los hombres nace de haberlo oído, visto, olido, gustado y palpado, porque ninguna noticia puede haber en el entendimiento que no haya pasado primero por alguno de los cinco sentidos. Y así dijo que estas potencias salen de las manos de naturaleza como una tabla rasa donde no hay pintura alguna» (*Examen de ingenios para las ciencias* [1575], Madrid, La Rafa, 1930, 116-117).

[206] *lo que [Tirsi] ha dejado de decir*: En este caso esta indicación es un elogio de Tirsi, pues pudiera haber dicho mucho más de lo que había apren-

desamorado Lenio, por su humildad, ha confesado que la rusticidad de su vida pocas prendas de ingenio puede prometer, con todo eso, te aseguro que los más floridos años de su edad gastó, no en el ejercicio de guardar las cabras en los montes, sino en las riberas del claro Tormes, en loables estudios y discretas conversaciones. Así, que si la plática que los dos han tenido de más que de pastores te parece, contémplalos como fueron y no como agora son. Cuanto más, que hallarás pastores en estas nuestras riberas que no te causarán menos admiración si los oyes que los que ahora has oído, porque en ellas apacientan sus ganados los famosos y conocidos Eranio, Siralvo, Filardo, Silvano, Lisardo y los dos Matuntos, padre e hijo, uno en la lira y otro en la poesía sobre todo extremo extremados. Y, para remate de todo, vuelve los ojos y conoce al conocido Damón, que presente tienes, donde puede parar tu deseo, si desea[s] conocer el extremo de discreción y sabiduría.

Responder quería el caballero a Elicio, cuando una de aquellas damas que con él venían dijo a la otra:

—Paréceme, señora Nísida, que, pues el sol va ya declinando, que sería bien que nos fuésemos, si habemos de llegar mañana adonde dicen que está nuestro padre.

No hubo bien dicho esto la dama, cuando Darinto y su compañero la miraron, mostrando que les había pesado de que hubiese llamado por su nombre a la otra. Pero así como Elicio oyó el nombre de Nísida, le dio el alma si era aquella Nísida de quien el ermitaño Silerio tantas cosas había contado, y el mismo pensamiento les vino a Tirsi, Damón y a Erastro; y, por certificarse Elicio de lo que sospechaba, dijo:

—Pocos días ha, señor Darinto, que yo y algunos de los

---

dido, pero no lo ha dicho para atenerse a la propiedad de su alegato en favor del amor, dirigido a los pastores. La indicación coincide con lo mismo que Cervantes en el *Quijote* escribiría respecto de una digresión, muy importante para la contextura de la obra, en la que Cide Hamete (una de las proyecciones de Cervantes como relator) pide alabanzas «por lo que he dejado de escribir» (II, 44). Conviene escribir —o decir— lo que convenga para guardar el decoro de la obra. Véase Avalle-Arce (*La Galatea*, 1987, 320).

que aquí estamos oímos nombrar el nombre de Nísida, como aquella dama agora ha hecho, pero de más lágrimas acompañado y con más sobresaltos referido.

—¿Por ventura —respondió Darinto— hay alguna pastora en vuestras riberas que se llame Nísida?

—No —respondió Elicio—; pero esta que yo digo en ellas nació, y en las apartadas del famoso Sebeto[207] fue criada.

—¿Qué es lo que dices, pastor? —replicó el otro caballero.

—Lo que oyes —respondió Elicio—, y lo que más oirás, si me aseguras una sospecha que tengo.

—Dímela —dijo el caballero—, que podría ser se te satisficiese.

A esto replicó Elicio:

—¿A dicha, señor, tu propio nombre es Timbrio?

—No te puedo negar esa verdad —respondió el otro—, porque Timbrio me llamo, el cual nombre quisiera encubrir hasta otra sazón más oportuna; mas la voluntad que tengo de saber por qué sospechaste que así me llamaba, me fuerza a que no te encubra nada de lo que de mí saber quisieres.

—Según eso, tampoco me negarás —dijo Elicio— que esta dama que contigo traes, se llame Nísida, y aun, por lo que yo puedo conjeturar, la otra se llama Blanca y es su hermana.

—En todo has acertado —respondió Timbrio—; pero, pues yo no te he negado nada de lo que me has preguntado, no me niegues tú la causa que te ha movido a preguntármelo.

—Ella es tan buena, y será tan de tu gusto —replicó Elicio— cual lo verás antes de muchas horas.

Todos los que no sabían lo que el ermitaño Silerio a Eli-

---

[207] El Sebeto es un río pequeño de cerca de Nápoles; había sido citado por Sannazaro en la *Arcadia*, en donde, después de haber nombrado ríos ilustres, se refiere a «il mio picciolo Sebeto» (Prosa XII), y por otros autores. Elicio dice aquí que Nísida nació en las orillas del Tajo, cuando antes (pág. 283) Silerio dijo que había nacido en Nápoles, de padres españoles. ¿Olvido de Cervantes o variedad de opiniones en los personajes?

cio, Tirsi, Damón y Erastro había contado, estaban confusos oyendo lo que entre Timbrio y Elicio pasaba, mas a este punto dijo Damón, volviéndose a Elicio:

—No entretengas, oh, Elicio, las buenas nuevas que puedes dar a Timbrio.

—Y aún yo —dijo Erastro— no me detendré un punto de ir a dárselas al lastimado Silerio del hallazgo de Timbrio.

—¡Santos cielos! ¿Y qué es lo que oigo —dijo Timbrio—, y qué es lo que dices, pastor? ¿Es por ventura ese Silerio que has nombrado el que es mi verdadero amigo, el que es la mitad de mi alma, el que yo deseo ver más que otra cosa que me pueda pedir el deseo? ¡Sácame de esta duda luego, así crezcan y multipliquen tus rebaños de manera que te tengan envidia todos los vecinos ganaderos!

—No te fatigues tanto, Timbrio —dijo Damón—, que el Silerio que Erastro dice es el mesmo que tú dices y el que desea saber más de tu vida que sostener y aumentar la suya propia, porque, después que te partiste de Nápoles, según él nos ha contado, ha sentido tanto tu ausencia que la pena de ella, con la que le causaban otras pérdidas que él nos contó, le ha reducido a términos que en una pequeña ermita, que poco menos de una legua está de aquí distante, pasa la más estrecha vida que imaginarse puede, con determinación de esperar allí la muerte, pues de saber el suceso de tu vida no podía ser satisfecho. Esto sabemos cierto Tirsi, Elicio, Erastro y yo, porque él mesmo nos ha contado la amistad que contigo tenía, con toda la historia de los casos a entrambos sucedidos, hasta que la Fortuna por tan extraños accidentes os apartó para apartarle a él a vivir en tan extraña soledad que te causará admiración cuando le veas.

—Véale yo, y llegue luego el último remate de mis días —dijo Timbrio—; y así os ruego, famosos pastores, por aquella cortesía que en vuestros pechos mora, que satisfagáis este mío con decirme adónde está esa ermita adonde Silerio vive.

—Adonde muere, podrás mejor decir —dijo Erastro—, pero de aquí adelante vivirá con las nuevas de tu venida. Y pues tanto su gusto y el tuyo deseas, levántate y vamos, que, antes que el sol se ponga, te pondré con Silerio; mas ha de ser con condición que en el camino nos cuentes todo lo que te ha sucedido después que de Nápoles te partiste, que de todo lo demás, hasta aquel punto, satisfechos están algunos de los presentes.

—Poca paga me pides —respondió Timbrio— para tan gran cosa como me ofreces, porque, no digo yo contarte eso, pero todo aquello que de mí saber quisieres.

Y más, volviéndose a las damas que con él venían, les dijo:

—Pues con tan buena ocasión, querida y señora Nísida, se ha rompido el prosupuesto[208] que traíamos de no decir nuestros propios nombres, con el alegría que requiere la buena nueva que nos han dado, os ruego que no nos detengamos, sino que luego vamos a ver a Silerio, a quien vos y yo debemos las vidas y el contento que poseemos.

—Excusado es, señor Timbrio —respondió Nísida—, que vos me roguéis que haga cosa que tanto deseo y que tan bien me está el hacerla. Vamos enhorabuena, que ya cada momento que tardare de verle se me hará un siglo.

Lo mesmo dijo la otra dama, que era su hermana Blanca, la mesma que Silerio había dicho y la que más muestras dio de contento. Sólo Darinto, con las nuevas de Silerio, se puso tal que los labios no movía; antes, con un extraño silencio, se levantó y, mandando a un su criado que le trujese el caballo en que allí había venido, sin despedirse de ninguno subió en él y, volviendo las riendas, a paso tirado se desvió de todos. Cuando esto vio Timbrio, subió en otro caballo y con mucha priesa siguió a Darinto hasta que le alcanzó y, trabando por las riendas del caballo, le hizo estar quedo, y allí estuvo con él hablando un buen rato, al cabo del cual Timbrio se volvió adonde los pastores estaban, y Darinto siguió su camino, enviando a disculparse con Timbrio del haberse partido sin despedirse de ellos.

En este tiempo Galatea, Rosaura, Teolinda, Leonarda y Florisa a las hermosas Nísida y Blanca se llegaron y la discreta Nísida en breves razones les contó la amistad tan grande que entre Timbrio y Silerio había, con mucha par-

---

[208] *prosupuesto*: Como presupuesto, ya comentado, 'intención o propósito'.

te de los sucesos por ellos pasados, pero con la vuelta de Timbrio todos quisieron ponerse en camino para la ermita de Silerio, sino que a la mesma sazón llegó a la fuente una hermosa pastorcilla de hasta edad de quince años, con su zurrón al hombro y cayado en la mano, la cual, como vio tanta y tan agradable compañía, con lágrimas en los ojos les dijo:

—Si por ventura hay entre vosotros, señores, quien de los extraños efectos y casos de amor tenga alguna noticia, y las lágrimas y sospiros amorosos le suelen enternecer el pecho, acuda quien esto siente a ver si es posible remediar y detener las más amorosas lágrimas y profundos sospiros que jamás de ojos y pechos enamorados salieron. Acudid, pues, pastores, a lo que os digo; veréis cómo, con la experiencia de lo que os muestro, hago verdaderas mis palabras.

Y, en diciendo esto, volvió las espaldas y todos cuantos allí estaban la siguieron. Viendo, pues, la pastora que la seguían, con presuroso paso se entró por entre unos árboles que a un lado de la fuente estaban, y no hubo andado mucho cuando, volviéndose a los que tras ella iban, les dijo:

—Veis allí, señores, la causa de mis lágrimas, porque aquel pastor que allí parece es un hermano mío, que por aquella pastora ante quien está hincado de hinojos, sin duda alguna él dejará la vida en manos de su crueldad.

Volvieron todos los ojos a la parte que la pastora señalaba y vieron que al pie de un verde sauce estaba arrimada una pastora vestida como cazadora ninfa[209], con una rica aljaba que del lado le pendía y un encorvado arco en las manos, con sus hermosos y rubios cabellos cogidos con una verde guirnalda. El pastor estaba ante ella de rodillas, con un cordel echado a la garganta y un cuchillo desenvai-

---

[209] *como cazadora ninfa*: Como si fuese una ninfa cazadora, tomando la descripción de las representaciones escultóricas o pictóricas; por eso lleva *aljaba* («el carcaje donde se llevan las flechas», Covarrubias, *Tesoro*, s.v. *aljava*) y el *arco*, arma que no es común entre las gentes del campo. La menciona *como cazadora ninfa*, quitándole la condición sobrehumana; véase J. D. Vila (1995, 243-258).

nado en la derecha mano[210], y con la izquierda tenía asida a la pastora de un blanco cendal que encima de los vestidos traía. Mostraba la pastora ceño en su rostro y estar disgustada de que el pastor allí por fuerza la detuviese. Mas cuando ella vio que la estaban mirando, con grande ahínco procuraba desasirse de la mano del lastimado pastor, que con abundancia de lágrimas, tiernas y amorosas palabras, la estaba rogando que siquiera le diese lugar para poderle significar la pena que por ella padecía. Pero la pastora, desdeñosa y airada, se apartó de él, a tiempo que ya todos los pastores llegaban cerca, tanto que oyeron al enamorado mozo que en tal manera a la pastora hablaba:

—¡Oh, ingrata y desconocida Gelasia[211], y con cuán justo título has alcanzado el renombre de cruel que tienes![212]. Vuelve, endurecida, los ojos a mirar al que por mirarte está en el extremo de dolor que imaginarse puede. ¿Por qué huyes de quien te sigue? ¿Por qué no admites a quien te sirve? ¿Y por qué aborreces al que te adora? ¡Oh, sin razón, enemiga mía, dura cual levantado risco, airada cual ofendida sierpe, sorda cual muda selva, esquiva como rústica, rústica como fiera, fiera como tigre, tigre que en mis entrañas se ceba![213] ¿Será posible que mis lágrimas no te ablanden, que mis sospiros no te apiaden y que mis servicios no te muevan? Sí que será posible, pues así lo quiere mi corta y desdichada suerte, y aun será también posible que tú no

---

[210] Este cúmulo de procedimientos de suicidio es común en estas situaciones, como indica Grisóstomo en el *Quijote* (I, 14) en la «Canción desesperada».

[211] Gelasia es una pastora desamorada, como hemos comentado en el prólogo. Es muy joven (quince años), pero esto no es obstáculo para el uso de la elocuencia con que se expresa, si llega el caso. *Gelasia* es nombre en relación con el it. *gelo, gelare, gelato, gelidezza*, por razón de que se muestra fría ante las muestras de amor de los pastores. Para K. Ph. Allen (1977, 79) tiene connotaciones con *gelata* por su frialdad, propicia al desdén.

[212] Obsérvese la contextura retórica del discurso del pastor en un elevado tono emotivo a través de las entonaciones admirativas e interrogativas. La pena de amor vale así para incrementar la elocuencia, ya iniciada por Gelasia.

[213] Obsérvese el encadenamiento por anadiplosis que eleva el tono retórico de la pieza (x:x, y:y, z:z), otra manifestación de grado manierista más propia del verso, y que aquí se usa también en la prosa.

quieras apretar este lazo que a la garganta tengo, ni atravesar este cuchillo por medio de este corazón que te adora. ¡Vuelve, pastora, vuelve, y acaba la tragedia de mi miserable vida, pues con tanta facilidad puedes añudar este cordel a mi garganta o ensangrentar este cuchillo en mi pecho!

Estas y otras semejantes razones decía el lastimado pastor, acompañadas de tantos sollozos y lágrimas que movía a compasión a todos cuantos le escuchaban. Pero no por esto la cruel y desamorada pastora dejaba de seguir su camino sin querer aun volver los ojos a mirar al pastor que por ella en tal estado quedaba, de que no poco se admiraron todos los que su airado desdén conocieron; y fue de manera que hasta al desamorado Lenio le pareció mal la crueldad de la pastora. Y así, él, con el anciano Arsindo, se adelantaron a rogarla tuviese por bien de volver a escuchar las quejas del enamorado mozo, aunque nunca tuviese intención de remediarlas. Mas no fue posible mudarla de su propósito; antes les rogó que no la tuviesen por descomedida en no hacer lo que le mandaban, porque su intención era de ser enemiga mortal del amor y de todos los enamorados, por muchas razones que a ello la movían; y una de ellas era haberse desde su niñez dedicado a seguir el ejercicio de la casta Diana[214], añadiendo a estas tantas causas para no hacer el ruego de los pastores, que Arsindo tuvo por bien de dejarla y volverse, lo que no hizo el desamorado Lenio, el cual, como vio que la pastora era tan enemiga del amor como parecía y que tan de todo en todo con la condición desamorada suya se conformaba, determinó de saber quién era y de seguir su compañía por algunos días; y así le declaró cómo él era el mayor enemigo que el amor y los enamorados tenían, rogándole que, pues tanto en las opiniones se conformaban, tuviese por bien de no enfadarse con su compañía, que no sería más de lo que ella quisiese.

La pastora se holgó de saber la intención de Lenio, y le concedió que con ella viniese hasta su aldea, que dos le-

---

[214] Como observa M. Z. Wellington (1959, 14), también Carino se refiere a su pastora: «la quale, per chè dai teneri anni a' servici di Diana disposta» (Prosa XIII).

guas de la de Lenio era. Con esto se despidió Lenio de Arsindo, rogándole que le disculpase con todos sus amigos y les dijese la causa que le había movido a irse con aquella pastora; y, sin esperar más, él y Gelasia alargaron el paso y en poco rato desaparecieron. Cuando Arsindo volvió a decir lo que con la pastora había pasado, halló que todos aquellos pastores habían llegado a consolar al enamorado pastor, y que las dos de las tres rebozadas pastoras, la una estaba desmayada en las faldas de la hermosa Galatea y la otra abrazada con la bella Rosaura, que asimesmo el rostro cubierto tenía. La que con Galatea estaba era Teolinda, y la otra, su hermana Leonarda, las cuales, así como vieron al desesperado pastor que con Gelasia hallaron, un celoso y enamorado desmayo les cubrió el corazón, porque Leonarda creyó que el pastor era su querido Galercio, y Teolinda tuvo por verdad que era su enamorado Artidoro; y como las dos le vieron tan rendido y perdido por la cruel Gelasia, llególes tan al alma el sentimiento que, sin sentido alguno, la una en las faldas de Galatea, la otra en los brazos de Rosaura, desmayadas cayeron. Pero de allí a poco rato, volviendo en sí Leonarda, a Rosaura dijo:

—¡Ay, señora mía, y cómo creo que todos los pasos de mi remedio me tiene tomados la Fortuna, pues la voluntad de Galercio está tan ajena de ser mía, como se puede ver por las palabras que aquel pastor ha dicho a la desamorada Gelasia! Porque te hago saber, señora, que aquel es el que ha robado mi libertad, y aun el que ha de dar fin a mis días.

Maravillada quedó Rosaura de lo que Leonarda decía, y más lo fue cuando, habiendo también vuelto en sí Teolinda, ella y Galatea la llamaron, y juntándose todas con Florisa y Leonarda, Teolinda dijo cómo aquel pastor era el de su deseado Artidoro. Pero aun no le hubo bien nombrado cuando su hermana le respondió que se engañaba, que no era sino Galercio, su hermano.

—¡Ay, traidora Leonarda! —respondió Teolinda—. ¿Y no te basta haberme una vez apartado de mi bien, sino agora que le hallo quieres decir que es tuyo? Pues desengáñate, que en esto no te pienso ser hermana, sino declarada enemiga.

—Sin duda que te engañas, hermana —respondió Leonarda—, y no me maravillo, que en ese mesmo error cayeron todos los de nuestra aldea, creyendo que este pastor era Artidoro, hasta que claramente vinieron a entender que no era sino su hermano Galercio, que tanto se parece el uno al otro como nosotras la una a la otra, y aún si puede haber mayor semejanza, mayor semejanza tienen.

—No lo quiero creer —respondió Teolinda—, porque, aunque nosotras nos parecemos tanto, no tan fácilmente se hallan estos milagros en Naturaleza; y así te hago saber que, en tanto que la experiencia no me haga más cierta de la verdad que tus palabras me hacen, yo no pienso dejar de creer que aquel pastor que allí veo es Artidoro; y si alguna cosa me lo pudiera poner en duda, es no pensar que de la condición y firmeza que yo de Artidoro tengo conocida se puede esperar o temer que tan presto haya hecho mudanza y me olvide.

—Sosegaos, pastoras —dijo entonces Rosaura—, que yo os sacaré presto de la duda en que estáis.

Y, dejándolas a ellas, se fue adonde el pastor estaba dando a aquellos pastores cuenta de la extraña condición de Gelasia y de las infinitas sinrazones que con él usaba. A su lado tenía el pastor la hermosa pastorcilla que decía que era su hermano, a la cual llamó Rosaura; y, apartándose con ella a un cabo, la importunó y rogó le dijese cómo se llamaba su hermano, y si tenía otro alguno que le pareciese, a lo cual la pastora respondió que se llamaba Galercio y que tenía otro llamado Artidoro, que le parecía tanto que apenas se diferenciaban si no era por alguna señal de los vestidos o por el órgano de la voz, que en algo difería. Preguntóle también qué se había hecho Artidoro. Respondióle la pastora que andaba en unos montes algo de allí apartados, repastando parte del ganado de Grisaldo con otro rebaño de cabras suyas, y que nunca había querido entrar en el aldea ni tener conversación con hombre alguno después que de las riberas de Henares había venido; y con estas le dijo otras particularidades, tales que Rosaura quedó satisfecha de que aquel pastor no era Artidoro, sino Galercio, como Leonarda había dicho y aquella pastora decía, de la cual supo el nombre, que se llamaba Maurisa; y, [t]rayéndola consigo adonde Galatea y las otras pastoras estaban, otra vez, en presencia de Teolinda y Leonarda, contó todo lo que de Artidoro y Galercio sabía, con lo que quedó Teolinda sosegada y Leonarda descontenta, viendo cuán descuidadas estaban las mientes de Galercio de pensar en cosas suyas. En las pláticas que las pastoras tenían, acertó que Leonarda llamó por su nombre a la encubierta Rosaura, y, oyéndolo Maurisa, dijo:

—Si yo no me engaño, señora, por vuestra causa ha sido aquí mi venida y la de mi hermano.

—¿En qué manera? —dijo Rosaura.

—Yo os lo diré, si me dais licencia de que a solas os lo diga —respondió la pastora.

—De buena gana —replicó Rosaura.

Y, apartándose con ella, la pastora le dijo:

—Sin duda alguna, hermosa señora, que a vos y a la pastora Galatea mi hermano y yo con un recado de nuestro amo Grisaldo venimos.

—Así debe ser —respondió Rosaura.

Y, llamando a Galatea, entrambas escucharon lo que Maurisa de Grisaldo decía, que fue a avisarles cómo de allí a dos días vendría con dos amigos suyos a llevarla en casa de su [t]ía, adonde en secreto celebrarían sus bodas; y juntamente con esto dio de parte de Grisaldo a Galatea unas ricas joyas de oro, como en agradecimiento de la voluntad que de hospedar a Rosaura había mostrado. Rosaura y Galatea agradecieron a Maurisa el buen aviso, y, en pago de él, la discreta Galatea quería partir con ella el presente que Grisaldo le había enviado, pero nunca Maurisa quiso recebirlo. Allí de nuevo se tornó a informar Galatea de la semejanza extraña que entre Galercio y Artidoro había.

Todo el tiempo que Galatea y Rosaura gastaban en hablar a Maurisa le entretenían Teolinda y Leonarda en mirar a Galercio, porque, cebados[215] los ojos de Teolinda en el

---

[215] *cebados*: Es imagen de cetrería: *cebo* «es la comida que se echa a las aves, animales y peces para cogerlos en la trampa, en la red, en el anzuelo» (Covarrubias, *Tesoro*).

rostro de Galercio, que tanto al de Artidoro semejaba, no podían apartarlos de mirar; y como los de la enamorada Leona[r]da sabían lo que miraban, también le era imposible a otra parte volverlos. A esta sazón ya los pastores habían consolado a Galercio, aunque, para el mal que él padecía, cualesquier consejos y consuelos tenía por vanos y excusados, todo lo cual redundaba en daño de Leonarda. Rosaura y Galatea, viendo que los pastores hacia ella[s] se venían, despidieron a Maurisa diciéndole que dijese a Grisaldo cómo Rosaura estaría en casa de Galatea. Maurisa se despidió de ellas, y, llamando a su hermano en secreto, le contó lo que con Rosaura a Galatea pasado había, y [a]sí con buen comedimiento se despidió de ellas y de los pastores, y con su hermana dio la vuelta a su aldea. Pero las enamoradas hermanas Teolinda y Leonarda, que vieron que en irse Galercio se les iba la luz de sus ojos y la vida de su vida, entrambas a dos se llegaron a Galatea y a Rosaura y les rogaron les diesen licencia para seguir a Galercio, dando por excusa Teolinda que Galercio le diría adónde Artidoro estaba, y Leonarda que podría ser que la voluntad de Galercio se trocase, viendo la obligación en que la estaba[216]. Las pastoras se la concedieron con la condición que antes Galatea a Teolinda había pedido, que era que de todo su bien o su mal la avisase. Tornóselo a prometer Teolinda de nuevo, y de nuevo despidiéndose siguió el camino que Galercio y Maurisa llevaban. Lo mismo hicieron luego, aunque por diferente parte, Timbrio, Tirsi, Damón, Orompo, Crisio, Marsilio y Orfenio, que a la ermita de Silerio con las hermosas hermanas Nísida y Blanca se encaminaron, habiendo primero ellos y ellas despedídose del venerable Aurelio y de Galatea, Rosaura y Florisa, y asimesmo de Elicio y Erastro, que no quisieron dejar de volver con Galatea, ofreciéndose Aurelio que, en llegando a su aldea, iría luego con Elicio y Erastro a buscarlos a la ermita de Silerio y llevaría algo con que satisfacer la incomodidad que para agasajar tales huéspedes Silerio tendría.

---

[216] *la estaba*: Es un régimen violento del pronombre, ya usado: 'viendo la obligación en que está con ella' (Keniston, 1937, 7. 32).

Con este prosupuesto, unos por una y otros por otra parte se apartaron, y echando al despedirse menos al anciano Arsindo, miraron por él y vieron que, sin despedirse de ninguno, iba ya lejos por el mesmo camino que Galercio y Mauris[a] y las rebozadas pastoras llevaban, de que se maravillaron. Y viendo que ya el sol apresuraba su carrera para entrarse por las puertas de occidente, no quisieron detenerse allí más, por llegar al aldea antes que las sombras de la noche.

Viéndose, pues, Elicio y Erastro ante la señora de sus pensamientos, por mostrar en algo lo que encubrir no podían y por aligerar el cansancio del camino[217], y aun por cumplir el mandado de Florisa (que les mandó que, en tanto que a la aldea llegaban, algo cantasen al son de la zampoña de Florisa) de esta manera comenzó a cantar Elicio y a responderle Erastro:

ELICIO

El que quisiere ver la hermosura[218]
mayor que tuvo o tiene o terná[219] el suelo;
el fuego y el crisol[220] donde se apura
la blanca castidad, el limpio celo;
todo lo que el valor sea y cordura[221],   5

---

[217] El recurso de cantar por el camino de vuelta a la aldea fue general en los libros de pastores. Así en la *Arcadia*: «...per non sentire la noja de la petrosa via, ciascuno nel mezzo de l'andare, sonando a vicenda la sua sampogna, si sforzava di dire alcuna nuova canzonetta...» (Prosa II), como nota M. Z. Wellington (1959, 14).

[218] Para lograr el endecasílabo, hay que aspirar la *h-* de *hermosura*.

[219] *terná*: 'tener ha, tendrá', son formas aún en uso, sobre todo en poesía del futuro por metátesis (*ten[e]rá*).

[220] *crisol*: «Vaso de cierta tierra areniscal, hecho a forma de medio huevo, en que los plateros funden el oro y la plata [...] Haber pasado una cosa por el crisol es haberla apurado y purificado» (Covarrubias, *Tesoro*). Esto conviene con la imagen de Cervantes.

[221] Este verso aparece en el impreso: «todo lo que el valor, ser y cordura» (fol.. 235). Nos parece mejor elección la de Rosell, que sólo cambia *ser* por *sea*, y mantiene la separación sintáctica entre los cuatro primeros y los cuatro últimos versos.

y cifrado en la tierra un nuevo cielo,
juntas en uno alteza y cortesía,
venga a mirar a la pastora mía[222].

Erastro

Venga a mirar a la pastora mía
quien quisiere contar de gente en gente 10
que vio otro sol que daba luz al día,
más claro que el que sale del oriente.
Podrá decir cómo su fuego enfría
y abrasa al alma que tocar se siente
del vivo rayo de sus ojos bellos, 15
y que no hay más que ver después de vellos.

Elicio

Y que no hay más que ver después de vellos,
sábenlo bien estos cansados ojos,
ojos que, por mi mal, fueron tan bellos,
ocasión principal de mis enojos. 20
Vilos y vi que se abrasaba en ellos
mi alma, y que entr[e]gaba los despojos
de todas sus potencias a su llama,
que me abrasa y me hiela, arroja y llama.

Erastro

Que me abrasa y me hiela, arroja y llama 25
esta dulce enemiga[223] de mi gloria,
de cuyo ilustre ser puede la fama
hacer extraña y verdadera historia.
Sólo sus ojos, do el amor derrama
toda su gracia y fuerza más notoria, 30
darán materia que levante al cielo
la pluma del más bajo humilde vuelo.

---

[222] Obsérvese que hemos destacado en cursiva los versos que enlazan las estrofas con la técnica del leixaprén; antes en la Égloga representada (libro III) se hizo lo mismo.

[223] *dulce enemiga*: Véase pág. 271, nota 76, de la canción de Silerio: «Si han sido el cielo, amor y la Fortuna».

Elicio

La pluma del más bajo humilde vuelo,
si quiere levantarse hasta la esfera[224],
cante la cortesía y justo celo 35
de esta fénix sin par, sola y primera,
gloria de nuestra edad, honra del suelo,
valor del claro Tajo y su ribera,
cordura sin igual, rara belleza
donde más se extremó Naturaleza. 40

Erastro

Donde más se extremó Naturaleza,
donde ha igualado al pensamiento el arte,
donde juntó el valor y gentileza
que en diversos sujetos se reparte;
y adonde la humildad con la grandeza 45
ocupan solas una mesma parte,
y adonde tiene amor su albergue y nido,
la bella ingrata mi enemiga ha sido.

Elicio

La bella ingrata mi enemiga ha sido
quien quiso, pudo y supo en un momento 50
tenerme de un sotil cabello asido
el libre, vagaroso pensamiento.
Y aunque al estrecho lazo estoy rendido,
tal gusto y gloria en las prisiones siento,
que extiendo el pie y el cuello a las cadenas, 55
llamando dulces tan amargas penas.

Erastro

Llamando dulces tan amargas penas
paso la corta, fatigada vida,
del alma triste sustentada apenas,
y aun apenas del cuerpo sostenida. 60

---

[224] *esfera*. En el impreso aparece *esphera* (fol. 246), con grafía de cultismo. «Llamamos esferas todos los orbes celestes y los elementos», (Covarrubias, *Tesoro*).

Ofrecióle Fortuna a manos llenas
a mi breve esperanza fe cumplida.
¿Qué gusto, pues, qué gloria o bien se ofrece,
do mengua la esperanza y la fe crece?

ELICIO

Do mengua la esperanza y la fe crece 65
se descubre y parece el alto intento
del firme pensamiento enamorado,
que, sólo confiado en amor puro,
vive cierto y seguro de una paga
que al alma satisf[a]ga limpiamente. 70

ERASTRO

El mísero doliente a quien *sujeta*
la enfermedad y *aprieta*, se *contenta*,
cuando más le *atormenta* el dolor *fiero*,
con cualquiera *ligero*, breve *alivio;*
mas, cuando ya más *tibio* el daño *toca*, 75
a la salud *invoca* y busca *entera*.
Así de esta *manera* el tierno *pecho*
del amador, *deshecho* en llanto *triste*,
dice que el bien *consiste* de su *pena*
en que la luz *serena* de los *ojos*, 80
a quien dio los *despojos* de su *vida*,
le mire con *fingida* o cierta *muestra;*
mas luego Amor le *adiestra* y le *desmanda*,
y más cosas *demanda* que *primero*.

ELICIO

Ya traspone el otero el sol *hermoso*, 85
Erastro, y a *reposo* nos *convida*
la noche *denegrida*[225] que se *acerca*[226].

---

[225] *noche denegrida*: «*denegrido*, lo que tira a la color negra» (Covarrubias, *Tesoro*, s.v. *negra*).
[226] Según M. Z. Wellington (1959, 14), esta terminación se relaciona con lo que dice Montano para ir cerrando la poesía II: «Ecco la notte, e l'ciel tutto s'imbruna...». Es otra fórmula para la terminación de las églogas.

ERASTRO

Y el aldea está *cerca* y yo, cansado.

ELICIO

Pongamos, pues, silencio al canto usado[227].

Bien tomaran por partido[228] los que escuchando a Elicio y a Erastro iban que más el camino se alargara, por gustar más del agradable canto de los enamorados pastores. Pero el cerrar de la noche y el llegar a la aldea hizo que de él cesasen y que Aurelio, Galatea, Rosaura y Florisa en su casa se recogiesen. Elicio y Erastro hicieron lo mesmo en las suyas, con intención de irse luego adonde Tirsi y Damón y los demás pastores estaban, que así quedó concertado entre ellos y el padre de Galatea. Sólo esperaban a que la blanca luna desterrase la escuridad de la noche; y así como ella mostró su hermoso rostro, ellos se fueron a buscar a Aurelio y todos juntos la vuelta[229] de la ermita se encaminaron, donde les sucedió lo que se verá en el siguiente libro.

FIN DEL CUARTO LIBRO

---

[227] *usado*: «Lo que es de costumbre» (Covarrubias, *Tesoro*, s.v. *usar*).
[228] *tomaban por partido*: *Tomar por* es construcción que registra Keniston (1937, 37.33): 'hubiesen querido'.
[229] *la vuelta de*: 'el camino hacia', como en el *Persiles*: «un navío se descubre, que [...] la vuelta deste abrigo» (I, 11).

Quinto libro de Galatea

Era tanto el deseo que el enamorado Timbrio y las dos hermosas hermanas Nísida y Blanca llevaban de llegar a la ermita de Silerio, que la ligereza de los pasos, aunque era mucha, no era posible que a la de la voluntad llegase; y, por conocer esto, no quisieron Tirsi y Damón importunar a Timbrio cumpliese la palabra que había dado de contarles en el camino todo lo por él sucedido después que se apartó de Silerio. Pero todavía, llevados del deseo que tenían de saberlo, se lo iban ya a preguntar, si en aquel punto no hiriera en los oídos de todos una voz de un pastor que, un poco apartado del camino, entre unos verdes árboles cantando estaba, que luego, en el son no muy concertado de la voz, y en lo que [c]antaba, fue de los más que allí venían conocido, principalmente de su amigo Damón, porque era el pastor Lauso el que, al son de un pequeño rabel, unos versos decía; y por ser el pastor tan conocido y saber ya todos la mudanza que de su libre voluntad había hecho, de común parecer recogieron el paso[1] y se pararon a escuchar lo que Lauso cantaba, que era esto:

Lauso

¿Quién mi libre pensamiento[2]
me le vino a sujetar?
¿Quién pudo en flaco cimiento

---

[1] *recogieron el paso*: 'Fueron yendo poco a poco hasta pararse', acaso en relación con *recoger velas*, en donde el doblarlas detiene la nave.
[2] J. M. Blecua elogia estas quintillas diciendo que «nadie podrá negar

sin ventura fabricar
   tan altas torres de viento?   5
¿Quién rindió mi libertad
estando en seguridad
de mi vida satisfecho?
¿Quién abrió y rompió mi pecho,
y robó mi voluntad?   10

   ¿Dónde está la fantasía[3]
de mi esquiva condición?
¿Dó el alma que ya fue mía,
y dónde mi corazón,
que no está donde solía?   15
Mas yo todo ¿dónde estoy,
dónde vengo o adónde voy?
A dicha[4], ¿sé yo de mí?
¿Soy, por ventura, el que fui
o nunca he sido el que soy?[5]   20

   Estrecha cuenta me pido,
sin poder averigualla,
pues a tal punto he venido,
que, aquello que en mí se halla,
es sombra de lo que he sido.   25
No me entiendo de entenderme,
ni me valgo p[o]r valerme,
y, en tan ciega confusión,
cierta está mi perdición,
y no pienso de perderme.   30

---

que la poesía más honda y depurada late con toda su fuerza» (1970/2, 182). Obsérvese su relación con lo que dice en prosa Mireno, en el examen de la situación en la que se encuentra cuando conoce que Silveria ha de casar con Daranio. El sentido psicológico de algunos de estos versos recuerda algunos pasajes del *Coloquio pastoril* de Torquemada (F. López Estrada, 1948, 79-80).

[3] *fantasía*: Covarrubias trae en *fantasear* un campo semántico que conviene con esta palabra: «Imaginar, devanear, fundar torres de viento, sutilizar algún concepto y subirle de punto» (*Tesoro*).

[4] *A dicha*: Covarrubias trae «Vale ventura...» (*Tesoro*), 'por ventura'.

[5] Las interrogaciones sobre su situación espiritual (sobre todo en los versos 16-20) son una buena expresión de un ánimo confuso.

    La fuerza de mi cuidado,
y el amor que lo consiente
me tienen en tal estado,
que adoro el tiempo presente,
y lloro por el pasado.   35
Veome en este, morir,
y en el pasado, vivir;
y en este, adoro mi muerte,
y en el pasado, la suerte,
que ya no puede venir.   40

    En tan extraña agonía,
el sentido tengo ciego,
pues, viendo que amor porfía
y que estoy dentro del fuego,
aborrezco el agua fría,   45
que si no es la de mis ojos,
(que el fuego aumenta, y despojos)
en esta amorosa fragua,
no quiero ni busco otro agua,
ni otro alivio a mis enojos.   50

    Todo mi bien comenzara,
todo mi mal feneciera,
si mi ventura ordenara
que de ser mi fe sincera
Silena se asegurara.   55
Sospiros, aseguralda;
ojos míos, enteralda,
llorando en esta verdad;
pluma, lengua, voluntad,
en tal razón confirmalda.   60

No pudo ni quiso el presuroso Timbrio aguardar a que más adelante el pastor Lauso con su canto pasase, porque, rogando a los pastores que el camino de la ermita le enseñasen, si ellos quedarse querían, hizo muestras de adelantarse; y así todos le siguieron, y pasaron tan cerca de donde el enamorado Lauso estaba, que no pudo dejar de sentirlo y de salirles al encuentro, como lo hizo; con cuya compañía todos se holgaron, especialmente Damón, su verdadero amigo, con el cual se acompañó todo el camino que desde allí a la ermita había, razonando en diversos y varios acaecimientos que a los dos habían sucedido después que dejaron de verse, que fue desde en tiempo que el valeroso y nombrado pastor Astraliano[6] había dejado los cisalpinos pastos por ir a reducir aquellos que del famoso hermano y de la verdadera religión se habían rebelado; y al cabo vinieron a reducir su razonamiento a tratar de los amores de Lauso, preguntándole ahincadamente Damón que le dijese quién era la pastora que con tanta facilidad la libre voluntad le había rendido. Y cuando esto no pudo saber de Lauso, le rogó que, a lo menos, le dijese en qué estado se hallaba, si era de temor o de esperanza, si le fatigaba ingratitud o si le atormentaban celos. A todo lo cual le satisfizo bien Lauso contándole algunas cosas que con su pastora le habían sucedido; y, entre otras, le dijo cómo hallándose un día celoso y desfavorecido, había llegado a términos de desesperarse o de dar alguna muestra que en daño de su persona y en el del crédito y honra de su pastora redundase, pero que todo se remedió con haberla él hablado, y haberle ella asegurado ser falsa la sospecha que tenía, confirmando todo esto con darle un anillo de su mano, que fue parte para volver a mejor discurso su entendimiento y para solemnizar aquel favor con un soneto que, de algunos que le vieron, fue por bueno estimado. Pidió entonces Damón a Lauso que le dijese, y así, sin poder excusarse, le hubo de decir, que era este:

LAUSO

¡Rica y dichosa prenda que adornaste
el precioso marfil, la nieve pura!

---

[6] *pastor Astraliano*: Se refiere a don Juan de Austria, por quien Cervantes sentía gran aprecio. Los *cisalpinos pastos* es mención poética del Milanesado, en donde recibió en 1576 don Juan orden de ir a Flandes para enfrentarse con una difícil situación política. Poco después en 1578 moría en el campamento de Namur. Schevill y Bonilla (*Galatea*, II, 288) creen que Lauso y Damón dejaron de verse en 1569, en que Don Juan fue a sofocar la rebelión de los moriscos de Granada.

¡Prenda que de la muerte y sombra escura
a[7] nueva luz y vida me tornaste!

    El claro cielo de tu bien trocaste   5
con el infierno de mi desventura,
porque viviese en dulce paz segura
la esperanza que en mí resucitaste.

    Sabes cuánto me cuestas, dulce prenda:
el alma; y aún no quedo satisfecho,   10
pues menos doy de aquello que recibo.

    Mas porque el mundo tu valor entienda,
sé tú mi alma, enciérrate en mi pecho:
verán cómo por ti sin alma vivo.

Dijo Lauso el soneto, y Damón le tornó a rogar que, si otra alguna cosa a su pastora había escrito, se la dijese, pues sabía de cuánto gusto le eran a él oír sus versos. A esto respondió Lauso:

—Eso será, Damón, por haberme sido tú maestro en ellos, y el deseo que tienes de ver lo que en mí aprovechaste[8] te hace desear oírlos; pero, sea lo que fuere, que ninguna cosa de las que yo pudiere te ha de ser negada. Y así te digo que, en estos mesmos días, cuando andaba celoso y mal seguro, envié estos versos a mi pastora:

LAUSO A SILENA

En tan notoria simpleza,
nacida de intento sano,
el amor rige la mano,
y la intención, tu belleza.
El amor y tu hermosura,   5
Silena, en esta ocasión,
juzgarán a discreción
lo que tendrás tú a locura.

---

[7] El impreso (fol. 241) trae: «a la nueva luz...». Aceptamos la propuesta de Schevill y Bonilla de suprimir el artículo *la* para establecer el endecasílabo.

[8] *aprovechaste*: El maestro quiere saber si sus lecciones fueron de provecho para el alumno, pues eso es provecho para él como tal maestro.

    Él me fuerza y ella mueve
a que te adore y escriba;   10
y como en los dos estriba
mi fe, la mano se atreve.
Y aunque en esta grave culpa
me amenaza tu rigor,
mi fe, tu hermosura, amor,   15
darán del yerro disculpa.

    Pues con un arrimo[9] tal,
puesto que culpa me den,
bien podré decir el bien
que ha nacido de mi mal.   20
El cual bien, según yo siento,
no es otra cosa, Silena,
sino que tenga en la pena
un extraño sufrimiento.

    Y no lo encarezco poco   25
este bien de ser sufrido,
que, si no lo hubiera sido,
ya el mal me tuviera loco.
Mas, mis sentidos, de acuerdo
todos, han dado en decir   30
que, ya que haya de morir,
que muera sufrido y cuerdo[10].

    Pero, bien considerado,
mal podrá tener paciencia,
en la amorosa dolencia   35
un celoso y desamado.
Que, en el mal de mis enojos,
todo mi bien desconcierta
tener la esperanza muerta
y el enemigo, a los ojos.   40

    Goces, pastora, mil años
el bien de tu pensamiento,

---

[9] *arrimo*: Conviene con lo que trae Covarrubias «tener arrimo, tener el favor de algún señor» (*Tesoro*, s. v. *arrimar*).

[10] Estas oscilaciones de cordura y locura, y la voluntad de Lauso de morir cuerdo prefiguran en cierto modo a don Quijote, sólo que aquí el motivo es amor y allí serán los efectos de las lecturas caballerescas.

que yo no quiero contento
granjeado con tus daños.
Sigue tu gusto, señora,
pues te parece tan bueno,
que yo por el bien ajeno
no pienso llorar agora.

   Porque fuera liviandad
entregar mi alma al alma
que tiene por gloria y palma
el no tener libertad.
Mas, ay, que Fortuna quiere,
y el amor que viene en ello,
que no pueda huir el cuello
del cuchillo que me hiere.

   Conozco claro que voy
tras quien ha de condenarme,
y, cuando pienso apartarme,
más quedo y más firme estoy.
¿Qué lazos, qué redes tienen,
Silena, tus ojos bellos,
que cuanto más huigo de ellos,
más me enlazan y detienen?

   ¡Ay, ojos, de quien recelo
que, si soy de vos mirado,
es por crecerme el cuidado
y por menguarme el consuelo!
Ser vuestras vistas fingidas
conmigo es pura verdad,
pues pagan mi voluntad
con prendas aborrecidas.

   ¡Qué recelos, qué temores
persiguen mi pensamiento,
y qué de contrarios siento
en mis secretos amores!
Déjame, aguda memoria;
olvídate, no te acuerdes
del bien ajeno, pues pierdes
en ello tu propia gloria.

>   Con tantas firmas afirmas
> el amor que está en tu pecho,
> Silena, que, a mi despecho,
> siempre mis males confirmas.
> ¡Oh, pérfido amor cruel!   85
> ¿Cuál ley tuya me condena
> que dé yo el alma a Silena
> y que me niegue un papel?
>
>   No más, Silena, que toco
> en puntos[11] de tal porfía,   90
> que el menor de ellos podría
> dejarme sin vida o loco.
> No pase de aquí mi pluma,
> pues tú la haces sentir
> que no puede reducir   95
> tanto mal a breve suma.

En lo que se detuvo Lauso en decir estos versos y en alabar la singular hermosura, discreción, donaire, honestidad y valor de su pastora, a él y a Damón se les aligeró la pesadumbre del camino y se les pasó el tiempo sin ser sentido, hasta que llegaron junto de la ermita de Silerio, en la cual no querían entrar Timbrio, Nísida y Blanca por no sobresaltarle con su no pensada venida. Mas la suerte lo ordenó de otra manera, porque, habiéndose adelantado Tirsi y Damón a ver lo que Silerio hacía, hallaron la ermita abierta y sin ninguna persona dentro; y estando confusos, sin saber dónde podría estar Silerio a tales horas, llegó a sus oídos el son de su arpa, por do entendieron que él no debía estar lejos; y, saliendo a buscarle, guiados por el sonido de la arpa, con el resplandor claro de la luna vieron que estaba sentado en el tronco de un olivo, solo y sin otra compañía que la de su arpa[12], la cual tan dulcemente tocaba, que, por go-

---

[11] *puntos*: Dice que toca en cuestiones, asuntos, temas de tal especie que podrían matarle o hacerle enloquecer. Recoge en cierto sentido esto Covarrubias: «puntos, los que señalan al que lee de oposición» (*Tesoro*).

[12] *arpa*: El impreso trae *harpa*. No es instrumento propiamente pastoril «rústico» y se utiliza para acompañar silvas y sonetos (véase A. Salazar, 1948, 34).

zar de tan suave armonía, no quisieron los pastores llegar
luego a hablarle, y más cuando oyeron que con extremada
voz estos versos comenzó a cantar:

SILERIO

Ligeras horas del ligero tiempo,
para mí perezosas y cansadas:
si no estáis en mi daño conjuradas[13],
parézcaos ya que es de acabarme tiempo.

Si agora me acabáis, haréislo a tiempo   5
que están mis desventuras más colmadas;
mirad que menguarán si sois pesadas,
que el mal se acaba si da tiempo al tiempo.

No os pido que vengáis dulces, sabrosas[14],
pues no hallaréis camino, senda o paso   10
de reducirme al ser que ya he perdido.

¡Horas a cualquier otro venturosas!
¡Aquella dulce del mortal traspaso,
aquella de mi muerte sola os pido!

Después que los pastores escucharon lo que Silerio cantado había, sin que él los viese, se volvieron a encontrar los demás que allí venían, con intención que Timbrio hiciese lo que agora oiréis[15], que fue que, habiéndole dicho de la manera que habían hallado a Silerio y en el lugar do quedaba, le rogó Tirsi que, sin que ninguno de ellos se le diese a conocer, se fuesen llegando poco a poco hacia él, ora les viese o no, porque, aunque la noche hacía clara, no por eso sería alguno conocido, y que hiciese asimesmo que Nísida

---

[13] V. Gaos (Cervantes, *Poesías*, II, 145) nota aquí la cercanía del verso de Garcilaso «y con ella en mi muerte conjuradas» (Soneto X, 5).

[14] *dulces, sabrosas*: Lo mismo con el verso «Flérida, para mí dulce y sabrosa» (Égloga III, 305).

[15] *lo que agora oiréis*: Es otra intervención del relator de la narración; importa notar que Cervantes supone que es un relato oral (*oiréis*), y esto implica que *La Galatea* pueda ser obra leída en alta voz para así percibir el ritmo de los versos y también de la prosa.

o él cantasen; y todo esto hacía por entretener el gusto que de su venida había de recibir Silerio. Contentóse Timbrio de ello y, diciéndoselo a Nísida, vino en su mesmo parecer. Y así, cuando a Tirsi le pareció que estaban ya tan cerca que de Silerio podían ser oídos, hizo a la bella Nísida que comenzase, la cual, al son del rabel del celoso Orfenio, de esta manera comenzó a cantar:

NÍSIDA

<blockquote>

Aunque es el bien que poseo
tal que al alma satisface,
le turba en parte y deshace
otro bien que vi y no veo.
Que Amor y Fortuna escasa,   5
enemigos de mi vida,
me dan el bien por medida,
y el mal, sin término o tasa.

En el amoroso estado,
aunque sobre el merecer,   10
tan sólo viene el placer
cuanto el mal, acompañado.
Andan los males unidos,
sin un momento apartarse;
los bienes, por acabarse,   15
en mil partes divididos.

Lo que cuesta, si se alcanza,
del amor algún contento,
declárelo el sufrimiento,
el amor y la esperanza.   20
Mil penas cuesta una gloria;
un contento, mil enojos:
sábenlo bien estos ojos
y mi cansada memoria.

La cual se acuerda contino   25
de quien pudo mejoralla,
y para hallarle no halla
alguna senda o camino.
¡Ay, dulce amigo de aquel

</blockquote>

    que te tuvo por tan suyo,   30
    cuanto él se tuvo por tuyo
    y cuanto yo lo soy de él!

    Mejora con tu presencia
    nuestra no pensada dicha,
    y no la vuelva en desdicha   35
    tu tan larga, esquiva ausencia.
    A duro mal me provoca
    la memoria, que me acuerda
    que fuiste loco y yo cuerda,
    y eres cuerdo y yo estoy loca.   40

    Aquel que, por buena suerte,
    tú mesmo quisiste darme,
    no ganó tanto en ganarme,
    cuanto ha perdido en perderte.
    Mitad de su alma fuiste,   45
    y medio por quien la mía
    pudo alcanzar la alegría
    que tu ausencia tiene triste.

Si la extremada gracia con que la hermosa Nísida cantaba causó admiración a los que con ella iban, ¿qué causaría en el pecho de Silerio, que, sin faltar punto, notó y escuchó todas las circunstancias de su canto? Y como tenía tan en el alma la voz de Nísida, apenas llegó a sus oídos el acento suyo, cuando él se comenzó a alborotar y a suspender y enajenar de sí mesmo, elevado en lo que escuchaba; y aunque verdaderamente le pareció que era la voz de Nísida aquella, tenía tan perdida la esperanza de verla (y más en semejante lugar) que en ninguna manera podía asegurar su sospecha. De esta suerte llegaron todos donde él estaba y, en saludándole, Tirsi le dijo:

—Tan aficionados nos dejaste, amigo Silerio, de la condición y conversación tuya, que, atraídos Damón y yo de la experiencia, y toda esta compañía de la fama de ella, dejando el camino que llevábamos, te hemos venido a buscar a tu ermita, donde, no hallándote, como no te hallamos, quedara sin cumplirse nuestro deseo, si el son de tu arpa y el de tu estimado canto aquí no nos hubiera encaminado.

—Harto mejor fuera, señores —respondió Silerio—, que no me hallárades, pues en mí no hallaréis sino ocasiones que a tristeza os mueva[16], pues la que yo padezco en el alma tiene cuidado el tiempo cada día renovarla, no sólo con la memoria del bien pasado, sino con las sombras del presente, que al fin lo serán, pues de mi ventura no se puede esperar otra cosa que bienes fingidos y temores ciertos.

Lástima pusieron las razones de Silerio en todos los que le conocían, principalmente en Timbrio, Nísida y Blanca, que tanto le amaban; y luego quisieran dársele a conocer, si no fuera por no salir de lo que Tirsi les había rogado, el cual hizo que todos sobre la verde hierba se sentasen, y de manera que los rayos de la clara luna hiriesen de espaldas los rostros de Nísida y Blanca, porque Silerio no los conociese. Estando, pues, de esta suerte, y después que Damón a Silerio había dicho algunas palabras de consuelo, porque el tiempo no se pasase todo en tratar en cosas de tristeza, y por dar principio a que la de Silerio feneciese, le rogó que su arpa tocase, al son de la cual el mesmo Damón cantó este soneto[17]:

DAMÓN

Si el áspero furor del mar airado
por largo tiempo en su rigor durase,
mal se podría hallar quien entregase
su flaca nave al piélago[18] alterado.

No permanece siempre en un estado   5
el bien ni el mal, que el uno y otro vase;

---

[16] *a tristeza os mueva*: Así en el impreso (fol. 247); debiera ser *os mueven* porque el sujeto es *ocasiones* pero el adelanto del complemento establece el concierto con *este*, construcción común en los Siglos de Oro (Keniston, 1937, 36.511).

[17] Este es un soneto que, según J. M. Blecua (1970/2, 178), puede «figurar dignamente al lado de los muy buenos por su delicadeza y gracia poética».

[18] *piélago*: «Lo profundo del mar [...]; por traslación llamamos *piélago* un negocio dificultoso de concluir, que no le halla pie el que entra en él» (Covarrubias, *Tesoro*).

porque si huyese el bien y el mal quedase,
ya[19] sería el mundo a confusión tomado.

La noche al día, y el calor al frío,
la flor al fruto van en seguimiento,   10
formando de contrarios igual tela.

La sujeción se cambia en señorío,
en placer el pesar, la gloria en viento,
chè per tal variar natura è bella[20].

Acabó Damón de cantar, y luego hizo de señas a Timbrio que lo mesmo hiciese, el cual, al propio son de la arpa de Silerio, dio principio a un soneto que en el tiempo del hervor[21] de sus amores había hecho, el cual de Silerio era tan sabido como del mesmo Timbrio:

TIMBRIO

Tan bien fundada tengo la esperanza,
que, aunque más sople riguroso viento,
no podrá desdecir de su cimiento:
tal fe, tal suerte y tal valor alcanza[22]...

---

[19] V. Gaos (Cervantes, *Poesías*, II, 148) propone la supresión del *ya* inicial para mejorar el endecasílabo.
[20] Es un verso de Serafino dell'Aquila, el Aquilano, muy difundido entre los españoles en los Siglos de Oro, con una amplia bibliografía de su difusión en J. B. Avalle-Arce (*Galatea*, 1987, 348). Cervantes, como otros muchos, se lo sabría de memoria, y en cierto modo está en el fondo de unos versos del *Pedro de Urdemalas*:

> Dicen que la variación
> hace a la Naturaleza,
> colma de gusto y belleza
> y está muy puesta en razón.
>
> (III, vv. 219-221)

Obsérvese también cómo la palabra italiana *bella* rima con *tela*, de acuerdo con la pronunciación de la lengua italiana, que Cervantes conoce. Representa, por tanto, una aplicación del precepto, pues ofrece también una variación en la lengua de la poesía.
[21] *hervor*: Covarrubias trae *fervor* «fervoroso, el fogoso, ferviente» (*Tesoro*), forma con *h-*.
[22] El mismo Timbrio más adelante cantó el soneto completo (pág. 520).

No pudo acabar Timbrio el comenzado soneto[23], porque el oír Silerio su voz y el conocerle todo fue uno, y, sin ser parte a otra cosa, se levantó de do sentado estaba y se fue a abrazar del cuello de Timbrio, con muestras de tan extraño contento y sobresalto que, sin hablar palabra, se transpuso[24] y estuvo un rato sin acuerdo[25], con tanto dolor de los presentes, temerosos de algún mal suceso, que ya condenaban por mala el astucia de Tirsi, pero quien más extremos de dolor hacía era la hermosa Blanca, como aquella que tiernamente le amaba. Acudió[26] luego Nísida, y su hermana, a remediar el desmayo de Silerio, el cual, a cabo de poco espacio, volvió en sí diciendo:

—¡Oh, poderoso Cielo! ¿Y es posible que el que tengo presente es mi verdadero amigo Timbrio? ¿Es Timbrio el que oigo? ¿Es Timbrio el que veo?[27]. Sí es, si no me burla mi ventura y mis ojos no me engañan.

—Ni tu ventura te burla, ni tus ojos te engañan, dulce amigo mío —respondió Timbrio—, que yo soy el que sin ti no era, y el que no lo fuera jamás si el Cielo no permitiera que te hallara. Cesen ya tus lágrimas, Silerio amigo, si por mí las has derramado, pues ya me tienes presente, que yo atajaré las mías, pues te tengo delante, llamándome el más dichoso de cuantos viven en el mundo, pues mis desventuras y adversidades han traído tal descuento[28], que goza mi alma de la posesión de Nísida, y mis ojos de tu presencia.

Por estas palabras de Timbrio entendió Silerio que la que

---

[23] La interrupción del soneto pertenece a una técnica elemental de la narración, que así sostiene la atención del lector; el texto completo en pág. 520.
[24] *transpuso*: «Transponerse vale algunas veces desmayarse» (Covarrubias, *Tesoro*, s.v. *transponer*).
[25] *sin acuerdo*: 'sin conocimiento, sin conciencia', arcaísmo en relación con el *recordar* 'despertar'.
[26] Obsérvese que el verbo debiera ir en plural; otros casos semejantes registra Keniston, 1937, en el caso, como este, en que los sujetos siguen al verbo (36.44).
[27] Estas preguntas, aunque retóricas, ya ponen de manifiesto el posible engaño de los sentidos, un tema básico del *Quijote*. Véase J. T. Cull, 1981, 74.
[28] *descuento*: «Descontar, bajar algo de la cuenta; *descuento*, la baja» (Covarrubias, *Tesoro*, s. v. *descontar*).

cantado había y la que allí estaba era Nísida, pero certificóse más en ello cuando ella mesma le dijo:

—¿Qué es esto, Silerio mío? ¿Qué soledad y qué hábito es este, que tantas muestras dan de tu descontento? ¿Qué falsas sospechas o qué engaños te han conducido a tal extremo, para que Timbrio y yo le tuviésemos de dolor toda la vida, ausentes de ti, que nos la diste?

—Engaños fueron, hermosa Nísida —respondió Silerio—, mas, por haber traído tales desengaños, serán celebrados de mi memoria el tiempo que ella me durare.

Lo más de este tiempo tenía Blanca asida una mano de Silerio, mirándole atentamente al rostro, derramando algunas lágrimas que de la alegría y lástima de su corazón daban manifiesto indicio. Largo sería de contar las palabras de amor y contento que entre Silerio, Timbrio, Nísida y Blanca pasaron, que fueron tan tiernas y tales que todos los pastores que las escuchaban tenían los ojos bañados en lágrimas de alegría. Contó luego Silerio brevemente la ocasión que le había movido a retirarse en aquella ermita, con pensamiento de acabar en ella la vida, pues de la de ellos n[o] había podido saber nueva alguna, y todo lo que dijo fue ocasión de avivar más en el pecho de Timbrio el amor y amistad que a Silerio tenía, y en el de Blanca, la lástima de su miseria.

Y así como acabó de contar Silerio lo que después que partió de Nápoles le había sucedido, rogó a Timbrio[29] que lo mesmo hiciese, porque en extremo lo deseaba, y que no se recelase de los pastores que estaban presentes, que todos ellos, o los más, sabían ya su mucha amistad y parte de sus sucesos. Holgóse Timbrio de hacer lo que Silerio pedía, y más se holgaron los pastores, que asimesmo lo deseaban, que ya porque Tirsi se lo había contado, todos sabían los amores de Timbrio y Nísida, y todo aquello que el mesmo Tirsi de Silerio había oído. Sentados, pues, todos, como ya he dicho[30], en la verde hierba, con m[a]ravillosa aten-

---

[29] *rogó a Timbrio*: El impreso (fol. 249 v.) trae *Y assi rogo a Timbrio*. Suprimimos las dos primeras palabras para establecer la subordinación gramatical.
[30] *como ya he dicho*: Es una buena intervención del relator en la narra-

ción[31] estaban esperando lo que Timbrio diría, el cual dijo:

—Después que la Fortuna me fue tan favorable y tan adversa que me dejó vencer a mi enemigo y me venció con el sobresalto de la falsa nueva de la muerte de Nísida, con el dolor que pensar se puede, en aquel mesmo instante me partí para Nápoles, y confirmándose allí el desdichado suceso de Nísida, por no ver las casas de su padre, donde yo la había visto y porque las calles, ventanas y otras partes donde yo la solía ver no me renovasen continuamente la memoria de mi bien pasado, sin saber qué camino tomase y sin tener algun discurso mi albedrío, salí de la ciudad, y a cabo de dos días llegué a la fuerte Gaeta, donde hallé una nave que ya quería desplegar las velas al viento para partirse a España. Embarquéme en ella[32], no más de por huir la odiosa tierra donde dejaba mi cielo; mas apenas los diligentes marineros zarparon los ferros[33] y descogieron las velas, y al mar algún tanto se alargaron, cuando se levantó una no pensada y súbita borrasca, y una ráfiga de viento imbistió las velas del navío con tanta furia que rompió el árbol del trinquete, y la vela mesana abrió de arriba abajo. Acu-

---

ción, que aquí es incidental, pero que en el *Quijote* sirve para aumentar los recursos literarios.

[31] *maravillosa atención*: Al *maravilloso silencio* (págs. 484, 540 y 548), corresponde aquí una *maravillosa atención*, indicio de que se acerca un largo relato intercalado que requiere que los oyentes (personajes del libro y lectores) mantengan viva una curiosidad por lo que se va a contar, que serán episodios en los que la experiencia del propio Cervantes se halla presente en el curso de la ficción.

[32] Cervantes situó en su obra de ficción menciones que se refieren a circunstancias de su propia vida, convenientemente dispuestas para que la realidad propia fuese materia de la ficción literaria. Véase J. B. Avalle-Arce, «La captura (Cervantes y la autobiografía)» (1975, 277-333). En este caso, es la captura de los corsarios, que en su caso le condujo al cautiverio de Argel, y que aquí se soluciona felizmente para los protagonistas de su relato. Representa, como escribe Avalle-Arce, un «desquite poético contra una realidad» (327).

[33] De aquí en adelante, en poco espacio Cervantes acumula una serie de términos que pertenecen al lenguaje de la marina mediterránea, que pudo oír en sus viajes: *ferros*, 'anclas', *ráfiga* (it. *ràffica*); *trinquete*, 'palo inmediato a la proa'; *vela mesana* (grafía *meçana*, it. *mezzana*); *fortuna*, como hemos encontrado en otras ocasiones, 'temporal'; *maestral*, 'viento del noroeste'; *amollar*, 'aflojar los cabos para disminuir el esfuerzo del empuje'; *jaloque*, 'viente del sureste'.

dieron luego los prestos marineros al remedio, y, con dificultad grandísima, amainaron todas las velas, porque la borrasca crecía y la mar comenzaba a alterarse, y el cielo daba señales de durable y espantosa fortuna. No fue volver al puerto posible, porque era maestral el viento que soplaba, y con tan grande violencia, que fue forzoso poner la vela de trinquete al árbol mayor y amollar, como dicen, en popa, dejándose llevar donde el viento quisiese. Y así comenzó la nave, llevada de su furia, a correr por el levantado mar con tanta ligereza que, en dos días que duró el maestral, discurrimos por todas las islas de aquel derecho, sin poder en ninguna tomar abrigo, pasando siempre a vista de ellas, sin que Estrómbalo nos abrigase, ni Lípar nos acogiese, ni el Címbalo, Lampadosa ni Pantanalea[34] sirviesen para nuestro remedio; y pasamos tan cerca de Berbería, que los recién derribados muros de la Goleta se descubrían y las antiguas ruinas de Cartago se manifestaban. No fue pequeño el miedo de los que en la nave iban, temiendo que, si el viento algo más reforzaba, era forzoso embestir en la enemiga tierra, mas cuando de esto estaban más temerosos, la suerte, que mejor nos la tenía guardada, o el Cielo, que escuchó los votos y promesas que allí se hicieron[35], ordenó que el maestral se cambiase en un mediodía tan reforzado, y que tocaba en la cuarta del jaloque, que en otros dos días nos volvió al mesmo puerto de Gaeta, donde habíamos partido, con tanto consuelo de todos que algunos se partieron a cumplir las romerías y promesas que en el peligro pasado habían hecho. Estuvo allí la nave otros cuatro días reparándose de algunas cosas que le faltaban, al cabo de los cuales tornó a seguir su viaje con más sosegado mar y próspero viento, llevando a vista la hermosa ribera de Génova, llena de adornados jardines, blancas casas y relumbrantes chapiteles, que, heridos de los rayos del sol, rever-

---

[34] Cervantes pone de manifiesto un buen conocimiento de las islas del archipiélago, cuyos nombres actuales se identifican fácilmente: Stromboli, Lipari, Zimbrano, Lampedusa y Pantelleria.
[35] En este caso, según Á. Castro, Cervantes oscila entre la opinión fatalista y la providencialista (1972, 371, nota 17).

beran con tan encendidos rayos que apenas dejan mirarse[36]. Todas estas cosas que desde la nave se miraban pudieran causar contento, como le causaban a todos los que en la nave iban, sino a mí, que me era ocasión de más pesadumbre. Sólo el descanso que tenía era entretenerme lamentando mis penas, cantándolas o, por mejor decir, llorándolas al son de un laúd de uno de aquellos marineros. Y una noche me acuerdo (y aun es bien que me acuerde, pues en ella comenzó a amanecer mi día) que, estando sosegado el mar, quietos los vientos, las velas pegadas a los árboles, y los marineros, sin cuidado alguno, por diferentes partes del navío tendidos, y el timonero casi dormido por la bonanza que había y por la que el cielo le aseguraba, en medio de este silencio y en medio de mis imaginaciones, como mis dolores no me dejaban entregar los ojos al sueño, sentado en el castillo de popa, tomé el laúd y comencé a cantar unos versos que habré de repetir agora, porque se advierta de qué extremo de tristeza y cuán sin pensarlo me pasó la suerte al mayor de alegría que imaginar supiera. Era, si no me acuerdo mal, lo que cantaba, esto:

TIMBRIO

Agora que calla el viento
y el sesgo[37] mar está en calma,
no se calle mi tormento:
salga con la voz el alma,
para mayor sentimiento.   5
Que, para contar mis males,
mostrando en parte que son,
por fuerza han de dar señales
el alma y el corazón
de vivas ansias mortales.   10

---

[36] La hermosa descripción de Génova, corroborada por otros viajeros (F. López Estrada, 1948, 18), procedería de la experiencia de Cervantes (J. Granados, 1965). Obsérvese cómo pasa del pretérito descriptivo al presente en la descripción de la ciudad.

[37] *sesgo*: 'sosegado, calmo, tranquilo'; en general, como aquí, se aplica al mar y al cielo, aunque también se dice de un rostro.

Llevóme el amor en vuelo
por uno y otro dolor
hasta ponerme en el Cielo,
y agora muerte y Amor
me han derribado en el suelo.   15
Amor y muerte ordenaron
una muerte y amor tal,
cual en Nísida causaron,
y de mi bien y su mal
eterna fama ganaron.   20

Con nueva voz y terrible,
de hoy más[38], y en son espantoso,
hará la fama creíble
que el Amor es poderoso
y la muerte es invencible.   25
De su poder satisfecho
quedará el mundo, si advierte
qué hazaña los dos han hecho,
qué vida llenó la muerte,
qué tal tiene amor mi pecho.   30

Mas creo, pues no he venido
a morir o estar más loco
con el daño que he sufrido,
o que muerte puede poco
o que no tengo sentido.   35
Que, si sentido tuviera,
según mis penas crecidas
me persiguen dondequiera,
aunque tuviera mil vidas,
cien mil veces muerto fuera.   40

Mi victoria tan subida,
fue con muerte celebrada
de la más ilustre vida
que en la presente o pasada
edad fue ni es conocida.   45
De ella llevé por despojos

---

[38] *de hoy más*: Adverbio, «desde ahora, de hoy en adelante» (Keniston, 1937, 39.6, s. v. *hoy*).

dolor en el corazón,
mil lágrimas en los ojos,
en el alma confusión
y en el firme pecho enojos.

¡Oh, fiera mano enemiga!
¡Cómo, si allí me acabaras,
te tuviera por amiga,
pues, con matarme, estorbaras
las ansias de mi fatiga!
¡Oh! ¡Cuán amargo descuento
trujo la victoria mía,
pues pagaré, según siento,
el gusto solo de un día
con mil siglos de tormento!

¡Tú, mar, que escuchas mi llanto[39];
tú, Cielo, que le ordenaste;
amor, por quien lloro tanto;
muerte, que mi bien llevaste,
acabad ya mi quebranto!
¡Tú, mar, mi cuerpo recibe;
tú, Cielo, acoge mi alma;
tú, Amor, con la fama escribe
qué muerte llevó la palma
de esta vida que no vive!

¡No os descuidéis de ayudarme,
mar, Cielo, Amor y la muerte![40].
¡Acabad ya de acabarme,
que será la mejor suerte
que yo espero y podréis darme!
Pues si no me anega el mar,
y no me recoge el Cielo,
y el amor ha de durar,
y de no morir recelo,
no sé en qué habré de parar.

---

[39] Obsérvese, como nota Avalle-Arce (*Galatea*, 1987, 355), que esta estrofa está construida en forma paralelística *mar-Cielo-amor-muerte*.

[40] En este verso se recopila la distribución de la estrofa anterior en este cuatrimembre que reúne los elementos dispersos en ella, y que vuelven a distribuirse en la parte final de la misma.

Acuérdome que llegaba a estos últimos versos que he dicho cuando, sin poder pasar adelante, interrompido de infinitos sospiros y sollozos que de mi lastimado pecho despedía, aquejado de la memoria de mis desventuras, del puro sentimiento de ellas, vine a perder el sentido, con un parasismo tal que me tuvo un buen rato fuera de todo acuerdo, pero ya, después que el amargo accidente hubo pasado, abrí mis cansados ojos, y halléme puesta la cabeza en las faldas de una mujer vestida en hábito de peregrina[41], y a mi lado estaba otra con el mesmo traje adornada, la cual, estando de mis manos asida, la una y la otra tiernamente lloraban. Cuando yo me vi de aquella manera, quedé admirado y confuso; y estaba dudando si era sueño aquello que veía, porque nunca tales mujeres había visto jamás en la nave después que en ella andaba, pero de esta confusión me sacó presto la hermosa Nísida, que aquí está, que era la peregrina que allá estaba, diciéndome: «¡Ay, Timbrio, verdadero señor y amigo mío! ¿Qué falsas imaginaciones o qué desdichados accidentes han sido parte para poneros donde agora estáis, y para que yo y mi hermana tuviésemos tan poca cuenta con lo que a nuestras honras debíamos, y que, sin mirar en inconviniente alguno, hayamos querido dejar nuestros amados padres y nuestros usados trajes, con intención de buscaros y desengañaros de tan incierta muerte mía que pudiera causar la verdadera vuestra?» Cuando yo tales razones oí, de todo punto acabé de creer que soñaba, y que era alguna visión aquella que delante los ojos tenía, y que la continua imaginación, que de Nísida no se apartaba, era la causa que allí a los ojos viva la representase. Mil preguntas les hice y a todas ellas enteramente me satisficieron, primero que pudiese sosegar el entendimiento y enterarme que ellas eran Nísida y Blanca. Mas cuando yo fui conociendo la verdad, el gozo que sen-

---

[41] *hábito de peregrina*: «Peregrino, el que sale de su tierra en romería a visitar alguna casa santa o lugar santo» (Covarrubias, *Tesoro*); se vistieron así para justificar su desplazamiento (dijeron que a Santiago), y por eso luego se refiere a los *usados trajes*, o sea los de uso habitual.

ti fue de manera que también me puso en condición de perder la vida, como el dolor pasado había hecho. Allí supe de Nísida cómo el engaño y descuido que tuviste, oh, Silerio, en hacer la señal de la toca fue la causa para que, creyendo algún mal suceso mío, le sucedi[e]se el parasismo y desmayo, tal que todos creyeron que era muerta, como yo lo pensé, y tú, Silerio, lo creíste. Díjome también cómo, después de vuelta en sí, supo la verdad de la victoria mía, junto con mi súbita y arrebatada partida, y la ausencia tuya, cuyas nuevas la pusieron en extremo de hacer verdaderas las de su muerte. Pero ya que al último término no la llegaron, hicieron con ella y con su hermana, por industria de una ama suya que con ellas venía, que, vistiéndose en hábitos de peregrinas, desconocidamente[42] se saliesen de con sus padres una noche que llegaban junto a Gaeta, a la vuelta que a Nápoles se volvían; y fue a tiempo que la nave donde yo estaba embarcado, después de reparada de la pasada tormenta, estaba ya para pa[r]tirse; y diciendo al capitán que querían pasar en España para ir a Santiago de Galicia, se concertaron con él y se embarcaron, con prosupuesto de venir a buscarme a Jerez, do pensaban hallarme o saber de mí nueva alguna; y en todo el tiempo que en la nave estuvieron, que sería cuatro días, no habían salido de un aposento que el capitán en la popa les había dado, hasta que, oyéndome cantar los versos que os he dicho, y conociéndome en la voz y en lo que en ellos decía, salieron al tiempo que os he contado, donde, solemnizando con alegres lágrimas el contento de habernos hallado, estábamos mirando los unos a los otros, sin saber con qué palabras engrandecer nuestra nueva y no pensada alegría, la cual se acrecentara más y llegara al término y punto que agora llega, si de ti, amigo Silerio, allí supiéramos nueva alguna; pero como no hay placer que venga tan entero que de todo en todo al corazón satisfaga, en el que entonces teníamos, no sólo nos faltó tu presencia, pero aun las nuevas

---

[42] *desconocidamente*: Adverbio en relación con el significado que trae Covarrubias del verbo *desconocer* «ser ingrato y haberse olvidado del beneficio recibido» (*Tesoro*).

de ella. La claridad de la noche, el fresco y agradable viento que en aquel instante comenzó a herir las velas próspera y blandamente, el mar tranquilo y desembarazado cielo[43], parece que todos juntos, y cada uno por sí, ayudaban a solemnizar la alegría de nuestros corazones. Mas la Fortuna variable, de cuya condición no se puede prometer firmeza alguna, envidiosa de nuestra ventura, quiso turbarla con la mayor desventura que imaginarse pudiera, si el tiempo y los prósperos sucesos no la hubieran reducido a mejor término. Sucedió, pues, que a la sazón que el viento comenzaba a refrescar los solícitos marineros izaron más todas las velas, y con general alegría de todos, seguro y próspero viaje se aseguraban. Uno de ellos, que a una parte de la proa iba sentado, descubrió, con la claridad de los bajos rayos de la luna, que cuatro bajeles de remo, a larga y tirada boga, con gran celeridad y priesa hacia la nave se encaminaban, y al momento conoció ser de contrarios, y con grandes voces comenzó a gritar: «¡Arma, arma, que bajeles turquescos se descubren!» Esta voz y súbito alarido puso tanto sobresalto en todos los de la nave que, sin saber darse maña[44] en el cercano peligro, unos a otros se miraban, mas el capitán de ella, que en semejantes ocasiones algunas veces se había visto, viniéndose a la proa, procuró reconocer qué tamaño de bajeles y cuántos eran, y descubrió dos más que el marinero, y conoció que eran galeotas forzadas[45], de que no poco temor debió de recibir, pero, disimulando lo mejor que pudo, mandó luego alistar la artillería y cargar las velas todo lo más que se pudiese la vuelta[46] de los contrarios bajeles, por ver si podría entrarse entre ellos y ju-

---

[43] *desembarazado cielo*: «desembarazar, quitar embarazos y estropiezos» (Covarrubias, *Tesoro*, s. v. *desembaraçar*).
[44] *darse maña*: «Amañarse» (Correas, *Vocabulario*, 678); «*Amañarse*, acomodarse a hacer alguna cosa bien hecha» (Covarrubias, *Tesoro*).
[45] *forzadas*: «forzado, el que está en galera condenado por la justicia» (Covarrubias, *Tesoro*, s. v. *forçoso*). Aquí, no impulsada por forzados que cumplen penas, sino por cautivos de los turcos.
[46] El sentido resulta confuso; entendemos «mandó [...] cargar las velas todo lo más que se pudiese [previniendo] la vuelta [maniobra] de los contrarios bajeles». ¿Falta algo?

491

gar de todas bandas la artillería. Acudieron luego todos a las armas, y, repartidos por sus postas[47] como mejor se pudo, la venida de los enemigos esperaban. ¡Quién podrá significaros, señores, la pena que yo a esta sazón tenía, viendo con tanta celeridad turbado mi contento y tan cerca de poder perderle, y más cuando vi que Nísida y Blanca se miraban, sin hablarse palabra, confusas del estruendo y vocería que en la nave andaba y viéndome a mí rogarles que en su aposento se encerrasen y rogasen a Dios que de las enemigas manos nos librase! Paso y punto[48] fue este que desmaya la imaginación cuando de él se acuerda la memoria. Sus descubiertas lágrimas y la fuerza que yo me hacía por no mostrar las mías me tenían de tal manera, que casi me olvidaba de lo que debía hacer, [o] quién era y a lo que el peligro obligaba. Mas, en fin, las hice retraer a su estancia casi desmayadas, y, cerrándolas por defuera, acudí a ver lo que el capitán ordenaba, el cual, con prudente solicitud, todas las cosas al caso necesarias estaba proveyendo; y dando cargo a Darinto, que es aquel caballero que hoy se partió de nosotros, de la guarda del castillo de proa, y encomendándome a mí el de popa, él, con algunos marineros y pasajeros, por todo el cuerpo de la nave a una y otra parte discurría. No tardaron mucho en llegar los enemigos, y tardó harto menos en calmar el viento, que fue la total causa de la perdición nuestra. No osaron los enemigos llegar a bordo, porque, viendo que el viento calmaba, les pareció mejor aguardar el día para embestirnos. Hiciéronlo así, y, el día venido, aunque ya los habíamos contado, acabamos de ver que eran quince bajeles gruesos los que cercados nos tenían, y entonces se acabó de confirmar en nuestros pechos el temor de perdernos. Con todo eso, no desmayando el valeroso capitán ni alguno de los que con él estaban, esperó a ver lo que los contrarios harían, los cuales, luego como vino la mañana, echaron de su capitana una barquilla al

---

[47] *postas*: «Posta, en la milicia, el lugar señalado al soldado para defenderle» (Covarrubias, *Tesoro*).

[48] *Paso y punto*: *paso*, 'ocasión' y *punto* en la acepción negativa de «En buen punto y en mal punto» (Covarrubias, *Tesoro*, s. v. *punto*).

agua, y con un renegado enviaron a decir a nuestro capitán que se rindiese, pues veía ser imposible defenderse de tantos bajeles, y más que eran todos los mejores de Argel, amenazándole de parte de Arnaut Mamí[49], su general, que, si disparaba alguna pieza el navío, que le había de colgar de una entena en cogiéndole, y añadiendo a estas, otras amenazas. El renegado le persuadía que se rindiese, mas, no quiriéndolo hacer el capitán, respondió al renegado que se alargase de la nave; si no, que le echaría a fondo con la artillería. Oyó Arnaute esta respuesta y luego, cebando el navío por todas partes, comenzó a jugar desde lejos el artillería con tanta priesa, furia y estruendo que era maravilla. Nuestra nave comenzó a hacer lo mesmo, tan venturosamente que a uno de los bajeles que por la popa la combatían echó a fondo, porque le acertó con una bala junto a la cinta, de modo que, sin ser socorrido, en breve espacio se le sorbió el mar. Viendo esto los turcos, apresuraron el combate, y en cuatro horas nos embistieron cuatro veces, y otras tantas se retiraron con mucho daño suyo y no con poco nuestro. Mas por no iros cansando contándoos particularmente las cosas sucedidas en este combate, sólo diré que, después de habernos combatido diez y seis horas y después de haber muerto nuestro capitán y toda la más gente del navío, a cabo de nueve asaltos que nos dieron, al último de ellos entraron furiosamente en el navío. Tampoco, aunque quiera, no podré encarecer el dolor que a mi alma llegó cuando vi que las amadas prendas mías, que ahora tengo delante, habían de ser entonces entregadas y venidas a poder de aquellos crueles carniceros. Y así, llevado de la ira que este temor y consideración me causaba[50], con pecho desarmado me arrojé por medio de las bárbaras

---

[49] *Arnaut Mami*: En el texto aparece impreso *Arnautmami* (fol. 258) y luego *Arnaute (idem)*. Ya nos referimos en el prólogo a este corsario, renegado albanés; Cervantes lo menciona en el *Quijote* (I, 41) y en *La española inglesa*. Un personaje histórico, sin cambiar o disimular su nombre, se introduce en la ficción.

[50] El verbo debiera hallarse en plural porque son dos los sujetos; sin embargo, si estos expresan ideas abstractas puede ir en singular (Keniston, 1937, 36.415).

espadas, deseoso de morir al rigor de sus filos antes que ver a mis ojos lo que esperaba. Pero sucedióme al revés mi pensamiento, porque abrazándose conmigo tres membrudos turcos y yo forcejando con ellos, de tropel venimos a dar todos en la puerta de la cámara donde Nísida y Blanca estaban, y con el ímpetu del golpe se rompió y abrió la puerta, que hizo manifiesto el tesoro que allí estaba encerrado, del cual codiciosos los enemigos, el uno de ellos asió a Nísida y el otro a Blanca; y yo, que de los dos me vi libre, al otro que me tenía hice dejar la vida a mis pies, y de los dos pensaba hacer lo mesmo, si ellos, advertidos del peligro, no dejaran la presa de las damas, y con dos grandes heridas no me derribaran en el suelo; lo cual visto por Nísida, arrojándose sobre mi herido cuerpo, con lamentables voces pedía a los dos turcos que la acabasen. En este instante, atraído de las voces y lamento de Blanca y Nísida, acudió a aquella estancia Arnaute, el general de los bajeles e, informándose de los soldados de lo que pasaba, hizo llevar a Nísida y a Blanca a su galera, y a ruegos de Nísida mandó también que a mí me llevasen, pues no estaba aún muerto. De esta manera, sin tener yo sentido alguno, me llevaron a la enemiga galera capitana, donde fui luego curado con alguna diligencia, porque Nísida había dicho al capitán que yo era hombre principal y de gran rescate, con intención que, cebados de la codicia y del dinero que de mí podrían haber, con algo más recato mirasen por la salud mía. Sucedió, pues, que estando curándome las heridas, con el dolor de ellas volví en mi acuerdo y, volviendo los ojos a una parte y a otra, conocí que estaba en poder de mis enemigos y en el bajel contrario, pero ninguna cosa me llegó tan al alma como fue ver en la popa de la galera a Nísida y Blanca, sentadas a los pies del perro general, derramando por sus ojos infinitas lágrimas, indicios del interno dolor que padecían. No el temor de la afrentosa muerte que esperaba cuando tú de ella, buen amigo Silerio, en Cataluña, me libraste; no la falsa nueva de la muerte de Nísida, de mí por verdadera creída; no el dolor de mis mortales heridas ni otra cualquiera aflicción que imaginar pudiera me causó ni causará más sentimiento que el que me vino de ver a Nísida y Blanca en poder de aquel bárbaro descreído, donde a tan cercano y claro peligro estaban puestas sus honras. El dolor de este sentimiento hizo tal operación en mi alma, que torné de nuevo a perder los sentidos y a quitar la esperanza de mi salud y vida al cirujano que me curaba, de tal modo que creyendo que era muerto, paró en medio de la cura, certificando a todos que ya yo de esta vida había pasado. Oídas estas nuevas por las dos desdichadas hermanas, digan ellas lo que sintieron, si se atreven, que yo sólo sé decir que después supe que, levantándose las dos de do estaban, tirando de sus rubios cabellos y arañando sus hermosos rostros, sin que nadie pudiese detenerlas, vinieron adonde yo desmayado estaba, y allí comenzaron a hacer tan lastimero llanto que a los mesmos pechos de los crueles bárbaros enternecieron. Con las lágrimas de Nísida que en el rostro me caían, o por las ya frías y enconadas[51] heridas que gran dolor me causaban, torné a volver de nuevo en mi acuerdo para acordarme de mi nueva desventura. Pasaré en silencio agora las lastimeras y amorosas palabras que en aquel desdichado punto entre mí y Nísida pasaron, por no entristecer tanto el alegre en que ahora nos hallamos, ni quiero decir por extenso los trances que ella me contó que con el capitán había pasado, el cual, vencido de su hermosura, mil promesas, mil regalos, mil amenazas le hizo porque viniese a condescender con la desord[e]nada voluntad suya; pero mostrándose ella con él tan esquiva como honrada, y tan honrada como esquiva, pudo todo aquel día y otra noche siguiente defenderse de las pesadas importunaciones del corsario. Mas como la continua presencia de Nísida iba creciendo en él por puntos el libidinoso[52] deseo, sin duda alguna se pudiera temer, como yo temía, que, dejando los ruegos y usando la fuerza, Nísida perdiera su honra o la vida, que era lo más cierto que de su bondad se podía espe-

---

[51] *enconadas*: «Enconarse es propio de la herida cuando se encrudelece [...]; lo que está enconado nos da punzadas y lanzadas» (Covarrubias, *Tesoro*).
[52] *libidinoso*: Cultismo 'lujurioso', coincidente con la misma palabra italiana.

rar. Pero cansada ya la Fortuna de habernos puesto en el más bajo estado de miseria, quiso darnos a entender ser verdad lo que de la instabilidad suya se pregona, por un medio que nos puso en términos de rogar al Cielo que en aquella desdichada suerte nos mantuviese, a trueco de no perder la vida sobre las hinchadas ondas del mar airado, el cual, a cabo de dos días que cautivos fuimos y a la sazón que llevábamos el derecho viaje de Berbería, movido de un furioso jaloque[53], comenzó a hacer montañas de agua y a azotar con tanta furia la cosaria armada, que, sin poder los cansados remeros aprovecharse de los remos, afrenillaron y acudieron al usado remedio de la vela del trinquete al árbol y a dejarse llevar por donde el viento y mar quisiese[n]. Y de tal manera creció la tormenta que en menos de media hora esparció y apartó a diferentes partes los bajeles, sin que ninguno pudiese tener cuenta con seguir su capitán; antes, en poco rato divididos todos, como he dicho, vino nuestro bajel a quedar solo y a ser el que más el peligro amenazaba, porque comenzó a hacer tanta agua por las costuras que, por mucho que por todas las cámaras de popa, proa y medianía le agotaban, siempre en la sentina[54] llegaba el agua a la rodilla; y añadióse a toda esta desgracia sobrevenir la noche, que en semejantes casos, más que en otros algunos, el medroso temor acrecienta; y vino con tanta escuridad y nueva borrasca que de todo en todo todos desesperamos de remedio. No queráis más saber, señores, sino que los mesmos turcos rogaban a los cristianos que iban al remo cautivos que invocasen y llamasen a sus santos y a su Cristo para que de tal desventura los librase, y no fueron tan en vano las plegarias de los míseros cristianos que allí iban, que, movido el alto Cielo de ellas, dejase sosegar el viento; antes le creció con tanto ímpetu y furia que al amanecer del día, que sólo pudo conocerse por las

---

[53] *jaloque*: En el impreso, *xaloque* (fol. 261). Covarrubias lo recoge en «Euro, viento que [...] vulgarmente se llama jaloque, levante entre marineros» (*Tesoro*, s. v. *euro*). *Cosario*: «pirata» (*Idem.*).

[54] *sentina*: En el impreso *centina* (fol. 261 v.); en el *Victorial* de Gutierre Díez de Gámez, significa 'camarote' (Madrid, Espasa-Calpe, 1940, 111 y 191). *Afrenillaron*, 'levantaron y ataron los remos'.

horas del reloj de arena, por quien se rigen, se halló el mal gobernado bajel en la costa de Cataluña, tan cerca de tierra y tan sin poder apartarse de ella que fue forzoso alzar un poco más la vela para que con más furia embistiese en un ancha playa que delante se nos ofrecía, que el amor de la vida les hizo parecer dulce a los turcos la esclavitud que esperaban. Apenas hubo la galera embestido en tierra, cuando luego acudió a la playa mucha gente armada, cuyo traje y lengua dio a entender ser catalanes y ser de Cataluña aquella costa, y aun aquel mesmo lugar donde, a riesgo de la tuya, amigo Silerio, la vida mía escapaste. ¡Quién pudiera exagerar agora el gozo de los cristianos, que del insufrible y pesado yugo del amargo cautiverio veían libres y desembarazados sus cuellos, y las plegarias y ruegos que los turcos, poco antes libres y señores, hacían a sus mesmos esclavos, rogándoles fuesen parte para que de los indignados cristianos mal tratados no fuesen! Los cuales ya en la playa los esperaban con deseo de vengarse de la ofensa que estos mesmos turcos les habían hecho saqueándoles su lugar, como tú, Silerio, sabes. Y no les salió vano el temor que tenían porque, en entrando los del pueblo en la galera, que encallada en la arena estaba, hicieron tan cruel matanza en los cosarios que muy pocos quedaron con la vida; y si no fuera que los cegó la codicia de robar la galera, todos los turcos en aquel primero ímpetu fueran muertos. Finalmente, los turcos que quedaron y cristianos cautivos que allí veníamos, todos fuimos saqueados; y si los vestidos que yo traía no estuvieran sangrentados[55], creo que aun no me los dejaran. Darinto, que también allí venía, acudió luego a mirar por Nísida y Blanca y a procurar que me sacasen a tierra donde fuese curado. Cuando yo salí y reconocí el lugar donde estaba y consideré el peligro en que en él me había visto, no dejó de darme alguna pesadumbre, causada de temor no fuese conocido y castigado por lo que no debía; y así, rogué a Darinto que, sin poner dilación alguna, procurase que a Barcelona nos fuésemos, diciéndole la cau-

---

[55] *sangrentados*: Covarrubias registra *sangriento* «el que está manchado de sangre» (*Tesoro*, s. v. *sangre*).

sa que me movía a ello; pero no fue posible porque mis heridas me fatigaban de manera que me forzaron a que allí algunos días estuviese, como estuve, sin ser de más de un cirujano visitado. En este entretanto fue Darinto a Barcelona, donde, proveyéndose de lo que menester habíamos, dio la vuelta y, hallándome mejor y con más fuerza, luego nos pusimos en camino para la ciudad de Toledo, por saber de los parientes[56] de Nísida, que sí sabían de sus padres, a quien ya hemos escrito todo el suceso de nuestras vidas, pidiéndole[57] perdón de nuestros pasados yerros. Y todo el contento y dolor de estos buenos y malos sucesos lo ha acrecentado o diminuido la ausencia tuya, Silerio. Mas pues el Cielo agora con tantas ventajas ha dado remedio a nuestras calamidades, no resta otr[a] cosa sino que, dándole las debidas gracias por ello, tú, Silerio amigo, deseches la tristeza pasada con la ocasión de la alegría presente y procures darla a quien ha muchos días que por tu causa vive sin ella, como lo sabrás cuando más a solas y contigo las comunique. Otras algunas cosas me quedan por decir que me han sucedido en el discurso de esta mi peregrinación[58], pero dejarlas he por agora por no dar con la prolijidad de ellas disgusto a estos pastores, que han sido el instrumento de todo mi placer y gusto. Este es, pues, Silerio amigo y amigos pastores, el suceso de mi vida; ved si, por la que he pasado y por la que agora paso, me puedo llamar el más lastimado y venturoso hombre que los que hoy viven.

Con estas últimas palabras dio fin a su cuento el alegre Timbrio, y todos los que presentes estaban se alegraron del felice suceso que sus trabajos habían tenido, pasando el

---

[56] *parientes*: «Díjose de *parens, tis*, padre o madre, y de ahí, parentela» (Covarrubias, *Tesoro*).

[57] *pidiéndole*: Así, en singular, en el impreso (fol. 263); como se refiere a los *parientes* (plural), conviene con lo que nota Keniston que hay un considerable número de casos en que se hace así el concierto (1937, 7.311).

[58] *peregrinación*: El término es muy acomodado a la condición aventurera del relato con resonancias de la tradición de Heliodoro. Poco después los presentes lo felicitan por el feliz suceso de sus *trabajos*. Una y otra palabra anuncian el *Persiles*, y más el que el relator se calle para evitar el *disgusto* de la *prolijidad* que sería propia del libro de aventuras, siendo este de pastores.

contento de Silerio a todo lo que decir se puede, el cual, tornando de nuevo a abrazar a Timbrio, forzado del deseo de saber quién era la persona que por su causa sin contento vivía, pidiendo licencia a los pastores, se apartó con Timbrio a una parte donde supo de él que la hermosa Blanca, hermana de Nísida, era la que más que a sí le amaba desde el mesmo día y punto que ella supo quién él era y el valor de su persona, y que jamás, por no ir contra aquello que a su honestidad estaba obligada, había querido descubrir este pensamiento sino a su hermana, por cuyo medio esperaba tenerle honrado en el cumplimiento de sus deseos. Díjole asimismo Timbrio cómo aquel caballero Darinto, que con él venía y de quien él había hecho mención en la plática pasada, conociendo quién era Blanca y llevado de su hermosura, se había enamorado de ella con tantas veras que la pidió por esposa a su hermana Nísida, la cual le desengañó que Blanca no lo haría en manera alguna, y que, agraviado de esto Darinto, creyendo que por el poco valor suyo le desechaban; y por sacarle de esta sospecha, le hubo de decir Nísida cómo Blanca tenía ocupados los pensamientos en Silerio, mas que no por esto Darinto había desmayado[59] ni dejado la empresa.

—Porque como supo que de ti, Silerio, no se sabía nueva alguna, imaginó que los servicios que él pensaba hacer a Blanca y el tiempo la apartarían de su intención primera; y con este presupuesto jamás nos quiso dejar hasta que ayer, oyendo a los pastores las ciertas nuevas de tu vida y conociendo el contento que con ellas Blanca había recibido y considerando ser imposible que, pareciendo Silerio, pudiese Darinto alcanzar lo que deseaba, sin despedirse de ninguno, se había, con muestras de grandísimo dolor, apartado de todos.

Junto con esto, aconsejó Timbrio a su amigo fuese contento de que Blanca le tuviese[60], escogiéndola y aceptándo-

---

[59] La que habla es Nísida, que pasa del estilo indirecto al directo en el punto en que lo notamos gráficamente.
[60] Se sobreentiende que Silerio *tuviese* a Blanca, pues Timbrio acaba de decirle que ella estaba enamorada de él; el sujeto implícito de *escogiéndola* y *aceptándola* es Silerio, que la escoge y acepta.

la por esposa, pues ya la conocía y no ignoraba su valor y honestidad, encareciéndole el gusto y placer que los dos tendrían viéndose con tales dos hermanas casados. Silerio le respondió que le diese espacio para pensar en aquel hecho, aunque él sabía que al cabo era imposible dejar de hacer lo que él le mandase.

A esta sazón comenzaba ya la blanca aurora a dar señales de su nueva venida, y las estrellas poco a poco iban escondiendo la claridad suya; y a este mismo punto llegó a los oídos de todos la voz del enamorado Lauso, el cual, como su amigo Damón, había sabido que aquella noche la habían de pasar en la ermita de Silerio, quiso venir a hallarse con él y con los demás pastores; y como todo su gusto y pasatiempo era cantar al son de su rabel los sucesos prósperos o adversos de sus amores, llevado de la condición suya; y convidado de la soledad del camino y de la sabrosa armonía de las aves, que ya comenzaban con su du[l]ce y concertado canto a saludar el venidero día, con baja voz, semejantes versos venía cantando:

LAUSO

Alzo la vista a la más noble parte
que puede imaginar el pensamiento,
donde miro el valor, admiro el arte
que suspende el más alto entendimiento.
Mas, si queréis saber quién fue la parte   5
que puso fiero yugo al cuello exento[61],
quién me entregó, quién lleva mis despojos
mis ojos son, Silena, y son tus ojos.

Tus ojos son, de cuya luz serena
me viene la que al Cielo me encamina: 10
luz de cualquiera escuridad ajena,
segura muestra de la luz divina.
Por ella el fuego, el yugo y la cadena
que me consume, carga y desatina,

---

[61] *exento*: *esento* en el impreso (fol. 265); «el que es libre de alguna carga o servidumbre» (Covarrubias, *Tesoro*).

es refrigerio[62], alivio, es gloria, es palma   15
al alma, y vida que te ha dado el alma.

¡Divinos ojos, bien del alma mía,
término y fin de todo mi deseo;
ojos que serenáis el turbio día,
ojos por quien yo veo si algo veo!   20
En vuestra luz mi pena y mi alegría
ha puesto amor; en vos contemplo y leo
la dulce, amarga, verdadera historia
del cierto infierno, de mi incierta gloria.

En ciega escuridad andaba cuando   25
vuestra luz me faltaba, oh bellos ojos,
acá y allá, sin ver el cielo, errando
entre agudas espinas y entre abrojos;
mas luego, en el momento que tocando
fueron al alma mía los manojos   30
de vuestros rayos claros, vi a la clara
la senda de mi bien abierta y clara.

Vi que sois y seréis, ojos serenos,
quien me levanta y puede levantarme
a que entre el corto número de buenos   35
venga como mejor a señalarme.
Esto podréis hacer no siendo ajenos
y con pequeño acuerdo de mirarme,
que el gusto del más bien enamorado
consiste en el mirar y ser mirado.   40

Si esto es verdad, Silena, ¿quién ha sido,
es ni será que, con firmeza pura,
cual yo te quiera ni te habrá querido,
por más que amor le ayude y la ventura?
La gloria de tu vista he merecido   45
por mi inviolable fe, mas es locura
pensar que pueda merecerse aquello
que apenas puede contemplarse en ello.

---

[62] *refrigerio*: «*Refrigerar* y *refrigerio*. Refrescar y refresco» (Covarrubias, *Tesoro*). Y *refresco* «el pasto o bebida que se da a los que trabajan sin que alcen mano de la obra» (*Idem*, s. v. *refrescar*). It. *refrigerio*: «Piacevole sollievo o conforto, físico o morale».

El canto y el camino acabó a un mesmo punto el enamorado Lauso, el cua,l de todos los que con Silerio estaban, fue amorosamente recibido, acrecentando con su presencia el alegría que todos tenían por el buen suceso que los trabajos de Silerio habían tenido. Y, estándoselos Damón contando, vieron asomar por junto a la ermita al venerable Aurelio, que, con algunos de sus pastores, traía algunos regalos con que regalar y satisfacer a los que allí estaban, como lo había prometido el día antes que de ellos se partió. Maravillados quedaron Tirsi y Damón de verle venir sin Elicio y Erastro, y más lo fueron cuando vinieron a entender la causa del haberse quedado. Llegó Aurelio y su llegada aumentara más el contento de todos, si no dijera encaminando su razón a Timbrio:

—Si te precias, como es razón que te precies, valeroso Timbrio, de ser verdadero amigo del que lo es tuyo, agora es tiempo de mostrarlo, acudiendo a remediar a Darinto, que no lejos de aquí queda tan triste y apasionado, y tan fuera de admitir consuelo alguno en el dolor que padece, que algunos que yo le di no fueron parte para que él los tuviese por tales. Hallámosle Elicio, Erastro y yo habrá dos horas en medio de aquel monte que a esta mano derecha se descubre, el caballo arrendado[63] a un pino, y él en el suelo, boca abajo tendido, dando tiernos y dolorosos sospiros; y de cuando en cuando decía algunas palabras que a maldecir su ventura se encaminaban, al son lastimero de las cuales llegamos a él; y, con el rayo de la luna, aunque con dificultad, fue de nosotros conocido e importunado que la causa de su mal nos dijese; díjonosla, y por ella entendimos el poco remedio que tenía. Con todo eso se han quedado con él Elicio y Erastro, y yo he venido a darte las nuevas del término en que le tienen sus pensamientos; y pues a ti te son tan manifiestos, procura remediarlos con obras o acude a consolarlos con palabras.

—Palabras serán todas, buen Aurelio —respondió Timbrio—, las que yo en esto gastaré, si ya él no quiere aprove-

---

[63] *arrendado*: 'Atado con la rienda'.

charse de la ocasión del desengaño y disponer sus deseos a que el tiempo y la ausencia hagan en él sus acostumbrados efectos. Mas porque no se piense que no correspondo a lo que a su amistad estoy obligado, enséñame, Aurelio, a qué parte le dejaste, que yo quiero ir luego a verle.

—Yo iré contigo —respondió Aurelio.

Y luego al momento se levantaron todos los pastores para acompañar a Timbrio y saber la causa del mal de Darinto, dejando a Silerio con Nísida y Blanca con tanto contento de los tres que no se acertaban a hablar palabra. En el camino que había desde allí adonde Aurelio a Darinto había dejado, contó Timbrio a los que con él iban la ocasión de la pena de Darinto y el poco remedio que de ella se podría esperar, pues la hermosa Blanca, por quien él penaba, tenía ocupados sus deseos en su buen amigo Silerio; diciéndoles asimesmo que había de procurar con toda su industria y fuerzas que Silerio viniese en lo que Blanca deseaba, suplicándoles que todos fuesen en ayudar y favorecer su intención, porque, en dejando a Darinto, quería que todos a Silerio rogasen diese el sí de recibir a Blanca por su ligítima esposa. Los pastores se ofrecieron de hacer lo que se les mandaba; y en estas pláticas llegaron adonde creyó Aurelio que Elicio, Darinto y Erastro estarían, pero no hallaron alguno, aunque rodearon y anduvieron gran parte de un pequeño bosque que allí estaba, de que no poco pesar recibieron todos.

Pero, estando en esto, oyeron un tan doloroso sospiro que les puso en confusión y deseo de saber quién le había dado, mas sacóles presto de esta duda otro que oyeron no menos triste que el pasado; y, acudiendo todos a aquella parte adonde el sospiro venía, vieron estar no lejos de ellos, al pie de un crecido nogal, dos pastores, el uno sentado sobre la hierba verde, y el otro tendido en el suelo y la cabeza puesta sobre las rodillas del otro. Estaba el sentado con la cabeza inclinada, derramando lágrimas y mirando atentamente al que en las rodillas tenía; y así por esto, como por estar el otro con color perdida y rostro desmayado, no pudieron luego conocer quién era; mas cuando más cerca llegaron, luego conocieron que los pastores eran Elicio y

Erastro: Elicio, el desmayado, y Erastro, el lloroso. Grande admiración y tristeza causó en todos los que allí venían la triste semblanza de los dos lastimados pastores, por ser tan amigos suyos y por ignorar la causa que de tal modo los tenía; pero el que más se maravilló fue Aurelio por ver que tan poco antes los había dejado en compañía de Darinto con muestras de todo placer y contento, como si él no hubiera sido la causa de toda su desdicha. Viendo, pues, Erastro que los pastores a él se llegaban, estremeció[64] a Elicio diciéndole:

—Vuelve en ti, lastimado pastor; levántate y busca lugar donde puedas a solas llorar tu desventura, que yo pienso hacer lo mesmo hasta acabar la vida.

Y diciendo esto, cogió con las dos manos la cabeza de Elicio y, quitándola de sus rodillas, la puso en el suelo, sin que el pastor pudiese volver en su acuerdo[65]; y levantándose Erastro, volvía las espaldas para irse, si Tirsi y Damón y los demás pastores no se lo impidieran. Llegó Damón a donde Elicio estaba, y, tomándole entre los brazos, le hizo volver en sí. Abrió Elicio los ojos, y porque conoció a todos los que allí estaban, tuvo cuenta con que su lengua, movida y forzada del dolor, no dijese algo que la causa de él manifestase. Y aunque esta le fue preguntada por todos los pastores, jamás respondió sino que no sabía otra cosa de sí mismo sino que, estando hablando con Erastro, le había tomado un recio desmayo. Lo propio decía Erastro; y a esta causa los pastores dejaron de preguntarle más la causa de su pasión, antes le rogaron que con ellos a la ermita de Silerio se volviese, y que desde allí le llevarían a la aldea o a su cabaña; mas no fue posible que con él esto se acabase, sino que le dejasen volver a la aldea. Viendo, pues, que esta era su voluntad, no quisieron contradecírsela, antes se ofrecieron de ir con él; pero de ninguno quiso compañía, ni la llevara si la porfía de su amigo Damón no le venciera, y así se hubo de partir con él, dejando concertado Damón con

---

[64] *estremeció a Elicio*: 'Sacudió a Elicio, lo movió con afán para que volviera en sí'.

[65] *volver en su acuerdo*: 'Volver a la cordura, a recordar las cosas'.

Tirsi que se viesen aquella noche en el aldea o cabaña de Elicio, para dar orden de volverse a la suya. Aurelio y Timbrio preguntaron a Erastro por Darinto, el cual les respondió que así como Aurelio se había apartado de ellos, le tomó el desmayo a Elicio y que, entretanto que él le socorría, Darinto se había partido con toda priesa y que nunca más le habían visto.

Viendo, pues, Timbrio y los que con él venían que a Darinto no hallaban, determinaron de volver a la ermita a rogar a Silerio aceptase a la hermosa Blanca por su esposa, y con esta intención se volvieron todos, excepto Erastro, que quiso seguir a su amigo Elicio; y así, despidiéndose de ellos, acompañado de sólo su rabel, se apartó por el mesmo camino que Elicio había ido, el cual, habiéndose un rato apartado con su amigo Damón de la demás compañía, con lágrimas en los ojos y con muestras de grandísima tristeza, así le comenzó a decir:

—Bien sé, discreto Damón, que tienes de los efectos de amor tanta experiencia que no te maravillarás de los que agora pienso contarte, que son tales que, a la cuenta de mi opinión, los estimo y tengo por de los más desastrados[66] que en el amor se hallan.

Damón, que no deseaba otra cosa que saber la causa del desmayo y tristeza suya, le aseguró que ninguna cosa le sería a él nueva como tocase a los males que el amor suele hacer. Y así Elicio, con este seguro[67] (y con el mayor que de su amistad tenía), prosiguió diciendo:

—Ya sabes, amigo Damón, cómo la buena suerte mía (que este nombre de buena le daré siempre, aunque me cueste la vida el haberla tenido), digo, pues, que la buena suerte mía quiso, como todo el cielo y todas estas riberas saben, que yo amase, ¿qué digo amase?, que adorase a la sin par Galatea, con tan limpio y verdadero amor, cual a su merecimiento se debe. Juntamente te confieso, amigo, que

---

[66] *desastrados*: Se llama así, según Covarrubias el «que no tiene ningún astro que le favoreciese y vive toda su vida miserable y abatido...» (*Tesoro*, s. v. *astroso*). Aquí, aplicado a los efectos del amor.

[67] *seguro*: «Ir con seguro, ir con salvoconducto» (Covarrubias, *Tesoro*).

en todo el tiempo que ha que ella tiene noticia de mi cabal deseo no ha correspondido a él con otras muestras que las generales que suele y debe dar un casto y agradecido pecho; y así, ha algunos años que, sustentada mi esperanza con una honesta correspondencia amorosa, he vivido tan alegre y satisfecho de mis pensamientos, que me juzgaba por el más dichoso pastor que jamás apacentó ganado, contentándome sólo de mirar a Galatea y de ver que, si no me quería, no me aborrecía, y que otro ningún pastor no se podría alabar que aun de ella fuese mirado; que no era poca satisfacción de mi deseo tener puestos mis pensamientos en tan segura parte que de otros algunos no me recelaba, confirmándome en esta verdad la opinión que conmigo tiene el valor de Galatea, que es tal que no da lugar a que se le atreva el mesmo atrevimiento. Contra este bien que tan a poca costa el amor me daba, contra esta gloria tan sin ofensa de Galatea gozada, contra este gusto tan justamente de mi deseo merecido, se ha dado hoy irrevocable sentencia que el bien se acabe, que la gloria fenezca, que el gusto se cambie y que, finalmente, se concluya la tragedia de mi dolorosa vida[68]. Porque sabrás, Damón, que esta mañana, viniendo con Aurelio, padre de Galatea, a buscaros a la ermita de Silerio, en el camino me dijo cómo tenía concertado de casar a Galatea con un pastor lusitano que en las riberas del blando Lima[69] gran número de ganado apacienta. Pidióme que le dijese qué me parecía, porque, de la amistad que me tenía y de mi entendimiento, esperaba ser bien aconsejado. Lo que yo le respondí fue que me parecía cosa recia poder acabar con su voluntad privarse de la vista de tan hermosa hija desterrándola a tan apartadas tierras; y que si lo hacía llevado y cebado de las riquezas del extranjero pastor, que considerase que no carecía él tanto de ellas que no tuviese para vivir en su lugar mejor que cuan-

---

[68] Obsérvese cómo la prosa se organiza con los procedimientos de correlación plurimembre que son más propios del verso: *bien*: *gloria*: *gusto* se reiteran en forma paralela dos veces, y la suma de las negaciones de la segunda vez acaba en *la tragedia de mi dolorosa vida*.

[69] *Lima*: Río del norte de Portugal, que desemboca en Viana do Castelo.

tos en él de ricos presumían, y que ninguno de los mejores de cuantos habitan las riberas del Tajo dejaría de tenerse por venturoso cuando alcanzase a Galatea por esposa. No fueron mal admitidas mis razones del venerable Aurelio, pero, en fin, se resolvió diciendo que el rabadán mayor de todos los aperos[70] se lo mandaba, y él era el que lo había concertado y tratado, y que era imposible deshacerse. Preguntéle con qué semblante Galatea había recibido las nuevas de su destierro; díjome que se había conformado con su voluntad y que disponía la suya a hacer todo lo que él quisiese, como obediente hija. Esto supe de Aurelio; y esta es, Damón, la causa de mi desmayo, y la que será de mi muerte, pues de ver a Galatea en poder ajeno y ajena de mi vista, no se puede esperar otra cosa que el fin de mis días.

Acabó su razón el enamorado Elicio, y comenzaron sus lágrimas, derramadas en tanta abundancia, que, enternecido el pecho de su amigo Damón, no pudo dejar de acompañarle en ellas; mas, a cabo de poco espacio, comenzó, con las mejores razones que supo, a consolar a Elicio; pero todas sus palabras en ser palabras paraban, sin que ninguno otro efecto hiciesen. Todavía quedaron de acuerdo que Elicio a Galatea hablase, y supiese de ella si de su voluntad consintía en el casamiento que su padre le trataba; y que, cuando no fuese con el gusto suyo, se le ofreciese de librarla de aquella fuerza[71], pues para ello no le faltaría ayuda. Parecióle bien a Elicio lo que Damón decía, y determinó de ir a buscar a Galatea para declararle su voluntad y saber la que ella en su pecho encerraba.

Y así, trocando el camino que de su cabaña llevaban, hacia el aldea se encaminaron; y llegando a una encrucijada que junto a ella cuatro caminos dividía, por uno de ellos

---

[70] *rabadán mayor de todos los aperos*: Pudiera referirse al rey Felipe II si el argumento refleja algún episodio de la Corte. Como no tenemos el desenlace del caso, no podemos más que indicar esta significación, si bien cabe que sea un recurso para referirse a una autoridad pastoril a la que Aurelio no podía negarse; *aperos*: «El aparejo de las bestias de labranza, y de lo que se previene para poder estar en el campo» (Covarrubias, *Tesoro*, s. v. *apero*).
[71] *librar [a Galatea] de aquella fuerza*: Es expresión que, según F. Ynduráin (1947, 115) recuerda las del *Quijote*. (Véase pág. 278, nota 90.)

vieron venir hasta ocho dispuestos pastores, todos con azagayas[72] en las manos, excepto uno de ellos, que a caballo venía sobre una hermosa yegua, vestido con un gabán[73] morado, y los demás a pie, y todos rebozados los rostros con unos pa[ñ]izuelos. Damón y Elicio se pararon hasta que los pastores pasasen, los cuales, pasando junto a ellos, bajando las cabezas, cortésmente les saludaron, sin que alguno alguna palabra hablase. Maravillados quedaron los dos de ver la extrañeza de los ocho, y estuvieron quedos por ver qué camino seguían, pero luego vieron que el de la aldea tomaban, aunque por otro diferente que por el que ellos iban. Dijo Damón a Elicio que los siguiesen; mas no quiso, diciendo que, por aquel camino que él quería seguir, junto a una fuente que no lejos de él estaba, solía estar muchas veces Galatea con algunas pastoras del lugar, y que sería bien ver si la dicha se la ofrecía tan buena que allí la hallasen. Contentóse Damón de lo que Elicio quería, y así le dijo que guiase por do quisiese. Y sucedióle la suerte como él mesmo se había imaginado, porque no anduvieron mucho cuando llegó a sus oídos la zampoña de Florisa, acompañada de la voz de la hermosa Galatea, que, como de los pastores fue oída, quedaron enajenados de sí mesmos. Entonces acabó de conocer Damón cuánta verdad decían todos los que las gracias de Galatea alababan, la cual estaba en compañía de Rosaura y Florisa, y de la hermosa y recién casada Silveria, con otras dos pastoras de la mesma aldea. Y puesto que Galatea vio venir a los pastores, no por eso quiso dejar su comenzado canto, antes pareció dar muestras de que recibía contento en que los pastores la escuchasen, los cuales así lo hicieron con toda la atención posible; y lo que alcanzaron a oír, de lo que la pastora cantaba, fue lo siguiente[74]:

---

[72] *azagayas*: «Lanza pequeña que usan los montañeses» (Covarrubias, *Tesoro*).
[73] *gabán*: «Capote cerrado con mangas y capilla, del cual usa la gente que anda por el campo y los caminantes...» (Covarrubias, *Tesoro*, s. v. *gaván*).
[74] Esta poesía formula el asunto de la libertad de elección entre el hombre elegido por amor y el impuesto por la obediencia a los padres, que Cervantes tantas veces plantea, como el caso de la Quiteria del *Quijote*.

Galatea

¿A quién volveré los ojos
en el mal que se apareja,
si, cuanto mi bien se aleja,
se acercan más mis enojos?
¿A duro mal me condena
el dolor que me destierra,
que, si me acaba en mi tierra,
qué bien me hará en el ajena?

¡Oh, justa, amarga obediencia,
que, por cumplirte, he de dar
el *sí* que ha de confirmar
de mi muerte la sentencia!
Puesta estoy en tanta mengua,
que por gran bien estimara
que la vida me faltara
o, por lo menos, la lengua.

Breves horas y cansadas
fueron las de mi contento;
eternas las del tormento,
más, confusas y pesadas.
Gocé de mi libertad
en mi temprana sazón;
pero ya la sujeción
anda tras mi voluntad.

Ved si es el combate fiero
que dan a mi fantasía,
si al cabo de su porfía
he de querer, y no quiero.
¡Oh, fastidioso gobierno,
que a los respetos humanos
tengo de cruzar las manos
y abajar el cuello tierno!

¿Que tengo que despedirme
de ver el Tajo dorado?
¿Que ha de quedar mi ganado,
y yo, triste, he de partirme?

¿Que estos árboles sombríos
y estos anchos, verdes prados
no serán y[a] más mirados
de los tristes ojos míos?   40

Severo padre, ¿qué haces?
Mira que es cosa sabida
que a mí me quitas la vida
con lo que a ti satisfaces.
Si mis sospiros no valen   45
a descubrirte mi mengua,
lo que no puede mi lengua,
mis ojos te lo señalen.

Ya triste se me figura
el punto de mi partida,   50
la dulce gloria perdida
y la amarga sepultura.
El rostro que no se alegra
del no conocido esposo,
el camino trabajoso,   55
la antigua, enfadosa suegra[75].

Y otros mil inconvenientes,
todos para mí contrarios,
los gustos extraordinarios[76]
del esposo y sus parientes.   60
Mas todos estos temores
que me figura mi suerte,
se acabarán con la muerte,
que es el fin de los dolores.

No cantó más Galatea, porque las lágrimas que derramaba le impidieron la voz, y aun el contento a todos los que escuchado la habían, porque luego supieron claramente lo

---

[75] *enfadosa suegra*: Inesperada mención que crea una disonancia en el ambiente pastoril y que lo relaciona con lo que es el refranero y la común opinión tiene de las suegras, incluso como elemento cómico. Véase M. Chevalier, 1985.

[76] *extraordinarios*: 'Fuera de lo común u ordinario'; *ordinario*, según Covarrubias, es «lo que es contingente [y ocurre] cada día o muchas veces» (Covarrubias, *Tesoro*); como it. *straordinario*.

510

que en confuso imaginaban del casamiento de Galatea con el lusitano pastor, y cuán contra su voluntad se hacía; pero a quien más sus lágrimas y sospiros lastimaron fue a Elicio, que diera él por remediarlas su vida, si en ella consistiera el remedio de ellas. Pero aprovechándose de su discreción, y disimulando el rostro el dolor que el alma sentía, él y Damón se llegaron adonde las pastoras estaban, a las cuales cortésmente saludaron, y con no menos cortesía fueron de ellas recibidos. Preguntó luego Galatea a Damón por su padre, y respondióle que en la ermita de Silerio quedaba, en compañía de Timbrio y Nísida y de todos los otros pastores que a Timbrio acompañaron; y asimesmo le dio cuenta del conocimiento de Silerio y Timbrio y de los amores de Darinto y Blanca, la hermana de Nísida, con todas las particularidades que Timbrio había contado de lo que en el discurso de sus amores le había sucedido, a lo cual Galatea dijo:

—¡Dichoso Timbrio y dichosa Nísida, pues en tanta felicidad han parado los desasosiegos hasta aquí padecidos, con la cual pondréis en olvido los pasados desastres! Antes servirán ellos de acrecentar vuestra gloria, pues se suele decir que la memoria de las pasadas calamidades aumenta el contento en las alegrías presentes. Mas, ¡ay, del alma desdichada que se ve puesta en términos de acordarse del bien perdido, y con temor del mal que está por venir, sin que vea ni halle remedio ni medio alguno para estorbar la desventura que le está amenazando, pues tanto más fatigan los dolores, cuanto más se temen!

—Verdad dices, hermosa Galatea —dijo Damón—, que no hay duda sino que el repentino y no esperado dolor que viene no fatiga tanto, aunque sobresalta, como el que con largo discurso de tiempo amenaza y quita todos los caminos de remediarse. Pero con todo eso, digo, Galatea, que no da el Cielo tan apurados los males que quite de todo en todo el remedio de ellos, principalmente cuando nos los deja ver primero, porque parece que entonces quiere dar lugar al discurso de nuestra razón para que se ejercite y ocupe en templar o desviar las venideras desdichas; y muchas veces se contenta de fatigarnos con sólo tener ocupados nuestros ánimos con algún espacioso temor, sin que se venga a la ejecución del mal que se teme; y cuando a ella se viniese, como no acabe la vida, ninguno, por ningún mal que padezca, debe desesperar del remedio.

—No dudo yo de eso —replicó Galatea—, si fuesen tan ligeros los males que se temen o se padecen, que dejasen libre y desembarazado el discurso de nuestro entendimiento; pero bien sabes, Damón, que cuando el mal es tal que se le puede dar este nombre, lo primero que hace es añublar nuestro sentido y aniquilar las fuerzas de nuestro albedrío, descaeciendo nuestra virtud de manera que apenas puede levantarse, aunque más la solicite la esperanza.

—No sé yo, Galatea —respondió Damón—, cómo en tus verdes años[77] puede caber tanta experiencia de los males, si no es que quieres que entendamos que tu mucha discreción se extiende a hablar por ciencia de las cosas; que, por otra manera, ninguna noticia de ellas tienes.

—Pluguiera al Cielo, discreto Damón —replicó Galatea—, que no pudiera contradecirte lo que dices, pues en ello granjeara dos cosas: quedar en la buena opinión que de mí tienes, y no sentir la pena que me hace hablar con tanta experiencia en ella.

Hasta este punto estuvo callando Elicio, pero, no pudiendo sufrir más ver a Galatea dar muestras del amargo dolor que padecía, le dijo:

—Si imaginas, por ventura, sin par Galatea, que la desdicha que te amenaza puede, por alguna[78] ser remediada, por lo que debes a la voluntad que para servirte de mí tienes conocida, te ruego me la declares; y, si esto no quisieres, por cumplir con lo que a la paternal obediencia debes, dame, a lo menos, licencia para que yo me oponga contra quien quisiere llevarnos de estas riberas el tesoro de tu hermosura, que en ellas se ha criado. Y no entiendas, pastora, que

---

[77] Damón llama la atención sobre que Galatea en sus «verdes años» tenga experiencia sobre los males, y esto es posible por el grado de su discreción; la madurez de juicio resulta sorprendente en los jóvenes por ser contraria a lo que se espera de ellos. Véase E. C. Riley, 1966, 222.

[78] Hay que sobrentender *manera, razón* o *suerte*.

presumo yo tanto de mí mesmo que sólo me atreva a cumplir con las obras lo que agora por palabras te ofrezco; que, puesto que el amor que te tengo para mayor empresa me da aliento, desconfío de mi ventura; y así la habré de poner en las manos de la razón y en las de todos los pastores que por estas riberas del Tajo apacientan sus ganados, los cuales no querrán consentir que se les arrebate y quite delante de sus ojos el sol que los alumbra, y la discreción que los admira, y la belleza que los incita y anima a mil honrosas competencias. Así que, hermosa Galatea, en fe de la razón que he dicho y de la que tengo de adorarte, te hago este ofrecimiento, el cual te ha de obligar a que tu voluntad me descubras, para que yo no caiga en error[79] de ir contra ella en cosa alguna. Pero, considerando que la bondad y honestidad incomparable tuya te han de mover a que correspondan antes al querer de tu padre que al tuyo, no quiero, pastora, que me le declares, sino tomar a mi cargo hacer lo que me pareciere, con presupuesto de mirar por tu honra con el cuidado que tú mesma has mirado siempre por ella.

Iba Galatea a responder a Elicio y a agradecerle su buen deseo, mas estorbólo la repentina llegada de los ocho rebozados pastores que Damón y Elicio habían visto pasar poco antes hacia el aldea. Llegaron todos donde las pastoras estaban, y, sin hablar palabra, los seis de ellos con increíble celeridad arremetieron a abrazarse con Damón y con Elicio, teniéndolos tan fuertemente apretados que en ninguna manera pudieron desasirse. En este entretanto, los otros dos, que era el uno el que a caballo venía, se fueron adonde Rosaura estaba dando gritos por la fuerza que a Damón y a Elicio se les hacía, pero sin aprovecharle defensa alguna, uno de los pastores la tomó en brazos y púsola sobre la yegua y en los del que en ella venía, el cual, quitándose el rebozo, se volvió a los pastores y pastoras diciendo:

—No os maravilléis, buenos amigos, de la sinrazón que

---

[79] El error aquí es ir contra la voluntad de Galatea, la cual por no querer alejarse de las orillas del Tajo por el propuesto casamiento, viene obligada a descubrir su pensamiento. Según A. Castro, opera aquí la idea de que «el error es una ruptura de las acordadas armonías de la naturaleza» (1972, 141).

513

al parecer aquí se os ha hecho, porque la fuerza de amor y la ingratitud de esta dama han sido causa de ella; ruégoos me perdonéis, pues no está más en mi mano; y, si por estas partes llegare, como creo que presto llegará, el conocido Grisaldo, diréisle cómo Artandro se lleva a Rosaura, porque no pudo sufrir ser burlado de ella; y que si el amor y esta injuria le movieren a querer vengarse, que ya sabe que Aragón es mi patria y el lugar donde vivo[80].

Estaba Rosaura desmayada sobre el arzón de la silla, y los demás pastores no querían dejar a Elicio ni a Damón hasta que Artandro mandó que los dejasen, los cuales, viéndose libres, con valeroso ánimo sacaron sus cuchillos y arremetieron contra los siete pastores, los cuales todos juntos les pusieron las azagayas que traían a los pechos, diciéndoles que se tuviesen, pues veían cuán poco podían ganar en la empresa que tomaban.

—Harto menos podrá ganar Artandro —les respondió Elicio— en haber cometido tal traición.

—No la llames traición —respondió uno de los otros—, porque esta señora ha dado la palabra de ser esposa de Artandro; y agora, por cumplir con la condición mudable de mujer[81], la ha negado y entregádose a Grisaldo, que es agravio tan manifiesto, y tal que, no pudo ser disimulado de nuestro amo Artandro. Por eso, sosegaos, pastores, y tenednos en mejor opinión que hasta aquí, pues el servir a nuestro amo en tan justa ocasión nos disculpa.

Y sin decir más, volvieron las espaldas, recelándose toda-

---

[80] Debe recordarse que Rosaura había confesado que, para dar celos a Grisaldo, había consentido hasta cierto punto el asedio amoroso de Artandro. Esto justifica en algún modo esta fuerza de Artandro y el que quiera conducir la cuestión hacia cauces legales.

[81] Esta opinión contraria a las mujeres pertenece a un personaje de los que acompañan a Artandro, el raptor de Rosaura. Véase la cuestión debatida por A. Castro, que señala que, junto a opiniones favorables, hay otras contrarias a ellas, «lo cual correspondería [...] a su doble visión (universal poético y particular prosaico)» (1972, 149-150, nota 25). Montemayor había hecho que el mismo Sireno en un arrebato dijera: «¡Oh constancia, oh firmeza! ¡Y cuán pocas veces hacéis asiento sobre corazón de hembra!» (*Diana*, 1993, 96). Y Ausiàs March: «... y busco en corazón de hembra falsa / firmeza y lealtad, que es imposible» (*Poesías*, 1990, 186).

vía de los malos semblantes con que Elicio y Damón quedaron, los cuales estaban con tanto enojo por no poder deshacer aquella fuerza y por hallarse inhabilitados de vengarse de lo que a ellos se les hacía, que no sabían qué decirse ni qué hacerse. Pero los extremos que Galatea y Florisa hacían por ver llevar de aquella manera a Rosaura eran tales que movieron a Elicio a poner su vida en manifiesto peligro de perderla, porque sacando su honda, y haciendo Damón lo mesmo, a todo correr fue siguiendo a Artandro, y desde lejos, con mucho ánimo y destreza, comenzaron a tirarles tantas piedras que les hicieron detener y tornarse a poner en defensa. Pero, con todo esto, no dejara de sucederles mal a los dos atrevidos pastores, si Artandro no mandara a los suyos que se adelantaran y los dejaran, como lo hicieron, hasta entrarse por un espeso montezuelo que a un lado del camino estaba, y con la defensa de los árboles hacían poco efecto las hondas y piedras de los enojados pastores. Y con todo esto los siguieran, si no vieran que Galatea y Florisa y las otras dos pastoras a más andar hacia donde ellos estaban se venían, y por esto se detuvieron, haciendo fuerza al enojo que los incitaba y a la deseada venganza que pretendían, y, adelantándose a recebir a Galatea, ella les dijo:

—Templad vuestra ira, gallardos pastores, pues a la ventaja de nuestros enemigos no puede igualar vuestra diligencia, aunque ha sido tal cual nos la ha mostrado el valor de vuestros ánimos.

—El ver el tuyo descontento, Galatea —dijo Elicio—, creí yo que diera tales fuerzas al mío que no se alabaran aquellos descomedidos pastores de la que nos han hecho, pero en mi ventura cabe no tenerla en cuanto deseo.

—El amoroso que Artandro tiene —dijo Galatea— fue el que le movió a tal descomedimiento, y así conmigo en parte queda desculpado[82].

---

[82] Obsérvese que la propia Galatea disculpa el *descomedimiento* que ha realizado Artandro porque ha sido motivado por un amoroso deseo. Véanse otros casos semejantes en A. Castro 1972, 156, nota 94. Correas recoge el siguiente refrán: «Yerros de amor, dignos son de perdón» (*Vocabulario*, 1967, 160).

Y luego, punto por punto, les contó la historia de Rosaura, y cómo estaba esperando a Grisaldo para recebirle por esposo, lo cual podría haber llegado a noticia de Artandro y que la celosa rabia le hubiese movido a hacer lo que habían visto.

—Si así pasa como dices, discreta Galatea —dijo Damón—, del descuido de Grisaldo y atrevimiento de Artandro y mudable condición de Rosaura, temo que han de nacer algunas pesadumbres y diferencias.

—Eso fuera —respondió Galatea— cuando Artandro residiera en Castilla, pero si él se encierra en Aragón, que es su patria, quedarse ha Grisaldo con sólo el deseo de vengarse.

—¿No hay quien le pueda avisar de este agravio? —dijo Elicio.

—Sí —respondió Florisa—, que yo seguro que[83], antes que la noche llegue, él tenga de él noticia.

—Si eso así fuese —respondió Damón—, podría ser cobrar su prenda antes que a Aragón llegasen, porque un pecho enamorado no suele ser perezoso.

—No creo yo que lo será el de Grisaldo —dijo Florisa—; y porque no le falte tiempo y ocasión para mostrarlo, suplícote, Galatea, que al aldea nos volvamos, porque yo quiero enviar a avisar a Grisaldo de su desdicha.

—Hágase como lo mandas, amiga —respondió Galatea—, que yo te daré un pastor que lleve la nueva.

Y con esto se querían despedir de Damón y Elicio, si ellos no porfiaran a querer ir con ellas; y ya que se encaminaban al aldea, a su mano derecha sintieron la zampoña de Erastro, que luego de todos fue conocida, el cual venía en siguimiento de su amigo Elicio. Paráronse a escucharle, y oyeron que con muestras de tierno dolor esto venía cantando:

---

[83] *yo seguro que*: Frase común en esta forma, muy discutida; por el sentido «yo [a]seguro que...». Para información sobre el caso, véase Avalle-Arce (*Galatea*, 1987, 380). *Sicurare* y *assicurare* han convivido en el italiano.

Por ásperos caminos voy siguiendo[84]
el fin dudoso de mi fantasía,
siempre en cerrada noche, escura y fría
las fuerzas de la vida consumiendo.

    Y, aunque morir me veo, no pretendo
salir un paso de la estrecha vía:
que, en fe de la alta fe sin igual mía,
mayores miedos contrastar entiendo.

    Mi fe es la luz que me señala el puerto
seguro a mi tormenta, y sola es ella
quien promete buen fin a mi viaje,

      por más que el medio se me muestre incierto,
por más que el claro rayo de mi estrella
me encubra amor, y el Cielo más me ultraje.

Con un profundo sospiro acabó el enamorado canto el lastimado pastor y, creyendo que ninguno le oía, soltó la voz a semejantes razones:

—¡Amor, cuya poderosa fuerza, sin hacer ninguna a mi alma, fue parte para que yo la tuviese de tener tan bien ocupados mis pensamientos! Ya que tanto bien me heciste, no quieras mostrarme agora, haciéndome el mal en que me amenazas, que es más mudable tu condición que la de la variable Fortuna. Mira, señor, cuán obediente he estado a tus leyes, cuán pronto a seguir tus mandamientos y cuán sujeta he tenido mi voluntad a la tuya. Págame esta obediencia con hacer lo que a ti tanto importa que hagas: no permitas que estas riberas nuestras queden desamparadas de aquella hermosura que la ponía y la daba a sus frescas y menudas hierbas, a sus humildes plantas y levantados árboles; no consientas, señor, que al claro Tajo se le quite la

---

[84] *Por ásperos caminos voy siguiendo*: El comienzo de este soneto recuerda a J. M. Blecua (1970, 159) el de otro de Garcilaso: «Por ásperos caminos he llegado» (Soneto VI).

prenda que le enriquece y por quien él tiene más fama que no por las arenas de oro[85] que en su seno cría; no quites a los pastores de estos prados la luz de sus ojos, la gloria de sus pensamientos y el honroso estímulo que a mil honrosas y virtuosas empresas les incitaba. Considera bien que, si de esta a la ajena tierra consientes que Galatea sea llevada, que te despojas del dominio que en estas riberas tienes, pues por Galatea sola le usas; y si ella falta, ten por averiguado que no serás en todos estos prados conocido, que todos cuantos en ellos habitan te negarán la obediencia y no te acudirán con el usado tributo; advierte que lo que te suplico es tan conforme y llegado a razón, que irías de todo en todo fuera de ella, si no me lo concedieses. Porque ¿qué ley ordena o qué razón consiente que la hermosura que nosotros criamos, la discreción que en estas selvas y aldeas nuestras tuvo principio, el donaire por particular don del Cielo a nuestra patria concedido, agora que esp[e]rábamos coger el honesto fruto de tantos bienes y riquezas, se haya de llevar a extraños reinos, a ser poseído y tratado de ajenas y no conocidas manos? No, no quiera el Cielo piadoso hacernos tan notable daño. ¡Oh, verdes prados, que con su vista os alegrábades! ¡Oh, flores olorosas, que, de sus pies tocadas, de mayor fragancia érades llenas! ¡Oh, plantas! ¡Oh, árboles de esta deleitosa selva! ¡Haced todos, en la mejor forma que pudiéredes, aunque a vuestra naturaleza no se conceda, algún género de sentimiento que mueva al Cielo a concederme lo que le suplico!

Decía esto derramando tantas lágrimas el enamorado pastor, que no pudo Galatea disimular las suyas, ni menos ninguno de los que con ella iban, haciendo todos un tan notable sentimiento, como si lloraran en las obsequias[86] de su muerte. Llegó a este punto a ellos Erastro, a quien recibieron con agradable comedimiento, el cual, como vio a

---

[85] Recuérdese el adjetivo que se le aplicaba: *dorado* Tajo, y al que antes nos referimos (pág. 214).
[86] *obsequias*: «las honras que se hacen a los difuntos [...]; que en rigor habíamos de decir *exequias*» (Covarrubias, *Tesoro*).

Galatea con señales de haberle acompañado en las lágrimas, sin apartar los ojos de ella, la estuvo atento mirando por un rato, al cabo del cual dijo:

—Agora acabo de conocer, Galatea, que ninguno de los humanos se escapa de los golpes de la variable Fortuna, pues tú, de quien yo entendía que por particular privilegio habías de estar exenta de ellos, veo que con mayor ímpetu te acometen y fatigan; de donde averiguo que ha querido el Cielo con un solo golpe lastimar a todos los que te conocen y a todos los que del valor tuyo tienen alguna noticia, pero con todo eso tengo esperanza que no se ha de extender tanto su rigor que lleve adelante la comenzada desgracia, viniendo tan en perjuicio de tu contento.

—Antes por esa mesma razón —respondió Galatea— estoy yo menos segura de mi desdicha, pues jamás la tuve en lo que desease; mas porque no está bien a la honestidad de que me precio que tan a la clara descubra cuán por los cabellos me lleva tras sí la obediencia que a mis padres debo, ruégote, Erastro, que no me des ocasión de renovar mi sentimiento, ni de ti ni de otro alguno se trate cosa que antes de tiempo despierte en mí la memoria del disgusto que temo. Y con esto, asimesmo, os ruego, pastores, me dejéis adelantar a la aldea, porque siendo avisado Grisaldo le quede tiempo para satisfacerse del agravio que Artandro le ha hecho.

Ignorante estaba Erastro del suceso de Artandro, pero la pastora Florisa, en breves razones, se lo contó todo, de que se maravilló Erastro, estimando que no debía de ser poco el valor de Artandro, pues a tan dificultosa empresa se había puesto. Querían ya los pastores hacer lo que Galatea les mandaba, si en aquella sazón no descubrieran toda la compañía de caballeros, pastores y damas que la noche antes en la ermita de Silerio se quedaron, los cuales, en señal de grandísimo contento, a la aldea se venían, trayendo consigo a Silerio, con diferente traje y gusto que hasta allí había tenido, porque ya había dejado el de ermitaño, mudándole en el de alegre desposado, como ya lo era de la hermosa Blanca, con igual contento y satisfacción de e[n]trambos y de sus buenos amigos Timbrio y Nísida, que se lo persuadieron, dando con aquel casamiento fin a todas sus miserias y quietud y reposo a los pensamientos que por Nísida le fatigaban. Y así, con el regocijo que tal suceso les causaba, venían todos dando muestras de él con agradable música y discretas y amorosas canciones, de las cuales cesaron cuando vieron a Galatea y a los demás que con ella estaban, recibiéndose unos a otros con mucho placer y comedimiento, dándole Galatea a Silerio el parabién de su suceso, y a la hermosa Blanca el de su desposorio; y lo mesmo hicieron los pastores Damón, Elicio y Erastro, que en extremo a Silerio estaban aficionados. Luego que cesaron entre ellos los parabienes y cortesías, acordaron de proseguir su camino al aldea, y para entretenerle rogó Tirsi a Timbrio que acabase el soneto que había comenzado a decir cuando de Silerio fue conocido; y no excusándose Timbrio de hacerlo, al son de la flauta del celoso Orfenio, con extremada y suave voz, le cantó y acabó, que era este:

Timbrio

Tan bien fundada tengo la esperanza[87],
que, aunque más sople riguroso viento,
no podrá desdecir de su cimiento:
tal fe, tal fuerza y tal valor alcanza.

Tan lejos voy de consentir mudanza   5
en mi firme, amoroso pensamiento,
cuan cerca de acabar en mi tormento
antes la vida que la confianza.

Que si al contraste del amor vacila
el pecho enamorado, no merece   10
del mesmo amor la dulce paz tranquila.

Por esto el mío, que su fe engrandece,
rabie Caribdis o amenace Cila[88],
al mar se arroja y al amor se ofrece.

---

[87] Este es el mismo soneto que antes (pág. 481) comenzó a cantar el mismo Timbrio y se vio interrumpido por el abrazo de su amigo Silerio; hay una ligera variante, pues antes en el cuarto verso dijo: «tal fe, tal *suerte* y tal valor alcanza».

[88] *Cila*: (Así en el folio 284 del texto). Es Escila o Scila. Caribdis y Scila son los rompientes de Messina, que conoció Cervantes, cuya mención mitológica es muy frecuente en la época.

Pareció bien el soneto de Timbrio a los pastores, y no menos la gracia con que cantado le había, y fue de manera que le rogaron que otra alguna cosa dijese; mas excusóse con decir a su amigo Silerio respondiese por él en aquella causa, como lo había hecho siempre en otras más peligrosas. No pudo Silerio dejar de hacer lo que su amigo le mandaba, y así, con el gusto de verse en tan felice estado, al son de la mesma flauta de Orfenio cantó lo que se sigue:

Silerio

Gracias al Cielo doy, pues he escapado
de los peligros de este mar incierto,
y al recogido, favorable puerto,
tan sin saber por dónde, he ya llegado.

Recójanse las velas del cuidado; 5
repárese el navío pobre, abierto;
cumpla los votos quien con rostro muerto
hizo promesa en el mar airado.

Beso la tierra, reverencio al Cielo,
mi suerte abrazo mejorada y buena, 10
llamo dichoso a mi fatal destino,

y a la nueva, sin par, blanda cadena,
con nuevo intento y amoroso celo,
el lastimado cuello alegre inclino.

Acabó Silerio y rogó a Nísida fuese servida de alegrar aquellos campos con su canto, la cual, mirando a su querido Timbrio, con los ojos le pidió licencia para cumplir lo que Silerio le pedía; y dándosela él asimesmo con la vista, ella, sin más esperar, con mucho donaire y gracia, cesando el son de la flauta de Orfenio, al de la zampoña de Orompo cantó este soneto:

Nísida

Voy contra la opinión de aquel que jura
que jamás del amor llegó el contento
a do llega el rigor de su tormento,
por más que al bien ayude la ventura.

Yo sé qué es bien, yo sé qué es desventura, 5
y sé de sus efectos claro, y siento
que cuanto más destruye el pensamiento
el mal de amor, el bien más lo asegura.

No el verme en brazos de la amarga muerte,
por la mal referida, triste nueva, 10
ni a los corsarios bárbaros rendida,

fue dura pena, fue dolor tan fuerte,
que agora no conozca y haga prueba
que es más el gusto de mi alegre vida.

Admiradas quedaron Galatea y Florisa de la extremada voz de la hermosa Nísida, la cual, por parecerle que por entonces en cantar Timbrio y los de su parte habían tomado la mano, no quiso que su hermana quedase sin hacerlo; y así, sin importunarle mucho, con no menos gracia que Nísida, haciendo señal a Orfenio que su flauta tocase, al son de ella cantó de esta manera:

Blanca

Cual si estuviera en la arenosa Libia,
o en la apartada Scitia[89], siempre helada,
tal vez del frío temor me vi asaltada,
y tal del fuego que jamás se entibia.

Mas la esperanza, que el dolor alivia, 5
en uno y otro extremo, disfrazada
tuvo la vida en su poder guardada,
cuándo con fuerzas, cuándo flaca y tibia.

Pasó la furia del invierno helado,
y, aunque el fuego de amor quedó en su punto, 10
llegó la deseada primavera,

donde, en un solo venturoso punto,
gozo del dulce fruto deseado,
con largas pruebas de una fe sincera.

---
[89] Es la referida mención geográfica de la caliente Libia y la fría Scitia (*Citia* trae la edición de 1585, fol. 285 v.).

No menos contentó a los pastor[e]s la voz y lo que cantó Blanca, que todas las demás que habían oído. Y ya que ellos querían dar muestras de que no toda la habilidad se encerraba en los cortesanos caballeros, y para esto, casi de un mesmo pensamiento movidos, Orompo, Crisio, Orfenio y Marsilio comenzaban a templar sus instrumentos, les forzó a volver las cabezas un ruido que a sus espaldas sintieron, el cual causaba un pastor que con furia iba atravesando por las matas del verde bosque, el cual fue de todos conocido, que era el enamorado Lauso, de que se maravilló Tirsi, porque la noche antes se había despedido de él, diciendo que iba a un negocio que importaba el acabarle, acabar su pesar y comenzar su gusto, y que, sin decirle más, con otro pastor su amigo se había partido, y que no sabía qué podía haberle sucedido agora que con tanta priesa caminaba. Lo que Tirsi dijo movió a Damón a querer llamar a Lauso, y así le dio voces que viniese, mas viendo que no las oía y que ya a más andar iba traspuniendo un recuesto, con toda ligereza se adelantó; y desde encima de otro collado le tornó a llamar con mayores voces, las cuales oídas por Lauso, y conociendo quién le llamaba, no pudo dejar de volver; y, en llegando a Damón, le abrazó con señales de extraño contento, y tanto, que admiraron a Damón las muestras que de estar alegre daba y así le dijo:

—¿Qué es esto, amigo Lauso? ¿Has, por ventura, alcanzado el fin de tus deseos, o hante, desde ayer acá, correspondido a ellos de manera que halles con facilidad lo que pretendes?

—Mucho mayor es el bien que traigo, Damón, verdadero amigo —respondió Lauso—, pues la causa que a otros suele ser desesperación y muerte, a mí me ha servido de esperanza y vida; y esta ha sido de un desdén y desengaño, acompañado de un melindroso donaire que en mi pastora he visto, que me ha restituido a mi ser primero. Ya, ya pastor, no siente mi trabajado cuello el pesado yugo amoroso; ya se han deshecho en mi sentido las encumbradas máquinas de pensamientos que desvanecido me traían[90]; ya tor-

---

[90] Obsérvese cómo apunta aquí lo que sería el germen de don Quijote como personaje al que «encumbradas máquinas de pensamientos» sacarían de su vida de hidalgo manchego, allí de orden caballeresco.

naré a la perdida conversación de mis amigos; ya me parecerán lo que son las verdes hierbas y olorosas flores de estos apacibles campos; ya tendrán treguas mis sospiros, vado mis lágrimas y quietud mis desasosiegos, porque consideres, Damón, si es causa esta bastante para mostrarme alegre y regocijado.

—Sí es, Lauso —respondió Damón—, pero temo que alegría tan repentinamente nacida no ha de ser duradera; y tengo ya experiencia que todas las libertades que de desdenes son engendradas se deshacen como el humo, y torna luego la enamorada intención con mayor priesa a seguir sus intentos. Así que, amigo Lauso, plega al Cielo que sea más firme tu contento de lo que yo imagino, y goces largos tiempos la libertad que pregonas: que no sólo me holgaría por lo que debo a nuestra amistad, sino que ver un no acostumbrado milagro en los deseos amorosos.

—Comoquiera que sea, Damón —respondió Lauso—, yo me siento agora libre y señor de mi voluntad; y porque se satisfaga la tuya de ser verdad lo que digo, mira qué quieres que haga en prueba de ello. ¿Quieres que me ausente? ¿Quieres que no visite más las cabañas donde imaginas que puede estar la causa de mis pasadas penas y presentes alegrías? Cualquiera cosa haré por satisfacerte.

—La importancia está en que tú, Lauso, estés satisfecho —respondió Damón—; y veré yo que lo estás cuando de aquí a seis días te vea en ese mesmo propósito. Y por ahora no quiero otra cosa de ti sino que dejes el camino que llevabas y te vengas conmigo adonde todos aquellos pastores y damas nos esperan, y que la alegría que traes la solemnices con entretenernos con tu canto mientras que al aldea llegamos.

Fue contento Lauso de hacer lo que Damón le mandaba, y así volvió con él a tiempo que Tirsi estaba haciendo señas a Damón que se volviese, y, en llegando que él y Lauso llegaron, sin gastar palabras de comedimiento, Lauso dijo:

—No vengo, señores, para menos que para fiestas y contentos; por eso, si le recibiréis de escucharme; suene Marsilio su zampoña y aparejaos a oír lo que jamás pensé que mi lengua tuviera ocasión de decirlo, ni aun mi pensamiento para imaginarlo.

Todos los pastores respondieron a una que les sería de gran gusto el oírle; y luego Marsilio, con el deseo que tenía de escucharle, tocó su zampoña, al son de la cual Lauso comenzó a cantar de esta manera:

Lauso

Con las rodillas en el suelo hincadas,
las manos en humilde modo puestas
y el corazón de un justo celo lleno,
te adoro, desdén santo, en quien cifradas
están las causas de las dulces fiestas 5
que gozo en tiempo sosegado y bueno.
Tú del rigor del áspero veneno
que el mal de amor encierra,
fuiste la cierta y presta medicina;
tú, mi total ruina 10
volviste en bien, en sana paz mi guerra,
y así como a mi rico, almo tesoro,
no una vez sola, mas cien mil te adoro.

Por ti la luz de mis cansados ojos,
tanto tiempo turbada y aun perdida, 15
al ser primero ha vuelto que tenía;
por ti torno a gozar de los despojos
que de mi voluntad y de mi vida
llevó de amor la antigua tiranía.
Por ti la noche de mi error en día 20
de sereno discurso
se ha vuelto; y la razón, que antes estaba
en posesión de esclava,
con sosegado y advertido curso,
siendo agora señora, me conduce 25
do el bien eterno más se muestra y luce.

Mostrásteme, desdén, cuán engañosas,
cuán falsas y fingidas habian sido
las señales de amor que me mostraban,
y que aquellas palabras amorosas, 30
que tanto regalaban el oído

y al alma de sí mesma enajenaban,
en falsedad y burla se forjaban,
y el regalado y tierno
mirar de aquellos ojos sólo era   35
porque mi primavera
se convirtiese en desabrido invierno,
cuando llegase el claro desengaño;
mas tú, dulce desdén, curaste el daño.

Desdén, que sueles ser espuela aguda   40
que hace caminar al pensamiento
tras la amorosa deseada empresa,
en mí tu efecto y condición se muda,
que yo por ti me aparto del intento
tras quien corría con no vista priesa,   45
y aunque contino el fino amor no cesa[91],
mal de mí satisfecho,
tender de nuevo el lazo por cogerme,
y, por más ofenderme,
encarar mil saetas a mi pecho,   50
tú, desdén, solo, sólo tú bien puedes
romper sus flechas y rasgar sus redes.

No era mi amor tan flaco, aunque sencillo,
que pudiera un desdén echarle a tierra;
cien mil han sido menester primero: 55
que fue, cual suele, sin poder sufrillo,
venir al suelo el pino que le atierra[92],
en virtud de otros golpes, el postrero.
Grave desdén, de parecer severo,
en desamor fundado   60
y en poca estimación de ajena suerte:
dulce me ha sido el verte,
el oírte y tocarte, y que gustado
hayas sido del alma en coyuntura
que derribas y acabas mi locura.   65

Derribas mi locura y das la mano
al ingenio, desdén, que se levante
y sacuda de sí el pesado sueño,

---

[91] *cesa* [...] *tender* podía usarse así, sin preposición de régimen, o con *de* o con *en* (Keniston, 1937, 37.54).
[92] *atierra*: «aterrar: echar por tierra» (Covarrubias, *Tesoro*).

526

> para que, con mejor intento sano,
> nuevas grandezas, nuevos loores cante 70
> de otro, si le halla, agradecido dueño.
> Tú has quitado las fuerzas al beleño[93]
> con que el amor ingrato
> adormecía a mi virtud doliente;
> y, con la tuya ardiente, 75
> soy reducido a nueva vida y trato:
> que ahora entiendo que yo soy quien puedo
> temer con tasa y esperar sin miedo.

No cantó más Lauso, aunque bastó lo que cantado había para poner admiración en los presentes, que como todos sabían que el día antes estaba tan enamorado y tan contento de estarlo, maravillábales verle en tan pequeño espacio de tiempo tan mudado y tan otro del que solía. Y considerando bien esto, su amigo Tirsi le dijo:

—No sé si te dé el parabién, amigo Lauso, del bien en tan breves horas alcanzado, porque temo que no debe de ser tan firme y seguro como tú imaginas; pero todavía me huelgo de que goces, aunque sea pequeño espacio, del gusto que acarrea al alma la libertad alcanzada, pues podría ser que, conociendo agora en lo que se debe estimar, aunque tornases de nuevo a las rotas cadenas y lazos, hicieses más fuerza para romperlos, atraído de la dulzura y regalo que goza un libre entendimiento y una voluntad desapasionada.

—No tengas temor alguno, discreto Tirsi —respondió Lauso—, que ninguna otra nueva asechanza sea bastante a que yo torne a poner los pies en el cepo amoroso, ni me tengas por tan liviano y antojadizo que no me haya costado ponerme en el estado en que estoy infinitas consideraciones, mil averiguadas sospechas y mil cumplidas promesas hechas al Cielo porque a la perdida luz me tornase; y pues en ella veo agora cuán poco antes veía, yo procuraré conservarla en el mejor modo que pudiere.

---

[93] *beleño*: «Cierta mata, conocida en España y muy vulgar, cuyo jugo tiene virtud de acarrear sueño...» (Covarrubias, *Tesoro*, s. v. *veleño*).

—Ninguno otro será tan bueno —dijo Tirsi— como no volver a mirar lo que atrás dejas, porque perderás, si vuelves, la libertad que tanto te ha costado, y quedarás, cual quedó aquel incauto amante[94], con nuevas ocasiones de perpetuo llanto; y ten por cierto, Lauso amigo, que no hay tan enamorado pecho en el mundo a quien los desdenes y arrogancias excusadas no entibien y aun le hagan retirar de sus mal colocados pensamientos. Y háceme creer más esta verdad saber yo quién es Silena, aunque tu jamás no me lo has dicho, y saber asimesmo la mudable condición suya, sus acelerados ímpetus y la llaneza (por no darle otro nombre) de sus deseos; cosas que, a no templarlas y disfrazarlas con la sin igual hermosura de que el Cielo la ha dotado, fuera por ellas de todo el mundo aborrecida.

—Verdad dices, Tirsi —respondió Lauso—, porque, sin duda alguna, la singular belleza suya y las apariencias de la incomparable honestidad de que se arrea son partes para que no sólo sea querida, sino adorada de todos cuantos la miraren; y así, no debe maravillarse alguno que la libre voluntad mía se haya rendido a tan fuertes y poderosos contrarios; sólo es justo que se maraville de cómo me he podido escapar de ellos, que, puesto que salgo de sus manos tan mal tratado, estragada[95] la voluntad, turbado el entendimiento, descaecida la memoria, todavía me parece que puedo triunfar de la batalla.

No pasaron más adelante en su plática los dos pastores, porque a este punto vieron que, por el mesmo camino que ellos iban, venía una hermosa pastora, y poco desviado de ella un pastor, que luego fue conocido que era el anciano Arsindo, y la pastora era la hermana de Galercio, Maurisa, la cual, como fue conocida de Galatea y de Florisa, entendieron que con algún recaudo de Grisaldo para Rosaura venía. Y adelantándose los dos a recebirla, Maurisa llegó a

---

[94] El *incauto amante* es Orfeo, que, al bajar a los infiernos para rescatar a Eurídice de la muerte, la miró antes de tiempo, en contra de lo convenido.

[95] *estragada*: «cosa estragada, cosa perdida» (Covarrubias, *Tesoro*, s.v. *estragar*).

abrazar a Galatea, y el anciano Arsindo saludó a todos los pastores y abrazó a su amigo Lauso, el cual estaba con grande deseo de saber lo que Arsindo había hecho después que le dijeron que en seguimiento de Maurisa se había partido. Y viéndole agora volver con ella, luego comenzó a perder con él y con todos el crédito que sus blancas canas le habían adquirido[96]; y aun le acabara de perder si los que allí venían no supieran tan de experiencia adónde y a cuánto la fuerza del amor se extendía, y así, en los mesmos que le culpaban halló la disculpa de su yerro[97]. Y parece que, adivinando Arsindo lo que los pastores de él adivinaban, como en satisfacción y disculpa de su cuidado les dijo:

—Oíd, pastores, uno de los más extraños sucesos amorosos que por largos años en estas nuestras riberas ni en las ajenas se habrá visto. Bien creo que conocéis y conocemos todos al nombrado pastor Lenio, aquel cuya desamorada condición le adquirió renombre de desamorado; aquel que no ha muchos días que, por sólo decir mal de amor, osó tomar competencia con el famoso Tirsi, que está presente; aquel, digo, que jamás supo mover la lengua que para decir mal de amor no fuese; aquel que con tantas veras reprehendía a los que de la amorosa dolencia veía lastimados. Este, pues, tan declarado enemigo del amor, ha venido a término que tengo por cierto que no tiene el Amor quien con más veras le siga, ni aun él tiene vasallo a quien más persiga, porque le ha hecho enamorar de la desamorada Gelasia, aquella cruel pastora que al hermano de esta —señalando a Maurisa—, que tanto en la condición se le parece, tuvo el otro día, como vistes, con el cordel a la garganta para fenecer a manos de su crueldad sus cortos y mal logrados días. Digo, en fin, pastores, que Lenio el desamora-

---

[96] Arsindo pierde el crédito de su ancianidad al correr detrás de la joven Maurisa; es un tema común en cuentos folklóricos y que, como indica J. B. Avalle-Arce (*Galatea*, 1987, 392), aparece otra vez en el libro II del *Persiles* refiriéndose al viejo rey Policarpo, enamorado de Segismunda.

[97] De nuevo aparece aquí la disculpa de los yerros por amor, a los que nos referimos en la nota 82 (pág. 515), en donde señalamos el refrán recogido por Correas: «Yerros de amor, dignos son de perdón» (1967, l60), que viene aquí muy a cuento.

do muere por la endurecida Gelasia y por ella llena el aire de sospiros y la tierra, de lágrimas. Y lo que hay más malo en esto es que me parece que el amor ha querido vengarse del rebelde corazón de Lenio, rindiéndole a la más dura y esquiva pastora que se ha visto; y conociéndolo él, procura agora en cuanto dice y hace reconciliarse con el Amor, y, por los mesmos términos que antes le vituperaba, ahora le ensalza y honra. Y, con todo esto, ni el Amor se mueve a favorecerle ni Gelasia se inclina a remediarle, como lo he visto por los ojos, pues no ha muchas horas que, viniendo yo en compañía de esta pastora, le hallamos en la fuente de las Pizarras, tendido en el suelo, cubierto el rostro de un sudor frío y anhelando el pecho[98] con una extraña priesa. Lleguéme a él y conocíle, y con el agua de la fuente le rocié el rostro, con que cobró los perdidos espíritus, y, sentándome junto a él, le pregunté la causa de su dolor, la cual él me dijo sin faltar punto, contándomela con tan tierno sentimiento que le puso en esta pastora, en quien creo que jamás cupo señal de compasión alguna. Encarecióme la crueldad de Gelasia y el Amor que la tenía, y la sospecha que en él reinaba de que el Amor le había traído a tal estado por vengarse en un solo punto de las muchas ofensas que le había hecho. Consoléle yo lo mejor que supe, y, dejándole libre del pasado parasismo, [vengo][99] acompañando a esta pastora y a buscarte a ti, Lauso, para que, si fueres servido, volvamos a nuestras cabañas, pues ha ya diez días que de ellas nos partimos y podrá ser que nuestros ganados sientan el ausencia nuestra más que nosotros la suya.

—No sé si te responda, Arsindo —respondió Lauso—, que creo que más por cumplimiento que por otra cosa me convidas a que a nuestras cabañas nos volvamos, teniendo tanto que hacer en las ajenas, cuanto la ausencia que de mí has hecho estos días lo ha mostrado. Pero, dejando lo más

---

[98] *anhelando el pecho*: «anhelar: este verbo es absolutamente latino [...] y vale tanto como respirar con dificultad [...], lo cual acaece a los que se han fatigado mucho corriendo o saltando...» (Covarrubias, *Tesoro*, s. v. *anhelar*).
[99] [*vengo*]: No está en el impreso (fol. 293), acaso sobrentendido. Lo suplió C. Rosell y admitieron Schevill y Bonilla (*La Galatea*, II, 291).

que en esto te pudiera decir para mejor sazón y coyuntura, tórname a decir si es verdad lo que de Lenio dices, porque, si así es, podré yo afirmar que ha hecho amor en estos días de los mayores milagros que en todos los de su vida ha hecho, como son rendir y avasallar el duro corazón de Lenio y poner en libertad el tan sujeto mío.

—Mira lo que dices —dijo entonces Orompo— amigo Lauso, que, si el amor te tenía sujeto, como hasta aquí has significado, ¿cómo el mesmo amor ahora te ha puesto en la libertad que publicas?

—Si me quieres entender, Orompo —replicó Lauso—, verás que en nada me contradigo, porque digo (o quiero decir) que el amor que reinaba y reina en el pecho de aquella a quien yo tan en extremo quería, como se encamina a diferente intento que el mío, puesto que todo es amor, el efecto que en mí ha hecho es ponerme en libertad y a Lenio en servidumbre; y no me hagas, Orompo, que cuente con estos otros milagros.

Y, diciendo esto, volvió los ojos a mirar al anciano Arsindo, y con ellos dijo lo que con la lengua callaba, porque todos entendieron que el tercero milagro que pudiera contar fuera ver enamoradas las canas de Arsindo de los pocos y verdes años de Maurisa, la cual todo este tiempo estuvo hablando aparte con Galatea y Florisa, diciéndoles cómo otro día sería Grisaldo en el aldea en hábito de pastor y que allí pensaba desposarse con Rosaura en secreto, porque en público no podía, a causa que los parientes de Leopersia, con quien su padre tenía concertado de casarle, habían sabido que Grisaldo quería faltar en la prometida palabra, y en ninguna manera querían que tal agravio se les hiciese; pero que, con todo esto, estaba Grisaldo determinado de corresponder antes a lo que a Rosaura debía que no a la obligación en que a su padre estaba.

—Todo esto que os he dicho, pastoras —prosiguió Maurisa—, mi hermano Galercio me dijo que os lo dijese, el cual a vosotras con este recaudo venía; pero la cruel Gelasia, cuya hermosura lleva siempre tras sí el alma de mi desdichado hermano, fue la causa que él no pudiese venir a deciros lo que he dicho, pues, por seguir a ella, dejó de se-

531

guir el camino que traía, fiándose de mí como de hermana. Ya habéis entendido, pastoras, a lo que vengo; decidme do está Rosaura para decírselo o decídselo vosotras, porque la angustia en que mi hermano queda puesto no consiente que un punto más aquí me detenga.

En tanto que la pastora esto decía, estaba Galatea considerando la amarga respuesta que pensaba darle y las tristes nuevas que habían de llegar a los oídos del desdichado Grisaldo; pero, viendo que no excusaba de darlas y que era peor detenerla, luego le contó todo lo que a Rosaura había sucedido, y cómo Artandro la llevaba, de que quedó maravillada Maurisa; y al instante quisiera dar la vuelta a avisar a Grisaldo si Galatea no la detuviera, preguntándole qué se habían hecho las dos pastoras que con ella y con Galercio se habían ido, a lo que respondió Maurisa:

—Cosas te pudiera contar de ellas, Galatea, que te pusieran en mayor admiración que no es la en que a mí me ha puesto el suceso de Rosaura, pero el tiempo no me da lugar a ello; sólo te digo que la que se llamaba Leonarda se ha desposado con mi hermano Artidoro por el más sotil engaño que jamás se ha visto, y Teolinda, la otra, está en término de acabar la vida o de perder el juicio; y sólo la entretiene la vista de Galercio, que, como se parece tanto a la de mi hermano Artidoro, no se aparta un punto de su compañía, cosa que es a Galercio tan pesada y enojosa, cuanto le es dulce y agradable la compañía de la cruel Gelasia. El modo como esto pasó te contaré más despacio, cuando otra vez nos veamos, porque no será razón que por mi tardanza se impida el remedio que Grisaldo puede tener en su desgracia, usando en remediarla la diligencia posible, porque, si no ha más que esta mañana que Artandro robó a Rosaura, no se podrá haber alejado tanto de estas riberas que quite la esperanza a Grisaldo de cobrarla; y más si yo aguijo los pies como pienso.

Parecióle bien a Galatea lo que Maurisa decía, y así, no quiso más detenerla; sólo le rogó que fuese servida de tornarla a ver lo más presto que pudiese para contarle el suceso de Teolinda y lo que haría en el hecho de Rosaura. La pastora se lo prometió, y, sin más detenerse, despidiéndose de los que allí estaban, se volvió a su aldea, dejando a todos satisfechos de su donaire y hermosura; pero quien más sintió su partida fue el anciano Arsindo, el cual, por no dar claras muestras de su deseo, se hubo de quedar tan solo sin Maurisa, cuanto acompañado de sus pensamientos. Quedaron también las pastoras suspensas de lo que de Teolinda habían oído, y en extremo deseaban saber su suceso.

Y estando en esto oyeron el claro son de una bocina que a su diestra mano sonaba, y volviendo los ojos a aquella parte vieron encima de un recuesto algo levantado dos ancianos pastores que en medio tenían un antiguo sacerdote, que luego conocieron ser el anciano Telesio[100]. Y habiendo uno de los pastores tocado otra vez la bocina[101], todos tres se bajaron del recuesto y se encaminaron hacia otro que allí junto estaba, donde, subidos, de nuevo tornaron a tocarla, a cuyo son de diferentes partes se comenzaron a mover muchos pastores para venir a ver lo que Telesio quería, porque con aquella señal solía él convocar todos los pastores de aquella ribera cuando quería hacerles algún provechoso razonamiento o decirles la muerte de algún conocido pastor de aquellos contornos o para traerles a la memoria el día de alguna solemne fiesta o el de algunas tristes obsequias.

Tiniendo, pues, Aurelio, y casi los más pastores que allí venían, conocida la costumbre y condición de Telesio, todos se fueron acercando adonde él estaba, y cuando llegaron ya se habían juntado; pero como Telesio vio venir tantas gentes y conoció cuán principales todos eran, bajando de la cuesta, los fue a recebir con mucho amor y cortesía, y con la mesma fue de todos recibido; y llegándose Aurelio a Telesio le dijo:

—Cuéntanos, si fueres servido, honrado y venerable Telesio, qué nueva causa te mueve a querer juntar los pastores de estos prados. ¿Es, por ventura, de alegres fiestas o de tristes y fúnebres sucesos? ¿O quiéresnos mostrar alguna

---

[100] *Telesio*: Para una posible identificación del origen de este nombre, véase lo que decimos en el prólogo pág. 72.
[101] *bocina*: 'Cuerno de boyero'.

cosa perteneciente al mejoramiento de nuestras vidas? Dinos, Telesio, lo que tu voluntad ordena, pues sabes que no saldrán las nuestras de todo aquello que la tuya quisiere.

—Págueos el Cielo, pastores —respondió Telesio—, la sinceridad de vuestras intenciones, pues tanto se conforman con la de aquel que sólo vuestro bien y provecho pretende. Mas, por satisfacer al deseo que tenéis de saber lo que quiero, quiéroos traer a la memoria la que debéis tener perpetuamente del valor y fama del famoso y aventajado pastor Meliso[102], cuyas dolorosas obsequias se renuevan y se irán renovando de año en año tal día como mañana, en tanto que en nuestras riberas hubiere pastores y en nuestras almas no faltare el conocimiento de lo que se debe a la bondad y valor de Meliso. A lo menos, de mí os sé decir que, en tanto que la vida me durare, no dejaré de acordaros a su tiempo la obligación en que os tiene puestos la habilidad, cortesía y virtud del sin par Meliso; y así agora os la acuerdo y os advierto que mañana es el día en que se ha de renovar el desdichado, donde tanto bien perdimos, como fue perder la agradable presencia del prudente pastor Meliso. Por lo que a la bondad suya debéis y por lo que a la intención que tengo de serviros estáis obligados, os ruego, pastores, que mañana, al romper del día, os halléis todos en el valle de los Cipreses, donde está el sepulcro de las honradas cenizas de Meliso, para que allí, con tristes cantos y piadosos sacrificios, procuremos alegerar la pena, si alguna padece, a aquella venturosa alma que en tanta soledad nos ha dejado[103].

Y diciendo esto, con el tierno sentimiento que la memo-

---

[102] *Meliso*: Es aquí el nombre poético de don Diego Hurtado de Mendoza (1503-1575). «Según todas las probabilidades» (Schevill y Bonilla, *La Galatea*, 1914, II, 291-292), quienes ofrecen noticias de este gran embajador de Carlos V y Felipe II, cultivado hombre de letras, filósofo y poeta. Un personaje de la *Arcadia* se llama *Meliseo*, que en griego quiere decir «varón melifluo», esto es, dulce como la miel, por la peculiar condición de la poesía de Hurtado de Mendoza. Véase H. Iventosch, 1975, 42-44.

[103] El anuncio y preparación que hace Telesio de las exequias de Meliso se relacionan con lo que dice Ergasto en cuanto a los oficios y juegos que se preparan en honra de Massilia (M. Z. Wellington, 1959, 15).

ria de la muerte de Meliso le causaba, sus venerables ojos se llenaron de lágrimas, acompañándole en ellas casi los más de los circunstantes, los cuales, todos de una mesma conformidad, se ofrecieron de acudir otro día adonde Telesio les mandaba, y lo mesmo hicieron Timbrio y Silerio, Nísida y Blanca, por parecerles que no sería bien dejar de hallarse en ocasión tan piadosa y en junta de tan célebres pastores como allí imaginaron que se juntarían.

Con esto se despidieron de Telesio y tornaron a seguir el comenzado camino de la aldea, mas no se habían apartado mucho de aquel lugar, cuando vieron venir hacia ellos al desamorado Lenio, con semblante tan triste y pensativo que puso admiración en todos; y tan transportado en sus imaginaciones venía, que pasó lado con lado de los pastores sin que los viese, antes, torciendo el camino a la izquierda mano, no hubo andado muchos pasos cuando se arrojó al pie de un verde sauce y, dando un recio y profundo sospiro, levantó la mano y puniéndola por el collar del pellico[104], tiró tan recio que le hizo pedazos hasta abajo, y luego se quitó el zurrón del lado, y, sacando de él un pulido rabel, con grande atención y sosiego se le puso[105] a templar; y, a cabo de poco espacio, con lastimada y concertada voz comenzó a cantar de manera que forzó a todos los que le habían visto a que se parasen a escucharle hasta el fin de su canto, que fue este:

LENIO

Dulce Amor, ya me arrepiento
de mis pasadas porfías;
ya de hoy más confieso y siento
que fue sobre burlerías
levantado su cimiento.　　　　　　　　　　5
Ya el rebelde cuello erguido
humilde pongo y rendido
al yugo de tu obediencia;
ya conozco la potencia
de tu valor extendido.　　　　　　　　　　10

---

[104] *collar del pellico*: 'La parte del cuello del zamarro de pastor'.
[105] *se le puso*: Obsérvese el leísmo.

Sé que puedes cuanto quieres,
y que quieres lo imposible;
sé que muestras bien quién eres
en tu condición terrible,
en tus penas y placeres.   15
Y sé, en fin, que yo soy quien
tuvo siempre a mal tu bien,
tu engaño por desengaño,
tus certezas por engaño,
por caricias tu desdén.   20

Estas cosas bien sabidas,
han agora descubierto
en mis entrañas rendidas
que tú solo eres el puerto
do descansan nuestras vidas.   25
Tú, la implacable tormenta
que al alma más atormenta,
vuelves en serena calma;
tú eres gusto y luz del alma,
y manjar que la sustenta.   30

Pues esto juzgo y confieso,
aunque tarde vengo en ello,
tiempla tu rigor y exceso,
Amor, y del flaco cuello
aligera un poco el peso.   35
Al ya rendido enemigo
no se ha de dar el castigo
como a aquel que se defiende;
cuanto más que aquí se ofende
quien ya quiere ser tu amigo.   40

Salgo de la pertinacia[106]
do me tuvo mi malicia,
y el estar en tu desgracia,
y apelo de tu justicia
ante el rostro de tu gracia.   45

---

[106] *pertinacia*: «Pertinaz, el porfiado en mal [...]; *pertinacia*, la tal porfía: hereje pertinaz» (Covarrubias, *Tesoro*, s. v. *pertinaz*). La oposición al amor de Lenio había sido como una herejía espiritual. It. *pertinacia*, 'ostinazione'.

       Que, si a mi poco valor
       no le quilata en favor
       de tu gracia conocida,
       presto dejaré la vida
       en las manos del dolor.   50

       Las de Gelasia me han puesto
       en tan extraña agonía,
       que, si más porfía en esto,
       mi dolor y su porfía
       sé que acabarán bien presto.   55
       ¡Oh, dura Gelasia, esquiva,
       zahareña, dura, altiva!
       ¿Por qué gustas, di, pastora,
       que el corazón que te adora
       en tantos tormentos viva?   60

Poco fue lo que cantó Lenio, pero lo que lloró fue tanto que allí quedara deshecho en lágrimas si los pastores no acudieran a consolarle. Mas como él los vio venir y conoció entre ellos a Tirsi, sin más detenerse, se levantó y se fue a arrojar a sus pies, abrazándole estrechamente las rodillas y, sin dejar las lágrimas, le dijo:

—Ahora puedes, famoso pastor, tomar justa venganza del atrevimiento que tuve de competir contigo, defendiendo la injusta causa que mi ignorancia me proponía. Ahora digo que puedes levantar el brazo, y con algún agudo cuchillo traspasar este corazón donde cupo tan notoria simpleza como era no tener al Amor por universal señor del mundo. Pero de una cosa te quiero advertir: que, si quieres tomar al justo la venganza de mi yerro, que me dejes con la vida que sostengo, que es tal que no hay muerte que se le compare.

Había ya Tirsi levantado del suelo al lastimado Lenio, y, teniéndole abrazado, con discretas y amorosas palabras procuraba consolarle diciéndole:

—La mayor culpa que hay en las culpas, Lenio amigo, es el estar pertinaces en ellas, porque es de condición de demonios el nunca arrepentirse de los yerros cometidos; y, asimesmo, una de las principales causas que mueve y fuerza a perdonar las ofensas es ver el ofendido arrepentimiento en el que ofende; y más cuando está el perdonar en manos de quien no hace nada en hacerlo, pues su noble condición le tira y compele a que lo haga, quedando más rico y satisfecho con el perdón que con la venganza, como se ve esto a cada paso en los grandes señores y reyes, que más gloria granjean en perdonar las injurias que en vengarlas. Y pues tú, Lenio, confiesas el error en que has estado y conoces agora las poderosas fuerzas del Amor, y entiendes de él que es señor universal de nuestros corazones, por este nuevo conocimiento y por el arrepentimiento que tienes, puedes estar confiado a vivir seguro que el generoso y blando Amor te reducirá presto a sosegada y amorosa vida; que si ahora te castiga con darte la penosa que tienes, hácelo porque le conozcas y porque después tengas y estimes en más la alegre que sin duda piensa darte[107].

A estas razones añadieron otras muchas Elicio y los demás pastores que allí estaban, con las cuales pareció que quedó Lenio algo más consolado, y luego les contó cómo moría por la cruel pastora Gelasia, exagerándoles la esquiva y desamorada condición suya y cuán libre y exenta estaba de pensar en ningún efecto amoroso, encareciéndoles también el insufrible tormento que por ella el gentil pastor Galercio padecía, de quien ella hacía tan poco caso, que mil veces le había puesto en términos de desesperarse.

Mas después que por un rato en estas cosas hubieron razonado, tornaron a seguir su camino, llevando consigo a Lenio, y, sin sucederles otra cosa, llegaron al aldea, llevándose consigo Elicio a Tirsi, Damón, Erastro, Lauso y Arsindo. Con Daranio se fueron Crisio, Orfenio, Marsilio y Orompo. Florisa y las otras pastoras se fueron con Galatea y con su padre, Aurelio, quedando primero concertado que otro día, al salir del alba, se juntasen para ir al valle de los Cipreses, como Telesio les había mandado, para celebrar las obsequias de Meliso, en las cuales, como ya está dicho, quisieron hallarse Timbrio, Silerio, Nísida y Blanca, que con el venerable Aurelio aquella noche se fueron.

FIN DEL LIBRO QUINTO

[107] Sobre el quiebro que Lenio da en este fin del libro, véase M. Trambaioli (1994).

Sexto y último libro de Galatea

Apenas habían los rayos del dorado Febo[1] comenzado a dispuntar por la más baja línea de nuestro horizonte, cuando el anciano y venerable Telesio hizo llegar a los oídos de todos los que en el aldea estaban el lastimero son de su bocina, señal que movió a los que le escucharon a dejar el reposo de los pastorales lechos y acudir a lo que Telesio pedía. Pero los primeros que en esto tomaron la mano fueron Elicio, Aurelio, Daranio y todos los pastores y pastoras que con ellos estaban, no faltando las hermosas Nísida y Blanca y los venturosos Timbrio y Silerio, con otra cantidad de gallardos pastores y bellas pastoras que a ellos se juntaron y al número de treinta llegarían, entre los cuales iban la sin par Galatea, nuevo milagro de hermosura, y la recién desposada Silveria, la cual llevaba consigo a la hermosa y zahareña Belisa, por quien el pastor Marsilio tan amorosas y mortales angustias padecía. Había venido Belisa a visitar a Silveria y darle el parabién del nuevo recibido estado, y quiso asimesmo hallarse en tan célebres obsequias como esperaba serían las que tantos y tan famosos pastores celebraban. Salieron, pues, todos juntos de la aldea, fuera de la cual hallaron a Telesio con otros muchos pastores que le acompañaban, todos vestidos y adornados de manera que bien mostraban que para triste y lamentable negocio[2] habían sido juntados.

---

[1] El amanecer se enuncia sólo con la referencia al *dorado Febo*, el sol, sin acudir a las fórmulas mitológicas de la aurora (véanse págs. 204, 225 y 328).
[2] Se entiende que van vestidos de luto para acudir a las exequias de Me-

Ordenó luego Telesio, porque con intenciones más puras y pensamientos más reposados se hiciesen aquel día los solemnes sacrificios, que todos los pastores fuesen juntos por su parte y desviados de las pastoras, y que ellas lo mesmo hiciesen, de que los menos quedaron contentos y los más, no muy satisfechos, especialmente el apasionado Marsilio, que ya había visto a la desamorada Belisa, con cuya vista quedó tan fuera de sí y tan suspenso, cual lo conocieron bien sus amigos Orompo, Crisio y Orfenio, los cuales, viéndole tal, se llegaron a él, y Orompo le dijo:

—Esfuerza, amigo Marsilio, esfuerza y no des ocasión con tu desmayo a que se descubra el poco valor de tu pecho; ¿qué sabes si el Cielo, movido a compasión de tu pena, ha traído a tal tiempo a estas riberas a la pastora Belisa para que las remedie?

—Antes para más acabarme, a lo que yo creo —respondió Marsilio—, habrá ella venido a este lugar, que de mi ventura esto y más se debe temer; pero yo haré, Orompo, lo que mandas, si acaso puede conmigo en este duro trance más la razón que mi sentimiento.

Y con esto volvió algo más en sí Marsilio, y luego los pastores por una parte, y las pastoras por otra, como de Telesio estaba ordenado, se comenzaron a encaminar al valle de los Cipreses, llevando todos un maravilloso silencio[3], hasta que, admirado Timbrio de ver la frescura y belleza del claro Tajo, por do caminaba, vuelto a Elicio, que al lado le venía, le dijo:

—No poca maravilla me causa, Elicio, la incomparable belleza de esas frescas riberas y no sin razón, porque quien ha visto, como yo, las espaciosas del nombrado Betis y las que visten y adornan el famoso Ebro y al conocido Pisuerga, y en las apartadas tierras ha paseado las del santo Tíber

---

liso. *Negocio,* según Covarrubias, es «La ocupación de cosa particular, que obliga a poner al hombre alguna solicitud» *(Tesoro),* aquí aplicado al funeral.

[3] *maravilloso silencio*: Otra vez encontramos la mención del silencio; aquí el silencio procede del respeto por el lugar funerario, que así se impone a los visitantes. Véase A. S. Trueblood, 1959, 98-100 y A. Egido, 1994/1; (véanse págs. 345 y 548).

y las amenas del Po[4], celebrado por la caída del atrevido mozo[5], sin dejar de haber rodeado las frescuras del apacible Sebeto, grande ocasión había de ser la que a maravilla me moviese a ver otras algunas.

—No vas tan fuera de camino en lo que dices, según yo creo, discreto Timbrio —respondió Elicio—, que con los ojos no veas la razón que de decirlo tienes; porque, sin duda, puedes creer que la amenidad y frescura de las riberas de este río hace[n] notoria y conocida ventaja a todas las que has nombrado, aunque entrase en ellas las del apartado Janto y del conocido Anfriso y el enamorado Alfeo[6], porque tiene y ha hecho cierto la experiencia que, casi por derecha línea, encima de la mayor parte de estas riberas, se muestra un cielo luciente y claro, que, con un largo movimiento y con vivo resplandor, parece que convida a regocijo y gusto al corazón que de él está más ajeno. Y si ello es verdad que las estrellas y el sol se mantienen, como algunos dicen[7], de las aguas de acá bajo, creo firmemente que las de este río sean en gran parte ocasión de causar la belleza del cielo que le cubre, o creeré que Dios, por la mesma razón que dicen que mora en los cielos, en esta parte haga lo más de su habitación. La tierra que lo abraza, vestida de mil verdes ornamentos, parece que hace fiesta y se alegra de poseer en sí un don tan raro y agradable; y el dorado río, como en ca[m]bio, en los abrazos de ella dulcemente en-

---

[4] En el ámbito de los ríos poéticos, a través de la experiencia de Figueroa, como en la de Cervantes, se reúnen los ríos españoles con los italianos; la mención del «apacible Sebeto» coincide con lo que dice Sincero en la Prosa XI de la *Arcadia* al referirse al «placidissimo Sebeto» (M. Z. Wellington, 1959, 15).

[5] El *atrevido mozo* es Faetón, hijo del Sol, de hermosa figura, que pidió a su padre conducir el carro solar y lo hizo de manera tan audaz que se acercó en exceso a la tierra; y su padre, para evitar el peligro de un incendio, lo fulminó cayendo Faetón al río Po.

[6] Timbrio añade menciones geográficas de ríos de la antigüedad gentil: Janto, Anfriso (de la Tesalia), Alfeo (del Peloponeso).

[7] *algunos dicen*: Uno de ellos, como anotan Schevill y Bonilla (*La Galatea*, 1914, II, 282), fue Plinio, que en la traducción de G. de Huerta dice que «las estrellas, sin ninguna duda, se sustentan de humor terreno» (Madrid, 1624, II, 9).

tretejiéndose, forma como de industria mil entradas y salidas, que a cualquiera que las mira llenan el alma de placer maravilloso, de donde nace que, aunque los ojos tornen de nuevo muchas veces a mirarle, no por eso dejan de hallar en él cosas que les causen nuevo placer y nueva maravilla. Vuelve, pues, los ojos[8], valeroso Timbrio, y mira cuánto adornan sus riberas las muchas aldeas y ricas caserías que por ellas se ven fundadas. Aquí se ve en cualquiera sazón del año andar la risueña Primavera con la hermosa Venus en hábito sucinto y amoroso, y Céfiro, que la acompaña, con la madre Flora delante, esparciendo a manos llenas varias y odoríferas flores. Y la industria de sus moradores ha hecho tanto que la Naturaleza, encorporada con el Arte, es hecha artífice y connatural del Arte, y de entrambas a dos se ha hecho una tercia Naturaleza, a la cual no sabré dar nombre. De sus cultivados jardines, con quien los huertos Hespérides y de Alcino pueden callar; de los espesos bosques, de los pacíficos olivos, verdes laureles y acopados mirtos; de sus abundosos pastos, alegres valles y vestidos collados, arroyos y fuentes que en esta ribera se hallan, no se espere que yo diga más, sino que, si en alguna parte de la tierra los Campos Elíseos tienen asiento, es, sin duda, en ésta. ¿Qué diré de la industria de las altas ruedas[9], con cuyo

---

[8] Como ya se comentó (pág. 61), Elicio pronuncia aquí un breve discurso en elogio de la belleza de las riberas del Tajo en que propone que la belleza natural se acreciente por el esfuerzo artístico de los hombres para lograr la difícil armonía que es la «tercia naturaleza». K. Ph. Allen (1977, 162) pone en relación esta propuesta con un fragmento del *Discorso* de Giraldi Cintio en que, a propósito de los versos, se menciona que la «Natura» debe unirse a la «diligentia, et l'ornamento dell' arte, si scoprisse in loro con la dicenda gratia» (*Discorso*, ed. cit., 109-110). Cervantes refiriéndose a la aplicación del arte de la agricultura y Giraldi Cintio, a la del arte literario, coinciden en la obtención de una difícil armonía, sustancialmente humana por ser resultado de la elaboración de los hombres conocedores de las artes. Según M. Z. Wellington (1959, 16) esta alabanza «es un eco de la de Nápoles, hecha por Sincero» en la *Arcadia* en la Prosa XII. Véase la interpretación de esta *tercia realidad* en E. Rhodes (1988).

[9] Según E. L. Rivers (1981, 963-968), esta descripción pudo estar influida por la que Garcilaso hace del Tajo en la Égloga III (vv. 57-68, 73-80, y en especial, 201-216), que es la representación tejida que hace Nise del río;

continuo movimiento sacan las aguas del profundo río y humedecen abundosamente las eras[10] que por largo espacio están apartadas? Añádese a todo esto criarse en estas riberas las más hermosas y discretas pastoras que en la redondez del suelo pueden hallarse, para cuyo testimonio, dejando aparte el que la experiencia nos muestra y lo que tú, Timbrio, ha que estás en ellas y has visto, bastará traer, por ejemplo, a aquella pastora que allí ves, oh, Timbrio.

Y, diciendo esto, señaló con el cayado a Galatea, y, sin decir más, dejó admirado a Timbrio de ver la discreción y palabras con que había alabado las riberas del Tajo y la hermosura de Galatea. Y respondiéndole que no se le podía contradecir ninguna cosa de las dichas, en aquellas y en otras entretenían la pesadumbre del camino, hasta que, llegados a vista del valle de los Cipreses[11], vieron que de él salían casi otros tantos pastores y pastoras como los que con ellos iban. Juntáronse todos y con sosegados pasos comenzaron a entrar por el sagrado valle, cuyo sitio era tan extraño y maravilloso, que, aun a los mesmos que muchas veces le habían visto, causaba nueva admiración y gusto. Levántanse en una parte de la ribera del famoso Tajo, en cuatro[12] diferentes y contrapuestas partes, cuatro verdes y apacibles collados, como por muros y defensores de un hermoso valle que en medio contienen, cuya entrada en él por otros cuatro lugares es conce-

---

de la que son estos dos versos: «... y regando los campos y arboledas / con artificio de las altas ruedas» (215-216).

[10] *eras*: Además del lugar donde se trilla la mies, también se llama *era* «el cuadro de tierra en que el hortelano siembra las lechugas, rábanos, puerros y otras legumbres» (Covarrubias, *Tesoro*, *era/2*).

[11] Para el estudio de esta parte del valle de los Cipreses, véase B. M. Damiani, 5 (1986-87), 39-50. El ciprés, símbolo de muerte, se relaciona con el cuento de Ovidio sobre Cipariso (*Metamorfosis*, X, 106-42), y guía la armonía funeraria del lugar. El valle de los Cipreses, según M. Z. Wellington (1959, 16), «parece originarse en la Prosa X» de la *Arcadia*, donde se menciona un «sacro bosco» y «una profondíssima valle». Sobre esta parte del valle y Telesio, véase F. Márquez Villanueva (1995, 181-196), y su interpretación de que la religión del Amor se convierte en una idea de la defensa de la religión de la Poesía como fin de la obra.

[12] La disposición del cuadrangular valle recuerda la imagen de una iglesia natural (L. E. Cox, 1974, 136).

dida, los cuales mesmos collados estrechan de modo, que vienen a formar cuatro largas y apacibles calles, a quien hacen pared de todos lados altos e infinitos cipreses, puestos por tal orden y concierto que hasta las mesmas ramas de los unos y de los otros parece que igualmente van creciendo, y que ninguna se atreve a pasar ni salir un punto más de la otra. Cierran y ocupan el espacio que entre ciprés y ciprés se hace mil olorosos rosales y suaves jazmines, tan juntos y entretejidos como suelen estar en los vallados de las guardadas viñas las espinosas zarzas y puntosas cambroneras[13].

De trecho en trecho de estas apacibles entradas se ven correr por entre la verde y menuda hierba, claros y frescos arroyos de limpias y sabrosas[14] aguas, que en las faldas de los mesmos collados tienen su nacimiento. Es el remate y fin de estas calles una ancha y redonda plaza que los recuestos[15] y los cipreses forman, en medio de la cual está puesta una artificiosa fuente de blanco y precioso mármol fabricada, con tanta industria y artificio hecha, que las vistosas del conocido Tíbuli[16] y las soberbias de la antigua Tinacria[17] no le pueden ser comparadas. Con el agua de esta maravillosa fuente se humedecen y sustentan las frescas hierbas de la deleitosa plaza. Y lo que más hace a este agradable sitio digno de estimación y reverencia es ser previlegiado de las golosas bocas de los simples corderuelos y mansas ovejas, y de otra cualquier suerte de ganado: que sólo sirve de guardador y tesorero de los honrados huesos de algunos famosos pastores, que, por general decreto de todos los que quedan vivos en el contorno de aquellas riberas, se determina y ordena ser digno y merecedor[18] de tener sepultura en este famoso valle. Por esto

---

[13] *cambroneras*: «Cambrón y cambronera: un género de zarza que se suele plantar en los valladares de viñas y huertas para defender la entrada a los animales y aún a los hombres...» (Covarrubias, *Tesoro*, s. v. *cambrón*).

[14] *sabroso*: «Lo que tiene buen gusto» (Covarrubias, *Tesoro*, s. v. *sabio*).

[15] *recuesto*: «Tierra algo levantada en cuesta» (Covarrubias, *Tesoro*).

[16] *Tíbuli*: Son las fuentes de Tívoli, cerca de Roma.

[17] *Tinacria*: Las de Trinacria, nombre antiguo de Sicilia por su forma triangular.

[18] *digno y merecedor*: Se refiere a *todos* los que *quedan vivos*, y debiera establecerse la concordancia en plural, pero el verbo hace que se haga en singular, referido a cada uno de los que están en estas condiciones.

se veían entre los muchos y diversos árboles que por las espaldas de los cipreses estaban, en el lugar y distancia que había de ellos hasta las faldas de los collados, algunas sepulturas, cuál de jaspe y cuál de mármol fabricadas, en cuyas blancas piedras se leían los nombres de los que en ellas estaban sepultados. Pero la que más sobre todas resplandecía, y la que más a los ojos de todos se mostraba, era la del famoso pastor Meliso, la cual, apartada de las otras, a un lado de la ancha plaza, de lisas y negras pizarras y de blanco y bien labrado alabastro hecha parecía[19].

Y, en el mesmo punto que los ojos de Telesio la miraron, volviendo el rostro a toda aquella agradable compañía, con sosegada voz y lamentables acentos les dijo:

—Veis allí, gallardos pastores, discretas y hermosas pastoras; veis allí, digo, la triste sepultura donde reposan los honrados huesos del nombrado Meliso[20], honor y gloria de nuestras riberas. Comenzad, pues, a levantar al Cielo los humildes corazones, y con puros afectos, abundantes lágrimas y profundos sospiros, entonad los santos himnos y devotas oraciones, y rogalde tenga por bien de acoger en su estrellado asiento la bendita alma del cuerpo que allí yace[21].

Y, en diciendo esto, se llegó a un ciprés de aquellos y, cortando algunas ramas, hizo de ellas una funesta guirnalda[22] con que coronó sus blancas y veneradas sienes, haciendo señal a los demás que lo mesmo hiciesen, de cuyo ejemplo movidos todos, en un momento se coronaron de las tristes ramas; y, guiados de Telesio, llegaron a la sepultura,

---

[19] La disposición de la tumba «parece preludiar el famoso cuadro de Poussin *Et in Arcadia ego*» (B. M. Damiani, 1986-87, 41).

[20] Este *Meliso*, como se dijo, es «según todas las probabilidades don Diego Hurtado de Mendoza (1503-1575)» (Schevill y Bonilla, *La Galatea*, II, 1914, 291-292). A. González Palencia y E. Mele (1943, III, 230) «no puede ofrecer duda la identificación de este personaje». Véase F. López Estrada, *La Galatea*, 1948, 163-165 para las cuestiones que plantea el sobrenombre bucólico. La muerte de don Diego había ocurrido el 14 de agosto de 1575. Véanse págs. 71-72 del prólogo.

[21] El elogio de Meliso, según B. M. Damiani, (1986-87, 173) es un *planctus* que incluye *una commendatio animae*.

[22] *funesta guirnalda*: En el sentido de que era signo de dolor, como también it. *funesto*.

donde lo primero que Telesio hizo fue inclinar las rodillas y besar la dura piedra del sepulcro. Hicieron todos lo mesmo, y algunos hubo que, tiernos con la memoria de Meliso[23], dejaban regado con lágrimas el blanco mármol que besaban. Hecho esto, mandó Telesio encender el sacro fuego, y en un momento alrededor de la sepultura se hicieron muchas, aunque pequeñas, hogueras, en las cuales solas ramas de ciprés se quemaban; y el venerable Telesio, con graves y sosegados pasos, comenzó a rodear la pira y a echar en todos los ardientes fuegos alguna cantidad de sacro y oloroso incienso[24], diciendo cada vez que lo esparcía alguna breve y devota oración a rogar por el alma de Meliso encaminada, al fin de la cual levantaba la tremante[25] voz, y todos los circunstantes, con triste y piadoso acento, respondían: «Amén, amén»[26], tres veces, a cuyo lamentable sonido resonaban los cercanos collados y apartados valles. Y las ramas de los altos cipreses y de los otros muchos árboles, de que el valle estaba lleno, heridas de un manso céfiro[27] que soplaba, hacían y formaban un sordo y tristísimo susurro, casi como en señal de que por su parte ayudaban a la tristeza del funesto sacrificio. Tres veces rodeó Telesio la se-

---

[23] El elogio de un muerto célebre por algún motivo se encuentra en la *Arcadia* (prosa y verso V), en donde Opico, el más viejo y muy querido de los pastores, guía a estos al sepulcro de Androgeo; allí la ceremonia se hace con «lo antico costume» derramando leche, sangre y vino, y encima flores. Cervantes vuelve a lo católico el ceremonial encendiendo el *sacro fuego* y encima *sacro y oloroso incienso*, acompañada de *alguna breve oración* y con los *amén* de los presentes. Luego sigue la alabanza poética con el discurso y la elegía dialogada en honor de Meliso. La versión pastoril de Cervantes vierte la ceremonia y conserva el aire pastoril del conjunto para acomodarse a la verosimilitud poética del género. En estos lugares es en donde, según M. Z. Wellington (1959, 15) «la influencia de la *Arcadia* es más evidente».
[24] Los «odoriferi incensi» aparecen en los ritos del sacerdote del templo de la Prosa III de la *Arcadia* (M. Z. Wellington, 1959, 16).
[25] *tremante*: Cultismo en relación con el it. *tremante*, participio de presente poético del verbo it. *tremare* 'vibrare, palpitare'.
[26] *amén, amén*: Los pastores usan el adverbio religioso *amén* en sus oraciones: 'que así sea, ciertamente'; «repetido, tiene más fuerza» (Covarrubias, *Tesoro*).
[27] *céfiro*: Como aquí, puede indicar 'viento suave' en expresión poética, de cualquier dirección, como it. *zèffiro*.

pultura, y tres [v]eces dijo las piadosas plegarias, y otras nueve se escucharon los llorosos acentos del «amén», que los pastores repitían.

Acabada esta ceremonia, el anciano Telesio se arrimó a un subido ciprés que a la cabecera de la sepultura de Meliso se levantaba, y con volver el rostro a una y otra parte hizo que todos los circunstantes estuviesen atentos a lo que decir quería; y luego, levantando la voz todo lo que pudo conceder la antigüedad de sus años, con maravillosa elocuencia comenz[ó] a alabar las virtudes de Meliso, la integridad de su inculpable[28] vida, la alteza de su ingenio, la entereza de su ánimo, la graciosa gravedad de su plática y la excelencia de su poesía y, sobre todo, la solicitud de su pecho en guardar y cumplir la santa religión que profesado había, juntando a estas otras tantas y tales virtudes de Meliso, que, aunque el pastor no fuera tan conocido de todos los que a Telesio escuchaban, sólo por lo que él decía quedaran aficionados a amarle si fuera vivo, y a reverenciarle después de muerto. Concluyó, pues, el viejo su plática diciendo:

—Si a do llegaron, famosos pastores, las bondades de Meliso y adonde llega el deseo que tengo de alabarlas, llegara la bajeza de mi corto entendimiento, y las flacas y pocas fuerzas adquiridas de mis tantos y tan cansados años no me acortaran la voz y el aliento, primero este sol que nos alumbra le viérades bañar una y otra vez en el grande Océano, que yo cesara de la comenzada plática; mas, pues esto en mi marchita edad no se permite, suplid vosotros mi falta, y mostraos agradecidos a las frías cenizas de Meliso, celebrándolas en la muerte como os obliga el amor que él os tuvo en la vida. Y puesto que a todos en general nos toca y cabe parte de esta obligación, a quien en particular más obliga es a los famosos Tirsi y Damón, como a tan conocidos amigos y familiares suyos; y así les ruego cua[n] encarecidamente puedo, correspondan a esta deuda supliendo y cantando ellos, con más reposada y sonora voz, lo que yo he faltado llorando con la trabajosa mía.

---

[28] *inculpable*: 'Carente de pecado', cultismo que recoge Covarrubias (*Tesoro*, s. v. *culpa*); como it. *incollpabile* 'che è privo di culpa'.

No dijo más Telesio, ni aun fuera menester decirlo para que los pastores se moviesen a hacer lo que se les rogaba, porque luego, sin replicar cosa alguna, Tirsi sacó su rabel e hizo señal a Damón que lo mesmo hiciese, a quien acompañaron luego Elicio y Lauso y todos los pastores que allí instrumentos tenían; y a poco espacio formaron una tan triste y agradable música, que, aunque regalaba los oídos, movía los corazones a dar señales de tristeza con lágrimas que los ojos derramaban. Juntábase a esto la dulce armonía de los pintados y muchos pajarillos que por los aires cruzaban, y algunos sollozos que las pastoras, ya tiernas y movidas con el razonamiento de Telesio y con lo que los pastores hacían, de cuando en cuando de sus hermosos pechos arrancaban; y era de suerte que, concordándose el son de la triste música y el de la alegre armonía de los jilguerillos, calandrias y ruiseñores, y el amargo de los profundos gemidos, formaba todo junto un tan extraño y lastimoso cento que no hay lengua que encarecerlo[29] pueda.

De allí [a] poco espacio, cesando los demás instrumentos, solos los cuatro de Tirsi, Damón, Elicio y de Lauso se escucharon, los cuales, llegándose al sepulcro de Meliso, a los cuatro lados del sepulcro, señal por donde todos los presentes entendieron que alguna cosa cantar querían, y así les prestaron un maravilloso y sosegado silencio[30]; y luego el famoso Tirsi, con levantada, triste y sonora voz, ayudándole Elicio, Damón y Lauso, de esta manera comenzó a cantar:

[ELEGÍA A MELISO]

TIRSI

Tal cual es la ocasión de nuestro llanto,
no sólo nuestro, mas de todo el suelo,
pastores, entonad el triste canto.

---

[29] *encarecerlo*: «Encarecer, subir de precio y algunas veces vale exagerar la cosa» (Covarrubias, *Tesoro*, s. v. *carestía*).
[30] *maravilloso y sosegado silencio*: Aquí el silencio precede al canto de los pastores; es un silencio de los hombres y las mujeres en medio de la algarabía evocada de los pájaros del lugar. Véanse los citados A. S. Truebold, 1959, 98-100 y A. Egido, 1994/1 (págs. 345, 350).

Damón

El aire rompan, lleguen hasta el cielo
los sospiros dolientes, fabricados
entre justa piedad y justo duelo.

Elicio

Serán de tierno humor siempre bañados
mis ojos, mientras viva la memoria,
Meliso, de tus hechos celebrados.

Lauso

Meliso, digno de inmortal historia,
digno que goces en el Cielo santo
de alegre vida y de perpetua gloria.

Tirsi

Mientras que a las grandezas me levanto
de cantar sus hazañas, como pienso,
pastores, entonad el triste canto.

Damón

Como puedo, Meliso, recompenso
a tu amistad: con lágrimas vertidas,
con ruegos píos y sagrado incienso.

Elicio

Tu muerte tiene en llanto convertidas
nuestras dulces, pasadas alegrías,
y a tierno sentimiento reducidas.

Lauso

Aquellos claros, venturosos días,
donde el mundo gozó de tu presencia,
se han vuelto en noches miserables, frías.

Tirsi

¡Oh, muerte, que con presta violencia 25
tal vida en poca tierra reduciste!
¿A quién no alcanzará tu diligencia?[31]

Damón

Después, oh, muerte, que aquel golpe diste
que echó por tierra nuestro fuerte arrimo,
de hierba el prado ni[32] de flor se viste. 30

Elicio

Con la memoria de este mal reprimo
el bien, si alguno llega a mi sentido,
y con nueva aspereza me lastimo.

Lauso

¿Cuándo suele cobrarse el bien perdido?
¿Cuándo el mal sin buscarle no se halla? 35
¿Cuándo hay quietud en el mortal ruido?

Tirsi

¿Cuándo de la mortal, fiera batalla
triunfó la vida, y cuándo, contra el tiempo,
se opuso o fuerte arnés o dura malla?

Damón

Es nuestra vida un sueño, un pasatiempo 40
un vano encanto, que desaparece
cuando más firme pareció en su tiempo.

---

[31] *versos 25-27*: Según M. Z. Wellington (1959, 16) en estos «está expresado el pensamiento de Ergasto a la tumba de Androgeo: «Ahi cruda morte, e chi fia che ne scampi, / se con tue fiamme avampi / la più elevata cima» (Poesía V).

[32] El uso de *ni... ni...* es vario, y como en este caso a veces se prescindía del primer *ni*, como aquí (Keniston, 1937, 40.81 en sus variantes).

Elicio

Día que al medio curso se escurece,
y le sucede noche tenebrosa,
envuelta en sombras que el temor ofrece.   45

Lauso

Mas tú, pastor famoso, en venturosa
hora pasaste de este mar insano
a la dulce región maravillosa,

Tirsi

después que en el aprisco veneciano[33]
las causas y demandas decidiste   50
del gran pastor del ancho suelo hispano;

Damón

después también que con valor sufriste[34]
el trance de Fortuna acelerado,
que a Italia hizo, y aun a España, triste;

Elicio

y después que, en sosiego reposado   55
con las nueve doncellas solamente[35]
tanto tiempo estuviste retirado,

---

[33] En 1539 Carlos V *(el gran pastor del ancho pueblo hispano)* le nombra su embajador con el fin de mantener a Venecia dentro de la Liga Santa, junto con el Papa y el Emperador. Allí conoció a Bembo, Aretino y otros autores y reunió una buena biblioteca.

[34] Probablemente se refiere a la rebelión de Siena (1552), de cuya pérdida el Emperador echó la culpa a don Diego.

[35] Las nueve doncellas eran las musas. Se refiere probablemente al último periodo de su vida que pasó desterrado en Granada desde 1569, en que escribió la *Guerra de Granada*. La poesía de don Diego se conocía manuscrita, pues su primera edición es de 1610, y había corrido en abundancia antes probablemente en papeles y cuadernos manuscritos; está reunida en Diego Hurtado de Mendoza, *Poesía Completa*, Barcelona, Planeta, 1989, ed. J. I. Díez Fernández.

Lauso

sin que las fieras armas del Oriente,
ni la francesa furia inquietase
tu levantada y sosegada mente;   60

Tirsi

entonces quiso el Cielo que llegase
la fría mano de la muerte airada,
y en tu vida el bien nuestro arrebatase.

Damón

Quedó tu suerte entonces mejorada,
quedó la nuestra a un triste, amargo lloro   65
perpetua, eternamente condenada.

Elicio

Vióse el sacro, virgíneo, hermoso coro
de aquellas moradoras de Parnaso
romper llorando sus cabellos de oro.

Lauso

A lágrimas movió el doliente caso   70
el gran competidor del niño ciego,
que entonces de dar luz se mostró escaso[36].

Tirsi

No entre las armas y el ardiente fuego
los tristes teucros[37] tanto se afligieron
con el engaño del astuto griego,   75

como lloraron, como repitieron
el nombre de Meliso los pastores,
cuando informados de su muerte fueron.

---

[36] *versos 70-72*: M. Z. Wellington (1959, 17) menciona que Ergasto cantó en la Poesía V: «e'l sol più giorni non mostrò suoi raggi».

[37] Los *teucros* (como antes se dijo) son los troyanos y el *astuto griego* es Ulises.

Damón

 No de olorosas, variadas flores
adornaron sus frentes, ni cantaron
con voz suave algún cantar de amores.

 De funesto ciprés se coronaron,
y en triste, repetido, amargo llanto
lamentables canciones entonaron.

Elicio

 Y así, pues, hoy el áspero quebranto
y la memoria amarga se renueva,
pastores, entonad el triste canto,

 que el duro caso que a doler nos lleva
que tal, que será pecho de diamante
el que a llorar en él no se conmueva.

Lauso

 El firme pecho, el ánimo constante
que en las adversidades siempre tuvo
este pastor por mil lenguas se cante,

 como [e]l[38] desdén que de contino hubo
en el pecho de Filis indignado
cual firme roca contra el mar estuvo.

Tirsi

 Repítanse los versos que ha cantado,
queden en la memoria de las gentes
por muestras de su ingenio levantado.

---

[38] Aceptamos la corrección de Avalle-Arce (*Galatea*, 1987, 416) frente al texto *al* (fol. 311 v.).

Damón

Por tierras de las nuestras diferentes
lleve su nombre la parlera fama
con pasos prestos y alas diligentes[39]. 100

Elicio

Y de su casta y amorosa llama,
ejemplo tome el más lascivo pecho
y el que en ardor menos cabal se inflama. 105

Lauso

¡Venturoso Meliso, que, a despecho
de mil contrastes fieros de Fortuna,
vives ahora alegre y satisfecho!

Tirsi

Poco te cansa, poco te importuna
esta mortal bajeza que dejaste, 110
llena de más mudanzas que la luna.

Damón

Por firme alteza la humildad trocaste,
por bien el mal, la muerte por la vida:
tan seguro temiste y esperaste.

Elicio

De esta mortal, al parecer, caída, 115
quien vive bien, al cabo se levanta,
cual tú, Meliso, a la región florida,

donde por más de una inmortal garganta
se despide la voz, que gloria suena,
gloria repite, dulce gloria canta; 120

---

[39] Versos 100-102: Nota M. Z. Wellington que Ergasto en la Poesía V anuncia que la fama de Androgeo: «per boccha de' pastor' volando andrai; / nè verrà tempo mai, / que 'l tuo bel nome estingue...» *(Arcadia)*.

554

    donde la hermosa, clara faz serena
se ve, en cuya visión se goza y mira
la suma gloria más perfecta y buena.

    Mi flaca voz a tu alabanza aspira
y tanto cuanto más crece el deseo,   125
tanto, Meliso, el miedo le retira.

    Que aquello que contemplo agora, y veo
con el entendimiento levantado,
del sacro tuyo, sobrehumano arreo,

    tiene mi entendimiento acobardado,   130
y sólo paro[40] en levantar las cejas
y en recoger los labios de admirado.

Lauso

    Con tu partida[41], en triste llanto dejas
cuantos con tu presencia se alegraban,
y el mal se acerca porque tú te alejas.   135

Tirsi

    En tu sabiduría se enseñaban
los rústicos pastores, y, en un punto,
con nuevo ingenio y discreción quedaban.

    Pero llegóse aquel forzoso punto
donde tú te partiste y do quedamos   140
con poco ingenio y corazón difunto.

    Esta amarga memoria celebramos
los que en la vida te quisimos tanto,
cuanto ahora en la muerte te lloramos.

---

[40] *paro*: 'Pongo atención' acaso, se sobrentiende *paro [mientes]*, «parar mientes, advertir, porque para el entendimiento a considerar» (Covarrubias, *Tesoro*, s. v. *parar*).

[41] Cuando aquí se trata de exaltar el destino del alma virtuosa, Cervantes establece una versión «pastoril» del cielo cristiano, donde Dios pone de manifiesto una visión platónica de su poder.

> Por esto, al son de tan confuso llanto, 145
> cobrando de contino nuevo aliento,
> pastores, entonad el triste canto.
>
> Lleguen do llega el duro sentimiento
> las lágrimas vertidas y sospiros,
> con quien se aumenta el presuroso viento. 150
>
> Poco os encargo, poco sé pediros;
> más habéis de sentir que cuanto ahora
> puede mi atada lengua referiros.
>
> Mas, pues Febo se ausenta y descolora
> la tierra, que se cubre en negro manto, 155
> hasta que venga la esperada aurora,
> pastores, cesad ya del triste canto.

Tirsi, que comenzado había la triste y dolorosa elegía, fue el que la puso fin, sin que le[42] pusiesen por un buen espacio a las lágrimas todos los que el lamentable canto escuchado habían. Mas, a esta sazón, el venerable Telesio les dijo:

—Pues habemos cumplido en parte, gallardos y comedidos pastores, con la obligación que al venturoso Meliso tenemos, poned por agora silencio a vuestras tiernas lágrimas y dad algún vado[43] a vuestros dolientes sospiros, pues ni por ellas ni ellos podemos cobrar[44] la pérdida que lloramos; y puesto que el humano sentimiento no pueda dejar de mostrarle en los adversos acaecimientos, todavía es menester templar la demasía de sus accidentes con la razón que al discreto acompaña; y, aunque las lágrimas y sospiros sean señales del amor que se tiene al que se llora, más provecho consiguen las almas por quien se derraman con los píos sacrificios y devotas oraciones que por ellas se hacen,

---

[42] *le*: Se refiere al *fin* (que acabó la elegía a Meliso) (Keniston, 1937, 7.21).
[43] *dad algún vado*: «Dar vado a las cosas es dejarlas pasar cuando ellas van caminando con furia, y aguardar tiempo y sazón» (Covarrubias, *Tesoro*, s. v. *vado*).
[44] *cobrar*: Covarrubias recoge el sentido: «*recuperar* es cobrar lo que estaba perdido», como conviene aquí (*Tesoro*).

que si todo el mar Océano por los ojos de todo el mundo hecho lágrimas se destilase[45]. Y por esta razón y por la que tenemos de dar algún alivio a nuestros cansados cuerpos, será bien que, dejando lo que nos resta de hacer para el venidero día, por agora, visitéis vuestros zurrones, y cumpláis con lo que Naturaleza os obliga[46].

Y en diciendo esto, dio orden como todas las pastoras estuviesen a una parte del valle, junto a la sepultura de Meliso, dejando con ellas seis de los más ancianos pastores que allí había, y los demás, poco desviados de ellas, en otra parte se estuvieron; y luego, con lo que en los zurrones traían, y con el agua de la clara fuente, satisficieron a la común necesidad de la hambre, acabando a tiempo que ya la noche vestía de una mesma color todas las cosas debajo de nuestro horizonte contenidas, y la luciente luna mostraba su rostro hermoso y claro en toda la enterza que tiene cuando más el rubio hermano sus rayos le comunica. Pero, de allí a poco rato, levantándose un alterado viento, se comenzaron a ver algunas negras nubes que algún tanto la luz de la casta diosa encubrían, haciendo sombras en la tierra, señales por donde algunos pastores que allí estaban, en la rústica astrología[47] maestros, algún venidero turbión[48] y borrasca esperaban; mas todo paró en no más de quedar la

---

[45] Telesio pone sobre aviso de que las manifestaciones excesivas de dolor pueden ser contraproducentes; se impone «la razón que al discreto acompaña». Siendo el llanto por amor tan frecuente en estos libros, apunta aquí una posición irónica del recurso literario que anuncia el *Quijote*. Véase J. C. Wallace, 1986, 194.

[46] La Naturaleza impone obligaciones que el hombre tiene que atender; Telesio, el sabio sacerdote, avisa aquí que sacien el hambre; lo mismo que él pronunció la solemne oración fúnebre, también atiende aquí al requerimiento natural. Otras veces será el sueño. Véase A. Castro, 1972, 169 y 201, nota 49.

[47] *en la rústica astrología maestros*: Obsérvese que se trata de una astrología *rústica*, esto es, adecuada a las necesidades del campo, que aquí en este caso es la lluvia o el temporal. La otra astrología es la que define Covarrubias: «Ciencia que trata del movimiento de los astros y del efecto que de ellos proceden cerca de las cosas inferiores...» (*Tesoro*, s. v. *astrología*). Sobre este aspecto de la obra de Cervantes, véase A. Castro, 1972, 94-104.

[48] *turbión*: «El golpe de agua que ha caído muy recio, y lleva tras sí tierra y arena, y por esta razón va turbio» (Covarrubias, *Tesoro*).

noche parda y serena, y en acomodarse ellos a descansar sobre la fresca hierba entregando los ojos al dulce y reposado sueño, como lo hicieron todos, si no algunos que repartieron como en centinelas la guarda de las pastoras, y [la][49] de algunas antorchas que alrededor de la sepultura de Meliso ardiendo quedaban.

Pero ya que el sosegado silencio se extendió por todo aquel sagrado valle, y ya que el perezoso Morfeo[50] había con el bañado ra[m]o tocado[51] las sienes y párpados de todos los presentes, a tiempo que a la redonda de nuestro polo buena parte las errantes estrellas andado habían, señalando los puntuales cursos de la noche, en aquel instante, de la mesma sepultura de Meliso se levantó un grande y maravilloso fuego, tan luciente y claro, que en un momento todo el escuro valle quedó con tanta claridad como si el mesmo sol le alumbrara; por la cual improvisa maravilla, los pastores que despiertos junto a la sepultura estaban, cayeron atónitos en el suelo, des[l]umbrados y ciegos con la luz del transparente fuego, el cual hizo contrario efecto en los demás que durmiendo estaban, porque, heridos de sus rayos, huyó de ellos el pesado sueño, y, aunque con dificultad alguna, abrieron los dormidos ojos, y, viendo la extrañeza de la luz que se les mostraba, confusos y admirados quedaron; y así, cual en pie, cual recostado, y cual sobre las rodillas puesto, cada uno, con admiración y espanto, el claro fuego miraba. Todo lo cual visto por Telesio, adornándose en un punto de las sacras vestiduras, acompañado de Elicio, Tirsi, Damón, Lauso y de otros animosos pastores, poco a poco se comenzó a llegar al fuego, con intención de, con algunos lícitos y acomodados exorcismos[52], procu-

---

[49] *[la]*: El impreso trae *el* (fol. 314), que corregimos como Schevill y Bonilla (*La Galatea*, 1914, II, 293).

[50] *Morfeo*: Es el dios del sueño, representado por un muchacho de gran corpulencia, con alas, que lleva en una mano una copa y en la otra, un ramo de adormideras, o como aquí el ramo con que esparce el líquido de la copa.

[51] *r[a]mo tocado*: El impreso (fol. 314 v.) trae *ranco tocando*, que rectificamos como los otros editores.

[52] *lícitos y acomodados exorcismos*: Cervantes adaptó a la manera moder-

rar deshacer o entender de dó procedía la extraña visión que se les mostraba.

Pero, ya que llegaban cerca de las encendidas llamas, vieron que, dividiéndose en dos partes, en medio de ellas parecía una tan hermosa y agraciada ninfa[53], que en mayor admiración les puso que la vista del ardiente fuego. Mostraba estar vestida de una rica y sotil tela de plata, recogida y retirada a la cintura, de modo que la mitad de las piernas se descubrían, adornadas con unos coturnos[54], o calzado justo, dorados, llenos de infinitos lazos de listones de diferentes colores; sobre la tela de plata traía otra vestidura de verde y delicado cendal[55], que, llevado a una y a otra parte por

---

na el elogio de Meliso cristianizando la ceremonia. Pero en este punto tiene que dar entrada a lo maravilloso para justificar la aparición de Calíope. En la *Arcadia* (Prosa IX) habían desembocado las referencias a las artes mágicas en «una famosa vecchia, sagacissima maestra di magichi artifici» y en Enareto «a cui la maggior parte de la cosa e divina e umana è manifesta». Abierta esta relación con la magia, Montemayor la usó para valerse del agua mágica que cambia el sentido de los amores (*Diana*, 1993, V, 289-297). Esto no era del agrado de Cervantes, como él dijo en el escrutinio de la librería de don Quijote (I, 6), según ha habido ocasión de decir otras veces; y en este caso el mismo había caído en otro recurso de los libros pastoriles: la intervención de una figura mitológica para emitir los cantos «épicos» de la belleza o del ingenio. Por eso aquí, para continuar la cristianización del procedimiento, dispone que Telesio, el sabio, se prevenga de alguna maldad con el medio en uso, los «lícitos y acomodados exorcismos».

[53] *ninfa*: Obsérvese que el fuego del que sale Calíope surge del sepulcro de Meliso, don Diego Hurtado de Mendoza, escritor en verso y prosa, y por eso elogia a los ingenios literarios. Esta es la primera vez que aparece en *La Galatea* la palabra *ninfa*, tan común en otros libros de pastores; indicio de la voluntad del escritor para humanizar el que escribía. No es muy usado por Cervantes, y alguna vez, en sentido negativo. Calíope no es propiamente una ninfa, sino una musa, hija de Júpiter y Mnemosina, que inspira la elocuencia y la poesía heroica. *Calíope* es la musa elegida por Cervantes para representar la literatura, si bien propiamente es la de la poesía épica; por eso comienza mencionando a Homero y Virgilio; y luego se refiere a Enio, que cae más bien en la jurisdicción de Clío, y luego los líricos propios de Erato.

[54] *coturnos*: Covarrubias indica que el zueco era el calzado de los comediantes, «como lo era el coturno de los trágicos» (*Tesoro*, s. v. *çueco*). La ninfa aparece aquí espectacularmente, como una figura del teatro trágico o noble. Cervantes aclara el significado. Impreso *conturno* (fol. 315).

[55] *cendal*: «Tela de seda muy delgada o de otra tela de lino, muy sutil...» (Covarrubias, *Tesoro*).

un ventecillo que mansamente soplaba, extremadamente parecía; por las espaldas traía esparcidos los más luengos y rubios cabellos que jamás ojos humanos vieron, y sobre ellos, una guirnalda sólo de verde laurel compuesta; la mano derecha ocupaba con un alto ramo de amarilla y vencedora palma, y la izquierda con otro de verde y pacífica oliva, con los cuales ornamentos tan hermosa y admirable se mostraba, que a todos los que la miraban tenía colgados de su vista; de tal manera, que, desechando de sí el temor primero, con seguros pasos alrededor del fuego se llegaron, persuadiéndose que de tan hermosa visión ningún daño podía sucederles. Y estando, como se ha dicho, todos transportados en mirarla, la bella ninfa abrió los brazos a una y a otra parte, e hizo que las apartadas llamas más se apartasen y dividiesen, para dar lugar a que mejor pudiese ser mirada; y luego, levantando el sereno rostro, con gracia y gravedad extraña, a semejantes razones dio principio:

—Por los efectos que mi improvisa[56] vista ha causado en vuestros corazones, discreta y agradable compañía, podéis considerar que no en virtud de malignos espíritus ha sido formada esta figura mía que aquí se os presenta, porque una de las razones por do se conoce ser una visión buena o mala es por los efectos que hace en el ánimo de quien la mira; porque la buena, aunque cause en él admiración y sobresalto, el tal sobresalto y admiración viene[57] mezclado con un gustoso alboroto, que a poco rato le sosiega y satisface; al revés de lo que causa la visión perversa, la cual sobresalta, descontenta, atemoriza y jamás asegura. Esta verdad os aclarará la experiencia cuando me conozcáis y yo os diga quién soy y la ocasión que me ha movido a venir de mis remotas moradas a visitaros. Y porque no quiero teneros colgados del deseo que tenéis de saber quién yo sea, sabed, discretos pastores y bellas pastoras, que yo soy una de las nueve doncellas que en las altas y sagradas cumbres de P[a]rnaso tienen su propia y conocida morada. Mi nombre

---

[56] *improvisa*: Cultismo 'imprevista', como it. *improvviso*.
[57] Como se dijo antes, los dos sujetos conciertan en singular con el verbo; lo dejamos así porque no dificulta la lectura.

es Calíope; mi oficio y condición es favorecer y ayudar a los divinos espíritus, cuyo loable ejercicio es ocuparse en la maravillosa y jamás como debe alabada ciencia de la Poesía: yo soy la que hice cobrar eterna fama al antiguo ciego natural de Esmirna[58], por él solamente famosa; la que hará vivir el mantuano Títiro[59] por todos los siglos venideros, hasta que el tiempo se acabe; y la que hace que se tengan en cuenta, desde la pasada hasta la edad presente, los escritos tan ásperos como discretos del antiquísimo Enio. En fin, soy quien favoreció a Catulo, la que nombró a Horacio, eternizó a Propercio, y soy la que con inmortal fama tiene conservada la memoria del conocido Petrarca, y la que hizo bajar a los escuros infiernos y subir a los claros cielos al famoso Dante; soy la que ayudó a tejer al divino Ariosto la variada y hermosa tela que compuso; la que en esta patria vuestra tuvo familiar amistad con el agudo Boscán y con el famoso Garcilaso, con el docto[60] y sabio Castillejo y el artificioso Torres Naharro, con cuyos ingenios, y con los frutos de ellos, quedó vuestra patria enriquecida y yo satisfecha; yo soy la que moví la pluma del celebrado Aldana, y la que no dejó jamás el lado de don Fernando de Acuña[61], y la que me precio de la estrecha amistad y conversación que siempre tuve con la bendita alma del cuerpo que en esta sepultura yace, cuyas obsequias, por vosotros celebradas, no sólo han alegrado su espíritu, que ya por la región eterna se pasea, sino que a mí me han satisfecho de suerte que, forzada, he venido a agradeceros tan loable y

---

[58] *antiguo ciego*: Es Homero.
[59] *el mantuano Títiro*: Es el nombre de un pastor de las *Bucólicas*, y representa a Virgilio.
[60] *doctor* en el impreso, fol. 316. Avalle-Arce (*La Galatea*, 1987, 422) corrige *docto*, que nos parece propuesta conveniente.
[61] La *ciencia* de la poesía se mencionó en la dedicatoria a Ascanio Colonna (pág. 151), y aquí Cervantes aprovecha la ocasión para, por boca de Calíope, establecer una breve relación de poetas antiguos y modernos de la historia (todos muertos en 1585). La mención de los autores es elemental, y la de los modernos comprende a los italianos Dante, Petrarca y Ariosto, con los españoles Garcilaso, Castillejo, Torres Naharro y Acuña, puestos como telón de fondo de la lírica de *La Galatea* en sus modalidades italianizante y cancioneril.

piadosa costumbre como es la que entre vosotros se usa. Y así, os prometo, con las veras que de mi virtud pueden esperarse, que, en pago del beneficio que a las cenizas de mi querido y amado Meliso habéis hecho, de hacer siempre que en vuestras riberas jamás falten pastores que en la alegre ciencia de la Poesía a todos los de las otras riberas se aventajen; favoreceré asimesmo siempre vuestros consejos y guiaré vuestros entendimientos, de manera que nunca déis torcido voto cuando decretéis quién es merecedor de enterrarse en este sagrado valle: porque no será bien que, de honra tan particular y señalada y que sólo es merecida de los blancos y canoros[62] cisnes, la vengan a gozar los negros y roncos cuervos. Y así, me parece que será bien daros alguna noticia agora de algunos señalados varones que en esta vuestra España viven, y algunos en las apartadas Indias a ellas sujetas, los cuales, si todos o alguno de ellos su buena ventura le trujere a acabar el curso de sus días en estas riberas, sin duda alguna le podéis conceder sepultura en este famoso sitio. Junto con esto, os quiero advertir que no entendáis que los primeros que nombrare son dignos de más honra que los postreros, porque en esto no pienso guardar orden alguna. Que, puesto que yo alcanzo la diferencia que el uno al otro y los otros a los otros hacen, quiero dejar esta declaración en duda, porque vuestros ingenios en entender la diferencia de los suyos tengan en qué ejercitarse, de los cuales darán testimonio sus obras. Irélos nombrando como se me vinieren a la memoria, sin que ninguno se atribuya a que ha sido favor que yo le he hecho en haberme acordado de él primero que de otro, porque, como digo, a vosotros, discretos pastores, dejo que después les déis el lugar que os pareciere que de justicia se les debe. Y para que con menos pesadumbre y trabajo a mi larga relación estéis atentos, haréla de suerte que sólo sintáis disgusto por la brevedad de ella.

Calló diciendo esto la bella ninfa, y luego tomó una arpa que junto a sí tenía, que hasta entonces de ninguno

---

[62] *canoros*: Cultismo, 'que articula, canta o suena melódicamente', como it. *canoro*. Aquí se opone a *ronco*.

había sido vista; y, en comenzándola a tocar, parece que comenzó a esclarecerse el cielo, y que la luna, con nuevo y no usado resplandor, alumbraba la tierra; los árboles, a despecho de un blando céfiro que soplaba, tuvieron quedas las ramas; y los ojos de todos los que allí estaban no se atrevían a abajar los párpados, porque, aquel breve punto que se tardaban en alzarlo[s], no se privasen de la gloria que en mirar la hermosura de la ninfa gozaban; y aun quisieran todos que todos sus cinco sentidos se convirtieran en el del oír solamente: con tal extrañeza, con tal dulzura, con tanta suavidad tocaba el arpa la bella musa, la cual, después de haber tañido un poco, con la más sonora voz que imaginarse puede, en semejantes versos dio principio:

CANTO DE CALÍOPE[63]

Al dulce son de mi templada lira   1
prestad, pastores, el oído atento:
oiréis cómo en mi voz y en él respira
de mis hermanas el sagrado aliento.
Veréis cómo os suspende, y os admira
y colma vuestras almas de contento,
cuando os dé relación, aquí en el suelo,
de los ingenios que ya son del Cielo[64].

Pienso cantar de aquellos solamente   2
a quien la Parca el hilo aún no ha cortado,
de aquellos que son dignos justamente
de en tal lugar tenerle señalado,
donde, a pesar del tiempo diligente,

---

[63] El canto ha sido objeto de numerosos comentarios; véanse sobre todo los de las ediciones de *La Galatea* de R. Schevill y A. Bonilla (1914, II, 297-361) y de J. B. Avalle-Arce (1987, 428-458). Para no alargar en exceso las notas de nuestra edición, hemos dispuesto a los ingenios nombrados en una lista (págs. 631-645), con algunos datos que los relacionan con el Cervantes de *La Galatea*, y sumarias indicaciones bibliográficas; están ordenadas alfabéticamente con referencia al número marginal de las octavas.

[64] Quiere decir que ya merecen estar en el Cielo por sus virtudes humanas y poéticas, no que hayan muerto, pues en la estrofa siguiente remacha que se refiere a los escritores vivos.

por el laudable oficio acostumbrado
vuestro, vivan mil siglos sus renombres,
sus claras obras, sus famosos nombres.

Y el que con justo título merece 3
gozar de alta y honrosa preeminencia,
un don Alonso es, en quien florece
del sacro Apolo la divina ciencia;
y en quien con alta lumbre resplandece
de Marte el brío y sin igual potencia,
de Leiva tiene el sobrenombre ilustre,
que a Italia ha dado, y aun a España, lustre.

Otro del mesmo nombre, que de Arauco 4
cantó las guerras y el valor de España
el cual los reinos donde habita Glauco[65]
pasó y sintió la embravecida saña;
no fue su voz, no fue su acento rauco[66],
que uno y otro fue de gracia extraña,
y tal, que Ercil[l]a, en este hermoso asiento,
merece eterno y sacro monumento.

Del famoso don Juan de Silva os digo 5
que toda gloria y todo honor merece,
así por serle Febo tan amigo,
como por el valor que en él florece.
Serán de esto sus obras buen testigo,
en las cuales su ingenio resplandece
con claridad que al ignorante alumbra
y al sabio agudo a veces le deslumbra.

Crezca el número rico de esta cuenta 6
aquel con quien la tiene tal el Cielo,
que con febeo aliento le sustenta,
y con valor de Marte, acá en el suelo.
A Homero iguala si a escrebir intenta,

---

[65] Glauco fue un pescador, convertido en divinidad por Océano y Tetis; aquí cuenta por representar de algún modo los mares del Arauco, y porque es rima conveniente con esta misma palabra.

[66] *acento rauco*: Rauco es un cultismo (lat. *raucus*, 'ronco, bronco, cavernoso') apoyado por el it. *rauco* 'aspro, basso'. Recuérdese que hace poco se opuso a *canoro*.

y a tanto llega de su pluma el vuelo,
cuanto es verdad que a todos es notorio
el alto ingenio de don Diego Osorio.

Por cuantas vías la parlera fama 7
puede loar un caballero ilustre,
por tantas su valor claro derrama,
dando sus hechos a su nombre lustre.
Su vivo ingenio, su virtud inflama
más de una lengua a que, de lustre en lustre
sin que cursos de tiempos las espanten,
de don Francisco de Mendoza canten.

¡Feliz don Diego de Sarmiento, ilustre, 8
y Carvajal famoso, producido
de nuestro coro y de Hipocrene[67] lustre,
mozo en la edad, anciano en el sentido!
De siglo en siglo irá, de lustre en lustre,
a pesar de las aguas del olvido[68],
tu nombre, con tus obras excelentes,
de lengua en lengua y de gente en gentes.

Quiéroos[69] mostrar por cosa soberana, 9
en tierna edad, maduro entendimiento,
destreza y gallardía sobrehumana,
cortesía, valor, comedimiento;
y quien puede mostrar en la toscana
como en su propia lengua aquel talento
que mostró el que cantó la casa de Este[70]:
un don Gutierre Carvajal es este.

Tú, don Luis de Vargas, en quien veo 10
maduro ingenio en verdes, pocos días,
procura de alcanzar aquel trofeo

---

[67] *Hipocrene*: Fuente del monte Helicón, consagrada a las Musas. Recuérdese que hace poco se opuso a *canoro*.
[68] *las aguas del olvido*: Son las del río Leteo, un río del Infierno que hacía olvidar a las almas su pasado.
[69] *Quiéroos*: Requiere pronunciación bisílaba para formar el verso.
[70] Se refiere a Ludovico Ariosto (1474-1533); en 1507 había ya leído algunos cantos de su *Orlando furioso* a doña Isabel de Este en Mantua. El *Orlando furioso* está dedicado en su primera edición de 1516 al Cardenal Hippolito da Este.

que te prometen las hermanas mías;
mas tan cerca estás de él, que, a lo que creo,
ya triunfas, pues procuras por mil vías
virtuosas y sabias que tu fama
resplandezca con viva y clara llama.

Del claro Tajo la ribera hermosa   11
adornan mil espíritus divinos,
que hacen nuestra edad más venturosa
que aquella de los griegos y latinos.
De ellos pienso decir sola una cosa:
que son de vuestro valle y honra dignos
tanto cuanto sus obras nos lo muestran,
que al camino del Cielo nos adiestran[71].

Dos famosos doctores, presidentes   12
en las ciencias de Apolo, se me ofrecen
que no más que en la edad son diferentes,
y en el trato e ingenio se parecen.
Admíranlos ausentes y presentes,
y entre unos y otros tanto resplandecen
con su saber altísimo y profundo,
que presto han de admirar a todo el mundo.

Y el nombre que me viene más a mano   13
de estos dos que a loar aquí me atrevo
es del doctor famoso Campuzano,
a quien podéis llamar segundo Febo.
El alto ingenio suyo, el sobrehumano
discurso nos descubre un mundo nuevo,
de tan mejores Indias y excelencias,
cuánto mejor que el oro son las ciencias.

Es el doctor Suárez, que de Sosa   14
el sobrenombre tiene, el que se sigue,
que de una y otra lengua artificiosa
lo más cendrado y lo mejor consigue.
Cualquiera que en la fuente milagrosa,
cual él la mitigó, la sed mitigue,
no tendrá que envidiar al docto griego,
ni a aquel que nos cantó el troyano fuego.

---

[71] *adiestran*: *Adestrar* es «guiar a alguno llevándole de la diestra» (Covarrubias, *Tesoro*).

    Del doctor Vaca si decir pudiera　　　　　　　　15
lo que yo siento de él, sin duda creo
que cuantos aquí estáis os suspendiera:
tal es su ciencia, su virtud y arreo.
Yo he sido en ensalzarle la primera
del sacro coro, y soy la que deseo
eternizar su nombre en cuanto al suelo
diere su luz el gran señor de Delo.

    Si la fama os trujere a los oídos,　　　　　　　　16
de algún famoso ingenio maravillas,
conceptos bien dispuestos y subidos,
y ciencias que os asombren en oíllas,
cosas que paran sólo en los sentidos
y la lengua no puede referillas,
el dar salida a todo dubio[72] y traza,
sabed que es el licenciado Daza.

    Del maestro Garay las dulces obras　　　　　　　17
me incitan sobre todos a alabarle;
tú, Fama, que al ligero tiempo sobras[73],
ten por heroica empresa el celebrarle.
Verás cómo en él más fama cobras,
Fama, que está la tuya en ensalzarle,
que hablando de esta fama, en verdadera
has de trocar la fama de parlera.

    Aquel ingenio que al mayor humano　　　　　　18
se deja atrás, y aspira al que es divino,
y, dejando a una parte el castellano,
sigue el heroico verso del latino;
el nuevo Homero, el nuevo mantuano[74],
es el maestro Córdoba, que es digno
de celebrarse en la dichosa España,
y en cuanto el sol alumbra y el mar baña.

---

[72] *dubio*: Cultismo, por 'duda', usado en poesía y favorecido por el it. *dubbio*.
[73] *sobras*: 'Superas'.
[74] *mantuano*: Por antonomasia, se entiende Virgilio, en su aspecto de poeta épico, emparejado con Homero.

De ti, el doctor Francisco Díaz, puedo 19
asegurar a estos mis pastores
que, con seguro corazón y ledo[75],
pueden aventajarse en tus loores.
Y si en ellos yo agora corta quedo,
debiéndose a tu ingenio los mayores,
es porque el tiempo es breve, y no me atrevo
a poderte pagar lo que te debo.

Luján, que con la toga merecida 20
honras el propio y el ajeno suelo,
y con tu dulce musa conocida
subes tu fama hasta el más alto cielo,
yo te daré después de muerto vida,
haciendo que, en ligero y presto vuelo,
la fama de tu ingenio único, solo,
vaya del nuestro hasta el contrario polo.

El alto ingenio y su valor declara 21
un licenciado tan amigo vuestro
cuanto ya sabéis que es Juan de Vergara,
honra del siglo venturoso nuestro.
Por la senda qu[e] él sigue, abierta y clara,
yo mesma el paso y el ingenio adiestro,
y, adonde él llega, de llegar me pago,
y en su ingenio y virtud me satisfago.

Otros os quiero nombrar, porque se estime 22
y tenga en precio mi atrevido canto,
el cual hará que ahora más le anime,
y llegue allí donde el deseo levanto.
Y es este que me fuerza y que me oprime
a decir sólo de él y cantar cuanto
canto de los ingenios más cabales:
el licenciado Alonso de Morales.

Por la difícil cumbre va subiendo 23
al temp[l]o de la Fama, y se adelanta,
un generoso mozo, el cual, rompiendo
por la dificultad que más espanta,

---

[75] *ledo*: «Vocablo castellano antiguo; vale alegre, contento» (Covarrubias, *Tesoro*).

tan presto ha de llegar allá, que entiendo
que en profecía ya la fama canta
del lauro que le tiene aparejado
al licenciado Hernando Maldonado.

    La sabia frente, de laurel honroso 24
adornada veréis, de aquel que ha sido
en todas ciencias y artes tan famoso,
que es ya por todo el orbe conocido.
Edad dorada, siglo venturoso,
que gozar de tal hombre has merecido:
¿cuál siglo, cuál edad ahora te llega,
si en ti está Marco Antonio de la Vega?

    Un Diego se me viene a la memoria 25
que de Mendoza es cierto que se llama,
digno que sólo de él se hiciera historia
tal, que llegara allí donde su fama.
Su ciencia y su virtud, que es tan notoria,
que ya por todo el orbe se derrama,
admira[76] los ausentes y presentes
de las remotas y cercanas gentes.

    Un conocido el alto Febo tiene, 26
¿qué digo un conocido?, un verdadero
amigo, con quien sólo se entretiene,
que es de toda ciencia tesorero.
Y es este que de industria se detiene
a no comunicar su bien entero,
Diego Durán, en quien contino dura
y durará el v[a]lor, ser y cordura.

    ¿Quién pensáis que es aquel que en voz sonora 27
sus ansias canta regaladamente,
aquel en cuyo pecho Febo mora,
el docto Orfeo y Arión prudente?
Aquel que, de los reinos del aurora
hasta los apartados de occidente,
es conocido, amado y estimado
por el famoso López Maldonado.

---

[76] Como otras veces, sobrentiéndase: *admira [a] los ausentes*.

¿Quién pudiera loaros, mis pastores, 28
un pastor vuestro amado y conocido,
pastor mejor de cuantos son mejores,
que de Fílida tiene el apellido?
La habi[li]dad, la ciencia, los primores,
el raro ingenio y el valor subido
de Luis de Montalvo le aseguran
gloria y honor mientras los cielos duran.

El sacro Ibero[77], de dorado acanto, 29
de siempre verde hiedra y blanca oliva
su frente adorne, y en alegre canto
su gloria y fama para siempre viva,
pues su antiguo valor ensalza tanto,
que al fértil Nilo de su nombre priva,
de Pedro de Liñán la sotil pluma,
de todo el bien de Apolo cifra y suma.

De Alonso de Valdés me está incitando 30
el raro y alto ingenio a que de él cante,
y que os vaya, pastores, declarando
que a los más raros pasa, y va adelante.
Halo mostrado ya, y lo va mostrando
en el fácil estilo y elegante
con que descubre el lastimado pecho
y alaba el mal que el fiero amor le ha hecho.

Admíreos un ingenio en quien se encierra 31
todo cuanto pedir puede el deseo,
ingenio que, aunque vive acá en la tierra,
de alto Cielo es su caudal y arreo.
Ora trate de paz, ora de guerra,
todo cuanto yo miro, escucho y leo
del celebrado Pedro de Padilla,
me causa nuevo gusto y maravilla.

Tú, famoso Gaspar Alfonso, ordenas, 32
según aspiras a inmortal subida,
que yo no pueda celebrarte apenas,

---

[77] *Ibero*: Ebro. La mención de sacro, aquí y en otros lugares, viene de que en la Mitología los ríos eran dioses, y así esto se ha aplicado para ordenar los escritores y situar a los personajes es sus riberas.

si te he de dar loor a tu medida.
Las plantas fertilísimas, amenas,
que nuestro celebrado monte anida,
todas ofrecen ricas laureolas
para ceñir y honrar tus sienes solas.

De Cristóbal de Mesa os digo cierto   33
que puede honrar vuestro sagrado valle;
no sólo en vida, mas después de muerto
podéis con justo título alaballe.
De sus heroicos versos el concierto,
su grave y alto estilo, pueden dalle
alto y honroso nombre, aunque callara
la fama de él, y yo no me acordara.

Pues sabéis cuánto adorna y enriquece   34
vuestras riberas Pedro de Ribera;
dalde el honor, pastores, que merece,
que yo seré en honrarle la primera.
Su dulce musa, su virtud, ofrece
un sujeto cabal donde pudiera
la fama, y cien mil famas, ocuparse,
y en solos sus loores extremarse.

Tú, que de Luso el sin igual tesoro   35
trujiste en nueva forma a la ribera
del fértil río a quien el lecho de oro
tan famoso le hace adonde quiera:
con el debido aplauso y el decoro
debido a ti, Benito de Caldera,
y a tu ingenio sin par, prometo honrarte,
y de lauro y de hiedra coronarte.

De aquel que la cristiana poesía   36
tan en su punto ha puesto en tanta gloria,
haga[78] la Fama y la memoria mía
famosa para siempre su memoria.
De donde nace a donde muere el día,
la ciencia sea y la bondad notoria
del gran Francisco de Guzmán, que el arte
de Febo sabe, así como el de Marte.

---

[78] *haga*: El verbo concierta en singular, aunque el sujeto sean *la fama y la memoria mía*, uso común en la época.

Del capitán Salcedo está bien claro 37
que llega su divino entendimiento
al punto más subido, agudo y raro
que puede imaginar el pensamiento.
Si le comparo, a él mesmo le comparo,
que no hay comparación que llegue a cuento
de tamaño valor, que la medida
ha de mostrar ser falta o ser torcida.

Por la curiosidad y entendimiento 38
de Tomás de Gracián, dadme licencia
que yo le escoja en este valle asiento
igual a su virtud, valor y ciencia;
el cual, si llega a su merecimiento,
será de tanto grado y preeminencia,
que, a lo que creo, pocos se le igualen:
tanto su ingenio y sus virtudes valen.

Agora, hermanas bellas, de improviso 39
Bautista de Vivar quiere[79] alabaros
con tanta discreción, gala y aviso,
que podáis, siendo musas, admiraros.
No cantará desdenes de Narciso,
que a Eco solitaria cuestan caros,
sino cuidados suyos, que han nacido
entre alegre esperanza y triste olvido.

Un nuevo espanto, un nuevo asombro y miedo 40
me acude y sobresalta en este punto,
sólo por ver que quiero y que no puedo
subir de honor al más subido punto
al grave Baltasar, que de Toledo
el sobrenombre tiene, aunque barrunto
que de su docta pluma el alto vuelo
le ha de subir hasta el impíreo Cielo.

Muestra en un ingenio la experiencia 41
que en años verdes y en edad temprana
hace su habitación así la ciencia,
como en la edad madura, antigua y cana.
No entraré con alguno en competencia

---

[79] *quiere*: V. Gaos (1981, II, 180) propone la lección *quiero*.

572

que contradiga una verdad tan llana,
   y más si acaso a sus oídos llega
   que lo digo por vos, Lope de Vega.

   De pacífica oliva coronado, 42
   ante mi entendimiento se presenta
   agora el sacro Betis, indignado,
   y de mi inadvertencia se lamenta.
   Pide que, en el discurso comenzado,
   de los raros ingenios os dé cuenta
   que en sus riberas moran, y yo ahora
   harélo con la voz muy más sonora.

   Mas ¿qué haré, que en los primeros pasos 43
   que doy descubro mil extrañas cosas,
   otros mil nuevos Pindos y Parnasos[80],
   otros coros de hermanas más hermosas,
   con que mis altos bríos quedan lasos[81],
   y más cuando, por causas milagrosas,
   oigo cualquier sonido servir de Eco,
   cuando se nombra el nombre de Pacheco?

   Pacheco es este con quien tiene Febo 44
   y las hermanas, tan discretas, mías
   nueva amistad, discreto trato y nuevo
   desde sus tiernos y pequeños días.
   Yo desde entonces hasta agora llevo
   por tan extrañas, desusadas vías
   su ingenio y sus escritos, que han llegado
   al título de honor más encumbrado.

   En punto estoy donde, por más que diga 45
   en alabanza del divino Herrera,
   será de poco fruto mi fatiga,
   aunque le suba hasta la cuarta esfera[82].
   Mas, si soy sospechosa por amiga,

---

[80] *Pindo*: Una cadena de montañas entre Tesalia, Macedonia y el Epiro, consagrada a las Musas y a Apolo. *Parnaso* es la conocida cima cercana de Corinto, también dedicada a las Musas y Apolo.

[81] *lasos*: 'Flojos', cultismo, apoyado por el it. *lasso* 'stanco, affaticato'.

[82] La *cuarta esfera* es la del Sol o Apolo; la poesía del sevillano insiste mucho en la condición luminosa de la amada.

    sus obras y su fama verdadera
dirán que en ciencias es Hernando solo
del Gange[83] al Nilo, y de uno al otro polo.

    De otro Fernando quiero daros cuenta,   46
que de Cangas se nombra, en quien se admira
el suelo, y por quien vive y se sustenta
la ciencia en quien al sacro lauro aspira.
Si al alto Cielo algún ingenio intenta
de levantar y de poner la mira,
póngala en este sólo, y dará al punto
en el más ingenioso y alto punto.

    De don Cristóbal, cuyo sobrenombre   47
es de Villar[r]oel, tened creído
que bien merece que jamás su nombre
toque las aguas negras del olvido.
Su ingenio admire, su valor asombre,
y el ingenio y valor sea conocido
por el mayor extremo que descubre
en cuanto mira el sol o el suelo encubre.

    Los ríos de elocuencia que del pecho   48
del grave, antiguo Cicerón manaron;
los que al pueblo de Atenas satisfecho
tuvieron y a Demóstenes honraron;
los ingenios que el tiempo ha ya deshecho
que tanto en los pasados se estimaron,
humíllense a la ciencia alta y divina
del maestro Francisco de Medina.

    Puedes, famoso Betis, dignamente,   49
al Mincio, al Arno, al Tibre aventajarte,
y alzar contento la sagrada frente
y en nuevos anchos senos dilatarte,
pues quiso el cielo, que en tu bien consiente,
tal gloria, tal honor, tal fama darte,
cual te la adquiere a tus riberas bellas
Baltasar del Alcázar, que está en ellas.

---

[83] *Gange*: O Ganjes, desde este río de la India, al Nilo de Egipto; es una comparación usada en la época y lugar común para encarecer la grandeza de una dimensión geográfica.

    Otro veréis en quien veréis cifrada 50
del sacro Apolo la más rara ciencia,
que, en otros mil sujetos derramada,
hace en todos de sí grave aparencia[84].
Mas, en este sujeto mejorada,
asiste en tantos grados de excelencia,
que bien puede Mosquera, el licenciado,
ser como el mesmo Apolo celebrado.

    No se desdeña aquel varón prudente, 51
que de ciencias adorna y enriquece
su limpio pecho, de mirar la fuente
que en nuestro monte en sabias aguas crece;
antes, en la sin par, clara corriente
tanto la sed mitiga, que florece
por ello el claro nombre acá en la tierra
del gran doctor Domingo de Becerra.

    Del famoso Espinel cosas diría 52
que exceden al humano entendimiento,
de aquellas ciencias que en su pecho cría
el divino, de Febo, sacro aliento;
más, pues no puede de la lengua mía
decir lo menos de lo más que siento,
no diga más sino que al Cielo aspira,
ora tome la pluma, ora la lira.

    Si queréis ver en una igual balanza 53
al rubio Febo y colorado Marte,
procurad de mirar al gran Carranza,
de quien el uno y otro no se parte.
En él veréis amigas pluma y lanza,
con tanta discreción, destreza y arte,
que la destreza, en partes dividida,
la tiene a ciencia y arte reducida.

    De Lázaro Luis Iranzo, lira 54
templada había de ser más que la mía,
a cuyo son cantase el bien que inspira
en él el Cielo y el valor que cría.
Por las sendas de Marte y Febo aspira

---

[84] *aparencia*: «Lo que a la vista tiene buen parecer» (Covarrubias, *Tesoro*).

a subir do la humana fantasía
apenas llega, y él, sin duda alguna,
llegará contra el hado y la Fortuna.

 Baltasar de Escobar, que agora adorna   55
del Tíber las riberas tan famosas,
y con su larga ausencia desadorna
las del sagrado Betis, espaciosas;
fértil ingenio, si por dicha torna
al patrio, amado suelo, a sus honrosas
y juveniles sienes les ofrezco
el lauro y el honor que yo merezco.

 ¿Qué título, qué honor, qué palma o lauro   56
se le debe a Juan Sanz, que de Zumeta
se nombra, si del indo al rojo mauro
cual su musa no hay otra tan perfeta?
Su fama aquí de nuevo le restauro
con deciros, pastores, cuán acepta
será de Apolo cualquier honra y lustre
que a Zumeta hagáis que más le lustre.

 Dad a Juan de las Cuevas el debido   57
lugar, cuando se ofrezca en este asiento,
pastores, pues lo tiene merecido
su dulce musa y raro entendimiento.
Sé que sus obras del eterno olvido,
a despecho y pesar del violento
curso del tiempo, librarán su nomb[r]e,
quedando con un claro alto renombre.

 Pastores, si le viéredes[85], honraldo   58
al famoso varón que os diré ahora,
y en graves, dulces versos celebraldo,
como a quien tanto en ellos se mejora.
El sobrenombre tiene de Vivaldo;
de Adam el nombre, el cual ilustra y dora
con su florido ingenio y excelente
la venturosa nuestra edad presente.

---

[85] Recuerda el conocido verso del *Cántico espiritual* de San Juan de la Cruz «Pastores[...] / si por ventura viéredes...».

       Cual suele estar de variadas flores   59
adorno[86] y rico el más florido mayo,
tal de mil varias ciencias y primores
está el ingenio de don Juan Aguayo.
Y, aunque más me detenga en sus loores,
sólo sabré deciros que me ensayo
ahora, y que otra vez os diré cosas
tales que las tengáis por milagrosas.

       De Juan Gutiérrez Rufo el claro nombre   60
quiero que viva en la inmortal memoria,
y que al sabio y al simple admire, asombre
la heroica, que compuso, ilustre historia.
Dele el sagrado Betis el renombre
que su estilo merece; denle gloria
los que pueden y saben; déle el Cielo
igual la fama a su encumbrado vuelo.

       En don Luis de Góngora os ofrezco   61
un vivo, raro ingenio sin segundo;
con sus obras me alegro y enriquezco
no sólo yo, mas todo el ancho mundo.
Y si, por lo que os quiero, algo merezco,
haced que su saber alto y profundo
en vuestras alabanzas siempre viva,
contra el ligero tiempo y muerte esquiva.

       Ciña el verde laurel, la verde hiedra   62
y aun la robusta encina, aquella frente
de Gonzalo Cervantes Saavedra,
pues la deben ceñir tan justamente.
Por él la ciencia más de Apolo medra;
en él Marte nos muestra el brío ardiente
de su furor, con tal razón medido,
que por él es amado y es temido.

       Tú, que de Celidón[87], con dulce plectro,   63
heciste resonar el nombre y fama,

---

[86] *adorno*: En función adjetival; Covarrubias trae *adornado* y *adornar* (*Tesoro*, s. v. *adornado*). En relación con el adjetivo it. 'adornato, ornato, decorato'.

[87] *Celidón*: Es el nombre del caballero que canta en su libro; véase la mención del autor en la lista (pág. 637).

cuyo admirable y bien limado metro
a lauro y triunfo te convida y llama,
recibe el mando, la corona y cetro,
Gonzalo Gómez, de esta que te ama,
en señal que merece tu persona
el justo señorío de Helicona.

Tú, [D]auro[88], de oro conocido río, 64
cual bien agora puedes señalarte,
y con nueva corriente y nuevo brío
al apartado Hidaspe[89] aventajarte,
pues Gonzalo Mateo de Berrío
tanto procura con su ingenio honrarte,
que ya tu nombre la parlera fama,
por él, por todo el mundo le derrama.

Tejed de verde lauro una corona, 65
pastores, para honrar la digna frente
del licenciado Soto Barahona,
varón insigne, sabio y elocuente.
En él el licor santo de Helicona,
si se perdiera en la sagrada fuente,
se pudiera hallar, oh, extraño caso,
como en las altas cumbres de Parnaso.

De la región antártica[90] podría 66
eternizar ingenios soberanos,
que si riquezas hoy sustenta y cría,
también entendimientos sobrehumanos.
Mostrarlo puedo en muchos este día,
y en dos os quiero dar llenas las manos:
uno, de Nueva España y nuevo Apolo;
del Perú el otro: un sol único y solo.

---

[88] *Dauro*: Nombre poético del río Darro. Era proverbial la mención del oro (y más, por la falsa asociación etimológica).

[89] *Hidaspe*: En el texto (fol. 331), Idaspe; río de Asia que desemboca en el Indo y que fue el límite de las conquistas de Alejandro en la India. Por eso se usa para referir una lejanía.

[90] Comienza la mención de los escritores americanos. Importa notar que, para Cervantes, cuentan lo mismo los escritores de las ciudades de América que los que están en el espacio europeo de la monarquía española.

Francisco, el uno, de Terrazas, tiene 67
el nombre acá y allá tan conocido,
cuya vena caudal nueva Hipocrene,
ha dado al patrio, venturoso nido.
La mesma gloria al otro igual le viene,
pues su divino ingenio ha producido
en Arequipa eterna primavera,
que este es Diego Martínez de Ribera.

Aquí debajo de felice estrella, 68
un resplandor salió tan señalado,
que de su lumbre la menor centella
nombre de oriente al occidente ha dado.
Cuando esta luz nació, nació con ella
todo el valor; nació Alonso Picado;
nació mi hermano y el de Palas junto,
que ambas vimos en él vivo trasunto.

Pues si he de dar la gloria a ti debida, 69
gran Alonso de Estrada, hoy eres digno
que no se cante así tan de corrida
tu ser y entendimiento peregrino.
Contigo está la tierra enriquecida
que al Betis mil tesoros da contino,
y aun no da el cambio igual: que no hay tal paga
que a tan dichosa deuda satisfaga.

Por prenda rara de esta tierra ilustre, 70
claro don Juan, te nos ha dado el Cielo,
de Ávalos gloria y de Ribera lustre,
honra del propio y del ajeno suelo.
Dichosa España, do por más de un lustre
muestra serán tus obras y modelo
de cuanto puede dar Naturaleza
de ingenio claro y singular nobleza.

El que en la dulce patria está contento, 71
las puras aguas de Limar[91] gozando,
la famosa ribera, el fresco viento
con sus divinos versos alegrando,

---

[91] *Limar*: Y también *Limara,* es el río que corre por el valle de Lima, en el Perú.

venga, y veréis por suma de este cuento,
su heroico brío y discreción mirando,
que es Sancho de Ribera en toda parte
Febo primero y sin segundo Marte.

Este mesmo famoso, insigne valle
un tiempo al Betis usurpar solía
un nuevo Homero, a quien podemos dalle
la corona de ingenio y gallardía.
Las gracias le cortaron a su talle,
y el Cielo en todas lo mejor le envía:
este ya en vuestro Tajo conocido,
Pedro de Montesdoca es su apellido.

72

En todo cuanto pedirá el deseo,
un Diego ilustre de Aguilar admira,
un águila real que en vuelo veo
alzarse a do llegar ninguno aspira.
Su pluma entre cien mil gana trofeo,
que, ante ella, la más alta se retira;
su estilo y su valor tan celebrado
Guánuco[92] lo dirá, pues lo ha gozado.

73

Un Gonzalo Fernández se me ofrece,
gran capitán[93] del escuadrón de Apolo,
que hoy de Sotomayor ensoberbece
el nombre, con su nombre heroico y solo.
En verso admira, y en saber florece
en cuanto mira el uno y otro polo;
y, si en la pluma en tanto grado agrada,
no menos es famoso por la espada.

74

De un Enrique Garcés, que al piruano
reino enriquece, pues con dulce rima,
con sutil, ingeniosa y fácil mano,
a la más ardua empresa en él dio cima,
pues en dulce español al gran toscano
nuevo lenguaje ha dado y nueva estima,

75

---

[92] *Guánuco*: Guanuco, en Venezuela, cerca de la costa del norte.
[93] Lo de *gran capitán* en relación con alguien que se llama Gonzalo Fernández es asociación con el de Córdoba, el héroe andaluz.

¿quién será tal que la mayor le quite,
aunque el mesmo Petrarca resucite?

    Un Rodrigo Fernández de Pineda,   76
cuya vena inmortal, cuya excelente
y rara habilidad gran parte hereda
del licor sacro de la equina fuente[94],
pues cuanto quiere dél no se le veda,
pues de tal gloria goza en occidente,
tenga también aquí tan larga parte,
cual la merecen hoy su ingenio y arte.

    Y tú, que al patrio Betis has tenido   77
lleno de envidia y, con razón, quejoso
de que otro cielo y otra tierra han sido
testigos de tu canto numeroso[95],
alégrate, que el nombre esclarecido
tuyo, Juan de Mestanza, generoso,
sin segundo será por todo el suelo,
mientras diere su luz el cuarto cielo.

    Toda la suavidad, que en dulce vena   78
se puede ver, veréis en uno solo,
que al son sabroso de su musa enfrena
la furia al mar, el curso al dios Eolo.
El nombre de este es Baltasar de Orena,
cuya fama del uno al otro polo
corre ligera, y del oriente a ocaso,
por honra verdadera de Parnaso.

    Pues de una fértil y preciosa planta,   79
de allá traspuesta en el mayor collado[96]
que en toda la Te[s]a[l]ia[97] se levanta,
planta que ya dichoso fruto ha dado,
callaré yo lo que la Fama canta
del ilustre don Pedro de Alvarado,

---

[94] *licor sacro de la equina fuente*: Referencia a la fuente de Hipocrene, consagrada a las Musas, llamada *equina* porque de ella brotó el alado caballo Pegaso.
[95] *numeroso*: 'Armonioso', en la concepción armónica y musical de los números.
[96] El *mayor collado* es la Tesalia y la planta, el laurel.
[97] En el texto aparece impreso *Thelasia* (fol. 333 v.).

ilustre, pero ya no menos claro,
por su divino ingenio, al mundo raro[98].

    Tú, que con nueva musa extraordinaria,   80
Cairas[c]o, cantas del amor el ánimo
y aquella condición del vulgo varia
donde se opone al fuerte el pusilánimo;
si a este sitio, de la Gran Canaria
vinieres, con ardor vivo y magnánimo
mis pastores ofrecen a tus méritos
mil lauros, mil loores beneméritos.

    ¿Quién es, oh, anciano Tormes, el que niega   81
que no puedes al Nilo aventajarte,
si puede sólo el licenciado Vega
más que Títiro[99] al Mincio celebrarte?
Bien sé, Damián, que vuestro ingenio llega
do alcanza de este honor la mayor parte,
pues sé, por muchos años de experiencia,
vuestra tan sin igual virtud y ciencia.

    Aunque el ingenio y la elegancia vuestra,   82
Francisco Sánchez, se me concediera,
por torpe me juzgara y poco diestra,
si a querer alabaros me pusiera.
Lengua del Cielo, única y maestra,
tiene de ser la que por la carrera
de vuestras alabanzas se dilate,
que hacerlo humana lengua es disparate.

    Las raras cosas, y en estilo nuevas,   83
que un espíritu muestran levantado,
en cien mil ingeniosas, arduas pruebas,
por sabio conocido y estimado,
hacen que don Francisco de las Cuevas
por mí sea dignamente celebrado,
en tanto que la fama pregonera
no detuviere su veloz carrera.

---

[98] *raro*: como ya se dijo, es italianismo; *raro*, 'singolare, prezioso perché non comune'.

[99] *Títiro*: Representa a Virgilio, que enaltece al río Mincio de su patria.

582

    Quisiera rematar mi dulce canto 84
en tal sazón, pastores, con loaros
un ingenio que al mundo pone espanto
y que pudiera en éxtasis robaros.
En él cifro y recojo todo cuanto
he mostrado hasta aquí y he de mostraros:
Fray Luis de León es el que digo,
a quien yo reverencio, adoro y sigo.

    ¿Qué modos, qué caminos o qué vías 85
de alabar buscaré para que el nombre
viva mil siglos de aquel gran Matías
que de Zúñiga tiene el sobrenombre?
A él se den las alabanzas mías,
que, aunque yo soy divina y él es hombre,
por ser su ingenio, como lo es, divino,
de mayor honra y alabanza es digno.

    Volved el presuroso pensamiento 86
a las riberas del Pisuerga bellas:
veréis que aumentan este rico cuento
claros ingenios con quien se honran ellas.
Ellas no sólo, sino el firmamento,
do lucen las claríficas estrellas,
honrarse puede bien cuando consigo
tenga allá los varones que aquí digo.

    Vos, Damasio de Frías, podéis solo 87
loaros a vos mismo, pues no puede
hacer, aunque os alabe el mesmo Apolo,
que en tan justo loor corto no quede.
Vos sois el cierto y el seguro polo
por quien se guía aquel que le sucede
en el mar de las ciencias buen pasaje,
propicio viento y puerto en su viaje.

    Andrés Sanz de Portillo, tú, me envía[100] 88
aquel aliento con que Febo mueve
tu sabia pluma y alta fantasía,
porque te dé el loor que se te debe.
Que no podrá la ruda lengua mía,

---

[100] *me envía*: Es el imperativo *envíame*.

por más caminos que aquí tiente y pruebe,
hallar alguno así cual le deseo
para loar lo que en ti siento y veo.

Felicísimo ingenio, que te encumbras 89
sobre el que más Apolo ha levantado,
y con tus claros rayos nos alumbras
y sacas del camino más errado;
y aunque ahora con ella me deslumbras,
y tienes a mi ingenio alborotado,
yo te doy sobre muchos palma y gloria,
pues a mí me la has dado, doctor Soria.

Si vuestras obras son tan estimadas, 90
famoso Cantoral, en toda parte,
serán mis alabanzas excusadas,
si en nuevo modo no os alabo, y arte.
Con las palabras más calificadas,
con cuanto ingenio el Cielo en mí reparte,
os admiro y alabo aquí callando,
y llego do llegar no puedo hablando.

Tú, Jerónimo Vaca y de Quiñones, 91
si ta[n]to me he tardado en celebrarte,
mi pasado descuido es bien perdones,
con la enmienda que ofrezco de mi parte.
De hoy más en claras voces y pregones,
en la cubierta y descubierta parte
del ancho mundo, haré con clara llama
lucir tu nombre y extender tu fama.

Tu verde y rico margen, no de nebro[101], 92
ni de ciprés funesto enriquecido,
claro, abundoso[102] y conocido Ebro,
sino de lauro y mirto florecido,
ahora como puedo le celebro,

---

[101] *nebro*: Por *enebro* es grafía que aparece en otros autores, como A. de Ercilla, (*La Araucana*, Madrid, Castalia, 1979, 191, est. 65, v. h).

[102] *claro, abundoso*: Estos mismos adjetivos aparecen en la estrofa del comienzo de la canción de Nerea en la *Diana enamorada* de G. Gil Polo (*Diana enamorada*, 195). «En el campo venturoso / donde con clara corriente / [...] / dejando el campo abundoso / ...»

celebrando aquel bien que han concedido
el Cielo a tus riberas, pues en ellas
moran ingenios claros más que estrellas.

   Serán testigos de esto dos hermanos,　　　　93
dos luceros, dos soles de poesía,
a quien el Cielo con abiertas manos
dio cuanto ingenio y arte dar podía.
Edad temprana, pensamientos canos,
maduro trato, humilde fantasía,
labran eterna y digna laureola
a Lupercio Leonardo de Argensola.

   Con santa envidia y competencia santa　　　　94
parece que el menor hermano aspira
a igualar al mayor, pues se adelanta
y sube do no llega humana mira.
Por esto escribe y mil sucesos canta
con tan suave y acordada lira,
que este Bartolomé menor merece
lo que al mayor, Lupercio, se le ofrece.

   Si el buen principio y medio da esperanza　　　　95
que el fin ha de ser raro y excelente,
en cualquier caso ya mi ingenio alcanza
que el tuyo has de encumbrar, Cosme Pariente.
Y así puedes con cierta confianza
prometer a tu sabia, honrosa frente
la corona que tiene merecida
tu claro ingenio, tu inculpable vida.

   En soledad, del Cielo acompañado,　　　　96
vives, oh, gran Morillo, y allí [m]uestras
que nunca dejan tu cristiano lado
otras musas más santas y más diestras.
De mis hermanas fuiste alimentado,
y ahora, en pago de ello, nos adiestras,
y enseñas a cantar divinas cosas,
gratas al Cielo, al suelo provechosas.

   Turia, tú que otra vez con voz sonora　　　　97
cantaste de tus hijos la excelencia,
si gustas de escuchar la mía ahora,

formada no en envidia o competencia,
oirás cuánto tu fama se mejora
con los que yo diré, cuya presencia,
valor, virtud, ingenio, te enriquecen
y sobre el [Indo][103] y Gange te engrandecen.

¡Oh, tú, don Juan Coloma, en cuyo seno   98
tanta gracia del Cielo se ha encerrado,
que a la envidia pusiste en duro freno
y en la fama mil lenguas has criado,
con que del gentil Tajo al fértil Reno[104]
tu nombre y tu valor va levantado!
Tú, Conde de Elda, en todo tan dichoso,
haces el Turia más que el Po famoso.

Aquel en cuyo pecho abunda y llueve   99
siempre una fuente que es por él divina,
y a quien el coro de sus lumbres, nueve[105],
como a señor con gran razón se inclina,
a quien único nombre se le debe
de la etiope hasta la gente austrina[106],
don Luis Garcerán es sin segundo,
maestre de Montesa y bien del mundo.

Merece bien en este insigne valle,   100
lugar ilustre, asiento conocido,
aquel a quien la fama quiere dalle
el nombre que su genio ha merecido.
Tenga cuidado el Cielo de loalle,
pues es del Cielo su valor crecido:
el Cielo alabe lo que yo no puedo
del sabio don Alonso Rebolledo.

Alzas, doctor Falcón, tan alto el vuelo   101
que el águila caudal atrás te dejas,

---

[103] [*Indo*]: El impreso trae Xindo (fol. 337, v.), que rectificamos como Schevill y Bonilla (*La Galatea*, 1914, 233). Gange hoy Ganges.
[104] *Reno*: Es el actual Rhin.
[105] El coro de las nueve Musas.
[106] *austrina*: Acaso gente que vive en la región que sopla el *austro,* viento «nebuloso y húmedo» (Covarrubias, *Tesoro*). Se opone a *etiope* (con pronunciación llana). Téngase en cuenta la exigencia de la rima.

pues te remontas con tu ingenio al Cielo
y de este valle mísero te alejas.
Por esto temo y con razón recelo
que, aunque te alabe, formarás mil quejas
de mí, porque en tu loa noche y día
no se ocupan la voz y lengua mía.

    Si tuviera, cual tiene la Fortuna, 102
la dulce poesía varia rueda,
ligera y más movible que la luna,
que ni estuvo ni está ni estará queda,
en ella, sin hacer mudanza alguna,
pusiera sólo a Micer Artïeda,
y el más alto lugar siempre ocupara,
por ciencias, por ingenio y virtud rara.

    Todas cuantas bien dadas alabanzas[107] 103
diste a raros ingenios, oh, Gil Polo
tú las mereces solo y las alcanzas,
tú las alcanzas y mereces solo.
Ten ciertas y seguras esperanzas
que en este valle un nuevo mauseolo[108]
te harán estos pastores, do guardadas
tus cenizas serán y celebradas.

    Cristóbal de Virués, pues se adelanta 104
tu ciencia y tu valor tan a tus años,
tu mesmo aquel ingenio y virtud canta,
con que huyes del mundo los engaños.
Tierna, dichosa y bien nacida planta,
yo haré que en propios reinos y en extraños
el fruto de tu ingenio levantado
se conozca, se admire y sea estimado.

    Si conforme al ingenio que nos muestra 105
Silvestre de Espinosa, así se hubiera
de loar, otra voz más viva y diestra,

---

[107] Se refiere al «Canto de Turia», en que Gaspar Gil reunió los ingenios valencianos y que Cervantes imita en estas estrofas (véase G. Gil Polo, *Diana enamorada*, 1988, 212-227)

[108] *mauseolo*: En rima con *solo*; es metátasis por *mausoleo*, frecuente en los escritores de los Siglos de Oro.

más tiempo y más caudal menester fuera.
Mas pues la mía a su intención adiestra,
yo [le] daré por paga verdadera,
con el bien que del dios de Delo tiene,
el mayor de las aguas de Hipocrene[109].

    Entre estos, como Apolo, venir veo,   106
hermoseando al mundo con su vista,
al discreto galán Garcia Romeo
dignísimo de estar en esta lista.
Si la hija del húmido Peneo[110]
de quien ha sido Ovidio coronista,
en campos de Tesalia le hallara,
en él y no en laurel se transformara.

    Rompe el silencio y santo encerramiento,   107
traspasa el aire[111], al Cielo se levanta
de fray Pedro de Huete aquel acento
de su divina musa, heroica y santa.
Del alto suyo raro entendimiento
cantó la fama, ha de cantar y canta,
llevando, para dar al mundo espanto,
sus obras por testigos de su canto.

    Tiempo es ya de llegar al fin postrero,   108
dando principio a la mayor hazaña
que jamás emprendí, la cual espero
que ha de mover al blando Apolo a saña,
pues, con ingenio rústico y grosero,
a dos soles que alumbran vuestra España
(no sólo a España, mas al mundo todo)
pienso loar, aunque me falte el modo.

---

[109] El bien del dios de Delo (Delos, Apolo) es la poesía, y las aguas de la fuente de Hipocrene son lo mismo. Es relleno.

[110] Obsérvese que *Romeo* rima con *veo* y *Peneo*; con esto juega luego con *la hija del húmido Peneo* (Dios río de la Tesalia y de la Tierra), que es Dafne; Ovidio cantó el episodio mitológico de su transformación en laurel en sus *Metamorfosis* (I, 452-567). Por eso Cervantes dice que se transformaría en *romero* si lo hubiese conocido.

[111] Tratándose de un fraile, es posible que Cervantes quisiese que aquí asomasen versos de Fray Luis de León. «Traspasa el aire todo» (Oda a Salinas); y «...la voz al cielo / confusa y varia crece» (Profecía del Tajo).

    De Febo la sagrada, honrosa ciencia,   109
la cortesana discreción madura,
los bien gastados años, la experiencia,
que mil sanos consejos asegura;
la agudeza de ingenio, el advertencia
en apuntar y en descubrir la escura
dificultad y duda que se ofrece,
en estos soles dos sólo florece.

    En ellos un epílogo, pastores,   110
del largo canto mío ahora hago,
y a ellos enderezo los loores
cuantos habéis oído, y no los pago:
que todos los ingenios son deudores
a estos de quien yo me satisfago;
satisfácese de ellos todo el suelo,
y aun los admira, porque son del Cielo.

    Estos quiero que den fin a mi canto,   111
y a una nueva admiración comienzo;
y si pensáis que en esto me adelanto,
cuando os diga quién son, veréis que os venzo.
Por ellos hasta el Cielo me levanto,
y sin ellos me corro y me avergüenzo:
Tal es Laínez, tal es Figueroa,
dignos de eterna y de incesable loa.

  No había aún bien acabado la hermosa ninfa los últimos acentos de su sabroso canto, cuando, tornándose a juntar las llamas, que divididas estaban, la cerraron en medio, y luego poco a poco consumiéndose, en breve espacio desapareció el ardiente fuego y la discreta musa delante de los ojos de todos, a tiempo que ya la clara aurora comenzaba a descubrir sus frescas y rosadas mejillas por el espacioso cielo, dando alegres muestras del venidero día. Y luego el venerable Telesio, puniéndose encima de la sepultura de Meliso y, rodeado de toda la agradable compañía que allí estaba prestándole todos una agradable atención y extraño silencio, de esta manera comenzó a decirles:

  —Lo que esta pasada noche en este mismo lugar y por vuestros mesmos ojos habéis visto, discretos y gallardos pastores y hermosas pastoras, os habrá dado a entender cuán acepta[112] es al Cielo la loable costumbre que tenemos de hacer estos anales[113] sacrificios y honrosas obsequias por las felices almas de los cuerpos que por decreto vuestro en este famoso valle tener sepultura merecieron. Dígoos esto, amigos míos, porque de aquí adelante con más fervor y diligencia acudáis a poner en efecto tan santa y famosa obra, pues ya veis de cuán raros y altos espíritus nos ha dado noticia la bella Calíope, que todos son dignos, no sólo de las vuestras, pero de todas las posibles alabanzas. Y no penséis que es pequeño el gusto que he recibido en saber por tan verdadera relación cuán grande es el número de los divinos ingenios que en nuestra España hoy viven, porque siempre ha estado y está en opinión de todas las naciones extranjeras que no son muchos, sino pocos, los espíritus que en la ciencia de la poesía en ella muestran que le tienen levantado, siendo tan al revés como se parece, pues cada uno de los que la ninfa ha nombrado al más agudo extranjero se aventaja[114]; y darían claras muestras de ello, si en esta nuestra España se estimase en tanto la poesía como en otras provincias se estima. Y así, por esta causa, los insignes y claros ingenios que en ella se aventajan, con la poca estimación que de ellos los príncipes y el vulgo hacen, con solos sus entendimientos comunican sus altos y extraños conceptos sin osar publicarlos al mundo. Y tengo para mí que el Cielo debe de ordenarlo de esta manera, porque no merece el mundo ni el mal considerado siglo

---

[112] *acepta*: «Ser uno acepto es ser agradable y bien recibido» (Covarrubias, *Tesoro*, s. v. *acetar*).

[113] *anales*: Cultismo, 'anuales', como it. *annali*.

[114] Telesio establece aquí el elogio de la poesía española contemporánea, en relación con un criterio de la modernidad activa que declaran algunos escritores de la época. Por ejemplo, Diego Ramírez Pagán escribe en una epístola al Virrey de Valencia: «y así lo confieso agora que hay ingenios en esta era, así extranjeros como españoles, a quien [...] muchos de los famosos escritores pasados podrían [...] pagar parias...» (*Floresta de varia poesía* [1562], Barcelona, Selecciones Bibliófilas, 1950, I, 35). De esta modernidad general aquí reconocida, Cervantes destaca la aportación española, si bien con la advertencia de su poca estima. Para la apreciación de los españoles en Cervantes, véase A. Castro, 1972, 219-227 (véanse págs. 72-74 y 155).

nuestro gozar de manjares al alma tan gustosos. Mas porque me parece, pastores, que el poco sueño de esta pasada noche y las largas ceremonias nuestras os tendrán algún tanto fatigados y deseosos de reposo, será bien que, haciendo lo poco que nos falta para cumplir nuestro intento, cada uno se vuelva a su cabaña o al aldea llevando en la memoria lo que la musa nos deja encomendado.

Y, en diciento esto, se abajó de la sepultura y, tornándose a coronar de nuevas y funestas ramas, tornó a rodear la pira tres veces, siguiéndole todos y acompañándole en algunas devotas oraciones que decía. Esto acabado, teniéndole todos en medio, volvió el grave rostro a una y otra parte, y, bajando la cabeza y mostrando agradecido semblante y amorosos ojos, se despidió de toda la compañía, la cual, yéndose quién por una y quién por otra parte de las cuatro salidas que aquel sitio tenía, en poco espacio se deshizo y dividió toda, quedando solos los del aldea de Aurelio, y con ellos Timbrio, Silerio, Nísida y Blanca, con los famosos pastores Elicio, Tirsi, Damón, Lauso, Erastro, Daranio, Arsindo y los cuatro lastimados, Orompo, Marsilio, Crisio y Orfenio, con las pastoras Galatea, [F]lorisa, Silveria y su amiga Belisa, por quien Marsilio moría. Juntos, pues, todos estos, el venerable Aurelio les dijo que sería bien partirse luego de aquel lugar para llegar a tiempo de pasar la siesta en el arroyo de las Palmas, pues tan acomodado sitio era para ello. A todos pareció bien lo que Aurelio decía, y luego con reposados pasos hacia donde él dijo se encaminaron.

Mas como la hermosa vista de la pastora Belisa no dejase reposar los espíritus de Marsilio, quisiera él, si pudiera y le fuera lícito, llegarse a ella y decirle la sin razón que con él usaba, mas, por no perder el decoro que a la honestidad de Belisa se debía, estábase el triste más mudo de lo que había menester su deseo. Los mesmos efectos y accidentes hacía amor en las almas de los enamorados Elicio y Erastro, que cada cual por sí quisiera decir a Galatea lo que ya ella bien sabía.

A esta sazón dijo Aurelio:

—No me parece bien, pastores, que os mostréis tan avaros que no queráis corresponder y pagar lo que debéis a las calandrias y ruiseñoles[115] y a los otros pintados pajarillos que por entre estos árboles con su no aprendida y maravillosa armonía[116] os van entreteniendo y regocijando; tocad vuestros instrumentos y levantad vuestr[a]s sonoras voces y mostraldes que el arte y destreza vuestra en la música a la natural suya se aventaja; y con tal entretenimiento sentiremos menos la pesadumbre del camino y los rayos del sol, que ya parece que van amenazando el rigor con que esta siesta han de herir la tierra.

Poco fue menester para ser Aurelio obedecido, porque luego Erastro tocó su zampoña, y Arsindo su rabel, al son de los cuales instrumentos, dando todos la mano a Elicio, él comenzó a cantar de esta manera[117]:

ELICIO

Por lo imposible peleo,
y, si quiero retirarme,
ni paso ni senda veo:
que, hasta vencer o acabarme,
tras sí me lleva el deseo.   5
Y aunque sé que aquí es forzoso
antes morir que vencer,
cuando estoy más peligroso[118],
entonces vengo a tener
mayor fe en lo más dudoso.   10

---

[115] *ruiseñoles*: Esta forma con *-l* conviene con la procedencia etimológica del provenzal *rossinhol* (*rossennol* en Berceo, *rossinol* en *Alejandro*). Desde bien pronto, en versos del mismo Berceo y Arcipreste de Hita se encuentra la etimología popular *ruiseñor* < *rui-señor*. Ayudaría a esta forma el it. *rosignolo*. Covarrubias establece relación entre ambos: «El vocablo *ruiseñor* está muy corrompido de la palabra italiana *ros siñolo*...» (*Tesoro*, s. v. *ruiseñor*).

[116] Como notó Avalle-Arce (*Galatea*, 1987, 460), hay aquí una conjunción de la *armonía no aprendida* del canto de los pájaros y la música de los pastores; naturaleza y arte en el espacio pastoril se reúnen en la música para entretenimiento de los pastores.

[117] Según V. Gaos (*Poesías* de Cervantes, 1981, II, 199), es una de las mejores del libro. Las cinco poesías siguientes son variaciones sobre la *fe* amorosa.

[118] *peligroso*: «El que está puesto en peligro de muerte...» (Covarrubias, *Tesoro*, s. v. *peligro*).

El Cielo, que me condena
a no esperar buena andanza[119],
me da siempre a mano llena,
sin las sombras de esperanza,
mil certidumbres de pena.　　　　　　　15
Mas mi pecho valeroso,
que se abrasa y se resuelve
en vivo fuego amoroso,
en contracambio le vuelve
mayor fe en lo más dudoso.　　　　　　20

Inconstancia, firme duda,
falsa fe, cierto temor,
voluntad de amor desnuda,
nunca turban el amor
que de firme no se muda.　　　　　　　25
Vuele el tiempo presuroso,
suceda ausencia o desdén,
crezca el mal, mengüe el reposo,
que yo tendré por mi bien
mayor fe en lo más dudoso.　　　　　　30

¿No es conocida locura
y notable desvarío
querer yo lo que ventura
me niega, y el hado mío
y la suerte no asegura?　　　　　　　35
De todo estoy temeroso;
no hay gusto que me entretenga,
y, en trance tan peligroso,
me hace el amor que tenga
mayor fe en lo más dudoso.　　　　　　40

Alcanzo de mi dolor
que está en tal término puesto,
que llega donde el amor,
y el imaginar en esto,
tiempla en parte su rigor.　　　　　　　45
De pobre y menesteroso,

---

[119] *buena andanza*: 'Buena suerte, fortuna'; es expresión medieval pues el Arcipreste de Hita dice en forma casi proverbial: «Por buen comienzo espera hombre la buena andanza» (v. 805 c).

>   doy a la imaginación
>   alivio tan congojoso
>   porque tenga el corazón
>   *mayor fe en lo más dudoso.* 50

>   Y más agora, que vienen
>   de golpe todos los males;
>   y, para que más me penen,
>   aunque todos son mortales,
>   en la vida me entretienen. 55
>   Mas, en fin, si un fin hermoso
>   nuestra vida en honra sube,
>   el mío me hará famoso,
>   porque en muerte y vida tuve
>   *mayor fe en lo más dudoso.* 60

Parecióle a Marsilio que lo que Elicio había cantado tan a su propósito hacía, que quiso seguirle en el mesmo concepto; y así, sin esperar que otro le tomase la mano, al son de los mesmos instrumentos, de esta manera comenzó a cantar:

Marsilio

>   ¡Cuán fácil cosa es llevarse
>   el viento las esperanzas
>   que pudieron fabricarse
>   de las vanas confianzas
>   que suelen imaginarse! 5
>   Todo concluye y fenece:
>   las esperanzas de amor,
>   los medios que el tiempo ofrece;
>   mas en el buen amador
>   *sola la fe permanece.* 10

>   Ella en mí tal fuerza alcanza
>   que, a pesar de aquel desdén,
>   lleno de desconfianza,
>   siempre me asegura un bien
>   que sustenta la esperanza. 15
>   Y aunque el amor desfallece
>   en el blanco, airado pecho

    que tanto mis males crece,
en el mío, a su despecho,
sola la fe permanece. 20

    Sabes, Amor, tú, que cobras
tributo de mi fe cierta,
y tanto en cobrarle sobras[120],
que mi fe nunca fue muerta,
pues se aviva con mis obras. 25
Y sabes bien que descrece
toda mi gloria y contento
cuanto más tu furia crece,
y que en mi alma de asiento
sola la fe permanece. 30

    Pero si es cosa notoria,
y no hay poner duda en ella,
que la fe no entra en la gloria,
yo, que no estaré sin ella,
¿qué triunfo espero o victoria? 35
Mi sentido desvanece
con el mal que se figura;
todo el bien desaparece;
y, entre tanta desventura,
sola la fe permanece. 40

Con un profundo sospiro dio fin a su canto el lastimado Marsilio; y luego Erastro, dando su zampoña, sin más detenerse, de esta manera comenzó a cantar:

Erastro

    En el mal que me lastima
y en el bien de mi dolor,
es mi fe de tanta estima
que ni huye del temor,
ni a la esperanza se arrima. 5
No la turba o desconcierta
ver que está mi pena cierta
en su difícil subida,
ni que consumen la vida
fe viva, esperanza muerta. 10

---

[120] *sobras*: 'Superas', como se comentó.

    Milagro es este en mi mal;
mas eslo porque mi bien,
si viene, venga a ser tal,
que, entre mil bienes, le den
la palma por principal.   15
La Fama, con lengua experta,
dé al mundo noticia cierta
que el firme amor se mantiene
en mi pecho, a donde tiene
fe viva, esperanza muerta.   20

    Vuestro desdén riguroso
y mi humilde merecer
me tienen tan temeroso
que, ya que os supe querer,
ni puedo hablaros ni oso.   25
Veo de contino abierta
a mi desdicha la puerta,
y que acabo poco a poco,
porque con vos valen poco
fe viva, esperanza muerta.   30

    No llega a mi fantasía
un tan loco desvaneo,
como es pensar que podría
el menor bien que deseo
alcanzar por la fe mía.   35
Podéis, pastora, estar cierta
que el alma rendida acierta
a amaros cual merecéis,
pues siempre en ella hallaréis
fe viva, esperanza muerta.   40

Calló Erastro, y luego el ausente Crisio, al son de los mesmos instrumentos, de esta suerte comenzó a cantar:

CRISIO

    Si a las veces desespera
del bien la firme afición,
quien desmaya en la carrera
de la amorosa pasión,

                    ¿qué fruto o qué premio espera?   5
                Yo no sé quién se asegura
                gloria, gustos y ventura
                por un ímpetu amoroso,
                si en él y en el más dichoso
                no es fe la fe que no dura.   10

                    En mil trances ya sabidos
                se han visto, y en los de amores,
                los soberbios y atrevidos,
                al principio vencedores,
                y a la fin quedar vencidos.   15
                Sabe el que tiene cordura
                que en la firmeza se apura
                el triunfo de la batalla,
                y sabe que, aunque se halla,
                no es fe la fe que no dura.   20

                    En el que quisiese amar
                no más de por su contento,
                es imposible dudar
                en su vano pensamiento
                la fe que se ha de guardar.   25
                Si en la mayor desventura
                mi fe tan firme y segura
                como en el bien no estuviera,
                yo mismo de ella dijera:
                no es fe la fe que no dura.   30

                    El ímpetu y ligereza
                de un nuevo amador insano,
                los llantos y la tristeza
                son nubes que en el verano
                se deshacen con presteza.   35
                No es amor el que le apura,
                sino apetito y locura,
                pues cuando quiere, no quiere;
                no es amante el que no muere,
                no es fe la fe que no dura.   40

A todos pareció bien la orden que los pastores en sus canciones guardaban, y con deseo atendían a que Tirsi o

Damón comenzasen; mas presto se le cumplió Damón, pues, en acabando Crisio, al son de su mesmo rabel, cantó de esta manera:

Damón

Amarili, ingrata y bella,
¿quién os podrá enternecer,
si os vienen a endurecer
las ansias de mi querella
y la fe de mi querer? 5
Bien sabéis, pastora, vos
que, en el amor que mantengo,
a tan alto extremo vengo
que, después de la de Dios,
sola es fe la fe que os tengo. 10

Y puesto que subo tanto
en amar cosa mortal,
tal bien encierra mi mal
que al alma por él levanto
a su patria natural. 15
Por esto conozco y sé
que tal es mi amor, tan luengo[121]
como muero y me entretengo,
y que, si en amor hay fe,
sola es fe la fe que os tengo. 20

Los muchos años gastados
en amorosos servicios,
del alma los sacrificios,
de mi fe y de mis cuidados
dan manifiestos indicios. 25
Por esto no os pediré
remedio al mal que sostengo;
y si, a pedírosle vengo,
es, Amarili, porque[122]
sola es fe la fe que os tengo. 30

---

[121] *luengo*: «...es lo mismo que largo o alejado...» (Covarrubias, *Tesoro*).
[122] *porque*: Rima difícil pues, como nota V. Gaos (*Poesías* de Cervantes, 1981, II, 206), es palabra átona en rima con *pediré*.

En el mar de mi tormenta
jamás he visto bonanza,
y aquella alegre esperanza
con quien la fe se sustenta
de la mía no se alcanza.　　　　　　　　　35
Del Amor y de Fortuna
me quejo; mas no me vengo,
pues por ellas a tal vengo,
que, sin esperanza alguna,
sola es fe la fe que os tengo.　　　　　　　40

El canto de Damón acabó de confirmar en Timbrio y en Silerio la buena opinión que del raro ingenio de los pastores que allí estaban habían concebido; y más, cuando, a persuasión de Tirsi y de Elicio, el ya libre y desdeñoso Lauso, al son de la flauta de Arsindo, soltó la voz en semejantes versos:

Lauso

Rompió el desdén tus cadenas,
falso Amor, y a mi memoria
él mesmo ha vuelto la gloria
de la ausencia de tus penas.
Llame mi fe quien quisiere　　　　　　　　5
antojadiza y no firme,
y en su opinión me confirme
como más le pareciere.

Diga que presto olvidé,
y que de un sotil cabello,　　　　　　　　　10
que un soplo pudo rompello,
colgada estaba mi fe.
Digan que fueron fingidos
mis llantos y mis sospiros,
y que del amor los tiros　　　　　　　　　　15
no pasaron mis vestidos.

Que no el ser llamado vano
y mudable me atormenta,
a trueco de ver exenta
mi cerviz del yugo insano.　　　　　　　　20

Sé yo bien quién es Silena
y su condición extraña,
y que asegura y engaña
su apacible faz serena.

A su extraña gravedad   25
y a sus bajos[123], bellos ojos,
no es mucho dar los despojos
de cualquiera voluntad.
Esto en la vista primera;
mas, después de conocida,   30
por no verla, dar la vida
y más, si más se pudiera.

Silena del Cielo y mía
muchas veces la llamaba,
porque tan hermosa estaba,   35
que del Cielo parecía;
mas ahora, sin recelo,
mejor la podré llamar
serena[124] falsa del mar,
que no Silena del Cielo.   40

Con los ojos, con la pluma,
con las veras y los juegos,
de amantes vanos y ciegos
prende innumerable suma.
Siempre es primero el postrero,   45
mas el más enamorado
al cabo es tan mal tratado,
cuanto querido el primero.

¡Oh, cuánto más se estimara
de Silena la hermosura,   50
si el proceder y cordura
a su belleza igualara!

---

[123] *bajos*: Porque miran al suelo como signo de honestidad, como comenta V. Gaos (*Poesías* de Cervantes, 1981, II, 207).

[124] *serena*: Como *sirena*; la forma *serena* era común y de uso literario. Cervantes juega con el nombre de *Silena*. Son falsas porque (como recoge Covarrubias) «...con la suavidad de su canto adormecían a los navegantes y, entrando en los navíos, se los comían» (*Tesoro*, s. v. *sirenas*).

      No le falta discreción,
      mas empléala tan mal
      que le sirve de dogal[125]　　　　　55
      que ahoga su presunción.

      Y no hablo de corrido[126],
      pues sería apasionado,
      pero hablo de engañado
      y sin razón ofendido.　　　　　　60
      Ni me ciega la pasión,
      ni el deseo de su mengua,
      que siempre siguió mi lengua
      los términos de razón.

      Sus muchos antojos varios,　　　65
      su mudable pensamiento,
      le vuelven cada momento
      los amigos en contrarios.
      Y pues hay por tantos modos
      enemigos de Silena,　　　　　　70
      o ella no es toda buena,
      o son ellos malos todos.

Acabó Lauso su canto, y, aunque él creyó que ninguno le entendía, por ignorar el disfrazado nombre de Silena, más de tres de los que allí iban la conocieron y aun se maravillaron que la modestia de Lauso a ofender [a][127] alguno se extendiese, principalmente a la disfrazada pastora, de quien tan enamorado le habían visto. Pero en la opinión de Damón, su amigo, quedó bien disculpado, porque conocía el término de Silena y sabía el que con Lauso había usado, y de lo que no dijo se maravillaba. Acabó, como se ha dicho, Lauso, y como Galatea estaba informada del extremo de la voz de Nísida, quiso, por obligarla, cantar ella primero; y por esto, antes que otro pastor comenzase, haciendo señal a Arsindo que en tañer su flauta procediese, al son de ella con su extremada voz cantó de esta manera:

---

[125] *dogal*: «Es la soga, y particularmente la de cáñamo [...]; estar con el dogal al cuello es tenerle a punto de ahorcarle» (Covarrubias, *Tesoro*).
[126] *corrido*: «El confuso y afrentado» (Covarrubias, *Tesoro*, s. v. *correr*).
[127] [*a*]: La *a* que añadimos se halla embebida en la palabra siguiente.

Galatea

    Tanto cuanto el amor convida y llama
al alma con sus gustos de aparencia[128],
tanto más huye su mortal dolencia
quien sabe el nombre que le da la fama.

    Y el pecho puesto a su amorosa llama,   5
armado de una honesta resistencia,
poco puede empecerle[129] su inclemencia,
poco su fuego y su rigor le inflama.

    Segura está quien nunca fue querida,
ni supo querer bien, de aquella lengua   10
que en su deshonra se adelgaza y lima;

    mas si el querer y el no querer da mengua,
¿en qué ejercicios pasará la vida
la que más que al vivir la honra estima?

  Bien se echó de ver en el canto de Galatea que respondía al malicioso de Lauso y que no estaba mal con las voluntades libres, sino con las lenguas maliciosas y los ánimos dañados, que, en no alcanzando lo que quieren, convierten el amor que un tiempo mostraron, en un odio malicioso y detestable como ella en Lauso imaginaba; pero quizá saliera de este engaño si la buena condición de Lauso conociera y la mala de Silena no ignorara. Luego que Galatea acabó de cantar, con corteses palabras rogó a Nísida que lo mismo hiciese; la cual, como era tan comedida como hermosa, sin hacerse de rogar, al son de la zampoña de Florisa, cantó de esta suerte:

Nísida

    Bien puse yo valor a la defensa
del duro encuentro y amoroso asalto;

---

[128] *aparencia*: Como ya se comentó, por *apariencia*.
[129] *empecerle*: «*Empecer*, dañar, perjudicar, hacer mal» (Covarrubias, *Tesoro*, s. v. *empecer*).

    bien levanté mi presunción en alto
contra el rigor de la notoria ofensa.

    Mas fue tan reforzada y tan intensa 5
la batería, y mi poder, tan falto
que, sin cogerme Amor de sobresalto,
me dio a entende[r] su potestad[130] inmensa.

    Valor, honestidad, recogimiento,
recato, ocupación, esquivo pecho, 10
Amor con poco premio lo conquista.

    Así que, para huir el vencimiento,
consejos jamás fueron de provecho:
de esta verdad testigo soy de vista.

Cuando Nísida acabó de cantar y acabó de admirar a Galatea y a los que escuchado la habían, estaban ya bien cerca del lugar adonde tenían determinado de pasar la siesta, pero en aquel poco espacio le tuvo Belisa para cumplir lo que Silveria le rogó, que fue que algo cantase; la cual, acompañándola el son de la flauta de Arsindo, cantó lo que se sigue:

BELISA

    Libre voluntad exenta,
atended a la razón
que nuestro crédito aumenta;
dejad la vana afición,
engendradora de afrenta. 5
Que, cuando el alma se encarga
de alguna amorosa carga,
a su gusto es cualquier cosa,
compusición venenosa
con jugo de adelfa amarga[131]. 10

---

[130] *potestad*: Cultismo, en relación con el it. *potestà*.
[131] *adelfa amarga*: De esta conocida planta dice Covarrubias que «su pasto mata a los perros, asnos, mulos y otros muchos animales cuadrúpedos» (Covarrubias, *Tesoro*)

Por la mayor cantidad
de la riqueza subida
en valor y en calidad,
no es bien dada ni vendida
la preciosa libertad[132].   15
¿Pues, quién se pondrá a perdella
por una simple querella
de un amador porfiado,
si cuanto bien hay criado
no se compara con ella?   20

   Si es insufrible dolor
tener en prisión esquiva
el cuerpo libre de amor,
tener el alma cautiva
¿no será pena mayor?   25
Sí será, y aun de tal suerte,
que remedio a mal tan fuerte
no se halla en la paciencia,
en años, valor o ciencia,
porque sólo está en la muerte.   30

   Vaya, pues, mi sano intento
lejos de este desvarío;
huiga tan falso contento;
rija mi libre albedrío
a su modo el pensamiento.   35
Mi tierna cerviz exenta
no permita ni consienta
sobre sí el yugo amoroso,
por quien se turba el reposo
y la libertad se ausenta.   40

Al alma del lastimado Marsilio llegaron los libres versos de la pastora, por la poca esperanza que sus palabras prometían de ser mejoradas sus obras, pero, como era tan firme la fe con que la amaba, no pudieron las notorias mues-

---

[132] Cervantes parafrasea una sentencia: «Non bene pro toto libertas venditur auro», procedente del fin de una fábula esópica, *De cane et lupo*, de Gualterio el inglés (siglo XIII). La sentencia era muy conocida, y el mismo Cervantes la menciona en el prólogo del *Quijote* cuando se refiere a los lugares comunes con que se escriben estas partes de los libros.

604

tras de libertad que había oído hacer que él no quedase tan sin ella como hasta entonces estaba.

Acabóse en esto el camino de llegar al arroyo de las Palmas, y, aunque no llevaran intención de pasar allí la siesta, en llegando a él y en viendo la comodidad del hermoso sitio, él mismo a no pasar adelante les forzara. Llegados, pues, a él, luego el venerable Aurelio ordenó que todos se sentasen junto al claro y espejado arroyo, que por entre la menuda hierba corría, cuyo nacimiento era al pie de una altísima y antigua palma, que, por no haber en todas las riberas de Tajo sino aquella y otra que junto a ella estaba, aquel lugar y arroyo el de las Palmas era llamado; y, después de sentados, con más voluntad y llaneza que de costosos manjares, de los pastores de Aurelio fueron servidos, satisfaciendo la sed con las claras y frescas aguas que el limpio arroyo les ofrecía.

Y, en acabando la breve y sabrosa comida, algunos de los pastores se dividieron y apartaron a buscar algún apartado y sombrío lugar donde restaurar pudiesen las no dormidas horas de la pasada noche; y sólo se quedaron solos los de la compañía y aldea de Aurelio, con Timbrio, Silerio, Nísida y Blanca, Tirsi y Damón, a quien les pareció ser mejor gustar de la buena conversación que allí se esperaba, que de cualquier otro gusto que el sueño ofrecerles podía. Adivinada, pues, y casi conocida esta su intención de Aurelio, les dijo:

—Bien será, señores, que los que aquí estamos, ya que entregarnos al dulce sueño no habemos querido, que este tiempo que le hurtamos no dejemos de aprovecharle en cosa que más de nuestro gusto sea; y la que a mí me parece que no podrá dejar de dárnosle, es que cada cual, como mejor supiere, muestre aquí la agudeza de su ingenio proponiendo alguna pregunta o enigma[133], a quien esté obligado a responder el compañero que a su lado estuviere; pues

---

[133] *enigma*: «Es una oscura alegoría o cuestión o pregunta engañosa e intrincada, inventada al albedrío del que la propone», (Covarrubias, *Tesoro*). Véase lo que decimos en el prólogo de estas pruebas del ingenio versificadas (pág. 28).

con este ejercicio se granjearán[134] dos cosas: la una, pasar con menos enfado las horas que aquí estuviéremos; la otra, no cansar tanto nuestros oídos con oír siempre lamentaciones de amor y endechas enamoradas[135].

Conformáronse todos luego con la voluntad de Aurelio y, sin mudarse del lugar do estaban, el primero que comenzó a preguntar fue el mesmo Aurelio diciendo de esta manera:

AURELIO

¿Cuál es aquel poderoso
que desde oriente a occidente,
es conocido y famoso?
A veces, fuerte y valiente;
otras, flaco y temeroso; 5
quita y pone la salud,
muestra y cubre la virtud
en muchos más de una vez,
es más fuerte en la vejez
que en la alegre joventud. 10

Múdase en quien no se muda
por extraña preeminencia;
hace temblar al que suda,
y a la más rara elocuencia
suele tornar torpe y muda. 15
Con diferentes medidas
anchas, cortas y extendidas,
mide su ser y su nombre,
y suele tomar renombre
de mil tierras conocidas. 20

---

[134] *granjearán*: Granjear es, según Covarrubias, «negociar con diligencia alguna cosa de provecho y adelantamiento», (Covarrubias, *Tesoro*, s.v. *granja*).

[135] Cervantes justifica aquí la introducción en los libros de pastores de estos juegos verbales. Es una aplicación de la *variatio*, recomendada por los retóricos para así no cansar a los oyentes o lectores con un mismo tono de la obra. G. Gil Polo hizo lo mismo en su *Diana enamorada*; Avalle-Arce lo relaciona con un fragmento de *El pastor de Fílida* de Montalvo en que hay también un contraste que atribuye a un «inevitable ajuste de perspectivas» (1975, 148).

>   Sin armas vence al armado,
> y es forzoso que le venza,
> y, aquel que más le ha tratado,
> mostrando tener vergüenza,
> es el más desvergonzado.   25
> Y es cosa de maravilla
> que, en el campo y en la villa,
> a capitán de tal prueba
> cualquier hombre se le atreva,
> aunque pierda en la rencilla.   30

Tocó la respuesta de esta pregunta al anciano Arsindo, que junto a Aurelio estaba; y, habiendo un poco considerado lo que significar podía, al fin le dijo:

—Paréceme, Aurelio, que la edad nuestra nos fuerza a andar más enamorados de lo que significa tu pregunta que no de la más gallarda pastora que se nos pueda ofrecer, porque, si no me engaño, el poderoso y conocido que dices es el vino, y en él cuadran todos los atributos que le has dado.

—Verdad dices, Arsindo —respondió Aurelio—, y estoy para decir que me pesa de haber propuesto pregunta que con tanta facilidad haya sido declarada; mas di tú la tuya, que al lado tienes quien te la sabrá desatar, por más añudada que venga.

—Que me place —dijo Arsindo.

Luego propuso la siguiente:

Arsindo

>   ¿Quién es quien pierde el color
> donde se suele avivar,
> y luego torna a cobrar
> otro más vivo y mejor?
> Es pardo en su nacimiento,   5
> y después negro atezado,
> y al cabo, tan colorado,
> que su vista da contento.
>
>   No guarda fueros ni leyes,
> tiene amistad con las llamas,   10
> visita a tiempo las camas

> de señores y de reyes.
> Muerto, se llama varón,
> y vivo, hembra se nombra;
> tiene el aspecto de sombra; 15
> de fuego la condición.

Era Damón el que al lado de Arsindo estaba, el cual, apenas había acabado Arsindo su pregunta, cuando le dijo:
—Paréceme, Arsindo, que no es tan escura tu demanda como lo que significa, porque, si mal no estoy en ella, el carbón es por quien dices que muerto se llama varón, y encendido y vivo brasa, que es nombre de hembra, y todas las demás partes le convienen en todo como esta; y si quedas con la mesma pena que Aurelio, por la facilidad con que tu pregunta ha sido entendida, yo os quiero tener compañía en ella, pues Tirsi, a quien toca responderme, nos hará iguales.

Y luego dijo la suya:

DAMÓN

> ¿Cuál es la dama polida,
> aseada y bien compuesta,
> temerosa y atrevida,
> vergonzosa y deshonesta,
> y gustosa y desabrida?[136] 5
> Si son muchas, porque asombre,
> mudan de mujer el nombre
> en varón; y es cierta ley
> que va con ellas el rey
> y las lleva cualquier hombre. 10

—Bien es, amigo Damón —dijo luego Tirsi—, que salga verdadera tu porfía, y que quedes con la pena de Aurelio y Arsindo, si alguna tienen, porque te hago saber que sé que lo que encubre tu pregunta es la carta y el pliego de cartas.

Concedió Damón lo que Tirsi dijo, y luego Tirsi propuso de esta manera:

---

[136] *desabrida*: «Desabrido, lo que tiene poco sabor o es insulso. Hombre desabrido, el de condición áspera» (Covarrubias, *Tesoro*).

Tirsi

¿Quién es la que es toda ojos
de la cabeza a los pies,
y a veces, sin su interés,
causa amorosos enojos?

También suele aplacar riñas, 5
y no le va ni le viene.
Y, aunque tantos ojos tiene,
se descubren pocas niñas.

Tiene nombre de un dolor
que se tiene por mortal, 10
hace bien y hace mal,
enciende y tiempla el amor.

En confusión puso a Elicio la pregunta de Tirsi, porque a él tocaba responder a ella, y casi estuvo por darse, como dicen, por vencido; pero, a cabo de poco, vino a decir que era la celosía[137]; y, concediéndolo Tirsi, luego Elicio preguntó lo siguiente:

Elicio

Es muy escura y es clara;
tiene mil contrariedades,
encúbrenos las verdades,
y al cabo nos las declara.
Nace a veces de donaire; 5
otras, de altas fantasías,
y suele engendrar porfías,
aunque trate cosas de aire.

Sabe su nombre cualquiera,
hasta los niños pequeños; 10
son muchas y tienen dueños
de diferente manera.

---

[137] *celosía*: «El enrejado de varitas delgadas que se pone en las ventanas para que los están a ellas gocen de lo que pasare afuera, y ellos no sean vistos» (Covarrubias, *Tesoro*, s.v. *celogía*).

No hay vieja que no se abrace
con una de estas señoras;
son de gusto algunas horas: 15
cuál cansa, cuál satisface.

Sabios hay que se desvelan
por sacarles los sentidos,
y algunos quedan corridos
cuanto más sobre ello velan. 20
Cuál es nescia, cuál curiosa,
cuál fácil, cuál intricada,
pero sea o no sea nada,
decidme qué es cosa y cosa[138].

No podía Timbrio atinar con lo que significaba la pregunta de Elicio y casi comenzó a correrse[139] de ver que más que otro alguno se tardaba en la respuesta, mas ni aun por eso venía en el sentido de ella; y tanto se detuvo, que Galatea, que estaba después de Nísida, dijo:

—Si vale a romper la orden que está dada, y puede responder el que primero supiere, yo por mí digo que sé lo que significa la propuesta enigma, y estoy por declararla, si el señor Timbrio me da licencia.

—Por cierto, hermosa Galatea —respondió Timbrio—, que conozco yo que, así como a mí me falta, os sobra a vos ingenio para aclarar mayores dificultades; pero, con todo eso, quiero que tengáis paciencia hasta que Elicio la torne a decir; y, si de esta vez no la ace[r]tare, confirmarse ha con más veras la opinión que de mi ingenio y del vuestro tengo.

Tornó Elicio a decir su pregunta, y luego Timbrio declaró lo que era, diciendo:

—Con lo mesmo que yo pensé que tu demanda, Elicio, se escurecía, con eso mesmo me parece que se declara, pues el último verso dice que te digan qué es cosa y cosa;

---

[138] *qué es cosa y cosa*: Es una fórmula para preguntar por la solución del acertijo; procede del folklore, incluso infantil. Covarrubias, refiriéndose a un acertijo, escribe: «Los niños dicen un *qué es cosi cosa* de la lanza...» (*Tesoro*, s.v. *caber*).

[139] *correrse*: «Correrse vale afrentarse, porque le corre la sangre al rostro» (Covarrubias, *Tesoro*, s.v. *correr*).

y así yo te respondo a lo que me dices, y digo que tu pregunta es el qué es cosa y cosa. Y no te maravilles haberme tardado en la respuesta, porque más me maravillara yo de mi ingenio si más presto respondiera, el cual mostrará quién es en el poco artificio de mi pregunta, que es esta:

TIMBRIO

¿Quién es [el] que, a su pesar,
mete sus pies por los ojos,
y, sin causarles enojos,
les hace luego cantar?
El sacarlos es de gusto, 5
aunque, a veces, quien los saca,
no sólo su mal no aplaca,
mas cobra mayor disgusto.

A Nísida tocaba responder a la pregunta de Timbrio; mas no fue posible que la adevinasen ella ni Galatea, que se le seguían[140]; y viendo Orompo que las pastoras se fatigaban en pensar lo que significaba, les dijo:

—No os canséis, señora[s], ni fatiguéis vuestros entendimientos en la declaración de esta enigma, porque podría ser que ninguna de vosotras en toda su vida hubiese visto la figura que la pregunta encubre; y así no es mucho que no deis en ella. Que si de otra suerte fuera, bien seguros estábamos de vuestros entendimientos, que, en menos espacio, otras más dificultosas hubiérades declarado; y por esto, con vuestra licencia, quiero yo responder a Timbrio y decirle que su demanda significa un hombre con grillos[141], pues cuando saca los pies de aquellos ojos que él dice, o es para ser libre, o para llevarle al suplicio: porque veáis, pastoras, si tenía yo razón de imaginar que quizá ninguna de vosotras había visto en toda su vida cárceles ni prisiones.

---

[140] *se le seguían*: Entiéndase 'que seguían a Nísida', con el *se* superfluo que intensifica el sentido.
[141] *grillos*: «grillo y grillos [...] son las prisiones que echan a los pies de los encarcelados [...], y son dos anillos por los cuales se pasa, remachada su chaveta, no se puede sacar sin muchos golpes» (Covarrubias, *Tesoro*).

—Yo por mí sé decir —dijo Galatea— que jamás he visto aprisionado alguno.

Lo mesmo dijeron Nísida y Blanca; y luego Nísida propuso su pregunta en esta forma:

NÍSIDA

> Muerde el fuego, y el bocado
> es daño y bien del mordido;
> no pierde sangre el herido,
> aunque se ve acuchillado
> Mas, si es profunda la herida, 5
> y de mano que no acierte,
> causa al herido la muerte,
> y en tal muerte está su vida.

Poco se tardó Galatea en responder a Nísida, porque luego le dijo:

—Bien sé que no me engaño, hermosa Nísida, si digo que a ninguna cosa se puede mejor atribuir tu enigma que a las tijeras de despabilar[142], y a la vela o cirio que despabilan; y si esto es verdad, como lo es, y quedas satisfecha de mi respuesta, escucha ahora la mía, que no con menos facilidad espero que será declarada de tu hermana, que yo he hecho la tuya.

Y luego la dijo, que fue esta:

GALATEA

> Tres hijos que de una madre
> nacieron con ser perfecto,
> y de un hermano era nieto[143]
> el uno, y el otro padre.
> Y estos tres tan sin clemencia 5
> a su madre ma[l]trataban,
> que mil puñadas la daban,
> mostrando en ello su ciencia.

---

[142] *tijeras de despabilar*: Despabilar es «cortar el pábilo», y este es el hilo o cuerda de la vela o antorcha. Se recorta el pábilo para que dé más luz.

[143] *perfecto-nieto*: Obsérvese la rima, que en el impreso está así mismo (fol. 349 v.).

Considerando estaba Blanca lo que podía significar la enigma de Galatea, cuando vieron atravesar corriendo, por junto al lugar donde estaban, dos gallardos pastores, mostrando en la furia con que corrían que alguna cosa de importancia les forzaba a mover los pasos con tanta ligereza; y luego, en el mismo instante, oyeron unas dolorosas voces, como de personas que socorro pedían. Y con este sobresalto, se levantaron todos y siguieron el tino[144] donde las voces sonaban y a pocos pasos salieron de aquel deleitoso sitio y dieron sobre la ribera del fresco Tajo que por allí cerca mansamente corría; y apenas vieron el río, cuando se les ofreció a la vista la más extraña cosa que imaginar pudieran, porque vieron dos pastoras, al parecer, de gentil donaire, que tenían a un pastor asido de las faldas del pellico con toda la fuerza a ellas posible porque el triste no se ahogase, porque tenía ya el medio cuerpo en el río y la cabeza debajo del agua, forcejando con los pies por desasirse de las pastoras que su desesperado intento estorbaban, las cuales ya casi querían soltarle, no pudiendo vencer al tesón de su porfía con las débiles fuerzas suyas. Mas en esto llegaron los dos pastores que corriendo habían venido, y, asiendo al desesperado, le sacaron del agua a tiempo que ya todos los demás llegaban, espantándose del extraño espectáculo, y más lo fueron cuando conocieron que el pastor que quería ahogarse era Galercio, el hermano de Artidoro, y las pastoras eran Maurisa, su hermana, y la hermosa Teolinda, las cuales, como vieron a Galatea y a Florisa, con lágrimas en los ojos, corrió Teolinda a abrazar a Galatea, diciendo:

—¡Ay, Galatea, dulce amiga y señora mía, cómo ha cumplido esta desdichada la palabra que te dio de volver a verte y a decirte las nuevas de su contento!

—De que le tengas, Teolinda —respondió Galatea—, holgaré yo tanto cuanto te lo asegura la voluntad que de mí para servirte tienes conocida; mas paréceme que no

---

[144] *tino*: En relación con *atinar*, 'dar en el blanco,' extendido a 'intentar atinar' y luego 'atinar'.

acreditan tus ojos tus palabras, ni aun ellas me satisfacen de modo que imagine buen suceso de tus deseos.

En tanto que Galatea con Teolinda esto pasaba, Elicio y Arsindo, con los otros pastores, habían desnudado a Galercio; y, al desceñirle el pellico, que, con todo el vestido, mojado estaba, se le cayó un papel del seno, el cual alzó Tirsi, y abriéndole, vio que eran versos, y por no poderlos leer, por estar mojados, encima de una alta rama le puso al rayo del sol para que se enjugase. Pusieron a Galercio un gabán de Arsindo, y el desdichado mozo estaba como atónito y embelesado, sin hablar palabra alguna, aunque Elicio le preguntaba qué era la causa que a tan extraño término le había conducido, mas por él respondió su hermana Maurisa, diciendo:

—Alzad los ojos, pastores, y veréis quién es la ocasión que al desgraciado de mi hermano en tan extraños y desesperados puntos ha puesto.

Por lo que Maurisa dijo, alzaron los pastores los ojos[145] y vieron encima de una pendiente roca que sobre el río caía una gallarda y dispuesta pastora, sentada sobre la mesma peña, mirando con risueño semblante todo lo que los pastores hacían, la cual fue luego de todos conocida por la cruel Gelasia.

—Aquella desamorada, aquella desconocida —siguió Maurisa— es, señores, la enemiga mortal de este desventurado hermano mío, el cual, como ya todas estas riberas saben, y vosotros no ignoráis, la ama, la quiere y la adora; y, en cambio de los continuos servicios que siempre le ha hecho y de las lágrimas que por ella ha derramado, esta mañana, con el más esquivo y desamorado desdén que jamás en la crueldad pudiera hallarse, le mandó que de su presencia se partiese, y que ahora ni nunca jamás a ella tornase. Y quiso tan de veras mi hermano obedecerla, que procuraba quitarse la vida por excusar la ocasión de nunca traspa-

---

[145] Esta aparición espectacular de Gelasia es semejante a la de Marcela en el *Quijote* cuando interrumpe la lectura de los versos de Grisóstomo: «...y fue que, por cima de la peña donde se cavaba la sepultura, pareció la pastora Marcela, tan hermosa...» (I,14).

sar su mandamiento; y si, por dicha, estos pastores tan presto no llegaran, llegado fuera ya el fin de mi alegría y el de los días de mi lastimado hermano.

En admiración puso lo que Maurisa dijo a todos los que la escucharon; y más admirados quedaron cuando vieron que la cruel Gelasia, sin moverse del lugar donde estaba y sin hacer cuenta de toda aquella compañía que los ojos en ella tenía puestos, con un extraño donaire y desdeñoso brío, sacó un pequeño rabel de su zurrón y, parándosele[146] a templar muy despacio, a cabo de poco rato, con voz en extremo buena, comenzó a cantar de esta manera:

GELASIA

¿Quién dejará, del verde prado umbroso
las frescas hierbas y las frescas fuentes?
¿Quién de seguir con pasos diligentes
la suelta liebre o jabalí cerdoso?

¿Quién, con el son amigo y sonoroso,   5
no detendrá las aves inocentes?
¿Quién, en las horas de la siesta ardiente[s],
no buscará en las selvas el reposo,

por seguir los incendios, los temores,
los celos, iras, rabias, muertes, penas   10
del falso amor, que tanto aflige al mundo?

Del campo son y han sido mis amores;
rosas son y jazmines mis cadenas;
libre nací, y en libertad me fundo[147].

---

[146] *parándosele*: *pararse* como 'prepararse'; hay que entender el *le* (leísmo) con referencia al instrumento (*templarle*). O sea, preparándose, disponiéndose a templar el instrumento (Keniston, 1937, 7.21).

[147] El último es «uno de los mejores tercetos de la poesía española», según J. M. Blecua (1970/2, 179). Avalle Arce (*La Galatea*, 1987, 484) señala la correspondencia entre estos versos, que son un programa objetivo de validez universal, y el discurso de Marcela, que le parece empapado de una vivencia concreta.

Cantando estaba Gelasia, y, en el movimiento y ademán de su rostro, la desamorada condición suya descubría. Mas apenas hubo llegado al último verso de su canto, cuando se levantó con una extraña ligereza; y, como si de alguna cosa espantable huyera, así comenzó a correr por la peña abajo, dejando a los pastores admirados de su condición y confusos de su corrida[148]. Mas luego vieron qué era la causa de ella con ver al enamorado Lenio, que, con tirante paso, por la mesma peña subía, con intención de llegar adonde Gelasia estaba; pero no quiso ella aguardarle por no faltar de corresponder en un solo punto a la crueldad de su propósito. Llegó el cansado Lenio a lo alto de la peña, cuando ya Gelasia estaba al pie de ella; y viendo que no detenía el paso, sino que con más presteza por la espaciosa campaña le tendía, con fatigado aliento y laso[149] espíritu se sentó en el mesmo lugar donde Gelasia había estado, y allí comenzó con desesperadas razones a maldecir su ventura y la hora en que alzó la vista a mirar a la cruel pastora Gelasia. Y en aquel mesmo instante, como arrepentido de lo que decía, tornaba a bendecir sus ojos y a tener por dichosa y buena la ocasión que en tales términos le tenía; y luego, incitado y movido de un furioso accidente, arrojó lejos de sí el cayado, y, desnudándose el pellico, le entregó a las aguas del claro Tajo, que junto al pie de la peña corría. Lo cual visto por los pastores que mirándole estaban, sin duda creyeron que la fuerza de la enamorada pasión le sacaba de juicio; y así Elicio y Erastro comenzaron a subir la peña para estorbarle que no hiciese algún otro desatino que le costase más caro; y, puesto que Lenio los vio subir, no hizo otro movimiento alguno, sino fue sacar de su zurrón su rabel, y con un nuevo y extraño reposo se tornó [a] asentar[150] y, vuelto el rostro hacia donde su pastora huía, con voz

---

[148] *corrida*: 'carrera rápida'.
[149] *laso*: (En el impreso *lasso*, fol. 363); cultismo poco usado, por 'cansado, fatigado', en relación con el it. *lasso*, 'stanco, affaticato', como se dijo.
[150] *[a] asentar*: El impreso (fol. 363 v.) trae «torno assentar». Hay que contar, como en otros casos, con la *a* embebida (Keniston, 1937, 2. 242) *a* con que comienza el verbo siguiente, *assentar*, por 'sentar', muy usado por Cervantes.

suave y de lágrimas acompañada, comenzó a cantar de esta suerte:

LENIO

¿Quién te impele, crüel? ¿Quién te desvía?
¿Quién te retira del amado intento?
¿Quién en tus pies veloces alas cría,
con que corres ligera más que el viento?
¿Por qué tienes en poco la fe mía,   5
y desprecias el alto pensamiento?
¿Por qué huyes de mí? ¿Por qué me dejas?
¡Oh, más dura que mármol a mis quejas![151].

¿Soy, por ventura, de tan bajo estado
que no merezca ver tus ojos bellos?   10
¿Soy pobre? ¿Soy avaro? ¿Hasme hallado
en falsedad desde que supe vellos?
La condición primera no he mudado.
¿No pende del menor de tus cabellos
mi alma? Pues ¿por qué de mí te alejas?   15
¡Oh, más dura que mármol a mis quejas!

Tome escarmiento tu altivez sobrada
de ver mi libre voluntad rendida;
mira mi antigua presunción trocada
y en amoroso intento convertida.   20
Mira que contra Amor no puede nada
la más exenta, descuidada vida.
Detén el paso ya. ¿Por qué le aquejas?
¡Oh, más dura que mármol a mis quejas!

Vime cual tú te ves, y ahora veo   25
que como fui jamás espero verme:
tal me tiene la fuerza del deseo;
tal quiero, que se extrema en no quererme.
Tú has ganado la palma, tú el trofeo
de que Amor pueda en su prisión tenerme;   30
tú me rendiste, y tú ¿de mí te quejas?
¡Oh, más dura que mármol a mis quejas!

---

[151] El verso de cierre de las octavas es el 57 de la Égloga I de Garcilaso, otro homenaje de Cervantes a su poeta predilecto.

En tanto que el lastimado pastor sus dolorosas quejas entonaba, estaban los demás pastores reprehendiendo a Galercio su mal propósito, afeándole el dañado intento que había mostrado. Mas el desesperado mozo a ninguna cosa respondía, de que no poco Maurisa se fatigaba, creyendo que, en dejándole solo, había de poner en ejecución su mal pensamiento.

En este medio, Galatea y Florisa, apartándose con Teolinda, le preguntaron qué era la causa de su tornada y si, por ventura, había sabido ya de su Artidoro; a lo cual ella respondió llorando:

—No sé qué os diga, amigas y señoras mías, sino que el Cielo quiso que yo hallase a Artidoro para que enteramente le perdiese, porque habréis de s[a]ber que aquella mal considerada y traidora hermana mía, que fue el principio de mi desventura, aquella mesma ha sido la ocasión del fin y remate de mi contento, porque sabiendo ella, así como llegamos con Galercio y Maurisa a su aldea, que Artidoro estaba en una montaña no lejos de allí con su ganado, sin decirle nada se partió a buscarle; hallóle, y fingiendo ser yo (que para sólo este daño ordenó el Cielo que nos pareciésemos), con poca dificultad le dio a entender que la pastora que en nuestra aldea le había desdeñado era una su hermana que en extremo le parecía; en fin, le contó por suyos todos los pasos que yo por él he dado, y los extremos de dolor que he padecido; y como las entrañas del pastor estaban tan tiernas y enamoradas, con harto menos que la traidora le dijera, fuera de él creída, como la creyó, tan en mi perjuicio que, sin aguardar que la Fortuna mezclase en su gusto algún nuevo impedimento, luego en el mesmo instante dio la mano a Leonarda de ser su legítimo esposo creyendo que se la daba a Teolinda. Veis aquí, pastoras, en qué ha parado el fruto de mis lágrimas y sospiros; veis aquí ya arrancada de raíz toda mi esperanza; y, lo que más siento, es que haya sido por la mano que a sustentarla estaba más obligada. Leonarda goza de Artidoro por el medio del falso engaño que os he contado y, puesto que ya él lo sabe, aunque debe de haber sentido la burla, hala disimulado, como discreto. Llegaron luego al aldea las nuevas de su casamiento, y con ellas las del fin de mi alegría; súpose también el artificio de mi hermana, la cual dio por disculpa ver que Galercio, a quien tanto ella amaba, por la pastora Gelasia se perdía, y que así le pareció más fácil reducir a su voluntad la enamorada de Artidoro, que no la desesperada de Galercio; y que, pues l[o]s dos eran uno solo en cuanto a la apariencia y gentileza, que ella se tenía por dichosa y bien afortunada con la compañía de Artidoro. Con esto se disculpa, como he dicho, la enemiga de mi gloria. Y así yo, por no verla gozar de la que de derecho se me debía, dejé el aldea y la presencia de Artidoro y, acompañada de las más tristes imaginaciones que imaginarse pueden, venía a daros las nuevas de mi desdicha en compañía de Maurisa, que asimesmo viene con intención de contaros lo que Grisaldo ha hecho después que supo el hurto de Rosaura. Y esta mañana, al salir del sol, topamos con Galercio, el cual con tiernas y enamoradas razones estaba persuadiendo a Gelasia que bien le quisiese; mas ella, con el más extraño desdén y esquiveza que decirse puede, le mandó que se le quitase delante y que no fuese osado de jamás hallarla; y el desdichado pastor, apretado de tan recio mandamiento y de tan extraña crueldad, quiso cumplirle, haciendo lo que habéis visto. Todo esto es lo que por mí ha pasado, amigas mías, después que de vuestra presencia me partí. Ved ahora si tengo más que llorar que antes; y si se ha aumentado la ocasión para que vosotras os ocupéis en consolarme, si acaso mi mal recibiese consuelo.

No dijo más Teolinda, porque la infinidad de lágrimas que le vinieron a los ojos y los sospiros que del alma arrancaba, impidieron el oficio a la lengua; y aunque las de Galatea y Florisa quisieron mostrarse expertas y elocuentes en consolarla, fue de poco efecto su trabajo. Y, en el tiempo que entre las pastoras estas razones pasaban, se acabó de enjugar el papel que Tirsi a Galercio del seno sacado había, y, deseoso de leerle, lo tomó, y vio que de esta manera decía:

Galercio a Gelasia

¡Ángel de humana figura,
furia con rostro de dama,
fría y encendida llama
donde mi alma se apura!
Escucha las sinrazones,
de tu desamor causadas,
de mi alma trasladadas
en estos tristes renglones.

No escribo por ablandarte,
pues con tu dureza extraña
no valen ruegos ni maña,
ni servicios tienen parte.
Escríbote porque veas
la sinrazón que me haces,
y cuál mal que satisfaces
al valor de que te arreas[152].

Que alabes la libertad
es muy justo, y razón tienes;
mas mira que la mantienes
sólo con la crueldad.
Y no es justo lo que ordenas:
querer sin ser ofendida,
sustentar tu libre vida
con tantas muertes ajenas.

No imagines que es deshonra
que te quieran todos bien,
ni que está en usar desdén
depositada tu honra.
Antes, templando el rigor
de los agravios que haces,
con poco amor satisfaces
y cobras nombre mejor.

Tu crueldad me da a entender
que las sierras te engendraron,

---

[152] *te arreas*. Recuérdese que se dijo que *arrear* es adornar y engalanar; 'con que te adornas y luces'.

o que los montes formaron 35
tu duro, indomable ser;
que en ellos es tu recreo,
y en los páramos y valles,
do no es posible que halles
quien te enamore el deseo. 40

En un fresca espesura
una vez te vi sentada,
y dije: «Estatua es formada
aquella de piedra dura.»
Y aunque el moverte después 45
contradijo a mi opinión:
«En fin, en la condición
—dije—, más que estatua es.»

Y ¡ojalá que estatua fueras
de piedra, que yo esperara 50
que el Cielo por mí cambiara
tu ser, y en mujer volvieras!
Que Pigmaleón[153] no fue
tanto a la suya rendido,
como yo te soy y he sido, 55
pastora, y siempre seré.

Con razón, y de derecho,
del mal y bien me das pago:
pena por el mal que hago,
gloria por el bien que he hecho. 60
En el modo que me tratas
tal verdad es conocida:
con la vista me das vida,
con la condición me matas.

De ese pecho que se atreve 65
a esquivar de Amor los tiros,
el fuego de mis sospiros
deshaga un poco la nieve.
Concédase al llanto mío,

---

[153] *Pigmaleón:* Es la conocida leyenda de Pigmalión, escultor que hizo una estatua de mujer tan hermosa que se enamoró de ella, y obtuvo de Venus que tuviera vida.

>   y al nunca admitir descanso,   70
>   que vuelva agradable y man[s]o
>   un solo punto tu brío.
>
>   Bien sé que habrás de decir
>   que me alargo, y yo lo creo;
>   pero acorta tú el deseo,   75
>   y acortaré yo el pedir.
>   Mas, según lo que me das
>   en cuantas demandas toco,
>   a ti te importa muy poco
>   que pida menos o más.   80
>
>   Si de tu extraña dureza
>   pudiera reprehenderte,
>   y aquella señal ponerte
>   que muestra nuestra flaqueza,
>   dijera, viendo tu ser,   85
>   y no así como se enseña:
>   «Acuérdate que eres peña,
>   y en peña te has de volver»[154].
>
>   Mas seas peña o acero,
>   duro mármol o diamante,   90
>   de un acero soy amante,
>   a una peña adoro y quiero.
>   Si eres ángel disfrazado,
>   o furia, que todo es cierto,
>   por tal ángel vivo muerto,   95
>   y por tal furia, penado.

Mejor le parecieron a Tirsi los versos de Galercio que la condición de Gelasia; y, quiriéndoselos mostrar a Elicio, viole tan mudado de color y de semblante que una imagen de muerto parecía. Llegóse a él, y cuando le quiso preguntar si algún dolor le fatigaba, no fue menester esperar su respuesta para entender la causa de su pena, porque luego oyó pub[l]icar entre todos los que allí estaban cómo los dos

---

[154] Cervantes parafrasea aquí la conocida sentencia del *Génesis*: «Eres polvo y al polvo volverás» (3, 19), tomándola en un sentido profano. Véase T. Antolín, 1948, 131.

622

pastores que a Galercio socorrieron, eran amigos del pastor lusitano con quien el venerable Aurelio tenía concertado de casar a Galatea, los cuales venían a decirle cómo de allí a tres días el venturoso pastor vendría a su aldea a concluir el felicísimo desposorio. Y luego vio Tirsi que estas nuevas más nuevos y extraños accidentes de los causados habían de causar en el alma de Elicio, pero, con todo esto, se llegó a él y le dijo:

—Ahora es menester, buen amigo que te sepas valer de la discreción que tienes, pues en el peligro mayor se muestran los corazones valerosos; y asegúrote que no sé quién a mí me asegura que ha de tener mejor fin este negocio de lo que tú piensas. Disimula y calla, que, si la voluntad de Galatea no gusta de corresponder de todo en todo a la de su padre, tú satisfarás la tuya aprovechándote de las nuestras, y aun de todo el favor que te puedan ofrecer cuantos pastores hay en las riberas de este río y en las del manso Henares, el cual favor yo te ofrezco, que bien imagino que el deseo que todos han conocido que yo tengo de servirles, les obligará a hacer que no salga en vano lo que aquí te prometo.

Suspenso quedó Elicio viendo el gallardo y verdadero ofrecimiento de Tirsi, y no supo ni pudo responderle más que abrazarle estrechamente y decirle:

—El Cielo te pague, discreto Tirsi, el consuelo que me has dado, con el cual (y con la voluntad de Galatea, que, a lo que creo, no discrepará de la nuestra), sin duda, entiendo que tan notorio agravio como el que se hace a todas estas riberas en desterrar de ellas la rara hermosura de Galatea, no pase adelante.

Y tornándole a abrazar, tornó a su rostro la color perdida, pero no tornó al de Galatea, a quien fue oír la embajada de los pastores como si oyera la sentencia de su muerte. Todo lo notaba Elicio, y no lo podía disimular Erastro, ni menos la discreta Florisa, ni aun fue gustosa la nueva a ninguno de cuantos allí estaban.

A esta sazón ya el sol declinaba su acostumbrada carrera; y así, por esto como por ver que el enamorado Lenio había seguido a Gelasia, y que allí no quedaba otra cosa que hacer, trayendo a Galercio y a Maurisa consigo, toda aquella compañía movió los pasos hacia el aldea, y, al llegar junto a ella, Elicio y Erastro se quedaron en sus cabañas, y con ellos Tirsi, Damón, Orompo, Crisio, Marsilio, Arsindo y Orfenio se quedaron, con otros algunos pastores; y de todos ellos, con corteses palabras y ofrecimientos, se despidieron los venturosos Timbrio, Silerio, Nísida y Blanca, diciéndoles que otro día se pensaban partir a la ciudad de Toledo, donde había de ser el fin de su viaje, y, abrazando a todos los que con Elicio quedaban, se fueron con Aurelio, con el cual iban Florisa, Teolinda y Maurisa y la triste Galatea, tan congojada y pensativa, que, con toda su discreción, no podía dejar de dar muestras de extraño descontento; con Daranio se fueron su esposa Silveria y la hermosa Belisa. Cerró en esto la noche, y parecióle a Elicio que con ella se le cerraban todos los caminos de su gusto; y si no fuera por agasajar con buen semblante a los huéspedes que tenía aquella noche en su cabaña, él la pasara tan mala que desesperara de ver el día. La mesma pena pasaba el mísero Erastro, aunque con más alivio, porque, sin tener respeto a nadie, con altas voces y lastimeras palabras maldecía su ventura y la acelerada determinación de Aurelio.

Estando en esto, ya que los pastores habían satisfecho a la hambre con algunos rústicos manjares, y algunos de ellos entregádose en los brazos del reposado sueño, llegó a la cabaña de Elicio la hermosa Maurisa, y, hallando a Elicio a la puerta de su cabaña, le apartó y le dio un papel diciéndole que era de Galatea y que le leyese luego, que, pues ella a tal hora le traía, entendiese que era de importancia lo que en él debía de venir. Admirado el pastor de la venida de Maurisa, y más de ver en sus manos papel de su pastora, no pudo sosegar un punto hasta leerle; y, entrándose en su cabaña, a la luz de una raja de teoso pino, le leyó, y vio que así decía:

Galatea a Elicio

En la apresurada determinación de mi padre está la que yo he tomado de escrebirte, y en la fuerza que me hace la que a mí mesma me he hecho hasta llegar a este punto. Bien sabes en el que es-

toy, y sé yo bien que quisiera verme en otro mejor para pagarte algo de lo mucho que conozco que te debo; mas si el Cielo quiere que yo quede con esta deuda, quéjate de él, y no de la voluntad mía. La de mi padre quisiera mudar, si fuera posible, pero veo que no lo es, y así, no lo intento. Si algún remedio por allá imaginas, como en él no intervengan ruegos, ponle en efecto con el miramiento que a tu crédito debes y a mi honra estás obligado. El que me dan por esposo y el que me ha de dar sepultura viene pasado mañana; poco tiempo te queda para aconsejarte, aunque a mí me quedará harto para arrepentirme. No digo más, sino que Maurisa es fiel y yo, desdichada.

En extraña confusión pusieron a Elicio las razones de la carta de Galatea, pareciéndole cosa nueva así el escribirle, pues hasta entonces jamás lo había hecho, como el mandarle buscar remedio a la sinrazón que se le hacía; mas, pasando por todas estas cosas, sólo paró en imaginar cómo cumpliría lo que le era mandado, aunque en ello aventurase mil vidas, si tantas tuviera. Y no ofreciéndosele otro algún remedio sino el que de sus amigos esperaba, confiado en ellos, se atrevió a responder a Galatea con una carta que dio a Maurisa, la cual de esta manera decía:

Elicio a Galatea

Si las fuerzas de mi poder llegaran al deseo que tengo de serviros, hermosa Galatea, ni la que vuestro padre os [h]ace ni las mayores del mundo, fueran parte para ofenderos; pero, comoquiera que ello sea, vos veréis ahora, si la sinrazón pasa adelante, cómo yo no me quedo atrás en hacer vuestro mandamiento por la vía mejor que el caso pidiere. Asegúreos esto la fe que de mí tenéis conocida y haced buen rostro a la fortuna[155] *presente, confiada en la bonanza venidera: que el Cielo, que os ha movido a acordaros de mí y a escribirme, me dará valor para mostrar que en algo merezco la merced que me habéis hecho: que, como sea obedeceros, ni recelo ni temor serán parte para que yo no ponga en efecto lo que a*

---

[155] Recuérdese que *fortuna* es 'tempestad, borrasca', aplicada aquí a la situación entre los enamorados.

> *vuestro gusto conviene y al mío tanto importa. No más, pues lo más que en esto ha de haber, sabréis de Maurisa, a quien yo he dado cuenta de ello; y si vuestro parecer con el mío no se conforma, sea yo avisado, porque el tiempo no se pase, y con él la sazón de nuestra ventura, la cual os dé el Cielo como puede, y como vuestro valor merece.*

Dada esta carta a Maurisa, como está dicho, le dijo asimesmo cómo él pensaba juntar todos los más pastores que pudiese, y que todos juntos irían a hablar al padre de Galatea pidiéndole por merced señalada fuese ser[v]ido de no desterrar de aquellos prados la sin par hermosura suya; y cuando esto no bastase, pensaba poner tales inconvinientes y miedos al lusitano pastor, que él mesmo dijese no ser contento de lo concertado; y cuando los ruegos y astucias no fuesen de provecho alguno, determinaba usar la fuerza, y con ella ponerla en su libertad; y esto con el miramiento de su crédito, que se podía esperar de quien tanto la amaba. Con esta resolución se fue Maurisa, y esta mesma tomaron luego los pastores que con Elicio estaban, a quien él dio cuenta de sus pensamientos y pidió favor y consejo en tan arduo caso. Luego Tirsi y Damón se ofrecieron de ser aquellos que al padre de Galatea hablarían. Lauso, Arsindo y Erastro, con los cuatro amigos Orompo, Marsilio, Crisio y Orfenio, prometieron de buscar y juntar para el día siguiente sus amigos y poner en obra con ellos cualquiera cosa que por Elicio les fuese mandada. En tratar lo que más al caso convenía y en tomar este apuntamiento[156], se pasó lo más de aquella noche, y, la mañana venida, todos los pastores se partieron a cumplir lo que prometido habían, si no fueron Tirsi y Damón, que con Elicio se quedaron. Y aquel mesmo día tornó a venir Maurisa a decir a Elicio cómo Galatea estaba determinada de seguir en todo su parecer. Despidióla Elicio con nuevas promesas y confianza, y con alegre semblante y extraño alborozo estaba esperando el siguiente día por ver la buena o mala salida que la Fortuna daba a su hecho. Llegó en esto la noche, y, recogiéndose con Da-

---

[156] *apuntamiento:* «Advertimiento en algún negocio» (Covarrubias, *Tesoro*).

món y Tirsi a su cabaña, casi todo el tiempo de ella pasaron en tantear y advertir las dificultades que en aquel negocio podían suceder, si acaso no movían a Aurelio las razones que Tirsi pensaba decirle. Mas Elicio, por dar lugar a los pastores que reposasen, se salió de su cabaña y se subió en una verde cuesta que frontera de ella se levantaba; y allí, con el aparejo[157] de la soledad, revolvía en su memoria todo lo que por Galatea había padecido y lo que temía padecer, si el Cielo a sus intentos no favorecía; y sin salir de esta imaginación, al son de un blando céfiro que mansamente soplaba, con voz suave y baja, comenzó a cantar de esta manera:

Elicio

Si de este herviente mar y golfo insano,
donde tanto amenaza la tormenta,
libro la vida de tan dura afrenta
y toco el suelo venturoso y sano,

al aire alzadas una y otra mano, 5
con alma humilde y voluntad contenta,
haré que Amor conozca, el Cielo sienta
que el bien les agradezco soberano.

Llamaré venturosos mis sospiros,
mis lágrimas tendré por agradables, 10
por refrigerio el fuego en que me quemo.

Diré que son de amor los recios tiros,
dulces al alma, al cuerpo saludables,
y que en su bien no hay medio, sino extremo.

Cuando Elicio acabó su canto, comenzaba a descubrirse por las orientales puertas la fresca aurora, con sus hermosas y variadas mejillas, alegrando el suelo, aljofarando[158] las

---

[157] *aparejo*: «*aparejo*, lo necesario para hacer alguna cosa» (Covarrubias, *Tesoro*, s.v. *aparejar);* aquí 'ocasión'.

[158] *aljofarando*: La aplicación de *aljófar* («perla menudica que se halla dentro de las conchas que las crían», Covarrubias, *Tesoro*, s.v. *aljófar*) y sus derivados a la Aurora es uno de los epítetos poéticos más comunes, como reconoce el mismo Covarrubias (*ídem*, s.v. *aurora*).

hierbas y pintando los prados, cuya deseada venida comenzaron luego a saludar las parleras aves con mil suertes de concertadas cantilenas. Levantóse en esto Elicio, y tendió los ojos por la espaciosa campaña; descubrió no lejos dos escuadras de pastores, los cuales, según le pareció, hacia su cabaña se encaminaban, como era la verdad[159], porque luego conoció que eran sus amigos Arsindo y Lauso, con otros que consigo traían, y los otros, Orompo, Marsilio, Crisio y Orfenio, con todos los más amigos que juntar pudieron. Conocidos, pues, de Elicio, bajó de la cuesta para ir a recebirlos, y, cuando ellos llegaron junto de la cabaña, ya estaban fuera de ella Tirsi y Damón, que a buscar a Elicio iban. Llegaron en esto todos los pastores, y con alegre semblante unos a otros se recibieron. Y luego Lauso, volviéndose a Elicio, le dijo:

—En la compañía que traemos puedes ver, amigo Elicio, si comenzamos a dar muestras de querer cumplir la palabra que te dimos; todos los que aquí vees vienen con deseo de servirte, aunque en ello aventuren las vidas. Lo que falta es que tú no la hagas en lo que más conviniere.

Elicio, con las mejores razones que supo, agradeció a Lauso y a los demás la merced que le hacían, y luego les contó todo lo que con Tirsi y Damón estaba concertado de hacerse para salir bien con aquella empresa. Parecióles bien a los pastores lo que Elicio decía; y así, sin más detenerse, hacia el aldea se encaminaron, yendo delante Tirsi y Damón, siguiéndoles todos los demás, que hasta veinte pastores serían, los más gallardos y bien dispuestos que en todas las riberas del Tajo hallarse pudieran; y todos llevaban intención de que, si las razones de Tirsi no movían a que Aurelio la hiciese en lo que le pedían, de usar en su lugar la fuerza y no consentir que Galatea al forastero pastor se entregase, de que iba tan contento Erastro, como si el buen suceso de aquella demanda en sólo su contento de redundar hubiera; porque, a trueco de no ver a Galatea ausente y

---

[159] Otra vez usa la fórmula *como era la verdad* para afirmar una realidad dentro del relato (págs. 187, 244 y 273).

628

descontenta, tenía por bien empleado que Elicio la alcanzase, como lo imaginaba, pues tanto Galatea le había de quedar obligada.

El fin de este amoroso cuento e historia, con los sucesos de Galercio, Lenio y Gelasia, Arsindo y Maurisa, Grisaldo, Artandro y Rosaura, Marsilio y Belisa, con otras cosas sucedidas a los pastores hasta aquí nombrados, en la segunda parte de esta historia se prometen, la cual, si con apacibles voluntades esta primera viere recibida, tendrá atrevimiento de salir con brevedad a ser vista y juzgada de los ojos y entendimiento de las gentes.

FIN

Breve mención de los ingenios citados en el «Canto de Calíope»

Esta es una breve mención informativa de los ingenios citados en el «Canto de Calíope»; van situados por orden alfabético y la cifra de referencia que figura al fin de cada nombre es el de las estrofas del «Canto» (págs. 563-589). De ellos se citan preferentemente los datos que pudieran valer como indicio de su relación con Cervantes con ocasión de *La Galatea*. Para más datos, véanse las notas a este «Canto» en las ediciones de R. Schevill y A. Bonilla (*La Galatea*, 1914, II, 297-355) y de J. B. Avalle-Arce (*La Galatea*, 1987, 425-458), que se complementan con la *Bibliografía* de J. Simón Díaz, y otras referencias.

AGUAYO, Juan [de Castilla] (59) (h. 1533-?). Fue veinticuatro de Córdoba y autor de *El perfecto regidor* (1586). Según R. Schevill y A. Bonilla (II, 333), Cervantes pudo inspirarse en este autor para los consejos de don Quijote a Sancho en cuanto al gobierno de la Ínsula Barataria. Véase J. Simón Díaz, 1960..., VII, 643-644.

AGUILAR [y Córdoba], Diego de (73) (h. 1550-d. 1613). Cordobés, fue soldado que pasó al Perú y escribió el poema épico *El Marañón*, que no llegó a ver publicado. Véase J. Simón Díaz. 1960..., IV, 516-518.

ALCÁZAR, Baltasar del (49) (1530-1606). Llamado el «Marcial sevillano» y traductor de Horacio, fue poeta acreditado que figura en el *Libro de retratos* de Pacheco; su extensa producción (J. Simón Díaz, 1960..., V, 61-71) pudo valer a Cervantes en su obra de tendencias populares, pero no en *La Galatea*.

ALFONSO, Gaspar (32). Se ha indicado que pudiera ser un licenciado Gaspar Alonso, del que aparece una elegía en el *Desengaño de amor* de Pedro Soto de Rojas (1623), pero es una fecha tardía para su encaje cronológico.

ALVARADO, Pedro de (79). Desconocido; véanse los indicios que recogen A. Schevill y A. Bonilla, *La Galatea*, II, 340-341.

ARGENSOLA, Bartolomé Leonardo de (94) (1562-1631). Como su hermano, pasó a Nápoles con el Conde de Lemos y fue Cronista de Aragón. Véase J. Simón Díaz. 1960..., XIII, 224-247.

ARGENSOLA, Lupercio Leonardo de (93) (1559-1613). Con él comienza el elogio de los ingenios del Ebro. Nacido en Barbastro, Huesca, como su hermano. Joven aún cuando lo elogia Cervantes, llegó a Cronista de Aragón y fue secretario del Virrey de Nápoles. Véase J. Simón Díaz, 1960..., XIII, 247-257.

ARTIEDA, Micer [Andrés Rey de] (102) (1549-1613). Valenciano, bachiller en leyes, fue soldado en Lepanto; lo de las «ciencias» se dice porque explicó Astrología. Escribió obras dramáticas y poesía, y teorizó sobre unas y otras. Véanse los estudios de Jose Lluis Sirera, «Los trágicos valencianos», en *La génesis de la teatralidad barroca, Cuadernos de Filología*, Universidad de Valencia, III, 1-2, 66-91.

ÁVALOS [y Ribera], Juan de (70) (1553-1622). Nacido en Lima, vivió en España quince años, donde obtuvo el hábito de Calatrava y volvió a su patria a fines de siglo. J. Simón Díaz, 1960..., VI, 118-119.

BACA; véase Vaca.

BACA Y DE QUIÑONES, Jerónimo; véase Vaca y Quiñones, Jerónimo.

BALDÉS, Alonso de; véase Valdés, Alonso de.

Barahona de Soto, Luis; véase Soto Barahona, Luis.

Becerra, doctor Domingo de (51). Sevillano, presbítero, cautivo en Argel y rescatado con Cervantes. En el mismo año que *La Galatea* publicó en Valencia una versión del tratado de M. Juan de la Casa, *Galatheo*. Véase J. Simón Díaz, 1960..., VI, 402.

Berrio, Gonzalo Mateo de; véase Mateo de Berrio, Gonzalo.

Bibaldo, Adam; véase Vivaldo, Adam.

Bivar, Juan Bautista de; véase Vivar, Juan Bautista de.

Cairasco [de Figueroa, Bartolomé] (80) (1538-1610). Autor de extensa obra (teatro, obras religiosas y lírica), nacido en Las Palmas de Gran Canaria, «príncipe de los poetas canarios» de la época. Véase A. Sánchez Robayna, *Estudios sobre Cairasco de Figueroa*, 1992 y J. Simón Díaz, 1960...,VII, 761-763.

Caldera, Benito de (35). El *Luso* que se cita es representación de Camoes, pues Caldera tradujo *Os Lusiadas* (1580); en los preliminares de esta versión hay poesías de Laínez, Gálvez de Montalvo, Garay y un maestro Vergara (?), también nombrados en el «Canto». Esto indica que eran amigos entre sí. Véase J. Simón Díaz, 1960..., VII, 50-51.

Campuzano, doctor [Francisco de] (13). Testó en 1583 y hay poesías suyas en el *Jardín espiritual*, de Pedro de Padilla (1585) y en el *Cancionero*, de López Maldonado, con lo que parece que es mayor en edad que el Suárez de Sosa que le sigue en el «Canto». Con él comienza el elogio de los ingenios del Tajo (11). Véase J. Simón Díaz, 1960..., VII, 370.

Cangas, Fernando de (46) (h. 1540-?). Poeta citado por Juan de la Cueva, Herrera y otros. Véase J. Simón Díaz, 1960..., VII, 393.

Cantoral, [Jerónimo de Lomas] (90) (h. 1542-h.1600). Es un buen poeta del grupo de Valladolid, que en 1578 había publicado sus *Obras*. Véase J. Simón Díaz, 1960..., XIII, 360-364.

CARRANZA [Jerónimo Sánchez de] (53). Sevillano. Celebrado como hombre noble, conocedor de armas y letras. Fue autor de un libro sobre la filosofía de las armas (1582).

CARVAJAL, Gutierre (9). No se sabe quién sea este joven poeta, diestro en el italiano y en el español, al que pudiera haber conocido Cervantes en sus andanzas por Italia.

CASTILLA Y DE AGUAYO, Juan de; véase Aguayo, Juan de Castilla y de Aguayo.

CERVANTES SAAVEDRA, Gonzalo (62). Cordobés, soldado y poeta, que también estuvo combatiendo en las galeras de don Juan de Austria. Véase J. Simón Díaz, 1960..., VII, 808.

COLONA, Juan (98). Conde de Elda. En cabeza de los ingenios del Turia. Visorrey de Cerdeña. Fue autor de un poema religioso, *Década de la Passión*..., Cagliari, 1576, y poeta ocasional. Véase J. Simón Díaz, 1960..., VIII, 593-594.

CÓRDOBA, el maestro (18). Se ha identificado con el maestro [Juan de] Córdoba, amigo y elogiado por Lope. Véase este y los homónimos en J. Simón Díaz, 1960..., IX, 21-22.

CUEVA, Juan de la; véase Cuevas, Juan de las.

CUEVA Y SILVA, Francisco de la; véase Cuevas, Francisco de las.

CUEVAS, Francisco de las (83). Identificado como Francisco de la Cueva y Silva (1550-1621). Jurisconsulto, muy alabado en su época, y por Cervantes otra vez en el *Viaje del Parnaso*, II, vv. 286-288. Fue autor dramático y poeta ocasional. Véase J. Simón Díaz, 1960..., IX, 217-220.

CUEVAS, Juan de las, [o de la Cueva, como se le conoce] (57) (1543-1612). La mención de este conocido autor se realiza tanto por su condición de poeta (sus *Obras* habían aparecido en 1582), como por la de dramaturgo, sobre todo trágico (edición de sus *Comedias y tragedias* en 1583); otras de sus obras son posteriores a

La Galatea. ¿Indica la mención de «eterno olvido» que sus obras pudieran parecerle ya anticuadas? Véase J. Simón Díaz, 1960..., IX, 200-212); para su condición poética, José María Reyes Cano, *La poesía lírica de Juan de la Cueva*, Sevilla, Diputación Provincial, 1980.

DAZA, Licenciado (16). Pudiera ser Dionisio Daza Chacón (?-1596), de Valladolid, licenciado por Salamanca, que fue cirujano de Felipe II.

DÍAZ, el doctor Francisco (19). Médico alcalaíno. Cervantes lo trató pues escribiría un soneto para los preliminares de un *Tratado...de las enfermedades de los riñones* (*Poesías*; II, 358-359).

DURÁN, Diego (26). De un Diego [González] Durán recogen R. Schevill y A. Bonilla (II, 316) la mención de dos poesías sueltas.

ERCILLA [y ZÚÑIGA, Alonso de] (4) (1533-1594). Cervantes lo elogió en el *Quijote* (I, 6) diciendo que su *Araucana* estaba entre los mejores versos heroicos escritos en castellano. Véase J. Simón Díaz, 1969..., IX, 601-618.

ESCOBAR, Baltasar de (55). Figura su efigie en el *Libro de retratos*, de Pacheco, aunque no su elogio como «secretario»; Cervantes sabe que, cuando él escribe la estrofa, estaba en Italia. Véase J. Simón Díaz, 1960..., IX, 630-631.

ESPINEL [Vicente Martínez y] (52) (1550-1624). Como Cervantes, este rondeño anduvo por Italia y acaso estuvo prisionero en Argel por poco tiempo; después de una movida juventud, acabó ordenándose sacerdote y luego pasó a Madrid como maestro de una capilla. Cervantes ya lo cita como músico (se dice que añadió la quinta cuerda a la guitarra) y fue poeta y prosista de buena calidad. Cervantes lo cita en el *Viaje del Parnaso* (II, vv. 148-150) y en la *Adjunta* (157). Véase J. Simón Díaz, 1960..., IX, 676-688, y los *Estudios sobre Espinel*, Málaga, 1979.

ESPINOSA, Silvestre de (105). No hay noticias sobre este poeta, y R. Schevill y A. Bonilla (II, 351-352) dicen que acaso sea un Nicolás de Espinosa, citado en el «Canto de Turia» de la *Diana enamorada* de Gaspar Gil Polo, con el nombre cambiado.

ESTRADA, Alonso de (69) (1540-1610). Sevillano de nacimiento, pasó al Perú, en donde vivió en Moquegua.

FALCÓN, Doctor [Jaime] (101). Matemático y poeta ocasional.

FERNÁNDEZ DE PINEDA, Rodrigo (76). Hay muy pocos datos de él; véase J. B. Avalle-Arce, 448.

FERNÁNDEZ DE SOTOMAYOR, Gonzalo (74). Casi desconocido; véase J. B. Avalle-Arce, 447-448.

FIGUEROA [Francisco de] (108-111/2) (h. 1530-1589). Es el poeta más considerado en la obra y que mejor representa la corriente de la lírica que seguía Cervantes. Estuvo por Italia y otros lugares de Europa. Lo que queda de su obra, que él mandó quemar, ha tenido varias ediciones; las más recientes son las de Ch. Maurer, *Vida y obra de Francisco de Figueroa*, Madrid, 1988 y la de su *Poesía*, de M. López Suárez, Madrid, 1989.

FRÍAS, Damasio de (87). Con este autor vallisoletano Cervantes pasa a los ingenios del Pisuerga. Escribió diálogos y poesías. Véase J. Simón Díaz, 1966..., X, 409-410, y el estudio de M. L. Cozad sobre el *Diálogo de las lenguas*, *Florilegium Hispanicum*, dedicado a D. C. Clarke, 1983, 203-227.

[GÁLVEZ] DE MONTALVO, Luis (28) (h.1540-h.1591). Es probablemente el escritor que más cerca queda de Cervantes. Soldado y poeta, es autor de *El pastor de Fílida* (1582), el libro de pastores que precede a *La Galatea*. Amigo de Cervantes, escribió el mejor de los sonetos de los preliminares de esta obra. Véase F. López Estrada y otros, 1984, 126-129; y J. Simón Díaz, 1960..., X, 481-483.

GARAY, el maestro [Francisco de] (17). Soriano, estudió en Alcalá, y a fines de siglo lo elogiaban Lope de Vega y Vicente Espinel; tuvo el seudónimo poético de Fabio y se conservan algunas poesías suyas.

GARCERÁN [DE BORJA], [Pedro] Luis (99) (h. 1538-1592). Noble señor, que fue el último maestre de Montesa. Parece que sólo queda un poema suyo.

GARCÉS, Enrique (75) (h. 1530- ?). Nacido en Oporto, fue al Perú y volvió a España. Cervantes se refiere en la estrofa al libro *Los sonetos y canciones del poeta Francisco Petrarcha*, publicado después en 1591 y que conocería en alguna versión manuscrita. Véase J. Simón Díaz, 1960..., X, 506-508.

GARCÍA ROMERO (106). Nada sabemos de este poeta, presentado como pinturero galán.

GIL POLO, [Gaspar] (103) (h. 1540-h. 1584). Valenciano, autor de un libro de pastores, la *Diana enamorada* (1564), al que Cervantes se refiere en la estrofa; y también en el *Quijote* (I,6), donde dice que este libro se guarde «como si fuera del mesmo Apolo». Las «alabanzas a los raros ingenios» son el «Canto de Turia», dedicado a los escritores valencianos, semejante a este de Cervantes. Véase F. López Estrada, *Diana enamorada* en el prólogo de su ed. 1987.

GIRÓN DE REBOLLEDO, Alonso; véase Rebolledo, Alonso Girón de.

GÓMEZ [DE LUQUE], Gonzalo (63). Cordobés; Cervantes se refiere a un poema de contenido caballeresco en cuarenta cantos, *Libro primero de los famosos hechos del príncipe Celidón de Iberia* (Alcalá, 1583), exaltación de un héroe fantástico español. Véase J. Simón Díaz, 1960..., X, 712-712.

GÓNGORA, Luis de (61) (1561-1627). Es otro obligado poeta de la lista; volvió a nombrarlo en el *Viaje del Parnaso* (II, vv. 58-60). Cervantes pudo haber conocido la poesía del Góngora a través de copias manuscritas.

GONZÁLEZ DURÁN, Diego; véase Durán, Diego.

GRACIÁN [D'ANTISCO], Tomás de (38) (1558-1621). Muy conocido por haber sido durante muchos años censor de libros; era hermano de Lucas Gracián, el mismo que aprueba la publicación de *La Galatea*. Cervantes lo recordó en el *Viaje del Parnaso* (VII, v. 26) con buen humor calificándolo como el «buen Tomás Gracián». Véase J. Simón Díaz, 1960..., XI, 264-268.

GUTIÉRREZ RUFO, Juan (más comúnmente conocido como Juan Rufo) (60) (h. 1547-d. 1620). De la movida vida de este cordobés destacamos que estuvo en Lepanto con don Juan de Austria y fue soldado en Nápoles hasta 1578, por lo menos. La «historia» a que se refiere es *La Austriada*, impreso por vez primera en 1585, el mismo año que *La Galatea*; participó, como Cervantes, en la adhesión de don Juan de Austria.

GUZMÁN, Francisco de (36). El elogio como poeta y soldado llevan a R. Schevill y A. Bonilla (II, 324) a identificarlo con un autor de diversos libros moralizantes, publicados entre 1557 y 1576, y esto viene bien con la mención de «cristiana poesía». Véase J. Simón Díaz, 1960..., XI, 440-442.

HERRERA [Fernando de] (45) (1534-1597). Es el gran poeta del grupo de los sevillanos. Otras dos veces volverá Cervantes a referirse a Herrera: en el *Viaje del Parnaso* (II, vv. 64-72), donde lo llama también «divino» como en la estrofa; y en la *Adjunta*, donde entre burlas dice que este adjetivo sólo lo merecen Garcilaso, Figueroa, Aldana y Herrera (190). Véase J. Simón Díaz, 1960..., XI, 518-539).

HUETE, Fray Pedro de (107). Procurador General de la Orden de San Jerónimo, quedan de él poesías ocasionales. Véase J. Simón Díaz, 1960..., XI, 658-659.

IRANZO, Lázaro Luis (o Liranzo) (54). Dedicó su vida a las armas y como poeta tiene sonetos en dedicatoria de los escritores del círculo del «Canto». Véase J. Simón Díaz, 1960..., XII, 126.

LAÍNEZ, [Pedro] (108-111/1) (h. 1538-1584). Por cerrar el elogio con tan elevadas palabras y extensión, Cervantes manifiesta el reconocimiento de amistad a Laínez y a Figueroa. Murió el 26 de marzo de 1584 mientras se imprimía *La Galatea*; Cervantes no por ello modificó la redacción del «Canto», dedicado a los escritores vivos, pues habría redactado la estrofa antes de estas fechas o la noticia de su muerte no le había llegado. Véase J. Simón Díaz, 1960..., XII, 614-619.

LEÓN, Fray Luis de (84) (1527-1591). Es el otro gran escritor de la época, al que Cervantes elogia con sinceridad y justicia. Véase J. Simón Díaz, 1960..., XIII, 83-163.

LEIVA, Alonso de (Martínez de Leiva, según R. Schevill y A. Bonilla) (3). Muerto en la expedición de la Invencible (1585); militar y poeta, acaso amigo de Cervantes. No se conservan poesías suyas.

LIÑÁN [DE RIAZA], Pedro de (29) (1556?-1607). Poeta toledano muy conocido en la Corte, que gozó de gran aprecio y parece que también fue autor de comedias; al fin de su vida fue capellán. Véase J. Simón Díaz, 1960..., XIII, 318-322.

LIRANZO, véase Iranzo, Lázaro Luis.

LOMAS CANTORAL, Jerónimo; véase Cantoral, Jerónimo de.

LÓPEZ MALDONADO, Gabriel (27) (? - después 1615). Acreditado poeta, también elogiado por Cervantes en el *Quijote* (I, 6) y por Lope y Espinel; autor del conocido *Cancionero* (1586). Amigo de Cervantes, como él fue soldado, y escribió una de los sonetos preliminares de *La Galatea*. Véase J. Simón Díaz, 1960..., XIII, 445-450.

LUJÁN (20). La opinión más autorizada es la de J. B. Avalle-Arce (1987, 430), que cree que es Suárez de Luján, un médico de grandes señores.

MALDONADO, el licenciado Hernando (23). Tampoco hay noticias suficientes para una posible identificación.

MARTÍNEZ DE ESPINEL, Vicente; Véase Espinel, Vicente Martínez.

MARTÍNEZ DE LEIVA, Alonso; véase Leiva, Alonso de.

MARTÍNEZ DE RIBERA, Diego (67/2) (?- 1600). Residente en Arequipa; referencias en J. B. Avalle-Arce, 1987, 445.

MATEO DE BERRÍO, Gonzalo (64) (?- h. 1609). Con este escritor comienzan los granadinos. Fue jurisconsulto y poeta ocasional.

MEDINA, Francisco de (48) (1544-1615). Sevillano; figura en el *Libro de retratos* de Pacheco. Se le menciona como orador por haber enseñado en Jerez, Antequera y Osuna. Estuvo en Italia y escribió un prólogo para los preliminares de las *Anotaciones* a Garcilaso, de Herrera. Véase J. Simón Díaz, 1960..., XIV, 458-459.

MENDOZA, Diego de (25). Pudiera ser un Diego de Mendoza, ayo del quinto duque de Alba.

MENDOZA, Francisco de (7) (1547-1623). Parece ser que se trata de un noble señor, hijo del tercer marqués de Mondéjar, sobrino nieto de Meliso (Antonio Hurtado de Mendoza, del que poco antes de este «Canto» se acaban de entonar sus exequias), y al que pudo Cervantes conocer en Italia.

MESA, Cristóbal de (33) (h. 1559-1633). Autor que estuvo en Italia y que escribió un buen número de poemas épicos a la manera de Tasso a partir de 1594. Es curioso que Cervantes, ya en la década anterior, se refiera a sus «heroicos versos», y esto parece indicar que conocía sus aficiones poéticas. Fue traductor de Virgilio. Véase J. Simón Díaz, 1960..., XIV, 664-670.

MESTANZA, Juan de (77) (?-h. 1614). No es sevillano sino de Agudo, en la Mancha. Fue a Indias en 1555 y, entre otros cargos, fue fiscal de la Audiencia de Guatemala. Cervantes lo mencionó en el *Viaje del Parnaso* (VII, vv. 61-66). Véase J. B. Avalle Arce, 1987, 449.

MONTALVO, Luis de; véase Gálvez de Montalvo, Luis.

MONTESDOCA, Pedro de (72) (?-h. 1626). Nacido en Sevilla, fue al Perú como corregidor de Huánaco. Cervantes lo cita otra vez en el *Viaje del Parnaso*, IV, vv. 448-450. Véase J. Simón Díaz, 1960..., XV, 287.

Morales, el licenciado Alonso de (22). No se ha identificado . Véanse los autores de este nombre en J. Simón Díaz, 1960..., XV, 320-321.

Morillo, [Fray Diego], (o Murillo) (96). Nacido en Zaragoza, fue franciscano. Lector en Teología, llegó a Predicador General de la Orden. Fue autor de numerosas obras religiosas (en especial, sermones), y también poesías. Véase J. Simón Díaz, 1960..., XV, 564-570.

Mosquera [de Figueroa, Cristóbal] (o de Moscoso) (50) (1547-1610). Sevillano, siguió armas y letras; figura en el *Libro de retratos*, de Pacheco. Autor de obras militares (en un *Comentario* a la jornada de las Azores, 1596, hay un soneto de Cervantes en su elogio), y poeta. Véase J. Simón Díaz, 1960..., XV, 491-494.

Murillo, fray Diego de; véase Morillo, fray Diego de.

Orena, Baltasar de (78). De este nombre hubo un alcaide ordinario en la ciudad de Guatemala.

Osorio, Diego (6). Acaso sea el leonés Diego [de Santisteban] Osorio, poeta épico, autor de una continuación de *La Araucana* (1597) y de un poema épico sobre las guerras de Malta y toma de Rodas (1599). Véase Lorenzo Rubio González, «*Las guerras de Malta* de Santisteban Osorio», *Tierras de León*, 50 (1893).

Pacheco, [Francisco] (44) (1535-1599). Es el primero de los ingenios de la ribera del Betis. Canónigo de la catedral de Sevilla. Va en cabeza porque es por la edad el maestro del grupo sevillano, y en su casa se reunían escritores y artistas. Su sobrino era el pintor de su mismo nombre. Véase J. Simón Díaz, 1960..., XVI, 375-384.

Padilla, [fray] Pedro de (31) (h. 1550- d. 1605). Escritor con una abundante producción literaria, tanto en lo profano como en lo religioso (se ordenó carmelita en 1585). Cervantes fue amigo suyo y lo menciona en el *Quijote* (I,6) por su *Tesoro de varias poesías*; y en sus *Poesías*, II, a su toma de hábito, 351-353; y a su *Romancero*, 350. Véase J. Simón Díaz, 1960..., XVI, 399-405.

PARIENTE, Cosme (95). Se conserva de él un romance, escrito con ocasión de su intervención en los sucesos de Aragón con motivo de los hechos de Antonio Pérez. Véase J. B. Avalle-Arce, 454, y J. Simón Díaz, 1960..., XVI, 572.

PICADO, Alonso (68) (?- 1616). Poeta que vivió en Arequipa y Lima. Noticias en J. B. Avalle-Arce, 446.

QUIÑONES DE VACA, Jerónimo, véase Vaca y de Quiñones, Jerónimo.

REBOLLEDO, Alonso [Girón de] (100). Autor de obras religiosas (*El Ochavario*..., 1572, y una *Passión*..., 1563), fue poeta de circunstancias. Véase J. Simón Díaz, 1960..., X, 654-656.

REY DE ARTIEDA, Andrés, Véase Artieda, Andrés Rey de.

RIBERA, Pedro de (34). Es nombre que se repite en varias ocasiones, sin que haya motivo para identificar a alguno de ellos con el citado por Cervantes.

RIBERA, Sancho de (71) (1545-1591). Limeño; se le tiene por uno de los que promovieron el teatro en Lima. Véase J. B. Avalle-Arce, 447.

RUFO, Juan; véase Gutiérrez Rufo, Juan.

SÁEZ DE ZUMETA, Juan; véase Sanz de Zumeta, Juan.

SALCEDO, Capitán (37). Se ha identificado con [Juan de] Salcedo [Villandrada], del que hay poesías impresas en Lima en 1602 y 1631.

SÁNCHEZ [DE LAS BROZAS], Francisco (82) (1523-1600). Nacido en Las Brozas, Cáceres, gran humanista y maestro de Retórica en Salamanca. Están en curso de edición sus obras en la Institución Cultural de El Brocense, Cáceres, I, 1894 y sgtes., y su *Minerva*, Salamanca, 1981.

SÁNCHEZ DE CARRANZA, Jerónimo; véase Carranza, Jerónimo Sánchez de.

Santisteban Osorio, Diego de; Véase Osorio, Diego.

Sanz de Portillo, Andrés (88). Autor del que poco se sabe.

Sanz de Soria, Juan; Véase Soria, Juan Sanz de.

Sanz de Zumeta, Juan (o Sáez) (56) (h. 1533-?). Pacheco lo incluye en su *Libro de retratos*, sin elogios. Se conservan de este sevillano algunas poesías sueltas.

Sarmiento y Carvajal, Diego de (8). Se sospecha que sea un Diego de Carvajal, correo mayor del reino del Perú.

Silva, Juan de (5). Acaso sea Juan de Silva, cuarto conde de Portalegre, embajador de Felipe II en la Corte portuguesa y luego gobernador y capitán general de este reino. Gran señor y poeta ocasional, puede que Cervantes le conociera en los tratos que tuvo en Portugal.

Soria, doctor [Pedro Sanz de] (89) (?-1607). Nacido en Olmedo, fue catedrático de Medicina en Valladolid y autor de poesías ocasionales.

Soto Barahona, el licenciado (o Luis Barahona de Soto) (65) (h. 1547-1595). Nacido en Lucena de Córdoba, fue médico en Archidona y Antequera. Es autor del poema *Primera parte de Angélica* (1586), muy alabado en el *Quijote* (I, 6), en donde también elogia sus versiones de Ovidio; y nombrado en el *Viaje del Parnaso*, III, vv. 358-363. Véase J. Simón Díaz, 1960..., VI, 290-295.

Suárez de Sosa, doctor (14). No está identificado; a juzgar por el elogio, conocía las letras antiguas.

Terrazas, Francisco de (67/1). Mexicano, hijo de uno de los pobladores españoles, autor de un poema sobre Cortés, del que se conservan fragmentos. Véanse sus *Poesías* (México, 1941), ed. A. Castro Leal.

Toledo, Baltasar de (40). Hay varias propuestas para su identificación, pero ninguna enteramente convincente.

VACA, doctor (15). No se ha identificado, y las varias propuestas (Enrique Vaca de Alfaro, Jerónimo Vaca y Quiñones, Alonso Vaca de Santiago) necesitan confirmación. El impreso trae *Baca*.

VACA Y DE QUIÑONES, Jerónimo (o Quiñones Vaca) (91) (?-1595). Abogado de la Audiencia de Valladolid. Fue poeta ocasional.

VALDÉS, Alonso de (30). Acaso pudiera ser el autor de un «Prólogo en alabanza de la poesía» de las *Diversas rimas*, de Vicente Espinel (1591).

VARGAS [MANRIQUE], Luis de (10) (1566-1590). Es autor (joven entonces) de uno de los sonetos preliminares de esta misma obra. Abundan los datos sobre este poeta, muy metido en la vida literaria de la época, diestro en armas y letras como lo había sido Cervantes.

VEGA, el licenciado Damián de la (81). Con este poeta se inicia el elogio de los poetas salmantinos. Se sabe muy poco de él. Véanse R. Schevill y A. Bonilla, II, 341-342.

VEGA, Lope de (41) (1562-1635). Era obligada su aparición. Lope tiene en 1585 veintitrés años y Cervantes, treinta y ocho; de ahí la referencia a la edad juvenil con madurez que implica el porvenir de Lope. En el *Viaje del Parnaso* (1614) Cervantes dijo de Lope: «poeta insigne, a cuyo verso y prosa / ninguno le aventaja ni aun llega» (II, vv. 388-389). Pero la procesión iba por dentro. Para más noticias, véase J.B. Avalle-Arce, 1975, 153-211; y D. Alonso, *Obras completas*, Madrid, Gredos, 1974, III, 834-851.

VEGA, Marco Antonio de la (24) (?- a. 1622). Estudió Teología en Alcalá, y Lope lo elogió al menos cuatro veces.

VERGARA, el licenciado Juan de (21). Médico en Segovia y poeta. R. Schevill y A. Bonilla traen una lista de sus poesías de entre 1575 y 1602 (II, 314). Cervantes volvió a elogiarlo en el *Viaje del Parnaso* (IV, vv. 391-396): «De Esculapio y de Apolo gloria ilustre». Con él acaba la relación de médicos poetas. ¿Acaso figuran por la profesión del padre de Cervantes?

Villarroel, Cristóbal de (47). Nacido en Úbeda, «caballero de capa y espada» que se asoma por los preliminares, y hay un soneto suyo en las *Flores*, de Espinosa.

Virués, Cristóbal de (104) (1550-d.1614). Valenciano. Dramaturgo y poeta que publicó sus obras después de la aparición de *La Galatea*; el poema épico *El Montserrate* (1587) y sus *Obras trágicas y líricas* (1609). Como Cervantes, estuvo en Italia y en Lepanto. Cervantes elogia *El Montserrate* en el *Quijote* (I,6); lo cita en el *Viaje del Parnaso*, III, vv. 55-57. Véase J. Ll. Sirera, «Los trágicos valencianos» en *La génesis de la teatralidad barroca, Cuadernos de Filología* de la Universidad de Valencia, III, 1-2, 66-91.

Vivaldo, Adam (58). Banquero sevillano, de familia genovesa: véase J. B. Avalle-Arce, «Un banquero sevillano, poeta y amigo de Cervantes», *Archivo Hispalense*, 124-125 (1964), 209-214.

Vivar, [Juan] Bautista de (39). Como se deduce del elogio, es poeta de «improviso» sobre sus propios amores. También lo celebró Lope. Información en J.B. Avalle-Arce, 1897, 437.

Zúñiga, Matías de (85). No se tienen noticias de este poeta salmantino.

Apéndice I

PRELIMINARES DE LA EDICIÓN
DE OUDIN DE «LA GALATEA», (PARÍS, 1611)

1
A los estudiosos y amadores de las lenguas extranjeras

Llevóme la curiosidad a España el año pasado, y moviome la misma, estando allí, a que yo buscase libros de gusto y entretenimiento, y que fuesen de mayor provecho y conformes a lo que es de mi profesión, y también para poder contentar a otros curiosos. Ya yo sabía de algunos que otras veces habían sido traídos por acá, pero como tuviese principalmente en mi memoria a éste de *La Galatea*, libro ciertamente digno, en su género, de ser acogido y leído de los estudiosos de la lengua que habla, tanto por su elocuente y claro estilo como por la sutil invención y lindo entretejimiento de entrincadas aventuras y apacibles historias que contiene. Demás de esto, por ser del autor que inventó y escribió aquel libro, no sin razón intitulado *El ingenioso hidalgo don Quijote de la Mancha*. Busquélo casi por toda Castilla y aun por otras partes, sin poderlo hallar, hasta que, pasando a Portugal y llegando a una ciudad fuera de camino, llamada Évora, topé con algunos pocos ejemplares; compré uno de ellos, mas leyéndole vi que la impresión, que era de Lisboa, tenía muchas erratas, no sólo en los caracteres, pero aun faltaban algunos versos y renglones de prosa enteros. Corregílo y remendélo lo mejor que supe; también lo he visto en la presente impresión para que saliese un poco más limpio y correcto que antes. Ruégoos, pues, lo recibáis con tan buena voluntad, como es la que tuve siempre de serviros hasta que y donde yo pueda. C. Oudin.

2
Galatea a las damas francesas

Nunca me atreviera a salir de España, mi tierra para venir a este tan favorecido del cielo y tan regalado reino de Francia, porque yo sabía muy bien que entre tantas y tan hermosas damas, de las cuales él está así ricamente dotado y adornado, no podía sino parecer algún tanto fea y de mala gracia la poca que tengo. Ni tampoco emprendiera esta jornada por ser llena de muchas dificultades, habiendo de atravesar por tan ásperas y fragosas montañas como son las que dividen estos dos reinos, si a ello no me animara el deseo que tuve siempre de gozar algún día de la vista y presencia de tan raras y extremadas bellezas como entendí (y es la misma verdad) que las había por todas las partes de Francia. Demás de esto, hice esta brava resolución, incitada por el consejo de un estudiante muy aficionado a mi lengua por haber gastado una buena parte de sus días en el estudio y ejercicio de ella y de otras en la real y suntuosísima ciudad, que con mucha razón se puede decir sin par, sabe y conoce por larga experiencia y por el favor que cada día recibe de infinitas y diferentes personas, y de mucha cuenta, que sin duda alguna no me había de faltar un rinconcillo desocupado adonde poderme acoger, caso que algunas mis predecesoras, quizá más claras o resplandecientes (pero no más blancas ni limpias que yo), me hubiesen ganado por la mano en haber tomado el mejor lugar y asiento en los corazones nobles; que aunque ello sea así, yo quedaré muy contenta de estarme allí arrinconada y a un lado, como en acecho aguardando tiempo y ocasiones para acudir a las cosas que yo conoceré ser de su servicio y gusto, pasando yo y ellos algunos ratillos en buena y dulce conversación con mi compañía de gallardos pastores y hermosas pastoras; y si acaso yo no fuera admitida en la de alguna que por ventura tuviese los gustos algo estragados, o porque fuesen cansados y hartos de tratar con las otras que me precedieron, segura estoy que no han de faltar apetitos nuevos para probar si queda algún rastro de buen sabor en mí. Mas si en esto también fuese desgraciada, yo tengo que echar la culpa del todo al que fue causa que yo emprendiese tal viaje, pero confiada estoy que él, según entiendo, sabrá volver por mi honra por haberme él acompañado desde el reino de Portugal, adonde él me halló, hasta estas partes, pasando no sin mucho trabajo y dificultad por la mayor parte de los reinos y provincias de España. Recíbanme, pues, las damas tal cual yo fuere, con protestación que si ellas me dieren de mano, de acogerme a sus galanes y acariciarlos de manera que a ellas les pese en el alma, el [ha]berme denegado su acostumbrada cortesía. Pero sosiéguense, que no haré tal, porque a esto no vine; antes fue mi venida para servir a todas, y a los caballeros, por su amor de ellas; y demás, para suplicarlas me tengan en su buena gracia.

Apéndice II

POESÍAS DE FRANCISCO DE FIGUEROA, MENCIONADAS EN «LA GALATEA»

Estas tres poesías se mencionan parcialmente en el curso de *La Galatea* y se atribuyen a Tirsi. Textos según la mencionada edición de M. López Suárez.

1

XCV

¡Ah de cuán ricas esperanzas vengo
al deseo más pobre y encogido,
que jamás encerró pecho herido
de llaga tan mortal como yo tengo!
    Ya de mi fe, ya de mi amor tan luengo,   5
que Fili sabe bien cuán firme ha sido,
ya del fiero dolor con que he vivido,
y en quien la vida a mi pesar sostengo,
    otro más dulce galardón no quiero,
sino que Fili un poco alce los ojos   10
a ver lo que mi rostro le figura:
    que si lo mira, y su color primero
no muda, y aún quizás moja sus ojos,
bien será más que piedra helada y dura.

2

XLVIII

La amarillez y la flaqueza mía,
el comer poco y el dormir perdido,
la falta cuasi entera del sentido,
el débil paso y la voz ronca y fría,
　la vista incierta y el más largo día 5
en suspiros y quejas repartido,
alguno pensará que haya nacido
de la pasada trabajosa vía;
　y sabe bien Amor que otro tormento
me tiene tal, y otra razón más grave 10
mi antigua gloria en tal dolor convierte.
　Amor sólo lo sabe y yo lo siento,
¡si Fili lo supiese!, ¡oh mi suave
tormento!, ¡oh dolor dulce!, ¡oh dulce muerte!

3

VIII

　Sale la Aurora de su fértil manto
rosas suaves esparciendo y flores,
pintando el cielo va de mil colores
y la tierra otro tanto,
　cuando la dulce pastorcilla mía, 5
lumbre y gloria del día,
no sin astucia y arte,
de su dichoso albergue alegre parte.
　Pisada del gentil blanco pie, crece
la hierba y nace en monte, en valle o llano, 10
cualquier planta que toca con la mano,
cualquier árbol florece;
los vientos, si soberbios van soplando,
con su vista amansando,
en la fresca ribera 15
del río Tibre siéntase y me espera.

    Deja por la garganta cristalina
suelto el oro que encoge el subtil velo,
arde de amor la tierra, el río, el cielo,
y a sus ojos se inclina.   20
Ella, de azules y purpúreas rosas
coge las más hermosas,
y tendiendo su falda,
teje dellas después bella guirnalda.
    En esto ve que el sol, dando al aurora   25
licencia, muestra en la vecina cumbre
del monte, el rayo de su clara lumbre
que el mundo orna y colora;
túrbase, y una vez arde y se aíra;
otra teme y suspira   30
por mi luenga tardanza,
y en mitad del temor cobra esperanza.
    Yo, que estaba encubierto, los más raros
milagros de Fortuna y de Amor viendo,
y su amoroso corazón leyendo   35
poco a poco en sus claros
ojos (principio y fin de mi deseo),
como turbar los veo,
y enojado conmigo,
temblando ante ellos me presento y digo: 40
    «Rayos, oro, marfil, sol, lazos, vida
de mi vida y mi alma y de mis ojos,
pura frente, que estás de mis despojos
más preciosos ceñida;
ébano, nieve, púrpura y jazmines,   45
ámbar, perlas, rubines,
tanto vivo y respiro
cuanto sin miedo y sobresalto os miro.»
    Alza los ojos a mi voz turbada,
y, mirando los míos, segura y leda,   50
sin moverlos, a mí se llega y queda
de mi cuello colgada,
y así está un poco, embebecida; y luego
con amoroso fuego,
blandamente me toca   55

y bebe las palabras de mi boca.
Después comienza en son dulce y sabroso
(y a su voz cesa el viento y para el río):
«Dulce esperanza mía, dulce bien mío;
fuente, sombra, reposo　　　　　　　　　　　　60
de mi sedienta, ardiente y cansada alma,
vista serena y calma;
¡muera aquí, si más cara
no me eres que los ojos de la cara!»

Así dice ella, y nunca en tantos nudos　　　　　65
fue de yedra o de vid olmo enlazado,
cuanto fui de sus brazos apretado,
hasta el codo desnudos;
y entrando en el jardín de los amores,
cogí las tiernas flores　　　　　　　　　　　　70
con el fruto dichoso;
¿quién vio nunca pastor tan venturoso?

Canción: si alguno de saber procura
lo que después pasamos,
si envidioso no es, di que gozamos　　　　　　75
cuanta amor pudo dar gloria y ventura.

654

Apéndice III

POESÍA DE CERVANTES
A DON DIEGO HURTADO DE MENDOZA

Como se consideró en el estudio de *La Galatea,* el elogio a don Diego Hurtado de Mendoza, realizado con aparato pastoril, es el centro del libro IV de la obra; en torno de sus exequias se reúne el elenco pastoril y se enaltece al escritor y político, muerto en 1575. Cervantes elogia así a un escritor y político del que no hay noticia de que haya tenido relación con él en su vida.

Cervantes, ya se dijo, se refiere a la fama de don Diego como poeta a través de los manuscritos que hubiera podido leer; y esto ya significa una cierta relación con el Duque o, al menos, preferencia por su obra. Las *Obras* de don Diego no se publicaron hasta 1610 (en Madrid, por Juan de la Cuesta, el mismo impresor que había compuesto el *Quijote* en 1605). Entre los preliminares del libro se encuentra el siguiente soneto de Cervantes:

Miguel de Cervantes a don Diego
de Mendoza y a su fama

En la memoria vive de las gentes,
varón famoso, siglos infinitos,
premio que le merecen tus escritos
por graves, puros, castos y excelentes.
Las ansias en honesta llama ardientes,
los Etnas, los Estigios, los Cocitos,
que en ellos suavemente van descritos,

mira si es bien, ¡oh, fama!, que los cuentes.
Y aunque los lleves en ligero vuelo
por cuanto ciñe el mar y el sol rodea,
y en láminas de bronce los esculpas,
 que así el suelo sabrá, que sabe el cielo,
que el renombre inmortal que se desea,
tal vez le alcanzan amorosas culpas.

El soneto es uno más de entre los elogios que acompañan la obra, y una pieza de compromiso, pero testimonia que continuaba con el recuerdo de don Diego treinta y cinco años después de la aparición de *La Galatea*. No es vano se dice que «amorosas culpas», tan metidas en su libro pastoril, son motivo de «renombre inmortal».

Índice de los primeros versos de *La Galatea*

En esta relación figuran los primeros versos de las poesías de la obra, tanto de las escritas por Cervantes como de las que escribieron en los preliminares otros escritores en elogio del autor, y también las de Francisco de Figueroa que se citan, así como otras menciones de las poesías que hemos creído de interés consignar, y su correspondiente identificación métrica con alguna mención de sus características peculiares.

¿A quien volveré los ojos (coplas castellanas)	509
Afuera el fuego, el lazo, el hielo y flecha (soneto correlativo).	207
Agora que calla el viento (coplas reales)	486
Al dulce son de mi templada lira [«Canto de Calíope»] (octavas reales)	563
Alzo la vista a la más noble parte (octavas reales)	500
Amarili, ingrata y bella, (coplas reales con repetición del último verso como mote)....................................	598
Amoroso pensamiento (coplas reales)	169
Ángel de humana figura (coplas castellanas)	620
Ante la luz de unos serenos ojos (soneto)	265
Aunque es el bien que poseo (coplas castellanas)	478
¡Ay, de cuán ricas esperanzas vengo (soneto de Francisco de Figueroa, del que se citan los dos primeros versos)... 263 y	651
¡Ay, que al alto designio que se cría (soneto plurimembre y correlativo)..	266

Bien puse yo valor a la defensa (soneto) 602
Blanda, suave, reposadamente (canto alterno; octavas reales). 176
Cielo sereno, que con tantos ojos (estancias de trece versos). 320
Con las rodillas en el suelo hincadas (estancias de trece versos) 525
Crezcan las simples ovejuelas mías (soneto) 235
¿Cuál es aquel poderoso (enigma en coplas reales) 606
¿Cuál es la dama polida (enigma en copla real) 608
Cual si estuviera en la arenosa Libia (soneto) 522
¡Cuán fácil cosa es llevarse (coplas reales con la repetición del último verso como mote) 594
Cuando me pienso salvar (glosa de «Huyendo va la esperanza», en coplas reales) 375
De príncipe que en el suelo (glosa en coplas castellanas)... 285
¡Desconocido, ingrato Amor, que asombras (epitalamio en octavas reales) 342
Dulce amor, ya me arrepiento (coplas reales) 535
El pastor que te ha entregado (coplas castellanas) 333
El que quisiere ver la hermosura (octavas reales con leixaprén, más endecasílabos sueltos) 464
El vano imaginar de nuestra mente (canción en estancias de dieciséis versos) 407
En áspera, cerrada, escura noche (canción en sextinas) ... 227
En el mal que me lastima (coplas reales con repetición del último verso como mote)..................................... 595
En el punto en que os miré (glosa de «Huyendo va la esperanza», en coplas reales) 375
En la memoria vive de las gentes (soneto de Cervantes en elogio de don Diego Hurtado de Mendoza) 655
En los estados de amor (villancico de contenido cortés)... 239
En tan notoria simpleza (coplas castellanas) 473
Es muy escura y es clara (enigma en coplas castellanas) ... 609
Fe viva, esperanza muerta (mote de la canción «En el mal que me lastima») 595
Gracias al cielo doy, pues he escapado (soneto) 521
Haga señales el cielo (epitalamio en coplas oncenas, compuestas de sextilla y quintilla) 377
Hicieron muestra en vos de su grandeza (soneto laudatorio de Luis de Vargas Manrique) 161

Huyendo va la esperanza (dos glosas en coplas reales: «Cuando me pienso salvar» y «En el punto en que os miré») ... 375
La amarillez y la flaqueza mía (soneto de Francisco de Figueroa, del que sólo se cita el primer verso) .... 263 y 652
Libre voluntad exenta (coplas reales) 603
Ligeras horas del ligero tiempo (soneto) 477
Más blando fui que no la blanda cera (soneto) 267
Mayor fe en lo más dudoso (mote de la canción «Por lo imposible peleo») 592
Merece quien en el suelo (glosa en coplas castellanas) ... 231
Mientra del yugo sarraceno anduvo (soneto laudatorio de Luis Gálvez de Montalvo) 159
Mientras que al triste, lamentable acento (octavas reales con tetramembres correlativos) 165
Muerde el fuego, y el bocado (enigma en copla castellana). 612
Nísida, con quien el cielo (coplas reales) 287
No es fe la fe que no dura (mote de la canción «Si a las veces desespera») 597
Oh, alma venturosa (canción en estancias) 184
¡Oh Blanca, a quien rendida está la nieve (octavas reales).. 300
¡Oh más dura que mármol a mis quejas (verso de Garcilaso que sirve como terminación de las estrofas de la canción «¿Quién te impele, crüel? ¿Quién te desvía?») ... 617
Pastora en quien la belleza (coplas castellanas) 245
Por ásperos caminos voy siguiendo (soneto) 517
Por bienaventurada (canción en liras) 302
Por lo imposible peleo (coplas reales con repetición del último verso como mote) 592
Por medio de los filos de la muerte (soneto) 267
¿Qué laberinto es este do se encierra (octavas reales) 296
¿Quién es el que, a su pesar, (enigma en copla castellana).. 611
¿Quién es la que es toda ojos (enigma en redondillas) ... 609
¿Quién dejará, del verde prado umbroso (soneto) 615
¿Quién es quien pierde el color (enigma en coplas castellanas) 607
¿Quién mi libre pensamiento (coplas reales) 469
¿Quién te impele, crüel? ¿Quién te desvía? (octavas con el último verso de Garcilaso común) 617
Rendido a un amoroso pensamiento (sextetos-lira)........ 259

¡Rica y dichosa prenda que adornaste (soneto) 472
Rompió el desdén tus cadenas (coplas castellanas) 599
Sabido he por mi mal adónde llega (soneto) 250
Sale la aurora y de su fértil manto (Canción de Francisco
 de Figueroa, de la que se cita el primer verso) ...... 264 y 652
Salen del mar y vuelven a sus senos (soneto laudatorio de
 Gabriel López Maldonado) 162
Salga del limpio, enamorado pecho (estancias de catorce
 versos, con rima interna en los dos finales) 448
Salid de lo hondo del pecho cuitado (égloga pluriestrófica
 compuesta por las siguientes estrofas: octavas de arte
 mayor-canción con estancias de trece versos-estancia de
 once-estancia de seis versos-estancia de veinte versos- octavas reales, algunas con leixaprén-tercetos-cuartetos-li-
 ras-versos sueltos-pareado-coplas reales-sextinas aliradas-
 tercetos-redondillas) 346
Salud te envía aquel que no la tiene (epístola en tercetos).. 309
Si a las veces desespero (coplas reales con repetición del último verso como mote) 596
Si de este herviente mar y golfo insano (soneto)............ 627
Si el áspero furor del mar airado (soneto) 480
Si han sido el Cielo, Amor y la Fortuna (canción en estan-
 cias de once versos) 269
Si yo dijere el bien del pensamiento (tercetos) 399
Sin que me pongan miedo el hielo y fuego (estancias de
 catorce versos) 431
Sola es fe la fe que tengo (mote de la canción «Amarili, in-
 grata y bella») 598
Sola la fe permanece (mote de la canción «Cuán fácil cosa
 es llevarse») 594
Tal cual es la ocasión de nuestro llanto (elegía en tercetos).. 548
Tan bien fundada tengo la esperanza (soneto).......... 481 y 520
Tanto cuanto el amor convida y llama (soneto) 602
Tirsi, que el solitario cuerpo alejas (canto alterno en tercetos). 253
Tres hijos que de una madre (enigma en copla castellana).. 612
[Un] vano, descuidado pensamiento (soneto)............... 230
Vea yo los ojos bellos (coplas castellanas) 305
Voy contra la opinión de aquel que jura (soneto) 521
Ya la esperanza es perdida (glosa en coplas reales) 211

Índice general

Prólogo	7
Introducción	10
1. Cervantes en 1585	11
2. Los precedentes genéricos de *La Galatea*	16
3. *La Galatea* como libro de pastores	20
4. *La Galatea* como «égloga»	22
5. La poesía de *La Galatea*	25
6. El curso de la prosa de *La Galatea*: a) la trama pastoril (I)	29
7. El curso de la prosa de *La Galatea*: b) las otras tramas novelescas (II a VII)	32
8. La composición de *La Galatea*	39
9. La Antigüedad y los recursos mitológicos	52
10. La tradición provenzal en *La Galatea*	53
11. *La Galatea* y la lengua y literatura italianas.	54
12. La religiosidad en *La Galatea*	55
13. Onomástica, toponimia y temporalidad en *La Galatea*	60
14. La filosofía de amor en *La Galatea*	64
15. La contemporaneidad de *La Galatea*	69
16. Novedad de *La Galatea*	76
17. El tema pastoril en Cervantes después de *La Galatea*.	89
18. *La Galatea* y su fortuna en tiempos de Cervantes ..	96
19. La segunda parte de *La Galatea*	100
20. *La Galatea* revivida en el siglo XVIII por Florian y por Trigueros	102
21. Final	105

Criterio de la edición	109
Nómina de los personajes de «La Galatea»	113
Tramas desarrolladas en el argumento de «La Galatea».	121
Bibliografía	123
La Galatea	145
[Tasa]	147
Aprobación	148
Dedicatoria	151
Curiosos lectores	155
De Luis Gálvez de Montalvo	159
De don Luis de Vargas Manrique	161
De López Maldonado	162
Primero libro de *Galatea*	165
Segundo libro de *Galatea*	237
Tercero libro de *Galatea*	307
Cuarto libro de *Galatea*	381
Quinto libro de *Galatea*	469
Sexto y último libro de *Galatea*	539
Breve mención de los ingenios citados en el «Canto de Calíope»	631
Apéndice I. Preliminares de la edición de Oudin de «La Galatea» (París, 1611)	647
Apéndice II. Poesías de Francisco de Figueroa mencionadas en «La Galatea»	651
Apéndice III. Poesía de Cervantes a don Diego Hurtado de Mendoza	655
Índice de los primeros versos de «La Galatea»	657

Colección Letras Hispánicas

Últimos títulos publicados

448 *Proverbios morales,* SEM TOB DE CARRIÓN.
    Edición de Paloma Díaz-Mas y Carlos Mota.
449 *La gaviota,* FERNÁN CABALLERO.
    Edición de Demetrio Estébanez.
450 *Poesías completas,* FERNANDO VILLALÓN.
    Edición de Jacques Issorel.
453 *Obra completa,* JUAN BOSCÁN.
    Edición de Carlos Clavería.
454 *Poesía,* JOSÉ AGUSTIN GOYTISOLO.
    Edición de Carme Riera.
452 *El préstamo de la difunta,* VICENTE BLASCO IBÁÑEZ.
    Edición de José Mas y Mª. Teresa Mateu.
456 *Generaciones y semblanzas,* FERNÁN PÉREZ DE GUZMÁN.
    Edición de José Antonio Barrio Sánchez.
457 *Los heraldos negros,* CÉSAR VALLEJO.
    Edición de René de Costa.
459 *La bodega,* VICENTE BLASCO IBÁÑEZ.
    Edición de Francisco Caudet.
463 *Retornos de lo vivo lejano. Ora maritima,* RAFAEL ALBERTI.
    Edición de Gregorio Torres Nebrera.
470 *Mare nostrum,* VICENTE BLASCO IBÁÑEZ.
    Edición de Mª. José Navarro Mateo.
484 *La voluntad de vivir,* VICENTE BLASCO IBÁÑEZ.
    Edición de Facundo Tomás.
496 *La maja desnuda,* VICENTE BLASCO IBÁÑEZ.
    Edición de Facundo Tomás.
500 *Antología Cátedra de Poesía de las Letras Hispánicas.*
    Selección e introducción de José Francisco Ruiz
    Casanova (2.ª ed.).

De próxima aparición

Diálogo de Mercurio y Carón, ALFONSO VALDÉS.
Edición de Rosa Navarro.